Barbara Bretton

Kirschblüten herzen

Roman

Aus dem Amerikanischen von Ingeborg Dorsch

Weltbild

Die amerikanische Originalausgabe erschien 2004
unter dem Titel *Chances Are* bei Berkley Books, New York.

Besuchen Sie uns im Internet:
www.weltbild.de

Copyright der Originalausgabe © 2004 by Barbara Bretton
Copyright der deutschsprachigen Ausgabe © 2010 by
Verlagsgruppe Weltbild GmbH, Steinerne Furt, 86167 Augsburg
This edition published by arrangement with The Berkley Publishing Group,
a member of Penguin Group (USA) Inc.
Projektleitung: Eliane Wurzer, München
Übersetzung: Ingeborg Dorsch
Umschlaggestaltung: Zeichenpool, München
Umschlagmotiv: Shutterstock (© Olga Semicheva; © John Evans)
Satz: Dirk Risch, Berlin
Druck und Bindung: CPI Moravia Books s.r.o., Pohorelice
Printed in the EU

ISBN 978-3-86800-299-7

2013 2012 2011 2010
Die letzte Jahreszahl gibt die aktuelle Ausgabe an.

1

Paradise Point, New Jersey

Drei Wochen auf den Tag, nachdem Maddy Bainbridge ihre Verlobung mit Aidan O'Malley bekannt gegeben hatte, fand sie sich halb entkleidet und unter Kuratel in der Brautmodenabteilung von Saks in Short Hills wieder, im Kreise der Ihren und dem ihrer zukünftigen Schwiegerfamilie sowie einer PBS-Produktionsassistentin vom örtlichen Rundfunksender namens Crystal, deren Tattoos nur noch durch die Anzahl ihrer Piercings übertroffen wurde.

Ihre Mutter hatte erklärt, sie wolle sie anlässlich der bevorstehenden Hochzeit zum Essen ausführen, zu einem tollen, lustigen Treffen von Familie und Freunden, um sie alle an der guten Neuigkeit teilhaben zu lassen. Ihr Gaumen hatte sich schon ganz auf diese sagenhaften Hühnchen-Burritos der Casa Mexicana in Spring Lake eingestellt, und sie war völlig entgeistert, als sie an der Ausfahrt vorbei und weiter in Richtung Norden fuhren. Bei der Aussicht auf einen dieser grässlichen Spa-Lunches … drei Salatblätter an einer Kirschtomate, begleitet von schlechtem Gewissen … wünschte sie, sie hätte zusätzlich zur derzeitigen Lieblingsbarbie ihrer Tochter Hannah noch eine Tüte Chips in ihre Handtasche gesteckt.

Wie sich allerdings herausstellte, wäre ein Spa-Lunch noch wesentlich besser gewesen als das, was ihre Mutter tatsächlich beabsichtigte.

»Wo bringt sie meine Kleider hin?«, begehrte Maddy auf, als eine mordsmäßig herausgeputzte Mitarbeiterin des Bekleidungshauses mit ihrem Lieblingsbaumwollpulli und den Jeans verschwand.

»Reg dich nicht auf«, sagte Rose DiFalco zu ihrer Tochter. »Das ist die einzige Möglichkeit, dich daran zu hindern, die Flucht zu ergreifen.«

Ihre modebewusste Tante Lucy ließ ihren kritischen Blick über Maddys nahezu nackte Gestalt streifen. »Kennt Aidan diese Unterwäsche?«, fragte sie, und die versammelten Tanten, Cousinen und zukünftigen Anverwandten brachen in Gelächter aus. Crystal, die Produktionsassistentin, stand an der Tür und gab sich redliche Mühe, nicht aufzufallen, was ihr, angesichts der Szene aus *Herr der Ringe,* die der Länge nach auf ihren rechten Arm tätowiert war, nicht so recht glücken wollte.

»Dreh dich mal um«, verlangte Cousine Gina von Maddy. »Ich würde gerne sehen, ob auf deinem Hinterteil ›Montag‹ eingestickt ist.«

Der Traum, den sie kürzlich hatte – der, in dem sie nackt in einem Laden stand –, kam ihr nun ziemlich vorausgehend vor. Wieso sie auf einem mit rosa Velours bezogenen Podest vor ihren nächsten und liebsten – und zukünftigen – Anverwandten stand – bekleidet mit einem baumwollenen Slip und einem BH aus vorsintflutlicher Epoche, konnte selbst ein Gelehrter des *Talmud* nicht beantworten.

Sie war eine erwachsene Frau. Sie hatte ein Kind. Sie hatte einen Abschluss von einer angesehenen Universität. Sie hatte es geschafft, Arbeit und Liebesleben in Einklang zu bringen mit den beiden nicht minder anspruchsvollen Aufgaben, Tochter und Mutter zu sein, doch von dem Augenblick an, als sie Aidan ihr Jawort gegeben hatte, schien es, als hätte sie die Kontrolle über ihr Leben einer allumfassenden Macht, *Hochzeit* genannt, überantwortet.

Die Fragen nahmen kein Ende. Wie viele Brautjungfern? (Vergiss deine Cousinen nicht, Maddy.) Kirche oder Hotel? (Was ist verkehrt am Candlelight?) Lassen wir das Essen kommen, oder machen wir ein gehobenes Buffet? (Sollten wir nicht Tante Lucy fragen, ob sie den Kuchen bäckt?) Eine Band hier aus dem Ort oder ein Orchester aus der Stadt? (Willst du denn nicht deinen Cousin Benny bitten, bei deiner Hochzeit zu singen?) Langes Kleid mit kurzer Schleppe oder kurzes Kleid mit langer Schleppe oder eine noch nie dagewesene Kombination aus allem? Man musste sich Gedanken über die Blumen und das Menü machen, über die Sitzordnung und darüber, wie die gedruckten Einladungen aussehen sollten, doch egal, was man machte, man durfte auf keinen Fall zulassen, dass die Familie sich in die Frisur, das Make-up oder das Wachsen der Bikinizone à la Brazil der zukünftigen Braut einmischten.

Als Gina sie fragte, ob sie registriert sei, dauerte es eine Sekunde, bis Maddy begriff, dass es um die Hochzeitsgeschenke ging und nicht um die Amerikanische Hundezüchtervereinigung.

Sekunden, nachdem sie von den Hochzeitsplänen ihrer Tochter erfahren hatte, war Rose bereits telefonisch mit einer Unzahl von Informationsquellen verbunden, um sich Bands anzuhören, um Besichtigungstermine für Ballsäle auszumachen und um sich mit ihrer Schwester Lucy wegen der absolut vorrangigen Frage des Kleides zu besprechen.

In der Regel war Maddy höchst zufrieden, das Radarsystem ihrer Mutter zu unterfliegen, doch allmählich fühlte sie sich als Gast auf ihrer eigenen Hochzeit.

Wieso klärte einen niemand darüber auf, dass es der leichtere Teil der Geschichte war, seinen Seelenfreund zu finden?

Sich in Aidan zu verlieben war so einfach gewesen wie zu atmen. Gerade war sie noch durchs Leben gegangen, bestrebt, die bestmögliche Mutter zu sein, und im nächsten Moment schwebte sie irgendwo im siebten Himmel, wahnsinnig verliebt, und träumte von einem mit Rosen überwucherten Häuschen und einer Satellitenschüssel auf dem Dach. So wie sie es sich vorstellte, vollzog sich der Übergang von Verlöbnis zu Hochzeit nahezu unmerklich, mit höchstens ein paar wohlgesetzten Worten in einer kleinen Kirche, während eine Handvoll ihrer Nächsten und Liebsten sich die Augen abtupften und ihr Glück wünschten.

Pustekuchen. Ihre eigene Sippschaft hatte nicht die leiseste Ahnung von ihren Gedanken. Zusammengenommen waren Großmutter Fays Mädchen sechzehnmal den Gang zum Altar entlanggeschritten, was ganze sechzehn Verlobungsessen, sechzehn Brautpartys, sechzehn Einkaufstouren zu jedem größeren Hochzeitsausstatter im Dreiländereck und sechzehn Hochzeitsempfänge mit Lachen und Musik bedeutete und dem Versprechen, dass es diesmal für ewig sein würde.

Das Problem war nur, es hielt nie ewig. Es trat sogar einmal der denkwürdige Umstand ein, dass die Ehe kaum die Hochzeitsfeierlichkeiten überdauerte. Als Tante Toni das Messer ergriff, um die sechsstöckige Hochzeitstorte von Weinstock anzuschneiden, hörte man, wie dreihundert geladene Gäste den Atem anhielten und beteten, der Bräutigam möge keine falsche Bewegung machen.

Sie überlegte, ob wohl jemand auf die Idee kommen würde, diese Anekdote Peter Lassiter, dem Historiker und Journalisten, zu erzählen, der zurzeit Geschichten aus Paradise Points Vergangenheit für eine Dokumentation über New Jerseys Küstenstädte zusammentrug. Im selben Moment, als Lassiter erfuhr, dass eine DiFalco einen O'Malley heiraten würde, begann seine journalistische Vorstellungskraft auf Hochtouren zu laufen, und er wob seine Chronik rund um die bevorstehende Hochzeit. Die beiden ältesten Familien der Stadt, deren Unternehmen das nördliche und das südliche Ende von Paradise Point bildeten, beabsichtigten, sich vor Mensch und Gott und einigen von PBS besten Kameraleuten zu vereinen. Maddy hatte ein paar Vorgespräche mit Lassiters Untergebenen über sich ergehen lassen, lange und mühsame Frage-und-Antwort-Sitzungen, die Einzelheiten zutage förderten, die nicht einmal ihre eigene Mutter interessant fand. Aidan, den man nicht immer als den umgänglichsten Mann in der Stadt bezeichnen konnte, hatte es bis zur Hälfte seines ersten Interviews geschafft, ehe er die Sache auf eine etwas heftige Art beendete.

»Ich wette, das kommt auch in die Dokumentation«, hatte

sie ihn wegen seiner nicht druckreifen Antwort geneckt. Ein Vorgespräch hatte schon in seiner alten Feuerwache stattgefunden, mehr dem Andenken seines toten Bruders geschuldet, als dem Wunsch, sein Gesicht von einer Kamera abgelichtet zu sehen. Sie konnte ihm nicht verübeln, dass er sich nicht erneut einem ausführlichen Gespräch über den Lagerhausbrand aussetzen wollte, der seinen Bruder vor etwa drei Jahren das Leben gekostet hatte. Aidan, der schwer verletzt worden war, war – eine Woche nach Billys Beerdigung – in seinem Krankenhauszimmer für seine Tapferkeit bei der Bekämpfung des Feuers mit einer Feier geehrt worden, ein Umstand, den sie erst von Claire erfahren hatte.

Die Familien O'Malley und DiFalco hatten sich in den frühen Zwanzigerjahren in Paradise Point niedergelassen, Einwandererfamilien, deren einziger Pluspunkt war, dass sie nichts mehr zu verlieren hatten. Nach jahrzehntelangen Anstrengungen konnten beide Familien endlich die Früchte von achtzig Jahren mühevoller Arbeit ernten. Die Stadt war damals noch keine Stadt, sondern nur ein Streifen Sand und Hoffnung mit ein paar baufälligen viktorianischen Häusern mit Blick auf den Strand, eine Erinnerung an bessere Zeiten.

Unter Aidans Führung strebte O'Malley's Bar and Grill mit Riesenschritten ins einundzwanzigste Jahrhundert und hatte seit Menschengedenken zum ersten Mal ein Quartal mit Gewinn verbucht.

Doch dieser Erfolg war gar nichts, verglichen mit dem, was Maddys Mutter Rose absahnte, seitdem sie die heruntergekommene Pension ihrer verstorbenen Mutter Fay in das bestbesuchte Bed and Breakfast an der Ostküste verwandelt hatte. Es war sogar schon die Rede davon gewesen, die Frühstückspension nebenan zu kaufen und sie auf den Stand des Candlelight zu bringen, doch bis jetzt hatte Rose diesbezüglich noch nichts unternommen. Maddy war davon überzeugt, dass es nur eine Frage der Zeit sei. Fürs Geldverdienen hatte ihre Mutter ein Händchen.

Von all den DiFalco-Cousinen war es nur Maddy gelungen, dreißig zu werden, ohne eine Scheidung hinter sich zu haben. »Du brauchst gar nicht so selbstgefällig dreinzuschauen«, hatte ihr ihre Cousine Gina letzte Woche im O'Malley's bei Nachos und Margaritas vorgeworfen. »Das liegt nur daran, dass du Tom nie geheiratet hast. Du warst mit ihm sechs Jahre zusammen, ehe ihr euch getrennt habt – und das ist länger als meine beiden Ehen zusammengenommen –, doch im Ernst, meine Kleine: Er ist eben doch gegangen. Wenn du mich fragst, ich finde, auch du hältst die Familientradition aufrecht.«

Nicht gerade etwas, was Maddy unbedingt hören wollte, doch seit wann hatte sich Gina – oder übrigens sonst jemand ihrer Verwandten – schon Gedanken über die Empfindsamkeit anderer gemacht? Maddy liebte sie alle heiß und innig, doch hin und wieder wurde sie mit der Nase darauf gestoßen, wieso sie fünfzehn Jahre einen ganzen Kontinent weit von ihren wohlgemeinten Bemerkungen entfernt zugebracht hatte. Maddys einzige ernste Beziehung war kurz nach der Geburt ihrer gemeinsamen Tochter Hannah zu Ende gegangen, und mit ihr auch der Traum, eine Familie zu gründen mit dem Mann, den sie liebte.

Doch dann, eines Tages, änderte sich alles. Maddy verabschiedete sich von ihrem alten Leben in Seattle und zog mit Hannah zurück nach Paradise Point, wo sie sich in Aidan O'Malley verliebte, und das Objekt ihrer Zuneigung erwiderte ihre Gefühle tausendfach. Von all den Überraschungen, die das Schicksal für sie aus dem Hut zaubern konnte, war dies die größte.

Sie ließ ihren Blick durch das große Ankleidezimmer streifen und zählte schnell die Anzahl der Personen. »Wo ist Hannah?«, fragte sie Rose, bemüht, ruhig und gelassen zu klingen, während Visionen ihrer fünfjährigen Tochter, wie sie reihenweise Zehntausenddollarroben vernichtete, ihre Knie weich werden ließen.

Rose blickte von dem Stoffmusterbuch auf, das sie gerade

durchgesehen hatte. »Kelly hat sie entdeckt, wie sie Purzelbäume über einem Stapel Brautjungfernkleider schlug.«

»Du lieber Himmel ...«

»Sie hat sich Hannah geschnappt und ist mit ihr Eisessen gegangen.«

Gott segne ihre zukünftige Stieftochter dafür, dass sie immer wusste, was zu tun war.

»Die Brautjungfernkleider?« Sie machte sich auf einiges an Schaden gefasst.

»Alles bestens«, erwiderte Rose, deren Aufmerksamkeit zwischen ihrer Tochter und einer Bahn elfenbeinfarbenem Satins geteilt war. »Das Kind ist einfach sehr lebhaft. Du brauchst dir keine Sorgen zu machen.«

Vor einem Jahr noch hätte Maddy sich nicht einer scharfzüngigen Antwort enthalten können, doch die Zeiten hatten sich geändert. Inzwischen zählte sie bis drei, ehe sie den Mund aufmachte.

»Hast du die Preisschilder auf den Sachen gesehen? Hannah ist imstande, durch ein ganzes Jahresgehalt Purzelbäume zu schlagen, während ich hier in meiner Unterwäsche herumstehe und darauf warte, dass irgend so eine schnippische Verkäuferin mir einen Haufen ...«

»Da bin ich schon«, verkündete die schnippische Verkäuferin, als sie in ihre Mitte trat, die Arme voller Kleider. »Ich habe drei in Größe achtunddreißig und eines in vierzig gebracht ... für alle Fälle.«

Die Tanten Toni und Connie wechselten vieldeutige Blicke. Maddy war nahe daran, ihnen zu erklären, sie zöge ihre gepolsterten Hüften jederzeit deren hängenden Wangen vor, bezweifelte aber, dass irgendjemand außer Cousine Gina ihre Bemerkung witzig finden würde.

Mach, dass ich hier raus kann, war ihre stumme Bitte an Gina, als sie ein rüschiges weißes Etwas überstreifte, das besser zu einer Scarlett O'Hara gepasst hätte als zu einem über dreißigjährigen Jersey-Girl.

Zu spät, bedeutete ihr Gina grinsend und schulterzuckend.
»Da mussten wir alle durch«, flüsterte ihr Tante Lucy ins Ohr, während sie Maddy half, die zu enge Korsage zuzuknöpfen. »Das Schlimmste ist fast schon überstanden.«

Na klar. Den möchte ich hören, der das sagt, wenn er in Unterwäsche dasteht.

Rose, ihre als praktisch und nüchtern veranlagt bekannte Mutter, die Frau, die ihr als Erste sagen würde, es sei Zeit, ein paar Kalorien einzusparen, hielt ihr einen engen elfenbeinfarbenen Schlauch hin, der wie ein cremefarbenes Band aussah. »Das würde dir hervorragend stehen.«

»Meiner rechten Hüfte vielleicht.«

»Probier es an.«

»Kommt gar nicht infrage.«

»Madelyn, du kannst ein Kleid nicht beurteilen, solange es auf dem Bügel hängt.«

»Das schon. Es ist zu klein.«

»Ich bin sicher, es wird passen.«

»Sie hat wahrscheinlich recht, Rosie«, ließ sich Tante Toni vernehmen. »Du probierst besser eins in vierzig oder zweiundvierzig an.«

»Ärmellos?«, gab Tante Connie zweifelnd zu bedenken. »Keine Frau über fünfunddreißig sollte etwas Ärmelloses tragen.«

»Ich bin dreiunddreißig«, verwahrte sich Maddy und betete um einen wohlgesetzten Blitzschlag oder ein kleines Erdbeben, das dieser haarsträubenden Szene ein Ende bereiten würde.

»Wie dem auch sei, bei einer Größe über achtunddreißig zeigt man seine Arme nicht mehr.« Tante Connie ließ sich nicht davon abbringen, und ihr Blick heftete sich auf Maddys nicht ganz so perfekte Oberarme, wie der eines Jagdhundes auf eine Ente. »Fall erledigt.«

»Das Fettabsaugen hat wahre Wunder an deinem Doppelkinn vollbracht, Connie«, bemerkte Tante Lucy mit einem frechen Grinsen. »Zu schade nur, dass Dr. Weinblatt auch noch den Rest deines Gehirns mit abgesaugt hat.«

Gina kicherte so laut, dass es auch noch in Pennsylvania zu hören war, und Denise und Pat drehten sich schnell um, damit sie niemand lachen sehen konnte. Lucy und Connie lagen schon länger im Clinch miteinander, als sich jemand erinnern konnte. Das Alter hatte wenig dazu beigetragen, die geschwisterliche Rivalität abzumildern, die seit mehr als sechzig Jahren zwischen ihnen bestand.

Maddy entdeckte plötzlich Aidans Schwägerin Claire im großen Spiegel des Ankleidezimmers. Claire wirkte sowohl belustigt als auch etwas pikiert wegen der Familienzwistigkeiten, doch sie stieg wenigstens nicht in dieses verbale Ping-Pong-Spiel ihrer Verwandtschaft ein. Und dennoch wirkte Claire, als wäre ihr etwas nicht recht. Maddy konnte es zwar nicht benennen, doch trotz des Lachens und der Witzeleien spürte sie es.

Claire schien sie eigentlich gemocht zu haben, bevor sie und Aidan ihre Verlobung bekannt gaben, aber von dem Moment an, als Maddy mit dem Ring am Finger erschienen war, hatte sich Claire merklich frostig ihr gegenüber verhalten, und Maddy tat, sehr zu ihrer eigenen Verwunderung, diese Kälte weh.

Es musste schwer sein für Claire zuzusehen, wie Aidan sich nach all den Jahren als alleinstehender Vater eine neue Familie aufbaute, während sie noch immer versuchte, sich mit einem Leben ohne ihren umgekommenen Ehemann Billy abzufinden. Aidans Bruder, der bei der Feuerwehr gewesen war, war vor drei Jahren bei besagtem Brand ums Leben gekommen, und hatte Claire mit fünf Kindern, einem bis unters Dach beliehenen Haus und einer heruntergekommenen Bar im Arbeiterviertel der Stadt zurückgelassen.

Wer wollte es der Frau verübeln, dass es ihr schwerfiel, mit ganzem Herzen an den Hochzeitsvorbereitungen teilzunehmen? Trotzdem stellte Maddy fest, dass ihr die alte, klugscheißerische Claire fehlte. Sie hatten sich zwar nicht sehr nahegestanden, doch das Potenzial für eine Freundschaft war vorhanden gewesen.

Claire wandte sich etwas zur Seite, und ihre Blicke trafen sich im Spiegel. Maddy schnitt eine Grimasse, und Claire lächelte freundlich zurück. Es war die Art von Lächeln, das man der Frau hinter sich in der Schlange am Geldautomaten schenkte. Unpersönlich. Schnell vergessen. Trotzdem aber war es besser als der Eishauch, der Maddy in letzter Zeit aus der Richtung ihrer zukünftigen Schwägerin entgegengeweht war, und sie war dankbar dafür.

Unglücklicherweise beging sie genau in diesem Moment den tragischen Fehler, tief zu seufzen, und der oberste Knopf sprengte die Schlaufe und schoss quer durch das Ankleidezimmer auf Tante Toni zu.

Volltreffer.

Toni riss die Hand vor ihr rechtes Auge und heulte auf. »Man hat auf mich geschossen!«

Es würde mehr als eines Blitzes oder eines kleineren Erdbebens bedürfen, um Maddy würdevoll davonkommen zu lassen. »Tante Toni, es tut mir ja so leid. Mein – äh, mein Knopf ist weggeplatzt.«

Toni blickte Maddy wütend durch ihre gespreizten Finger an. »Ich hab dir doch gesagt, du sollst eins in vierzig anprobieren, oder nicht?«

»Ma!« Ginas Gesichtsausdruck war nachgerade mörderisch. »Kannst du jetzt mal Ruhe geben?«

»Ich brauche einen Arzt«, erklärte Toni, ohne sich von ihrer Tochter beirren zu lassen. »Dieser Knopf schoss wie eine Kugel durchs Zimmer! Er hätte mich das Auge kosten können.«

»Um Himmels willen, Ma.« Nun war Denise an der Reihe. »Er hat dich überhaupt nicht berührt. Ich sah, wie er deinen Ring traf und dann an dir vorbeiflog.«

»Meine eigenen Töchter glauben mir nicht.« Toni wandte sich Unterstützung suchend an ihre Schwestern. »Ist das der Dank für alles, was ich für sie getan habe? Ich hätte tot sein können, und sie stehen nur da und behaupten, es sei nichts geschehen.«

Gina zog ihr Handy heraus und öffnete es. »Du hast recht, Ma. Du hast Glück, dass du nicht tot bist. Es könnte sich tatsächlich um einen Mordversuch handeln. Ich ruf die Polizei an, damit du Anzeige erstatten kannst.« Sie zwinkerte Maddy zu. »Tod durch Knopf von Brautkleid. Das wird sich morgen früh auf der ersten Seite des *Star-Ledger* hervorragend machen.«

Toni schnaubte beleidigt. Sie hatte im Lauf der Jahre ausreichend Gelegenheit zum Üben gehabt, und so war sie spitze darin. »Ich verstehe sowieso nicht, wieso wir hierher nach Short Hills fahren mussten. Wir hätten zur Hochzeitsscheune in Freehold fahren sollen. Die sind spezialisiert auf Übergrößen.«

»Das reicht«, erklärte Rose und riss die Türen des riesigen Ankleidezimmers auf. »Alle raus!«

»Du wirfst uns raus?« Toni war völlig entgeistert.

»Was hab ich denn getan?«, fragte Connie. »Ich bin es doch nicht, die die Polizei rufen will.«

»Hinaus!«, wiederholte Rose. »Alle miteinander.«

Maddy raffte ihre voluminösen Röcke und stieg vom Podest herab. »Das brauchst du mir nicht zweimal zu sagen.«

»Du nicht«, erklärte Rose und packte sie fest am Handgelenk. »Die anderen alle.«

Die Tanten und Cousinen murrten zwar, aber sie wussten, dass Rose es ernst meinte. Crystal, die Produktionsassistentin, unternahm einen heldenhaften Versuch, sich Rose zu widersetzen, gab sich aber schnell – wenn auch widerwillig – geschlagen. Claire allerdings schien richtig dankbar.

»Meine Schwestern sind riesengroße Ärsche«, sagte Rose, als sie die Tür hinter dem weitläufigen DiFalco-Clan plus zwei schloss. »Sollte ich je daran gezweifelt haben, haben sie es heute erneut bewiesen.«

»Da kann ich dir nicht widersprechen.«

»Knöpfe platzen ständig ab.«

»Klar tun die das«, erwiderte Maddy trocken. »Jedes Mal, wenn man versucht, eine Frau mit Größe vierzig ohne Schuhlöffel in ein Kleid in Größe achtunddreißig zu zwängen.«

»Nimm doch einen abgeplatzten Knopf nicht wichtiger als nötig.«

Du hast leicht reden, Rosie. Du bist ja auch nicht diejenige, deren Cellulitis zur Schau gestellt wurde.

»Ich habe Größe vierzig. Mein ganzes Leben hatte ich schon Größe vierzig. Warum sollte ich so tun, als hätte ich achtunddreißig, wenn es nicht so ist? Ich kann damit leben, wieso dann die anderen nicht?«

»Lucy war es mehr um den Stil gegangen als um die Passform, Madelyn. Sie können sich um die Passform kümmern, sobald du dich für ein Kleid entschieden hast.«

Maddy holte tief Luft, und zwei weitere Knöpfe prasselten auf den Boden. Jetzt war der richtige Moment. »Ma, was das Kleid betrifft ...«

Rose half mit, die verspielte Korsage von den Schultern ihrer Tochter zu ziehen. »Ganz und gar nicht dein Stil. Da stimme ich dir vollkommen zu.«

Ein weiterer tiefer Atemzug. Gott sei Dank gab es keine Knöpfe mehr, die abspringen konnten. »Ich fürchte, keines von all diesen ist es.«

Maddy entledigte sich des Kleides. Rose nahm es ungewöhnlich gelassen in Empfang und griff nach dem großen gepolsterten Kleiderbügel.

»Du hast erst ein Kleid anprobiert, Madelyn. Ich finde, du solltest nicht so schnell die Hoffnung aufgeben.«

»Ma, das alles geht mir etwas zu schnell. Ich bin mir nicht sicher, ob Aidan und ich überhaupt eine große Hochzeit wollen.«

»Deine Hochzeit ist schon in vier Monaten.« Rose hängte das Kleid auf den Bügel und an die Stange in der Ecke. »Wäre es nicht an der Zeit, sich zu entscheiden?«

Vier Monate, drei Wochen und elf Tage. Die Buchhalterin in ihr behielt alles genauestens im Auge. »Ich dachte, wir könnten einfach noch ein bisschen länger verlobt sein, ehe wir mit der Planung der Hochzeit beginnen.«

»Ich verstehe«, erwiderte Rose, obwohl Maddy klar war, dass sie dies eben nicht tat, »aber wenn du vorhast, Ende September zu heiraten, dann müssen wir jetzt mit dem Planen beginnen.«

»Es ist noch nicht einmal Juni, Ma. Wir haben noch viel Zeit.«

»Die besten Lokalitäten werden schon Jahre im Voraus gebucht. Wir sind jetzt schon im Verzug.«

»Dann planen wir eben keine große Hochzeit.« *Schachmatt!* »Wir machen nur eine kleine, intime Feier.«

Das musste man ihrer Mutter lassen, Rose verzog keine Miene. »Eine große Hochzeit ist der Traum jeder Braut.« Eine kurze Pause. »Vor allem, wenn die Braut einer großen Familie entstammt.«

»Die DiFalcos haben schon mehr als genug Hochzeiten erlebt. Noch eine würde in der Menge doch nur untergehen.«

»Wir haben weiß Gott mehr Hochzeitsgeschenke als nötig an deine Cousinen verteilt. Es wird Zeit, dass wir jetzt welche bekommen.«

Eine diplomatische Frau hätte sich in ihre Ecke zurückgezogen, um den Kampf an einem anderen Tag fortzusetzen, doch alte Gewohnheiten sind schwer abzulegen. Die Worte ihrer Mutter erweckten den in Maddy schlummernden Teenager, den gleichen, der Roses Leben vor langer Zeit so schwer wie möglich gemacht und jede Minute davon genossen hatte.

»Aidan meint, wir sollten durchbrennen.«

Diesmal wandelte sich Roses Gesichtsausdruck von überrascht zu geschockt und dann von geschockt zu entrüstet. »Ich kann nur hoffen, dass dies deine Art ist, einen Witz zu machen.«

Oh Gott. Warum hatte sie das bloß gesagt? Eine Handgranate hätte weniger Unheil anrichten können als diese fünf Worte. »Er – äh, er meinte, wir sollten Kelly und Hannah mitnehmen und nach Vegas fliegen.« Das nächste Mal, wenn jemand für totale Ehrlichkeit plädierte, würde sie diesen fürchterlichen Augenblick erwähnen.

»Ich hatte ihn für klüger gehalten.«

Sie wollte schon hinzufügen, dass Aidan dies wahrscheinlich scherzhaft gemeint hatte, doch die Bemerkung ihrer Mutter hatte sie getroffen. »Also, ich halte es eigentlich für eine recht gute Idee. Du würdest eine Menge Geld sparen, und ich müsste nicht in meiner Unterwäsche herumstehen, während sich deine Schwestern über mein Hinterteil lustig machen.«

»Deine Tanten sind nun mal so. Bekäme ich ein Fünfcentstück für jede Beleidigung, die auf mich abzielt, wäre ich Besitzerin jeder Frühstückspension von hier bis Maine. Du bist einwandfrei zu dünnhäutig, Madelyn. Warst du schon immer.«

»Offensichtlich ist meine Haut das Einzige an mir, das zu dünn ist.«

Rose ließ kurz den Blick über sie gleiten. »Tja, du hast ein paar Pfunde zugelegt seit Weihnachten.«

»Danke«, fauchte Maddy. »Lauter tröstliche Worte seitens der Mutter der Braut. Vergiss nur nicht, Crystal meine Maße zu geben, damit sie sie in ihrer Dokumentation verwenden kann.«

»Ich habe nicht gesagt, dass es unvorteilhaft aussieht. Du bist groß. Du verträgst es.«

»Klar tu ich das«, entgegnete Maddy. »Ich hätte wohl das mittelalterliche Korsett übersehen sollen, das die Verkäuferin mir gebracht hat.«

»Die passende Unterbekleidung ist das A und O einer festlichen Robe.«

»Ich brauche wirklich keine Unterweisung in Hüftgürteln, Mutter.«

»Ich habe nie gesagt, du bräuchtest einen Hüftgürtel. Hochzeitskleider brauchen eine gewisse Unterfütterung. Entweder man lässt Fischbeinstäbe in das Kleid einnähen, oder man trägt ein Strapsbustier. Das gehört eben zu dem Ganzen dazu.«

»Vielleicht will ich aber das Ganze gar nicht.«

»Es handelt sich um einen Tag in deinem Leben, Madelyn. Es geht doch um die Familie.«

»Nein, geht es nicht«, blaffte Maddy zurück. »Es sollte um Aidan und mich gehen. Um niemand sonst.«

Rose wandte sich ab, doch Maddy hatte schon das Glitzern in ihren Augen gesehen. Ihre Mutter weinte nie. Das einzige Mal, als sie Rose hatte weinen sehen, war an jenem fürchterlichen Tag im letzten Jahr, als sie Hannah ins Krankenhaus bringen mussten und es so aussah, als würden sie sie verlieren. Es war ein Tag heftiger Gefühle gewesen, voller Zorn, Schuld und Angst. Und danach die fast als strafend empfundene Erleichterung, als Hannah ihnen wiedergegeben wurde.

»Ma«, sagte Maddy, hin- und hergerissen zwischen Zorn und Schuldgefühlen, »wein doch nicht.« Sie rang sich ein Lachen ab. Sie fühlte sich nackt und verletzbar, wie sie so dastand in ihrer schäbigen baumwollenen Unterwäsche. Mehr Kind ihrer Mutter als Mutter eines eigenen Kindes. »Besorg einen Schuhlöffel. Ich werde versuchen, mich in das Kleid zu zwängen, wenn dir so viel daran liegt.«

»Nicht nötig«, sagte Rose, als sie sich wieder zu Maddy umdrehte. Die Tränen hatten der wohlbekannten stählernen Entschlossenheit Platz gemacht, die Maddy dazu gebracht hatte, sofort nach der Highschool bis ans andere Ende des Landes zu flüchten. »Es ist schon fast halb zwei. Ich glaube, wir alle könnten jetzt ein Mittagessen vertragen.«

»Aber warum machen wir nicht ...«

»Ich hole deine Kleider.«

Maddy saß in der Falle. Rose war schon halb zur Tür hinaus, und es war klar, dass Maddy ihr in BH und Slip nicht folgen würde. Sie konnte nur warten, bis die schnippische Verkäuferin Rose ihren Pulli und die Jeans übergab, und sich dann zum Rest des Clans zum Lunch gesellen.

Mitgefangen, mitgehangen.

Ein Lieblingsmotto der DiFalcos.

»Ich habe ein Priscilla-of-Boston-Modell gefunden, mit angeschnittenen Ärmeln, das Ihrer Tochter bestimmt hervorragend stehen würde.« Die Verkäuferin, deren unauffälliges Namensschild sie als Dianne auswies, deutete auf einen Vulkan elfenbeinfarbenen Satins und gleichfarbiger Spitze, der auf die wulstige Chaiselongue drapiert war. »Und das in Größe vierzig, immerhin. Sie können sich ja nicht vorstellen, wie schwierig es ist, etwas Anständiges in Größen über achtunddreißig zu finden. Wir geben uns die größte Mühe, auch die etwas fülligere Braut zufriedenzustellen, aber ...« Ihr Seufzen über die Vergeblichkeit ihrer Bemühungen klang nicht sehr überzeugend. »Was soll ich sagen? Die meisten unserer Kundinnen unterziehen sich einem straffen Trainingsprogramm, vor allem, je näher der große Tag rückt.«

Miststück.

»Wir lassen die Sache für heute gut sein«, erklärte Rose und brachte ein höfliches Lächeln zustande, obwohl sie eigentlich diesem Weib das Herz aus dem Leib reißen wollte. »Doch trotzdem vielen Dank für Ihre Hilfe.«

»Sie hat aber nur ein Kleid anprobiert.«

»Richtig«, erwiderte Rose freundlich.

»Man kann doch aufgrund eines einzigen Kleides keine Entscheidung treffen.«

»Natürlich«, stimmte Rose ihr zu. Wenn es etwas gab, das Rose als Wirtin zur Perfektion gelernt hatte, dann war es die Kunst des Sichverstellens. »Deshalb machen wir auch für heute Schluss und gehen essen.«

Das stark mit Botox aufgespritzte Gesicht der Verkäuferin ließ etwas erkennen, das einer menschlichen Regung ähnelte. Es war überraschend, wie es ihr gelang, mit so wenigen beweglichen Teilen im Gesicht derartige Verachtung auszudrücken.

»Darf ich noch fragen, wie ihr das Modell von Wang gefallen hat?« Sie schlug einen Notizblock auf und nahm die Kappe von ihrem Stift ab. »Ich führe Buch über die Vorlieben der zukünftigen Bräute.«

»Das finde ich großartig«, erwiderte Rose. »Darf ich Ihnen einen Vorschlag machen?«

»Bitte, gerne. Ich freue mich über Anregungen.«

»Nächstes Mal versuchen Sie, die zukünftige Braut nicht mit

der Größenangabe auf dem Etikett zu beleidigen. Ist schlecht fürs Geschäft, meine Liebe, und noch schlechter für das Selbstvertrauen der jungen Frau.«

Das war zwar nicht der linke Haken, den sie gerne angebracht hätte, doch der verbale Schlag auf das Kinnimplantat war fast genauso befriedigend. Rose hatte das Gesicht ihrer Tochter gesehen, als sich das Gespräch um Kleidergrößen und schlaffe Muskeln drehte, und sie wünschte sich inständig, sie hätte das Ganze besser durchdacht, bevor sie diesen katastrophalen Einkaufstrip geplant hatte. Es war eine Sache für Rose, den zunehmenden Taillenumfang ihrer Tochter oder deren Geschmack in puncto Kleidung sanft zu kritisieren. Aber es war eine ganz andere Sache, wenn irgendjemand anders an so etwas auch nur zu denken wagte.

Rose wurde zur Löwin, wenn es um Maddy oder um Hannah ging. Die Tiefe ihrer Liebe machte ihr sogar manchmal Angst. Sie machte sie vom Leben, vom Schicksal verwundbar; und bei einer Frau wie Rose schürte das deren tiefste Ängste. Als man bei ihr vor fünf Jahren Brustkrebs diagnostizierte, galt ihr erster Gedanke ihrer Tochter. Sie hatte vor sehr langer Zeit damit aufgehört, zur Messe zu gehen, doch am Tag vor ihrer Operation fand sie sich plötzlich in der letzten Reihe von Unsere liebe Frau von Lourdes wieder, betete aber nicht für sich selbst, sondern dafür, dass ihrer Tochter ein gleiches Schicksal erspart bleiben möge.

»Die Kleider meiner Tochter«, herrschte sie die Verkäuferin an, und empfand auf einmal das dringende Bedürfnis, diesem parfümierten, riesigen Salon zu entkommen.

Obwohl offensichtlich war, dass es zu keinem Kauf kommen würde – vor allem nicht heute –, blieb die Verkäuferin trotz der entschwindenden Provision professionell. Rose war beeindruckt. »Ich werde sie ihr sofort bringen.«

Auf einmal sah sie ihre Tochter so, wie sie eine Verkäuferin nie würde sehen können. Ihren schönen Körper, nicht mehr der Körper eines Mädchens, sondern der einer Frau. Einer

Mutter. Die kaum sichtbaren silbrigen Linien auf ihrem Bauch und ihren Brüsten. Die weichen Rundungen, die eine Geburt und das Stillen eines Kindes mit sich brachten. Maddy war nie in ihrem Leben schöner oder durch die Kritik anderer verletzbarer gewesen.

Und sie, Rose, hätte es besser wissen sollen, als ihr Kind diesem auszusetzen.

»Ich nehme sie mit«, sagte sie und wartete, während die Verkäuferin die ausgeblichenen Jeans und den handgestrickten Pullover aus irgendeinem Kabuff weit entfernt von den Wang-, Acra- und Priscilla-Modellen holte.

Lucy schickte vom anderen Ende der Brautmodenabteilung einen Blick mit hochgezogener Augenbraue in Richtung Rose, während ihre anderen Schwestern böse Gesichter machten und sich abwandten. Es war genauso wie vor fünfzig Jahren, als sie sich wegen eines Tellerrocks oder wegen des Nachbarsjungen gezankt hatten. Sie stritten nun nicht mehr über Kleider oder Männer – Gott sei's gedankt –, doch alles andere auf dem Erdball war ein gefundenes Fressen, allem voran ihre Kinder.

Kinder waren sie natürlich inzwischen nicht mehr. Bis auf Maddy waren alle ihre Töchter bereits verheiratet, geschieden und wieder verheiratet. Es gab sogar schon Anzeichen dafür, dass sie ihre Mütter in diesem Heirats-Bäumchenwechseldich übertreffen würden, indem sie es auf eine Häufigkeit brachten, die einem das Herz brechen konnte, würde man lange genug darüber nachdenken. Es wäre Maddys erster Gang zum Altar, und Rose wollte, dass dieser Tag für sie so feierlich und außergewöhnlich würde, wie es ein Hochzeitstag nur sein konnte. Doch am meisten wünschte sie sich, dass es eine gute Ehe würde, eine, die immer stärker, inniger würde, lange nachdem die Hochzeitsalben schon weggepackt worden waren.

Die Verkäuferin kam mit Maddys Kleidern zurück. Rose bedankte sich und ging damit in das Ankleidezimmer.

Maddy hockte in einer Ecke der Chaiselongue auf der Kante zwischen einem Ballen schneeweißer Spitze und einem Stapel

Musterbüchern. Sie hob den Kopf, als sie die Tür gehen hörte, und wandte sich ab, als sie Rose dort mit ihren Jeans und ihrem Pulli stehen sah.

Rose gab ihr die Kleider. »Ich dachte mir, du hättest wahrscheinlich inzwischen genug von unserer Freundin Dianne.«

Maddy zog den hellgelben Baumwollpulli über den Kopf und zupfte ihn zurecht. »Danke.«

»Wir warten bei den Autos auf dich.«

»Okay.«

Rose hielt an der Tür kurz inne. »Dieser Einkaufsausflug war wohl doch keine so gute Idee.«

»Wirklich?«, erwiderte Maddy. »Wo ich mich doch so amüsiert habe.«

Rose hätte sich gerne entschuldigt. Die Worte »Es tut mir leid« lagen ihr auf der Zunge, doch sie brachte es nicht über sich, sie laut auszusprechen. Musste man sich dafür entschuldigen, das Beste für sein Kind zu wollen? War es ein Kapitalverbrechen, von einer Bilderbuchhochzeit zu träumen, wie sie einer Prinzessin zugestanden hätte?

»Lass dir nicht zu viel Zeit«, sagte Rose stattdessen. »Es gibt nur bis zwei Essen bei Bernino's, und es ist noch ein gutes Stück bis dorthin.«

»Etwas, worauf man sich freuen kann«, murmelte Maddy, als Rose die Tür hinter sich schloss.

Stecken und Stein bricht dein Gebein, doch Worte können dir nichts anhaben.

Derjenige, der das gesagt hat, hatte offensichtlich keine Kinder.

2

Claire Meehan-O'Malley musste alle ihr zu Gebote stehende Selbstkontrolle aufbieten, um vor Rose nicht auf die Knie zu fallen und ihren Cocktailring zu küssen. Sie war nahe daran gewesen, einen Herzanfall vorzutäuschen, um aus diesem giftgeschwängerten Ankleidezimmer zu entkommen, als Rose kurzerhand die ganze Bande hinauswarf, und das keine Sekunde zu früh.

Claire hatte immer gedacht, ihre eigene Familie hätte den Markt für Verhaltensgestörte fest im Griff, doch nachdem sie die DiFalcos persönlich und aus nächster Nähe erlebt hatte, musste sie zugeben, dass es einen neuen Bewerber um den ersten Platz gab. Verglichen mit den DiFalcos waren die Meehans und die O'Malleys ausgesprochene Amateure.

Diese beiden alten Kühe Connie und Antoinette schienen einen Countdown bis zum nächsten Kampf zu zählen. Claire lief ihnen ein paarmal die Woche über den Weg und hörte sich jedes Mal ein Dankgebet aussprechen, dass sie niemals einer von beiden morgens am Frühstückstisch gegenübersitzen musste. Kein Wunder, dass ihre Familien so kaputt waren. Generation um Generation von DiFalco-Frauen gelang es mit tödlicher Sicherheit, sich die falschen Männer auszusuchen.

Claire wollte niemanden verurteilen. Die DiFalco-Cousinen waren ein ganz netter Haufen – die meisten von ihnen jedenfalls –, aber ihre romantischen Eskapaden und Fehlgriffe waren, in manchen Fällen zumindest, etwas für das Stadtarchiv. Maddys Geschichte dagegen war weit weniger extravagant, doch auch ihr war es nicht gelungen, die Pechsträhne ihrer Familie in puncto Liebesglück zu unterbrechen.

Gina und Denise standen flüsternd neben einem Arrangement von mit strassbesetzten Manolo Blahniks, die mehr als Claires monatliche Hypothekenrate kosteten. Als Claire sich dann zwischen den Vera-Wang-Kleidern und den Manolos umsah, stieg ihr plötzlich der unverwechselbare Geruch von Geld in die Nase. Was tat sie eigentlich hier? Saks war nun mal nicht ihre Art von Geschäft. Sie konnte in diesem Laden nicht einmal eine Strumpfhose kaufen, geschweige denn das Outfit für eine Hochzeitsparty. Und falls die Brautjungfern nicht doch noch bei Target eingekleidet würden, müsste sie einen Weg finden, dieses Privileg mit Anstand abgeben zu können, oder ihrer Jüngsten erklären, dass der Besuch eines College leider nicht mehr zur Debatte stünde.

»Ich weiß nicht, wofür sie sich eigentlich hält«, stellte Connie laut genug fest, dass es jeder auf der Etage hören konnte. »Sie kann uns doch nicht rauswerfen. Der Laden gehört ihr doch nicht.«

»Sieh dir mal mein Auge an.« Toni hielt Claire ihr Gesicht unter die Nase. »Ist da irgendwo Blut?«

Keine von beiden schien es auch nur im Geringsten zu stören, dass sich das tätowierte Mädchen von PBS, neben einem Modell von Badgley Mischka stehend, eifrigst Notizen machte.

Claire wollte schon etwas Unfreundliches und wahrscheinlich Unverzeihliches sagen, als sich die Tür des Ankleidezimmers öffnete und Rose zum zweiten Mal erschien.

»Madelyn wird uns in der Parkgarage treffen, und dann fahren wir zum Essen zu Bernino's.« Sie ließ ihren Blick in die Runde schweifen und zählte im Geiste die Köpfe. »Kelly und Hannah sind noch immer nicht zurück?«

»Ich hab sie nicht gesehen«, erwiderte Lucy stirnrunzelnd. Connie und Toni wandten ihnen den Rücken zu und ignorierten das ganze Gespräch.

»Kelly wollte mit Hannah Eisessen gehen«, erklärte Rose. »Ob wohl jemand ...«

Das brauchte man Claire O'Malley nicht zweimal zu sagen. Sie ergriff die Gelegenheit beim Schopf.

»Ich suche sie«, erklärte sie, »und treffe euch dann bei den Autos.«

»Ich begleite dich«, erbot sich Lucy. »Es ist ein großes Einkaufszentrum. So können wir uns aufteilen.«

»So groß ist es nun auch wieder nicht«, sagte sie zu Lucy, kaum dass sie Saks verlassen hatten.

»Solange die anderen das nicht wissen, bin ich aus dem Scheider.« Sie zwinkerte Claire zu. »Glaubst du, du bist die Einzige, die ein Schlupfloch gesucht hat?«

Sie verschwanden hinter einer Gruppe riesiger Hummer, die aussahen wie mit Steroiden gemästete SUVs.

»Normalerweise sind wir gar nicht so«, erklärte Lucy, als sie gegenüber von Tiffany stehen blieben, um sich den Plan der Mall anzusehen.

»Jede Familie hat mal einen schlechten Tag«, erwiderte Claire. Bei Lucy war es leicht, großherzig zu sein, auch wenn man es nicht so meinte.

»Tatsächlich war das unser Sonntagsbenehmen.« Sie zwinkerte zu Claire hinauf. »Kaum zu glauben, nicht?«

Das stimmte, doch Claire hielt es für besser, ihre Meinung für sich zu behalten. »Meine Schwestern und ich brauchten einmal den ganzen Parkplatz von Kmart bei einer unserer Auseinandersetzungen.«

»Den bei Wildwood?«

»N…nein«, erwiderte Claire. »Den großen in der Nähe von Atlantic City.«

Lucy pfiff leise. »Ich bin beeindruckt. Ich kann mir vorstellen, dass das alle da oben mitgekriegt haben.«

»Wir haben eine ganz schöne Show abgezogen«, sagte Claire. »Meine Schwester Vicky musste danach einen Monat lang eine Perücke tragen.«

»Ich bin viel zu wohlerzogen, um nach den Einzelheiten zu fragen«, bemerkte Lucy lachend, »aber es klingt, als wären wir alle Kandidaten fürs Nachmittagsfernsehen. Hast du gesehen, wie unsere tätowierte Freundin sich Notizen gemacht hat? Mir graut, wenn ich daran denke, was meine Schwestern Peter Lassiter erzählt haben könnten.«

»Triffst du dich denn nicht heute Abend mit ihm?«, fragte Claire und bemühte sich, den vorwurfsvollen Ton aus ihrer Stimme zu verbannen. Sie hasste Peter Lassiter und seine ganze Mannschaft, die ihre Nasen in Dinge steckten, die sie nichts angingen, und Fragen stellten, die kein vernünftiger Mensch beantworten würde.

»Sieben Uhr fünfzehn«, bestätigte Lucy. »Er möchte sich die Alben von dem Kleidergeschäft ansehen, das ich an der Main Street hatte.«

»Also, das ist doch etwas, woran es sich zu erinnern lohnt«, erwiderte Claire. »Doch ich wette, du erinnerst dich nicht daran, dass ich für dich gearbeitet habe.«

»Glaubst du? Du warst mit Abstand die schlechteste Verkäuferin, die ich je hatte.«

Claire zuckte zusammen. »Im Umgang mit Menschen hatte ich damals noch einiges zu lernen.«

»Du hast meine Schwester Rose aussehen lassen wie Madeleine Albright.«

»Hab ich mich jemals dafür bedankt, dass du mir geholfen hast, den Job in der Bäckerei zu bekommen?«

»Ja«, sagte Lucy, »und meine Kunden auch. Das waren drei der längsten Tage meines Lebens.«

Claire musste lachen. Lucy beleidigte sie nicht. Es war nur die Wahrheit, an die sie sich gern erinnerte. »Für mich auch«, räumte sie ein.

»Meine Mutter erklärte mir ohne Umschweife, ich müsste mir das Geld für das Kleid für meinen Abschlussball selbst verdienen oder ich müsste auf ihn verzichten. Ich dachte mir, wenn ich für dich arbeiten würde, bekäme ich einen Mitarbeiterrabatt. Kein Mensch hatte mir verraten, dass man einen Hochschulabschluss in ›Psychologie des Abnormen‹ benötigt, um Kleider zu verkaufen.«

»Warum glaubst du wohl, hab ich mich mit meiner Nähmaschine und der Schneiderpuppe im Arbeitsraum versteckt? Da draußen war es nämlich gefährlich.«

»Mir scheint, ich hatte Glück, diesen dritten Tag lebend zu überstehen.«

»Ich hoffe, ich habe dir den Rabatt trotzdem gegeben.«

»Hast du«, bestätigte Claire. »Und du hast mir auch noch ein herrliches Paar Satinhandschuhe zu dem Kleid geliehen.«

»Das ist nun wenigstens eine Geschichte, bei der ich nichts dagegen hätte, wenn sie in der Dokumentation gebührend erwähnt würde«, erwiderte Lucy scheinbar erleichtert. »Wenn ich jetzt noch meine Schwestern und ein paar meiner Exehemänner bestechen könnte, Milde walten zu lassen, könnte ich wieder aufatmen.«

Sie plauderten noch immer angeregt über das Kleidergeschäft und Lucys Geschick als Schneiderin, als sie an der Tür der Eisdiele angelangten. Große selbst fabrizierte Schilder schmückten die Fenster und priesen die ausgefallensten Eissorten an.

»Eiscreme in Waffeltüten mit Schokostreuseln«, stellte Claire fest und konnte nur mit Mühe ihre Lust darauf verbergen. »Meinst du, wir haben genug Zeit, um uns eine Portion dieser Köstlichkeit zu gönnen?«

»Schätzchen, wenn du glaubst, ich hätte den ganzen Weg gemacht, um dann ohne eine Waffeltüte mit Erdbeereis abzuziehen, dann kennst du mich aber schlecht.«

Zu schade, dass Lucy nicht vierzig Jahre jünger war. Das war eine DiFalco, die Claire gern als Aidans neue Frau in die Familie aufgenommen hätte.

»Vanille, Waffel, Schokostreusel«, sagte sie, während sie auf die Theke zuging und in ihrer Tasche nach ein paar Münzen fischte.

Lucy winkte ab. »Das ist das Mindeste, was ich tun kann, nach dem Zirkus, den meine Schwestern veranstaltet haben.«

»Ich seh mal im Nebenraum und auf der Toilette nach. Du behältst die Tür im Auge.«

»Lass dir Zeit«, riet ihr Lucy mit einem boshaften Grinsen.

»Kann der Bande nicht schaden, sich in der Garage ein wenig die Beine in den Bauch zu stehen.«

TJ's erinnerte Claire an Farrell's, eine Eisdiele, die damals in war, als sie und Billy geheiratet hatten. Die fröhliche Ragtimemusik. Die altmodische Einrichtung des Cafés mit den Pseudozeitungsausschnitten, die an die Wand geklebt waren. Die Kellner in voluminösen weißen Hemden, schwarzen Hosen mit Hosenträgern – und sie machten einen zutiefst amerikanischen, gesunden Eindruck, dass sie sich nicht gewundert hätte, wenn sie pasteurisiert, homogenisiert und mit einem Haltbarkeitsdatum versehen gewesen wären.

Sie stand im Durchgang zum Speiseraum und betrachtete die Leute. Es war die übliche Montagsmischung. Ältliche Kunden, die wieder Kraft schöpften für den Rückweg nach Hause, eine Handvoll Mädchen im Teeniealter, die Eisbecher mit Karamellsoße aßen, junge Mütter mit ausgelassenen Kleinkindern und Babys in Windeln oder gar im Leib.

Claire wurde wehmütig zumute, als sie diese dicken Babybäuche sah. Sie war gerne schwanger gewesen. Die ganze Sache lag ihr. Sie fühlte sich besser, sie aß besser und schlief besser als je sonst in ihrem Leben, all die fünf Male, die sie schwanger war. Ihre Freundinnen beklagten sich darüber, während ihrer Schwangerschaften geschlechtslos und hässlich zu sein, doch nicht so Claire. Nie hatte sie sich reizvoller oder lebendiger gefühlt. Sogar Billy war der Unterschied aufgefallen, und ihr Liebesleben hatte eine süße Wildheit entwickelt, an die sie sich noch immer gern erinnerte.

Spät nachts, wenn ihr manchmal das Bett sehr groß und sehr leer erschien, kramte sie diese Erinnerungen hervor, staubte sie ab und versuchte, sich das Gefühl zu vergegenwärtigen, wie es war, berührt, umarmt und beinahe geliebt zu werden.

Billy und sie hatten sich große Mühe gegeben, damit es funktionierte, doch die Chancen standen von Anfang an schlecht für sie. Wenn sie vielleicht etwas älter und etwas klüger gewesen wären, hätten sie dies erkannt, ehe es zu spät war, doch in ihren ehrlichen Momenten war sich Claire bewusst, dass sie alles wieder genauso machen würde.

Ihre Beziehung war keine Märchenbuchromanze gewesen wie die von Maddy und Aidan, keine dieser mondlichtbeschienenen, verzauberten Lovestorys, die hervorragenden Stoff für Fernsehsendungen lieferten, doch sie war auch nicht schlecht gewesen. Sie hatten zusammen eine Familie gegründet, fünf wunderbare Kinder in die Welt gesetzt. Trotz allen Ärgers, trotz der Enttäuschungen waren sie eine Gemeinschaft gewesen. Sie waren eine Familie gewesen, eine richtige Familie, unvollkommen und laut, aber echt und beständig. Und aus einer Vielzahl von Gründen würde sie dies nie bereuen.

Sie verstand Frauen wie Maddy nicht, die von zu Hause auszogen und sich ein neues Leben fern von Familie und Freunden schufen. Dieser Gedanke war Claire so fremd wie für ihren Sohn Billy ein Leben ohne Fußball. Man wuchs dort weiter, wo man eingepflanzt wurde. Sicher nahm man Veränderungen vor, etwas mehr Licht, etwas mehr Wasser, vielleicht ein kluger Rückschnitt ab und zu, doch man kam zurecht. Man tat es für seine Eltern und für seine Kinder, und während man älter und ein bisschen weiser wurde, begann man zu merken, dass man es auch für sich selbst tat.

Als Maddy mit eingezogenem Schwanz nach Hause zurückkam, konnte Claire nicht umhin, sich zu fragen, ob diese Rückkehr jemals stattgefunden hätte, wenn Tom Lawler Maddy und Hannah nicht verlassen hätte. Sie war bereit, ihre Lieblingsohrringe darauf zu setzen, dass Rose DiFalcos Tochter andernfalls glücklich und zufrieden in ihrem schicken Penthaus in Seattle geblieben wäre, ohne einen Gedanken an Paradise Point zu verschwenden.

Du bist gemein, flüsterte ihr die leise und störende Stimme der Vernunft ins Ohr. Ihre beiden mittleren Töchter, Willow und Courtney, gingen direkt nach der Highschool zur Army, um sich ihr Collegestudium finanzieren zu können. Wieso sollte dies so anders sein als das, was Maddy gemacht hatte? Die

Zukunft bedeutete manchmal, woanders zu landen – und mit jemandem, den man sonst nie kennengelernt hätte.

Eine der jungen Mütter sah auf und ihr Blick begegnete Claires. Sie lächelten sich über den Kopf des geräuschvoll nuckelnden Babys der Frau an, einer dieser magischen Momente der Verbindung zwischen vollkommen Fremden.

Genieße jeden einzelnen dieser Augenblicke, hätte Claire ihr gern geraten. *Sie sind schon Erinnerung, noch ehe du den nächsten Atemzug tust.*

Doch ihr war klar, die Frau würde ihr niemals glauben. Sie war jung und vielleicht sogar glücklich, und sie hatte alle Zeit der Welt.

Genau wie Claire vor langer, langer Zeit gedacht hatte.

»Ich will zu meiner Mommy.« Hannahs eigensinniges kleines Kinn schob sich vor, was Kelly O'Malley rasch als aufkeimenden Ärger deutete. »Ich will nicht mehr hierbleiben.«

Kelly war klug. Kelly war verantwortungsbewusst. Sie ging fast jeden Sonntag zur Messe. Dies hier war ganz und gar unmöglich. Sie hielt die Tür der Toilettenkabine mit ihrem Fuß zu und fragte sich, was sie wohl angestellt hatte, dass Gott so sauer auf sie war. Ihr fiel keine andere Erklärung dafür ein, wie es dazu kommen konnte, dass sie sich auf der Toilette von TJ-Süßwaren die Seele aus dem Leib kotzte, während ihre zukünftige Stiefschwester zusah und wahrscheinlich alles notierte.

»Es tut mir leid, Hannah«, erwiderte sie und schloss die Augen vor dem aufsteigenden Schwindelgefühl. »Das Eis muss mir wohl nicht bekommen sein.«

»Von Eis wird den Leuten nicht schlecht«, erklärte Hannah. »Von Eis geht es einem besser.«

»Nun, diesmal ...« Sie begann wieder zu würgen, doch ihr Magen war längst leer. Trocken zu würgen war doch eine nette Abwechslung.

Hannah begann zu heulen, laute lang gezogene Klagelaute. Wenn es Kelly nicht so schlecht gegangen wäre, hätte sie vielleicht mitgeheult. Von allen dämlichen Gelegenheiten, bei denen einem übel werden konnte, war dies die schlimmste. Wenigstens war keine von Maddys furchterregenden Tanten da, die sie sehen konnten. Sie konnte sich nur allzu gut vorstellen, was sie dazu sagen würden. Sie war sich sicher, dass sie jedes Mal, wenn einer Frau unter fünfzig schlecht wurde, nach ihrer Taille spähten und hinter ihrem Rücken flüsterten. Bei dem Gedanken musste sie sich beinahe erneut übergeben, doch sie machte einen tiefen Atemzug und zwang ihren Magen, sich zu beruhigen. Es konnte einfach nicht sein. Ganz vollkommen unmöglich.

Fast unmöglich, flüsterte eine kleine Stimme. Die Nonnen hatten schon recht gehabt, als sie Enthaltsamkeit als die einzige hundertprozentige Form der Empfängnisverhütung priesen – wenn man die Jungfrau Maria außer Acht ließ. Kondome, die Pille, Diaphragmas, Spiralen, Cremes und Schaum – sie alle versagten hin und wieder.

Seltsam, wie man etwas wissen kann und gleichzeitig auch wieder nicht. Die Statistiken waren ihr jahrelang in Sexualkunde eingehämmert worden, diese verschwindend geringe Fehlerquote, die das Leben für immer ändern konnte, doch man hatte nie geglaubt, dass es etwas mit einem selbst zu tun haben könnte, oder damit, wie man sich jedes Mal fühlte, wenn er den Raum betrat und einen auf diese besondere Weise anlächelte.

So etwas passierte doch nur anderen, irgendeinem Mädchen, das nicht so klug oder vorsichtig wie man selbst ist. Jemandem, der kein Stipendium für die Columbia-Universität hatte oder einen fertigen Schlachtplan für den Rest seines Lebens.

Seth würde auch nach New York an die Columbia gehen, was so perfekt war, dass es ihr schon fast wieder Angst machte. Sie würden die vier Jahre bis zu ihrem Bachelor-Abschluss zusammen sein, dann würden sie heiraten, an der Columbia oder anderswo ihren Master machen und dann in neblig goldener Zukunft schließlich eine Familie gründen.

Hannahs Heulen ging in einen Schluckauf über. Das kleine Mädchen sah zu ihr hoch und hickste erneut. Kelly konnte nicht anders, sie musste kichern. Der ganze Tag war schon verrückt gewesen. Die furchterregenden DiFalcoTanten. Ihre eigene Tante Claire, die so aussah, als wollte sie sich verdrücken. Maddy, ihre zukünftige Stiefmutter, die man zwang, in ihrer Unterwäsche dazustehen. Und nun sie, die auf dem Boden der Toilette einer Eisdiele im versnobten Einkaufszentrum von Short Hills saß und Hannah zusah, die auf den Weltrekord im Schluckauf hinarbeitete.

Hannah hickste noch einmal und fing dann auch zu kichern an, und als Nächstes lagen sie sich in den Armen und lachten, bis sie Seitenstechen bekamen.

»Ich muss mal«, erklärte Hannah, als das Lachen verebbte. »Jetzt sofort!«

»Nur zu«, erwiderte Kelly und begann wieder zu lachen. »Wir sind ja schon in der Toilette!«

»Nein«, entgegnete Hannah deren eigensinniges Kinn wieder zu zittern begann. »Du darfst nicht hier drinnen sein, wenn ich muss.«

Kelly stand auf und klopfte sich die Rückseite ihres Jeansrocks ab. »Brauchst du Hilfe?«

Hannah schüttelte den Kopf. »Geh!«

»Ich warte draußen«, sagte Kelly und öffnete die Tür der Kabine. »Ruf mich, wenn du mich brauchst.«

Hannah drückte die Tür hinter ihr zu, und Kelly musste lächeln, als sie hörte, wie sich das kleine Mädchen mit dem Schloss abmühte.

»Schließ nicht ab, Hannah«, schlug sie ihr vor. »Ich pass auf, dass niemand reinkommt.«

Sie hielt mit der Hand die Tür zu und lehnte ihre Stirn gegen die kühle, gestrichene Oberfläche. Wenigstens drehte sich jetzt der Raum nicht mehr. Das war schon ein Fortschritt verglichen mit der Achterbahnfahrt, die begonnen hatte, kaum dass sie zwei Löffel ihrer Eiscreme verschlungen hatte. Auf dem Zeug sollte ein Warnhinweis angebracht sein. Vor allem, nachdem man sich die letzten paar Wochen fast zu Tode gehungert hatte, um dieses fabelhafte, trägerlose Kleid zum Abschlussball tragen zu können. Wahrscheinlich war das der Grund dafür, dass ihr übel geworden war. So eine Menge Eis auf leeren Magen, das würde jedermanns Verdauung durcheinanderbringen.

Und was ist mit gestern und vorgestern? Das kann man nicht auf die Eiscreme schieben.

Sie hörte das Rascheln von Papier hinter der Kabinentür, gefolgt vom Schnalzen eines Gummibandes und Gemurmel. Hannah war kürzlich fünf geworden. War das alt genug, alleine zurechtzukommen? Sie wünschte, sie könnte sich erinnern, wie es um ihre Fähigkeiten in jenem Alter bestellt war, doch es war so lange her, dass sie keine Einzelheiten mehr wusste.

»Alles in Ordnung?«, rief sie.

Hannahs Antwort ging im Geräusch der Toilettenspülung unter, und Kelly beschloss, dies als ein Ja zu interpretieren.

Kurz darauf zog Hannah an der Tür. Kelly ließ los, und die beiden marschierten zu der Wand mit den Waschbecken, wo Kelly das Kind hochhob, damit es sich die Hände waschen konnte.

»Seife«, bat Hannah und wedelte mit den Fingern. »Ich brauch mehr.«

Kelly drückte erneut auf den Spender, und ein Strahl goldener Seife schoss heraus und in Hannahs Hand.

»Wir sollten uns beeilen«, sagte sie, während sie Hannah erneut hochhielt, damit das kleine Mädchen zu dem heißen Luftstrom des Handtrockners hinaufreichen konnte. »Deine Mom wird schon eine Suchmannschaft nach uns ausgeschickt haben.«

»Ich hab mein Eis nicht aufgegessen«, erklärte Hannah mit der zwingenden Logik einer Fünfjährigen. »Es steht noch dort.«

»Wahrscheinlich ist es geschmolzen. Du kannst beim Essen ein Eis haben.«

Sie hatte es sich zum Prinzip gemacht, Kinder niemals anzulügen. Sie vergaßen zwar, wo sie ihre Schulsachen gelassen hatten, doch sie vergaßen es nie, wenn ein Erwachsener sie angelogen hatte. Sie mussten zum Essen irgendwo anhalten. Es war ausgeschlossen, dass sie den ganzen Weg nach Paradise Point mit leerem Magen zurückfuhren – nicht, wenn Tante Claire dabei war –, und jedes Restaurant in New Jersey bot Eiscreme an.

Hannah zupfte Kelly ungeduldig am Handgelenk. »Ich will jetzt gehen.«

Kelly spritzte sich am Waschbecken Wasser ins Gesicht und brachte Hannah zum Lachen, als sie ihren Kopf zur Seite neigte, um damit in den Luftstrom des Trockners zu kommen.

»Also hier findet die Party statt.« Tante Claire war in der Tür aufgetaucht, einen verwunderten Ausdruck im Gesicht. »Wir haben uns schon Sorgen gemacht.«

»Hast du mein Eis gesehen?«, wollte Hannah wissen. »Ich hab es nicht aufgegessen.«

»Das hast du nicht? Wow! Meine Mädchen haben ihr Eis immer aufgegessen.« Tante Claires Blick wanderte von Hannah zu Kelly. »Wie das?«

Nein, Hannah, bitte nicht!

»Kelly war schlecht geworden, und ich musste mit ihr gehen.«

Tante Claire hatte eine Art, einen anzuschauen, die einem das Gefühl gab, sie wüsste schon, was man dachte, noch ehe man es überhaupt gedacht hatte. Als kleines Mädchen hatte Kelly oft gesehen, wie sich dieser gefährliche Blick ihrer Tante auf ihre eigenen Töchter richtete, und sie war jedes Mal dankbar dafür gewesen, dass sie keine großen, dunklen Geheimnisse zu verbergen hatte. Sie wünschte, sie könnte das auch jetzt behaupten.

»Kel?« Ihre Tante konnte mehr in ein Wort legen als irgendwer sonst, den sie kannte.

»Nicht der Rede wert«, erwiderte sie. »Das Eis ist mir nicht bekommen.«

Claire legte die Hand auf ihre Stirn und sah Kelly tief in die Augen. Kelly wäre nur zu gerne ihrem Blick ausgewichen, doch sie konnte es nicht. Die Berührung ihrer Tante war ihr so vertraut wie ihr eigener Herzschlag. Claire war immer schon da gewesen, direkt im Zentrum von Kellys Leben, so weit sie zurückdenken konnte. Claires Tür war für Kelly und ihren Dad immer offen gestanden. Es hatte immer für sie einen Platz am Tisch gegeben, sogar in der Zeit, als Claires eigenes Familienleben durcheinandergeraten war.

Das war vor langer Zeit. Kelly liebte ihre Tante von ganzem Herzen, doch Claire würde sie nie verstehen. Nicht in einer Million Jahre. Maddy schon. Sie wünschte, es wäre Maddys Hand auf ihrer Stirn, Maddys sanfte Stimme, die fragte, ob alles in Ordnung sei.

»Alles in Ordnung mit dir?«, hakte ihre Tante nach.

»Klar. Was sollte nicht in Ordnung sein?«

Claire musterte sie, was Kelly wie eine Ewigkeit vorkam, und sie hätte sich zu gerne in ihre Arme gestürzt, so wie sie es in Hannahs Alter getan hatte.

Ich habe Angst, Tante Claire ... mach, dass es besser wird ... mach, dass es aufhört ...

Hannah drängte sich zwischen sie und zerrte am Saum von Claires hellgrünem Baumwollpulli. »Können wir jetzt gehen? Toiletten riechen komisch.«

Kelly nahm ihre zukünftige Stiefschwester bei der Hand. »Komm«, sagte sie und zwinkerte ihrer Tante zu. »Ich glaube ganz bestimmt, dass deine Großmutter zum Essen auch Eiscreme eingeplant hat.«

»Komm doch heute zum Abendessen vorbei«, lud Claire Kelly ein, während sie ihnen mit dem Ellbogen die Tür aufhielt. »Wir müssen uns unterhalten.«

»Würde ich gerne«, log Kelly, »doch heute muss ich noch in den Matheclub.«

»Dann morgen.«

»Da gehe ich zu Maddy.«

Upps. Falsche Antwort. Das Gesicht ihrer Tante schien sich jedes Mal zu versteinern, wenn Kelly Maddys Namen erwähnte.

»Dann Samstagmorgen zum Frühstück.«

»Ich würde wirklich gerne, Tante Claire, aber ich bin eine von den fünfen, die am Samstagmorgen für die Dokumentation interviewt werden. Wir sind die fünfundsiebzigste Abschlussklasse und ...«

»Dann wirst du dir eben nächste Woche Zeit nehmen, Kelly Ann. Ich will wissen, was los ist.«

Kelly beugte sich zu ihr und drückte einen Kuss auf die Wange ihrer Tante. »Hat dir schon mal jemand gesagt, dass du dir zu viele Sorgen machst?«

»Nein«, antwortete Claire und zerzauste ihr liebevoll die Haare. »Du bist die Erste.« Sie rückte den Kragen von Kellys Bluse zurecht. »Dein Vater weiß gar nicht, welches Glück er hat.«

Es schmerzte, solche Worte zu hören und zu wissen, dass sie nicht zutrafen. Immer war sie das brave Mädchen gewesen, die Leistungsorientierte, diejenige, bei der man sich darauf verlassen konnte, dass sie das Richtige tat. Als ihre Cousinen Mist bauten und in Schwierigkeiten gerieten, räumte Kelly, die Gute, die Einsen nur so ab und wurde zur Klassensprecherin gewählt. Ihre Cousinen hatten Probleme mit chaotischen Freunden, ab und zu Akne, etliche eingedellte Kotflügel und setzten sich so oder so oft über das Ausgehverbot hinweg, während Kelly mit Rückenwind davonsegelte.

Je kunterbunter es in der O'Malley-Familie zuging, desto stärker empfand Kelly den Zwang, alles richtig zu machen. Niemand verlangte Perfektion von ihr. Das brauchte auch keiner. Sie war von Anfang an so veranlagt gewesen, strebte eine idealisierte Vorstellung von sich selbst an, der sie eigentlich nie gerecht werden konnte. Das hielt sie aber nicht davon ab, es zu versuchen. Sie mochte das Gefühl von Ordnung, das aus dem Befolgen von Regeln entstand. Sie erstellte gern

Listen und hakte dann jeden erledigten Punkt ab. Ihr gefiel der Gedanke, dass ihr Vater und ihre Tante sich keine Sorgen darüber zu machen brauchten, dass sie ihr Leben verpfuschen könnte, indem sie einen dummen, dummen, einmaligen Fehler machte ...

Hannah beobachtete sie genau; ihre großen blauen Augen nahmen alles auf, verstauten es, bis sie nach Hause kam und es Rose und Maddy in allen Einzelheiten erzählen konnte. Von der Eiscreme angefangen bis hin zu Kelly, die die Toilettenschüssel umarmt.

Eine schöne Aussicht.

3

Rose hatte einen Tisch für vierzehn Personen im Hauptraum von Bernino's Steak and Seafood Restaurant reserviert, das auf einem der vielen sanften Hügel Nordjerseys stand. Maddy trödelte noch in der Lobby, indem sie so tat, als wäre an Hannahs Ärmel etwas zu richten, bis ihre Tanten ihre Plätze an dem einen Ende der Tafel eingenommen hatten und sie sich mit ihrem kleinen Mädchen, außer Schussweite, am gegenüberliegenden niederlassen konnte.

Nur leider hätte sie sich Plätze in Delaware suchen müssen, um deren Aufmerksamkeit zu entgehen.

»Das Mädchen isst seinen Brokkoli nicht.« Tante Toni unterstrich ihre Bemerkung mit einer schwunghaften Bewegung ihrer gut beladenen Gabel. »Sie vergeudet die guten Sachen.«

Tante Connie nickte weise. »Ich habe keines meiner Kinder je aufstehen lassen, bevor sie ihr Gemüse aufgegessen hatten.«

»Womit sich wahrscheinlich die Zunahme an Essstörungen in Paradise Point erklären ließe«, flüsterte Gina Maddy ins Ohr.

»Du bist unhöflich, Gina.« Toni funkelte ihre Tochter böse über den Tisch an. »Sag das, was du zu Maddy gesagt hast so, dass es alle hören können.«

Ginas Lächeln war scheinheilig harmlos. »Ich habe Maddy nur von damals erzählt, wie du und Vater O'Donnell unter ...«

Der Tisch brach in schallendes Gelächter aus. Toni schob ihren Stuhl zurück und machte Anstalten, selbstgerecht und beleidigt abzuziehen, bis Connie sie daran erinnerte, dass sie in ihrem Wagen gekommen waren und sie bestimmt nirgendwohin ginge, ehe sie ihr Dessert gegessen habe.

»Vergessen Sie bloß nicht, all das Ihrem Chef zu berichten«, riet Lucy Crystal. »Wir werden noch bei Jerry Springer landen statt bei PBS.«

Erneut schallendes Gelächter aller, gefolgt von ein paar Kommentaren, die auch noch einen mit allen Wassern gewaschenen Matrosen hätten erröten lassen.

»Toni sieht aus, als würde sie am liebsten unter den Tisch kriechen und verschwinden«, sagte Maddy zu ihrer Cousine. »Sie tut mir beinahe leid.«

»Sie hat es nicht anders verdient«, stellt Gina fest, spießte ein Brokkoliröschen von Hannahs Teller auf und steckte es in den Mund. »Die Frau hat ein Mundwerk, das nicht aufgibt.«

Gina richtete ihre Gabel auf ein weiteres Röschen, doch Hannah hielt die Hände über ihren Teller. Kaum hatte Gina die Gabel zurückgelegt, spießte Hannah das größte Stück Brokkoli auf, das sie finden konnte, und verspeiste es mit einer Begeisterung, die sie sonst nur für Eisbecher an den Tag legte.

»Das machst du großartig«, stellte Maddy fest. »Das war eine eindrucksvolle Demonstration von Kompetenz.«

»Ich habe darin nur mehr Übung als du«, erwiderte Gina augenzwinkernd. »Mach das, was funktioniert, und vergiss den Rest.«

Maddy bemerkte, dass Claire sie und Gina über den Tisch hinweg ansah. Ihre zukünftige Schwägerin betrachtete sie beide mit einem Ausdruck, der teils Neugier und teils – war das möglich? – Abneigung verriet.

»Was hat sie denn für ein Problem?«, murmelte Gina hinter ihrem Wasserglas. »Wir haben uns zumindest die Haare gekämmt, bevor wir das Haus verließen.«

»Gina!«

»Das ist mein Ernst. Sie dir ihr Gesicht an. Ich würde einen Vorkoster engagieren, wenn ich du wäre, Cousinchen.«

»Sie sitzt neben Connie. Ist doch kein Wunder, oder?«

»Es ist aber nicht Connie, die sie anstarrt, Schätzchen. Dieser böse Blick ist genau auf dich gerichtet.«

»Das bildest du dir ein.«

»Tu ich das?«

»Find dich damit ab, Claire«, murmelte Gina hinter ihrer Leinenserviette. »Du hast zumindest nicht die DiFalco-Schenkel geerbt.«

Wie sollte man seinem Kind den Wert guter Manieren vermitteln, wenn man am Rande eines ausgewachsenen Lachanfalls schwebte? Dem Himmel sei Dank für Tante Lucy, deren unfehlbares Timing sie davor bewahrte, sich bis auf die Knochen zu blamieren.

»Habt ihr eigentlich schon gehört, dass sich Olivia Westmore für das alte McClanahan-Haus interessiert?«, fragte Lucy in die Runde.

»Ich habe gehört, sie will es an Sommergäste vermieten«, ließ sich Pat vom anderen Ende des Tisches vernehmen.

»Da sei Gott vor.« Tante Connie bekreuzigte sich. »Was uns gerade noch gefehlt hat, sind noch mehr Sommergäste.«

»Das meinst auch nur du, Connie«, stellte Rose fest. »Die Sommergäste haben unsere Stadt von den Toten auferstehen lassen.«

»Dass du die Touristen magst, ist doch klar«, gab Connie zurück. »Du verdienst an ihnen ja schließlich auch Geld mit deiner Pension. Der Rest von uns muss mit der Unordnung leben, die diese Leute hinterlassen.«

»Was für eine Unordnung?«, fiel Claire ein, während Crystal eifrig in ihr Notizbuch kritzelte. »Ich habe noch nie etwas von Schwierigkeiten im Zusammenhang mit unseren Sommergästen gehört.«

»Das liegt daran, dass es keine gab.« Lucy fixierte Connie, bis ihre jüngere Schwester schließlich ihrem Blick auswich. »Connie mag Olivia nicht, weil Olivia sich mit einem ihrer Exmänner trifft.«

»Halt! Halt!« Crystal hielt die Hand hoch. »Nicht so schnell! Da komme ich ja nicht mit.«

»Sie hätten ein Tonbandgerät mitbringen sollen«, entgegnete Kelly ihr freundlich. »Da würde Ihnen nichts entgehen.«

Wie gut, dass das arme Mädchen nicht in Richtung Connie und Toni schaute, denn die Blicke, die diese auf sie richteten, hätten den stärksten Mann töten können.

»Falls du von Matthew sprichst«, sagte Connie mit eisiger Stimme zu Lucy, »das ist doch Schnee von gestern. Es ist mir so was von egal, mit wem er sich trifft.«

»Wie schön«, erklärte Rose, »denn Olivia trifft sich gar nicht mehr mit ihm. Er war viel zu alt für sie. Sie geht jetzt mit dem Mann, der die Geldmittel für das NJTV bereitstellt.«

»Seit wann bist du solch ein Olivia-Westmore-Expertin?« Toni brannte offensichtlich schon den ganzen Tag darauf, einen Streit vom Zaun zu brechen, und jetzt, wo es nach einem aussah, wollte sie ihn sich nicht durch die Lappen gehen lassen. »Du kennst sie doch kein bisschen besser als wir.«

»Eben schon.« Maddy hatte ihre Mutter noch nie so hämisch darauf bedacht gesehen, einer ihrer Schwestern eins auszuwischen. »Wir haben uns angefreundet, nachdem Olivia Vizepräsidentin des Geschäftsfrauenvereins geworden ist.« Sie setzte zum entscheidenden Schlag an. »Wusstest du, dass Olivias Bruder letztes Jahr in einer Dokumentation über den Wandel Osteuropas zu sehen war? Er ist ein sehr bekannter Fotograf mit Verbindungen zu PBS. Man hat versucht, ihn mit ins Boot zu nehmen für unsere …«

»Oh, verflixt!« Claire sprang auf. »Tut mir leid! Ich hab mein Wasserglas umgestoßen.«

Einer der Ober brachte einen Stapel Servietten und füllte sofort das Wasser nach. Claire, rot im Gesicht vor Verlegenheit, setzte sich wieder.

Tante Connie wollte nichts hören über Olivias angeblich berühmten Bruder. »Ich verstehe nicht, wieso sie so viel Zeit darauf verwendet haben, sie zu interviewen«, erklärte Connie reichlich entrüstet. »Sie ist nicht hier geboren. Sie hat doch keine Ahnung von der Geschichte unserer Stadt.«

»Ihre Eltern sind hier geboren«, erwiderte Rose. »Ist aber nicht so wichtig.«

»Sie gehört zu unserer Zukunft«, fiel Denise ein. »Sie trägt mit dazu bei, die Richtung, in die wir uns entwickeln, zu formen.«

»Vielleicht sind sie an ihrem Bruder interessiert«, gab Fran zu bedenken. »Wenn er so gut ist, wird er das Ansehen der Show heben.«

»Hast du denn nicht zugehört?«, sagte Toni zu ihrer Tochter. »Sie geht mit dem Produzenten. Das ist der Grund.«

Die arme Crystal ließ vor lauter Überraschung ihren Stift fallen und verschwand dann unter dem Tisch, um ihn aufzuheben. *Lauf davon,* dachte Maddy. Wenigstens einer sollte hier lebend herauskommen.

»Du solltest mal deine Augen untersuchen lassen, Schätzchen.« Nun mischte sich auch Lucy wieder ein. »Wenn Olivia in der Nähe ist, denken diese Jungs nicht an Geschichte, sondern an Dekolleté.«

»Falls ihr tatsächlich so gute Freunde seid«, sagte Toni zu Rose, »dann wirst du uns auch sagen können, was sie mit dem McClanahan-Häuschen zu tun gedenkt.«

»Aber gerne«, erwiderte Rose. »Sie macht einen Teeladen auf.«

»Was für eine tolle Idee!«, sagten Maddy und Denise in einem Atemzug und mussten lachen.

»Ein Teegeschäft?« Toni versuchte, ein böses Gesicht zu machen, doch ihre neuste Schönheitsoperation vermasselte ihr die Wirkung. »Wozu brauchen wir ein Teegeschäft? Teebeutel gibt es doch auch bei Super Fresh.«

»Nicht diese Art von Teeladen«, erklärte ihr Claire. »Sie hat vor, nachmittags richtigen englischen Tee zu servieren.«

Rose überspielte schnell ihre Überraschung, dass Claire ebenso eingeweiht war wie sie. »Das stimmt. Der Laden bekommt den Namen ›Cuppa‹, und sie hofft, die Teestube diesen Sommer eröffnen zu können.«

»Wer will schon heißen Tee im Sommer?«, fragte Maddys Cousine Pat. »Sie wäre besser dran mit einem Stand für Eiscreme.«

»Ich halte es für eine großartige Idee«, erklärte Maddy. »Gehoben, trendy und doch der Tradition verbunden. Ich denke, sie wird damit ein Geschäft machen.«

»Das glaube ich auch«, stimmte Rose zu.

Zumindest standen sie heute auf der gleichen Seite im Schlachtgetümmel.

»Hauptsache sie macht keinen zweiten Frisiersalon auf«, bemerkte Gina.«

»Welches ist denn nun das McClanahan-Haus?«, wollte Crystal wissen, als sie ihren Platz wieder einnahm. »Ist das die alte Scheune am See oder …«

»Es ist das an der Ecke Shore Road und Paradise Point Drive«, antwortete Claire.

»Mit der rot lackierten Eingangstür und dem Rosenspalier?«

»Genau das.«

»Das sieht aus wie ein Postkartenmotiv«, erklärte Toni. »So süßlich, dass mir die Zähne davon wehtun.«

»Falls man davon ausgeht, dass du überhaupt noch eigene hast, die dir wehtun können«, murmelte Gina, und Maddy versetzte ihr unter dem Tisch einen Tritt.

»Deshalb sind dort dauernd so viele Arbeiter ein und aus gegangen«, bemerkte Maddys Cousine Denise. »Joe hat ein Angebot für die Installationsarbeiten abgegeben, aber den Zuschlag bekamen die Bielewsky-Brüder.«

»Diese Strandräuber.« Connie strich Butter auf ein Stück Weißbrot. »Wenn ihr wüsstet, was sie mir abgeknöpft haben für einen neuen Schlauch an meiner Waschmaschine.«

Man konnte deutlich hören, wie Denises Kinnlade auf der anderen Seite des Tisches aufschlug. »Du hast die Bielewskys geholt und nicht Joe, Tante Connie? Wie konntest du nur!«

»Joe hat sich letztes Mal, als er kam, nicht die Füße abgetreten«, erklärte Connie völlig indigniert. »Ich musste ständig mit einer Sprühflasche Putzmittel hinter ihm herlaufen.«

»Wir gehören aber zur Familie.«

»Ihr lasst euch doch scheiden.«

»Das ist noch nicht endgültig. Du hättest zumindest anrufen können.«

»Ich habe nichts davon gemerkt, dass du bei mir angerufen hast, als sie zu dir kamen, um die Kinder bei den Vorbereitungen für die Tanzaufführung zu filmen. Du hast alle anderen von der Familie angerufen, nur nicht meine Enkelkinder.«

»Falls deine Enkelkinder irgendwelches Talent hätten, hätte ich …«

»Hey!«, rief Frannie quer über den Tisch. »Meine Kinder haben mehr Talent im kleinen Finger als deine Kinder …«

Ihre Familie war nicht mehr zu halten, Beleidigungen flogen über den Tisch wie Reis bei einer Hochzeit. Der armen Kelly fielen fast die Augen aus dem Kopf, und Claire wirkte eine Spur zu vergnügt für Maddys Geschmack. Schließlich hatten die O'Malleys auch einige Leichen im Keller. Der Unterschied war nur, dass Maddys Leichen hier bei Bernino's waren und mit ihnen zu Mittag aßen.

Maddy wandte sich Rose zu, die nickte und dann mit ihrem Messer an ihr Wasserglas tippte.

»So reizend diese Unterhaltung auch ist«, begann Rose, »so sollten wir sie vielleicht doch vertagen. Auch ich bin sehr dafür, Mr Lassiter und unsere Crystal hier mit schillernden Anekdoten für die Dokumentation zu versorgen, aber wir wollen es doch nicht übertreiben. Wir sind hier, um auf Maddys bevorstehende Vermählung anzustoßen und um Pläne dafür zu machen.«

So wie Maddys Tanten dreinschauten, hätte man meinen können, ihre Mutter hätte einen kollektiven Selbstmord am Salatbüfett vorgeschlagen.

Was angesichts dessen, wie sich der Tag bis jetzt entwickelt hatte, vielleicht von Vorteil gewesen wäre.

»Sag, dass es vorbei ist«, bat Gina Maddy, als sie zwei Stunden später den Parkplatz von Bernino's verließen. »Sag, dass das alles nur ein böser Traum war.«

»Es ist vorbei«, erwiderte Maddy lachend, »aber es war kein böser Traum. Es war unsere Familie.«

Gina schaltete ihr Navi ein und bog an der Ampel rechts ab. »Du willst mir also tatsächlich sagen, ich werde nicht aufwachen und feststellen, dass eigentlich Harriet Nelson meine leibliche Mutter ist.«

»Nein, es sei denn, DiFalco war ihr Mädchenname.«

Gina seufzte vernehmlich. Ihre Cousine hatte eigentlich eine sehr hohe Hemmschwelle was das Familienchaos anging. Es musste wirklich schrecklich gewesen sein, wenn es Gina auch aufgefallen war. »Sie waren einmalig in Form heute.«

»Und da wunderst du dich, dass ich nach der Highschool von zu Hause weggelaufen bin.«

»Verdammt, nein. Ich wundere mich, wieso du überhaupt zurückgekommen bist.«

Gina war ein Schatz. Sie blickte einfach durch.

»Danke, dass du einiges von dem Feuer auf dich gelenkt hast. Es ist schön zu wissen, dass sich noch jemand anders in der Familie mit den Tanten anlegt«, sagte Maddy, als sie Denise und Rose zum Abschied winkten. »Ich dachte schon, diese Ehre gebührt allein mir.«

»Nicht, solange es mich gibt.«

Einiges von der Anspannung des Nachmittags ebbte ab, und Maddy lehnte sich mit geschlossenen Augen in ihrem Sitz zurück. »Wusstest du, dass Rose und ich uns im Ankleidezimmer in die Haare geraten sind, nachdem sie alle hinausgeworfen hatte?«

»Versuchs mal mit etwas, das die ganze Familie nicht weiß.«

»Ihr habt uns gehört?«

»Das brauchten wir nicht. Die seismische Aktivität war ein untrügliches Zeichen.«

»Ich sagte ihr, Aidan und ich wollten durchbrennen.«

»Echt jetzt?«

»Er meinte, wir sollten Hannah und Kelly mitnehmen und nach Vegas fahren.« Sie lachte. »Soll Rose doch eine Party für uns schmeißen, wenn wir zurück sind, und sie von den PBS-Leuten zahlen lassen.«

»Oh ja«, erwiderte Gina und begann auch zu lachen. »Ich bin sicher, das wäre etwas für unsere Rosie.«

»Ich hab so etwas natürlich gar nicht vor, aber in dem Moment, als sie von mir verlangte, das trägerlose Klebebandkleid anzuprobieren, war ich darauf aus, einen Streit mit ihr anzufangen.«

»Ich wette, du hast das Blut unserer Rosie ganz schön in Wallung gebracht.« Gina fädelte sich hinter Tante Lucys Buick auf dem Highway ein. »Was gedenkst du also jetzt zu tun?«

»Wieder von zu Hause auszureißen.«

»Steht nicht mehr zur Debatte. Du bist hier, und du bleibst hier.«

Maddy tat, als schauderte es sie. »Lebenslänglich in Paradise Point.«

»In Rufweite jedes einzelnen DiFalco-Verwandten auf diesem Planeten.«

»Halt den Wagen an«, forderte Maddy sie auf. »Ich habe plötzlich das dringende Bedürfnis, mit dem Verkehr russisches Roulette zu spielen.«

Von allen Cousinen war Gina diejenige, die am besten zwischen den Zeilen zu lesen verstand. Sie lachte immer an den richtigen Stellen, doch sie erkannte unter dem schwarzen Humor den Kern der Sache. Es steckte mehr in Gina, als ihre etwas derbe Art einen glauben machen wollte. Maddy war einer der wenigen Menschen, die die Frau hinter dem Lachen zu Gesicht bekam.

»Ich dachte, die Dinge liefen inzwischen besser zwischen dir und Rosie.«

»Liefen sie auch«, erwiderte Maddy und korrigierte sich dann. »Sie tun es. Wir geben uns beide große Mühe, verständnisvoller miteinander umzugehen, doch ich würde lügen, wenn ich nicht zugeben würde, dass wir einige Reibereien hatten, nachdem Aidan und ich uns verlobt haben.«

»Und ich dachte, sie fährt voll auf ihn ab.«

»Tut sie. Ich glaube, die Hochzeit macht uns beide verrückt.«

»Vielleicht auch nicht. Vielleicht ist es diese Dokumentation, die an unser aller Nerven zerrt. Diese ganzen Rückblicke in die Vergangenheit sind nicht sehr gut für uns.«

Maddy musterte ihre Cousine eingehend. »Ich dachte, dir gefällt das ganze Aufsehen.«

Ginas Salon sollte ein gehöriger Teil Sendezeit des Dokumentarfilms über die neue Generation von Unternehmerinnen, die das Gesicht der alten Küstenstadt veränderten, gewidmet werden.

»Man muss nur tief genug graben, und man findet zwangsläufig etwas, was jemand lieber begraben lassen hätte.«

Gina schüttelte den Kopf, als wollte sie diesen Gedanken verscheuchen. »Mir wäre lieber, sie würden ihr Hauptaugenmerk auf deine Hochzeit richten.«

»Vielen Dank, Kumpel«, erwiderte Maddy. »Ich werd's mir merken. Tatsächlich läuft das Haus schon vor Hochzeitsmagazinen und Stoffmustern für Kleider über, und wenn ich noch ein Wort über Caterer höre, dann schwöre ich, ich werde …«

»Du hast das Schloss, den gläsernen Pantoffel und den strahlenden Prinzen, Aschenputtel. Was macht es schon aus, wenn sich hinter dem Altar eine Kamera versteckt. Von mir bekommst du kein Mitleid. Du und Aidan ihr könntet Südjerseys Trista und Ryan sein, das Taumpaar aus *Bachelorette*.«

»Hüte deine Zunge.«

»Du liebst ihn, oder nicht?«

»Natürlich tu ich das.«

»Und du willst ihn heiraten.«

»Sonst hätte ich nicht Ja gesagt.«

»Wo ist also das Problem? Wenn es etwas gibt, was die DiFalcos gut können, dann ist es eine Hochzeit planen. Warum lehnst du dich nicht gemütlich zurück und genießt es?«

»Du hältst mich für einen undankbaren Menschen, nicht wahr?«

»Richtig«, erwiderte Gina, während eine Wagenladung DiFalco-Schwestern an ihnen vorbeirauschte. »Rosie kann einem zwar den letzten Nerv töten, aber sie liebt dich. Außerdem bist du die Einzige, die es vielleicht gleich beim ersten Mal richtig macht. Du kannst es ihr nicht übel nehmen, dass sie deine Hochzeit zu einem denkwürdigen Ereignis machen möchte.«

»Ich glaube, ich werde mich daran erinnern, auch ohne völlig ignoriert zu werden und ohne Champagnerfontäne.«

»Ich weiß nicht recht, wie ich es dir beibringen soll, aber es geht gar nicht um dich.«

»Genau das hat Rose auch gesagt.«

»Vielen Dank«, erwiderte Gina mit einem dramatischen Rollen ihrer Augen. »Ich spüre die Krampfadern schon wachsen, während ich noch spreche. Trotzdem, du weißt, dass ich recht habe.«

»Sie spricht nicht von einer Hochzeit, Gee. Sie spricht von einem Zirkus.«

»Es handelt sich nur um einen Tag. Finde dich damit ab.«

»Ich glaube nicht, dass ich der Typ für eine große Hochzeit bin.«

»Bitte sag nicht, dass es dir mit dem Ausreißen nach Vegas ernst war.« Gina erschauderte. »Das ist eine zu triste Vorstellung, sogar für mich.«

»Es könnte lustig sein. Vor allem, wenn der dicke Elvis die Zeremonie abhält.«

»Was für ein reizender Gedanke.«

»Den Kindern würde Abhauen sicher Spaß machen.«

»Die Kinder haben auf deiner Hochzeitsreise nichts zu suchen.«

»Heißt das, du wärst bereit, sie zu hüten? Du weißt ja, wie sehr Joey Hannah mag.«

Gina überging die Frage, da sie damit beschäftigt war, einen langsam fahrenden Streifenwagen zu überholen. »Du wirst auch keine dicken Hochzeitsschecks von den Tanten bekommen, wenn du sie nicht zu einem richtigen Essen mit gebratener Hochrippe und Tanzkapelle einlädst.«

»Was meinst du, wie hoch werden diese Schecks wohl ausfallen?« Sie tat, als würde sie sich schon voller Vorfreude die Hände reiben.

»Hoch genug, um ein paar höhnische Bemerkungen wettzumachen.«

»Du bist also der Meinung, ich soll mich für ein paar Kröten verkaufen.«

»Du wirst es mir vielleicht jetzt nicht glauben, doch irgendwann kommt der Tag, an dem du es verstehst. Der dicke Elvis mag ja ganz lustig sein, aber er gehört nicht zur Familie, und bei Hochzeiten dreht sich alles um die Familie.«

»So hab ich dich ja noch nie reden gehört. Du klingst durch und durch DiFalco.«

»Wenn du mich zitierst, werde ich jedes einzelne Wort abstreiten. Ich muss schließlich auf meinen Ruf achten.«

»Vielleicht bringen Rose und ich uns ja gegenseitig um, ehe ich zum Altar schreite.« Bei dem Gedanken an die Leute von PBS, die alles filmten, wurde ihr richtig mulmig.

»Vertrau mir, ihr werdet euch vertragen.«

»Im Gefängnis«, gab Maddy zurück, und beide brachen in Gelächter aus.

Dann schwiegen sie einige Meilen lang. Keine von ihnen hatte allzu oft Gelegenheit, in Ruhe Auto zu fahren. Gina hatte drei Kinder unter zehn, ein Trio unter Hochspannung stehender Energiebündel, ähnlich ihrer Mutter. Sie verbrachten den Nachmittag im Upsweep, Ginas Frisiersalon, und wurden in der Mini-Kindertagesstätte betreut, die Gina für Angestellte und Kunden im rückwärtigen Teil ihres Geschäftes eingerichtet hatte.

Es war das erste Mal, dass Gina von der Seite ihres Jüngsten gewichen war, seitdem er vor drei Wochen aus dem Krankenhaus entlassen worden war. Er war im Haus seines Vaters in der Nähe von Princeton krank geworden, und Gina hatte ihre beiden anderen Kinder vor der Haustür ihrer Schwester Denise abgeliefert, um hinauf in den Norden zu Joey zu fahren.

»Wie geht es eigentlich Joey? Ich hatte irgendwie gehofft, du würdest ihn heute mitbringen.«

Gina musste lachen. »Was für eine gute Idee: Joey und Hannah, die durch Saks toben.«

»Das jagt einem Angst und Schrecken ein«, pflichtete Maddy ihr bei. »Also, wie geht es ihm nun?« Gina war ungewöhnlich in sich gekehrt gewesen, seitdem sie Joey nach Hause geholt hatte, und Einzelheiten über den Zustand des Kleinen waren kaum zu erfahren.

»Wir fahren nächste Woche wieder nach Princeton rauf zum Arzt«, antwortete Gina, den Blick unverwandt auf die Straße gerichtet.

»Princeton? Ich dachte, du mochtest Dr. Jeanne.«

»Das musst du meinen Ex fragen«, erwiderte Gina. »Er hat den Job gewechselt, und die neue Versicherungsgesellschaft hat sehr pingelige Vorstellungen, zu wem wir gehen dürfen.«

»Das ist doch unfair. Joey lebt doch hier unten. Man kann doch nicht von dir verlangen, da hinaufzufahren, um …«

»Was erwartest du denn von mir?«, fiel Gina ihr ins Wort. »Vielleicht hast du die Zeit, dich mit einer Versicherung anzulegen, ich nicht.«

Sie verfielen wieder in Schweigen, doch es war ein wesentlich ungemütlicheres als davor.

Sie hätte Gina wegen ihrer Wahl des Kinderarztes nicht bedrängen sollen. Ihre Cousine war seit Joeys überraschendem Krankenhausaufenthalt einem enormen Stress ausgesetzt gewesen. Man konnte ihr nicht verübeln, dass ihr Nervenkostüm ziemlich angegriffen war. Maddy verstand Gina nur allzu gut.

Anfang Dezember war Hannah kurz im Krankenhaus gewesen wegen einer heftigen allergischen Reaktion auf ein Reinigungsmittel, mit dem ein alter Samowar geputzt worden war, und man hatte sie ins Zimmer neben Aidans hundert Jahre alte Großmutter Irene gelegt. Die Familien DiFalco und O'Malley hatten sich in Sorge und Dankbarkeit zusammengefunden, als sie von der Matriarchin Abschied nahmen und die Genesung des Kindes feierten. Und von diesem Moment an war Maddy felsenfest davon überzeugt, dass sie die Hand des Schicksals spürte, die sie und Aidan zueinanderführte.

Nichts in ihrem Leben war ihr je zuvor natürlicher erschienen oder hatte sich richtiger angefühlt. Die Anziehungskraft zwischen ihnen war von Anfang an nicht zu leugnen gewesen, doch noch wichtiger war die emotionale Verbindung, die Maddy jedes Mal, wenn sie Aidan sah, stärker wurde. Die Heirat würde am Ende nur das Gelöbnis, das sich ihre Herzen gegeben hatten, rechtskräftig machen.

Sie wusste nicht, inwieweit Hannah dies alles verstand. Hannah liebte ihre Großmutter Rose und ihre Tante Lucy, und wenn sie sich bei ihren anderen Tanten darüber nicht so sicher war, so mochten diese sie genug, um das auszugleichen. Am meisten liebte sie ihr Hündchen Priscilla, doch Aidan holte auf der Außenbahn schnell auf. Aidan hatte nicht vor, den Platz von Hannahs Vater einzunehmen, doch wenn es darum ging, Töchter aufzuziehen, war er ein Naturtalent, und das schien Hannah zu spüren.

Seine Tochter war der lebendige Beweis dafür. Kelly war alles, was sich Eltern von einem Kind erträumen konnten, und Maddy dankte ihrem Glücksstern, ihrem kleinen Mädchen eine perfekte Stiefschwester beschert zu haben. Bei alledem, was man darüber hörte, wie schwer es sei, einen Teenager zu erziehen, war es Aidan gelungen, das vollkommene Kind aufzuziehen. Kelly war fröhlich, klug, höflich, reizend und begabt. Ihre Noten waren erstklassig. Sie war in einem Dutzend Schul-Clubs engagiert. Sie hatte großartige Freundinnen und einen Freund, von dem sogar Aidan zugeben musste, dass er ein anständiger Junge war.

Maddy sollte wie auf Wolken schweben. Und das tat sie. Wirklich. Zum ersten Mal in ihrem Leben war alles, was sie sich je erträumt hatte, in Reichweite. Sie befand sich genau im richtigen Moment da, wo sie sein sollte, bei den Menschen, die ihr alles bedeuteten, und dem Mann, den sie liebte.

Konnte sie sich erlauben zu glauben, es würde tatsächlich halten?

Sie hatte keine Probleme, keinerlei Klagen, keinen Grund für das Unbehagen, das in ihr wuchs, seit die Dokumentarfilmer in der Stadt waren und ihre Kameras auf Maddy und Aidan und die bevorstehende Hochzeit gerichtet hatten. Trotzdem war das Unbehagen da, und es wollte nicht verschwinden, so sehr sie sich auch bemühte.

Sie drehte sich in ihrem Sitz um und suchte mit den Augen den Highway hinter ihnen ab. »Ich habe Claires Wagen nicht mehr gesehen, seit wir das Restaurant verlassen haben.«

»Ich denke, sie hat den Parkway genommen«, erwiderte Gina. »Wir werden sie wahrscheinlich einholen, wenn wir an Freehold vorbei sind.«

»Sie ist doch eine gute Fahrerin, nicht?«

»Der Motorsportverband findet das schon.«

»Gar nicht witzig.« Obwohl es das war, auf eine düstere Art und Weise.

»Sie hat ein paar Pfund zugelegt, seit sie mit dem Rauchen aufgehört hat.«

»Wieso sind wir alle so von unserem Gewicht besessen? Ich finde, es steht ihr«, erklärte Maddy. Claire hatte diesen großen schlacksigen Körper, bei dem eine kleine Gewichtszunahme nicht weiter auffiel.

»Hmm«, erwiderte Gina. »Ich hoffe noch immer, sie kommt ins Upsweep, damit man etwas gegen den Bonnie-Raitt-Look tun kann. Rothaarige ergrauen nicht sehr schön.«

»Gina ...« Maddy suchte nach den richtigen Worten, um auszudrücken, was sie sagen wollte. »Mir ... mir wäre es lieber, wenn wir nicht über Claire sprechen würden.«

»Wieso nicht? Sie wird deine Schwägerin. Sie gehört dann zur Familie. Wir reden immer über die Familie. Das hat schon Tradition.«

»Es ist nur so, dass zwischen uns eine nicht gerade herzliche Atmosphäre herrscht, seit Aidan und ich verlobt sind.«

»Du meinst, diese abfälligen Blicke während des Essens rührten daher? Willst du damit andeuten, sie ist eifersüchtig?«

»Nein! Wollte ich nicht, na, vielleicht doch. Aber nicht wegen Aidan. Ich glaube, sie ist eifersüchtig wegen Kelly.«

»Oh, Mann! Jetzt wird es aber interessant. Du denkst also, dieser alternde Rotschopf ist …«

»Ich möchte das nicht, Gina. Lass uns das Thema wechseln.«

»Wieso? Claire ist ein so gutes Thema wie jedes andere.«

»Muss ich wirklich noch deutlicher werden?«

Ginas Lächeln erstarb. »Das ist schon sehr lange her, Maddy. Billy ist tot.«

»Trotzdem wäre es mir lieber, du hättest es mir nicht erzählt«, erwiderte Maddy und lehnte den Kopf gegen das Beifahrerfenster. »Jedes Mal, wenn ich Claire anschaue, muss ich an dich denken und …«

»Würdest du lieber an mich und Aidan denken?«

Nichts stellte eine Frau so schnell wieder auf den Boden der Tatsachen als die unverblümte Wahrheit. »Nein, aber …«

»Mir blieb nichts übrig, als dir die Wahrheit zu sagen oder dich im Glauben zu lassen, ich hätte mit dem Mann geschlafen, in den du dich gerade zu verlieben schienst. Eine andere Möglichkeit sah ich nicht.«

»Glaubst du, sie weiß es?«

Gina schüttelte den Kopf. »Das mit mir nicht.«

»Aber sie weiß, dass Billy in der Gegend herumgeschlafen hat?«

»Schätzchen, die ganze Stadt weiß das. Es war kein großes Geheimnis.«

»Wie hast du es geschafft, das mit euch beiden geheim zu halten?«

»Willst du mir etwa unterstellen, ich wüsste nicht, meinen verdammten Mund zu halten?« Eine wütende Gina, das musste man gesehen haben.

Maddy spürte die Röte auf ihren Wangen. »Ich kenn doch diese Stadt. Wie du schon sagtest, es gibt nicht sehr viele Geheimnisse.«

Gina öffnete den Mund, um etwas zu sagen, aber da kam nichts. Der Anblick ihrer kessen, nicht leicht aus der Ruhe zu bringenden Cousine, sprachlos durch die Erinnerung an Billy O'Malley, war ein Schock für Maddy. Gina hatte Claires Mann geliebt, wirklich geliebt, so wie sie nicht einmal den Vater ihrer Kinder geliebt hatte, und diese Erkenntnis warf alles über den Haufen, was Maddy über Liebe und Treue und eheliche Verbundenheit geglaubt hatte.

»Ich glaube, es hätte funktioniert«, sagte Gina schließlich. »Ich denke, wir wären zusammengeblieben.«

Maddy hatte den Verdacht, dass Gina am Ende doch allein gewesen wäre, auch wenn Billy am Leben geblieben wäre, doch sie versagte sich diese Bemerkung. Sie liebte Gina. Sie wollte ihr nicht wehtun. Doch mit einigen Teilen dieses Puzzles hatte sie noch immer ihre Schwierigkeiten.

»Wie schaffst du es, mit Claire zu plaudern, wo du ihr doch den Ehemann wegnehmen wolltest?«

»Ich mag Claire.«

»Offensichtlich aber nicht genug, um die Hände von ihrem Mann zu lassen.«

»Soweit ich mich erinnere, konnte er die seinen nicht von mir lassen.«

Maddys rote Wangen wurde eine Spur röter. Sie spürte die Röte über ihr Gesicht steigen und den Hals hinunterwandern und sich auf ihrer Brust ausbreiten. »Du, tut mir leid, dass ich das gesagt habe. Können wir nicht das Thema wechseln?«

»Dir ist schon klar, dass ich nicht die erste Frau bin, die eine Affäre mit einem verheirateten Mann hatte.«

Maddy wusste, dass die Welt nicht nur aus Schwarz und Weiß bestand. Sie war dreiunddreißig Jahre alt. Sie hatte ein Kind, aber keinen Ehemann. Sie hatte zumindest flüchtig mit den verschiedenen Grautönen Bekanntschaft gemacht. »Auf rationaler

Ebene verstehe ich es. Aber gefühlsmäßig, das ist eine andere Sache.«

»Billy und ich waren einmal verlobt.«

Wie gut, dass Maddy nicht am Steuer saß. Sie wäre vor Schreck auf dem Seitenstreifen gelandet. »Das ist nicht dein Ernst.«

»Es war gleich nach meinem Highschoolabschluss. Du hast den Sommer bei deinem Vater in Oregon verbracht, während ich nach New York ging, um bei Sassoon eine Lehrstelle anzutreten. Billy hatte gerade bei der Feuerwehr angefangen und konnte deshalb nicht mit. Er hatte Angst, ich würde mir von einem dieser reichen Wall-Street-Typen den Kopf verdrehen lassen, daher meldete er seinen Anspruch an, bevor ich abreiste.« Ginas Stimme hatte einen weichen Klang, eine wehmütige Note bekommen, was selten vorkam.

»Das heißt, du hast dich mit ihm getroffen, als du noch zur Schule gingst.«

»Heimlich«, bestätigte Gina mit einem raschen Seitenblick auf Maddy. »Ich war damals schließlich noch ein unmündiges Mädchen.«

»Aber du hast mir doch erzählt, dass es viel später war, nachdem er und Claire schon verheiratet waren. Du hättest mir damals schon die Wahrheit sagen sollen.«

»Kleines Fräulein Unschuld? Du wärst die Erste gewesen, die mich hingehängt hätte.«

»Hätte ich nicht.« Sie grinste. »Ihn hätte ich hingehängt.«

»Kannst du dich noch daran erinnern, wie du zu dieser Zeit warst, Maddy? Hättest du nicht einen Mund zum Reden gehabt, ich hätte dich für eine Kandidatin fürs Kloster gehalten.«

»Da hätte dir Rosie aber nicht zugestimmt. Sie hielt mich für sehr rebellisch.«

»Ich liebe Tante Rose, aber sie hatte keinen blassen Schimmer davon, was wirklich rebellisch ist. Wahrscheinlich hat sie jeden Tag einen Rosenkranz gebetet, um Gott zu danken, dass ich nicht ihr Kind war.«

Wo Gina recht hatte, hatte sie recht. »Und wer wusste es nun?«

»Seine Großmutter Irene. Denise. Aidan. Wir wollten es bis Weihnachten geheim halten, wenn er mir den Ring schenken würde.«

»Und ...?«

»Und ich machte eine Riesendummheit.«

»Oh Gott, einer von den Wall-Street-Typen?«

Gina nickte. »Greg hatte einen BMW, ein Wochenendhaus in den Hamptons, Anzüge von Armani, das volle Programm eben. Der Kopf von diesem Jersey-Girl hier machte eine Hundertachtzig-Grad-Wendung. Das Ganze dauerte gerade lange genug, um Billy das Herz zu brechen.«

Billy war an einem Wochenende hinaufgefahren, um Gina zu überraschen, und war dann selbst der Überraschte, als er Gina und Mr Wall Street Hand in Hand ihr Apartment verlassen sah.

»Als ich Billy das nächste Mal sah, hatte er eine Ehefrau, und ein Baby war unterwegs.«

»Darauf wäre ich nie gekommen.«

»Ist auch sonst keiner«, bestätigte Gina. »Claires Verlobter, Charles, wurde bei einem Autounfall getötet, und noch ehe sein Körper erkaltet war, war Claire mit Billy verheiratet und schwanger. Ich war da schon gestorben und begraben.«

»Charles hatte ich ganz vergessen«, sagte Maddy.

»Der Rest der Stadt aber nicht. Wieso glaubst du wohl, hasste Billys Großmutter Claire so sehr?«

»Darüber habe ich nie richtig nachgedacht.«

»Sie wusste, dass die Heirat einen Fehler für sie beide bedeutete. Sie wusste, dass Claires Herz noch immer Charles gehörte, und Billys Herz ...« Sie hielt abrupt inne. »Begreifst du jetzt?«

Maddy seufzte. »So allmählich.«

Es war eine so banale Geschichte, eine, wie sie tagtäglich in tausend anderen Städten vorkam. Sie waren nie wirklich voneinander losgekommen, und wie es in Kleinstädten nun mal ist, die Nähe hat eine magische Anziehungskraft, und ehe einem von beiden ein vernünftiger Grund einfiel, einander aus dem Weg zu gehen, waren sie wieder ein Liebespaar.

»Mit jemand anderem verheiratet zu sein, wäre eigentlich ein guter Grund gewesen«, stellte Maddy fest.

»War es aber nicht«, antwortete Gina.

»Und die Kinder?«

»Verliebte sind verdammt selbstsüchtig, Maddy.«

Maddy kam sich vor wie damals als kleines Mädchen, wenn sie mit anhören musste, wie ihre Mutter und die Tanten über einen Nachbarn tratschten. Sie verstand zwar deren Worte, doch sie begriff sie nicht.

»Ich dachte immer, die Liebe macht einen offener und großzügiger.«

»Genau, und die Zahnfee legte einen Fünfziger unter Tonis Kopfkissen, als sie ihr neues Gebiss bekam.«

Sie hielten an einer Ampel in der Nähe der schicken Reihenhäuser, wo Rose gewohnt hatte, ehe sie vor sieben Jahren ins Candlelight gezogen war.

»Du hasst mich«, sagte Gina. »Ich hätte dir die ganze Geschichte nicht erzählen sollen. Ich bin eine gute Lügnerin. Du hättest nie etwas bemerkt.«

»Ich liebe dich«, korrigierte Maddy sie, »doch ich wäre diejenige, die lügt, würde ich behaupten, mir gefiele diese Geschichte.«

»Das hier ist das wirkliche Leben, Süße«, erklärte Gina, als die Ampel wieder grün wurde. »Wenn du auf Glücklich-bis-an-ihr-Lebensende aus bist, dann halte dich an Liebesromane, denn Happy Ends sind für die DiFalcos dünn gesät.«

Ein alarmierendes Prickeln machte sich in ihrem Nacken bemerkbar. »Willst du mir damit irgendetwas Bestimmtes sagen? Ich weiß, dass Aidan einiges mit sich herumschleppt.«

Er war seit fast sechzehn Jahren Witwer, als er Maddy begegnete. Durch sein Leben war schon eine Reihe von Frauen gegangen. Einige von ihnen sah Maddy täglich, wenn sie an der Ecke auf den Schulbus wartete.

Sie sagte sich, wenn Aidan in der Lage war, Hannahs Vater und damit ihren Exlover als entferntes Familienmitglied zu akzeptieren, konnte sie auch die Existenz ehemaliger Geliebter akzeptieren, aber es gab Gelegenheiten, da spielte ihre Fantasie verrückt, und sie machte sich über jede Frau, der sie begegnete, Gedanken.

»Nein, ich versuche dir nichts beizubringen.« Gina winkte Jim McDougall zu, der in seinem Pick-up vorbeibrauste. »Ich will dich nur daran erinnern, dass eine Hochzeit etwas Wunderbares ist, eine Ehe aber etwas ganz anderes. Sieh zu, dass du sie offenen Auges eingehst.«

»Soll heißen?«

»Soll heißen, dass ich gesehen habe, wie du ihn anschaust, Maddy. Du bist bis über beide Ohren in den Kerl verknallt, und das ist herrlich, doch er ist kein Heiliger. Überraschungen brauchst du nicht.«

»Was meinst du mit Überraschungen?«

»Keine Ahnung«, erwiderte Gina. »Nur bei diesen Journalisten, die ihre Nasen in jedermanns Angelegenheiten stecken, weiß man nie, was sie alles ausgraben.«

»Was können sie ausgraben, was ich nicht schon weiß?«, gab Maddy zurück. »Aidan hatte ein Sexleben, schon bevor ich ihn traf. Das ist nichts Neues. Hauptsache, damit ist es mit mir vorbei.«

Gina brach in Gelächter aus. »Das solltest du neu formulieren, Süße. Ich kann mir beim besten Willen nicht vorstellen, dass Aidans Sexleben aufhört, ehe er drei Klafter tief unter der Erde liegt. Du solltest ihm wirklich diesen Reporter vom Leib halten, sonst bekommt die Dokumentation am Ende noch das Prädikat ›Nicht jugendfrei‹.«

»Vielen Dank für den guten Rat.« Das war genau das, was eine zukünftige Braut brauchte: Beziehungsratschläge von einer Frau, die zwei Scheidungen hinter sich hatte, noch ehe sie dreißig war. Gina meinte es gut, doch ihre ungeschickte Warnung hatte Maddy beunruhigt. »Ich glaube, die ganze Stadt spielt verrückt, seit NJTV hier jeden interviewt.«

»Du, Maddy, es tut mir leid«, sagte Gina, als sie hinter Lucys Wagen auf dem Parkplatz des Candlelight parkte. »Vielleicht sind mir all diese Brautkleider an die Nieren gegangen. Vergiss, dass ich etwas gesagt habe. Aidan ist ein braver Kerl, und er liebt dich wirklich. Ihr werdet mit Sicherheit ein herrliches Leben zusammen haben. Früher oder später muss das doch mal einer von uns gelingen.«

4

Kelly bat darum, bei O'Malley's abgesetzt zu werden, wo sie ihr Auto am Morgen hatte stehen lassen. Claire registrierte Owens Truck, der neben Aidans leerem Parkplatz stand. Mel Perrys Saturn stand links neben dem Nebeneingang, gefährlich nahe dem Kotflügel des blitzenden Caddys seines Angstgegners Fred DeTrano. Einige der Feuerwehrleute, die mit Billy und Aidan gearbeitet hatten, waren auch da, und Claire war froh, sich nur von ihrer Nichte verabschieden zu müssen und weiterfahren zu können. Sie mochte die Jungs gerne, aber manchmal empfand sie die Verehrung, die sie ihr als Billys Witwe zollten, wie eine zentnerschwere Last auf ihren Schultern.

»Danke fürs Mitnehmen, Tante Claire«, sagte Kelly, als sie ihre Sachen einsammelte.

»Dachtest du, ich würde dich den Weg von Short Hills nach Hause trampen lassen?«

Kelly grinste und zwinkerte Hannah zu, die sicher festgegurtet auf dem Rücksitz saß. »Bis bald, ihr beiden.«

»Kel, einen Moment.«

Kelly, die gerade die Autotür hinter sich schließen wollte, hielt inne und beugte sich ins Wageninnere. »Ich weiß, ich weiß. Denk daran, Tommy zu sagen, er soll die Arbeitsblätter ausfüllen, bevor er heute Abend den Kassensturz macht.«

Claire würde dem alten Ziegenbock bei lebendigem Leib die Haut abziehen, wenn er es vergaß, doch das war es nicht, was sie hatte sagen wollen. »Sag mir die Wahrheit, Kel, ist mit dir alles in Ordnung?«

Kelly setzte eines ihrer großen strahlenden Lächeln auf, eines, bei dem man ihre Grübchen deutlich sah. »Mir geht's prima.«

Claire umfasste mit der Hand Kellys Kinn und dachte daran, wie diese Grübchen das Gesicht eines kleinen Mädchens geschmückt hatten. »Genug der Fasterei, Kleine. Du bist absolut perfekt so. Lass dir von diesen verdammten Modeheften nicht einreden, wie du aussehen sollst.«

»Du klingst wie Daddy.«

»Hör auf ihn. Er ist ein Mann. Er weiß, wovon er spricht.«

»Ja, Tante Claire«, erwiderte Kelly mit einem Zwinkern für Hannah. »Ganz wie du meinst, Tante Claire.«

»Ab mit dir«, sagte Claire lachend, trotz ihrer Besorgnis. »Und wenn du schon dabei bist, sag Tommy, er soll die Arbeitsblätter ausfüllen, denn sonst ...«

Hannah, die die ganze Fahrt über geplappert hatte, verstummte in dem Moment, als Kelly die Wagentür hinter sich schloss. Claire drehte sich in ihrem Sitz um und lächelte das kleine Mädchen an. Hannah hatte große Ähnlichkeit mit Kelly, als sie in dem Alter war. Der gleiche Teint. Das gleiche strahlende Lächeln. Der Anblick der beiden Mädchen, wie sie beim Mittagessen flüsternd die Köpfe zusammengesteckt hatten, rief bittersüße Erinnerungen an die frühen Jahre in ihr hervor, als die Kinder noch klein waren und ihr, Claires, größtes Problem war, was sie ihnen zum Abendessen kochen sollte. Kelly war für sie wie ein eigenes Kind gewesen. Jünger als Kathleen, Courtney und Willow, doch älter als Maire und Billy jr., passte Aidans Tochter perfekt dazu. Kelly hatte immer einen Platz an Claires und Billys Tisch und ein eigenes Bett, wenn Aidan in der Feuerwache Nachtschicht hatte.

Im Gegensatz zu ihren eigenen Kindern, die Probleme hatten und manchmal schwierig waren, war Kelly ein Traum von Kind. Sie segelte mit einem Lächeln im Gesicht durch ihre Kindheit. Als Claires Mädchen feuerspeiende vorpubertäre Monster waren, spie Kelly höchstens gelegentlich ein züngelndes Flämmchen. Als ihre Mädchen die Schule schwänzten und Zigaretten schnorrten, übte Kelly mit einer Band oder paukte für eine Lernzielkontrolle in Geschichte.

Man durfte es sich eigentlich gar nicht eingestehen, doch sie hatte fast siebzehn Jahre lang darum gebetet, dass Aidan sich nicht verlieben und wieder heiraten würde. Claire war für Kelly das, was einer Mutter am nächsten kam, und sie genoss ihre Position im Leben des Mädchens und wollte sie mit niemand anderem teilen. Manchmal nahm sie es Aidan sogar übel, dass er ihre Erziehung so gut hinbekommen hatte. Er war schwierigen Fragen nie aus dem Weg gegangen, etwa solchen über Sex und Drogen, vor denen die meisten Eltern in Deckung gingen. Er war immer für seine Tochter da gewesen. Die einzige Zeit, in der er eine Schwäche zeigte, war die nach dem Einsatz, der Billy das Leben gekostet hatte. Aidan war schwer verletzt gewesen und lag monatelang im Krankenhaus, und Kelly zog zu Claire und ihren Cousinen, in einen Haushalt, der so von Zorn und Schmerz überwältigt war, dass einzig und allein die Schwere ihres Verlustes sie zusammenhielt.

Kelly war in die Bresche gesprungen, hatte sich um die Kleinigkeiten gekümmert, um die sich zu kümmern niemand anders es übers Herz brachte, hatte dafür gesorgt, dass der Haushalt wenigstens den Anschein von Ordnung erweckte, in einer Welt, die ins Chaos gestürzt war. Sie war Claire und ihren Cousinen beigestanden, als sie darum rangen, ihren Verlust zu verkraften; sie hatte Aidan beigestanden, als er sich abmühte, mit seinen neuen Grenzen leben zu lernen. Sie vernachlässigte weder die Schule noch ihre sozialen Kontakte und schaffte es sogar noch, ihren Halbzeitjob zu behalten.

Aidans Genesung war langsam vorangegangen und schwierig gewesen, und sie hatte seiner Tochter sehr viel abverlangt. Kelly hatte sich von ihrem Vater, den sie anbetete, langsam entfremdet gefühlt und sich um Rat und Trost an Claire gewendet. Claires eigene Töchter hatten sie nie nach ihrer Meinung zu ihren Frisuren oder Kleidern, geschweige denn ihrem Leben gefragt, doch Kelly war begierig darauf gewesen zu wissen, was Claire dachte, und Claire war genauso begierig gewesen, die Gelegenheit zu bekommen, ihre Meinung zu sagen.

Sie hätte nicht genau sagen können, ab wann sich das änderte, doch es musste um die Zeit gewesen sein, als Maddy ein Teil von Aidans Leben wurde. Die natürliche Anziehungskraft zwischen Maddy und Kelly war nicht zu leugnen, auch wenn Claire ab und zu den Eindruck hatte, dass sie nicht in dem Maße auf Gegenseitigkeit beruhte, wie Kelly wohl hoffte.

Sie redete sich ein, wie gut es sei, dass Kelly mit Maddy so gut zurechtkam, vor allem, da Maddy jetzt zur Familie gehören würde. So ein Familienleben war schon schwierig genug, sogar in den besten aller Zeiten, und zusammengewürfelte Familien mussten von Anfang an besonders viele Kompromisse eingehen. Sie sollte hochzufrieden sein, dass Aidan sich in eine so tolle Frau verliebt hatte, und überglücklich, dass Kelly seiner Wahl zuzustimmen schien.

Claire war es nicht.

Nicht einmal annähernd.

Man stelle sich vor: Aidan wirft einen Blick auf Maddy und verliebt sich, und von diesem Moment an gerät Claires Leben ins Schleudern.

»Du bewegst dich dauernd im gleichen Trott«, hatte Olivia neulich beim Mittagessen zu ihr gesagt. »Du musst daraus ausbrechen und etwas Neues versuchen.«

»Du meinst, Thunfisch auf Roggenbrot statt Hamburger?«, hatte sie zurückgefragt.

Das war es natürlich nicht ganz, was Olivia gemeint hatte. Olivia hatte sie schon lange gedrängt aufzuhören, wie eine verheiratete Frau zu leben, und anzufangen, die Welt außerhalb vom O'Malley's zu erkunden, doch bis jetzt hatte Claire jeden Versuch, sie zu verkuppeln, zurückgewiesen. Olivia kannte sie besser, als Claire das außer bei ihrem Priester recht war, und sie spürte die wachsende Unruhe, lange bevor Claire selbst sich ihrer bewusst war.

Sie hatte Kinder großgezogen, seit sie neunzehn Jahre alt war. Hatte Hemden gebügelt, während die Kids zum Schulbus liefen. Hausaufgaben kontrolliert. War auf Elternabenden gewesen. Hatte sich jedes Mal, wenn die Kinder sich fünf Minuten verspäteten, zu Tode geängstigt. Sich wie eine Wahnsinnige gefreut, wenn das Kind, das sie schon verloren glaubte, an der Haustür auftauchte. Was würde sie machen, wenn da nur noch sie und der Hund und vielleicht ihr Vater wären, ganz allein im Haus, mit nichts als Erinnerungen?

Und das wiederum konnte das Problem sein. Die Erinnerungen. Sie waren überall, wo sie auch hinschaute. In der Küche. Im Schlafzimmer. Auf der vorderen Veranda. Vor der Feuerwache. Hinter dem Steuer ihres Wagens. An der Ecke, wenn sie auf den Schulbus wartete. Und vor allem im O'Malley's. Sie hatten während ihrer Flitterwochen im Hinterzimmer der zugigen kleinen Bar geschlafen. Billy hatte diesen Ort fast so geliebt wie die Feuerwache. Er war kein großer Geschäftsmann, doch er war vollkommen darin aufgegangen, den Laden geöffnet und die Preise niedrig zu halten. Immer wieder hatte sie der Verdacht beschlichen, dass Irene, dieses Miststück von einer Großmutter, gelegentlich aus Schuldgefühlen heraus Geld zugeschossen hatte, um Billy zu helfen, um gegen die Not anzukämpfen, doch Claire hatte es nie beweisen können. War auch egal. Irgendwie hatten sie es geschafft, den Laden am Laufen zu halten.

Nach Billys Tod war das Lokal eine Zuflucht für sie gewesen. Das Ritual, jeden Morgen die Bar aufzusperren, Tommy oder Owen zu begrüßen, in die Küche zu gehen, um das Mittagessen für die Leute zu kochen – all dies gab ihr Kraft. Aidan wurde ihr Partner, ein zuverlässiger Teilhaber, als er wieder auf den Beinen war, und es war ihnen sogar gelungen, hin und wieder einen kleinen Profit zu erwirtschaften.

Doch seitdem waren drei Jahre vergangen. Sie hatte sich wieder erholt. Sie sah nicht mehr an jeder Ecke Gespenster, so wie in den ersten Monaten. Aidan hatte ihr viel von der täglichen Plackerei abgenommen und ihr so ermöglicht, ihre Arbeitszeit zu verringern. Sie hatten zwar eine schwierige Phase mit dem O'Malley's durchzustehen, doch der Anbau einer

Terrasse und eine gehobenere Speisekarte – beides Vorschläge von Rose DiFalco – hatten ihr Nettoeinkommen stark verbessert.

Aidan hatte eine zweite Hypothek auf sein Haus aufgenommen, etwas, wogegen Claire strikte Einwände gehabt hatte, doch das Wagnis schien sich auszuzahlen. Einige der alten Stammgäste hatten natürlich befürchtet, sie würden eine Bar für Singles daraus machen, mit »Rauchen verboten«-Schildern und Blumentöpfen, doch bis jetzt war ihnen der Spagat zwischen den Generationen gelungen.

Das O'Malley's war noch immer das O'Malley's, aber besser, und sie war froh darüber. Sie liebte Aidan. Er war durch die Hölle gegangen, und er verdiente dieses Glück und noch mehr. Sie mochte die Stammkunden, die sich nach Billys Tod um sie geschart hatten, sie umgaben wie eine Schildmauer, und sie daran hinderten zu zerbrechen. Doch das war nicht genug. In letzter Zeit war es ihr immer schwerer gefallen, sich durch die Eingangstür und in den vertrauten Dunst von Bier und Zigaretten zu schieben und in die bequeme alte Rolle der munteren Claire, der braven Witwe und Mutter von fünf Kindern zu schlüpfen.

Sie war ständig ruhelos und gereizt, als hätte sie ein chronisches prämenstruelles Syndrom und keine Schokolade als Heilmittel. Alles, was ihr nicht auf die Nerven ging, langweilte sie zu Tode. Hätte man ihr je unterstellt, sie sei eine Kandidatin für eine Midlife-Crisis, sie hätte schallend gelacht, aber immer häufiger fragte sie sich, ob ihr nichts anders übrig blieb als ein Besuch bei Dr. Phil, sie einen Psychiater brauchte. Sie sehnte sich nach etwas Neuem, etwas, was sie noch nie gesehen oder gehört oder erlebt hatte, doch verdammt noch mal, sie hatte keine Ahnung, was dieses Neue sein könnte.

Aber sie wusste, was es nicht war. Die ganze verdammte Stadt ertrank in Erinnerungen seit der Ankunft des NJTV-Teams, das zur Geschichte von Paradise Point jeden interviewte, dessen es habhaft werden konnte . Man konnte keinen Schritt tun, ohne über eine Geschichte darüber, wie es damals war, zu stolpern. (Oder wie es wahrscheinlich nie war.) Endlose Erzählungen über Billys und Aidans Großmutter Irene O'Malley und ihren Mann Michael, uralte Geschichten über die glorreichen Zeiten der Bar, als sie ein Restaurant war, das eine Fahrt die Küste hinunter lohnte.

Über Irenes Tod letzten Dezember war in einer überraschenden Zahl von Zeitungen im ganzen Bundesstaat berichtet worden. Eine Hundertjährige mit scharfem Verstand und einem erstaunlich guten Erinnerungsvermögen, eine Hundertjährige, die sich an Einzelheiten, gesellschaftliche wie politische, erinnerte, traf man selten, und sowohl Historiker als auch Studenten der Gerontologie hatten es sich angelegen sein lassen, Irene während der letzten zehn Jahre ihres Lebens immer wieder zu interviewen. Einer dieser umfangreichen Nachrufe hatte das Interesse der Programmgestalter des öffentlichen Fernsehens des Bundesstaates geweckt, und plötzlich stand Paradise Point im Mittelpunkt einer Serie über den Aufstieg, den Fall und das Wiederaufleben einer Gemeinde.

Die Stadtbibliothek war vom Boden bis unters Dach mit gespendeten Notizbüchern, Fotoalben, alten Briefen und Tagebüchern vollgestopft, die man in der ganzen Stadt auf Speichern und in Schränken verräumt gefunden hatte. Die Einheimischen verglichen jeden Morgen ihre Aufzeichnungen in Julie's Coffee Shop und versuchten, sich gegenseitig mit haarsträubenden Geschichten über Politik, Familienzwistigkeiten, Orkane, Nordostwinde und Schneestürme zu übertrumpfen.

Und mit dem Unfall, der Billy das Leben gekostet hatte, wie auch das Leben fünf anderer Feuerwehrmänner.

Claire konnte dem nicht entfliehen, auch wenn sie es versuchte. Der Einsturz des Daches dieses Lagerhauses vor drei Jahren hatte die Stadt verändert, hatte sie alle einander nähergebracht in ihrem Kampf zu begreifen, wieso Gott diese Tragödie hatte geschehen lassen. Paradise Point war eine typische Kleinstadt, in der die meisten Bewohner der zweiten, dritten und vierten Generation angehörten, die in Häusern wohnten, die schon ihren Großeltern gehört hatten, die die Schule besuchten, in die schon ihre Eltern gegangen waren, in den gleichen Geschäften einkauften, auf den gleichen Straßen fuhren. Ihr Leben war auf eine Art und Weise miteinander verwoben, die nicht einmal der berühmte Entfesselungskünstler Houdini hätte entwirren können, und als Billy und seine Kollegen starben, trauerte die ganze Stadt.

Claire hatte das alles wie durch einen blutgetränkten Schleier gesehen. Ihr Zorn brannte sich durch Sorge und Verlust und versengte alles und jeden, der damit in Berührung kam. Ihr waren die frommen Gebete zuwider, die Beileidskarten mit zarten Lilien und einem Kreuz, die Schüsseln mit Käse überbackener Makkaroni, die Töpfe mit Spaghettisoße und die Blumen, die nach Tod rochen.

Sie hasste die Tatsache, dass ihnen nach einer Ehe voller zweiter Gelegenheiten am Schluss die Zeit ausgegangen war. Sie war wütend darüber, dass sie alle glaubten, ihn zu kennen, zu wissen, wer er wirklich war, obwohl sie keine Ahnung hatten. Ihr fehlerhafter unvollkommener Held, der Ehemann, den es ihr zu lieben nie so gelungen war, wie sie selbst hatte geliebt werden wollen.

Sie vernahm ein leises Husten hinter sich und wäre vor Überraschung beinahe über das Lenkrad gehechtet. Sie hatte fast vergessen, dass Hannah angegurtet auf dem Rücksitz saß und darauf wartete, zu Hause abgeliefert zu werden.

Sie drehte sich an der Ampel lächelnd zu dem kleinen Mädchen um und war erneut über die Ähnlichkeit mit der kleinen Kelly überrascht. Wohin waren all diese kostbaren Jahre verschwunden? Vier von ihrer, Claires, Brut waren schon draußen in der Welt, gingen entweder auf eine Schule oder arbeiteten, und nächstes Jahr zu dieser Zeit würde Kelly auch zu ihnen gehören.

»Hannah, du bist so brav da hinten, dass ich dich beinahe vergessen hätte.«

Keine Antwort. Nur ein Daumen, der schnell in einen Mund gesteckt wurde, der gefährlich nach Weinen aussah.

»Hättest du Lust, den Schluss von Billys Fußballspiel anzusehen?«

Noch immer keine Antwort. Der Daumen wurde allerdings kräftig bearbeitet.

Sie war nicht umsonst eine Mutter von fünfen gewesen. Bei Kindern musste man sein Vorhaben mit der Zielstrebigkeit eines Politikers durchdrücken, der wiedergewählt werden will, denn sonst würde man den Rest seiner Tage bei McDonald's fristen.

»Hat Billy dir erzählt, dass Opal Junge bekommen hat?«

Hannah nickte, die Augen groß vor Interesse.

»Möchtest du sie sehen?«

Der Daumen wurde mit einem Plopp herausgezogen. »Kann ich eines haben?«

Gravierender Fehler. Erwähne nie junge Hunde, Katzen oder Hasen vor einer Fünfjährigen. Sie ruderte zurück. »Sie sind noch zu jung, um Opal schon zu verlassen.«

»Kann ich ein Kätzchen haben, wenn sie groß genug sind?«

»Da werden wir deine Mom fragen müssen.«

»Sie sagt bestimmt ja.«

»Und deine Großmutter Rose muss damit auch einverstanden sein.«

Hannahs Gesicht erinnerte Claire daran, wie ihre Kinder dreingeschaut hatten, wenn sie ihnen Rosenkohl vorgesetzt hatte. »Mein Großvater hat ganz viele Katzen«, erklärte Hannah. »Pferde auch. Er erlaubt mir ein Kätzchen, auch wenn Großmutter Rose es nicht tut. Das weiß ich genau.«

Also hatte sogar Hannah ihre Probleme mit Rose. Oh, das barg ja höchst pikantes Potenzial. Es war mindestens für sechs Wochen gut, ohne damit jemanden zu langweilen.

Der Gedanke daran, dass einige ihrer eigenen dunklen Punkte ans Tageslicht gezerrt werden würden, brachte sie wieder zur Vernunft. Das konnte sie nicht machen. Sie hätte es aber gerne, sie brannte darauf, alles herauszufinden, doch sie brachte es nicht fertig, geradeheraus zu fragen. Bei der Vorstellung, Denise oder Pat würden Billy jr. über Familiengeheimnisse der O'Malleys ausquetschen, wurde ihr ganz schwindlig. Es gab weniges, das verachtungswürdiger war als eine neununddreißigjährige Frau, die ein fünf Jahre altes Kind über zu Hause ausfragt. Egal, wie interessant es auch wäre.

»Da fällt mir etwas ein«, sagte Claire, als sie links in die Main Street einbog. »Was hältst du davon, wenn ich dich jetzt nach Hause bringe?« Besser vor der Versuchung zu flüchten, als sie wie gebannt anzustarren. Das hatte sie vor langer Zeit schon gelernt.

»Okay«, erwiderte Hannah. »Ich hab gesehen, dass Großvater Bill letzte Woche in Großmutters Bett geschlafen hat.«

»Ich tu einfach so, als hätte ich es nicht gehört«, sagte Claire.

»Großvater Bill hat bei Großmutter geschlafen«, wiederholte Hannah etwas lauter. »Ich hab gesehen, wie sie sich in der Küche geküsst haben.«

»Nein, Hannah, ich habe nicht gemeint, ich hätte dich nicht gehört, ich meinte nur …« Sie unterbrach sich. Noch fünf Sekunden, und sie würde am Straßenrand halten und dem armen Kind befehlen, alles zu erzählen, denn sonst würde der Weihnachtsmann dieses Jahr Paradise Point auslassen.

Es war eindeutig an der Zeit, sich ein Leben zu schaffen. Sie brauchte ein neues, ein besseres, denn das, das sie zurzeit lebte, gehörte jemand anderem, einer Frau, die es schon lange nicht mehr gab.

Offensichtlich glaubten die Götter, dass Rose während des Mittagessens mit ihren Schwestern genug gelitten hatte, und sie ermöglichten es ihr, dem Bernino's zu entkommen, noch ehe eines der alternden DiFalco-Mädchen die Möglichkeit hatte, darum zu bitten, mit zurückgenommen zu werden.

Der Wagen sprang beim ersten Versuch an. Die Ampel von Bernino's auf die Schnellstraße stand auf grün.

Was sogar noch besser war, Olivia Westmore war nach dem ersten Klingeln am Handy.

»Ich bin auf dem Weg nach Hause«, erklärte Rose. »Komm in einer Stunde ins Candlelight.«

»Ich arbeite«, verwahrte sich Olivia. »Ich kann nicht einfach zumachen, weil dir nach einem Schwätzchen zumute ist.«

»Komm einfach«, erwiderte Rose. »Ich verspreche dir, es ist es wert.« Achtundfünfzig Minuten später bog sie auf den Parkplatz hinter dem Candlelight ein und musste lachen, als sie Olivia auf der rückwärtigen Treppe sitzen sah. Sie trug einen der für sie typischen fließenden Röcke, die sich ganz von selbst elegant um ihre Beine schmiegten. Ihre Jimmy Choos, die sie ausgezogen hatte, standen ordentlich auf der obersten Stufe und strahlten kostbar in der Spätnachmittagssonne. Olivia bot ein Bild lässiger Eleganz, einer Frau, die noch keinen Tag in ihrem Leben hatte arbeiten müssen.

Völlig falsch, natürlich. Olivia gehörte das Le Papier, der schicke Briefpapierladen im Herzen der Stadt, der plötzlich ein Einkaufsmekka der Herren von Paradise Point geworden war. Die Frauen hatten etwas länger gebraucht, um mit der Sirene in ihrer Mitte warm zu werden, doch die Qualität ihrer Ware – und ihr sympathisches Wesen – hatten sie schließlich doch überzeugt.

»Tut mir leid, Liv, aber ich habe es ihnen doch gesagt.«

»Ihnen was gesagt?«

»Dass du ein Teegeschäft aufmachen willst.«

»Sonst nichts? Und ich dachte schon, du hättest ihnen von der Nacht erzählt, in der Simon und ich ...«

»Niemals«, verwahrte sich Rose. »Du hast mich Stillschweigen schwören lassen.«

»Der Teeladen ist kein Geheimnis. Ich habe die Unterlagen bei der Gemeinde eingereicht. Sie sind öffentlich zugänglich.«

»Aber du hast es noch nicht publik gemacht. Ich hätte nicht darüber reden sollen, aber Toni und Connie waren so ekelhaft, dass ich mich nicht zurückhalten konnte.«

»Okay, sie wissen es nun also. Wie haben sie es aufgenommen?«

»Jeder hielt es für eine hervorragende Idee.«

»Und Toni und Connie fanden es blöd.«

»Ganz schwachsinnig sogar.«

Olivia warf den Kopf zurück und lachte. »Was heißt, dass es eine zündende Idee ist!«

»Genauso denke ich auch.« Sie sah ihrer Freundin in die Augen. »Wenn dein Angebot noch steht, ich bin dabei.«

»Natürlich steht es noch. Ich fände es toll, wenn wir Geschäftspartner würden.« Olivia streckte die rechte Hand aus. »Dann also abgemacht.«

»Da wäre nur eine Bedingung«, fuhr Rose fort. »Ich würde den Posten des Managers gern Maddy anbieten.«

»Ich dachte, sie arbeitet hier für dich in der Pension?«

»Das hat sie«, erwiderte Rose zögernd, denn ihr fiel der Mangel an Begeisterung in Olivias Stimme auf, »aber ich finde, sie braucht eine neue Herausforderung. Nicht jeder ist für das Leben einer Wirtin geschaffen.«

»Weiß Gott. Offen gestanden, Rosie, ich begreife nicht, wie du es erträgst, dein Badezimmer mit Fremden zu teilen.«

»Du klingst wie meine Tochter.«

Olivia schwieg ein paar Sekunden. »Was ist mit den Radiosendungen? Beanspruchen die nicht viel ihrer Zeit?«

»Nur Freitag vormittags«, entgegnete Rose. »Ich sehe in den Radiosendungen eine automatische Werbung für das neue Unternehmen. Sie könnte sie vom Cuppa aus machen, wenn der Sender einverstanden ist.«

Ein Interview im Radio, das Rose vergangenen Dezember arrangiert hatte, hatte Maddy zwar zu nebenberuflichen Auftritten verholfen, aber nicht den Karriereschub ausgelöst, auf den Rose so sehnlich für ihre Tochter gehofft hatte. Der lokale Sender bezahlte sie mit Freikarten für das Multiplex in Paradise Point und mit einem Rabatt von zehn Prozent im O'Malley's. Die Ironie des Ganzen blieb weder Rose noch Maddy verborgen.

Olivia trommelte mit den Fingern auf der Stufe. »Ich hatte daran gedacht, Claire O'Malley mit ins Boot zu nehmen.«

»Als Manager?« Rose hatte eigentlich gar nicht so skeptisch klingen wollen.

»Sie ist die, die das O'Malley's am Laufen hielt, ehe Aidan dazukam.«

»Nicht so ganz«, entgegnete Rose. »Jack Bernstein kümmerte sich um die Finanzen und Tommy um die Bestellungen.«

»Eine subjektive Einschätzung?«, fragte Olivia.

»Eine zutreffende Einschätzung.«

Olivia legte die Stirn in Falten. »Wir brauchen jemand Erfahrenen, der die Bücher führt, sich um die Bestellungen kümmert ...«

»Das kann Maddy übernehmen«, warf Rose ein. »Sie war in Seattle jahrelang Buchhalterin.«

»Es ist aber ein Unterschied, Erbsen zu zählen oder ein Geschäft zu führen«, bemerkte Olivia. »Wenn du meinst, Maddy sei die Beste, um das Cuppa zu managen, bin ich bereit, einen Versuch zu wagen, doch, ehrlich gesagt, ich kann sie mir nicht in einem Laden vorstellen, beim Umgang mit Kunden.«

»Ich bin die Erste, die zugibt, dass ihre soziale Kompetenz noch einiges zu wünschen übrig lässt.« Es war die persönliche Seite des Lebens einer Wirtin, die Maddy so gar nicht gefiel. »Ich bin zwar ihre Mutter, aber ich versuche tunlichst, sie von der Rezeption fernzuhalten.«

Ihre Augen trafen sich.

»Denkst du das Gleiche wie ich?«, fragte Olivia. »Claire vorne als Gastgeberin, Maddy im Hintergrund, die dafür sorgt, dass alles seinen geregelten Gang geht.«

»Sie könnten nein sagen.« Sie war nicht besonders überzeugt davon, dass die beiden Frauen auch nur auf halb so freundschaftlichem Fuße standen, wie Maddy sie gerne glauben machen wollte. Zusammenzuarbeiten könnte ihre im Entstehen begriffenen familiären Bande vor eine harte Zerreißprobe stellen.

»Wir werden es nun mal nicht wissen, bevor wir sie gefragt haben.«

»Ich spreche noch heute Abend mit Maddy«, erklärte Rose.

»Ausgezeichnet«, erwiderte Olivia. »Wir treffen uns morgen am frühen Abend bei Claire und unterbreiten ihr dann den Vorschlag.«

»Und was, wenn sie beide nein sagen?«

»Das würden sie sich nicht trauen.«

»Nicht, wenn wir ihnen genug bezahlen.«

Olivia machte große Augen. »Du meinst, wir müssen sie kaufen?«

So hatte Rose den ganzen Tag noch nicht gelacht.

5

Fünf Minuten noch«, sagte Nina, als sie sich neben den Whirlpool hockte. »Wir werden heute Nachmittag ein ausgiebiges Training machen.«

»Ich bin startklar«, erwiderte Aidan und bewegte seinen Knöchel im sprudelnden warmen Wasser hin und her. Er bemühte sich, nicht zusammenzuzucken, doch Nina konnte in Aidans Inneres sehen.

»Tut's weh?«

»Gewaltig. Bist du sicher, dass wir vorankommen?« Ihm kam es so vor, als ginge es ihm schlechter als vor zehn Wochen, als er sich bei einem Sturz den Knöchel gebrochen hatte.

»Zwei Brüche am gleichen Bein innerhalb von drei Jahren«, stellte Nina in ihrem sachlichen Ton fest, den er inzwischen so gut kannte. Ein guter Physiotherapeut konnte ein gebrochenes Becken klingen lassen, als handelte es sich nur um einen eingewachsenen Nagel. »Du kannst keine hundert Prozent erwarten.«

»Ich wäre schon mit vierzig Prozent zufrieden«, stöhnte er, als er seine Position etwas verlagerte. »Im Moment wäre ich schon glücklich, wenn ich zwanzig erreichen würde.«

»Seit wann bist du so pessimistisch?«, fragte sie und versetzte ihm einen spielerischen Stoß gegen die linke Schulter. »Wir machen das ja schließlich nicht zum ersten Mal. Es gibt keinen Grund, wieso wir es nicht noch mal schaffen sollten.«

»Mir steht eine Hochzeit bevor, und so wie es jetzt aussieht, muss ich den Trauzeugen bitten, an meiner Stelle mit der Braut zu tanzen.«

»Hast du das Datum schon festgelegt?« Sie fragte dies genau im richtigen Ton beiläufigen Interesses, doch er ließ sich nicht täuschen.

»Einundzwanzigster September, und ich habe allmählich den Eindruck, ein Zirkus zieht in die Stadt ein.« Er bemühte sich, so lässig zu klingen wie sie. »Ich habe versucht, Maddy zu überreden, den Flieger nach Vegas zu nehmen und eine Party zu geben, sobald wir zurück sind.«

Nina stöhnte und verdrehte die Augen. »Großartiger Einfall, Kumpel. Wetten, dass Rose und Konsorten begeistert waren.«

»September, der einundzwanzigste«, wiederholte er, und sein Versuch zu lachen erstarb. »Was meinst du dazu?«

»Etwas über vier Monate«, sagte sie sowohl zu sich selbst als auch zu ihm. »Ohne Krücken, aber mit Stock.«

»Kein Stock.«

»Ich bin mir nicht sicher, O'Malley«, erwiderte sie und sah ihn an. »Es wäre möglich, aber ...«

»Kein Stock«, wiederholte er.

»Dann müssen wir dich eben noch härter rannehmen.«

»In Ordnung.«

»Und ich erwarte eine Einladung zur Hochzeit.«

»Mach deine Sache gut«, sagte er, »und ich reservier dir vielleicht sogar einen Tanz.«

Sie lachte noch immer, als sie zu dem Raum mit den Gewichten ging, um einen anderen Patienten zu quälen.

Aidan saß weitere sechs Minuten im Whirlpool ab, hievte sich dann aus dem Becken und fluchte leise, als er die Haltegriffe nicht richtig zu fassen bekam und beinahe wieder rückwärts ins Wasser gefallen wäre. So musste sich auch Mel Perry gefühlt haben, als er rückwärts von einem Barhocker fiel und Hilfe brauchte, um vom Boden wieder hochzukommen.

»Alt zu werden ist ein Kreuz«, hatte er gesagt und seinen ergrauenden Kopf geschüttelt. »Früher, da hab ich Kabelrollen von hundert Pfund gestemmt, und jetzt krieg ich nicht mal meinen armseligen Hintern vom Boden weg.«

Aidan kannte dieses Gefühl. Körperliche Kraft war für ihn immer selbstverständlich gewesen, genau wie kastanienbraunes Haar und blaue Augen. Nie hatte er darüber nachgedacht; es machte einfach einen großen Teil von dem aus, was er war. Groß. Kräftig. Unsterblich. Bis zu dem Tag, an dem er feststellte, dass nichts davon zutraf.

An das Feuer dachte er gar nicht mehr so oft. Er hatte schon vor langer Zeit, als seine Frau Sandy starb, gelernt, dass das menschliche Herz die größten Schicksalsschläge überstehen konnte und weiterschlug.

Allerdings hatte es Zeiten gegeben, wo er sich gewünscht hätte, dass es nicht so wäre, aber während die Monate und Jahre verstrichen, verlor der stechende Schmerz des Verlustes seine bittere Schärfe, und eines Tages wachte er auf und stellte fest, dass er beinahe wieder glücklich war. Nicht auf die Art glücklich wie vor Sandys Tod, aber glücklich auf eine neue Art.

Nicht lange nach Billys Tod hatte er versucht, Claire seine Erfahrung zu vermitteln, ihr beschrieben, wie sie eines Tages aufwachen und sich nicht mehr wie eine Fremde in ihrem eigenen Körper fühlen würde, in ihrem eigenen Haus fühlen würde, doch es war noch zu früh gewesen, und sie hatte seine Worte von sich gewiesen.

Sie war sechzehn oder siebzehn Jahre verheiratet gewesen, als Billy starb. Sie hatte fünf Kinder geboren, mit dem Mann ein Leben aufgebaut. Es war ja nicht der treue Haushund, den man verloren hatte. Man konnte sich nicht einfach einen neuen zulegen, um den leeren Platz in seinem Herzen auszufüllen. Manchmal blieb dieser Platz auch dann noch leer, während man versuchte, die Reste seines Lebens um ihn herum wieder zusammenzuzimmern.

Aidan gehörte zu den Glücklichen. Nach all den Jahren des Alleinseins hatte ihn das Glück doch noch gefunden. Er war nicht darauf aus gewesen, sich zu verlieben. Ihm gefiel das Leben, das er mit seinem Kind hatte, und er wäre bereit gewesen, es so noch ein paar Jahrzehnte weiterzuführen, wäre Maddy Bainbridge nicht zurück nach Paradise Point gekommen und hätte sein Herz erobert. Sie war lustig, ehrlich, liebevoll, warmherzig, verdammt sexy, begabt, klug, alles, was er sich je von einer Frau, einer Partnerin erträumt hatte. So wie er sich wünschte, dass seine Tochter werden würde.

Und er liebte Maddy. Wenn sie nicht bei ihm war, fühlte er sich einsam. Sie war das Erste, was er am Morgen sehen wollte und das Letzte am Abend, und in all den Stunden dazwischen auch. Etwas diesem tiefen Gefühl Ähnliches hatte er zuletzt erlebt, als er siebzehn war und sich in Sandy verliebte. Die Liebe war leicht mit siebzehn. Man bestand nur aus Hormonen und Herz.

Und sie wären für immer zusammengeblieben. Daran bestand kein Zweifel. Wenn Sandy noch lebte – wenn Gott ihnen diese Gnade geschenkt hätte –, wären sie heute noch zusammen, würden ihr kleines Mädchen zu einer schönen und vollkommenen jungen Frau heranwachsen sehen. Sie hätten auch noch mehr Kinder bekommen. Noch eine Tochter. Vielleicht einen Sohn oder zwei, die zu ihm aufgesehen hätten, so wie er zu seinem Vater aufgesehen hatte.

Er versuchte, sich Sandy mit beinahe vierzig vorzustellen, doch es war unmöglich, die schöne Neunzehnjährige in eine dunkle und unergründliche Zukunft zu projizieren. Für ihn würde sie immer neunzehn bleiben, immer so sein wie an jenem letzten Tag, die blonden Haare hoch auf dem Kopf zu einem Pferdeschwanz gebunden, die blauen Augen, aus denen der Schalk blitzte, als sie die Autoschlüssel nahm und erklärte, sie sei in einer Stunde wieder zurück, mit einer Überraschung zum Jahrestag, aus Kutscher's Bakery am anderen Ende der Stadt.

Zwanzig Minuten später mussten ihn zwei Polizisten von der Schwelle der Eingangstür kratzen, wo er zusammengebrochen war, als sie ihm sagten, seine Frau sei tot.

Das Leben verlief nie so, wie man dachte. Genau dann, wenn man dachte, man hätte alles im Griff, zog es einem den Boden unter den Füßen weg und lachte nur, wenn man auf die Schnauze fiel. Er hätte inzwischen schon ein alter Ehemann sein sollen. Er hatte sich darauf gefreut, mit Sandy alt zu werden, die Kinder heranwachsen und das Nest verlassen zu sehen und darauf zu warten, dass die nächste Generation O'Malleys geboren würde.

Stattdessen war er ein alleinerziehender Vater mittleren Alters, der die Tage zählte, bis er die Frau, die er liebte, heiraten würde. Man mochte ihm zwar jedes einzelne seiner sechsunddreißig Jahre ansehen, doch in seinem Inneren war er wieder achtzehn, aufgeregt und nahezu hoffnungsvoll, dass das Schicksal diesmal ein Auge zudrücken und ein Happy End durchgehen lasse würde.

»Hey, O'Malley!«, rief Fred DeTrano, ein Stammgast in der Bar, der zur Krankengymnastik kam, um nach einer Hüftoperation wieder fit zu werden, vom Treppenstepper her. »Mach langsam. Das Becken ist gefährlich. Du willst doch nicht ausrutschen, oder?«

Sie alle sorgten sich um ihn, als sei er noch immer der muskelbepackte Junge, der dank eines Footballstipendiums aus Paradise Point herauskam, nur um ein Jahr später als zwanzigjähriger Witwer mit einem kleinen Töchterchen und einer Zukunft zurückzukommen, die genauso trist aussah wie die der Stadt.

Großmutter Irene steckte in einer ihrer eigenen Krisen, und das Angebot eines Zimmers in ihrem kleinen Zweizimmerhäuschen hatte sie erst ausgesprochen, als er und Kelly schon bei Billy und Claire am anderen Ende der Stadt eingezogen waren. Er konnte noch heute die Erleichterung in der Stimme seiner Großmutter hören, als sie erfuhr, dass sie aus dem Schneider war.

Billy war schon immer ein Wilder gewesen, obwohl er verheiratet war, Kinder und eine Hypothek hatte, die einen Mann in die Knie zwingen konnte. Er liebte Claire, doch das hielt ihn nicht davon ab herumzuvögeln. Ihr Haus surrte nur so vor Heimlichkeiten. Die Ausreden. Die langen Nächte und frühen Morgen, die Aidan seiner geduldigen Schwägerin wegzuerklären versuchte. Er hasste es, Teil von Billys Doppelleben zu sein. Er wollte nichts davon wissen, dass die Frau, die sich mit Claire an der Schulbushaltestelle unterhielt, die Nacht davor das Bett mit seinem Bruder geteilt hatte.

Claire hatte etwas Besseres verdient. Sie war intelligent, eigensinnig, eine großartige Mutter und Ehefrau. Es gab Zeiten, da hätte er zu gerne das ganze Lügengebäude zum Einsturz gebracht und ihr all das erzählt, was sie in ihrem Innersten zwar wusste, es sich einzugestehen aber weigerte, sie gezwungen zu registrieren, was vor sich ging, und Billy vor die Wahl zu stellen. Er hatte es einmal versucht, spät eines Nachts, als sie zusammen die Bar abschlossen. Eigentlich war Billy damit freitags an der Reihe, doch er behauptete, er hätte ein Kolumbusritter-Treffen in Little Egg Harbor. Oder vielleicht sagte er auch, er hätte eine Sonderschicht in der Feuerwache. Aidan kannte sich da nicht mehr aus, und sonst auch niemand. Zögerlich hatte er die ersten paar Worte gesagt, als Claire ihn mit einem Blick ansah, der ihn auf der Stelle zum Schweigen brachte. *Du brauchst mir nicht zu erzählen, was ich sowieso schon weiß,* hatte dieser Blick bedeutet. Nie wieder kam er darauf zu sprechen.

Er und Billy waren sich als Kinder sehr nahegestanden, und diese Verbundenheit hielt an bis zum Ende. Und dennoch hatte er nie verstanden, wie Billy tickte. Nie hatte er herausgefunden, was Billy wirklich bewegte, nachts, wenn die Lichter gelöscht waren, oder wo er in zehn oder zwanzig Jahren hätte sein wollen.

Genau genommen war das Einzige, dessen er sich sicher war, dass sie einander den Rücken stärken würden, egal, was geschehen, egal, wie das Leben mit ihnen spielen würde. Mochte kommen was wollte, mochte in ihr Leben treten oder sich daraus verabschieden, wer wollte, sie stünden zueinander. So einfach war das.

Alles Geschichte, dachte er sich, während er die Schmerzen und den Schweiß der Krankengymnastik abspülte. Billy hatte seine Geheimnisse mit ins Grab genommen, und was Claire nun wusste oder nicht, spielte keine Rolle mehr.

Zwanzig Minuten später winkte er Nina zum Abschied und schob sich durch den rückwärtigen Ausgang, der auf den Parkplatz führte. Da er inzwischen ein alter Hase im Umgang mit Krücken war, wusste er, dass der ebene Asphalt jenseits der schmalen, gepflegten Grasfläche dem gepflasterten Weg vorzuziehen war. Er musste sich konzentrieren. Den Boden nach eventuellen Gefahrenquellen absuchen und den einfachsten und sichersten Weg von A nach B planen.

Und dabei nicht auf die Schnauze fallen.

»Wie haben es Mütter geschafft, ohne Handys zu überleben?«, fragte Maddy, als sie ihr Nokia wieder in ihre Umhängetasche steckte.

»Rauchzeichen«, erwiderte Gina. »Das, oder Brieftauben.«

»Es bringt einen um den Verstand.«

»Ist das Kindchen also sicher zu Hause gelandet?«

»Sie spielt mit den Barbies auf der hinteren Veranda, zusammen mit Priscilla.«

»Und Rosie?«

»Ich glaube, Hannah hat ihr Ken und das Traumhaus anvertraut.«

Gina lachte, als sie die Stadtgrenze von Paradise Point passierten. »Wenn jemand das Traumhaus auf Vordermann bringen kann, dann unsere Rosie.«

»Erinnerst du dich noch daran, wie sie mein Traumhaus renoviert hat?«

»Du hast eine Woche lang geheult.«

»Ich war das einzige Kind in der Schule mit einer Täfelung an den Wänden.«

In der Kindheit war alles auf Anpassung ausgelegt, darauf, dazuzugehören. Hatten die Freundinnen alle grüne Leggings, wollte man selbstverständlich auch grüne Leggings. Und es spielte dabei absolut keine Rolle, ob sie einem gefielen oder nicht. Es ging nur darum, zu etwas Größerem als dem kleinen mickrigen Selbst zu gehören.

»Sie hatte es gut gemeint«, bemerkte Gina. »Sie wollte immer, dass du das Beste bekommst.«

»Ich weiß«, erwiderte Maddy seufzend. »Ich bete nur, dass das nicht erblich ist. Wenn du mich dabei erwischst, dass ich einen Teppichboden in Hannahs Traumhaus lege, dann hast du die Erlaubnis, mir einen Tritt in den Hintern zu geben.«

»Du hast es kapiert.« Sie hielten an der Ampel Ecke Bank und Main Street. »Ist das nicht Aidans Truck?« Gina deutete auf den Parkplatz hinter Shore Fitness und Rehabilitation an der gegenüberliegenden Ecke.

Maddy drehte sich in ihrem Sitz, um besser sehen zu können. »Klar ist er das.« Sie spürte, wie sich ein albernes Grinsen auf ihrem Gesicht ausbreitete.

Die Ampel schaltete um. Statt rechts zum Candlelight abzubiegen, fuhr Gina über die Kreuzung und hielt vor der Einfahrt zum Parkplatz.

»Nun geh schon«, drängte Gina sie. »Verführ ihn auf dem Rücksitz des Jeeps, noch ehe er die Tür zumachen kann. Du willst doch heute nicht ein Totalausfall sein, oder?«

»Aber Rose erwartet mich zum Abendessen.«

»Zum Kuckuck mit Rosie«, erklärte Gina vergnügt. »Ich werde ihr sagen, Aidan bringt dich nach Hause. Das Leben ist kurz, Kindchen. Mach das Beste draus, solange du kannst.«

»Ich werde daran denken, wenn es so weit ist, das Kleid der Trauzeugin auszusuchen«, sagte Maddy und küsste ihre Cousine auf die Wange.

»Du meinst, ich werde nicht aussehen wie die kleine Schäferin auf Droge?«

»Ich verspreche es.«

Sein Wagen war neben dem Zaun geparkt, doch von Aidan war nichts zu sehen. Sie warf einen Blick auf die Uhr. Er machte gewöhnlich so um vier Schluss, was bedeutete, sie hatte gerade noch Zeit, sich verführerisch auf seiner Kühlerhaube zu drapieren ... oder zumindest so verführerisch, wie es mit Größe vierzig möglich war.

Die Luft roch leicht nach erstem Flieder und Gischt. Sie hatte ganz vergessen, wie schön es im Frühling an der Küste war. Die Jahre in Seattle hatten die Erinnerung an diese zauberhafte Verwandlung getrübt, die jedes Jahr stattfand, wenn der Winter endlich seinen Griff lockerte. Leuchtend gelbe Forsythien säumten die Wege und machten lila, feuerroten und zartrosa Azaleen in voller Blüte den Platz streitig. Zartgelbe Osterglocken wichen Tulpen in Rot, Gelb und Orange. Dass ihre Blütezeit meist nur sehr kurz war, verstärkte den Zauber des Ganzen.

Sie war gerade auf die Kühlerhaube geklettert, als sich die rückwärtige Tür von Ninas Praxis öffnete und Aidan erschien, der sich anschickte, die Stufen hinunterzugehen. Seine Aufmerksamkeit war voll und ganz auf dieses Unterfangen gerichtet. Sein Kopf war gesenkt, die Augen blickten auf den Boden unter seinen Füßen. Die späte Nachmittagssonne ließ die rostroten und goldenen Lichter in seinem dichten dunklen Haar leuchten. Er trug seine übliche Uniform aus Stiefeln, reichlich abgewetzten Jeans und einem alten langärmligen Baumwollpulli, der wahrscheinlich einmal dunkelbraun gewesen, nun aber zu Milchkaffeebraun verblichen war. Breite Schultern. Breite Brust. Schmale Taille. Die klassische Statur eines Mannes, der dazu geboren war, Football zu spielen.

Strahlende Kraft schien von ihm auszugehen trotz seines bedächtigen Gangs und der Krücke, die er wie eine Waffe schwang. Zorn allerdings auch. Der war sein ständiger Begleiter seit dem Sturz im Februar, der ihm wieder eine Operation und eine langwierige Genesung eingetragen hatte. Er betrachtete seine Verletzung als ein Zeichen von Schwäche, etwas, das seinen Wert herabsetzte, und es bekümmerte Maddy, dass es ihr nicht gelungen war, ihn davon zu überzeugen, wie sehr er sich irrte. Ihre Liebe war noch neu für sie, ihre Kraft noch unerprobt. Diese Art von Vertrauen würde sich erst mit der Zeit einstellen.

Im Moment ging es überhaupt nur um Liebe. Die romantische Art, die ihr Herz schneller schlagen ließ, sobald sie ihn sah, ihren Atem stocken ließ beim Klang seiner Stimme am Telefon. Sogar der Anblick seiner E-Mail-Adresse – fireguy@ njshore.net – in ihrem Posteingang genügte schon, sie schwindlig werden zu lassen. Sie liebte alles an ihm: sein Aussehen, seinen Geruch, den Geschmack seines Mundes auf dem ihren, das solide, beruhigende Gewicht seines Körpers, wenn er sie umarmte. Die Art, wie er ihr zuhörte, wenn sie sprach, und die Worte hinter ihren Worten hörte.

Er war keineswegs vollkommen. Er konnte aufbrausend sein. Er konnte so dickköpfig sein wie ihre fünfjährige Tochter. Ab und zu ließ er die Toilettenbrille oben, und er hatte die beunruhigende Neigung, während einer ihrer nächtlichen E-Mail-Sitzungen einzuschlafen, doch er war ein guter Mann im wahrsten Sinn dieser viel geschmähten Bezeichnung. Sie wusste, dass es altmodisch war, einen guten Mann zu lieben, wo doch die bösen Jungs so viel amüsanter waren, doch sie konnte es nicht ändern. Sie hatte von ihrem Vater gelernt, wie ein Mann sein sollte. Ihr Dad hatte sie gelehrt, dass der stärkste Mann auch immer der sanfteste war, dass ein Mann, der kein Mitgefühl für ein Kind oder ein Tier hatte, nicht der Richtige für sie war.

An dem Tag, an dem sie Aidan zum ersten Mal begegnet war, hatte sich Priscilla auf seinem Schuh erleichtert. Voller Entsetzen hatte sie auf den sich ausbreitenden Fleck gestarrt und erwartet, Aidan würde ausrasten und ihr die Rechnung für ein neues Paar Schuhe präsentieren. Es stellte sich heraus, dass man eine Menge über einen Mann erfahren konnte, wenn er mit einem nassen Fuß dastand. Er tat so, als würden ihn täglich irgendwelche Pudel anpinkeln, als machte es ihm gar nichts aus. So dumm es auch klang, das war der Augenblick, als sie begann, sich in ihn zu verlieben.

Der ganze Verdruss des Tages fiel von ihr ab, als sie ihm jetzt zusah, wie er sich auf seinen Truck zubewegte. Die Peinlichkeiten bei Saks. Der Anflug von Wut auf ihre Mutter. Das

Gefühl, dass jedermanns Meinung, sogar die von Crystal, der Tätowierten, darüber, wie und wann sie Aidan heiratete, mehr zählte als die ihre. Nichts von alledem war von Bedeutung in Anbetracht der Tatsache, wie sie ihm gegenüber empfand, angesichts der Zukunft, die sie sich gemeinsam schaffen wollten, und der Patchworkfamilie, die sie haben würden.

»Hey«, sagte sie, als er nur noch einen guten Meter von ihr entfernt war.

Er hob den Blick, und in seinen Augen spiegelte sich alles, was sie je zu sehen gehofft hatte. Freude. Verwunderung. Liebe in all ihren Spielarten.

»Ebenfalls hey«, erwiderte er und klemmte die Krücke noch fester unter seinen linken Arm. »Wie lange bist du denn schon da?«

»Nicht lange«, antwortete sie, da sie sofort die unterschwellige Botschaft verstanden hatte. Er wollte nicht, dass sie ihn in einer seiner Meinung nach schwächlichen Lage sah. »Wir sollten unsere Uhren aufeinander abstimmen.«

Sie rutschte von der Haube des Jeeps, er lehnte sich gegen den Kotflügel der Fahrerseite und zog sie in seine Arme.

»Wie war das Mittagessen?«, fragte er, nachdem sie sich geküsst hatten.

»Ein Vorwand«, erklärte sie. »Es war alles ein Schwindel. Rose hat mich entführt und durch das Saks in Short Hills geschleift.«

»Wozu?« Aidan schaute so verdutzt drein, wie sie es gewesen war. »Ein Gewaltmarsch durch die Haushaltswarenabteilung?«

»Brautkleider«, erwiderte sie und legte eine Kunstpause ein. »Scheußliche, überladene, überteuerte Brautkleider, die ich nicht einmal zu Halloween anziehen würde.«

Sie küssten sich wieder, länger und inniger. Hitze begann sich tief in ihrem Bauch und zwischen den Beinen auszubreiten, als sie spürte, wie er hart wurde.

»Es kommt noch schlimmer«, fuhr sie fort und fragte sich, ob Gina nicht doch den richtigen Einfall gehabt hatte. Die

Rückbank machte einen äußerst einladenden Eindruck. »Toni und Connie waren auch mit von der Partie.« Sie machte eine Pause. »Und Claire.«

»Dann ist sie also doch gefahren?«

»Ja, und wenn Blicke töten könnten, dann wäre ich heute Mittag bei Bernino's über meiner Vorspeise zusammengebrochen. Ich bin felsenfest davon überzeugt, dass sie mich gemocht hatte. Ich begreife nicht, was geschehen ist.«

»Natürlich mag sie dich. Es sind deine Tanten, die sie nicht ausstehen kann.«

Sie erzählte ihm von den Kleidern, den Witzen über ihr Gewicht, davon, wie sie in ihrer Kmart-Unterwäsche vor seiner Schwägerin, seiner Tochter und ihren Verwandten herumstand.

»Klingt gar nicht übel«, stellte er fest und lächelt sie auf diese laszive, sexy Art an. »Ich wäre gerne da gewesen, um dich in BH und Höschen zu sehen.«

Sie versuchte, das Prickeln, das seine Worte hervorriefen, zu ignorieren. »Es war ein Albtraum. Die Verkäuferin benahm sich, als hätte sie noch nie eine Größe vierzig aus nächster Nähe gesehen.«

Er sagte etwas herrlich Unanständiges, um sie zum Lachen zu bringen.

»Versuch nicht, mich aufzuheitern«, verwahrte sie sich und war trotzdem heiter gestimmt. »Ich hab Rose erzählt, dass du mit mir durchbrennen möchtest.«

»Werde ich einen Vorkoster brauchen, wenn ich nächstes Mal zum Essen komme?«

»Wäre vielleicht keine schlechte Idee.«

»Was hat sie darauf gesagt?«

»Dass sie dich für klüger gehalten hätte.«

»Zu mehr hat sie sich nicht hinreißen lassen?«

»Sie mag dich«, antwortete Maddy und wünschte, sie hätte nicht davon angefangen, wo Küssen doch so viel vergnüglicher war. »Dir würde sie sogar einen Mord durchgehen lassen. Hätte ich gesagt, es sei meine Idee gewesen, sie hätte mich wahrscheinlich einsperren lassen.«

»Ich glaube nicht, dass Durchbrennen gesetzwidrig ist.«

»Da kennst du aber meine Mutter schlecht«, stellte sie fest und zog seinen Kopf zu einem weiteren Kuss zu sich herab. Sie spürte Aidans Hitze durch ihre Kleider hindurch, und es bedurfte jeder Unze ihr zur Verfügung stehender Selbstbeherrschung, ihn nicht in den Jeep zu zerren und über ihn herzufallen. »Vielleicht könnten wir …«

»Ein paar Wochen noch«, erwiderte er und zeichnete die Konturen ihres Gesicht mit einem zärtlichen Finger nach. »Ich möchte nicht, dass du enttäuscht bist.«

»Als ob ich das sein könnte«, flüsterte sie an seinem Mund. »Als könnte mich irgendetwas an dir enttäuschen.«

»Über den gebrochenen Fuß warst du enttäuscht.«

»Nein«, korrigierte sie ihn, »über den Zeitpunkt.«

Sein frustriertes Stöhnen sprach Bände für sie beide.

Vor zehn Wochen hatten die Götter ihnen wundersamerweise einen freien Freitagabend beschert. Die Chance, dass dies in nächster Zeit, am gleichen Tag, wieder geschehen würde, stand in den Sternen.

Sie hatten sich zu der Zeit schon etwas über einen Monat getroffen, und die Anziehung zwischen ihnen war auf dem Siedepunkt angelangt. Es gab niemand in der Stadt, der nicht genau wusste, was los war. Leidenschaftliche Küsse an der Tür, heimliche Augenblicke im Raum hinter der Bar, geflüsterte Telefongespräche und glühende E-Mails mitten in der Nacht – sie brauchten nur etwas Zeit und Abgeschiedenheit für sich, um den nächsten Schritt in Richtung Zukunft zu tun.

Sich mit über dreißig einen Liebhaber zuzulegen, stellte Maddy fest, war eine völlig neue Erfahrung. Sie war nun die Mutter eines kleinen Kindes, eines Mädchens, das sich in allem an ihr orientierte, vom Zähneputzen bis zum Verständnis dafür, was recht und was unrecht ist.

Die Entscheidungen, die sie traf, bezogen sich nicht mehr

nur auf sie; sie verursachten Nachbeben, größere und kleinere, die die Grundfesten von Hannahs Welt erschüttern konnten. Sie hatte miterlebt, was für ein Chaos die endlose Reihe von Ehemännern und Liebhabern im Leben ihrer Cousinen angerichtet hatte, und sie würde eher den Rest ihres Lebens allein bleiben, als Hannah so etwas anzutun.

Was zwischen ihr und Aidan entstanden war, fühlte sich richtig an. Außer der irrsinnig aufregenden Elektrizität, die zwischen ihnen knisterte, war da noch etwas Tiefergehendes, etwas, das umfassender war, als es einer von ihnen für möglich gehalten hätte. Aber sie wollte keinen Fehler machen. Nicht jeder Fehler entwickelte sich zu etwas so Wunderbarem wie Hannah.

Sie hatten sich in jener Nacht in einem kleinen Gasthaus nahe Spring Lake beim Abendessen über ihre Zukunft unterhalten. Sie sprachen über ihre Töchter und die Partner, die sie geliebt und verloren hatten. Sie redeten während der Vorspeise, beim Hauptgang und beim Dessert, und sie redeten immer noch, als sie sich von der kleinen Bedienungsmannschaft verabschiedeten und auf dem Gehsteig in Richtung Wagen gingen. Unzählige Sterne glitzerten am winterlichen Nachthimmel. Nicht einmal Disney hätte eine romantischere, verführerischere Szene heraufbeschwören können.

Und sie waren bereit dafür. Nie hatte es ein Paar gegeben, das dafür mehr bereit gewesen wäre als sie. Die Blicke, mit denen sie sich ansahen, hätten das Polareis zum Schmelzen bringen können. Wären sie in dem Moment auf dem Boden gelandet, gleich hier in der Schneewehe, sie hätten die Kälte nicht gespürt. Beiden war ein paar Block weiter ein kleines Hotel aufgefallen, dessen Neonreklame im Fenster blinkte. Die Nacht war ein Geschenk des Himmels, eine Gnade der Götter der Liebe, die gelegentlich ein Einsehen hatten mit Paaren, die eine Auszeit brauchten.

Dummerweise schien es bei den Göttern zu einem kleinen Missverständnis gekommen zu sein, und eine Eisplatte auf der

Höhe der Autoür auf der Fahrerseite warf Maddys und Aidans Pläne über den Haufen. Aidan zog sich am rechten Bein, das er sich schon vor ein paar Jahren gebrochen hatte, einen komplizierten Knöchelbruch zu, der eine erneute Operation, erneute Krankengymnastik und erneute Frustration bedeutete. Plötzlich war die Romantik einer gerade aufblühenden Liebe Opfer einer zermürbenden Physiotherapie, körperlicher Bewegungseinschränkung und von Schmerzen geworden.

Und hier waren sie nun, drei Monate später, und warteten noch immer auf die richtige Zeit und den richtigen Ort, um endlich ein richtiges Liebespaar werden zu können. Die Schwierigkeiten, die sein gebrochener Fuß ihnen beim Liebespiel machen könnte, wie er befürchtete, ließen sich doch, wie Maddy zu Recht meinte, mit etwas Fantasie und einer Portion Humor leicht aus der Welt schaffen.

Aidan jedoch war ein stolzer Mann. Er kämpfte nun schon über drei Jahre mit seinen Verletzungen, und, wer ihn kannte, für den war klar, dass er sich davor scheute, in irgendeiner Weise schwächlich zu erscheinen.

Und Maddy verstand ihn nur zu gut, denn ihre eigenen wunden Punkte waren sehr leicht zu treffen. Die überflüssigen Pfunde, die sich an Taille und Schenkel gesammelt hatten. Die Schwangerschaftsstreifen, die ihren Bauch silbrig glänzen ließen. Die Tatsache, dass sie alt genug war zu wissen, dass die Liebe nicht immer von Dauer war, dass manchmal auch gute Menschen mit den besten Absichten nicht in der Lage waren, einen Weg zu finden, um es funktionieren zu lassen, egal, wie sehr sie sich auch bemühten, und immer waren es die Kinder, die den Preis dafür bezahlten.

Das würde Hannah oder Kelly nicht passieren, nicht, wenn sie es verhindern konnte. Wenn sie und Aidan heirateten, dann wäre es für immer.

»Und wie haben dir nun die Brautkleider gefallen?«, fragte er, während er sich mit dem Jeep in den Verkehr der Main Street einreihte.

»Gar nicht«, erwiderte sie. »Ich sehe nicht ein, dass ich ein Kleid kaufen soll, das mehr als ein Gebrauchtwagen kostet.«

»Ich dachte, alle Frauen träumen davon, ein langes, weißes Kleid und einen Schleier zu tragen.« Er bedankte sich bei Bob Hefferman mit einem Winken dafür, dass er ihn hatte einscheren lassen. »So etwas wie Prinzessin Di.«

»Und man hat ja gesehen, wie das endete«, stellte Maddy fest. »Ich habe nie davon geträumt, zu heiraten. Ich war viel zu sehr damit beschäftigt, mir auszudenken, wie meine Barbie und ich die Welt beherrschen würden.«

»Kelly war auch so. Sie schrieb Antrittsreden für die Malibu-Barbie.«

»Mich würde es nicht wundern, wenn sie eines Tages eine Antrittsrede für sich selbst schreiben würde. Du hast das mit ihr großartig hingekriegt, Aidan.«

»Nicht ich«, erklärte er und sträubte sich wie immer gegen dieses Lob. »Ich musste ihr nur den richtigen Weg zeigen, und konnte ihr dann dabei zusehen, wie sie den Rest ganz allein erledigte.«

»Ich weiß, dass das nicht stimmt. Du bist ein wundervoller Vater.«

»Sie hat es mir leicht gemacht. Und wenn Claire nicht gewesen wäre, hätte ich überhaupt nicht gewusst, wo oben und unten ist.«

Es ließ sich natürlich nicht bestreiten, dass nach Sandys Tod Claire für ihn der Rückhalt in Kellys ersten Lebensjahren gewesen war, der feste Halt, auf den er sich verlässlich hatte stützen können, doch sie wusste nur zu genau, wer die wirkliche Erziehungsarbeit geleistet hatte.

»Hannah hat Glück, dass du in ihr Leben getreten bist«, stellte sie fest. »Und ich auch.«

Mit Komplimenten konnte er nicht gut umgehen. Er sagte nichts darauf, hielt den Blick auf die Wagen gerichtet, die sich langsam auf der Hauptstraße vorwärtsbewegten, doch er lächelte, und sie lächelte auch. Er hatte bereits den schwersten Teil seiner Hausaufgaben, was Kelly betraf, erledigt und er hatte sie hervorragend gemacht.

In wenigen Wochen würde sie die Highschool verlassen, als Klassenbeste die Abschiedsrede halten, und noch ehe sie tief durchatmen konnten, wäre sie bereits mit einem Stipendium auf der Columbia in Manhattan, unterwegs zu dem glücklichen und erfüllten Leben, das sie verdient hatte.

Mitten im Chaos, das die Planung einer Hochzeit so mit sich brachte, war es doch wunderschön zu wissen, dass es einen Teil in ihrem, Maddys, Leben gab, der perfekt war und es wahrscheinlich auch bleiben würde.

6

Eines gab es, was die Erwachsenen einem nicht erzählten, wenn sie ihre große Dinge-des-Lebens-Rede vom Stapel ließen. Sie redeten von Eiern und Sperma, von Befruchtung und Zellteilung. Sie sprachen über die Gebärmutter und über Embryos, über ausgebliebene Perioden und die neun Monate, die darauf folgten, doch das eine, was man wirklich wissen sollte, das musste man selbst herausfinden.

Nach dem ersten Mal, als Seth und sie miteinander geschlafen hatten, war sich Kelly sofort über das klar, was ihr kein Erwachsener je erzählt hatte. Sex verändert alles. Man konnte nicht behaupten, er hätte nie stattgefunden. Man konnte nicht wieder in sein altes Leben zurück, auch wenn man es noch so sehr wollte. Diese Entscheidung hatte einen ein für alle Mal verändert. Das letzte Flüstern der Kindheit erstarb, und man stand allein in dieser seltsamen Welt, die die Erwachsenen ihr Zuhause nannten.

Wochenlang danach noch konnte sie ihrem Vater beinahe nicht in die Augen sehen. Und wenn sie es tat, machte ihr entweder die Tatsache zu schaffen, dass er auch ein sexuelles Wesen war – zu peinlich, um sich darüber Gedanken zu machen –, oder die Erkenntnis, dass sie nie wieder sein unschuldiges kleines Mädchen sein konnte. Diese Zeiten waren vorbei. Das Gleichgewicht zwischen ihnen hatte sich unwiderruflich verschoben, und er hatte davon nicht die leiseste Ahnung. Er redete mit ihr, wie er es immer getan hatte, über das Abendessen, über Tante Claire oder jemanden in der Bar, und er bemerkte keinerlei Veränderung. Sie hütete ihr Geheimnis gut, und er vertraute ihr so uneingeschränkt, dass er überhaupt keinen Verdacht schöpfte. Das machte sie irgendwie sehr traurig, obwohl sie sich nicht erklären konnte wieso, und ihrem Tagebuch auch nicht.

Ihre Freundinnen merkten es sofort. Als sie am Morgen nach ihrem ersten Mal den Aufenthaltsraum betrat, streckte Frannie auf der anderen Seite des Zimmers die Daumen in die Höhe. Später im Studierzimmer bettelten Rachel und Kimberley um Einzelheiten, die Kelly, wie sie plötzlich merkte, niemandem erzählen wollte. Ihre Freundinnen hatten alle bereits den zweiten oder dritten Lover und experimentierten vergnügt und unverbindlich herum.

Ganz wie Kelly sich vielleicht auch verhalten hätte, wenn nicht Liebe im Spiel gewesen wäre. In ihrer Kindheit waren es die Freundinnen gewesen, die dauernd Braut und Bräutigam spielten, während sie sich mit einem Chemiebaukasten in ihr Zimmer verzogen hatte. Frannie und Kim hatten ihre Hochzeit vom Brautkleid bis zu den Partydrogen bereits geplant, als sie in die Pubertät kamen. Es brauchte nur noch ein Junge im Smoking vorbeizukommen, und alle ihre Träume würden wahr.

Sie wollte so viel mehr als das. Sie wollte zur Schule gehen, ihren Abschluss machen, studieren und dann reisen, ehe sie zu alt und ruhig geworden war, um sich die Welt anzusehen. Und das Beste an alledem war, dass Seth das Gleiche wollte wie sie.

Ihre Freundinnen riskierten so manches und wurden nie erwischt. Seltsam, dass etwas, das sie früher beunruhigt hatte, ihr jetzt ein besseres Gefühl gab. Sie und Seth waren immer vorsichtig. Sie benutzten Kondome. Sie achteten sogar auf fruchtbare und unfruchtbare Tage, das machte kein Mensch mehr, das machten nicht einmal die gläubigsten Katholiken. Daher war sie sich auch so sicher. Es musste einen anderen Grund für ihr Unwohlsein geben. Einen anderen Grund, aus dem sie sich die Seele aus dem Leib gekotzt hatte vor – Gott steh ihr bei – Hannah. Vielleicht bekam sie eine hässliche Frühlingsgrippe. Oder es war eine Lebensmittelvergiftung. Oder der Stress, die Arbeit für die Schule, ihre Abendkurse und auch ihre verschiedenen Jobs, miteinander in Einklang zu bringen, machte sich so bemerkbar. Es konnte sonst etwas sein. Es musste nicht bedeuten, dass sie schwanger war.

Sie wartete, bis ihre Tante links in die Bay Bridge Avenue eingebogen war, und sprang dann in ihr Auto. Fünf Minuten später fuhr sie auf den Parkplatz hinter dem See am Stadtrand, wo Seth im Honda seines Bruders auf sie wartete.

»Hast mir gefehlt«, sagte er, als sie neben ihn auf den Beifahrersitz glitt.

»Schön«, erwiderte sie, nachdem sie sich zur Begrüßung geküsst hatten. »Du mir auch.«

»Wie lange hast du Zeit?«

Sie schaute auf ihre Uhr, es war die Uhr ihrer Mutter, die diese vor achtzehn Jahren zu ihrem Highschoolabschluss bekommen hatte. »Dreizehn Minuten.« Sie seufzte. »Und du?«

»Acht«, sagte er. »Ich arbeite heute Abend zwei Stunden mehr.« Er zapfte drei Abende in der Woche Benzin.

»Du arbeitest zu hart.«

»Ja«, erwiderte er grinsend. »Und du auch.«

Kelly war zwar von Liebe umgeben aufgewachsen, doch so ungefähr seit ihrem zehnten Geburtstag war ihr klar, dass sie hart arbeiten musste, um ihre Träume zu verwirklichen. Die Kinder von Feuerwehrmännern gingen nicht auf die NYU oder die Columbia, ohne ein Stipendium zu haben. Und auch nicht ohne einen beträchtlichen Notgroschen, den man sich mit Kellnern, Putzen und dem Eintippen von Preisen an einer Kasse zusammengespart hatte.

»Ich bin eben kein so reiches Kind wie du«, zog sie ihn auf. Seine Familie hatte genauso schwer zu kämpfen wie ihre. »Ich muss.«

»Ich auch«, erwiderte er.

Das war auch einer der Gründe, wieso sie ihn liebte, ihn geliebt hatte, so weit sie zurückdenken konnte. Er arbeitete hart für alles, was er hatte. Zeitungenaustragen als Junge. Schneeschaufeln im Winter und Rasenmähen im Sommer. Als er fünfzehn war, entdeckte er seine Begabung fürs Tischlern, und inzwischen machte er einiges Geld mit Reparaturarbeiten für Leute wie Olivia Westmore und Rose DiFalco. »Er hat wirklich Talent«, war Roses Kommentar erst letzte Woche gewesen. »Die Arbeit, die er auf der hinteren Veranda abgeliefert hat, ist wirklich erstklassig.«

Man hätte meinen können, er habe einen Nobelpreis erhalten, so war ihre Brust vor Stolz geschwellt. Es war ein herrliches Gefühl, wenn jemand Seth lobte, schöner noch, als wenn das Lob ihr galt.

Seine Hände strichen über ihre Schultern und die Arme hinunter, und sie erschauderte vor Verlangen. Man konnte nicht mehr zurück, wenn man einmal den Sprung gewagt hatte. Wenn man einmal für sich entdeckt hatte, wie sich Haut auf Haut anfühlte, wenn man begriffen hatte, was es bedeutete, nicht zu wissen, wo man selbst endete und der andere begann – niemals würde sie all dies aufgeben können. »Nur drei Minuten«, flüsterte sie an der vertrauten Wärme seines Mundes. »Ich wollte …«

Plötzlich befürchtete sie, in Tränen auszubrechen, und drückte ihr Gesicht an seine Brust.

»Kel?« Er legte seine Hand unter ihr Kinn, doch sie weigerte sich, zu ihm hochzuschauen. »Stimmt etwas nicht?«

Mehr war nicht nötig gewesen. Sie konnte weder ihre Tränen noch die Worte, die aus ihr hervorbrachen, aufhalten.

»Wie viel bist du drüber?«, fragte er, als sie sich endlich so weit beruhigt hatte, um wieder atmen zu können. Er war erschüttert, doch seine Umarmung war nicht weniger innig.

»Zwei Tage«, sagte sie und nahm ein Papiertaschentuch aus dem Handschuhfach, um sich die Augen zu trocknen.

Er schwebte zwischen Hoffnung und Gewissheit. »Du warst schon mal über die Zeit. Letztes Jahr warst du zwei Wochen drüber wegen der Studierfähigkeitstests.«

»Letztes Jahr haben wir nicht miteinander geschlafen.«

»Wir waren doch schließlich nicht unvorsichtig.«

»Nichts ist absolut sicher«, erinnerte sie ihn. »So etwas

passiert.« Sie sah ihm in die Augen. »Ich habe mich heute Morgen übergeben.«

»Das kam von der Eiscreme auf leeren Magen.«

»Ich hab nur zwei Löffel gegessen.«

»Du hast gesagt, du fastest.«

»Vom Fasten muss man nicht ...«

»Es ist bestimmt falscher Alarm«, unterbrach er sie und zog sie fester an sich. »Alles wird gut. Du wirst schon sehen.«

»Meinst du wirklich?«

Er zögerte einen halben Herzschlag zu lange, und in dieser Sekunde sah sie ihre Zukunftspläne einstürzen wie ein Kartenhaus, sah, wie sich ihre Träume in Luft auflösten.

Billy jr. wartete am Rand des Fußballfeldes zusammen mit seinem besten Freund Ryan und dessen Vater auf Claire.

»Tut mir leid, dass ich zu spät dran bin«, sagte Claire, während Billy seine Sachen aufsammelte. »Ich wollte noch Milch kaufen und musste feststellen, dass ich kein Geld dabeihatte, also bin ich schnell zum Geldautomaten und ...«

»Kein Problem, Claire.« David Fenellis dunkelbraune Augen blickten warm hinter seiner Brille hervor. »Ist mir auch schon passiert.«

War es möglich, dass ein Mann zu nett war? David strahlte so viel Freundlichkeit und Verständnis aus, dass Claire sich nur mühsam beherrschen konnte, ihm nicht einen Fußball auf den Kopf zu hauen.

»Wie war das Training?«, fragte sie, während Billy und Ryan sich einen Meter weiter vor Lachen ausschütteten.

»Bei Billy klappte es hervorragend«, erklärte David und nickte in Richtung ihres Jüngsten. »Ryan hatte etwas Schwierigkeiten, aber er macht Fortschritte.«

Ryan sah aus, als säße er lieber auf einem Zahnarztstuhl, als hier zu stehen, während zwei Erwachsene sich über ihn unterhielten, und Claires mütterliches Herz empfand sofort Mitleid mit ihm.

»Ich hab euch schon lange genug aufgehalten«, entschuldigte sich Claire und bedeutete Billy, in den Wagen einzusteigen. »Danke fürs Warten.«

David winkte ab. »Übrigens«, sagte er und sah Billy zu, der seinen Sicherheitsgurt anlegte, »wir wollten uns heute Abend Pizza holen. Habt ihr nicht Lust, zu uns zu kommen?«

Damit hatte sie nicht gerechnet. Letztes Mal, als er sie einlud, mit ihnen zum Bowling zu gehen, hatte ihr Frühwarnsystem, noch ehe er zu sprechen begann, die kleinen Schweißperlen über seinen Brauen entdeckt und ihr die Zeit verschafft, sich eine glaubhafte Ausrede einfallen zu lassen.

»Pizza klingt hervorragend«, erwiderte sie und war sich der prüfenden Blicke von Billy und Ryan bewusst, »aber ...«

»Ich verstehe«, erklärte David. »Montage sind anstrengend. Vielleicht ein anderes Mal.«

Er war wirklich zu nett. Kein Wunder, dass seine Frau ihn verlassen hatte. Wusste er denn nicht, dass die netten Jungs am Ende allein blieben?

»Das wäre nett«, antwortete sie. Das hatte sie gar nicht sagen wollen. Sie hatte vor allem nicht erwartet, es so zu meinen.

David erwiderte ihren Blick etwas länger als normal, und sie spürte, wie ihr die Hitze in die Wangen schoss. »Ich werde dich beim Wort nehmen, Claire.«

Sie murmelte etwas Unverständliches als Antwort und kam sich eher wie eine tollpatschige Vierzehnjährige vor als eine Frau von vierzig.

»Dein Gesicht ist ganz rot«, stellte Billy fest, als sie sich ans Steuer setzte. »Bist du böse auf Ryans Dad?«

»Ich bin auf gar niemand böse.« Sie betrachtete sich im Rückspiegel. Rot war noch sehr gelinde ausgedrückt. Sie sah aus, als würde sie jeden Moment in Flammen stehen.

»Großmutters Gesicht ist auch immer rot geworden«, fuhr Billy fort. »Sie hat gesagt, es ist der Wechsel, der das macht.«

»Menopause«, verbesserte Claire, »und dafür bin ich noch entschieden zu jung.«

Das war offensichtlich zu viel der Information für ihren Sohn, denn er beugte sich nach vorne und drehte am Radio, bis er WFAN fand, den Sportsender, den er so liebte, und Claire stieß einen hörbaren Seufzer der Erleichterung aus. Lieber würde sie einer genauen Analyse der Chancen der Mets zuhören, als noch mehr Fragen gestellt zu bekommen.

Ruhig Blut, Claire. Es wundert mich, dass du auf dem Weg zurück zum Auto nicht über deine Schnürsenkel gestolpert bist. Fenelli muss wirklich ziemlich verzweifelt sein.

»Mach lauter«, sagte sie zu Billy. »Ich möchte hören, was sie über die Pläne zum Oldtimers' Day sagen.«

Billy bedachte sie mit einem fragenden Blick, drehte dann aber die Lautstärke so hoch, dass sie sich nicht mehr denken hören konnte.

Was natürlich der Zweck der Übung war.

Zehn Minuten später fuhr sie in ihre Einfahrt, stellte den Motor ab und konnte damit, Gott sei Dank, einer höchst geistreichen Sendung über jemand namens Marvelous Marv Throneberry ein Ende bereiten.

Billy blinzelte, als würde er aus einer Trance erwachen, und stellte fest: »Du hast vergessen, Großvater abzuholen.«

»Großvater ist heute zu Hause«, erklärte sie. »Es ist …« Sie ließ ihre Stirn auf das Lenkrad sinken und stöhnte. »Du hast recht. Ich habe Großvater vergessen.« Sie sah ihren Sohn an. »Kannst du dich erinnern, wo er heute ist?«

Billy nickte. »Im Seniorencenter.«

Sie warf ihm ihr Handy zu. »Drück die sechs und sag Großvater, dass wir unterwegs sind.«

Sie fuhr den Weg zur Stadt zurück, bog an der Kirche links ab und fuhr dann auf den Parkplatz neben der renovierten Scheune, die den älteren Bürgern von Paradise Point als Treffpunkt diente. Sie parkte zwischen einem betagten Volvo und einem schicken neuen Madzda Miata.

»Wo will Großvater uns treffen?«

»Davor.«

Ihr Vater hatte die lästige Angewohnheit, sich noch mehr zu verspäten als sie. »Geh rein und sag ihm, wir warten.«

Billy schoss wie der Blitz aus dem Wagen und rannte über die sandige Wiese in das Seniorencenter, so schnell hätte sie nicht einmal ihren Gurt geöffnet gehabt. Ihr Vater lebte seit ein paar Monaten bei ihnen – sehr zur Freude seines Enkels – und wollte sich danach entscheiden, wo er sich schließlich niederlassen würde.

Mike Meehan war seit fast fünf Jahren Witwer und hatte die letzten drei Jahre darauf verwendet, ausgedehnte Besuche bei seinen Nachkommen zu machen, wobei diese versuchten, ihn davon zu überzeugen, dass er schließlich irgendwo zur Ruhe kommen müsste. Florida. Kalifornien. Hinterland von New York. Minnesota. Nichts schien das Richtige für ihn zu sein, bis er zu Claire nach Paradise Point zu Besuch kam.

Sie freute sich, dass er den Weg zurück in seine alte Heimatstadt gefunden hatte, doch die vergangenen sechs Monate waren, gelinde ausgedrückt, sehr anstrengend gewesen. Mike, ehemals Fischer, war ein gesunder Fünfundsiebzigjähriger mit kräftiger Gestalt und der entsprechenden Persönlichkeit. Er hatte eine eigene Meinung zu allem, was in Claires Haus vor sich ging, angefangen beim Aufbewahrungsort der Teebeutel, über Billys Rechtschreibtests bis hin zu »wieso sie Aidan nicht auszahlte und die Bar allein führte«.

Und, was erschwerend hinzukam, er gestaltete sein Privatleben lebendiger als sie das ihre. Viele seiner alten Kumpane lebten noch und wohnten in der Stadt oder in der Nähe, und Mike stand, wie in alten Zeiten, im Mittelpunkt des Vergnügens. Das Seniorencenter war das Gegenstück zu einem Highschooltreff geworden, und Mike fungierte gesund und munter und fröhlich als Captain des Footballteams und Jahrgangssprecher in Personalunion.

Dagegen wirkte ihr zweiwöchentlicher Pokerabend nachgerade saft- und kraftlos.

»Hat ja ganz schön gedauert«, stellte ihr Vater fest, während er sich auf dem Beifahrersitz niederließ. »Billy hat gesagt, du hast deinen Alten Herrn vergessen.«

»Danke, Kumpel«, murmelte sie Billy im Rückspiegel zu. »Eigentlich hab ich dich nicht vergessen, Dad. Ich hab nur den Tag verwechselt.«

»Du bist – was? Vierzig? Wie zum Teufel wirst du erst sein, wenn du so alt bist wie ich?«

»Tot«, erwiderte sie. »Du und der Rest der Familie werdet mir ein frühes Grab geschaufelt haben.«

Er warf den Kopf zurück und lachte schallend. »Genau das hätte deine Mutter auch gesagt, möge sie in Frieden ruhen. Hat behauptet, ich hätte genug Energie für fünf Männer und einen Liliputaner.«

»Dad!« Schon war sie in ihrer mahnenden Mutterrolle. »Die politisch korrekte Bezeichnung heißt Kleinwüchsiger.«

»Kleinwüchsige Person? Was zum Teufel ist ein Kleinwüchsiger? Als ich aufgewachsen bin, haben wir sie Liliputaner genannt, und Liliputaner sind sie auch jetzt noch. Scotty Hendersons Bruder war grad mal einen Meter groß, doch er hätte dir die Kniescheibe zertrümmert, wenn du ihn einen Kleinwüchsigen genannt hättest.«

»Dad.« Sie verlieh ihrer Stimme eine strengere Note. »Die Zeiten ändern sich. Wir müssen an Billy denken und ihm beibringen, mit anderen respektvoll umzugehen.«

»Wer ist denn respektlos? Die Leute sind, was sie sind. Man kann einen Hund eine Katze nennen, deshalb hebt er trotzdem das Bein zum Pinkeln.«

»Priscilla hebt nicht das Bein«, war Billy vom Rücksitz zu vernehmen. »Hannah sagt, sie steht einfach nur da und pinkelt auf ihre Pfoten.«

»Genug der Pinkelgeschichten«, erklärte Claire. »Ich meine ja nur, wenn jemand als Kleinwüchsiger bezeichnet werden will, dann sollte man das auch tun.«

»Den nächsten Liliputaner, den ich sehe, frage ich, wie er bezeichnet werden will.«

»Mach das, Dad, aber komm nicht heulend zu mir, wenn er dir die Kniescheibe zertrümmert hat.«

Nicht zum ersten Mal stellte Claire fest, wie sehr sie sich nach einem netten abgeschiedenen Kloster sehnte. Vielleicht war es das, was sie tun sollte. Zum Kuckuck mit den O'Malleys. Sie sollte ein Kloster der Armen unverheirateten Schwestern gründen.

Zum zweiten Mal innerhalb von dreißig Minuten bog sie in die Einfahrt ein und stellte den Motor ab.

»Eier zum Abendessen«, kündigte sie an, als sie durch die Hintertür die Küche betraten, »und ich will kein Gemecker hören.«

»Ooch, Ma ...«

»Ich mach dir ein Omelett mit Marmelade.« Sie wandte sich zu ihrem Vater um, der sich gegen die Tür der Waschküche gelehnt die Schuhe auszog. »Und du fang nicht wieder mit deinem Cholesterin an. Dein Rührei mach ich mit weniger Dottern.«

Hunde mussten hinausgelassen, Katzen gefüttert, die Waschmaschine musste eingeschaltet werden, Eier mussten verrührt und Nerven entzerrt werden. Schade, dass Billy noch in einem Alter war, in dem man für Eindrücke besonders empfänglich ist. Am liebsten hätte sie gesagt: »Scheiß auf die Eier«, und sich mit einem Päckchen Zigaretten und einem Budweiser light auf die hintere Verandatreppe gesetzt, aber sie wollte doch ein gutes Vorbild sein.

Ihr Vater pfiff den Hunden, und sie wurde beinahe über den Haufen gerannt von dieser Meute, die aus den verschiedenen Ecken und Winkeln des Hauses zusammenströmte und sich in den Garten stürzte. Billy zog nach etwas gutem Zureden die Deckel von vier Hundefutterdosen ab und leerte sie auf vier kleine, weiße Teller.

Sie war gerade auf dem Weg nach oben, um sich ihre normale Hausuniform, Jeans und T-Shirt, anzuziehen, als es an der Tür klingelte.

David stand auf der obersten Stufe, ein Schulbuch in der Hand.

Sie wollte sich fast schon die Haare glatt streichen.

»Tut mir leid, dich beim Abendessen zu stören, aber Billy hat seine Rechtschreibfibel auf dem Rücksitz liegen gelassen. Und da ich weiß, wie sehr unsere Kinder Hausaufgaben lieben, dachte ich, ich bring sie besser vorbei.«

»Das ist nett von dir, David. Das hättest du aber nicht zu tun brauchen. Ich hätte sie doch holen können.«

»Wenn ich das gewusst hätte, hätte ich vorgeschlagen, du holst sie bei Romano ab – bei einer Peperoni-Pilz-Pizza.«

»Mit wem sprichst du denn da draußen?«, rief ihr Vater aus der Küche. »Wenn das Barney ist, dann lass ihn nicht herein. Ich rede mit keinem, der seine Spielschulden nicht bezahlt!«

»Es ist nicht Barney«, brüllte Claire zurück. »Es ist Ryans Vater.«

»Frag ihn, ob er auch Eier essen will.«

Sie sah David an. »Du willst keine Eier, nicht wahr?«

Er schüttelte den Kopf. »Keine Eier.«

»Danke, Dad. Sie haben schon gegessen.« Sie senkte die Stimme. »Er ist nicht wirklich mein Vater«, erklärte sie David. »Ich hab ihn vor dem Seniorencenter herumirren sehen und bekam Mitleid mit ihm.«

»Da habe ich meinen auch gefunden. Bist du dir eigentlich sicher, dass er nicht derselbe ist?«

Einiges von der Anspannung des Tages verschwand auf wundersame Weise, als beide lachen mussten.

»Also«, sagte er und sah ihr in die Augen, »ich möchte dich nicht von deinen Eiern abhalten.«

»Ganz im Ernst, falls du und Ryan noch Platz für Rührei mit Speck hättet, würde ich …«

»Ich hab ihm Pizza versprochen, aber wenn wir es nachholen könnten, würde ich mich freuen.«

Sag es, Claire. Mach schon. Du weißt doch, dass du es willst.

»Ich mich auch.« Seine Augen hinter den Brillengläsern wurden ganz groß, und sie fühlte diese wohlbekannte Hitze in ihre Wangen steigen. »Ich meine, nächstes Mal, wenn du und Ryan Pizza essen geht, könnten Billy und ich ja mitkommen.«

Fenelli hatte tatsächlich ein nettes Lächeln, irgendwie durchgeknallt und gleichzeitig ironisch. Es war kein umwerfendes oder sexy Lächeln und dennoch …

»Vielleicht können Billy und Ryan nächstes Mal auch zu Hause bleiben, und nur wir gehen Pizza essen.«

»Das fände ich nett.« *Tatsächlich? Das hätte ich dir nicht zugetraut, Claire.*

Sie standen da und starrten sich scheinbar eine Ewigkeit an. Erst Ryans klagender Ruf »Daaaaad!«, der über den Vorgarten schallte, brachte sie in die Gegenwart zurück.

»Wir sehen uns an der Bushaltestelle«, sagte David, als er sich zum Gehen wandte.

»Danke, dass du das Buch vorbeigebracht hast.«

»Vielleicht können wir das mit der Pizza nächste Woche einrichten.«

»Klingt gut.«

Er lächelte.

Sie lächelte zurück.

Er trottete über den Rasen.

Sie winkte ihm nach.

Okay, es war nicht *Love Story,* doch für Paradise Point war es nicht schlecht. Ganz und gar nicht schlecht.

Olivia Westmore, die elegante Besitzerin von Le Papier, saß an Roses Küchentisch und machte sich Notizen auf einem schönen zartrosa Block Notizpapier mit Wasserzeichen, der besser dafür geeignet gewesen wäre, Briefe an die Königin von England zu schreiben.

»Ein Füller?« Rose konnte den Klang der Verwunderung nicht aus ihrer Stimme verbannen. »Ich hätte nicht gedacht, dass noch irgendjemand Füller benutzt.«

»Es ist ein Duofold aus den Fünfzigerjahren«, erklärte Olivia stolz. »Normalerweise lasse ich ihn zu Hause, doch heute war mir etwas leichtsinnig zumute.«

»Er hat wahrscheinlich mehr als deine Jimmy Choos gekostet.«

Olivia blickte versonnen auf ihr kostspieliges Schuhwerk hinunter und zuckte mit den Schultern. »Und ist dabei jeden Penny wert, glaub mir.«

»Du bist wirklich ein absolut schamloser Genussmensch, oder nicht?«

»Stimmt genau«, räumte Olivia mit einem frechen Lächeln ein. »Was hat das Leben für einen Sinn, wenn man nicht die schönen Dinge genießt.«

»Ich bin davon überzeugt, in deiner Logik steckt ein Fehler«, entgegnete Rose, während sie einen Behälter mit Boeuf à la bourguignonne aus dem Gefrierschrank holte. »Wenn ich ihn gefunden habe, sage ich es dir.«

»Ach, spiel bloß nicht den Unschuldsengel«, erwiderte Olivia, schob die Kappe auf ihren Füller und legte ihn auf den Tisch. »Ich habe deine seidigen Gewänder schon gesehen und deine Badeöle. Weltlichen Freuden bist auch du nicht abgeneigt, Rosie.«

Rose konnte es nicht leugnen. Sie liebte gute Weine, schöne Musik, köstliches Essen, weiche und kostbare Materialien, die die Haut liebkosten. Und genau diese Vorlieben ließen sie die Fantasiewelt des Candlelight erschaffen, die ihre Gäste so liebten. Ihr Blick für das Schöne, gepaart mit ihrem Sinn fürs Geschäft, hatte aus dem baufälligen viktorianischen Gebäude einen äußerst beliebten Verkaufsschlager gemacht.

Wenn nun das Gleiche mit Cuppa funktionieren würde, wäre sie eine sehr glückliche Frau.

»Was hast du nun alles zusammengetragen?«, fragte sie Olivia und deutete in Richtung Notizblock. »Ich brauche so viele Einzelheiten wie möglich, um Maddy den Vorschlag zu unterbreiten.«

»Sie ist deine Tochter«, entgegnete Olivia. »kein Anwalt, der die Verträge prüft. Sag ihr, es ist eine großartige Gelegenheit und sie sei die Richtige dafür.«

»Sie ist auch Buchhalterin«, erinnerte sie Rose. »Sie wird Fakten und Zahlen haben wollen.«

Maddy war zwar etwas schrullig und bezaubernd unberechenbar, doch darüber hinaus hatte sie den Geschäftssinn ihrer Mutter geerbt. Sie würde alles über die zu erwartenden Umbaukosten, die Bauvorschriften und die Betriebskosten wissen wollen.

Olivia las ihr die Liste vor, während Rose sich um das Abendessen kümmerte. Ihre Gedanken waren allerdings nicht bei dem, was ihre Freundin sagte. Vielmehr sprangen sie von Maddys Anblick zwischen den Brautkleidern zum Klang von Hannahs Lachen im Garten und zu dem sehnlichen Wunsch, dass die beiden für immer in Paradise Point blieben, hin und her.

Rose war nicht sehr fantasievoll. Das war einer der vielen Unterschiede zwischen ihr und ihrer Tochter. Maddy hatte immer schon eine blühende Fantasie gehabt, was Rose des Öfteren an den Rand der Verzweiflung getrieben hatte. Doch was ihr geliebtes Candlelight betraf, so konnte sie ihrer Tochter noch das eine oder andere beibringen. Das Haus war für Rose nicht einfach nur ein Haus. Es lebte und atmete und hatte Ansichten, die sie nicht alle teilte. Jede knarzende Diele, jedes blinkende Fenster, jeder einzelne staubfreie Zentimeter dieses Wunders von einem alten viktorianischen Haus vibrierte von dem Eigenleben – und einer eigenen Geschichte.

Und wenn sie besonders viel Glück hatte, dann war auch ihr Exehemann Bill da. Ihm gefiel der kleine Horst im zweiten Stock, das Turmzimmer mit dem alten schmiedeeisernen Bett und der Patchworkdecke. Zweimal letzten Monat hatte sie von diesem Bett aus die Sonne aufgehen sehen, den Kopf an Bills ergrauende Brust geschmiegt und Gott dafür gedankt, dass er sie lange genug hatte leben lassen, um den Weg zurückzufinden zu dem ersten und einzigen Mann, den sie je geliebt hatte.

Maddy schien hocherfreut darüber, dass ihre Eltern nach so vielen Jahren ihre Liebe zueinander wieder hatten aufleben lassen, und Hannah, dieser Schatz, nahm es als völlig normal und selbstverständlich hin.

Vielleicht musste man etwas verrückt sein, um an die Liebe zu glauben. Die Liebe hielt sich nicht an Regeln. Sie setzte sich über jede Logik hinweg. Sie kam nicht, wenn man sie rief, und sie schlich sich nicht davon, wenn man von ihr genug hatte. Die Liebe war ab und zu wankelmütig und manchmal, da war sie für immer. Jedes Mal, wenn sie in die blassblauen Augen von Bill Bainbridge schaute, überkam sie die gleiche staunende Verwunderung, die sie auch schon vor vierzig Jahren empfunden hatte, als er um ihre Hand anhielt.

Und sie sah diese staunende Verwunderung auch in Maddys Augen, wenn sie Aidan ansah, als könne ihre Tochter ihr Glück nicht so recht fassen. Was war es doch für eine Freude, Maddy mit einem Mann zu sehen, der sie so liebte, wie sie es verdiente. Beim Anblick der beiden wurde Rose vor Glück richtig weh ums Herz. Sie strahlten eine Art von Seligkeit, ein Gefühl von Einheit aus, das weit über die Funken hinausging, die sie jedes Mal versprühten, wenn sich ihre Blicke begegneten.

Alle in der Stadt waren der Meinung, dass sie in ihrem Leben noch keinen Mann gesehen hätten, der verliebter war als Aidan O'Malley. »Siehst du, wie er unser Mädchen anschaut?«, hatte Lucy neulich Abend mit einem Seufzer gefragt. »Ich schwöre, ich konnte den Mond und die Sterne in seinen Augen sehen.«

Das Leben zog so schnell an einem vorüber. Maddy war noch zu jung, um zu verstehen, wie schnell diese kostbaren Tage mit Hannah und Aidan vorbei sein würden. Gerade war man noch eine junge Frau mit einem Baby in den Armen, und einen Lidschlag später sah einem seine Mutter aus dem Spiegel entgegen und verkündete, dass die Zeit davonlief. Nächsten Monat würde sie den fünften Jahrestag ihres erfolgreichen Kampfes gegen den Brustkrebs feiern. Fünf Jahre waren vergangen, seit der Arzt ihr »Entwarnung« gegeben hatte – fünf Jahre, die sie nicht gehabt hätte, wenn Gott anders entschieden hätte. Fünf Jahre, in denen ihre Tochter und Enkeltochter Tausende von Meilen entfernt gelebt und sich Erinnerungen geschaffen hatten, in denen die Menschen, die sie am meisten liebten, gar nicht vorkamen.

Vielleicht war daraus diese plötzliche, unerwartete Entschlossenheit entstanden, Maddy eine Hochzeit auszurichten, die sie in Erinnerung behalten würde. Rose hatte die Geburt ihres einzigen Enkelkindes verpasst, etwas, das sie ewig bereuen würde. Maddy war zutiefst verletzt gewesen, weil sie nicht gekommen war, und die Kluft zwischen ihnen war dadurch nur noch tiefer und breiter geworden. Nicht einmal die Wahrheit, dass sie sich zu jener Zeit einer mörderischen Chemotherapie unterziehen musste und eine Reise durch das ganze Land ihre Kräfte überstiegen hätte, war eine plausible Erklärung gewesen für den Umstand, dass sie nicht da war, als ihr Baby selbst ein Baby gebar. Sie hatte die Erklärung zudem viel zu lange hinausgezögert, und die Jahre der Trennung hatten bereits genug Schaden angerichtet.

Manchmal hatte sie das Gefühl, sie würde ewig Fangen spielen, was Maddy betraf, ständig bestrebt, das Richtige zu sagen und dafür den richtigen Zeitpunkt zu finden, es aber nie zu schaffen. Die räumliche Entfernung hatte sie so viele Jahre gekostet, und Rose hatte auch noch für die emotionale gesorgt. Als Maddy dann quer durchs Land nach Seattle zog, war dies dafür nur der sichtbare Beweis.

Man konnte keine lebenslangen Erinnerungen durch einen alljährlichen zweiwöchigen Besuch aufbauen, zwei Wochen, die meist in Tränen und Schuldzuweisungen gipfelten. Eine Hochzeit wäre etwas, was sie gemeinsam erleben würden, ein großes und schönes Ereignis, gegründet auf Liebe und Hoffnung. Die Erinnerung daran würde gut und kostbar sein, würde ihr Leben unauslöschlich miteinander verbinden, wie es bis jetzt nur die genetische Abstammung konnte. Das Leben war so schrecklich kurz. Wenn sie nicht jetzt anfingen, sich einen Vorrat an Erinnerungen zuzulegen, würde es eines Tages zu spät sein.

»Rose.« Olivias Stimmte drängte sich in ihre Gedanken. »Du hast nicht ein Wort von dem gehört, was ich gesagt habe, stimmt's?«

»Nicht ein einziges«, musste sie gestehen.

Sie stellte die Kasserole auf den Herd und zündete den Brenner darunter an. Hannahs Lachen und Priscillas aufgeregtes Gebell drangen vom Garten herein. Was für ein kostbares Geschenk diese gemeinsame Zeit doch gewesen war.

»Bedenken?«, fragte Olivia. »Falls du deine Meinung geändert hast, geben wir uns die Hand und trennen uns als Freunde. Wir haben noch keine Verträge unterschrieben, Rose.«

»Keine Bedenken«, erklärte sie mit Bestimmtheit. »Ich will es machen. Es ist eine großartige Chance, und ich bin davon überzeugt, dass es auch ein großer Erfolg wird.«

»Aber ...?«

»Ich fürchte, Maddy wird nicht mitmachen. Wir hatten heute Nachmittag eine Auseinandersetzung wegen Hochzeitskleidern. Sie wird es nur als einen weiteren Versuch sehen, ihr Leben kontrollieren zu wollen.«

»Es gibt Schlimmeres.«

»Mit Claire zusammenzuarbeiten könnte dazu gehören.«

»Sie sind doch beide große Mädchen, Rosie. Sie werden sich schon einigen.«

»Sie werden mit einander verwandt sein. Das könnte ...«

»Sieh das doch nicht so eng. Wir bieten ihnen die Gelegenheit. Sie entscheiden, ob sie sie ergreifen wollen.«

»Bleib doch zum Essen«, drängte Rose sie. »Ruf Sunny an und sag ihr, sie soll den Laden für heute schließen. So können wir Maddy gemeinsam fragen.«

»Füll sie mit Chardonnay und Kohlehydraten ab und setz dann zum entscheidenden Schlag an.«

»Wenn du dabei bist, wird sie es eher als ein Geschäft betrachten und nicht als einen politischen Schachzug, um sie in ein Vera-Wang-Kleid zu zwängen, vor ihren Nächsten und Liebsten.«

»Ihr werdet nicht einen dieser hässlichen Liebste-Mommy-Kräche anfangen, ja?«

Rose warf ein Geschirrhandtuch nach ihrer Freundin. »Ruf Sunny an«, befahl sie, »und ich werd noch ein Gedeck auflegen.«

Und auch noch ein Gebet an St. Jude, den Heiligen für hoffnungslose Fälle, richten.

7

»Oh nein«, stöhnte Maddy, als Aidan auf den kleinen Parkplatz hinter dem Candlelight einbog. »Rose hat sich Verstärkung geholt.«

Olivia Westmores schnittiger Jaguar stand neben Maddys stolzem, doch etwas ramponierten Mustang. Rose und die schicke Besitzerin des einzigen erfolgreichen Briefpapierladens in der ganzen Geschichte der Küste von New Jersey waren Geschäftsfreunde und völlig überraschend sogar persönliche Freundinnen geworden. Sie waren ein ungleiches Paar. Olivia war Ende dreißig oder Anfang vierzig, stattlich und sinnlich und mehrmals verheiratet gewesen. Man behauptete, in ihrem Dekolleté könnte eine fünfköpfige Familie Unterschlupf finden. Sie war extravagant und wild romantisch, eine Frau mit dem Herzen einer Mutter Erde, verborgen hinter einem bestens gepflegten Äußeren.

Rose dagegen war nichts von alledem. Maddys Mutter war eine eisern praktisch veranlagte Frau. Wenn sie etwas nicht sehen, anfassen oder auf ihr Konto einzahlen konnte, dann existierte es auch nicht. Sie glaubte fest an harte Arbeit und gesunden Menschenverstand und dass große Brüste diesem nur im Weg waren.

Letzterem stimmte Maddy absolut zu.

»Ich kann mir nicht vorstellen, dass Liv der Typ ist, der sich in Familienzwistigkeiten einmischt«, stellte Aidan fest, als er den Gang herausnahm.

»Oh, dafür ist Rose viel zu schlau. Wahrscheinlich hat sie Olivia zum Essen eingeladen und ihr vorgeschlagen, ihre Mappe mit den Hochzeitseinladungen zur Begutachtung nach dem Essen mitzubringen.« Ihre Miene hellte sich plötzlich auf.

»Komm doch mit«, schlug sie vor. »Wenn sie sich Verstärkung geholt hat, dann kann ich doch auch eine mitbringen.«

»Geht heute nicht, die Bar braucht mich«, erwiderte er und küsste sie herzhaft. »Tommy hat heute Abend frei, Claire kommt, wenn Schule ist, am Abend nicht mehr, und Leo will auf einmal mehr Zeit mit seiner Frau verbringen.«

»Das hab ich jetzt davon, dass ich mich in einen Kneipenwirt verliebt habe.«

»Sag das noch mal.«

»Kneipenwirt.«

»Den Teil mit dem Verlieben.«

Sie lächelte und drückte einen Kuss seitlich auf seinen Hals. »Für einen so großen Jungen bist du fürchterlich sentimental.«

»Wenn es um dich geht schon.«

»Und ich kann dich wirklich nicht überreden, zum Essen zu bleiben?«

»Rosie und Olivia im gleichen Raum? Das halt ich nicht aus.«

»So ziemlich das Gleiche hat Dad auch gesagt, als er letztes Mal zu Besuch kam. Während des Pokerabends hat er sich draußen in den Dünen versteckt.«

»Bill ist ein gescheiter Mann. Wenn wir verheiratet sind, werde ich ihm da draußen Gesellschaft leisten.«

Sie küssten sich nochmals, stoben aber auseinander, als Hannah zur Küchentür heraushüpfte, gefolgt von Priscilla, und von der untersten Stufe einen Purzelbaum schlug.

»Dieses Kind landet eines Tages noch im Zirkus«, sagte Aidan, als Hannah ein etwas schiefes Rad schlug. »Jedes Mal wenn ich sie sehe, steht sie auf dem Kopf.«

»Sie hat heute Vormittag schon über einem Haufen Vera Wangs Purzelbäume geschlagen. Ich sah schon den Rest meiner Betriebsrente in Rauch aufgehen.«

»Vera-Wangs?«

»Du musst noch eine Menge lernen, O'Malley. Vera-Wang-Brautkleider.« Sie nannte ihm den preislichen Rahmen.

»Das ist ja eine Anzahlung auf ein Haus.«

»Jetzt verstehst du wenigstens, wieso ich das mit Rose klären muss. So viel würde ich nicht einmal für ein Kleid ausgeben, wenn PBS die Rechnung bezahlen würde.«

Hannah hielt Priscilla ans Autofenster. Der Pudel leckte am Glas, und Hannah bekam einen Lachanfall.

»Willkommen bei den Fünfjährigen«, sagte Maddy, als ein Rinnsal von Sabber die Scheibe hinunterlief. »Bist du sicher, dass du das noch einmal durchmachen willst?«

Er zuckte zusammen, als er die Speichelspur im Straßenstaub sah. »Wenn du es kannst, kann ich es auch.«

Beide brachten sie Töchter mit, Familienprobleme, eine wirre und schwierige persönliche Lebensgeschichte, die an allem, womit sie in Berührung kam, kleben blieb wie die Kügelchen von Schaumstoffverpackungen. Ihre Augen trafen sich, und sie begannen, über das Wunder und die Widersinnigkeit zu lachen, mitten im echten Leben die Liebe zu finden.

Hannah, die dachte, sie lachten über ihre Possen, drehte vor der Wagentür immer mehr auf. Als sie auch noch versuchte, Priscilla auf ihrem Kopf zu balancieren, wurde Maddy klar, dass es an der Zeit war aufzuhören, Aidans Verlobte zu sein, und wieder Hannahs Mutter zu werden.

Hannah sprudelte über vor Energie, ein sicheres Zeichen, dass Rose sie auch noch mit einigen von Tante Lucys berühmten Hafermehlkeksen gefüttert hatte – und das auch noch nach dem Eis zum Mittagessen.

Maddy kletterte aus dem Truck, und Aidan beobachtete dann, wie Maddy Priscilla auf den Arm nahm und Hannahs Hand ergriff. Er winkte ihnen und fuhr dann vorsichtig rückwärts aus dem engen Parkplatz heraus, während Hannah mit einer von Priscillas Pfoten zurückwinkte.

»Großmutters Freundin ist da«, berichtete Hannah, nachdem Aidans Truck um die Ecke verschwunden war. »Die, die so gut riecht.«

»Olivia riecht immer gut«, erklärte Maddy. Vielleicht war das der Grund, wieso nahezu jeder Mann in der Stadt hinter ihr herlief, als sei sie der Rattenfänger von Paradise Point.

»Priscilla hat ihren Schuh gefressen.«

Maddy krampfte sich der Magen zusammen. Olivia trug Jimmy Choos, abgesehen von einem gelegentlichen Seitensprung zu Manolo Blahniks. Konnte ihre Mutter denn nicht Freundinnen haben, die in Billigläden einkauften?

»Priscilla hat den Schuh nicht wirklich gefressen – du machst doch nur Spaß, oder?«

»Sie hat ihn angebissen«, sagte Hannah, die Priscilla zusah, wie sie an den Rosenbüschen bei der Treppe zum Strand schnupperte. »Großmama hat ihr gesagt, dass sie sich schlecht benommen hat, aber Livia hat gesagt, sie hat sich eben wie ein Hund benommen.«

Maddy machte sich eine geistige Notiz, beim Briefpapiergeschäft vorbeizuschauen und etwas zu kaufen, das sie sich nicht leisten konnte. »Bleibt Olivia zum Abendessen?«

»Großmama hat gesagt, sie muss. Sie braucht 'ne Stütze.«

Stütze? »Meinst du ›Unterstützung‹, Schatz?«

Hannah zuckte mit den Schultern und schlug einen Purzelbaum.

»Ach, was soll's.« Maddy kniete sich ins Gras, ohne sich darum zu kümmern, was da alles kreuchte und fleuchte, und stieß sich zu einem zwar schlampigen, aber voller Begeisterung ausgeführten Purzelbaum ab.

Hannah jauchzte vor Aufregung. Priscilla fiepte und stupste Maddy mit der Nase. Man musste eine Frau nur etwas ermutigen, damit sie nach Höherem strebt. Drei Purzelbäume später war sie erledigt.

»Wie süß«, bemerkte Olivia, als sie auf die rückwärtige Veranda trat, dicht gefolgt von Rose. »Kannst du auch noch andere Kunststücke?«

Maddy schwankte zwischen Verlegenheit und Belustigung. »Ich mache Männchen und bettle um Crème brulée.«

Olivia warf den Kopf zurück und lachte. Für dieses kehlige

Lachen würden Männer ihr Leben lassen. »Schatz, und ich würde Toter Mann spielen für eine gute Crème brulée.«

»Bleibst du zum Essen?«, fragte Maddy, während sie Gras, Sand und Unaussprechliches von ihren Kleidern klopfte.

»Sunny weiß nicht, wie man den Alarm im Geschäft aktiviert. Ich komme zurück, wenn ich abgeschlossen habe.« Sie sah Rose an. »Ich versuche auch gleich, Stan oder Larry zu erreichen.«

Im Gehen zwinkerte sie Rose zu, worauf diese wie ein schuldbewusstes Schulmädchen dreinschaute. Plante Olivia einen Dreier mit dem bekanntesten Rechtsanwalt der Stadt? Bei diesem Gedanken hätte Maddy beinahe losgeprustet.

»Was war denn das gerade?«, wollte Maddy wissen, als sie und Rose Hannah und Priscilla ins Haus folgten. »Wozu brauchst du Stan und Larry?«

Rose beschäftigte sich angelegentlich mit den Salatblättern, die zum Abtropfen in einem Metallsieb in der Spüle lagen. »Olivia und ich werden zusammen ein Geschäft aufziehen.«

»Du machst ein Geschäft mit Liv auf?« Maddy nahm sich eine Kirschtomate. »Was für eines? Mietobjekte?« Ihre Mutter war drei Jahrzehnte lang eine erfolgreiche Immobilienmaklerin gewesen und hatte einen sechsten Sinn für gewinnbringende günstige Objekte entwickelt.

»Keine Mietsachen.«

»Du willst doch nicht noch eine Frühstückspension kaufen, oder?« Visionen eines albtraumhaften Hochzeitsgeschenkes zogen vor ihren Augen vorbei. Der Gedanke, den Rest ihres Lebens mit fremden Menschen zu verbringen, die im Bad im ersten Stock gurgelten, ließ sie vor Angst erbeben.

»Welche Begeisterung.« Rose griff nach der Flasche Balsamico auf dem Sims. »Ich verspreche dir, ein B&B ist mehr als genug für eine Frau. Könntest du bitte in die Speisekammer gehen und mir das Extra-vergine-Olivenöl für den Salat holen?«

»Ich brauch diesen ganzen Firlefanz nicht«, erklärte Maddy. »Normales Öl tut's auch für mich.«

»Sag so etwas bloß nicht vor den zahlenden Gästen! Das Candlelight muss auf seinen Ruf achten.«

Maddy war sich nicht im Klaren, ob ihre Mutter sie rügte, Spaß machte oder es wirklich ernst meinte. Rose hatte einen beißenden Sinn für Humor, der sich im jahrelangen Schlagabtausch mit ihren Schwestern vervollkommnet hatte und gelegentlich auch Spuren hinterließ.

»War das ein Seitenhieb oder eine Feststellung?«

»Eine Feststellung«, erwiderte Rose. »Ich habe es nicht sarkastisch gemeint, sondern wörtlich.«

»Nach allem, was heute Nachmittag geschehen ist, dachte ich, ich sollte erst fragen, ehe ich auf die Palme gehe.«

Rose seufzte lang und tief. »Das mit heute tut mir unendlich leid, Schatz. Es ist mir im Nachhinein ein Rätsel, was ich mir dabei gedacht habe. Ich weiß doch, dass du Überraschungen hasst.«

»Ja, und vor allem solche, bei denen ich in meiner Unterwäsche herumstehe.« Wenn man ihr einen kleinen Tipp gegeben hätte, hätte sie sich etwas Salonfähigeres kaufen können als ihre einfache Baumwollunterwäsche. Eine Burka vielleicht.

»Du hasst es, einkaufen. Deine Tanten können mordsmäßige Ekel sein. Deine Cousinen können reden, dass sogar dem Mount Rushmore die Ohren abfallen würden. Ich kann mir beim besten Willen nicht erklären, wieso ich es für eine so gute Idee hielt.«

Ihre Mutter sah überraschenderweise so zerknirscht aus, dass Maddy zum ersten Mal, seit Saks, als die Verkäuferin mit ihren Kleidern weggegangen war, wieder befreit aufatmete. »Es tut mir leid, dass ich wegen der Kleider so überreagiert habe.«

Die linke Braue ihrer Mutter hob sich gerade hoch genug, um sich bemerkbar zu machen. »Du bist eine halbe DiFalco. Es liegt dir im Blut.«

»Na, wenn das kein tröstlicher Gedanke ist«, sagte Maddy. »Ich bin noch nicht einmal einen Monat lang mit Aidan verlobt, und die Hochzeit macht mich jetzt schon verrückt. Ich kann mir nicht vorstellen, wie es irgendjemand überleben kann, so etwas mehr als einmal in seinem Leben zu machen.«

»Und, so Gott will, wirst du es auch nie herausfinden.«

»Ich kann einfach nicht glauben, was das Zeug kostet«, sagte Maddy, als sie ein paar Minuten später mit dem Olivenöl zurück in die Küche kam. »Das muss ja flüssiges Gold sein. Du solltest ...«

Sie hielt inne, als sie sah, dass ihre Mutter schon das Essen austeilte.

»Warten wir denn nicht auf Olivia?«

»Sie hat angerufen. Sie kommt nicht. Im Laden gibt es einen Notfall.«

»Einen Schreibwarenladennotfall? Sind jemandem die Adressenaufkleber ausgegangen oder die Magic Marker?«

Ihre Mutter musste lachen. »Du musst den Ausdruck entschuldigen, aber es handelt sich um einen Hochzeitseinladungennotfall. Die arme Frau muss dreihundert Umschläge mit der Hand adressieren und sie morgen um neun in Brielle abliefern.«

»Noch ein guter Grund durchzubrennen.« Und ein Grund, froh zu sein, nie die Kunst der Kalligrafie erlernt zu haben.

»Madelyn ...«

»Ich mache doch nur Spaß, Ma. Du hast doch nicht erwartet, dass ich diese Vorlage ungenützt lassen würde, oder?«

»Ruf Hannah«, sagte Rose und lächelte zu Maddys Überraschung noch immer. »Das Abendessen wird kalt.«

Fünf Minuten später saßen sie am Küchentisch, bereit zu essen. Es roch herrlich. Boeuf à la bourguignonne. Ein knuspriger Brotlaib, locker in ein rot-weiß kariertes Geschirrtuch eingeschlagen. Ein knackiger grüner Salat mit dem teuren Olivenöl und dem raffinierten Essig, bestreut mit frischen Kräutern.

Dieses Essen hier war aber nicht das übliche montägliche Abendessen chez DiFalco. Sie war nicht umsonst dreiunddreißig Jahre lang Tochter gewesen. Rose war im Begriff, einen

Frontalangriff zu lancieren, der Maddys Herz und Verstand erobern sollte, doch es gehörte mehr als ein mit Wein verbrämtes Essen dazu, sie davon zu überzeugen, die Traumhochzeit, die ihre Mutter sich vorstellte, zu wollen.

»Du solltest wirklich aufhören, sie mit Keksen und Kuchen zu überhäufen«, sagte Maddy, als Hannah in ihrem Salat herumstocherte. »Sie war völlig überdreht, als ich heimkam.«

»Ich weiß«, erwiderte Rose, völlig untypisch verlegen. »Großmama Fay hat dir immer große Stücke Käsekuchen zugeschoben, wenn ich es nicht sah, und ich hab ihr dafür die Leviten gelesen. Und jetzt bin ich es, die Hannah mit Tiramisu und Trifle überhäuft.«

»Wann werden denn die Horden über uns hereinbrechen?«, fragte Maddy und nahm sich eine zweite Portion aus der Servierschüssel.

»Der Kameramann wird so um zehn aus Cape May zurück sein«, erwiderte Rose und füllte Hannahs Wasserglas nach. »Peter Lassiter hofft, es bis zum Mittagessen zu schaffen.«

»Das klingt ja nicht so schlecht«, log Maddy.

»Er bringt Kameramänner, Tontechniker und eine Produktionsassistentin mit.«

»Die mit all den Tattoos?«

»Und der gepiercten Zunge.« Rose schüttelte sich. »Ich weiß nie, wo ich hinschauen soll, wenn sie mit mir spricht. Ich sehe immer nur, wie dieses Ding in ihrem Mund herumklappert.«

»Ich hätte mir beinahe die Nase piercen lassen, als ich damals nach Seattle ging.«

»Bitte sag, dass du Witze machst.«

»Ich war knapp davor, aber Dad hat es spitzgekriegt und mir gedroht, mich ...« Sie hielt inne. »Vielleicht ist das doch keine so lustige Geschichte.«

»Er drohte dir, dich hierher zurückzuschicken, nicht wahr?«

Maddy kam sich ganz elend vor, weil sie dieses Thema angeschnitten hatte. »Es tut mir leid. Ich hätte nachdenken sollen, bevor ich den Mund aufmachte.«

»Keine Schönfärberei an diesem Tisch«, erwiderte Rose. »So waren die Dinge nun mal zwischen uns, Schatz, doch das heißt nicht, dass sie immer so bleiben müssen.«

»Hannah.«

Das kleine Mädchen sah Maddy an.

»Kein Zungenpiercing, okay?«

Hannah nickte und fütterte Priscilla weiter unter dem Tisch mit Tomatenstücken.

»Viel Glück«, sagte Rose und hob prostend ihr Wasserglas. »Wäre Mutterschaft nur so einfach.«

»Ich habe es wenigstens versucht«, erwiderte Maddy. »In zehn Jahren werde ich alle Bestätigung brauchen, die ich bekommen kann.«

»Dann erinnerst du dich also daran, wie du mit fünfzehn warst.«

»Lebhaft.«

»Und hast du vor, einige der eher zitierbaren Vorfälle Peter Lassiter mitzuteilen?«

»Nicht einmal, wenn sie mich mit Pralinen und Pizzen mit Doppelrahmkäse umwerben.«

Rose öffnete den Mund, schloss ihn aber gleich wieder.

»Du denkst an meine Taille, stimmt's?«, fragte Maddy.

»Ich dachte an dein Cholesterin.«

Sie sahen sich an und lachten, sehr zu Hannahs Verwunderung.

»Was war lustig?«, wollte sie wissen.

»Deine Großmama«, erwiderte Maddy.

»Stimmt«, bekräftigte Rose und beugte sich hinunter, um ein Salatblatt vom Boden neben Hannahs Füßen aufzuheben. »Deine Großmama ist sehr lustig – was machen denn die ganzen Tomaten unter dem Tisch, Hannah?«

»Priscilla mag 'maten«, erklärte Hannah und stocherte gelassen in ihrem Salat herum.

Maddy schoss unter den Tisch und wischte die Schweinerei mit einer Serviette auf. »Tut mir leid«, sagte sie zu ihrer Mutter.

»Wir werden das ›Der Hund wird nicht am Tisch gefüttert‹-Gespräch heute Abend wiederholen. Wenigstens haben es die Filmleute nicht gesehen.«

»Ich denke, die sind mehr daran interessiert, uns bei der Planung deiner Hochzeit zu beobachten als beim Abendessen.«

»Es tut mir ja leid, sie enttäuschen zu müssen, aber …«

Rose hob die Hand. »Lass uns doch einfach unser Essen genießen und das Gespräch über die Hochzeit auf später vertagen.«

»Das brauchst du mir nicht zweimal zu sagen«, erwiderte Maddy und prostete ihr mit dem Wasserglas zu. »Auf unsere letzten freien Stunden, ehe die Horden einfallen.«

Es gab nichts, was sie mehr hasste, als einen Haufen Fremder in Pyjamas und Bademänteln, die zu jeder Tages- und Nachtzeit an ihrer Tür vorbeimarschierten, auf der Suche nach einem freien Badezimmer. Egal, wie lange sie im Candlelight lebte, sie würde sich nie daran gewöhnen können, einem pensionierten Bankdirektor in Unterhosen und einem verblichenen Sticky-Fingers-T-Shirt zu begegnen, der sich im falschen Badezimmer die Zähne putzte.

Ihre Mutter jedoch genoss den Wirbel. »Umso mehr Grund für uns, morgen ganz früh anzufangen. Lucy sagte, sie würde gleich nach der Frühmesse kommen, um mit dem Backen zu beginnen, aber du kannst bis halb sieben schlafen. Und Kelly kommt auch morgen, um dich etwas zu entlasten.«

»Ich habe niemanden gebeten, mich zu entlasten.«

»Das hab ich auch nicht gesagt, Madelyn, doch ich habe gehofft, dass es dich freuen würde. Ich weiß, dass es nicht so ganz dein Fall ist, ein Gasthaus zu führen, und so kannst du zu dem Pokerspiel bei Claire gehen.«

Maddy freute sich, sie war begeistert, um genau zu sein, doch sie hatte gehofft, ihre Gefühle wären nicht so offensichtlich. Sie bot ihrer Mutter einen verbalen Ölzweig an. »Ich kümmere mich darum, dass alle Zimmer fertig sind, bevor ich heute Abend E-Mails beantworte.«

Rose öffnete den Mund, um etwas zu sagen, doch Hannah kam ihr zuvor.

»Kelly hat heute gespuckt.«

Beide Frauen wandten sich dem kleinen Mädchen zu.

»Was war das, Schätzchen?«, fragte Rose ihre Enkelin.

»Kelly hat heute im Einkaufszentrum ihre Eiscreme ausgespuckt.«

Rose und Maddy sahen sich über Hannahs Kopf hinweg an.

»Hat sie dir das erzählt?«, fragte Maddy vorsichtig. Die Fantasie ihrer Tochter wurde allmählich zum Stoff für die Familienchronik. Normalerweise bejahte sie ja ihre Träumereien, aber diesmal nicht.

»Ich hab es gesehen. Es war weiß und ...«

»Das reicht schon, Hannah.« Rose schob ihren Teller zurück. »Den Rest können wir uns denken.«

»Kann ich mit Priscilla spielen gehen?«, fragte Hannah.

»Im Familienzimmer« erwiderte Maddy automatisch. »Wir bekommen morgen Gäste.«

Hannah zog eine Schnute und trottete dann davon. Sie war eindeutig die Tochter ihrer Mutter, wenn es um zahlende Gäste ging.

Maddy wandte sich Rose zu. »Was kann mit Kelly los sein? Mir kam sie nicht krank vor.«

»Wahrscheinlich ist nicht mehr dran, als Hannah sagte. Sie hat Eis gegessen, und es ist ihr nicht bekommen.«

»Das Mädchen hat Aidans unverwüstlichen Magen. Ich habe sie Unmengen Peperoni essen sehen, ohne eine Miene zu verziehen.«

»Du glaubst doch nicht, sie ...?« Rose überließ es diplomatischerweise Maddy, den Satz zu vollenden.

»Schwanger?« Ein Frösteln überkam Maddy. »Sie ist zu klug und zu ehrgeizig dafür.« Sie kreuzte die Finger, hoffte auf eine Sternschnuppe, die ihren Wunsch wahr werden ließ, und murmelte ein Gebet. »Ich kann mir nicht vorstellen, dass Kelly sich in so eine Lage gebracht hat.«

»Dir ist es auch passiert«, bemerkte Rose und begann das Geschirr abzuräumen.

»Ich hatte die Grippe«, erklärte Maddy. »Ich hab eine Pille ausgelassen und ...«

»Und Hannah bekommen«, sagte Rose, während sie mit dem Ellbogen die Küchentür für Maddy aufhielt. »Das meine ich ja, Schatz. Solche Dinge passieren, egal, wie klug eine Frau ist. Manchmal sucht sich die Natur selbst einen Weg.«

»Sag doch so etwas nicht!« Maddy wäre beinahe gestolpert. »Denk so etwas nicht einmal! Sie ist erst siebzehn.«

»Wirst du es Aidan erzählen?« Rose putzte die Teller ab und gab sie Maddy zum Einräumen in die Spülmaschine.

»Ihm sagen, dass meine Tochter sah, wie seine Tochter sich am Nachmittag übergeben hat? Das wäre ein schöner Gesprächsauftakt. Was, wenn Hannah es mit der Wahrheit nicht so genau genommen hat?« Sie füllte Spülmittel in die Maschine und drückte den Startknopf. »Kelly würde mir das nie verzeihen, und ich könnte es ihr nicht verübeln.«

»Dann solltest du vielleicht mit Kelly selbst reden.« Rose trocknete sich die Hände an einem blassgelben Küchenhandtuch ab und griff dann nach den Kaffeebechern auf dem Sims beim Fenster. »Finde heraus, was wirklich geschehen ist.«

»Es geht mich nichts an, Ma. Es ist Kellys Angelegenheit.«

»Du wirst ihre Stiefmutter sein. Was sie tut, geht dich durchaus etwas an.«

»Sie kam bis jetzt auch ohne meine Hilfe gut zurecht.«

»Aidan ist ein großartiger Vater«, stimmte Rose zu. »Er hat seine Sache bei Kelly hervorragend gemacht. Aber vielleicht könnte es nicht schaden, wenn sie eine Frau hätte, mit der sie reden kann.«

»Sie hat Claire.« Jeder wusste, dass Claires Tür Kelly offen stand seit dem Tag, an dem sie geboren wurde. Falls Kelly sich um Rat an eine Frau wenden wollte, wieso in aller Welt sollte sie sich Maddy aussuchen, wo sie doch eine Tante hatte, die ihr sicher gerne half?

»Claire hat fünf eigene Kinder, um die sie sich kümmern muss«, erklärte Rose. »Außerdem lief das mit ihrer Ältesten überhaupt nicht gut, oder?«

»Kelly ist für sie wie ein sechstes Kind«, gab Maddy zu bedenken. »Und nachdem du gerade davon sprichst, Kathleen hat lauter Einser auf der Drew University. Welche Probleme sie auch immer hatte, sie sind passé.«

»Wie dem auch sei, es lässt sich nicht leugnen, dass Claire irgendwann einen Bock geschossen haben muss. Drogenprobleme bei Teenagern haben ihre Wurzeln erfahrungsgemäß meist in Familienkonflikten, und die O'Malleys haben weiß Gott davon zur Genüge.«

»Danke, Dr. Phil, aber seit wann bist du Experte in familiären Beziehungen? Ich halte die DiFalcos nicht gerade für ein Musterbeispiel für harmonisches Familienleben.«

»Man braucht keinen akademischen Grad, um zu sehen, woher der Wind weht.«

»Billy hat noch gelebt, als Kathleen in Schwierigkeiten geriet. Was hat er dagegen unternommen? Wieso sollte Claire an allem schuld sein?«

»Du warst lange Zeit weg, Schatz. In dieser Stadt ist in den fünfzehn Jahren, die du in Seattle gelebt hast, eine Menge passiert.«

»Ich weiß, dass Billy O'Malley nicht gerade ein Bilderbuchvater war.« Und genauso wenig ein Bilderbuchehemann. »Mir scheint, er hätte ruhig etwas mehr Zeit zu Hause verbringen können, statt …« Mit Mühe verkniff sie sich die Worte *hinter dem Rücken seiner Frau meine Cousine zu vögeln*.

Rose beobachtete Maddy aufmerksam, als würde sie abwägen, was Maddy schon wusste und was sie sie wissen lassen wollte. Sie waren sich natürlich beide darüber im Klaren, dass Maddy bald ein Teil der Familie sein würde, über die sie sprachen, und dass ihre Loyalität notwendigerweise gespalten sein würde.

»Ich schlage vor, wir wechseln das Thema«, erklärte Maddy mit einem etwas unsicheren Lachen. »Wie wär's mit etwas weniger Brisantem ...«, sie machte eine kleine effektvolle Pause »... wie der Planung meiner Hochzeit?«

Rose tat ihr den Gefallen und lächelte über ihren etwas krampfhaften Versuch, sie vor einer weiteren Diskussion zu bewahren, die zwangsläufig mit erhobenen Stimmen und verletzten Gefühlen geendet hätte.

»Du meinst, ich bin übers Ziel hinausgeschossen, nicht?«, fragte ihre Mutter sie.

»Den Ballsaal eines Hotels zu mieten scheint mir übertrieben.«

»Wir haben eine große Familie. Ich würde ja hier einen Empfang geben, aber dann müssten wir die Gästeliste sehr zusammenstreichen, und das würde eine Menge böses Blut geben.«

Maddy deutete in Richtung Strand. »Da unten ist doch genug Platz für alle.«

»Und ich nehme an, du würdest danach gern eine Bierparty und ein Muschelessen veranstalten?«

»Ich würde mich zu Champagner und Hummer breitschlagen lassen, falls du darauf bestehst.«

Rose schmunzelte, als sie zwei Espressi in Maddys Kaffeebecher laufen ließ und sie mit heißem Milchschaum auffüllte. »Zimt?«

»Und Schokoladenraspel. Wenn ich schon in der Diäthölle landen werde, so kann ich doch wenigstens den Weg dorthin genießen.«

Maddy schnappte sich eine Handvoll mit bitterer Schokolade überzogene Mandelkekse und folgte ihrer Mutter auf die rückwärtige Veranda. Der Garten, die Bäume, der Strand waren in das sanfte Blau der Dämmerung getaucht. Maddy fröstelte es in der Kühle des Frühlingsabends, und sie umschloss den Becher mit dem hervorragenden Cappuccino ihrer Mutter mit beiden Händen. Hannahs Lachen wehte zu ihnen, zusammen mit dem leisen Fiepen von Priscilla, und einen Augenblick lang empfand sie vollkommene Zufriedenheit.

»Ich wünschte …« Sie hielt inne und schüttelte den Kopf. Sie wollte den Zauber nicht brechen.

Rose lachte leise. »Dass du die Zeit anhalten könntest.«

Maddy sah sie überrascht an. »Woher weißt du das?« Sie und Rose liebten einander, doch selten stimmten sie auch gefühlsmäßig überein.

»Weil es mir genauso ging, als du aufgewachsen bist. Ich hätte dich am liebsten in Watte gepackt und für immer jeden Schmerz von dir ferngehalten.«

»Ich hatte keine Ahnung, dass du so fühltest.«

»Das solltest du auch nicht. Meine Aufgabe war nicht, dich festzuhalten, sondern zu lernen, dich loszulassen.« Ein weiteres wehmütiges Lächeln. »Diesen Teil des Mutterseins habe ich offensichtlich hervorragend gemeistert.«

»Ich war mir nie sicher, ob du erleichtert warst, als ich ging, oder böse.«

»Erleichtert, böse, verletzt, einsam, traurig – ich habe lange gebraucht zu akzeptieren, dass du tatsächlich vorgezogen hast, dir ein Leben so weit entfernt von deiner Familie aufzubauen.«

»Dad ist doch auch meine Familie«, bemerkte sie sacht. Ihr Vater und seine verstorbene Frau hatten ihr ihre Herzen und ihr Heim geöffnet.

Sie sah sich als Siebzehnjährige, voller Gefühle, die sie nicht klar deuten und mit denen sie erst recht nicht umgehen konnte. Sie hatte sich aus dem Schatten ihrer Mutter befreien, die lähmende Langeweile ihres Zuhauses verlassen und auf eigene Faust losziehen wollen. Ein College ganz im Westen zu wählen war der größte Akt von Rebellion, den ihre Familie erlebt hatte, seit Großmutter Fay sich drei Monate vor ihrem achtzigsten Geburtstag hatte tätowieren lassen.

»Das weiß ich«, erklärte Rose, »und ich bin froh, dass du diese Jahre mit ihnen hattest. Das hat es mir sehr viel leichter gemacht, dich gehen zu lassen.«

»Aber ich bin wieder nach Hause zurückgekommen.«

»Ja, und du hast auch lange genug dazu gebraucht.« In ihren

Worten lag kein Sarkasmus, nichts von der Bitterkeit, die noch vor einem Jahr ihre Gespräche gekennzeichnet hatte. Nur eine Offenheit und Verletzlichkeit, die Maddy noch nie vernommen hatte.

Langsam, ganz langsam begann sie zu begreifen. Der Gedanke an Hannah, ihre geliebte kleine Hannah, die sich danach sehnen könnte, irgendwo zu sein, wo Maddy nicht war, brachte sie den Tränen nahe.

Es mochte zwar zwei Schritte zurückgehen für drei zögerliche nach vorn, doch die waren es, die zählten. Stück für Stück streiften sie mühsam ihren Panzer ab und enthüllten die empfindsame Haut darunter. Es war nicht leicht, und es war kein Vergnügen, doch der Gewinn war unschätzbar.

In den Bäumen raschelte es, als sich Spatzen und Karolinatauben auf ihren Schlafplätzen niederließen, und ein einsamer Blauhäher flog auf dem Weg zu seinem Nest über sie hinweg. Ein Wagen fuhr langsam die Main Street hinunter, und das gleichförmige Brummen seines Motors bildete ein seltsames Gegenstück zum tiefen, ruhelosen Klang des Ozeans. Aus irgendeinem offenen Fenster in der Straße drang Musik. Das waren die Geräusche ihres Zuhauses.

Während der Jahre in Seattle hatte sie vom Geräusch des Atlantiks geträumt; diese akustische Erinnerung war ihr Schlaflied gewesen.

Rose veränderte ihre Position ein wenig, und Maddy zwang sich, sich entspannt an die Schulter ihrer Mutter zu lehnen. Sie waren seit nicht ganz dreiunddreißig Jahren Mutter und Tochter, und dennoch konnte sie die Gelegenheiten an einer Hand abzählen, bei denen die körperliche Gegenwart des anderen allein schon ausreichte, Trost zu spenden.

»Horch«, flüsterte Rose.

»Der Ozean?«

»Psst! Dort ...!« Ihre Mutter, ihre praktische, sachliche Mutter klang verzaubert.

Maddy schloss die Augen, als sich Hannahs Stimme mit

einem Lied über Priscilla und ihre Abenteuer als Kapitän der Meere um ihr Herz und auch um das ihrer Mutter legte.

»Sie ist genau wie du«, stellte Rose fest. »Ich stand oft im Gang und hörte dir zu, wie du deinen Stofftieren Geschichten erzählt hast. Immer wieder bedaure ich, dass ich keine davon aufgeschrieben habe.«

»Ich dachte, es hätte dir ganz und gar nicht gefallen, wenn ich Geschichten erfand.« Anfangs, nachdem sie und Hannah wieder zurück waren, hatte sich Rose ständig über die blühende Fantasie ihrer Enkelin Gedanken gemacht, was Maddy unangenehm an frühere Differenzen erinnerte. »Wieso hast du mir das nie gesagt?«

»Ich hatte Angst, du könntest wie eines dieser Mädchen enden, die ihr Leben lang nach dem Märchenprinzen suchen. Ich wollte, dass du in der Lage bist, mit allem fertig zu werden, was im Leben auf dich zukommen kann, und dich nicht in eine rosige Fantasiewelt zurückziehst. Ich wollte, dass du stark bist.«

»Man kann stark sein und Fantasie besitzen.«

»Das weiß ich inzwischen auch«, gestand Rose ein, »aber die Welt war vor dreißig Jahren nun mal eine ganz andere. Ich wollte sicher sein, dass du darauf vorbereitet warst, deinen eigenen Weg zu gehen.«

»Oh, ich war darauf vorbereitet. Ich hatte meinen Abschluss. Ich bekam den Job. Und dann die Kündigung.« Ganz und gar nicht das, was sich ihre Mutter erträumt hatte. Sie sich übrigens auch nicht.

»Die Firma, bei der du gearbeitet hast, ging pleite. Das kann man dir wohl kaum zum Vorwurf machen.«

»Soll ich dir ein Geheimnis verraten?«, fragte Maddy, als die Dunkelheit sie umhüllte. »Der Tag, an dem sie mich entließen, war einer der glücklichsten meines Lebens. Ich fühlte mich wie aus dem Gefängnis entlassen.«

»Ich an deiner Stelle wäre entsetzt gewesen«, erwiderte Rose. »Dieses gesicherte Einkommen war mein Sicherheitsnetz. Lucy wollte, dass ich aufhöre und mit ihr zusammen das Kleidergeschäft betreibe, doch die Vorstellung, mein regelmäßiges Gehalt zu verlieren, war mehr, als ich verkraften konnte.«

»Wahrscheinlich hätte ich auch so denken sollen«, sagte Maddy, »aber der Gedanke, als Kommentatorin arbeiten zu können, hat mich so fasziniert, dass mein Gehirn wohl abgeschaltet hat.« Der Schrecken kam erst später, als sie sich ihres Kontostandes und der wachsenden Bedürfnisse von Hannah bewusst wurde.

»Das hat aber Mut verlangt«, stellte Rose fest, und Maddy machte sich auf die unterschwellige Spitze gefasst, die jedoch ausblieb. »Ich habe es ewig bereut, dass ich nicht mitgemacht habe, als Lucia ein zweites Kleidergeschäft in Cape May eröffnen wollte.«

»Ein durchschlagender Erfolg war ich ja nicht beim Radio«, bemerkte Maddy. Ihre wöchentliche Vor-Ort Sendung war zwar freundlich aufgenommen worden, aber der Absatzmarkt von New York und Philadelphia rannte ihr nicht gerade die Tür ein. Sie war Paradise Points beliebteste Lokalsendung. Doch leider auch die einzige, die sie hatten.

»Du bist deinem Herzen gefolgt«, bemerkte Rose. »Ich habe fast sechzig Jahre gebraucht, um schließlich zu erkennen, wie wichtig das ist.«

»Und ich habe nur dreiunddreißig gebraucht, um festzustellen, dass man ein Baby nicht nur von Träumen ernähren kann. Es gibt eine reale Welt da draußen, und die wird auch nicht verschwinden.«

»Noch nie habe ich dich so reden gehört.«

»Das heißt aber nicht, dass ich meine Träume aufgebe«, verwahrte sich Maddy. »Ich ordne sie nur neu.«

»Ich würde nicht wollen, dass du irgendetwas aufgibst.«

»Aidan ist nicht reich. Ich sehe, wie hart er arbeitet, um das O'Malley's am Laufen zu halten. Wir müssen für Hannah und Kelly sorgen, und wir hoffen, zusammen auch eigene Kinder zu haben. Das schafft man nicht mit Träumen allein.« Sie klang eher, als versuchte sie, sich selbst zu überzeugen, als Rose einen Lebensplan erläutern zu wollen.

»Ich denke, ich kann dir helfen.«

»Ich will dein Geld nicht.«

»Es ist nicht Geld, was ich dir anbiete. Was ich dir anbiete, ist eine Zukunft.«

»Ein Gasthaus zu führen liegt mir nicht.«

»Ist mir schon aufgefallen«, entgegnete Rose seelenruhig. »Uns allen. Deshalb möchte ich mit dir darüber sprechen, das Cuppa zu leiten.«

Ihre Mutter sprach, und sie hörte zu.

»... soll am vierten Juli aufmachen ... keiner von uns hat weder Zeit noch Kraft um ... eine Zukunft ... Teilhaberschaft in allem, dann vielleicht ...«

Fühlten sich so Lottogewinner, wenn ihre Zahlen im Fernsehen kamen? Sie spürte ein leichtes Schwindelgefühl und fürchtete einen Moment lang, sie würde hyperventilieren vor Aufregung. Je mehr ihr ihre Mutter diesen Vorschlag erläuterte, desto besser gefiel ihr, was sie hörte. Sie würde anscheinend weiterhin für Rose arbeiten, jedoch mit einem Grad an Selbstständigkeit, der im Candlelight nicht möglich war.

Sie wäre für das Konzept des Teeladens verantwortlich, würde den Businessplan erstellen, ihre Wurzeln tiefer in die Erde von Paradise Point schlagen. Das Unterfangen würde ihren Fähigkeiten entgegenkommen und erfordern, dass sie an ihren Schwächen arbeitete. Sowohl ihre praktischen als auch ihre kreativen Seiten wären gefragt, und der Gedanke, ein erfolgreiches Geschäft in der Stadt aufzuziehen, aus der sie vor so vielen Jahren weggelaufen war, war bestechend.

»... die Einzelheiten von Olivia ... sie hat alle Zahlen ... die architektonischen Spezifikationen ... du wirst dir alles ansehen wollen, ehe du ...«

»Ja.«

Rose verstummte mitten im Satz. »Du hast doch noch gar nicht mit Olivia gesprochen. Sie ist diejenige, die alle ...«

»Ich habe genug gehört, um zu wissen, dass ich es machen will.«

»Dies ist eine schwerwiegende Entscheidung, Madelyn. Das will durchdacht, überprüft sein. Du kannst doch nicht ...«

»Ich kann das, Ma.« Sie versuchte, ihre Begeisterung zu zügeln, doch es war unmöglich. »Mit dir und Olivia, die sich um die Ausstattung kümmern, klingt das wie ein Kinderspiel.«

Sie besprachen die Inneneinrichtung, die erforderlichen Genehmigungen und was sie an Personal bräuchten.

»Wenn ich dir nur Tante Lucy abspenstig machen könnte«, sagte Maddy. »Ihr Teegebäck ist ein Traum.«

»Und sie gehört dem Candlelight«, ergänzte Rose lachend. »Olivia möchte auch Claire anheuern.«

»Ich dachte mir schon, dass die Sache einen Haken hat.«

Die linke Braue von Rose wanderte nach oben. »Claire stellt ein Problem dar?«

Zeit zurückzurudern. »Du weißt schon, was ich meine. Claire hat einen Job. Sie ist Miteigentümerin des O'Malley's.«

Rose sah sie einen Moment lang an, ehe sie sprach. »Olivia meint, Claire sei reif für eine Veränderung. Wir haben vor, mit ihr morgen Abend vor dem Pokerspiel zu reden.«

Für Maddy klang das alles etwas nebulös, als wollten sie Claire sowohl als Wirtin als auch als Konditorin einstellen. Niemand, der bei Verstand war, würde zwei anstrengende Jobs für ein Gehalt annehmen.

»Ich weiß nicht, was Aidan davon halten wird.« Sie versuchte, ihre Stimme neutral klingen zu lassen, und stellte überrascht fest, wie schwer ihr das fiel. »Er und Claire arbeiten schon so lange zusammen.«

Rose musterte sie bedächtig. Ihre Mutter fand ganz eindeutig Neutralität genauso schwierig wie sie. »Meinst du, es könnte Probleme geben?«

»Ich habe keine Ahnung.«

»Du scheinst mir nicht allzu begeistert bei dem Gedanken, mit Claire zusammenzuarbeiten.«

»Ich mag Claire, aber ich glaube, ich stehe auf ihrer Hitliste nicht ganz oben.«

»Ihr hattet Streit?«

»Keinen Streit. Es ist nur …« Sie suchte nach Worten, um ein Gefühl zu beschreiben, das gerade erst Form angenommen hatte. »Ich weiß nicht. Ich dachte immer, sie mag mich, doch in letzter Zeit ist sie etwas kühl.« Sie sah ihre Mutter an. »Eigentlich ist es genau seitdem Aidan und ich unsere Verlobung bekannt gegeben haben.«

»Sie ist eifersüchtig auf deine Beziehung mit Aidan. Das ist verständlich. Aidan war ihre Hauptstütze seit Billys Tod.«

Maddy lachte. »Also ich glaube, sie ist eifersüchtig auf meine Beziehung zu Kelly.«

»Ich wusste nicht, dass du eine Beziehung zu Kelly hast.«

»Was soll das heißen?«

»Mir ist nicht aufgefallen, dass du so viel Zeit mit Kelly verbringst, dass Claire sich bedroht fühlen würde.«

»Ich hab nicht behauptet, dass sie sich bedroht fühlt. Aber nachdem wir uns verlobt haben, bläst mir ein absolut eisiger Wind entgegen.«

»Also würdest du lieber nicht mit ihr arbeiten wollen?«

»Wenn ich die Wahl hätte, wahrscheinlich nicht. Außerdem kann ich mir nicht vorstellen, wie sie es schaffen soll, zu backen und die Wirtin zu spielen.«

»Der Gedanke war mir auch schon gekommen, doch bis wir auf sicheren Beinen stehen, werden wir uns ziemlich ins Zeug legen müssen.«

»Ich weiß nicht«, erwiderte Maddy. »Das klingt für mich alles etwas unausgegoren.«

»Du scheust dich nicht vor harter Arbeit. Hast du noch nie. Es ist wegen Claire, nicht wahr?«

Maddy stritt es nicht ab. »Sie wird zur Familie gehören, doch das könnte für uns beide zu viel der Nähe sein.«

»Möchtest du, dass ich Olivia sage, sie soll jemand anderen fragen?«

Sie war versucht. Sehr versucht. Doch sie war eben auch die Tochter ihrer Mutter, und der Geschäftssinn der DiFalcos gewann die Oberhand. »Nein«, sagte sie schließlich. »Ich glaube, Claire würde eine Menge Kundschaft anziehen.«

Claires Leben war in einer Weise mit Paradise Point verwoben, wie es Maddys nie sein würde. Die Stadt hatte Claire aufwachsen, heiraten, Kinder bekommen und einen Ehemann begraben sehen. Sie war eine der Ihren, und sie würden alles unterstützen, was sie sich in den Kopf setzte.

»Der Zeitpunkt könnte besser gewählt sein«, stellte Rose fest. »Einen neuen Laden aufmachen und eine Hochzeit planen – das ist ganz schön viel auf einmal.«

»Vielleicht könnten wir den Empfang im Cuppa abhalten«, schlug Maddy vor und grinste, als ihre Mutter in Lachen ausbrach. »Denk an die Publicity. Jeder Fernsehsüchtige in den benachbarten achtundvierzig Bundesstaaten würde unseren Namen kennen.«

Rose drückte ihre Schulter. »Das wirst du mit dem Management ausmachen müssen.«

»Danke, dass du mir diese Chance gibst«, erwiderte sie, und ihre Stimme verriet viel mehr an Bewegtheit, als ihr lieb war. »Ich werde dich nicht enttäuschen.«

»Als ob du das könntest.«

Die Hand von Rose lag noch immer auf der Schulter ihrer Tochter Maddy. Sie spürte gern die Hand ihrer Mutter, ihre Wärme, ihr Gewicht. Vor einem Jahr noch hätte sie sich ihrer Reichweite entzogen, doch heute Abend rückte sie sogar ein bisschen näher.

»Das Kleid war fürchterlich«, räumte Rose mit einem sanften Lächeln ein. »Was dachte sich die Verkäuferin eigentlich dabei?«

»Wahrscheinlich dachte sie nur an ihre Provision«, sagte Maddy. »Ich wünschte, wir wären uns in der Größe ähnlicher. Ich hätte zu gerne dein Brautkleid getragen.«

»Es gehört dir, wenn du es wirklich willst.« Wie verletzlich ihre Mutter wirkte, wie schutzlos.

»Ich bin zwanzig Zentimeter größer als du. Ich fürchte, nicht einmal Tante Lucy und ihre Zaubernähmaschine können dafür eine Lösung finden.«

Auch Rose musste zugeben, dass sie recht hatte.

»Nachdem ich dein Kleid nicht tragen kann, meinst du vielleicht, du und Lucy könntet …« Sie kam nicht dazu, ihren Satz zu beenden, denn ihre Mutter, ihre reservierte und zurückhaltende Mutter schlang die Arme um sie und drückte sie an sich, als wolle sie sie nie wieder loslassen.

»Du wirst die schönste Braut der Welt sein«, versprach Rose mit vor Rührung brüchiger Stimme. »Wir machen dir ein Kleid wie für eine Prinzessin.«

Ein herrliches Kleid aus cremeweißem Satin, dessen Mieder mit Perlen und glitzernden Steinen bestickt war, die auch den duftigen Rock zierten, ein Kleid, das ihr auf den Leib geschneidert war und sie zeigte, wie sie wirklich war, und nicht, wie jemand anders sie wollte.

Eine Schleppe, die raschelte und raunte wie ein liebedienernder Höfling. Schuhe, die glitzerten wie Aschenputtels Glaspantoffeln.

Und vielleicht, aber nur vielleicht, ein winziges, unauffälliges Diadem.

»Ich möchte nichts Ausgefallenes«, sagte Maddy, als sie der Begeisterung ihrer Mutter nachgab. »Nur etwas Einfaches und …«

»Überlass das nur uns«, erwiderte Rose mit Augen, in denen Tränen des Glücks schimmerten. »Wir werden dafür sorgen, dass du eine Hochzeit bekommst, an die du dich immer erinnern wirst.«

Plötzlich sah Maddy sich zum Altar schreiten, eine glitzernde glamouröse Erscheinung in Satin und mit funkelnden Steinen, die in ihrer vollkommenen Herrlichkeit jeden blendete, der es wagte, sie anzusehen. Jeden außer Aidan, der auf seine Knie fiel und Gott dafür dankte, dass er diese Göttin aus Jersey in sein Leben hatte treten lassen.

Zehn Brautjungfern, alle DiFalcos oder O'Malleys. Gina als Trauzeugin. Aidans Freunde aus der Feuerwache wären seine Trauzeugen, groß und gut aussehend in gemieteten Smokings mit Bügelfalten so scharf, dass man sich daran schneiden konnte. Jack Bernstein als Brautführer, dessen freundliche dunkle Augen vor Glück strahlten. Und Hannah! Oh, Hannah würde Blumen streuen ...

Sie blinzelte, um diese lächerlichen Bilder aus ihrem Kopf zu vertreiben, doch sie weigerten sich zu verschwinden. Wogen der Rührung schlugen über ihr zusammen, Liebe und Bedauern, Hoffnung und Glück. Sie und ihre Mutter hatten jeweils so viel verpasst. Sie war nicht da gewesen, als Rose die Krebsoperation und deren Folgen erleiden musste. Rose war nicht da gewesen, als Maddy Hannah zur Welt brachte. Maddy war nicht da gewesen, um Roses Hand zu halten. Rose war nicht dabei gewesen, um Hannahs ersten Schrei zu hören. So sehr man es auch wünschte, so sehr man es bedauerte, die Versäumnisse der Vergangenheit waren nicht mehr zu nachzuholen. Doch so musste es nicht weitergehen.

Vielleicht hatte Gina doch nicht so unrecht. Die Ehe gehörte ihr und Aidan, aber Hochzeiten gehörten möglicherweise tatsächlich der Familie. Vielleicht brauchte Rose eine Märchenhochzeit, um Maddy zu zeigen wie sehr sie sie liebte, und Maddy sollte dieses Geschenk vielleicht aus den gleichen Gründen annehmen.

»Glitzernde Steine und schimmernde Perlen?«, fragte sie.

Rose lächelte das Lächeln einer Frau, die wusste, dass ihr Sieg kurz bevorstand. »Tausende davon.«

»Tausende?«

»Wenn es das ist, was du willst.«

Und auf einmal war es das auch. Sie wollte glitzernde Steine und schimmernde Perlen und meterweise Satin und handgeklöppelte Spitze und blaue Strumpfbänder und Ansteckblumen und Blumenmädchen, die Rosenblätter auf ihren Weg streuten, und einen Ringträger und eine Schleppe so lang, dass sie eine eigene Postleitzahl brauchte. Sie wollte ihre ganze Familie um sich versammelt haben, sogar diejenigen, die sie nicht mochte, und Aidans Familie natürlich auch. Sie wollte alle ihre Freunde dabeihaben, alle Nachbarn, jeden, der sie mochte oder liebte oder ihnen nur Glück wünschen wollte, um ihr Glück zu teilen, um den Tag, den Augenblick als etwas Geheiligtes und Besonderes hervorzuheben, den Tag, an dem sie und Aidan und Kelly und Hannah eine Familie würden.

»In mir steckt eine Braut!«, stellte Maddy verlegen lächelnd fest. »Wer hätte das gedacht?«

»Ich«, sagte ihre Mutter. »Ich wusste es die ganze Zeit.«

8

Auf der anderen Seite der Stadt fand das abendliche Ritual statt.

»Zähne geputzt?,« fragte Claire, als Billy jr. unter die Decke schlüpfte.

»Ja.«

»Zahnseide?«

»Jaa.«

»Die Handtücher im Bad vom Boden aufgehoben?«

»Mh…hm.«

»Dein Gebet aufgesagt?«

»Vergessen.«

»Dann komm. Wir machen es gemeinsam.«

Sie setzte sich neben ihn und nahm seine Hand, als er mit der allabendlichen Litanei der Namen begann.

»Gott segne Mom, Kathleen, Courtney, Willow und Maire. Gott segne Großpapa Mike und Onkel Aidan und Kelly. Gott segne …« Er nannte alle Hunde, Katzen, Hamster, Goldfische und Wüstenspringmäuse, die je im Haus gelebt oder es besucht hatten beim Namen, und während er die Tiere aufzählte, spürte Claire dieses vertraute Ziehen in ihrer Brust. »… und Gott segne Großmama Irene, und Gott segne Daddy, der im Himmel ist.«

Er öffnete die Augen und schenkte ihr eines dieser Lächeln, die sie jedes Mal wie Butter in der Sonne dahinschmelzen ließen. Gott steh ihnen allen bei, acht Jahre alt, und schon zeigten sich Anzeichen des beträchtlichen irischen Charmes seines verstorbenen Vaters. Er war ihr Baby, ihr letztes Kind, das, dessen Geburt sie beinahe glauben gemacht hatte, Gott verfolge doch eine bestimmte Absicht, wenn er nach all den Jahren Billy O'Malley in ihr Leben schickte, diesen süßen Trost für ein Herz, das öfter nahe daran war zu brechen, als sie je zählen wollte.

»Darf ich noch ein bisschen Harry Potter lesen?«

»Es ist fast neun, Billyboy. Licht aus.«

»Nur fünf Minuten, Ma, biiiiiiiiiiitte.«

Ein Blick aus diesen großen dunkelblauen Augen, und sie kapitulierte sofort. Ihre Töchter behaupteten, sie würde ihren einzigen Sohn völlig verziehen, und sie konnte es nicht abstreiten. Sie war mit ihren vier Mädchen so streng gewesen, dass es schon an Härte grenzte, verzweifelt bemüht, Ordnung in ihr chaotisches Familienleben zu bringen, und das bestenfalls mit gemischtem Erfolg. Billy hatte Zugang zu einem Teil ihres Herzens, den sie zu Lebzeiten seines Vaters versteckt gehalten hatte, um ihn sich zu bewahren, und traurigerweise war es sein Tod, der ihn befreit hatte.

»Fünf Minuten«, erklärte sie mit gespielter Strenge, »dann aber Licht aus.« Sie beugte sich hinunter und küsste ihren Sohn auf die Stirn, wobei sie zu übersehen versuchte, dass er den Kuss schnell mit dem Rücken seiner noch kindlich plumpen Hand wegwischte. »Versprochen?«

»Ich verspreche es.«

»Ich verlass mich auf dein Ehrenwort, Kumpel, also sei brav.«

Er griff nach dem dicken Harry-Potter-Band auf seinem Nachttisch und tauchte in das Leben auf Hogwarts ein.

In der Tür blieb sie stehen. »Billy.«

Er blickte auf, den Finger ins Buch geklemmt. »Ja, Ma?«

»Ich hab dich lieb.«

»Maaa!«, protestierte er. Sein Gesicht verzog sich zu einer ulkigen Grimasse. »Sag so was bloß nicht, wenn meine Freunde dabei sind.«

»Ehrenwort.«

Er grinste sie an und vertiefte sich dann wieder in sein Buch. Einen Augenblick lang sah sie ihn einige Jahre in der Zukunft, wenn die weichen Züge der Kindheit nur noch Erinnerung sein würden. Er wuchs so schnell heran. Entwuchs ihr, so wie er es ja sollte. Und dennoch tat ihr das Herz weh angesichts der immer größer werdenden Entfernung zwischen ihnen. Billy war ihr fünftes Kind. Man sollte meinen, sie hätte sich inzwischen daran gewöhnt, doch der Gedanken, ihren Jüngsten eigene Wege gehen zu sehen, brachte sie den Tränen nahe, und dabei war er noch nicht einmal in der Pubertät. Ihre Mutter pflegte zu sagen, Gott habe Teenager erschaffen, damit Eltern froh seien, wenn die Jungen endlich das Nest verließen. Und wenn er dann seinen Führerschein hatte, konnte sie schon die Stunden bis zum College zählen.

Vielleicht.

Sie umschiffte Fritzie, die älteste ihrer vier Katzen, die der Länge nach mitten im Flur lag. Die riesige Maine Coon hatte die bedauerliche Angewohnheit, mit ihrem Körperumfang Flure, Türen und Treppen zu blockieren und nicht von der Stelle zu weichen.

»Wenn ich es nicht besser wüsste, könnte ich schwören, du lauerst nur darauf, die Versicherung zu kassieren.« Sie beugte sich zu ihr hinunter und kraulte die träge Katze hinter dem linken Ohr, was mit einem halbherzigen Schnurren quittiert wurde, das man auch leicht mit Verdauungsproblemen hätte verwechseln können. Eines Tages würde ein ahnungsloses menschliches Wesen über Fritzie stolpern und im Gipsverband landen.

Sie überlegte schon, ob es nicht ratsam wäre, ein Nachtlicht im hinteren Flur anzubringen, als sie die Stimme ihres Vaters aus der Küche hörte. Wenn der Mann nicht mit seinen Freunden Karten spielte, dann brachte er die Telefondrähte zum Glühen. Von wegen Ruhestand. Fünfundsiebzig Jahre alt und ein lebendigeres Privatleben, als sie es führte.

»Dad, ich sag's dir, du bist wirklich schlimmer, als es meine Mädchen je waren«, sagte sie, als sie die Küche betrat. »Wir werden etwas …« Sie blieb in der Tür stehen. »Aidan!«

»Überraschung.« Ihr Schwager hob seine Kaffeetasse zum Gruß. »Der Junge hat seinen Fanghandschuh gestern bei mir hinten im Wagen vergessen. Ich wollte ihn nur vorbeibringen und dann gleich weiter, aber Mike und ich kamen ins Quatschen und ...«

»Zu dumm, dass wir Rühreier zum Abendessen hatten«, sagte ihr Vater. »Nichts übrig.«

»Aidan kann selbst kochen, Dad«, erklärte sie mit einem augenverdrehenden Seitenblick auf Aidan. »Er erledigt den größten Teil der Kocherei im O'Malley's.«

»Ist noch Fleischkäse von gestern Abend da?« Ihr Vater schob seinen Stuhl zurück und ging zum Kühlschrank. »Gibt nichts Besseres als ein Fleischkäsesandwich.«

Claire goss sich eine Tasse Kaffee ein und setzte sich Aidan gegenüber. »Hast du nicht eine Bar, um die du dich kümmern musst?«

»Owen macht das schon. Kellys Wagen ist nicht angesprungen, deshalb bin ich zur Schule gefahren und hab ihr Starthilfe gegeben.«

Claire sah zur Wanduhr hinauf und runzelte die Stirn. »Was hat sie um diese Zeit in der Schule gemacht?«

»Bandprobe.«

Claire öffnete den Mund, überlegte es sich anders und trank einen Schluck Kaffee.

»Was ist?«, fragte Aidan stirnrunzelnd in ihre Richtung.

»Nichts.«

»Du willst doch etwas sagen, also sag es.«

»Ich will gar nichts sagen.«

»Ich weiß doch, dass noch Fleischkäse da drinnen ist«, brummelte ihr Vater vor dem Kühlschrank. »Wo zum Teufel hab ich ihn nur gesehen?«

»Du findest, ich hätte sie ihr Autoproblem selber lösen lassen sollen.«

»Das habe ich nicht gesagt.«

»Was ist es dann?«

Sie kannten sich schon zu gut und viel zu lange, um Spielchen zu spielen.

Sie stellte ihre Tasse hin. »Seit wann dauert die Probe so lange?«

»Dauert sie ja nicht«, entgegnete er. »Sie hat rechtzeitig aufgehört, doch sie hat eine halbe Stunde lang versucht, den Wagen in Gang zu bringen, ehe sie mich anrief.«

»Also?« Claire wünschte, sie könnte ihre Worte mit einer dieser wunderbaren Handbewegungen mit Zigarette unterstreichen, die sie in ihren Zwanzigern und Dreißigern gemacht hatte. »Das ist doch eine Antwort.«

»Ja, gut, und jetzt möchte ich eine Antwort.« Für einen im Grunde recht netten Kerl konnte er ganz schön bedrohlich wirken, wenn er wollte. »Gibt es etwas, das ich wissen sollte?«

»Sie ist siebzehn, nicht?«, bemerkte Claire mit einem schroffen Lachen. »Glaub mir, da gibt es genug, was du als Vater wissen solltest.«

»Irgendetwas Bestimmtes?«

»Frag nicht mich, Schwager. Frag sie.«

»Du solltest es so wie Lilly machen.« Ihr Vater schloss die Kühlschranktür. »Sie versieht diese kleinen Tupperwaredosen mit Klebezetteln, dann weiß man, was drinnen ist.«

Wobei er auf dem Absatz kehrtmachte und im Flur verschwand.

»Dad, pass auf, wo Fr…«

»Jesus, Maria und Josef! Kann man denn nicht ein Licht über der Katze aufhängen?«

Die Tür des Badezimmers knallte zu. Claire sackte über ihrer Kaffeetasse zusammen und fragte sich, wie es wohl wäre, ein Leben ohne ständiges häusliches Chaos zu führen.

»Wer ist Lilly?«, erkundigte sich Aidan und überging die Tatsache, dass ihr Pony im Kaffee hing.

»Muss ich erst auf der Intensivstation liegen, um hier auch nur ein bisschen Mitleid zu bekommen?«, murmelte sie, als sie sich wieder aufrichtete. »Lilly Fairstein. Dads neue Freundin.

»Ich dachte, er trifft sich mit dieser Witwe, drüben in Tom's River.«

»Er hat sie dabei erwischt, als sie ihn mit einem ehemaligen Metzger betrog. Mit Lilly trifft er sich schon fast einen Monat. Sie ist offensichtlich Südjerseys Antwort auf Martha Stewart.« Lillys praktische Tipps, mit den besten Grüßen von Mike Meehan, trieben Claire allmählich an den Rand des Wahnsinns.

»Du magst sie nicht.«

»Sie bügelt die Zeitung, bevor sie sie liest.«

»Sie ist also ordentlich.«

»Sie ist irre. Ich glaube, sie bügelt auch Dads Unterhosen.

Aidans Augen funkelten vor Erheiterung. »Bei ihm ist also mehr los als bei jedem von uns beiden.«

»Bei Toten ist mehr los als bei mir«, gab sie resigniert zurück, und dann kam ihr erst zu Bewusstsein, was er außerdem noch gesagt hatte. »Moment mal! Was soll das heißen, bei ihm ist mehr los als bei dir?«

Er zuckte mit den Schultern. »Nichts. Der Mann ist ein Rockstar in dem Seniorencenter.«

»Das war es nicht, was du gesagt hast. Du hast gesagt ›Bei ihm ist mehr los als bei einem von uns.‹ Was meinst du damit? Du bist mit Maddy verlobt. Bei euch sollten die Laken in Rauch aufgehen.«

»Nur so eine Redewendung, Mädchen. Keine neuesten Nachrichten.«

Er klang ganz locker, sogar leicht belustigt, doch sie kaufte es ihm nicht ab. War Maddy insgeheim so strikt, dass sie auf das Ehegelöbnis wartete? Das wäre seltsam, angesichts dessen, dass sie jahrelang mit Hannahs Vater zusammengelebt hatte, ohne verheiratet zu sein, doch es waren schon seltsamere Dinge geschehen. War es übrigens nicht immer das Mädchen, das sich am meisten rar machte und dann am Schluss die Rose in *The Bachelor* bekam?

»Ich muss gehen.« Aidan schob seinen Stuhl vom Tisch zurück und stand auf. »Mark hat gesagt, er schließt heute Abend ab. Ich denke, ich schau noch mal auf dem Nachhauseweg in der Bar vorbei, um mich zu vergewissern, das wirklich alles in Ordnung ist.«

»Lass ihn bloß nicht noch mal den Alarmknopf drücken«, sagte Claire mit einem Stöhnen. »Das gesamte Polizeirevier von Paradise Point ist letztes Mal angerückt.«

»Ja«, sagte Aidan mit einem leisen Lachen. »Beide Streifenwagen und der Chef.«

Er griff nach der Krücke, die an der Wand lehnte. Es war eine ziemliche Anstrengung für ihn, und sie bemerkte, wie er zusammenzuckte, als er das Gewicht von seinem linken Fuß auf seinen rechten verlagern musste und dann wieder zurück. Sie hätte ihm die Krücke ohne Weiteres gebracht, doch einem O'Malley versuchte man nicht zu helfen. Nicht, wenn man den nächsten Tag noch erleben wollte. Ein Mann der O'Malleys fiel lieber der Länge nach hin, als dass er jemanden um Hilfe bat. Sie fragte sich, ob Maddy das auch schon erkannt hatte oder ob das eine der kleinen Überraschungen nach der Hochzeit sein würde, von denen einem keiner etwas erzählte.

Falls nicht, würde es Roses Tochter früh genug merken.

Sie folgte ihm zur Eingangstür und versuchte zu übersehen, dass das Hinken, an dem er die letzten beiden Jahre so hart gearbeitet hatte, stärker war denn je.

Er öffnete die Tür und wandte sich dann zu ihr um. »Du bist doch ehrlich zu mir, was Kelly angeht, oder?«

»Ich weiß nicht, ob etwas nicht stimmt oder nicht. Ich meine nur, du solltest wirklich mit ihr reden.« Sie hatte ihm gegenüber noch nie ein Blatt vor den Mund genommen. »Besser früher als später.«

»Wegen …?«

»Sie schien sich heute Nachmittag nicht besonders wohl zu fühlen. Ich fragte sie, was sie hätte, doch sie wich mir aus.«

»Sie ist zu dünn geworden. Ich habe ihr geraten, einen ihrer Jobs aufzugeben, aber sie ist stur.«

»Mann«, sagte Claire, »von wem sie das wohl hat?«

Die Krücke war unter seinen rechten Arm geklemmt, doch

er zog Claire mit dem linken an sich und umarmte sie. Sie gingen normalerweise nicht so auf Tuchfühlung, daher überraschte sie die Umarmung. Seine Brust war breit und muskulös, mehr noch als vor ein paar Jahren. Die ausgiebige Krankengymnastik hatte seiner sowieso schon eindrucksvollen Statur geradezu umwerfende Proportionen verliehen. Oh Gott, wie lange war es her, dass sie ein Mann umarmt hatte? Aidan roch so gut – nach Seife und etwas nach Schweiß und Leder, dass sie die Augen schloss und einfach nur das Gefühl in sich aufsaugte, einem anderen menschlichen Wesen nahe zu sein, das nicht den gleichen genetischen Code hatte wie sie.

Aber er hatte den von Billy. Das zeigte sich in der mächtigen Brust, dem seidigen, kastanienbraunen Haar, den Fältchen um seine Augen, wenn er lachte. Wenn sie die Augen schloss, schien es ihr fast, als sei es Billy, der sie umarmte.

So ging es ihr auch manchmal in der Bar. Wenn Aidan seinen Kopf auf eine bestimmte Weise drehte oder über einen von Mel Perrys Scherzen lachte, dann stand eine Sekunde lang die Zeit still, und es war Billy, der an der alten Registrierkasse stand, mit dem schiefen Grinsen, das allen O'Malley-Männern eigen war.

Sie brauchte keine alten Ticketabschnitte und Valentinskarten zu horten, um Billy in lebendiger Erinnerung zu behalten. Sie hätte ihm nicht entkommen können, auch wenn sie gewollt hätte. Er lebte in jeder Geschichte, die im O'Malley's erzählt wurde, in jedem gezapften Guinness, jeder Frau, die den Blick abwandte, wenn Claire den Raum betrat.

»Na, geh schon«, sagte sie und schob ihn sacht weg. »Auf Mark muss man ein wachsames Auge haben.«

»Ich dachte, er macht sich inzwischen besser«, entgegnete Aidan und rückte seine Krücke zurecht.

»Besser«, erwiderte Claire, »aber nicht gut. Noch nicht. Er flippt noch immer jedes Mal aus, wenn er ein Bier zapfen soll, und da wir doch eine irische Bar sind, könnte das zu einem echten Problem werden.«

»Ich verabreiche ihm einen Auffrischungskurs, nachdem wir zugesperrt haben.« Er sah sie an. »Soll ich Kelly irgendetwas ausrichten?«

»Nur, dass ich hoffe, es geht ihr besser.«

»Das war's?«

»Das war's.«

Er beugte sich hinunter und drückte ihr einen kleinen Kuss auf die Wange. »Ich bin froh, dass du heute bei Maddy dabei warst.«

»Zu Rose DiFalco sagt man nicht nein.«

»Oh doch«, erwiderte er. »Nur nicht ein zweites Mal.«

»Rose DiFalco, Schwiegermutter.« Claire tat so, als fröstelte es sie. »Nimm dich in Acht. Nimm dich sehr in Acht.«

Er grinste gutmütig. Es war kein Geheimnis, dass er Maddys Mutter sehr gut leiden konnte. »Sie ist eine Naturgewalt.«

»Ich hoffe, ihre Tochter ist gut genug für dich«, brummte sie grimmig, während sie seinen Hemdkragen zurechtzupfte. »Wenn Maddy dich nicht gut behandelt, dann bekommt sie es mit mir zu tun.«

»Du machst dir zu viele Gedanken.«

»Das hat mir deine Tochter heute auch schon gesagt.«

»Wer weiß? Vielleicht ziehst du eines Tages mit David Fenelli zusammen und kümmerst dich um ...«

»Aidan!« Sie gab ihm einen Klaps auf den Arm. »Wie zum Teufel kommst du denn auf so etwas?«

Oh Gott, dieses freche Funkeln in seinen Augen erinnerte sie so sehr an Billy. »Ich habe Fenelli vorhin zufällig auf dem Parkplatz der Schule getroffen. Er kam, um Will vom Ringen abzuholen.«

»Was hat er gesagt?« Zum Teufel mit ihren irischen Genen. Sie spürte, wie ihr Gesicht vor Verlegenheit brannte.

»Er wollte wissen, ob du dich mit jemandem triffst.«

»Er wollte was!«

»Du hast mich schon verstanden. Er wollte wissen, ob du ernsthaft mit jemandem gehst.«

»Und was hast du geantwortet?«

»Dass er dich fragen soll.«

Sie atmete hörbar aus. »Gute Antwort.«

»Dann fragte ich ihn, wieso er das wissen wollte.«

Falsche Frage. »Und er sagte …?«

»Dass er dich eingeladen hätte, Pizza essen zu gehen, und du hättest ja gesagt.« Jetzt kam auch noch ein freches Grinsen zu dem frechen Funkeln in seinen Augen. »Ich fragte ihn, ob Potsy und Fonz auch mitkommen.«

Sie versetzte ihm erneut einen Stoß gegen die Schulter. »Blödmann.«

»Hey!« Er rieb sich den Arm. »Seit wann verstehst du denn keinen Spaß mehr, Rotschopf?«

»Wir gehen irgendwann mit Ryan und Billy zum Pizzaessen. Das ist alles. Lies da nicht mehr hinein, oder ich bring dich um.«

Er legte den Arm um sie und drückte sie kurz. »Es ist kein Verbrechen, sein Leben weiterzuleben«, sagte er sanft. »Wir alle machen es, früher oder später.«

Eine Flut von Gefühlen brach über sie herein, eine ungeheure Mischung aus Wut und Bedauern und Sehnen, so gewaltig, dass sie nichts sagen konnte. Oh Gott, bloß jetzt nicht weinen. Nicht vor Aidan.

Sie hasste Schwäche, hasste es, bedürftig und hilflos zu erscheinen, auch wenn sie beides war, und zwar deutlicher, als die Menschen, die sie am meisten liebten, vermuten würden. Vielleicht war sie mehr eine O'Malley, als sie gedacht hatte.

Es dauerte zwar einen Moment, doch es gelang ihr, all diese aufwühlenden Gefühle zu unterdrücken.

»Musst du dich nicht um eine Bar kümmern, O'Malley?« Die alte Claire hatte wieder die Oberhand gewonnen, die sarkastische, lustige Schwägerin, die ein Gefühl nicht einmal erkennen würde, wenn es sie in den Hintern beißen würde.

»Du wirfst mich raus?«

»Du hast es erfasst, Kumpel.«

Er stupste sie sacht unters Kinn, rief dann in Richtung ihres Vaters einen Gruß zum Abschied, der irgendetwas zurückbrummte. Er ging die vordere Treppe hinunter und zu seinem Wagen.

Sie wartete, bis er die Einfahrt überquert hatte, ehe sie das Licht auf der Veranda löschte und die Tür schloss.

Ihr Vater stand im Flur bei der Küchentür.

»Aidan lässt dir auf Wiedersehen sagen«, sagte sie, als sie das Flurlicht kleiner drehte. »Und er bedankt sich für die Unterhaltung.«

»Er ist ein guter Junge. Hat einen vernünftigen Kopf auf den Schulter. Mir gefällt, was er aus dem O'Malley's gemacht hat. Sein Großvater wäre stolz darauf.« Er nickte mit dem Kopf. »Keine Frage: Rosies Mädchen hat Glück.«

Claire stellte einen Teller aus der Spüle in die Geschirrspülmaschine. »Ich glaube, keiner in der Stadt hätte gedacht, dass er je wieder heiraten würde.« Und schon gar keine DiFalco.

»Du hast die Gelegenheit verpasst«, stellte ihr Vater fest und ließ sich auf einem Stuhl nieder. »Manchmal denke ich, du hast den falschen Bruder geheiratet.«

Schon komisch, Paps, dachte sie sich, als sie sich noch eine Tasse Kaffee eingoss. Manchmal denke ich das auch.

Aidan atmete vor Erleichterung hörbar aus, als er hinter Kellys Wagen in der Einfahrt parkte. Er hatte zwar nicht erwartet, dass sie woanders als zu Hause sein könnte, aber Claires Andeutungen hatten ihn beunruhigt. Mehr vielleicht sogar, als er sich bis zu diesem Moment hatte eingestehen wollen.

Er sperrte auf, hinkte ins Haus und warf die Schlüssel auf den Tisch in der Diele. »Bist du hier unten, Kel?«

In der Küche war sie nicht. Er sah hinten im Arbeitszimmer und im Wohnzimmer nach. Nichts. Er rief ihren Namen. Keine Antwort. Sein Herz begann schmerzhaft gegen seine Rippen zu hämmern, als er die Treppe hinaufstieg. Ihre Tür war zu, doch durch eine Ritze drang Licht, und er hörte den leise pulsierenden Rhythmus einer Musik, die er nicht mehr verstand.

»Kel.« Er sprach leise. »Ich bin zu Hause.« Keine Antwort. Er spürte, wie sein Adrenalinspiegel stieg.

Er klopfte an die Tür. »Kel«, wiederholte er. »Ich bin zu Hause. Will nur sichergehen, dass alles in Ordnung ist.«

Okay, sie hatte also keine Lust zu reden. War ja kein Verbrechen. Sie konnte auch so in das vertieft sein, was sie gerade machte, dass sie ihn nicht hörte. Oder sie war über einem ihrer Schulbücher eingeschlafen und war tot für die Welt. Wäre ja nicht das erste Mal.

Er war schon halb den Flur hinunter, zu seinem Zimmer, aber Claire und ihre verdammt besorgte Miene gingen ihm nicht aus dem Kopf, und so machte er kehrt und ging zu Kellys Tür zurück.

»Kel, mach auf.« Er klopfte zweimal. »Wir müssen reden.«

Beinahe hätte er etwas getan, was er nie mehr gemacht hatte, seit sie zehn Jahre alt war, hätte die Tür ohne Kels Okay geöffnet, als die Tür aufging – und er in das gähnende Gesicht seines einzigen Kindes blickte.

»Ich habe schon geschlafen«, sagte sie und sah kraftlos aus, so als würde sie gleich in sich zusammensinken. »Hat das nicht bis morgen Zeit?«

In Anbetracht der Tatsache, dass er keinen Schimmer hatte, worüber er überhaupt mit ihr reden wollte, hatte es auch Zeit bis nächstes Jahr. Er umfasste ihr Gesicht mit seiner Hand und hob ihr Kinn an, bis sie ihm in die Augen sehen konnte. »Ist alles in Ordnung, Kel?«

Sie unterdrückte sichtlich ein Gähnen, bemühte sich aber dennoch, hellwach zu wirken. »Sicher«, erwiderte sie. »Wieso sollte es das nicht sein?«

Wenn er das bloß wüsste, aber während er seine Tochter so ansah, kam ihm der Gedanke, Claire könnte doch recht haben.

»Geh wieder ins Bett«, sagte er und kämpfte gegen die bittersüße Sehnsucht nach den Tagen an, als eine Umarmung und eine Gutenachtgeschichte ausreichten, um alle Drachen der Welt zu töten. »Es ist spät.«

Sie sah ihn mit dem gleichen grüblerischen Ausdruck an, den sie schon als Kleinkind hatte, als sie ihren sich immer weiter ausdehnenden Gesichtskreis erforschte, eine Mischung aus Verständigkeit und Neugier, die er weder davor noch danach je bei einem anderen Kind gesehen hatte.

»Ich hab dich lieb, Dad«, sagte sie und verschwand hinter ihrer Schlafzimmertür.

Schweigend blieb er noch einen Moment im Flur stehen, während Erinnerungen aus ihrem Versteck krochen, sich den Rang streitig machten und um Beachtung wetteiferten. Es ging alles so schnell vorbei. Zu schnell. Er war nun näher dem Ende als dem Anfang, und die himmlische Uhr tickte unaufhörlich, zählte seine Tage.

Ein Blinzeln – er musste einmal geblinzelt haben, denn wie sonst hätte er es verpassen können? –, und Kelly war zur Frau geworden, hatte ihre eigenen Geheimnisse. Ein Blick zur Seite, und Billy war fort und Großmutter Irene auch. So vieles war ungesagt geblieben. So vieles hätte er tun sollen, ehe es zu spät war.

Er hatte heute Nachmittag etwas in Maddys Augen gesehen, einen Ausdruck der Verwirrung gemischt mit Schmerz, den er noch immer in seinem Inneren spürte. Ihm war klar, dass das Leben nicht immer fair spielte. Es sandte keine Warnsignale aus, bevor es einen zu Boden schlug.

Vielleicht meinte sie es wirklich so, als sie sagte, die Schiene an seinem Bein störe sie nicht und es mache ihr überhaupt nichts aus, dass er sie nicht in seine Arme reißen und ins Bett tragen konnte, oder dass sie es nicht als Schwäche betrachtete, wenn er vor lauter Schmerzen manchmal schweißgebadet auf der Bettkante saß und am liebsten sterben würde.

Andererseits, vielleicht auch nicht.

Ein Mann wollte, dass die Frau, die er liebte, ihn als ganzen Mann zu sehen bekam. In ihren Augen wollte er überlebensgroß erscheinen, so stark und mutig, wie er sich als Achtzehnjähriger gefühlt hatte, als er bereit war, es mit der Welt aufzunehmen. Das Problem bestand nur leider darin, dass er keine achtzehn mehr war. Er wusste, dass die Welt ihm jederzeit einen Tritt in den Hintern versetzen konnte und er dagegen machtlos war. Niemals würde er wieder der Mann sein, der er vor dem Lagerhausbrand gewesen war. Zum Kuckuck, er würde auch nie wieder der sein, der er war, bevor er im Februar auf dem Eis ausgerutscht war.

Sie wusste das alles, und sie behauptete, sie wolle ihn trotzdem. Verbeult und ramponiert, am Boden, aber nicht geschlagen. Noch nicht. Nicht, solange sie einander hatten.

Er sah auf seine Uhr. Kurz nach zehn. Rose blieb lange auf. Er hatte ihre Privatnummer. Nachdem er mit seiner zukünftigen Schwiegermutter alles geklärt hatte, würde er ins Web gehen und die Reservierungen vornehmen. Wenn er dann noch bei der Bar vorbeigefahren war und sich vergewissert hatte, dass Mark allein zurechtkam, würde er zum Candlelight fahren und die Frau, die er liebte vom Hocker reißen.

Bildlich gesprochen.

Rose klopfte kurz vor Mitternacht an Maddys Tür. »Aidan ist am Telefon«, sagte sie und streckte den Kopf herein. »Er möchte dich sprechen.«

Maddy, die auf ihrem Laptop Super Collaps II gespielt hatte, während sie einige Dateien heruntertud, sprang vom Bett auf. »Wieso hat er mich nicht direkt angerufen?«

Rose grinste und deutete auf den Laptop. »Du bist online, nicht?«

»Oh, verflixt!« Sie hatte nicht daran gedacht, dass sie die Wählverbindung benutzte, da ihre Hochgeschwindigkeitsleitung repariert werden sollte. »Das Telefon im Büro?«

»Mein Telefon.« Rose gab ihr ihr kleines Handy mit einem Augenzwinkern. »Was für ein Glück, dass ich es nach dem Abendessen aufgeladen habe.«

Maddy drückte einen spontanen Kuss auf die Wange ihrer Mutter. »Danke! Ich lade es wieder auf, wenn ich fertig bin.«

Rose tätschelte ihr die Schulter. »Davon gehe ich aus«, sagte sie und entschwand den Flur hinunter zu ihren eigenen Zimmern.

»Du wolltest mir doch mailen«, sagte Maddy und rollte sich auf ihrem Bett zusammen. »Ich habe darauf gewartet, dass du dich online meldest.«

»Ich habe eine bessere Idee«, erklärte Aidan. »Schau mal aus deinem Fenster.«

9

Aidan wartete auf sie am Ende der Einfahrt. Sie rannte barfuß über den feuchten Rasen und direkt in seine Arme.

Ihr Körper verschmolz in der sanften Dunkelheit mit dem seinen. Er hatte die Krücke unter den rechten Arm geklemmt, doch das hinderte ihn nicht daran, Maddy an sich zu ziehen, sie zu umhüllen mit seiner Wärme und Kraft.

Oh Gott, dieser Mann wusste, wie man eine Frau umarmt. Er hätte Preise im Umarmen gewinnen können. Olympische Goldmedaillen im »Alle Sinne auf Alarmstufe Rot«. Umarmen mit dem ganzen Körper. Sie vergrub ihre Nase an seiner Brust und atmete den wohligen, unglaublich erotischen Duft seiner Haut ein. Nie hätte sie gedacht, dass eine Frau trunken werden könnte vom Geruch der Haut eines Mannes, danach lechzen könnte wie nach einer Droge, die stärker war als alles, was der Mohn zu bieten hatte.

»Was ist denn passiert?«, fragte sie, als sie die Einfahrt hinauf zur hinteren Veranda gingen. »Es ist doch sonst nicht deine Art, um Mitternacht hereinzuschneien.«

»Wenn wir nicht beide eine Tochter zu Hause hätten, wäre ich jede Nacht hier.«

»Wenn wir nicht beide eine Tochter zu Hause hätten, würde ich dich nie wieder gehen lassen.«

»Vielleicht sollten wir den Hochzeitstermin vorverlegen«, schlug er vor, als sie sich auf der obersten Stufe niederließen. Sie setzte sich so dicht neben ihn, wie es die Gesetze der Physik überhaupt zuließen.

»Das würde einige Probleme lösen.«

»Als hätte ich nicht schon genug Schwierigkeiten mit Rosie, weil ich vorgeschlagen habe durchzubrennen.«

»Du hast keine Schwierigkeiten mehr.« Sie neigte sich zu ihm und küsste sein stoppeliges Kinn. »Ich habe nachgegeben.«

»Genau«, erwiderte er, »und dann hat sie die Queen angerufen und gefragt, ob wir uns den Palast für die Hochzeit ausleihen können.«

»Ich mache keine Witze. Ich habe total kapituliert.«

»Du meinst, wir ziehen es ganz groß auf?«

»Yep«, sagte sie mit einem verlegenen Grinsen. »Ich habe ja gesagt zu den Blumenmädchen, dem Ringträger, den Brautjungfern, Probeessen, Junggesellenabschiedspartys, Brautpartys, dem vollen Programm.«

»Was ist denn passiert? Vor ein paar Stunden warst du noch strikt dagegen.«

»Ich weiß es auch nicht«, musste sie gestehen. »Wir saßen hier auf der Veranda, nach dem Abendessen, und auf einmal habe ich sie gefragt, ob sie und Lucy mir das Brautkleid nähen würden.«

Er tat so, als würde er die Veranda einer genauen Musterung unterziehen.

»Aidan! Was machst du denn?«, fragte sie, als er sich nach vorne beugte, um unter die oberste Stufe zu schauen.

»Ich möchte mich nur vergewissern, dass es nicht gefährlich ist, hier zu sitzen. Wenn ich davon zu reden anfange, dass ich ein Fan der Giants bin, dann ruf nach dem Exorzisten.«

Sie lachte leise. »Sie war so gerührt, Aidan …« Die Stimme versagte ihr wider Erwarten, und sie holte tief Luft, um dies zu kaschieren. »Ihre Augen füllten sich mit Tränen, als ich sie fragte. Kannst du dir das vorstellen? Unsere Rosie, die ganz rührselig wird, wegen eines Brautkleides.«

»Wenn es um dich oder Hannah geht, wird Rosie butterweich. Sie würde dir den Mond schenken, wenn du sie ließest.«

»Ich fange gerade erst an, das zu erkennen.«

»Wird auch Zeit.«

»Was ist daran so verkehrt?«, fragte sie mit gespielter Entrüstung. »Du sollst dich eigentlich nicht auf die Seite meiner

Mutter schlagen.« Er schmunzelte, und sie drückte lächelnd ihren Kopf an seine Schulter. »Es wird dir noch leidtun, wenn du feststellst, wie viel noch zu tun ist zwischen jetzt und September. Sie wird uns völlig aufarbeiten.«

»Wir haben noch den Rest unseres Leben«, erklärte er. »Wir können Rosie doch einen Tag schenken, der nur ihr gehört.«

Das Herz konnte einem tatsächlich vor Liebe anschwellen. Sie spürte, wie es ihre Brust ausfüllte, die Lunge zusammendrückte, sodass es fast unmöglich war zu atmen. Dreiunddreißig war sie, und hatte nie zuvor auch nur im Entferntesten etwas empfunden, was den Gefühlen nahekam, die er allein dadurch in ihr hervorrief, dass er neben ihr auf der Veranda saß.

»Smokings. Probeessen. Gästelisten. All das, was du nicht magst.«

»Ich werd's überleben.«

»Du vielleicht schon«, entgegnete sie, »aber ich?«

»Du hast den wichtigsten Teil der Hochzeit vergessen.«

»Anproben. Polterabend. Probedurchläufe. Die Zeremonie. Der Empfang. Was gibt es noch?«

»Die Flitterwochen.«

Im nächsten Augenblick lagen sie sich wieder in den Armen. Sie öffnete ihren Mund dem seinen, schrak dennoch zusammen, als sich ihre Zungen berührten, sie ihn schmeckte, seine Wärme fühlte. Köstlich vertraut und immer noch neu genug, um außergewöhnlich zu sein.

Sie flüsterte ihm etwas ins Ohr und hörte, wie er kurz die Luft anhielt. »Ich dachte mir, dass dir das gefällt.«

Und dann sagte er etwas, und sie drückte sich voller Leidenschaft an ihn.

»Willst du mich nicht endlich fragen, wieso ich mitten in der Nacht auf der Veranda mit dir rumknutsche?«

Sie hob seine Hand an ihre Lippen. »Warum etwas so Schönes hinterfragen?«

»Du hast mich heute Nachmittag ins Grübeln gebracht.«

Sie wich etwas von ihm zurück, damit sie seine Augen sehen

konnte. Er sah ein wenig unsicher, überraschend verletzlich aus. »Wegen etwas Bestimmtem?«

»Ich bin darauf gekommen, dass unsere Verlobung nicht gerade eine der romantischsten ist.«

»Mag sein«, stimmte sie ihm zu, »doch es ist unsere, und ich würde sie gegen nichts auf der Welt eintauschen.«

»Nicht einmal für eine Nacht in dem kleinen Hotel, das wir am Spring Lake entdeckt haben?«

»Du meinst das, zu dem wir wollten, als ...«

»... ich mich auf den Hintern gesetzt und alles vermasselt habe.«

»So hätte ich es nicht ausgedrückt.« Sie neigte sich zu ihm und küsste ihn. »Die Nacht, in der wir ernst machten.«

»Die Nacht, in der ich dich lieben wollte, bis die Sonne aufgehen würde.«

Ein wohliger Schauder kroch ihren Rücken hinauf, ein köstliches Prickeln aus Vorgefühl und Verlangen. »Ja«, erwiderte sie. »Das ist die Nacht, von der ich gesprochen habe.«

»Samstag.« Er küsste ihre rechte Handfläche und bog dann ihre Finger über die Stelle. »Nur wir.«

»Sag das noch mal.«

»Nur wir. Champagner. Abendessen. Kein Schnee. Keine Kinder. Keine Verwandten. Keine Freunde. Kein Telefon. Keine Pudel.«

»Wieso – ich meine, wie ... ach, ich weiß nicht, was ich meine! Ich muss das mit Rosie klären«, sagte sie, und in ihrem Kopf überschlugen sich die zu bedenkenden Details. »Muss dafür sorgen, dass Hannah ...«

»Schon erledigt«, erklärte er. »Ich hab schon alles organisiert.«

Er hatte mit ihrer Mutter gesprochen, sich darum gekümmert, dass Hannah versorgt war und Priscilla auch, und dass Kelly bei ihnen übernachten konnte, falls sie wollte.

»Du hast wirklich an alles gedacht.« Sie brauchte ihm nicht ihre Liebe zu Hannah zu erklären oder ihre Sorge um deren

Wohlergehen. Sie brauchte sich wegen ihres Verantwortungsbewusstseins nicht in die Defensive gedrängt oder angreifbar zu fühlen. Er verstand sie intuitiv.

»Nach siebzehn Jahren hat man das ziemlich gut drauf.«

»Heißt das, es wird einfacher?« Sie hatte fünf Jahre Elternschaft hinter sich, doch es gab Zeiten, da hatte sie das Gefühl, nur auf der Stelle zu treten.

»Nein«, sagte er, »man lernt es nur besser, sich Sorgen zu machen.«

Einen kurzen Moment lang dachte sie daran zu erwähnen, was Hannah über Kelly gesagt hatte, doch der Moment verging so schnell, wie er gekommen war, weggefegt von den Ereignissen der Nacht.

»Ich habe auch eine große Neuigkeit«, erklärte sie. »Kennst du das alte McClanahan-Haus drunten auf dem Paradise Point Drive, das Olivia renoviert?«

»Ich habe gehört, sie will daraus irgendeinen schicken Keksladen machen.«

»Eine englische Teestube«, verbesserte ihn Maddy, »und Rose hat beschlossen, dabei mitzumachen.«

Er stieß einen leisen Pfiff aus. »Wann zum Teufel war das denn?«

»Heute, irgendwann am späten Nachmittag. Deshalb war Liv hier, du erinnerst dich, als du mich abgesetzt hast.

»Von den beiden hat doch keine einen Geschäftspartner nötig. Soweit ich weiß, räumen beide ganz gut ab.«

»Liv sagt, wenn sie Rose mit ins Geschäft nähme, würde bei ihr Kapital frei, das sie in die Vergrößerung ihres Ladens stecken könnte.«

»Wer käme denn auf die Idee, dass wir einen größeren Briefpapierladen brauchen würden?« Er sah sie im Schein des Verandalichtes an. »Was also reizt Rose daran, außer die Weltherrschaft zu erlangen?«

Sie lachte, hielt sich aber dann schnell die Hand vor den Mund, um das Geräusch zu dämpfen. »Sie möchte, dass ich es leite. Ich hätte das Sagen dort. Ich würde die Bedienungen engagieren, die Preise festlegen, die Bücher führen.« Ihre Begeisterung war schneller als ihre Worte, und sie musste innehalten, um Atem zu holen. »Wer weiß? Vielleicht kann ich sie eines Tages sogar auszahlen, wenn alles gut läuft.«

»Tja, und bis dahin arbeitest du direkt unter deiner Mutter.«

»Sie ist nur stiller Teilhaber.« Diesmal war er es, der laut lachen musste. »Psst! Es ist nach Mitternacht, Aidan. Du weckst noch die Nachbarschaft auf.«

»Deine Mutter war noch nie irgendetwas Stilles, in ihrem ganzen Leben nicht, Maddy. Du weißt, wie sehr ich Rosie schätze, aber ihr beide wart bis jetzt nicht gerade ein Traumpaar. Wie kommst du darauf, dass es diesmal anders laufen wird?«

»Weil nicht sie das Sagen hat, sondern Olivia. Ich meine, sie hat das Haus gekauft, die Designer engagiert, und die Renovierung beaufsichtigt. Es ist ihre Idee, ihr Baby. Für meine Mutter ist es nur ein Geschäft.

»Nicht, wenn du da mit drinsteckst.«

»Ich denke, ich komme schon zurecht.«

»Bist du sicher? Ihr beide habt eure Beziehung in den letzten Monaten ganz schön verbessert. Willst du das für einen Teeladen aufs Spiel setzen?«

»Ich dachte, du würdest dich für mich freuen.«

»Tu ich auch, wenn du es wirklich willst.« Er sah ihr in die Augen. »Ich dachte, du wolltest, dass der Radioauftritt zu etwas führen würde.«

»Bis jetzt hat er zu nichts als einem Rabatt in der Reinigung geführt.«

»Und kostenlosen Mittagessen im O'Malley's.«

Sie grinste. »Die würde ich auch ohne Radioauftritt bekommen.«

»Ganz schön von dir selbst überzeugt.«

»Ja«, erwiderte sie, »und es fühlt sich gut an.«

»Und was ist mit dem Candlelight?«

»Ich werde weiterhin die Buchführung machen, aber ich

glaube, Rosie zählt schon die Tage, bis sie einen räumlichen Abstand zwischen mich und die Hausgäste bringen kann. Außerdem, wenn wir erst verheiratet sind, wäre ich ja auch nicht da, um jederzeit einspringen zu können, oder?«

»Und du glaubst, du wirst glücklicher sein, wenn du eine Teestube führst?«

»Hast du einen besseren Vorschlag?«, gab sie zurück. »Ich wäre um einiges selbstständiger. Ich bräuchte nicht hin- und herzufahren. Ich hätte normale Arbeitszeiten, und ich könnte mit Hannah zusammen sein. Claire kümmert sich um die Kundschaft. Und ...«

»Brrr! Nun mal langsam.«

»Oh Gott.« Sie vergrub ihr Gesicht in den Händen. »Vergiss, dass ich irgendetwas gesagt habe. Sie haben Claire noch nicht einmal gefragt.«

»Sie was gefragt?«

»Aidan, ich fürchte, ich hätte noch nicht mit irgendjemandem darüber reden sollen.« Natürlich war er nicht irgendjemand. Er war der Mann, den sie liebte. Der Mann, den sie heiraten würde. Sie wollte ihren Verlobten unbedingt in alles mit einbeziehen, doch sie war sich nicht sicher, ob Claires Schwager alles wissen sollte.

»Claire arbeitet im O'Malley's«, sagte er in einem Ton, den sie noch nie davor gehört hatte und auch nicht so bald wieder hören wollte. »Ihr gehört die Hälfte vom Geschäft. Wie zum Teufel kommen sie auf die Idee, dass sie sich nach etwas anderem umsehen würde?«

»Ich habe keine Ahnung.«

»Hat sie irgendetwas zu dir gesagt?«

Wenn sie doch bloß die Klappe gehalten hätte. »Aidan, Claire und ich sind nett zueinander, aber wir sind keine Freundinnen.«

»Ihr spielt Poker zusammen.«

»Und mit noch sechs anderen Frauen. Wir spielen Karten. Wir tauschen keine Geheimnisse aus. Um ehrlich zu sein, ich bin mir nicht mal sicher, dass sie mich mag.« Sie versuchte, in seinem Gesicht zu lesen, doch seine Augen waren unergründlich. »Hast du Angst, sie könnte ja sagen?«

»Passiert nicht«, erklärte er. »Sie gehört zur Familie. Das O'Malley's gehört ihr genauso wie mir.«

»Ich kann meine Mutter und Olivia nicht bitten, ihr den Job nicht anzubieten.« Ihr kam ein seltsamer Gedanke. »Du und Claire, ihr wart nie ...?«

Er schüttelte den Kopf. »Sie ist für mich wie eine Schwester. Billy war für sie der einzige O'Malley.«

Sie lehnte sich an Aidan und verflocht ihre Finger miteinander. »Gut, denn ich habe mir das Anrecht auf den einzigen O'Malley-Mann für mich gesichert.«

Er ließ sich nicht ablenken. »Ich hätte die ersten zwei Jahre nach Sandys Tod nicht durchgestanden, wenn Claire nicht eingesprungen wäre und mir beigebracht hätte, was ich wissen musste.« Maddy wusste, dass Billy und Claire Aidan und Kelly ihre Herzen und ihr Heim geöffnet hatten, nachdem Aidans Frau gestorben war. So eine Art von Schuld konnte man natürlich nie angemessen begleichen. »Sie hat sich immer darum gekümmert, dass Kel ihre Hausaufgaben machte und ihre Vitaminpillen nahm – all die Mutterpflichten übernommen, die sie mir nicht zugetraut hatte.« Tiefe Zuneigung schwang in seinen Worten, nahm ihnen die Schärfe. »Und wo wir gerade davon reden, Claire scheint zu denken, dass mit Kelly heute irgendetwas nicht gestimmt hat. Du warst doch dabei. Welchen Eindruck hat sie auf dich gemacht?«

»In welcher Hinsicht?« Ihr beiläufiger Ton übertünchte ihr Unbehagen darüber, welche Richtung ihr Gespräch genommen hatte. Es war eindeutig, wohin es führte, doch sie hoffte inständig, dass sie dem ausweichen konnte. *Du solltest ihm einfach sagen, was Hannah erzählt hat. Das ist doch eine perfekte Gelegenheit.*

»Ich weiß nicht. Claire dachte, Kelly fühle sich heute nicht wohl, doch sie schweifte plötzlich ab und begann über Arbeit und Schule und über siebzehn zu sein zu reden – du kennst ja Claire, wenn sie sich aufregt.«

»Wir *alle* kennen Claire, wenn sie sich in etwas hineinsteigert«, sagte Maddy mit einem Lachen, von dem sie hoffte, es würde von weiteren Fragen ablenken. *Feigling*.

»Ich fand, Kel sah ganz normal aus heute. Und du?«

Das war eine direkte Frage, und sie würde ihn nicht anlügen. Hierbei nicht und auch sonst nicht. »Ich finde, sie sah in letzter Zeit etwas müde aus, Aidan, und abgespannt.« Vorsichtig, umsichtig, aber ehrlich. Das schuldete sie ihrer Zukunft.

»Sie hat diese verdammte Diät gemacht, wegen des Abschlussballs. Ich dachte eigentlich, sie sei klüger, als auf den Hype in den Magazinen hereinzufallen, aber sie hat sich nur von Salatblättern und Eiweiß ernährt.«

»Es gibt keine Frau auf der Welt, die nicht zumindest einmal auf diesen Medienrummel reingefallen wäre.« Maddys Magen krampfte sich zusammen. *Weiter, Maddy. Sag es ihm. Sie ist seine Tochter. Er hat ein Recht, es zu erfahren.* »Könnte sie eine Essstörung haben?«

»Mir ist nichts aufgefallen.«

»Sie ist den ganzen Tag in der Schule. Du arbeitest an den meisten Abenden. Da kann man so was leicht übersehen.«

»Wäre sie denn dann nicht nur noch Haut und Knochen?«

»Es gibt verschiedene Grade der Erkrankung«, gab Maddy vorsichtig zu bedenken. »Ich bin kein Experte, Aidan. Du musst mit Kelly darüber sprechen.«

Sie schwiegen beide, saßen nur da, die Finger ineinander verflochten, und ließen sich von der Nacht umwehen, bis Maddy ein Gähnen unterdrückte.

»Du bist ja todmüde«, stellte er fest. »Ich sollte gehen.«

Sie standen auf, und sie begleitete ihn zum Wagen. »Ruf mich an, wenn du zu Hause bist.«

»Es sind doch nur drei Minuten bis dahin.«

»Tu mir den Gefallen.«

»Ich schick dir eine E-Mail, bevor ich schlafen gehe.«

»Wenn das alles ist, was du zustande bringst.«

»Das ist alles, was ich zustande bringe.«

Er beugte sich zu ihr, um sie zu küssen, und sie gähnte erneut.

»Tut mir leid! Ich …«

Er unterbrach sie, sagte Worte, die Versprechen waren, die nur sie verstehen konnte.

»Einhundertneunundzwanzig Tage«, sagte sie, als er den Rückwärtsgang einlegte.

Er blickte auf das blau leuchtende Zifferblatt seiner Uhr. »Einhundertachtundzwanzig.«

»Ich kann nicht bis Samstag warten.«

Er bedeutete ihr, sich näher zu ihm zu beugen, und flüsterte ihr etwas so Intimes, so zutiefst Erotisches zu, dass sie zu beben begann. Es hielt noch lange an, nachdem er gefahren war.

Eine Ehe bestand nicht nur aus Herzchen und Blümchen. Das hatte man ihr zumindest gesagt, auch wenn die Romantikerin in ihr nicht umhin konnte, sich der Tatsache zu erfreuen, dass gerade ein paar Rosenblätter auf ihren Weg gefallen waren. Bis jetzt war es ihnen gelungen, den Familienstress, die Sorge um Hannah letztes Jahr und Aidans gebrochenen Knöchel mit Humor und in dem absoluten Bewusstsein zu umschiffen, dass sie diese Dinge gemeinsam trugen. So sehr sie auch Hannahs Vater gemocht hatte, sie hatte nie das Gefühl gehabt, sie seien Partner im gleichen Team.

Mit Aidan war es anders. Sie wusste ihn auf ihrer Seite. Sie hatte es von Anfang an gewusst, es auf die gleiche Art erkannt, wie sie das Geräusch ihres eigenen Atems mitten in der Nacht erkannte. Innerhalb eines Lidschlages war aus einer gegenseitigen Anziehung plötzlich etwas Tieferes, Gewaltigeres, Umfassenderes geworden, als sie es je in ihren kühnsten Träumen für möglich gehalten hatte.

Das Wort dafür war Liebe, von der Art, die im Lauf der Zeit immer stärker wurde, die Bestand haben würde.

Dieses Gefühl des Unbehagens, das sie seit ungefähr einem

Monat verfolgte, war nur vorübergehend – eine Folge von Aidans Sturz auf dem Eis und dem Hindernis, das dies ihrer Romanze in den Weg gelegt hatte. Dann vielleicht, wenn sie endlich die Zeit und den Raum hatten, zusammen allein zu sein, mit ihren Körpern all das ausdrücken konnten, was sie versucht hatten, nur mit Worten zu sagen – dann vielleicht würde sie bereit sein zu glauben, dass ihre Geschichte ein Happy End haben würde.

Um acht Uhr morgens hatte sich die Neuigkeit, dass Rose DiFalco und Olivia Westmore Geschäftspartner würden, bereits in der ganzen Stadt herumgesprochen. Maddy war an der Schulbushaltestelle mit Fragen bombardiert worden, und sie hatte sich äußerst unwohl gefühlt, als Claire und Billy jr. zu ihnen stießen. Als Teenager hatte sie genug Flunkereien und regelrechte Lügen erzählt, doch als Erwachsene versuchte sie, das zu vermeiden. Claire wirkte überrascht, interessierte sich aber kaum für die Einzelheiten, und Maddy war froh, zurück ins Candlelight entkommen zu können, wo sie es nur mit Roses und Lucys detaillierten Fragen bezüglich des Hochzeitskleides zu tun hatte.

»Nächstes Mal ruf ich dich sofort an«, sagte Rose ins Telefon und verdrehte die Augen in Richtung Maddy und Lucy. »Es tut mir leid, dass du es im Delikatessengeschäft von Ms Anselmo erfahren musstest, Toni. Das war unverzeihlich von mir.«

Maddy und ihrer Tante gelang es, das Lachen zu unterdrücken, bis Rose den Hörer auflegte.

»Die Menopause hat dieser Frau übel mitgespielt«, konstatierte Lucy, als sie ein Blech mit Apfeltaschen aus dem Ofen zog und zum Arbeitstisch trug. »Gott steh uns bei, wenn ihr Arzt irgendwann das Premarin absetzt. Dann wird sie ungenießbar werden.«

»Sie *ist* ungenießbar.« Maddy träufelte Glasur über das warme Gebäck. »Kein Wunder, dass Charly es nur sechs Monate ausgehalten hat und dann die Scheidung einreichte.«

»Er hat ihr sogar den Saab gegeben«, sagte Lucy. »So unbedingt wollte er da heraus.«

»Er hat den Wagen geliebt«, bekräftigte Rose. »Ich sah ihn oft am Sonntagnachmittag in seiner Einfahrt, wo er jeden Zentimeter mit einem alten Cashmerepulli poliert hat.«

»Und wann fängst du an, im Cuppa zu arbeiten?« Lucy wischte sich die Hände an einem sauberen Geschirrtuch ab und schlug dann den in einer Schüssel aufgegangenen Brotteig zusammen.

Maddy sah Rose an. »Ich habe keine Ahnung.«

Rose schaute regelrecht verlegen drein. »Das ging alles so schnell gestern, dass ich gar nicht daran gedacht habe, Olivia zu fragen. Wir müssen uns alle zusammensetzen und einen Plan machen.«

»Sie macht im Juli auf, nicht wahr?«, fragte Lucy, während sie das Marmorbrett bemehlte, das sie zum Teigkneten benutzte.

»Das Ferienwochenende«, sagte Rose, »was uns nicht recht viel Zeit lässt, um alles zu besprechen.«

Maddy stöhnte und lehnte sich gegen die Arbeitsplatte. »Mir scheint, ich begreife allmählich, wie das mit dem Lampenfieber ist.« In weniger als zwei Monaten würden sie das Cuppa bereits für die Horden von Sommergästen öffnen. Was in aller Welt hatte sie geritten zu sagen, sie könne das Unternehmen leiten? Sie musste sich wohl vorübergehend von ihrem Verstand getrennt haben.

»Hast du schon mit Claire gesprochen?«, wollte Maddy wissen.

»Olivia wollte eigentlich heute Morgen vorbeischauen, doch wir haben uns entschlossen, etwas früher zu dem Pokerabend bei ihr zu gehen und dann mit ihr zu reden.«

»Ich muss dir etwas gestehen«, sagte sie zu Rose, »und es wird dir nicht gefallen.«

»Soll ich rausgehen?«, fragte Lucy.

Maddy schüttelte den Kopf.

»Bleib ruhig da.«

»Gott sei Dank«, schnaufte ihre Tante. »Ich bin nämlich schon zu alt, um am Schlüsselloch zu lauschen.«

»Ich hab mich verplappert«, gestand Maddy, »und Aidan erzählt, dass du Claire fragen willst, ob sie bei dir arbeiten will.«

Rose atmete hörbar aus. »Ich hoffe, du hast ihn gebeten, nicht mit Claire zu sprechen, ehe wir es tun.«

»Das ist ihm schon klar«, beruhigte Maddy sie. »Allerdings ist ihm nicht klar, wieso du glaubst, dass sie daran überhaupt interessiert sein könnte.«

»Ist mir auch schleierhaft«, stimmte Lucy zu, während sie den Teig mit ihren kräftigen Händen rhythmisch bearbeitete. »Ihr gehört doch das halbe O'Malley's, nicht? Sie gehört praktisch zum Inventar. Wieso sollte sie auf einmal für jemand anders arbeiten wollen?«

»Ganz meine Meinung«, pflichtete Rose ihr bei. »Das war Olivias Idee. Sie scheint zu glauben, Claire täte eine Veränderung gut.«

»Aber wieso ausgerechnet Claire?« Maddy gab sich gar keine Mühe, ihr Unverständnis zu kaschieren. »Was steuert sie zu dem Ganzen bei, was ein anderer nicht auch könnte?«

Lucy sah sie über den Arbeitstisch hinweg an. »Mögt ihr euch nicht?«

»Maddy mag sie schon«, sagte Rose. »Es ist Claire, die nichts für Maddy übrig hat.«

»Wir stehen uns nicht sehr nahe«, war Maddys ausweichende Antwort.

»Ich dachte, ihr zwei wärt dabei, gute Freundinnen zu werden«, beharrte Lucy. »Ich habe euch an der Schulbushaltestelle oft angeregt unterhalten sehen, wenn ich morgens von der Messe nach Hause fuhr. Ihr saht aus wie die besten Kumpels.«

»Es liegt an der Verlobung«, steuerte Rose bei.

»Ja, natürlich.« Lucy begann, einen Laib auf dem Blech zu formen. »Klassische Situation. Sie hat Aidan und Kelly fast zwanzig Jahre lang bemuttert. Sie wird nicht sehr begeistert sein, dass Maddy ihre Stelle einnimmt.«

»Vielleicht mag sie mich einfach nicht«, entgegnete Maddy. »Habt ihr daran schon mal gedacht?«

Lucy schob das Brot in den Ofen und stellte den Wecker. »Das Leben ist nie so einfach, Schätzchen. In den Leuten geht meist mehr vor, als auf den ersten Blick zu erkennen ist.« Sie griff nach der nächsten mit einem Tuch zugedeckten Schüssel aufgegangenen Teigs.

»Das ist Olivias Sache«, stellte Rose fest. »Sie mag Claire sehr gern. Anscheinend haben sie sich vor Jahren unten in Florida kennengelernt, als ihre Eltern in der gleichen Eigentumswohnanlage gewohnt haben.«

»Wo wir gerade von einem seltsamen Paar reden«, warf Lucy ein, während sie einen Laib Roggenbrot formte. »Am Pokerabend scheinen sie sich aber nicht sehr nahezustehen. Ich kann mich nicht erinnern, sie letztes Mal mehr als ein paar Sätze wechseln gesehen zu haben.«

»Jetzt fühle ich mich schon viel besser«, verkündete Maddy. »Wenigstens bin ich nicht die Einzige, mit der sie kaum spricht.«

»Sieh mal an«, sagte Rose achselzuckend. »Ich weiß nur, was Olivia mir erzählt hat.«

»Aidan glaubt nicht, dass Claire zusagen wird.« Maddy hatte gehofft, diese Pikanterie unter die Spekulationen über die Freundschaft zwischen Claire und Olivia schmuggeln zu können.

Kein Glück. Rose schnappte die Information augenblicklich auf und richtete eine hochgezogene Augenbraue auf Maddy. »Tatsächlich?«

»Die Familie bedeutet Claire alles«, erklärte Maddy. »Er kann sich nicht vorstellen, dass sie je aufhören wird, im O'Malley's zu arbeiten.«

»Ich auch nicht«, sagte Lucy, die offensichtlich den unterschwelligen Schlagabtausch zwischen Mutter und Tochter genoss. »Obendrein ist es ihr letztes Bindeglied zu ihrem Ehemann.«

»Die Frau hat fünf Kinder zu ernähren, Lucia.« Rose bedachte ihre ältere Schwester mit einem strafenden Blick. »Ich hätte gedacht, diese Bindungen sind stärker als alles, was ihr die Bar und der Grill bieten. Wir wollen doch das Bierzapfen nicht zu romantisch sehen.«

»Ganz meine Meinung.« Lucy ließ sich von Rose höchst selten ködern, eine Eigenschaft, die Maddy außerordentlich bewunderte. »Wer weiß schon, was wem von uns am wichtigsten ist.«

»Nun«, erwiderte Rose, als das Telefon wieder zu läuten begann, »das werden wir heute Abend herausfinden, nicht wahr?«

10

Claire füllte gerade zwei Dutzend Holzschüsselchen mit Rauchmandeln und gesalzenen Erdnüssen, als Peter Lassiter die Bar betrat. Groß, schlank, mit einer randlosen Brille ohne Tönung, die vor seinen Augen in dem edlen Gesicht zu schweben schien. Er hob sich deutlich von diesem Haufen alter Seebären, Expolizisten und dienstfreier Feuerwehrmännern ab.

Der Mann war in den letzten Wochen zu einer Art fester Größe der Stadt geworden, da er alle und jeden über Paradise Point interviewte. Es hieß, er sei der aufsteigende Star von New Jerseys öffentlich-rechtlichem Fernsehen, dazu berufen, der neue Ken Burns zu werden. Lassiter hatte bereits eine Gruppe Senioren im Gemeindehaus befragt, und Claires Vater war so von ihm angetan, dass nicht viel gefehlt hätte, und er hätte ihm nach dem Interview seine Sozialversicherungsnummer und den Schlüssel zu seinem Bankschließfach gegeben.

Großartig, dachte sie sich, als Lassiter näher kam und unterwegs einigen der Veteranen, die er schon kennengelernt hatte, die Hand schüttelte. Man konnte meinen, er kandidiere für das Bürgermeisteramt, so wie er sie alle begrüßte. *Und jetzt suchst du das O'Malley's heim.* Der Laden lief vor Stadtgeschichte beinahe über. Die Fotowand neben dem Pooltisch würde ihm eine Woche lang Beschäftigung bieten.

Lassiter sah nicht viel älter aus als ihre Kathleen, vielleicht achtundzwanzig oder neunundzwanzig, mit einem dieser breiten, teuren Lächeln, die wahrscheinlich mehr als ihr Haus kosteten. Sie hatte ihr ganzes Leben lang schon solche Typen durchs O'Malley's schwirren gesehen, auf ihrem Weg nach oben. Das allein schon war Grund genug, ihn nicht zu mögen.

Er bedachte sie mit diesem Lächeln. »Mrs O'Malley?«

Sie konnte den raubeinigen Barkeeper so gut wie kaum einer geben. »Wer will das wissen?«

Er streckte die rechte Hand aus. (Sie war weich wie ein Babypopo.) »Peter Lassiter von NJTV. Sie haben meine E-Mails nicht beantwortet.«

»Doch«, erklärte sie und war von seinem kräftigen Händedruck überrascht. »Das *war* meine Antwort.«

Kleine Farbtupfer erschienen auf seinen Apfelbäckchen. Mr Ivy League fühlte sich also unbehaglich. Das ging viel zu leicht, so als wollte man in einem Goldfischglas angeln. Sie sollte sich wirklich schämen.

»Ich habe versucht, Sie anzurufen«, erwiderte er. Seine Hartnäckigkeit angesichts ihrer unverblümt ablehnenden Haltung war bewundernswert. »Ich habe drei Nachrichten bei Tommy hinterlassen.«

»Sprechen Sie mit Aidan«, entgegnete sie. »Er kümmert sich hier um alles, was Werbung anbelangt. Ich bin sicher, er kann Ihnen einige Alben zeigen und Ihre Fragen beantworten.«

»Ich würde aber gerne Sie interviewen.«

»Tut mir leid, Mr Lassiter, aber ich kann Ihnen keine interessanten Geschichten darüber erzählen, wie es ist, in einer Grillbar aufzuwachsen. Ich bin eine O'Malley dank Heirat, nicht durch Geburt.«

»Ich würde mich sehr gerne mit Ihnen über Ihren Mann und seine nicht unwesentliche Bedeutung für die Stadt unterhalten. Ich habe schon ausgiebig mit Ihren Freunden und Nachbarn gesprochen, und sie alle loben die Tapferkeit Ihres Mannes bei dem seinerzeitigen Einsatz.«

Sie sah ihm in die Augen, und ihr Blick ließ ihn einen Schritt zurückweichen. »Nein.«

»Ich habe auch mit zwei der anderen Witwen ...«

»Welchen Teil von *Nein* verstehen Sie nicht, Mr Lassiter?«

»Ihr Mann war ein Held. Das haben alle gesagt. Er ging zurück in das Gebäude und ...«

Er sprach noch immer. Sie wusste es. Sie hörte Geräusche aus seiner Richtung kommen, doch sie ergaben keinen Sinn, als sie durch den dichten roten Schleier aus Wut, der sie umgab, zu ihr drangen. Sie hätte ihn mit bloßen Händen erwürgen können, hätte nur über die Theke langen und ihre Finger um die dürre Kehle schlingen, ihre Daumen in seine Luftröhre drücken müssen und seelenruhig zusehen, wie er starb.

»Ist alles in Ordnung, Claire?«

Der rote Dunstschleier teilte sich etwas, und sie sah David Fenelli neben dem Reporter stehen.

Lassiter streckte die Hand aus. »Peter Lassiter, NJTV. Ich bin hier, um ...«

David ignorierte seine Hand. »Ich weiß, wer Sie sind, Lassiter, und ich glaube, Mrs O'Malley sagte, sie wolle nicht über den Unfall interviewt werden.«

Lassiter betrachtete David lächelnd. »Und Sie sind ...?«

»Ein Freund von Mrs O'Malley, der findet, es sei an der Zeit, dass Sie sich zu Ihrer nächsten Verabredung begeben.«

»Das, glaube ich, würde ich gerne selbst von Mrs O'Malley hören.«

Gott sei's gedankt, dass David zur rechten Zeit kam und ihr etwas Luft verschaffte, um ihre Fassung wieder zu gewinnen. »Falls Sie ein Bier möchten, werde ich Ihnen gerne eins zapfen. Ansonsten verschwenden Sie Ihre Zeit.«

»Bitte denken Sie darüber nach.« Lassiters Gesichtsausdruck war nicht mehr offen und gelassen wie noch vor einigen Minuten. Er wirkte leicht verunsichert, aber nicht geschlagen. »Warum lassen Sie jemand anders die Geschichte Ihres Mannes erzählen, wo Sie selbst sie doch am besten erzählen können?« Er ließ nochmals sein teures Lächeln aufblitzen. »Ich lasse von mir hören.«

David wandte sich um und sah ihm nach, bis sich die Tür hinter ihm geschlossen hatte.

»Mistkerl«, murmelte er, gefolgt von einem schnellen »Entschuldigung. Ich kann den Kerl einfach nicht leiden.«

»Willkommen im Club«, erwiderte sie und schob sich die

Haare aus der Stirn. »Du hast mich wahrscheinlich vor einer Mordanklage bewahrt.«

»Wir sind in der Minderheit«, erklärte David und ließ den Blick durch den Raum schweifen. »Alle anderen sind in seinem Fanclub.«

»Mein Vater würde den Kerl am liebsten adoptieren«, sagte Claire. »Stell dir das vor.«

»Reden ist verlockend«, erwiderte David. »Vor allem, wenn da jemand ist, der einem zuhört.«

Was einer der vielen Gründe war, wieso sie sich von dem Projekt fernhielt.

»Mir ist schon klar, dass es sein Job ist, seine Nase überall hineinzustecken«, sagte David, als sie ihm eine Tasse Kaffee hinschob und mit einer Handbewegung sein Geld ablehnte, »doch der Junge übertreibt es.« David leerte drei Päckchen Zucker in den Kaffee und stürzte ihn mit zwei Schlucken hinunter. »Kannst du dir vorstellen, dass er mit mir über Jill reden wollte?«

Ihr blieb der Mund vor Überraschung offen stehen. »Ist nicht möglich! Wie kann er das von Jill überhaupt wissen?«

»Kleine Stadt, große Klappen«, erwiderte er, und sie musste lachen. »Wenn er wirklich etwas über die Geschichte der Stadt wissen wollte, würde er im Stadtarchiv recherchieren. Was die wollen, sind Geschichten über unser Leben, die ihnen Einschaltquoten bringen, und das heißt saftige Familienskandale.«

»Kein Wunder, dass sie so viel Zeit mit den DiFalco-Schwestern verbringen«, sagte sie, und nun musste er lachen. »Was hast du ihm geantwortet, als er dich nach Jill fragte?«

»Ich hab ihm gesagt, er soll zum Teufel gehen, und habe aufgehängt«, erklärte er, diesmal ohne Entschuldigung. »Als würde ich einem Fremden erzählen, dass meine Frau mit meinem besten Freund davon ist. Schlimm genug, dass es jeder in der Stadt weiß.«

»Und die haben es ihm erzählt, oder?«

»Inklusive ihrer Flugnummer«, sagte er, eher bedauernd als bitter. Er schob seine leere Tasse zur Seite und sah Claire in die

Augen. »Sei auf der Hut, Claire. Er wühlt beim Feuerwehrhaus herum auf der Suche nach einem Haken, an dem er seine Geschichte aufhängen kann. Du hast es schon zu weit geschafft, um dich wegen einer Fernsehshow wieder kaputtmachen zu lassen.«

Sie war nicht auf den Kopf gefallen. Sie wusste genau, was er meinte. Billy mochte zwar schon drei Jahre tot sein, aber die Nachbeben konnten ihr noch immer den Boden unter den Füßen wegziehen. Der Gedanke, dass seine vielen Affären wieder ausgegraben und der Öffentlichkeit zum Fraß vorgeworfen werden könnten, machte sie wütend.

Sie schickte sich an, Davids Tasse aufzufüllen, doch er legte die Hand darüber, um sie daran zu hindern. »Das kannst du mir glauben, wenn er nach einer Geschichte sucht, von mir bekommt er sie nicht.«

Er hatte schöne Augen, von einem tiefen warmen Braun mit goldenen und dunkelblauen Tupfen. Sie kannte ihn seit Jahren und hatte es bis heute nicht bemerkt. »Dieser Kerl ist in der Lage, militärische Geheimnisse aus dem Pentagon herauszukitzeln. Ich verstehe nicht wie, aber ich habe gesehen, dass es ihm gelungen ist.«

Sie stellte die Kanne hinter sich auf der Warmhalteplatte ab. »Danke für die Aufmunterung«, sagte sie und wischte einen Tropfen Kaffee von der polierten Theke. »Ich werde nachher einige Telefonanrufe erledigen.«

»Tu das«, ermahnte er sie. »Versprochen?«

Sie wollte schon einen Witz machen, ihre übliche Klugscheißer-Standardhaltung, doch der Ausdruck in seinen Augen hielt sie davon ab. »Versprochen«, sagte sie und legte mit einer großen theatralischen Geste die Hand aufs Herz.

»Ich muss los«, erklärte er. »Jason wartet im Wagen. Ich fahre ihn noch mal zu einem Aufnahmegespräch zur Penn.«

»Ich dachte, er hätte seine Annahme schon längst in der Tasche.«

David zuckte mit den Schultern. »Nur ein Folgegespräch,

sagen sie, aber wer weiß. Er schwitzt Blut und Wasser, der arme Junge.«

»Viel Glück«, sagte sie. »Penn ist schon was Tolles. Sie sollten froh sein, ihn zu bekommen.«

»Ich ruf dich wegen der Pizza an.«

»Prima«, sagte sie und lächelte ihn an. Zu ihrer Überraschung meinte sie es beinahe auch so.

Sie verabschiedeten sich, und er bahnte sich seinen Weg durch die gut besuchte Bar zum Ausgang. Er hatte nichts Besonderes an sich. Er war weder der schönste noch der größte oder der am besten gebaute Mann im Raum. Er war ziemlich anziehend, ziemlich intelligent, einigermaßen witzig, wenn er wollte, und richtig nett. Er würde einem in einer Menschenmenge nicht auffallen, es sei denn, er lachte, und das auch nur dann, wenn man eine Vorliebe für ein dämliches schiefes Grinsen hatte, das nicht der Praxis eines teuren Zahnarztes entstammte. Würde man auf der Suche nach »netter Kerl« in einem Lexikon blättern, würde man unweigerlich auf ein Foto von David Fenelli stoßen, umgeben von seinen Kindern, seiner Ex und einem Golden Retriever, die alle bezaubernd neben dem dazugehörigen Minivan posierten.

Er hatte nichts Gefährliches an sich. Nichts Aufregendes. Er glich so ganz und gar nicht Billy, dieser Art von Mann, der die Frauenherzen höher schlagen ließ, wenn er den Raum betrat. Er war einfach nur ein netter Kerl aus der Nachbarschaft, der Kinder und Pizza mochte.

Sie drehte sich um und sah sich Tommy, ihrem Barkeeper, gegenüber.

»Sag es nicht«, warnte sie ihn und stupst ihn mit dem Zeigefinger in die weiche Rundung seines Bauches. »Denk es nicht einmal.«

»Ich habe überhaupt nichts gedacht«, beteuerte er, die Augen in gespielter Unschuld weit aufgerissen. »Mein Kopf ist vollkommen leer.«

»Lies ja nicht irgendetwas in das hinein, was du gesehen

hast.« Man sollte ihr eine Medaille dafür verleihen, dass sie diesen Ausweg, den er ihr angeboten hatte, ausschlug.

»Ich hab überhaupt nichts gesehen.«

»Warum zum Kuckuck siehst du mich dann so an?«

Er grinste über das ganze Gesicht. »Du hast Spinat zwischen den Zähnen.«

Barney Kurkowski hatte den letzten Eimer von Aidans Weltklasse-Alarmstufe-Zehn-Feuerwachen-Chili hinten in seinen Ford Explorer geladen und schloss die Klappe mit einem satten Plopp. »Sie wollen wieder mal deinen Lammeintopf haben«, sagte der altgediente Feuerwehrmann zu Aidan und blinzelte in die Sonne des späten Vormittags. »Kannst du nicht irgendwann auf der Feuerwache vorbeikommen und Hank ein paar Tipps geben? Tu uns den Gefallen und bring ihn von Hühnchen in Rahmsoße ab.«

»Ich habe vor verdammt langer Zeit begriffen, dass man Hank Ulrich keine Tipps für irgendetwas gibt, Barn, es sei denn, man möchte mit ein paar Zähnen weniger nach Hause gehen.«

»Er wird umgänglicher«, erwiderte Barney und schirmte seine Augen mit dem Handrücken ab. »Al und Steve haben letzten Monat so eine Entspannungskassette in seinen Spind gelegt. Ich glaube, er hat sie sich angehört.«

»Ich war fünf Jahre Partner von Hank«, erinnerte Aidan seinen alten Freund. »Da gehört schon eine Menge mehr als eine Entspannungskassette dazu, den Kerl ruhiger werden zu lassen.« Hank war einer dieser aufbrausenden Typen, die in dem Glauben durchs Leben gingen, die ganze Welt hätte es auf sie abgesehen, und in seinem Fall hatte er wahrscheinlich die Hälfte der Zeit auch recht.

»Lammeintopf würde schon genügen«, lenkte Barney grinsend ein.

»Nächste Woche«, erwiderte Aidan. »Und einen Schmorbraten mach ich euch auch.«

»Lass Sara nur ja nichts von dem Schmorbraten erfahren. Mein Cholesterin ist schon wieder in die Höhe geschossen und sie auf dem Kriegspfad.«

»Tut mir leid, Kamerad. Tofu koch ich nicht.«

»Warte nur bis September«, warnte Barney ihn mit einem Augenzwinkern. »Du schreitest als alleinstehender Fleischfresser zum Altar, aber du kommst als verheirateter Vegetarier zurück.«

Aidan lachte noch immer, als Barney den Motor aufheulen ließ und zurück zur Wache brauste. Damals, als Aidan noch seinen Lebensunterhalt als Feuerwehrmann verdiente, hatte man ihm für Spezialitäten wie den Lammeintopf und den Schmorbraten mit Kartoffelpuffern den Titel des besten Feuerwachenkochs im ganzen Garden State verliehen, und er hatte die Verbindung mit seinen Kollegen aufrechterhalten, indem er sie jede oder jede zweite Woche mit ein paar Tonnen Gekochtem versorgte. Ihm war klar, dass sie jederzeit im O'Malley's vorbeikommen konnten, für eine Schale Eintopf oder einen Teller Schmorbraten, doch das wäre nicht das Gleiche gewesen. Es fehlte der Geruch von Seifenlauge, Motoröl und nassen Gummistiefeln, vermischt mit lautem Männerlachen und dem Lärm einer Liveübertragung eines Spiels, der aus dem Radio in der Ecke tönte – Zutaten, die auch wieder nur ein Feuerwehrmann zu schätzen wusste.

Vielleicht würde er eines Tages die Kraft aufbringen, die Feuerwache wieder zu betreten und sich die Plakette ansehen, die sie an Billys ehemaligem Spind angebracht hatten.

Vielleicht aber auch nicht.

Aidan warf einen Blick auf seine reichlich mitgenommene Timex und murmelte einen angelsächsischen Ausdruck, der schon fast so alt wie seine Uhr war. Es ging schon auf Mittag zu, und er hatte es noch immer nicht geschafft, seinen faulen Hintern an seinen Arbeitsplatz zu schleppen. Claire und Tommy waren heute mit Aufsperren dran, doch es war ihm wichtig, spätestens um elf im Lokal zu sein, sowohl seinet- als auch des

Geschäfts wegen. Nach dem Lagerhausbrand hatte er gemerkt, wie einfach es war, nachlässig zu werden, die Tage verstreichen zu lassen, einen nach dem anderen, bis die Wochen und Monate nur noch ein verschwommenes Nichts waren. Ihm hatten die Routine, die Disziplin seines alten Jobs gefehlt, und deshalb hatte er versucht, davon etwas in sein neues Leben einzubauen.

Er musste nur noch zurück ins Haus, seine Autoschlüssel, seine Brieftasche und die Ordner holen und sich dann an die Arbeit machen, ehe ihm auch noch der Rest des Tages unter den Händen zerrann.

Kelly sah von der Tasse heißen Tees auf, die sie in der Hand hielt, als er die Küche betrat. Ihr lockiges blondes Haar war zu einem unordentlichen Pferdeschwanz zurückgebunden, und unter ihren großen blauen Augen waren dunkle Ringe. Sie trug die Kombination aus Trainingshose und T-Shirt, die sie immer trug, wenn sie sich schlecht fühlte, und sie hing über ihrer Tasse, als handelte es sich dabei um ein lebensspendendes Herdfeuer bei einem Schneesturm.

»Du gehst heute nicht in die Schule?«, fragte Aidan, als er seine Autoschlüssel holte, die auf der Mikrowelle lagen.

»Ich konnte nicht schlafen«, erwiderte sie und legte die Hände um ihre Tasse.

»Ich dachte mir doch, dass ich dich letzte Nacht herumwandern gehört habe.« Er nahm einen Stoß Papier von dem Regalbrett neben der Tür und schob ihn in einen großen weißen Umschlag mit der Aufschrift »Ordner«.

»Tut mir leid, wenn ich dich gestört habe.«

»Hast du nicht«, sagte er. »Ich konnte auch nicht schlafen.« Nach seinem spätabendlichen Besuch bei Maddy war er frustriert und aufgewühlt nach Hause gekommen, hatte sich nach dem Klang ihrer Stimme, ihrer Berührung und all dem gesehnt, wovon er träumte, seit dem Tag, an dem er sie kennengelernt hatte.

Kelly nahm einen Schluck von ihrem Tee und stellte die Tasse wieder ab.

»Du zitterst ja«, stellte er fest. »Du solltest einen Pulli anziehen.«

»Mir geht es gut.«

Er legte die Hand auf ihre Stirn, so wie er es schon tausendmal in den letzten siebzehn Jahren getan hatte. »Fieber hast du nicht.«

Sie zog den Kopf zurück. »Ich hab doch gesagt, es geht mir gut.«

Das stimmte nicht. Das war völlig klar. Doch kein Elternteil, das bei Verstand ist, lässt sich mit einem Teenager auf Wortklaubereien ein.

»Was ist es dann?«

»Nichts.«

»Eine Erkältung?«

Sie schüttelte den Kopf.

»Ein Problem in der Schule?«

Sie verzog das Gesicht.

»Alles in Ordnung mit der Columbia und dem Stipendium?«

»Alles in Ordnung.«

»Haben Seth und du ...«

»Nein!« Sie drehte sich auf ihrem Stuhl um und sah ihn mit einem vorwurfsvollen Blick an. »Tut mir leid, dich enttäuschen zu müssen.«

Das war ein alter Streitpunkt, den er aber nicht aufwärmen wollte. Er mochte Seth, und das wusste sie. Doch es passte ihm nicht, dass es ihnen so ernst war. Das wusste sie auch. »Wenn es nichts mit der Schule und nichts mit Seth zu tun hat, was ist es dann?«

Sie sprang vom Tisch auf und lief, unter einem Anfall von Schluchzern, die das härteste Herz hätten erweichen können, aus dem Zimmer, und Aidan stand da und fragte sich, wo zum Kuckuck er einen Fehler gemacht hatte.

Definition eines Optimisten: Elternteil eines Teenagers, der sich tatsächlich einbildete, sein Kind würde ihm erzählen, wo der Schuh drückt.

Gerne hätte er getan, was er immer getan hatte, wenn sie unglücklich gewesen war: sie in die Arme genommen und festgehalten, bis er all ihren Kummer aufgesaugt und so ihre Welt wieder in Ordnung gebracht hatte. Wann hatte er das letzte Mal diese Zauberkraft besessen? Er konnte sich nicht mehr erinnern: Gerade war sie noch dein kleines Mädchen, und ehe du dich's versiehst, ist sie eine geheimnisvolle, schöne junge Frau, deren Gesicht aufleuchtet beim Anblick eines Jungen, der vorgestern noch Windeln trug, und du kannst nichts anderes tun, als dich im Hintergrund zu halten und den Dingen ihren Lauf zu lassen.

So sehr er es manchmal auch wünschte, er konnte die Uhr nicht zurückdrehen. Das kleine Mädchen, das er vor Schaden bewahrt hatte, existierte nur noch in der Erinnerung, und an ihre Stelle war eine schöne Fremde getreten, die in diesen vier Wänden ein Leben lebte, von dem er nicht alles wusste. Er hatte gute Arbeit geleistet. Sie brauchte ihn nicht mehr. In ein paar Monaten würde sie zu dieser Tür hinausgehen in eine völlig neue Welt, in der für ihn kein Platz mehr war.

So sollte es auch sein. So war es gedacht. Kinder wuchsen heran. Sie entwickelten sich. Sie gingen zur Schule. Sie ergriffen einen Beruf. Sie heirateten und bekamen selbst Kinder, und alles begann von Neuem. Das gehörte zum Kreislauf des Lebens, das Rad dreht sich zuerst langsam, gewinnt dann im Lauf der Jahre an Fahrt, bis Formen und Farben und Träume nur noch ein verschwommenes Bild ergeben.

Er hatte die Wahl. Er konnte den Flur hinuntergehen, an ihre Tür klopfen und eine Erklärung für die schlaflose Nacht, die Tränen in den Augen und die Weigerung, in die Schule zu gehen, verlangen. Er war ihr Vater. Sie war noch minderjährig. Er hatte ein Recht auf Antworten.

Oder er konnte tief durchatmen und ihr etwas Zeit lassen. Was auch immer es war, es war offensichtlich nicht lebensbedrohlich. Sie hatte kein Fieber. Es gab keine gebrochenen Knochen. Kinder wie Kelly standen unter einem enormen Erfolgsdruck. Wenn viel von einem erwartet wird, kostet einen das auch viel. Niemand war fleißiger oder erreichte mehr als seine Tochter. Wenn sie einen Tag Ruhe von der Tretmühle brauchte, so sollte sie ihn haben.

Das hatte sie verdient, und mehr noch.

Kelly lag bäuchlings auf dem Bett und wartete darauf, die Schritte ihres Vaters zu hören. Es konnte gar nicht sein, nicht in einer Million Jahre, dass er es ihr durchgehen ließ, so aus dem Zimmer zu stürmen. Nicht ohne eine Erklärung. Sie hatte eigentlich gar nicht aus dem Zimmer rennen wollen, doch in letzter Zeit schien sie öfter etwas zu tun, das sie nicht wollte. Noch zwei oder drei Minuten, und er würde an diese Tür klopfen, entschlossen zu erfahren, was los war. Sie wünschte sich, er würde Antworten verlangen, sie dazu bringen, ihm zu sagen, was wirklich los war, und gleichzeitig betete sie darum, dass er sie in Ruhe ließ.

Wie könnte sie ihm sagen, dass sie schwanger zu sein glaubte? Es würde ihn umbringen. Die ganzen Jahre hatte er versucht, ihr die Bedeutung von Zielen, von Ausbildung deutlich zu machen, dafür zu sorgen, dass sie begriff, dass man manchmal abwägen musste zwischen dem, was einem im Augenblick richtig erschien und was auf lange Sicht das Richtige war.

Der Unterschied war ihr früher bestenfalls nebulös erschienen, wie eine vage Litanei von Ge- und Verboten, die eher nach einer Kindergottesdienstpredigt klang als nach irgendetwas, das ihr im echten Leben nützlich sein konnte.

Tja, nun hatte sie die Quittung.

Es war ja nicht so, dass sie und Seth ein Risiko eingegangen wären, wirklich nicht. Sie hatten immer ein Kondom benutzt.

Und sie liebten sich doch. Zählte das denn gar nicht? Sie vögelte ja nicht mit jedem, der daherkam. Wenn es wirklich da oben einen Gott gab, der über alle wachte, wie konnte er sie dann in so ein Schlamassel geraten lassen?

Sieh dir an, was Maddy passiert ist. Niemand ist dagegen gefeit.

Maddy war schon in den Dreißigern, eine erwachsene Frau, die mit einem Mann zusammengelebt hatte, der alt genug war, ihr Vater zu sein, und auch das hat diese eine einsame Spermie nicht daran gehindert, ihr Ziel zu erreichen. Wenn das sogar jemand so Klugem und Erfahrenem wie Maddy passieren konnte ...

Sie wagte kaum zu atmen und wartete nur darauf, dass ihr Vater an die Tür klopfen würde. Ihr ganzes Leben lang war sie mit ihren Problemen zu ihm gegangen, und es war ihm immer gelungen, die Dinge zum Besseren zu wenden. Okay, vielleicht war seit dem Unfall alles nicht mehr ganz so toll, doch sie wusste, ihr Dad war für sie da, und das bedeutete ihr alles.

Ihm war klar, dass sie nicht mehr sein kleines Mädchen war. Deswegen war er auch Seth gegenüber so abgeneigt und bei jeder sich bietenden Gelegenheit unfreundlich zu ihm. Sie verstand das. Es gehörte zum Abnabelungsprozess. Doch nun stand sie da mit dem größten Problem ihres Lebens, und die einzige Person, die ihr helfen konnte, war die, der sie es nicht erzählen konnte.

Und daran, damit zu Tante Claire zu gehen, war überhaupt nicht zu denken. Ihre Tante war von Natur aus argwöhnisch und voreingenommen. Wer konnte ihr das verdenken? Onkel Billy hatte ihr das Leben nicht gerade leicht gemacht, und Kathleens Schwierigkeiten hatten ihr den Rest gegeben. Es gab Zeiten, da hatte Kelly das Gefühl, ihre Tante hätte in der ganzen Stadt Kameras versteckt, die auf alle heimlichen Treffpunkte gerichtet waren, die sie und Seth als die ihren betrachteten.

Sie fragte sich, wie es wohl wäre, wenn ihre Mutter noch lebte. Man hatte ihr tausendmal gesagt, sie sähe genauso aus wie sie, und jedes Mal war ihr dabei sowohl froh als auch etwas seltsam zumute gewesen. Im Lauf der Jahre hatte sie davon erzählen gehört, wie fröhlich, unbeschwert und glücklich ihre Mom immer war. Sie hatte Tommy Kennedy an der Bar sagen gehört, wie sehr ihn Maddy an ihre Mom erinnerte, wie sie ihren Vater zum Lachen brachte, so wie es niemand außer ihrer Mutter je gekonnt hatte.

Vielleicht würde Maddy verstehen, wie sie sich fühlte. Es war bestimmt nicht angenehm gewesen festzustellen, dass sie mit Hannah schwanger war, nachdem Hannahs Vater partout kein Kind mehr wollte. Maddy musste das Gleiche durchgemacht haben, was Kelly im Moment durchmachte, mit nur einem einzigen Gedanken jeden Morgen. *Bitte, lieber Gott, bitte lass mich einen hellroten Fleck sehen ... bitte ...*

Bis jetzt war da nichts. Tag um Tag nichts.

Maddy würde sie nicht mit Augen voller Schmerz und Enttäuschung ansehen, wenn sie ihr sagte, dass sie über die Zeit sei. Sie würde nicht vor Zorn erstarren oder sich aufführen, als ginge die Welt unter. Maddy hatte nicht siebzehn Jahre Hoffnung in Kelly investiert, die auf ihren Schultern wie ein Mühlstein lasteten. Sie würde verstehen. Sie würde wissen, was zu tun ist und wie. Maddy erwartete nicht von ihr, vollkommen zu sein, so wie Tante Claire und alle anderen.

Sie lag, wie ihr schien, ewig so da und wartete darauf, dass ihr Vater an die Tür klopfte, doch alles, was sie hörte, war das Geräusch des Garagentors, gefolgt vom Brummen des Wagens, als ihr Dad rückwärts die Einfahrt hinausfuhr.

Sie begann wieder zu weinen, und dann, als sie keine Tränen mehr hatte, schloss sie die Augen und schlief ein.

11

Das zehnte zweiwöchentliche Treffen des rochierenden Damen-Pokerabends in der Geschichte von Paradise Point würde in knapp einer Stunde beginnen. Fünf der am meisten von sich selbst überzeugten, schwatzhaftesten und interessantesten Frauen der Stadt würden sich in Claires Haus versammeln, und sie hatte es noch nicht einmal geschafft, die leeren Pizzaschachteln wegzuräumen oder »Wir verstecken die Wollmäuse« zu spielen. Sie überlegte tatsächlich, ob noch Zeit sei, einen Bagger zu mieten, um das Wohnzimmer freizuschaufeln, als Billy jr. in der Tür auftauchte.

»Großpapa möchte wissen, ob er heute Abend in Unterhosen fernsehen kann.«

Sie fragte sich, ob Rose DiFalco schon jemals eine solche Frage untergekommen war.

»Nur wenn er die Tür zu seinem Zimmer absperrt und schwört, keinen Fuß in den Flur zu setzen, bis die Party vorbei ist.« Das letzte Mal, als sie die Gastgeberin war, hatte er Olivia einen derartigen Anblick beschert, dass sich ihre elegante Freundin beinahe einer tiefgreifenden und langwierigen Therapie unterziehen musste.

»Genau das würdest du sagen, hat Großpapa gesagt.«

»Dein Großvater ist ein kluger Mann«, erwiderte Claire und konnte nicht umhin zu lächeln.

»Und wenn er pinkeln muss?«, fragte Billy, und aus seinen dunkelblauen Augen blitzte der Schalk. »Was wenn ...«

»Ich hab schon kapiert«, sagte sie und sammelte einen Stapel *People*, *In Style* und *Spiderman*-Comics ein, die auf dem Couchtisch lagen. Ihr Vater hatte nicht lang gebraucht, um herauszufinden, dass er in Billy den besten Verbündeten hatte, wenn es darum ging von seiner überarbeiteten, gestressten Tochter mittleren Alters zu bekommen, was er wollte. »Seht doch beide in meinem Zimmer fern. Wenn Großvater ins Bad muss, kann er meines benutzen.«

»Kann Bruno auch mit in deinem Zimmer fernsehen?«

»Nur wenn du dafür sorgst, dass Fluffy nicht mit ihm zu raufen anfängt.« Bruno, eine sechzig Pfund schwere Bulldogge mit Anpassungsschwierigkeiten, war der neuste Familienzuwachs. Fluffy war eine sechspfündige Glückskatze, die ihr häusliches Universum dank Langlebigkeit und Gottesgnadentum regierte.

»Cool! Ich sag's schnell Großpapa.«

Ihr Jüngster hatte zwei Geschwindigkeiten: Überschall und Schneller-als-Licht, und er war schon den halben Flur hinunter, ehe sie ihn daran erinnern konnte, dass die gesamte Menagerie gefüttert, getränkt und spazieren geführt werden musste.

Sie warf die Magazine in einen Beutel für den Wertstoffhof und zog einen von Maires Mickey-Mouse-Pantoffeln unter dem Beistelltisch hervor, ein Andenken – war das möglich … an Weihnachten? Maire war von ihrer Schule in Irland mit Tante Frankies Miles and More heimgeflogen und hatte die Art von Chaos mitgebracht, die nur ein sechzehnjähriges Mädchen verbreiten konnte.

Es hatte eine Zeit gegeben, da wäre der Gedanke, jemanden wie Olivia oder Rose oder die anderen Mitglieder ihrer Pokerrunde zu sich nach Hause einzuladen, geradezu lachhaft gewesen. »Fünf Kinder!«, pflegte sie zu sagen und verdrehte dabei die Augen, womit sie heilloses Chaos andeuten wollte, und jeder lachte und nickte verständnisvoll mit dem Kopf.

Es war ein praktischer Ausweg, um das Brodeln der Gerüchteküche auf einem erträglichen Level zu halten und nicht zu noch mehr Gerede Anlass zu bieten. Die Geburtstagspartys ihrer Kinder wurden auf der Bowlingbahn oder am Strand oder sogar im Great-Adventure-Freizeitpark gefeiert, irgendwo, wo es lustig und unpersönlich war. An einem Ort, wo sie sich nicht fragen musste, ob die Frau, die in ihrer Küche eine Marlboro rauchte, den gestrigen Nachmittag im Bett mit ihrem Ehemann Billy verbracht hatte.

Sie hatte die Blicke gesehen, das Raunen gehört, das im Lauf der Jahre immer lauter geworden war. Sie hätte schon taub, dumm und blind sein müssen, um es nicht mitzukriegen. *Die arme Claire. Wie demütigend. Hat sie denn gar keinen Stolz?*

Wie oft hatte sie sich nicht das Gleiche gefragt? Da geht man in den Supermarkt, um ein paar Liter Milch zu holen, und dann fragt man sich, ob das neue Mädchen an Kasse sechs wohl die neuste Eroberung des Ehemanns ist. Oder wie damals, als man bei der Versicherungsagentur vorbeigeschaut hat, und dann der blonden Büroleiterin gegenüberstand und die Einbildungskraft Purzelbäume schlug. Da war auch noch die Besitzerin der Zoohandlung – oder vielleicht die süße Kindergärtnerin mit den wehmütigen blauen Augen?

Nur keine Reue. Das hatte sie sich täglich gesagt. Niemand hatte je behauptet, zwischen ihnen würde alles vollkommen werden, doch für kurze Zeit war es beinahe der Himmel. Er war ihr Ritter in strahlender Rüstung gewesen, der auf einem weißen Streitross einhergeritten kam und ihr eine Zuflucht geboten hatte, als sie nichts und niemanden gehabt hatte, wohin und an den sie sich hätte wenden können.

Claire hatte lange gebraucht, sich mit dem Leben abzufinden, das ihr beschieden war. Den größten Teil der drei Jahre seit Billys Tod hatte sie nach jemandem, nach etwas gesucht, dem sie die Schuld an ihrem Unglück, an den falschen Wendungen des Geschicks, an dem sinnlosen, zerstörerischen Wüten geben konnte, das die Menschen, die sie liebte, aus ihren Armen riss. Sie hatte die Schuld ihren Eltern, ihren Geschwistern, ihren Schwiegereltern und ihrem Mann gegeben, der den Tod eines Helden gestorben war, bevor sie alles noch einmal ins Lot hatten bringen können.

Die O'Malleys behaupteten immer, wenn es nicht das Wort Unglück gäbe, würden sie das Wort Glück überhaupt nicht kennen, und in den Jahren, in denen sie, Claire, Teil dieser Familie gewesen war, hatte sie die Wahrheit dieser Behauptung erkennen gelernt. Sie und Billy hatten kein gemeinsames Leben geplant. Als sie sich das Eheversprechen gaben, hatten ihre Herzen anderen gehört, doch das Schicksal hatte eigene Pläne mit ihnen beiden.

Ehe sie sich's versah, waren zwanzig Jahre vergangen, sie hatte fünf Kinder, eine Hypothek und ein Herz, das öfter gebrochen worden war, als sie sich erinnern wollte, und auf so verschiedene Art und Weise, dass man sich kaum vorstellen konnte, dass es noch schlug.

Sie war neunzehn gewesen, als sie und Billy sich kennenlernten. Sie und Charles waren frisch verlobt, und die Liebe machte sie für den beträchtlichen Charme von Charles bestem Freund Billy unempfänglich. Die Wahrheit war, sogar Billy verblasste neben ihrem Verlobten. Wie die meisten Männer. Der Umstand, dass sie und auch Billy dachten, Charles sei der Größte, ließ sie sofort zu Freunden werden.

Es war natürlich zu schön, um wahr zu sein. Zwei Monate, bevor Claire und Charles heiraten wollten, starb Charles bei einem Verkehrsunfall, und sein Tod war sowohl für Claire als auch für Billy O'Malley ein Schock. Sie liebten Charles mehr, als irgendjemand anders auf der Welt es gekonnt hätte. Er war die Sonne gewesen, um die sie sich drehten, dankbar für das Licht und die Wärme. Aufgewühlt und von Schmerz zerfressen, wandten sie sich trostsuchend einander zu, und dieser gemeinsame Kummer wob ein mächtiges, wenn auch trügerisches Band, das sie beide zusammenhielt.

Als sie feststellte, dass sie mit Charles Baby schwanger war, fragte Billy sie, ob sie ihn heiraten wolle, und sie sagte ja. Noch Jahre später rätselte sie, ob dies ihr schönster Augenblick gewesen war oder der Beginn einer Tragödie, an der noch immer geschrieben wurde.

Doch da das Spiel nun mal begonnen hatte, gab es kein Zurück mehr. Claire brauchte jemanden, auf den sie sich stützen konnte, und Billy wollte eine Familie. Sie waren zu jung, zu sehr von Gefühlen beherrscht, um zu wissen, was sie taten. Sowohl der Zeitpunkt als auch die Gründe, aus denen sie zusammengefunden hatten, waren die falschen, auch wenn diese Gründe ihnen rein und edel erschienen waren. Und vielleicht waren sie es ja auch. Das *wollte* sie zu gern glauben.

Es hatte eine Menge Gerede gegeben, als sie und Billy als verheiratetes Paar nach Paradise Point zurückkehrten. Der Klatsch überschlug sich wegen ihrer plötzlichen Heirat, kurz nach Charles tragischem Tod, und viel von dem Gerede drehte sich um die Vaterschaft des Kindes, das sie erwartete. Doch als die Wochen und Monate verstrichen, verschwand Charles vom Radarschirm der Stadt, und die unerwartete Verbindung von Claire Meehan und Billy O'Malley war nicht mehr Thema der Gespräche und Spekulationen.

Als Kathleen geboren wurde, behauptete jeder, sie sei Billys Ebenbild, und so beschlossen beide, Stillschweigen zu bewahren, was einfacher war, als die Wahrheit zu sagen. Doch Billys Großmutter Irene konnten sie nicht täuschen. Von dem Tag an, an dem sie, Claire, und Billy aus Maryland zurückkamen, mit den Ringen an den Fingern, dem Trauschein und sie mit dem dicken Bauch, behandelte Irene Claire mit Eiseskälte.

Anfangs hatte Claire noch versucht, das, was bei der alten Frau als Zuneigung zu verstehen war, wiederzuerlangen, doch als Kathleen unter völliger Nichtbeachtung seitens ihrer Urgroßmutter geboren wurde, verhärtete Claire im Gegenzug ihr Herz. Wenn Billy Kathleen als Teil der Familie anerkennen konnte, wieso konnte Irene das nicht auch?

Billy liebte das blauäugige kleine Mädchen wie seine eigenen Töchter. Das war klar zu erkennen, als nach gutem katholischen Brauch in kurzem Abstand, noch drei weitere Töchter folgten, und ihr Schicksal war besiegelt. Sie waren eine Familie.

In der zweiten Dekade ihrer Ehe traf Claire die Entscheidung, die den Verlauf ihres Lebens änderte. Alle in der Stadt hatten gedacht, sie sei mit den Kindern nach Florida gefahren, um ihre Eltern zu besuchen, doch in Wahrheit hatte sie Billy verlassen. Es war eine impulsive Entscheidung gewesen.

Sie stand an der Ampel Ecke Main, wo diese die Church Street kreuzte, hatte mit den Fingern auf das Lenkrad getrommelt, während sie darüber nachdachte, was sie heute zum Abendessen kochen sollte, als ihr Blick zufällig auf das Wohnzimmerfenster von Patty Hansen fiel.

Man rechnet ja wohl kaum damit, seinen Ehemann an einem Dienstagmorgen um zehn Uhr mit der Leiterin der Pfadfindergruppe herumknutschen zu sehen, passend eingerahmt von Laura-Ashley-Vorhängen.

Am späten Nachmittag war Claire auf dem Weg nach Florida, entschlossen, ein neues Leben zu beginnen, in dem nicht vorgesehen war, ihren Ehemann mit jemandem zu teilen, der nicht auch seine DNS besaß. Ihre Eltern waren zwar neugierig, stellten aber ausnahmsweise nicht allzu viele Fragen. Mike und Margaret hatten ein sehr aktives gesellschaftliches Leben, das sie beschäftigt hielt, wofür Claire äußerst dankbar war. Außerdem hatten sie ihre ersten sechzig und ein bisschen mehr Jahre in Paradise Point verbracht. Sie wussten was los war.

Die Kinder vermissten ihren Vater, doch sie sorgte dafür, dass sie sich schnell an das neue Leben gewöhnten. Der Trick bestand darin, ihnen genug Ablenkung zu bieten, damit sie nicht zu viel fragten. Sie konnte im Moment keine Fragen gebrauchen, vor allem nicht darüber, wieso sie in Florida waren und Billy noch immer in New Jersey. Claire fuhr sie an den Strand, besuchte mit ihnen den Papageiendschungel, und eines Tages, als sie im Swimmingpool der Wohnanlage planschten, verliebte sie sich.

Sie hatte sich durch die Tage treiben lassen, bemüht, nicht zu viel nachzudenken, und gelegentlich einen gemütlichen Nachmittag mit der Tochter der Nachbarn ihrer Eltern verbracht, einer extravaganten Frau über dreißig namens Olivia Flynn, die auf ihre zweite Scheidung innerhalb von drei Jahren wartete. Die Flynns waren, wie die Meehans auch, aus New Jersey gekommen, und die beiden Familien verstanden sich gut.

Olivia war die Hauptattraktion des Del Mar Vista, und die männlichen Bewohner scharten sich um sie, begierig nach jedweder Beachtung, die sie von ihr erfuhren. Claire, die Männer nie zu sklavischer Ergebenheit inspiriert hatte, hielt sich ehrfurchtsvoll im Hintergrund und genoss das Schauspiel.

Olivia war in die Stadt gekommen, um die Party anlässlich der goldenen Hochzeit ihrer Eltern zu organisieren. Ihr jüngerer Bruder Corin, ein Fotograf, war irgendwo in Europa unterwegs, hatte aber versprochen, zu diesem großen Tag rechtzeitig zurück zu sein. Er war schon seit zwei Jahren nicht mehr in die Staaten gekommen, sehr zum laut geäußerten Missfallen seines Vaters. Brendan Flynn war früher Lastwagenfahrer gewesen. Die Tatsache, dass sein einziger Sohn seinen Lebensunterhalt damit verdiente, nichtsnutzige Berühmtheiten bei Premieren und Ähnlichem zu fotografieren, erboste ihn. Egal, wie oft Olivia versuchte, Brendan zu erklären, dass Corin viel mehr machte als nur Schnappschüsse von Tom Cruise und Russell Crowe beim Feiern in Cannes, es beeindruckte ihn kein bisschen. Mit den Arbeiten, die Corin in Bosnien gemacht hatte, hatte er internationalen Ruhm erlangt, doch davon war nichts zu merken, so wie Brendan über ihn sprach.

Claire hatte eine männliche Ausgabe von Olivia erwartet, und sie wurde in vieler Hinsicht nicht enttäuscht. Corin Flynn war von dem gleichen Kraftfeld wie seine Schwester umgeben, war von einer großen Strahlkraft, die die Menschen anzog. Er war dunkel und gut aussehend wie sie, hatte den gleichen hintergründigen Humor, doch während Olivia das Leben als eine endlose Party betrachtete, wusste Corin, dass dem ganz und gar nicht so war.

Er lebte überall und nirgends. Er besaß nur, was er in einen Rucksack packen konnte. Er war als Beobachter in der Welt unterwegs, fing mit seiner Kamera ein, was er konnte, und zog dann wieder weiter. Er strahlte eine fast greifbare Unbekümmertheit aus, die Claire unwiderstehlich fand. Rückblickend erschien ihr alles von trauriger Zwangsläufigkeit.

Nacht für Nacht saßen die drei auf der Veranda und redeten, während der Mond hoch in den Himmel stieg. Sie sprachen über das Leben, die Familie, über Sex, Politik und Religion. Weder Claire noch Corin fiel es auf, als Olivia begann, sich immer früher zu verabschieden. Allen fiel auf, dass sie immer länger aufblieben. Corin erzählte Claire von seiner Frau, die er geliebt und an einen anderen Mann verloren hatte. Claire erzählte ihm von Billy, Dinge, über die sie noch nie mit einem menschlichen Wesen gesprochen hatte. Sie gestanden sich ihre geheimsten Träume und ihre größten Ängste.

Und sie verliebten sich in einander.

Die Liebe war etwas Schreckliches, wenn sie eine verheiratete Frau mit vier Kindern ereilte. Claires Gefühle waren genauso erschreckend wie aufregend. So fühlte es sich an, glücklich zu sein. So fühlte es sich an, begehrt zu werden. So fühlte es sich an, am Morgen mit vor Staunen bebenden Sinnen aufzuwachen.

Das war genau das, was sie sich jahrelang verboten hatte. Sie wollte nicht daran denken, wollte nicht glauben, dass so etwas im realen Leben, nicht nur in einem Roman oder auf der Kinoleinwand existierte. Sie gab sich die größte Mühe, ihre Gefühle zu verbergen, doch genauso gut konnte man versuchen, den Geist wieder in die Flasche zu locken, ehe er den dritten Wunsch gewährt hatte.

Glücklich zu sein war ein Geheimnis, das sie nicht bewahren konnte. Corins Eltern sahen es ihren Gesichtern an. Claires Eltern merkten es an ihrer Stimme, ihrem Lachen. Sogar den Kindern fiel auf, dass etwas anders war, obwohl sie noch zu klein waren, es beim Namen nennen zu können.

Bis zum heutigen Tag wusste sie nicht, wer Billy etwas erzählt hatte, doch eines Nachmittags, als sie am Pool der Wohnanlage saß, hörte sie Kathleen rufen: »Daddy ist hier!«, und sie hob den Kopf und sah Billy auf sie zukommen. Er wirkte frech und schüchtern zugleich, ihr draufgängerischer Ehemann, der seine Verletzlichkeit offen zeigte.

Das war ein Billy O'Malley, den sie nie kennengelernt hatte, ein Mann, den sie nicht kannte, vom dem sie nicht gedacht hatte, dass es ihn gab. Sie sah zu, wie die Kinder aus dem Pool krabbelten und zu ihm rannten, ihn in nasse Umarmungen hüllten, die riesige Flecken auf seinen Jeans und dem T-Shirt hinterließen. Maire und Courtney hingen wie Affenbabys an ihm. Willow hielt ihn am Arm gepackt und schluchzte, während Kathleen, die unberechenbarste ihrer Brut, ihn scheu betrachtete und zweifellos den gleichen hübschen jungen Ritter in glänzender Rüstung in ihm sah wie ihre Mutter in der Vergangenheit.

Billys und Claires Augen trafen sich über den Köpfen ihrer Kinder, und einen Moment lang sah sie auch diesen hübschen jungen Ritter, und es war um sie geschehen. Sie waren eine Familie. Nicht einmal die Liebe kam dagegen an.

Sie hatte unbeholfen versucht, es Corin zu erklären, doch er konnte sie nicht hören wegen all der Liebe und Wut, die zwischen ihnen wogte, und alles hinwegfegte, bis auf die Tatsache, dass sie ihn verließ.

Zehn Monate, nachdem sie nach Paradise Point zurückgekehrt war, wurde Billy jr. geboren, und sie blickte nicht mehr zurück auf das, was hätte sein können. Corin wurde in einen geheimen, verborgenen Winkel ihres Herzens verbannt, wo er blieb, bis Olivia nach Paradise Point zog und die Wahrscheinlichkeit, Corin wiederzusehen, nur allzu real wurde.

»Mom, können Großpapa und ich etwas von den Keksen auf dem Küchentisch haben?« Billy war wieder da, diesmal mit Fluffy um die Schultern drapiert, einer Katzenboa gleich.

»Nein«, entgegnete sie und entdeckte eine fürchterliche Spinnwebe hinten in einer Ecke des Wohnzimmers. Sie bezweifelte, dass Rose DiFalco so etwas je in ihrem Leben zu Gesicht bekommen hatte. »Die Kekse und der Kuchen sind für meine Einladung bestimmt.«

»Ich möchte auch nur einen«, erklärte er, »und es muss auch nicht mit Schokolade sein.«

»Ich habe nein gesagt. Dieses Gebäck ist für Frauen über einundzwanzig reserviert.«

»Das ist unfair! Sie werden sie nicht einmal essen. Auch die Dünnen sind immer auf Diät.«

»Ich hebe dir auf, was übrig bleibt. Du kannst morgen ein paar in deiner Lunchbox mit in die Schule nehmen.«

»Das ist nicht dasselbe.«

Sie sprühte Flüssigreiniger in die Richtung der Spinnweben und fragte sich dann, wieso sie gedacht hatte, feuchter Staub sei leichter zu entfernen als trockener.

»Du und Großvater hattet heute Abend Pizza«, stellte sie fest. »Du magst doch Pizza.«

»Pizza ist aber nicht Nachtisch.«

Oh, er war ihr Sohn, kein Zweifel. Billy sen. sagte immer, sie sei die einzige Frau auf der Welt, die einem Filet mignon und einem Shrimpscocktail eine Tüte Oreo-Kekse vorziehe.

»Ich glaube, ich habe noch etwas Waffeleis im Gefrierschrank gesehen«, sagte sie. »Das ist doch besser als Mädchenkekse, meinst du nicht?«

Er schenkte ihr eines dieser Lächeln, die so ganz sein Vater waren, und flitzte in die Küche.

Sie fuhr schnell mit dem Staubsauger über den Teppich und wischte die Fingerspuren auf dem Couchtisch mit dem Ärmel ihres Pullis weg. Die Haustiere waren alle versorgt, und mit etwas Glück würden Billy und ihr Vater ihr Schlafzimmer nicht in einen Umkleideraum verwandeln. Nun musste sie nur noch den Kartentisch herrichten, die Kaffeemaschine anschalten, ein Paar Jeans anziehen, die keine Flecken von Erdnussbutter und Marmelade auf der hinteren Hosentasche hatten, und sie wäre fertig.

Die Türglocke läutete, als sie die Kaffeetassen auf die Anrichte stellte. Sie sah auf die Uhr. Kein Mensch würde es wagen, zu Claires Abend eine halbe Stunde zu früh zu erscheinen. Nicht, wenn ihm sein Leben lieb war.

»Geht sofort wieder«, sagte sie, als Olivia und Rose an ihr vorbei in Richtung Wohnzimmer marschierten. »Der Kartentisch ist nicht fertig, und ich muss andere Jeans anziehen und ...«

»Setz dich«, befahl Olivia und deutete auf den Sessel am Fenster.

»Ich habe keine Zeit, mich zu setzen. Ich erwarte Gäste.«

Zumindest Rose verstand ihren Witz, doch Olivia ignorierte ihn einfach.

»Wir müssen dich etwas fragen«, erklärte Olivia.

»Fragt mich, während ich stehe.« Sie drehte sich um und zeigte auf ihre Gesäßtasche. »Billys Erdnussbutter.«

»Schatz, ich möchte, dass du dich setzt.«

Olivia breitete eine Zeitung auf das Sitzkissen des Sessels, und Claire wurde vor Angst ganz schwindlig. »Ist etwas passiert? Oh Gott, es wird doch nicht etwas mit meinen Mädchen sein?« Da zwei von ihnen bei der Armee waren, war die Sorge ein ständiger Begleiter all ihrer Gedanken.

»Ich habe dir gesagt, dass sie so etwas annehmen würde«, sagte Rose zu Olivia. »Das ist immer die erste Reaktion einer Mutter.«

»Deinen Mädchen geht es gut.« Olivia klang verwirrt, aber sie hatte auch nie etwas anderes bemuttert als eine Reihe Yorkshireterrier. »Wir wollen über dich reden.«

»Über deine Zukunft«, ergänzte Rose und setzte sich auf das Sofa ihr gegenüber.

»Und unsere.« Olivia hockte sich neben Rose auf die Armlehne des Sofas.

»Wir haben eine gemeinsame Zukunft?«

»Könnten wir haben«, erwiderte Rose.

»Bitte sagt, dass wir nicht über Sex reden.«

»Worüber wir reden, ist besser als Sex«, erklärte Rose.

»Ganz genau.« Olivia neigte sich zu ihr und flüsterte: »Wir reden über Gebäck ... englischen Frühstückstee ... Schokolade ...«

»Oh Gott«, stöhnte Claire. »Doch nicht diese fürchterliche Schokolade in Form von ...«

Olivia hatte dieses kehlige, aus vollem Halse kommende Lachen, das zu verfeinern man Frauen schon von Jugend an riet. »Hast du je ...« Es handelte sich um eine von Olivias bemerkenswerteren Anekdoten.

»Und wenn«, erwiderte Rose, »würde ich es mit ins Grab nehmen.«

Claire war gleichermaßen verblüfft. »Ich hätte nicht gedacht, dass es dafür im State New Jersey überhaupt genug Schokolade gibt.«

Olivia zwinkerte. »Wenn Philip eines war, dann einfallsreich.«

»Wie dem auch immer sei«, stellte Rose fest, »wir sind nicht hier, um über Philip zu reden.«

»Rosie hat recht.« Olivia wurde wieder geschäftlich, eine Verwandlung, die Claire immer wieder überraschte. Wer hätte gedacht, dass hinter dem wogenden Busen das Herz einer hochkarätigen Geschäftsfrau schlug? »Du hast von dem Teeladen gehört, den ich aufmachen werde?«

Claire nickte, ihre Augen sprangen von Olivia zu Rose in dem Versuch, einen Zusammenhang herzustellen. »Cuppa«, sagte sie zögernd und fragte sich, was in aller Welt das alles mit ihr zu tun hatte.

Olivia fuhr fort. »Gestern sind Rose und ich übereingekommen, dass sie meine Teilhaberin wird.«

Einige Frauen hatten nicht nur das meiste Geld in der Stadt, sie hatten auch das meiste Glück. So was von garantiert. Das reizende McClanahan-Häuschen mit seiner Backsteinfront, der rot lackierten Tür und dem Rosenspalier. Eine zerbrechliche Porzellankanne mit duftendem Earl Grey. Eine Platte voll warmer Milchbrötchen, die vor Butter tropften, oder vielleicht voll köstlicher Madeleines oder kleiner Törtchen gefüllt mit Vanillepudding und mit Kirschen und Trauben garniert, die vor Zuckerguss glänzen. Und – zweifellos – eine Kasse, in der sich die Kassenzettel nur so türmten, während ein unaufhörlicher Strom von Kunden sich die Shore Road hinunter zur Bücherei bewegte.

Olivia und Rose waren schon jede für sich allein beeindruckende Frauen. Zusammen jedoch wären sie nicht mehr aufzuhalten.

»Wow«, sagte Claire, als sich das Bild in ihrem Gehirn verdeutlichte. »Ihr beide werdet in Geld schwimmen.«

»Das glauben wir auch«, pflichtete ihr Olivia bei, »aber wir brauchen dich, damit es funktioniert.«

»Einen Zehner hab ich übrig. Wäre ich dann stille Teilhaberin?«

»Du hast uns missverstanden«, klärte Rose sie auf. »Wir brauchen nicht dein Geld. Wir brauchen dich.«

Ihr eigenes schallendes Lachen ließ Claire zusammenzucken. »Ich zapfe Bier im O'Malley's, meine Damen, für einen Haufen alter Männer, Sportverrückter und Yuppies, die sich unters Volk mischen. Wenn ihr eine Kellnerin für euren schicken Teeladen sucht, solltet ihr besser ...«

»Wir brauchen dich an vorderster Front«, unterbrach Olivia sie. »Sowohl Rose als auch ich haben unsere eigenen Geschäfte zu leiten. Wir wissen, dass du diejenige warst, die das O'Malley's Tag für Tag am Laufen hielt, ehe Aidan in Vollzeit einstieg, und wir wissen auch, dass du für diese sündhaft guten Macadamiakekse verantwortlich bist.«

»Wir verlangen eine ganze Menge von dir«, sagte Rose. »Am Anfang müsstest du einen Teil des Backens übernehmen, als Wirtin fungieren, die Kunden begrüßen, dafür sorgen, dass sie sich wohlfühlen und die kleine Kellnermannschaft beaufsichtigen.«

»Dafür wirst du gut entschädigt.« Olivia nannte eine Summe, die Claire die Augen aus dem Kopf treten ließ.

»Und wir wären bereit, eine Partnerschaft in Betracht zu ziehen, wenn die Sache funktioniert.«

»Ich bin im O'Malley's schon Partner«, erinnerte sie sie. »Zwanzig Stunden bei wenig Betrieb, vierzig in der Hochsaison.« Und das O'Malley's gehörte der Familie, etwas, das sie nicht so leicht außer Acht lassen würde.

»Und ihr kommt kaum über die Runden. Und der größte Teil der Einnahmen wird nicht in die Erweiterung investiert, die Aidan geplant hat.«

»Olivia«, sagte Rose in einem Ton, der jeden normalen Menschen dazu bewegt hätte, es sich zu überlegen, bevor er ein weiteres Wort verlor. »Das geht uns doch nichts an.«

Claire hätte Rose beinahe einen dicken fetten Kuss auf die Stirn gedrückt, doch um Olivia zu stoppen, wenn sie in Fahrt war, bedurfte es mehr als der Missbilligung von Rose.

»Sie braucht eine Veränderung«, sagte Olivia zu Rose. »Das hat sie mir selbst gestanden.«

»Und sie sitzt hier vor euch«, fauchte Claire. »Wenn du etwas sagen willst, sag es direkt zu mir, Liv.«

Olivia konnte nervtötend geradeheraus sein, wenn sie wollte. »Solange du zum Inventar des O'Malley's gehörst, wirst du mit deinem Leben nie weiterkommen. Du bist da angenagelt, bis Aidan den Laden dichtmacht und sich mit Maddy und ihren siebzehn Enkelkindern in Florida zur Ruhe setzt. Fragst du dich denn nie, was sonst noch im Leben passieren könnte?«

Eine Sekunde lang dachte Claire, sie müsste an dem Kloß in ihrem Hals ersticken. Die Enttäuschung schnürte ihr die Brust zu und erfüllte ihre Kehle mit dickem, schwarzem Rauch, wie dem eines Feuers der Alarmstufe Zwei. Olivia kämpfte mit unfairen Mitteln. Hatte sie schon immer. Von einer Freundin erwartete man nicht, dass sie die Wahrheit ans Licht zerrt, damit jeder sie sehen kann. Eine Freundin rückt deine Träume nicht in greifbare Nähe, dass du nur zuzupacken brauchst, wenn du den Mut dazu hättest.

»Überschlaf es doch«, schlug Rose vor, der der Zwist zwischen Claire und Olivia offensichtlich unangenehm war. »Du hast sicher noch viele Fragen. Wir können uns morgen nochmals treffen und …«

»Ich habe eine bessere Idee«, unterbrach Olivia sie und wandte sich direkt an Claire. »Warum entscheidest du dich nicht jetzt. Du weißt, was du tun möchtest, und du kennst die

Ausreden dafür, es nicht zu tun. Das O'Malley's ... Billy ... die vier Kinder, die nicht einmal mehr zu Hause leben ... such's dir aus.«

Olivia hatte ihr den perfekten Ausweg geliefert. Sarkastisch zwar und dazu gedacht, sie aus der Reserve zu locken, doch auf jeden Fall einen Ausweg. Olivia war sowieso schon sauer, es war also egal, und Rose würde einfach nur froh sein, dass diese Unterredung zu Ende war.

»Also, was ist jetzt?«, drängte Olivia. »Du kannst uns allen Zeit und Mühe ersparen und einfach jetzt nein sagen, und wir fragen jemand anders.«

Plötzlich wusste Claire, wie ihre Antwort lautete, und es war nicht die, die alle erwarteten, am allerwenigsten Claire selbst. »Nur über meine Leiche sucht ihr jemand anders.«

Allerdings, wenn sie es erst einmal Aidan gesagt hatte, könnte es genau dazu kommen.

12

Crystal schlitterte in die Küche, ähnlich Priscilla an einem Regentag, und kam erst kurz vor Maddy zum Halten.

»Peter hat ein Problem!«, verkündete sie, und Maddy hätte schwören können, Sprechblasen über dem Kopf der jungen Frau schweben zu sehen.

»Schon wieder eins?« *Äh ... oh. Sagt man nicht.* Das war nicht der übliche nervtötende Feld-, Wald- und Wiesengast. Dieser hier machte sich Notizen. Maddy zwang sich ein Lächeln ab und bemühte sich tapfer, das fünffache Piercing zu übersehen, das den linken Nasenflügel der jungen Frau umrundete. »Womit kann ich ihm helfen?« *Diesmal.*

»Sie haben keinen Hochgeschwindigkeitszugang«, erwiderte Crystal mit einer Klangfarbe in der Stimme, die normalerweise für Meldungen über gesichtete Ufos reserviert war. »Wie sollen wir Dateien senden ohne Hochgeschwindigkeitszugang?«

Bis zehn zählen, Maddy, und vielleicht verschwindet sie dann.

»Sie können gerne meine Wählverbindung im Büro benutzen.« Die Kinnbacken schmerzten ihr schon von dem vielen unechten Lächeln, das sie aufgesetzt hatte, seit die PBS-Mannschaft heute Morgen eingetroffen war.

»Wählverbindung? Pete wird ausflippen.«

»Sagen Sie Peter, er solle es als ein Wiederaufleben des original viktorianischen Charmes des Candlelight betrachten.«

Crystal überlegte einen Moment. »Der war gut«, stellte sie fest, »aber ich glaube nicht, dass er uns das abkauft.«

»Ich fürchte, es wird ihm nichts anderes übrig bleiben. Unser Hochgeschwindigkeitszugang ist letzte Woche zusammengebrochen, und der Techniker kommt erst am Freitag, um ihn zu reparieren.«

»Wo ist das Büro?« Maddy trocknete sich die Hände an einem von Roses hübschen Geschirrtüchern ab und ging dem Mädchen voran den Flur entlang zum Büro. Sie löste den Telefonanschluss vom Computer und zog die Schnur über den Schreibtisch. »Primitiv«, bemerkte sie, »aber effizient.«

Das Mädchen starrte sie an, wie Maddy wahrscheinlich eine wild gewordene Grasschlange angestarrt hätte. »Ich weiß ja nicht ...«

»Tut mir leid, aber das ist das Beste, was wir zu bieten haben«, erklärte Maddy. »Die einzige andere Möglichkeit wäre zu warten, bis die Bücherei morgen früh öffnet, und sich dort einzuloggen. Nun, wenn das alles ist ...«

»Wir hätten gerne eine Kanne von diesem hervorragenden Kaffee und vielleicht ein paar Kekse. Sie können alles hier auf den Schreibtisch stellen.«

Zähl diesmal bis zwanzig, Maddy, und vergiss nicht, dass Gewaltanwendung und Körperverletzung strafrechtlich verfolgt werden. »Im Salon stehen verschiedene Erfrischungen für Sie bereit. Ich werde dafür sorgen, dass Sie auch eine frische Kanne Kaffee bekommen.« Der Teufel sollte sie holen, wenn sie zuließe, dass sie Konaröstmischung auf ihre Tastatur tropften; mit ihr doch nicht.

Crystal bedankte sich und sauste dann davon, um den Rest der Mannschaft zu informieren.

Kelly stand vor der Anrichte und mahlte Kaffee, als Maddy zurück in die Küche kam.

»Ich dachte, du würdest heute Abend nicht rüberkommen«, sagte Maddy und wich Priscilla aus, die an der Tür herumschlich. Sie beugte sich hinunter, um das Hündchen kurz zu kraulen. »Rose hat gesagt, dir ginge es nicht gut.«

»Ich glaube, ich hatte eines dieser Vierundzwanzig-Stunden-Fieber. Heute Nachmittag fing es schon an, mir besser zu gehen, und da dachte ich mir, ich komme doch.« Sie schüttete neue Bohnen in den Trichter. »Wolltest du nicht auf die Pokerparty bei Tante Claire gehen?«

»Werde ich auch, sobald Rose heimkommt.«

»Ich kann dich vertreten, wenn du jetzt schon gehen willst«, bot Kelly ihr an. »Ich kenne ja Hannahs Abendrituale.«

»Du bist ein Engel«, erwiderte Maddy, als sie sich die Hände im Waschbecken wusch. »Ich würde dein Angebot gerne annehmen, aber die PBS-Leute haben gerade nach …« Erst jetzt wurde sie sich der Kaffeemühle und der Tüte Bohnen so richtig bewusst. »Kannst du hellsehen?«

»Zufallstreffer.« Kelly grinste. »Ich sehe sie jeden Tag kannenweise das Zeug bei Julie's trinken.«

Maddy holte die große Sahnekanne und die passende Zuckerdose aus dem Geschirrschrank. »Sie werden sich heute Nacht in meinem Büro einrichten. Sie brauchen das Internet, und der Hochgeschwindigkeitsanschluss funktioniert nicht.«

»In deinem Büro?«, rief Kelly über den Lärm der Kaffeemühle hinweg. »Du Arme.«

»Liegt es an mir, oder sind sie wirklich so lästig?«

Kelly schaltete das Mahlwerk aus. »Es liegt nicht an dir, sie sind lästig.« Sie schüttete vier Messlöffel gemahlener Bohnen in den Filter der Kaffeemaschine und schaltete sie an. Sofort verbreitete sich der unverwechselbare Duft des Kaffees im Raum.

»Haben sie dich schon interviewt?«, fragte Kelly.

»Zwei Vorbesprechungen«, erwiderte Maddy und unterdrückte ein Gähnen. »Ich glaube, ich bin irgendwann nächste Woche mit dem großen Interview dran.«

»Wie fandest du es?«

»Ein bisschen beängstigend«, gestand Maddy. »Du gehst da rein und meinst, genau zu wissen, was du sagen willst – und was du nicht sagen willst – und auf einmal plapperst du los. Ich war tatsächlich enttäuscht, als die Zeit vorbei war.« Sie hatte wesentlich mehr von ihrer Beziehung zu Rose erzählt, als sie beabsichtigt hatte. So viel, dass ihr die Idee des Zeugenschutzprogramms ziemlich passend vorkam.

»Das *ist* beängstigend«, pflichtete ihr Kelly bei. »Am Ende werden sie jedes Geheimnis der Stadt kennen.«

»Bis in die vierte Generation zurück. Gott weiß, was meine Tanten ihnen für Leckerbissen aufgetischt haben.«

»Ich habe stapelweise Ausdrucke in Crystals Zimmer gesehen, als ich das Bett aufdeckte. Die Interviews mit meiner Urgroßmutter Irene lagen obendrauf.«

»Hast du einen Blick hineingeworfen?« Maddy grinste. Aidans Tochter war die Letzte, die herumschnüffeln würde.

»Ich hab daran gedacht«, gab Kelly mit einem verlegenen Schulterzucken zu. »Aber ich konnte mich gerade noch zurückhalten.«

So wunderbar durchschaubar zu sein war manchmal gar nicht so schlecht. Kelly war der Beweis dafür. Die Menschen erwarteten nur das Beste von ihr, und sie wurde dem immer gerecht.

»Aidan sagte mir, sie hätten sich alle Interviews besorgt, die sie je der Presse gegeben hatte, und das seien insgesamt über dreihundert Seiten gewesen. Sie könnten den ganzen Beitrag über Paradise Point allein mit Irene bestreiten und hätten noch genug Informationen übrig für zwei weitere Folgen.«

»Das hätte Irene gefallen«, erklärte Kelly. »Sie wusste alles über Paradise Point, was es zu wissen gab.«

»Sie hat diese Stadt erst auf die Landkarte gebracht.« Irene O'Malley war die erste erfolgreiche Restaurantbesitzerin in diesem Staat gewesen, und im Lauf der Zeit war das O'Malley's eines der beliebtesten Lokale an der Küste geworden.

»Dad hat sich nie sehr für die Geschichten seiner Großmutter interessiert. Ich nehme an, er hat sie alle schon so oft gehört, dass sie ihm nichts mehr bedeuteten, aber ich habe immer zugehört. Es war, als ob sie mir etwas Besonderes mitteilte, etwas von sich, das ich sonst nie erfahren würde.«

Maddy war doppelt so alt wie Kelly, und, mit viel Glück, nicht halb so tiefblickend.

»Ich wollte, ich hätte mich mehr für die Erzählungen meiner Großmutter Fay interessiert. Ich habe jedes Mal abgeschaltet, sobald ich die Worte hörte: ›Also damals, zu meiner Zeit …‹«

Was würde sie nicht dafür geben, wenn sie Hannah mit Großmama Fay zusammenbringen könnte. »Hast du gewusst, dass meine Großmutter hier im Candlelight einmal für F. D. Roosevelt gekocht hat?«

Kellys Augen weiteten sich vor Staunen. »Damals, als es noch ein kleines Hotel war?«

Maddy nickte. »Rose hat die Zeitungsausschnitte oben in einer Schachtel mit noch anderen Sachen, die sie für Lassiter herausgesucht hat. Anscheinend kam FDR auf seiner Präsidentschaftskampagne vorbei, um die Menschen hier zu besuchen.«

»Wow«, staunte Kelly. »Wenn diese Wände reden könnten.«

Maddy tat, als würde sie erschaudern. »Wenn diese Wände reden könnten, wäre ich schon auf dem Weg zurück nach Seattle. Rosie und ich haben hier im Haus eine Menge Kämpfe ausgetragen. Ich glaube, mein altes Zimmer hallt von einigen noch immer wider.«

»Die PBS-Leute sind ganz wild auf die Hochzeit.« Kelly wischte die Kaffeemühle mit einem feuchten Tuch aus und trocknete sie dann sorgfältig ab. »Man könnte meinen, in der Stadt hätte noch nie zuvor jemand geheiratet.«

»Tommy Kennedy hat mir erzählt, dass einige von den Schlauköpfen im O'Malley's darauf wetten, ob dein Vater und ich es bis zu unserem ersten Hochzeitstag schaffen oder nicht.« Sie unterdrückte erneut ein Gähnen. »Ich hab ihm gesagt, er soll für mich fünfzig auf ›Und ob wir es schaffen‹ setzen.«

Kelly grinste. »Crystal machte letzte Woche wieder ein Probeinterview mit mir, und sie sprach nur darüber, wie oft deine Tanten und Cousinen verheiratet gewesen waren. Eure Familie ist legendär.«

»Man könnte meinen, unser Nachname sei Gabor.«

Kelly runzelte die Stirn. »Wer?«

Nichts verdeutlicht einem, wie schnell die Zeit vergeht, als die Erwähnung einer veralteten Berühmtheit. »Uralte Geschichten aus Hollywood, Kel. Gib mir doch die Sahne, bitte.«

Kelly holte einen frischen Karton Kaffeesahne aus dem Kühlschrank und gab ihn Maddy. »Crystal und die anderen sind alle so dünn. Ich kann mir nicht vorstellen, dass sie Sahne nehmen.«

Wie lange würde es noch dauern, bis Hannah anfangen würde, sich über Kalorien und Cellulitis Sorgen zu machen? Der Gedanke an das, was noch kommen würde, machte Maddy sehr traurig. Sie hatte sich in ihrem eigenen Leben so sehr bemüht, durch Diäten und Übungen dem Schönheitsideal anderer zu entsprechen, dass sie fünf Jahre ihres Lebens geben würde, um Hannah das gleiche Schicksal zu ersparen.

»Du hättest sie beim Mittagessen sehen sollen. Man könnte meinen, sie hätten ein fünftägiges Fasten hinter sich.«

»Ich würde gerne so viel essen können und doch so dünn bleiben.«

»Du hast in letzter Zeit etwas abgenommen, nicht wahr?«, stellte Maddy vorsichtig fest.

Kelly strahlte sie an. »Sieht man das?«

Maddy nickte. »Nimm nicht noch mehr ab«, riet sie ihr. »Werde nicht zu dünn.«

»Gibt es ›zu dünn‹ überhaupt?«

»Hast du dir Crystal einmal genauer angesehen? Man kann ihre Rippen durch das T-Shirt zählen.«

»Und?«

»Und du bist schön, so wie du bist. Pfusch nicht an etwas Perfektem herum.«

»Du klingst wie mein Vater.« Sie verdrehte die Augen. »Er sagt auch immer, ich soll mit dem Abnehmen aufhören.«

»Hör auf den Mann. Er weiß, wovon er redet.«

Crystal tauchte in der Tür auf, und Maddy und Kelly schraken überrascht und schuldbewusst zusammen.

»Wäre es möglich, dass wir etwas Popcorn bekämen?«, fragte Crystal. »Salziges Popcorn, falls Sie das haben. Ray, der Kameramann verträgt keinen raffinierten Zucker. Danke!« Sie verschwand den Flur hinunter in Richtung Maddys Büro.

Kelly verdrehte die Augen in gespielter Verzweiflung. »Ich würde heute Nacht ein Vorhängeschloss an den Kühlschrank machen, wenn ich du wäre.«

»Vergiss den Kühlschrank«, sagte Maddy mit einem schuldbewussten Lachen. »Ich würde gern eines an die Eingangstür hängen.«

»Lass das besser nicht Mrs DiFalco hören.«

»Ich weiß. Das war sehr wenig wirtinnenhaft von mir.«

»Ich habe gehört, du wirst nicht mehr sehr lange eine Wirtin sein«, sagte Kelly, während sie Tassen und Untertassen auf ein großes Holztablett stellte.

»Was?«

»Angeblich wirst du die Teestube führen, die Ms Westmore aufmacht.«

Maddy blickte von ihrem Sahnekännchen auf. »Wo hast du das gehört?«

Kelly errötete. »Ich habe nicht gelauscht«, erklärte sie. »Jedenfalls nicht wirklich. Ich habe auf dem Weg hierher etwas in Tante Claires Briefkasten gesteckt, und Mrs DiFalco war dort, und sie ...«

»Spricht etwas laut«, vervollständigte Maddy. »Ich habe sie schon darauf aufmerksam gemacht. Eines Tages werden wir überhaupt keine Familiengeheimnisse mehr haben.«

Kelly lehnte an der Küchentheke und spielte mit dem fransenbesetzten Geschirrhandtuch. »Wird Tante Claire wirklich im O'Malley's aufhören?«

Gefährliche Strecke. Einen Gang zurückschalten.

»Das weiß ich nicht, Kel. Rose und Olivia sprechen gerade mit ihr darüber.« Und brauchen dafür verdammt lange, wie mir scheint. Ihre Mutter sollte eigentlich um sieben zurück sein, um sich um Hannah und den Betrieb zu kümmern, damit Madddy ihren Platz am Pokertisch einnehmen konnte.

»Weiß mein Vater davon?

Schrittgeschwindigkeit. Glatteis voraus.

»Ich habe es ihm gestern Nacht erzählt und ihm dann das

Versprechen abgenommen, nichts zu sagen. Rose war nicht sehr begeistert darüber. Es sollte alles geheim bleiben, bis sie mit deiner Tante gesprochen haben.«

»Freust du dich darauf, das Lokal zu führen?«

»Ja, ich freu mich.« Endlich! Ihr erstes echtes Lächeln des Tages. »Sie lassen mich im Hintergrund arbeiten, wo ich keine Gäste verschrecken kann. Besser könnte es für mich nicht laufen.«

»Was ist mit deiner Hörfunksendung? Ich dachte ...«

»Ich auch«, pflichtete Maddy ihr bei, »doch es sieht nicht so aus, als stünde ich kurz vor dem großen Durchbruch.«

»Aber dir macht die Rundfunksendung doch Spaß. Du kannst da nicht aufhören.«

»Wer hat denn etwas von Aufhören gesagt? Sie kann doch auch vom Cuppa aus übertragen werden. Es ist ja nur einmal die Woche. Rose und Olivia meinen, es wäre eine hervorragende Werbung für ihr neues Geschäft.«

»Aber du kannst doch nicht deine Träume aufgeben«, erklärte Kelly erstaunlich energisch. »Nur weil etwas Unvorhergesehenes eintritt, muss man doch nicht aufhören, nach den Dingen zu streben, die man wirklich will.«

»Ich gebe meine Träume ja nicht auf, Kel, aber ich bin finanziell nicht unabhängig, und dein Vater auch nicht. Ich muss an die Zukunft denken – Hannahs Zukunft vor allem –, und das war eine zu gute Gelegenheit, um sie ungenutzt verstreichen zu lassen.«

»Ich dachte, Hannahs Vater sei reich.«

»Tom geht es finanziell gut«, erklärte sie mit Bedacht, »und er sorgt gut für Hannah, doch das hat nichts mit meinen Verpflichtungen zu tun.«

»Du hast lange mit ihm zusammengelebt, nicht wahr?«

Wo war Crystal, das Tattoo-Wunder, wenn man sie brauchte?

»Wir haben uns einige Monate nach Hannahs Geburt getrennt.«

Kelly senkte den Kopf, doch Maddy hatte den Ausdruck in ihren Augen gesehen. Sie nahm an, dass sie schwanger war. Jede

Frau, die einmal über die Zeit gewesen war, hätte den Ausdruck von Angst und Verwirrung in den Augen des Mädchens erkannt.

»Hättest du Hannahs Vater geheiratet?« Die Frage unterbrach das aufkommende peinliche Schweigen. »Ich meine, wenn er Kinder gewollt hätte.«

»Tom hatte schon Kinder«, beeilte sich Maddy zu sagen. »Erwachsene Kinder und Enkelkinder. Er fand, er sei zu alt und in seiner Art zu leben zu eingefahren, um noch mal neu anfangen zu können.«

»Also hast du beschlossen, es allein zu machen.«

»Da gab es nichts zu entscheiden«, war Maddys einfache Antwort. »Ich wollte Hannah von dem Moment an, als ich wusste, dass sie unterwegs war.«

»Also hast du nie darüber ...«

»Sie nicht zu bekommen? Nein, niemals.« Sie war eine der Glücklichen gewesen, die alt und etabliert genug waren, die Mutterschaft als ein wunderbares, wenn auch unerwartetes Abenteuer annehmen zu können. Sogar Toms Entschluss, sich von ihr zu trennen, so niederschmetternd er auch war, hatte sie nicht veranlasst, sich anders zu entscheiden. Nur über eins war sie sich vollkommen sicher ... dass sie das Baby wollte.

»Hast du dir je gewünscht, dass alles anders gekommen wäre?«

»Lange Zeit schon. Ich hoffte, Tom würde seine Meinung ändern und Hannah könnte ihren Daddy Tag für Tag um sich haben, doch das war nicht zu erwarten.« Sie blickte auf den Verlobungsring an ihrem Finger und lächelte. »Jetzt würde ich nicht mehr das Geringste ändern.«

Kelly nickte gedankenverloren, und Maddy fragte sich, was ihr wohl durch den Kopf ging. Wie um alles in der Welt sollte man seine erste wirkliche Liebe der Tochter des Mannes erklären, den man heiraten würde? Wie machte man einer höchst intelligenten, zutiefst romantischen jungen Frau begreiflich, dass das Leben, wenn es auch nicht immer so verlief, wie man dachte, meist so verlief, wie es sollte, wenn man ihm die Zeit dafür ließ?

Mit siebzehn glaubte man, die Liebe siege über alles. Wenn man dann dreiunddreißig war, hatte man gelernt, dass die Liebe über alles siegt, außer über sich selbst. Das konnte nur die Zeit.

Claire wüsste bestimmt eine bessere, eine mütterlichere Antwort. Eine, die sowohl wahr als auch taktvoll war, eine Antwort genau zugeschnitten auf die leicht zu verletzenden Gefühle eines siebzehnjährigen Herzens. Sie waren zwar nur wenige Jahre auseinander, doch der Unterschied an elterlicher Erfahrung war sehr groß.

Der Signalton der Kaffeemaschine ertönte zum Zeichen, dass der Kaffee fertig war, und Maddy goss die heiße Flüssigkeit sogleich in zwei Thermoskannen, während Kelly weiter an den Fransen des Geschirrtuchs zupfte. Sie hatte eindeutig etwas auf dem Herzen, eine Vorstellung, die in Maddy Befürchtungen weckte. Es konnte zwar etwas so Harmloses sein, wie sichergehen zu wollen, dass Maddy gut genug sei für Aidan, oder, wie sie vermutete, etwas so Schwieriges wie eine unerwartete Schwangerschaft, und es war ganz klar, dass ihre Antworten auf den Prüfstand kamen.

Ich bin auf so etwas noch nicht vorbereitet, dachte Maddy, während Kelly an den Fransen zupfte. Hannah ist gerade erst fünf. Maddy hatte mit guten acht oder neun Jahren gerechnet, bevor diese Fragen auf sie zukommen würden. Das war, als würde man mitten in der Nacht ins tiefe Ende des Pools geworfen, wo doch das Einzige, das man beherrschte, der Tote Mann war. Sie schreckte davor zurück, zu viel oder zu wenig zu sagen oder nicht das Richtige. Dieser plötzliche Satz in Richtung Vertrautheit brachte sie aus dem Gleichgewicht, und sie fühlte sich völlig verunsichert bezüglich ihrer Rolle als Quasi-Freundin und zukünftige Stiefmutter.

Sie war dankbar für die Ablenkung, als Crystal erneut in der Tür auftauchte und sich erkundigte, ob noch Käsekuchen vom Abendessen übrig sei, und fragte, ob sie bei der Gelegenheit auch noch eine Platte mit Sandwiches haben könnten.

»Schon mal was von *Spesenabrechnung* gehört?«, brummte Maddy, als das Mädchen außer Hörweite war. »Warum schicken wir sie nicht hinunter zu ...« Sie hielt abrupt inne. »Kelly, was ist los?«

Sie hatte die Worte kaum ausgesprochen, als Aidans Tochter am Spülbecken zusammensackte und auf dem Boden gelandet wäre, hätte Maddy sie nicht an den Schultern gepackt und sicher auf einen Stuhl verfrachtet.

»Mir geht's gut.« Kellys Stimme war nur ein Hauch und so leise, dass Maddy das Mädchen kaum verstand. »Ich will nur ... einen Moment sitzen bleiben ...«

»Du bist weiß wie die Wand, Schatz. Steck den Kopf zwischen die Knie.«

»Nein ... mir ...«

Maddy legte sacht ihre Hand auf den Nacken des Mädchens und bedeutete ihr damit, sich aus der Taille tief nach unten zu beugen. »Tief einatmen«, sagte sie in dem beruhigendsten Ton, den sie zustande brachte. »Schön langsam ... gut so ... tiefe, langsame Atemzüge ... okay ... besser, viel besser schon ... jetzt setz dich auf, und ich hol dir etwas Wasser.«

Kelly zwang sich zu lachen. »Ich brauche kein Wasser.«

»Du vielleicht nicht«, sagte Maddy und lief zum Spülbecken, »ich aber schon.«

Das war kein Scherz. Beim Anblick von Kellys Gesicht, aus dem alle Farbe gewichen war, hätten beinahe ihre Knie nachgegeben. Das letzte Mal, dass sie so etwas gesehen hatte, war in ihrem eigenen Spiegel, während des ersten Drittels ihrer Schwangerschaft mit Hannah.

Reiß dich zusammen, ermahnte sie sich selbst, als sie ein kobaltblaues Glas mit kühlem Wasser füllte. Jeden Tag wird es irgendwelchen Leuten mulmig oder schwindlig, und eine Schwangerschaft ist nicht der einzige Grund dafür. Niedriger Blutzucker. Müdigkeit. Die unsinnige Diät, die Kelly gerade machte. Es gab eine Million Gründe dafür, die nicht in neun Monaten auf die Entbindungsstation führten.

»Hier, Schatz.« Sie drückte Kelly das Glas Wasser in die Hand. »Nimm einen kleinen Schluck.«

Sie hielt den Kopf des Mädchens, während es trank, und war sich erneut der äußerlichen Ähnlichkeit zwischen Aidans Tochter und ihrer eigenen Hannah bewusst. Der Abstand zwischen fünf und siebzehn war ihr nie geringer und gefahrvoller erschienen als jetzt.

Kelly tat wie geheißen. Es war seltsam, diese normalerweise selbstbeherrschte junge Frau in einer so hilflosen Lage zu sehen, und Maddys Mutterherz hätte sie so gern in eine Umarmung geschlossen, die wahrscheinlich beide gleichermaßen in Verlegenheit gebracht hätte. Diese Art von Beziehung hatten sie nicht. Nicht einmal annähernd, noch nicht. Maddy war Aidans Verlobte. Kelly war seine Tochter. Wie diese beiden Tatsachen sich zusammenfügen würden – oder nicht –, blieb abzuwarten.

»Danke.« Kelly gab ihr das leere Glas zurück. »Du hattest recht.«

»Wie schade, dass meine Mutter das nicht hören kann.« Sie stellte das Glas auf den Tisch und hockte sich vor das Mädchen. »Also, was war los?«

»Ich – ich glaube ich hab mir etwas eingefangen.«

»Hannah hat mir erzählt, dass es dir gestern nicht so gut ging.«

Kellys Wangen waren feuerrot, vor schlechtem Gewissen oder Verlegenheit. Sie sah auf ihre Hände hinunter und sagte keinen Ton.

»Vielleicht sollte ich deinen Vater anrufen.«

»Nein!«

»Deine Tante Claire würde …«

»Wirklich. Es geht mir gut.« Sie lächelte zu Maddy hinunter, doch nicht sehr überzeugend. »Ich brauche nur noch ein bisschen Wasser.«

»Mir ist klar, dass wir uns nicht besonders gut kennen, Kelly, aber wenn du reden willst, ich höre dir gerne zu.« *Bitte sag mir ja nichts Wichtiges, Schatz. Zwing mich nicht, zwischen deinen Geheimnissen und dem Vertrauen deines Vaters wählen zu müssen.*

Die Worte hingen zwischen ihnen in der Luft, schwebten auf dem zarten Gespinst aus Versprechen, das allmählich begann, ihre Familien zu verbinden.

»Ich bin okay«, erklärte Kelly. »Wirklich. Wahrscheinlich sind es nur meine Allergien oder so etwas.«

Das glaubst du selbst nicht, Kelly, genauso wenig wie ich.

Doch, oh Gott, wie sehr wünschten sie es sich beide.

Sie sah so jung, so verletzlich aus, als sie Maddy in die Augen sah. So schrecklich verängstigt. *Lass mich mich nur noch ein bissen länger verstecken,* sagte ihr Blick. *Ich brauche noch etwas Zeit zum Nachdenken.*

Maddy schämte sich beinahe der großen Erleichterung, die sie empfand, als Kelly aufstand und den Saum ihres T-Shirts runterzog. »Soll ich ihnen den Kaffee hineintragen?«

»Das mach ich schon«, sagte Maddy und stellte sich die Katastrophe vor, falls der jungen Frau wieder schwindlig würde. »Ich möchte mich vergewissern, dass sie nichts an meinem Computer ändern.«

Kellys vertrautes freches Grinsen, etwas gedämpft, doch erfreulich, erschien wieder auf ihrem Gesicht. »Du solltest dafür sorgen, dass sie keine E-Mails von meinem Vater finden!«

Maddy packte schnell das Tablett und eilte aus der Tür.

»Jetzt weiß ich, wie Paris Hilton sich gefühlt haben muss.«

Kellys Lachen schallte ihr im Flur noch nach.

Du bist ein Feigling, Maddy, flüsterte ihr ein leises Stimmchen ins Ohr, und das ließ sich nicht bestreiten. Bis darauf, sich die Finger in die Ohren zu stecken und richtig laut zu summen, hatte sie alles getan, was in ihrer Macht stand, um Kelly davon abzuhalten, ihr ihr Herz auszuschütten.

Seltsam, dass sich Erleichterung so sehr wie Scham anfühlen konnte.

Seltsam und traurig.

Claire starrte gebannt auf ein Paar Fünfen, während die anderen Frauen warteten. Vielleicht müsste sie sie lange genug fest anstarren, damit sie sich in ein Full House verwandelten. Es handelte sich dabei um die gleiche Vorgehensweise, die sie auch mit vierzehn angewandt hatte, als sie glaubte, sie könne sich in einen C-Schalen-BH hineindenken, obwohl sie zum Mitglied der A-Mannschaft geboren war. Es hatte damals nicht funktioniert, und es war unwahrscheinlich, dass es heute der Fall sein würde.

»Du liebe Güte, Claire«, schalt Olivia sie genervt. »Wenn du aussteigen willst, dann steig aus. Wir pokern hier um Centbeträge, Mädchen, nicht um hohe Einsätze.«

»Das schau ich mir an«, sagte Claire endlich, »und erhöhe um zehn.« Nichts bringt eine Frau so leicht dazu, etwas nicht wiedergutzumachend Dummes zu tun als Verlegenheit.

»Zu hoch für mich.« Gina legte ihre Karten auf den Tisch. »Ich bin draußen.«

Maddy betrachtete sie über den Tisch hinweg. Sie hatte eines dieser offenen, freundlichen Gesichter, wie man sie in Zeitschriften und Werbefilmen im Fernsehen sah. Dummerweise hatte Maddy auch eins der besten Pokerfaces, auf die Claire je getroffen war. Ihre zukünftige Schwägerin konnte hinter diesem Lächeln einen Staatsstreich planen oder das Abendessen von morgen. Das wussten nur die Götter.

Claire war sich noch immer nicht sicher, ob Maddy darüber erfreut war, mit ihr im Cuppa zusammenzuarbeiten, oder ob sie ihre Bedenken teilte. Sie hatten sich kurz in der Küche unterhalten, bevor das Spiel begann, die passenden freundlichen Töne angeschlagen, und es hätte gerade noch gefehlt, dass sie Luftküsschen austauschten. Sie hatten sich sogar für morgen verabredet, um sich das Cuppa anzusehen, doch sie ließ sich nicht für dumm verkaufen. Es gab immer ein Alpha und ein Beta in einer Beziehung, und Maddy war das Alphatier. Keiner von beiden gehörte auch nur ein Teeblatt des Cuppa, doch es lag auf der Hand, dass Maddy die Frau auf dem Fahrersitz sein würde. Claire war fest davon überzeugt, dass Maddy nur einen Ton zu sagen bräuchte, und Rose würde dafür sorgen, dass der Job der Wirtin an jemand anders vergeben wurde.

Und wieso auch nicht? Das war einer der Vorteile, Rose DiFalcos Tochter zu sein. Manche Frauen wurden als Glückspilze geboren, und Maddy Bainbridge war eine von ihnen. Wenn Rose starb, würde Maddy das Candlelight erben, den Miata, die Bankkonten und alles andere, was ihre Mutter im Lauf der Jahre angehäuft hatte. Maddy könnte das Cuppa kaufen, ohne auch nur ans Eingemachte gehen zu müssen. Kein Wunder, dass sie lächelte.

»Ich glaube nicht, dass du etwas auf der Hand hast«, erklärte Maddy, noch immer lächelnd, von der anderen Seite des Kartentisches her.

Claire, deren eigenes Pokerface noch der Verbesserung bedurfte, lächelte zurück. »Interessant«, sagte sie.

»Tatsächlich«, fuhr Maddy, noch immer lächelnd, fort, »glaube ich, du bluffst.«

»Hältst du mit?«, fragte Claire.

Maddys permanentes Lächeln verriet nichts. Sie könnte einen Royal Flush oder noch schlechtere Karten als Claire haben.

»Ich will sehen«, sagte sie schließlich, »und erhöhe um fünf.«

Wie schon der alte Spruch sagt, man muss wissen, wann man einsteigt und wann man aussteigt. Dies war einwandfrei der Zeitpunkt auszusteigen, doch Claire war da wie Bruno, wenn er einen von Billys Socken zwischen den Zähnen hatte. Sie würden schon eine Rettungsschere brauchen, um sie hier vom Tisch wegzubekommen.

»Ich will sehen«, sagte Maddy, und ihr Gesicht strahlte nicht mehr so ganz. »Was hast du, Claire?«

»Überhaupt nichts«, erklärte sie und breitete ihre Karten auf dem Tisch aus, damit die anderen sie sehen konnten.

»Warum in aller Welt hast du das gemacht?«, wollte Olivia wissen. »War dir denn nicht klar, dass wir dir das nicht durchgehen lassen?«

»Es war heute nicht mein Abend«, sagte Claire schulterzuckend. »Kann passieren.«

»Doch nicht dir«, fiel Lucy DiFalco ihr ins Wort. »Normalerweise fährst du mit dem Rest von uns Schlitten.«

»Hey!«, protestierte Maddy lachend. »Könnte es denn sein, dass meine überragenden Kartenspielkünste dazu ein bisschen beigetragen haben?«

»Nein!«, antworteten alle gleichzeitig. Maddy war als schwächste Spielerin der Gruppe bekannt, die, bei der man damit rechnen konnte, dass sie an die anderen ein hübsches Sümmchen verlor.

»Wenn es nach mir ginge, würde ich Rose dafür bezahlen, dass sie zu Hause bleibt und dich zu allen Spielen schickt«, erklärte Gina und wich einem scherzhaften Rempler ihrer Cousine aus. »Ich kann immer damit rechnen, ein paar Spiele zu gewinnen, wenn du dabei bist.«

»Wer gibt?«, fragte Olivia in die Runde.

»Ich bin draußen«, verkündete Lucy und unterdrückte mit Mühe ein Gähnen. »Ich bin nicht mehr so jung wie ihr Mädchen. Ich brauche meinen Schlaf.«

»Genau«, sagte Olivia mit einem schelmischen Zwinkern. »Als wüssten wir nicht, dass dein neuer Kavalier in der Einfahrt auf dich wartet.«

»Und das auch noch in einem Austin Healey Oldtimer«, ergänzte Maddy. »Der Mann versteht etwas von Autos.«

»Und Frauen«, stellte Lucy fest. »Er liebt Vintage-Weine, Vintage-Autos und Vintage-Frauen.« Sie zwinkerte ihnen zu. »Gott sei Dank.«

Gina schob ihren Stuhl zurück und stand auf. »Wo ist er?«, wollte sie wissen. »Dieses Musterexemplar muss ich kennenlernen.«

Claire ließ ab, ein paar weniger freundliche Gedanken an Gina zu verschwenden.

Olivia sammelte ihre Münzen ein und ließ sie in einen seidengefütterten Samtbeutel fallen. «Nächstes Mal bei mir«, kündigte sie an, während sie die benutzten Tassen und Teller in die Küche trugen.

Zuzusehen, wie Olivia einen Tisch abräumte, war so, als würde man Königin Elisabeth II. beim Toilettendienst zuschauen. Man wagte nicht einmal zu blinzeln, da man wusste, dieser Anblick würde einem nie wieder geboten.

»Bitte«, verwahrte sich Claire und nahm ihrer Freundin die Teller aus der Hand. »Das ist ja peinlich. Du könntest doch nicht einmal dann einen Teller abwaschen, wenn dein Leben davon abhinge.«

»Und deshalb hat die Göttin auch Spülmaschinen erfunden«, entgegnete Olivia heiter, ohne sich um die Unzahl Sterblicher zu scheren, die ohne die modernen Errungenschaften auskommen mussten.

»Da stimme ich ihr zu«, erklärte Gina und stellte ihre Tasse mit Untertasse auf die Küchentheke. »Wenn es nicht elektrisch ist, interessiert es mich nicht.«

»Kein Wunder, dass New Jersey ein Synonym für Umweltschutz ist«, belehrte sie Maddy unter einem Chor von Buhrufen. »Tut mir leid, aber im Westen klappt das alles viel besser.«

»Und wie viele Kaffeebohnen mussten wegen deiner Sucht in Seattle ihr Leben lassen?«, fragte Claire, als sie Spülmittel in den kleinen Behälter goss.

»Ich fange auf der Stelle mit dem Totalentzug an«, erklärte Maddy und räumte die Tassen in den oberen Korb der Spülmaschine. »Zu Ehren von Cuppa wechsle ich zu Tee.«

»Nichts für ungut, Liv«, sagte Gina, »doch nur ein Kongressbeschluss könnte mich dazu bringen, auf meinen morgendlichen Kaffee zu verzichten.«

»Schon gut«, erwiderte Olivia und schob sich eine Locke ihres schokoladenbraunen Haars hinter das linke Ohr. »Maddy verhält sich nur, wie es einer loyalen Geschäftsführerin gebührt.«

Claire konnte nicht anders, sie fand den völlig erschütterten Gesichtsausdruck von Gina äußerst befriedigend.

»Gina, sag bloß nicht, du wusstest es nicht«, sagte sie so beiläufig wie möglich. »Maddy wird Livs Laden führen, und ich fungiere als Wirtin und gelegentliche Bäckerin. Ich dachte, das wüsste inzwischen jeder.« Okay, der letzte Satz war vielleicht ein bisschen heftig, aber sie hatte eben einen schwachen Willen.

Gina wirbelte herum, um ihre Cousine anzusehen. »Wann zum Teufel habt ihr das denn ausgebrütet?«, wollte sie wissen.

Claire erhaschte Lucys Blick und grinste über den Ausdruck blanken Vergnügens im Gesicht der Älteren. *Wir zwei beide, Lucy,* dachte sie sich. Wenn auch wahrscheinlich aus sehr verschiedenen Gründen.

»Soll das heißen, etwas ist deinem Gerüchteradar entgangen?«, fragte Maddy lachend. »Claire und ich werden das Cuppa für Olivia und Rosie managen.«

Ein offen stehender Mund sah bei Gina nicht sehr vorteilhaft aus, stellte Claire mit Befriedigung fest.

»Wartet! Wartet!« Gina klang völlig perplex. »Rosie? Was hat sie mit dem Ganzen zu tun?«

»Du bist wirklich nicht auf dem Laufenden, Cousinchen«, stellte Maddy fest.

Gina war eindeutig verärgert darüber, feststellen zu müssen, dass sie die Letzte war, die davon erfuhr, und sie löcherte Olivia und Maddy mit Fragen über diese neue Geschäftsverbindung, wobei sie Claire, die dem ganzen Geschehen mit einer Mischung aus Verdruss und Belustigung zusah, überhaupt nicht beachtete. Sie war richtig froh, als Billy in die Küche gesprungen kam, auf der Suche nach weiteren Keksen. Sie war sogar froh, Bruno hinter ihm herkommen zu sehen.

»Wieso bist du denn noch auf?«, fragte Claire und zerzauste das dichte dunkle Haar ihres Sohnes. Über kurz oder lang würde sie dieses mütterliche Privileg einer mürrischen Pubertät opfern müssen. »Großpapa sollte doch dafür sorgen, dass du um zehn im Bett liegst.«

»Großpapa schläft.« Er hielt ihr Herumgezupfe rekordverdächtige dreißig Sekunden aus, ehe er sich aus ihrer Reichweite entfernte. »Kann ich noch zwei Kekse haben?« Ach, dieses Lächeln ... sie wartete noch immer auf den Tag, an dem sie in dieses Lächeln blicken konnte, ohne dass ihr Herz noch ein bisschen mehr zerbrach.

»Ins Bett mit dir.«

»Ma, bitte, nur noch zwei, dann putze ich mir die Zähne.«

»Einen noch und dann – Bruno!« Sie griff nach dem Halsband des Hundes, ehe er in seiner Begeisterung die arme Lucy zu Boden reißen konnte.

Olivia, die den Tumult mitbekommen hatte, wandte sich von Gina und Maddy ab und lächelte zu Billy hinunter. Der Junge war von Olivia vollkommen hingerissen. Er tat sein Bestes, seine Zuneigung zu verbergen, doch seine feuerroten Wangen waren ein eindeutiger Beweis.

»Nun, wie ist dein Buchreport geworden, Billy?« Olivia behandelte Kinder nie von oben herab. Sie sprach mit ihnen als seien sie Erwachsene, nur in einer kleineren Ausgabe.

»Gut«, murmelte er und sah auf seine nackten Füße hinunter.

»Konntest du die Papyrusrolle verwenden, die du in meiner Werkstatt entworfen hast?«

»Ja.« Ein Wort, der Tiefe seiner Seele entsprungen. Die Qual nicht erwiderter Liebe stand ihm deutlich ins sommersprossengesprenkelte Gesicht geschrieben. Der arme Junge war hin- und hergerissen zwischen dem Wunsch, sich in die Geborgenheit seines Zimmers zu flüchten oder sich noch eine Ewigkeit oder zwei in Olivias Aufmerksamkeit zu sonnen.

Armes Kind. Sie brachte es nicht übers Herz, ihm zu sagen, dass dies etwas war, was die Zeit nicht heilen konnte. Liebe war schlimm, egal, wann sie einen erwischte.

»Bringst du ihn mir irgendwann ins Geschäft, wenn er fertig ist?«, fragte Olivia. »Ich würde gerne sehen, wie er geworden ist. Vielleicht könnten wir ihn auf der Musterwand ausstellen, falls du nichts dagegen hast.«

Er strahlte vor reiner, ungetrübter Freude, schaffte es aber nur, ein verlegenes »Okay« zu murmeln, ehe er sich einen der übrig gebliebenen Schokolade-Macadamia-Kekse griff und den Schauplatz in einem Wirbel von aufkeimendem Testosteron verließ.

»Er ist ein Mann weniger Worte«, sagte Claire trocken, als Bruno seinem Herrchen hinterherrannte.

»Dir ist schon klar, dass er in ein paar Jahren ein Herzensbrecher sein wird, oder?«, neckte Olivia Claire. »Das sind die Stillen immer.«

»Komm mal zur Abendessenszeit vorbei«, erwiderte Claire. »Du wirst um Stille beten, noch ehe du den Salat gegessen hast.«

»Oh, warte!« Maddy griff nach ihrer großen Umhängetasche, die an der Lehne eines Küchenstuhls hing. »Ich habe die Abzüge der Fotos, die ich letzten Monat von den Kindern beim Ostereiersuchen gemacht habe.«

»Hat ja lange genug gedauert«, erwiderte Gina. »Ich dachte schon, wir bekommen sie erst am vierten Juli zu sehen.«

Maddy zog einen Aktendeckel aus ihrer Umhängetasche und entnahm ihm einen Stapel Hochglanzfotos. »Ich bin zwar kein Scavullo«, erklärte sie, »aber man kann von diesen Kindern einfach keine schlechten Fotos machen.« Sie ging die Fotos durch. »Okay, Gina, hier ist dein Clan und hier ist eins von der ganzen Gruppe ... Claire, hier sind deine ... hier ist sogar eins von Kathleen.«

Olivia und Lucy drängten sich um Gina und Claire, als sie die Fotos betrachteten.

»Ich bin beeindruckt«, erklärte Gina. »Kein einziges schlechtes Foto dabei. Mir gefällt sogar das von meiner Mutter und mir.«

Claires Blick verschleierte sich beim Anblick ihrer ältesten Tochter, die neben ihr am Fuß der Kirchentreppe stand und breit in Maddys Kamera grinste. Oh Gott, wie vermisste sie doch ihre Kinder. »Sie sieht so erwachsen aus«, stellte sie fest und versuchte, nicht vor aller Augen in Tränen auszubrechen. »War es nicht gestern noch, dass sie alle im Garten herumliefen und Ostereier suchten?«

»Oh, komm schon, Mommy«, sagte Olivia und versetzte ihr einen leichten Rippenstoß. »Sie ziehen wieder bei dir ein, ehe du dich's versiehst.«

Maddy musste laut lachen. »Lass dir meine Geschichte eine Warnung sein, Claire. Früher oder später rennen wir alle nach Hause zur Mutter.«

Wenn die Mutter ein Vier-Sterne-B&B am Meer besitzt ...

»Mir gefällt das von Billy und Ginas Kindern.« Olivia beugte sich vor, um das Foto besser sehen zu können. »Schaut euch mal die beiden Sommersprossengesichter an! Er und der kleine Joey könnten Brüder sein!«

13

Hab ich etwas Falsches gesagt?«, fragte Olivia, als der letzte Wagen die Einfahrt verlassen hatte. »Es war als Kompliment gemeint. Es sind bezaubernde Kinder. Was in aller Welt ist denn los?«

Claire musterte ihre ahnungslose Freundin. »Ich kann gar nicht glauben, dass du schon so lange hier lebst und nichts über Gina und Billy erfahren hast.« Sie erzählte die gekürzte Fassung, die ohne all den Schmerz, die Wut und die Demütigung.

Olivia sank auf einen Stuhl. »Ich hatte keine Ahnung. Ich wusste, dass dein Mann mit anderen schlief, aber mit Gina ...« Sie sah mit unverhohlener Neugier zu Claire auf. »Und du lässt das Miststück noch in dein Haus?«

Claire goss beiden einen großen Becher Kaffee ein und setzte sich dann Olivia gegenüber. »Er hat die Hälfte aller Frauen in der Stadt gevögelt, Liv. Es bliebe niemand mehr übrig, mit dem ich reden könnte, wenn ich wählerisch sein wollte.«

»Also ist Joey Billys Sohn?«

Diese Frage schmerzte Claire mehr, als sie es erwartet hatte. Sie hatte sie sich seit dem Tod ihres Mannes schon oft gestellt, und jedes Mal gelangte sie zu der gleichen Antwort. Die Verbindung zwischen Billy und Gina war bekanntlich sehr stark gewesen. Das ließ sich nicht bestreiten. Vielleicht wäre sie auch die Richtige gewesen.

Doch er hatte *sie* geheiratet hatte. Zu *ihr* kam er immer zurück. *Sie.* Die Mutter seiner Kinder. Seine Ehefrau. Seine Partnerin. Seine Witwe.

»Nein«, sagte sie, und dann noch mal, deutlicher, »ist er nicht. Sie haben es einige Jahre, bevor er starb, beendet.«

»Das kommt dir so leicht über die Lippen.«

»Ich hatte eine Menge Übung.« *Nimm dich in Acht, Olivia. Es ist meine Familie, über die du sprichst.*

Olivia starrte schweigend in ihre Kaffeetasse.

»Vergiss es«, sagte Claire nach einer Weile, als ihr Anflug von Zorn wieder verebbte. »Du kannst noch die ganze Nacht hier sitzen und wirst es doch nie verstehen.«

»Verstehst du es?«

»Manchmal.«

Olivia zog eine Braue hoch. »Und den Rest der Zeit?«

Claire lachte leise. »Den Rest der Zeit denke ich, dass ich verrückt gewesen sein muss.«

»Ich dachte, es wäre besser geworden, nachdem du hierher zurückkamst.«

»War es auch eine Zeit lang. Als wir feststellten, dass Billy jr. unterwegs war ...« Sie schüttelte den Kopf. »Ich weiß, es klingt total blöd, aber das waren die besten neun Monate meines Lebens.« Sie waren miteinander glücklich gewesen, richtig glücklich, und die ganze Familie hatte davon profitiert. »Die Mädchen kamen jeden Morgen zu uns ins Zimmer gerannt, hüpften zu uns ins Bett, und wir haben gekuschelt und uns darüber unterhalten, was wir am Tag machen würden. Sie liebten es, ihre Ohren an meinen Bauch zu drücken und zu versuchen, das Baby zu hören.« Sie lächelte leise. »Mir war nie ganz klar, was sie zu hören erwarteten, aber ...« Ihre Stimme verklang in Erinnerungen.

»Das ist wahrscheinlich der falsche Zeitpunkt, dir das zu geben.« Olivia griff in ihre weiche Lederhandtasche, die neben ihrem Kaffeebecher lag, und zog einen kleinen weißen Umschlag mit einer ausländischen Briefmarke in der rechten oberen Ecke heraus. Sie legte ihn umgedreht auf den Tisch. »Erinnerst du dich, was ich zu dir sagte, als du mir erklärtest, du würdest zurück nach New Jersey gehen, mit Billy?«

»Das ist schon so lange her, Liv.« *Fast neun Jahre. Eine Ewigkeit.* »Das ist Schnee von gestern.«

Olivia neigte sich zu ihr, ihre Augen auf Claire geheftet. »Ich riet dir, genau zu überlegen, was du tust, denn es würde nie eine zweite Chance für dich und Corin geben, wenn du zu Billy zurückgingst.«

Die Muskeln in Claires Kiefer spannten sich an. Sie konnte ihre Backenzähne beinahe mahlen hören. »Ich erinnere mich.«

»Er hat diese Dokumentation ausgeschlagen, weil er nicht wollte ...«

»Ich weiß, wieso er sie abgelehnt hat«, unterbrach Claire sie. »Das hast du mir schon erzählt.«

»Ich meine, er ist schließlich mein Bruder, und er hat mein Haus und mein Geschäft noch nie gesehen. Er hat sich von Paradise Point ferngehalten, weil er deine Gefühle nicht verletzen wollte.«

Das war es also, was er seiner Schwester erzählt hatte. »Ich dachte, er käme nicht, weil er in Afghanistan ist.«

»Hast du das auch von mir?«

»Nein«, erwiderte sie. »Ich habe seinen Namen in einem Artikel entdeckt.«

»Du hast ihn gegoogelt.«

»Ich würde nicht einmal Gott googeln, falls er eine Website hätte.« Sie täuschte ein Gähnen hinter ihrer Hand vor. »Führt das irgendwohin, Liv, denn ...«

»Hier, Mrs O'Malley.« Olivia schob Claire den Umschlag über den Tisch zu. »Rat mal, wer zum Essen kommt.«

Claire saß noch Stunden später am Küchentisch, als ihr Vater zum Frühstück herunterkam.

»Noch auf oder schon wieder?«, fragte er, als er einen Karton Orangensaft aus dem Kühlschrank holte.

»Ich bin so müde, dass ich es nicht weiß«, erklärte Claire gähnend. »Oh Gott, ich wünschte, ich würde noch rauchen.«

»Nein, wünschst du dir nicht«, entgegnete Mike Meehan und goss ihr ein Glas Saft ein. Er stellte es vor sie auf den Tisch. »Zeitung schon da?«

»Ich bin zu müde, um nachzusehen.«

»Wir warten, bis Billy auf ist, und schicken ihn dann nachsehen.«

Claire gelang es, ein weiteres Gähnen zu unterdrücken. »Klingt gut.«

»Pokern ging ja ziemlich lang letzte Nacht. Ich habe Liv noch ewig hier gehört.«

»Tut mir leid, wenn wir dich wach gehalten haben. Ich dachte, wir wären leise.«

»Hast du wieder abgesahnt? Ich hab schon immer gesagt, dass du mit einem Inside Straight auf der Hand geboren wurdest.«

»Ich hab verloren«, erwiderte sie mit einem fassungslosen Kopfschütteln. »Ich war so schlecht, dass Maddy dagegen gut aussah.«

»Niemand kann so schlecht sein.« Mike hatte sich letztes Mal, als bei Claire gespielt wurde, ein paar Pokerblätter angesehen, und er konnte noch immer nicht fassen, dass jemand mit einem Paar Könige passte.

»Liv lässt dich grüßen.«

»Ich war auf. Das hätte sie selbst tun können.« Wie alle anderen Männer in Paradise Point schätzte Mike ein Gespräch mit Olivia. Er hatte beträchtlich an Ansehen gewonnen, als sich herumsprach, dass er Olivia schon vor Jahren in Florida kennengelernt hatte.

»Sie hat sich noch immer nicht von deinem Anblick in Unterhosen vergangenen Monat erholt.« Sie trank ihren Saft aus. »Und was hielt dich vom Schlafen ab? Wieder so ein John-Wayne-Marathon auf TNT?«

»*Todeskommando Iwo Jima, Der schwarze Falke* und *Stählerne Schwingen*. Dieser Brad Pott könnte dem Duke ja nicht das Wasser reichen.«

»Pitt.«

»Egal. Der Duke – das war ein Kinoheld. Wenn man in einen John-Wayne-Film ging, wusste man wenigstens, was man für sein Geld bekam.«

Der Duke vor Morgengrauen war mehr, als sie verkraften konnte. »Was wir beide brauchen, ist ein Schuss Koffein.« Sie schob ihren Stuhl vom Tisch zurück und streckte sich, als sie aufstand.

»Was ist das?« Corins Brief baumelte zwischen den Fingern ihres Vaters.

Verdammt. Sie hatte völlig vergessen, dass er auf dem Tisch herumlag wie eine ungenutzte Gelegenheit zu sündigen.

»Nichts.« Sie nahm ihm den Brief aus der Hand und stopfte ihn in die Tasche ihrer Jeans. Sinnlos, die aufregenden Tage vergangener Zeiten heraufzubeschwören, als sie in Del Mar Vista, einen Ausflug ins Abenteuer unternommen hatte.

»Sieht für mich aber nach etwas aus. Man bekommt heutzutage nicht allzu viele afghanische Briefmarken zu Gesicht.«

»Er gehört Liv«, erklärte sie, was zwar den Tatsachen entsprach, doch nicht die ganze Wahrheit war. »Sie hat ihn vergessen.«

»Er ist von ihrem Bruder, stimmt's?«

Es hatte wenig Sinn, das Offensichtliche zu bestreiten. »Corin hat einen Vertrag unterschrieben für ein Begleitbuch zur Dokumentation. Er hat mir durch Liv eine Nachricht zukommen lassen.«

»Jetzt bin ich derjenige, der wünschte, er würde noch rauchen.« Mike fuhr sich mit seiner schwieligen Hand durch das, was er noch an Haaren hatte. »Ich hab mich schon gefragt, wie lange es wohl nach Billys Tod dauern würde, bis er aufkreuzt.«

»Sag mir, was du davon hältst, Dad.« Als hätte sie während des Zwischenspiels mit Corin nicht schon mehr als genug von der Meinung ihres Vaters zu hören bekommen.

»Ich hab es damals schon gesagt, und ich sage es dir jetzt wieder. Er hätte sich nicht an dich heranmachen dürfen.«

»Es gehören immer zwei dazu«, erinnerte sie ihren Vater. »Mich trifft für das, was zwischen uns geschehen ist, genauso viel Schuld wie ihn.« Vielleicht sogar mehr. Corin war damals allein, und sie eine verheiratete Frau. Getrennt, aber verheiratet. Sie hatten nie miteinander geschlafen, doch es war eher die Gottesfurcht, die Claire dank ihrer katholischen Erziehung anhaftete, die sie von Corins Bett ferngehalten hatte.

»Er ist nicht richtig für dich. War er damals nicht und wird er auch nie sein.«

»Ich glaube, ich bin alt genug, um entscheiden zu können, wer, falls überhaupt, richtig für mich ist.«

»Er erinnert mich an Billy, Gott hab ihn selig.«

»Das Y-Chromosom ist das Einzige, was die beiden gemeinsam hatten.« Billy war ein Junge aus dem Ort gewesen, der seine Wurzeln tief in die Stadt schlug, in der er geboren war, wohingegen Corin sich auf- und davonmachte, kaum dass er alt genug war, Auto zu fahren. Billy aber war derjenige, der seinen Reißverschluss nicht geschlossen halten konnte, und Corin hatte die Untreue seiner Frau aus heiterem Himmel getroffen.

»Denk an meine Worte, es wird wieder anfangen. Ich will nicht zusehen, wie man dich verletzt.«

»Liest du da nicht ein bisschen zu viel hinein, Pop?« Genau die gleichen Dinge, die sie in dieses Schreiben hineingelesen hatte, seitdem Olivia es ihr vor acht langen Stunden ausgehändigt hatte. »Bei dem Fotografen, den sie für die Aufnahmen zu dem Buch engagiert hatten, wurde letzte Woche Krebs diagnostiziert, und er bat Corin um den Gefallen. Mehr ist es nicht.«

»Ich bin doch nicht von gestern. Ein Blick auf die Briefmarke, und mir war klar, dass sich da etwas zusammenbraut.«

»Und das nur, weil Liv einen Brief vergessen hat?« Zur Bekräftigung verdrehte sie die Augen. »Wie gut, dass sie nicht ihr Tagebuch liegen gelassen hat. Du lägst bereits auf der Herzintensivstation zur Wiederbelebung.«

»Du hattest schon immer ein freches Mundwerk.«

»Das ist genetisch bedingt.«

»Solche Schwierigkeiten brauchst du nicht«, erklärte Mike. »Er ist nichts für dich. War es noch nie.«

»Es gibt keine Schwierigkeiten. Was zwischen uns war, ist

lange vorbei, Pop. Inzwischen ist viel passiert. Glaub mir, wir knüpfen die alten Fäden nicht wieder neu.«

»Dein Wunsch in Gottes Ohr. Mehr sag ich nicht.«

Von draußen schimmerte schwach das erste Tageslicht durch die Vorhänge.

»In drei Stunden werde ich das alles schwer bereuen«, stöhnte sie. Die Zeiten, in denen sie einen Tag mit wenig oder gar keinem Schlaf überstanden hatte, waren lange vorbei. Sie würde wie ihre eigene Großmutter aussehen, noch ehe der Tag zu Ende war.

»Ich hab gehört, wie Toni Fenellis Sohn dich auf eine Pizza eingeladen hat.«

Das machte sie sofort wieder munter. »Ich wäre dir sehr dankbar, wenn du aufhören würdest, meine Privatgespräche zu belauschen.« Das war ja schlimmer als damals, als sie noch ein Teenager war. Wenigstens hatte sie da noch ihre Schwestern um sich gehabt, wodurch sich die elterliche Überwachung etwas verteilte.

»Wenn du nicht willst, dass jemand etwas hört, rede draußen.«

»Das ist mein Haus. Wenn ich mit jemandem reden will, dann rede ich auch mit ihm.«

»Dann beklag dich nicht, dass ich etwas aufschnappe.«

»Jetzt versteh ich, wieso Mom dir eine Kuhglocke um den Hals hängen wollte.«

»Ich mag Fenelli. Seine Frau hat ihm übel mitgespielt. Du solltest mit ihm ausgehen.«

Nun musste sie doch grinsen. »Nicht, dass es dich etwas anginge, aber ich habe ihn gestern in der Bar getroffen und ihm gesagt, er soll mich anrufen.«

»Lass den Jungen hier zu Hause und vergnüg dich. Ich kümmere mich um ihn.«

»Mal sehen ... vielleicht. Nur lade bitte nicht Lilly hierher ein, falls ich ausgehe. Ich möchte nicht, dass jemand meine Zeitschriften bügelt.« Sie unterdrückte ein weiteres Gähnen.

»Ich nehme an, das von meinem neuen Job weißt du auch schon.«

»Du hast beschlossen, Mary-Kay-Produkte zu verkaufen, zusammen mit deiner Schwester Frankie?«

»Weit gefehlt«, erwiderte sie und freute sich, dass sie doch noch eine Information gefunden hatte, die er noch nicht ergattert, erlauscht oder zufällig erfahren hatte. »Mach die Kaffeemaschine an, und ich erzähl es dir bei Pfannkuchen.«

»PBS muss diese Leute ja verhungern lassen«, stellte Maddy fest, während sie und Rose später am Vormittag das Frühstücksgeschirr abräumten. »Als ich dem Tonfritzen sagte, wir hätten keine Kirschmarmelade mehr, fing er zu schluchzen an, ich konnte nicht hinsehen.«

»Sie haben einen gesunden Appetit«, erwiderte ihre Mutter lächelnd, während sie vorsichtshalber die Tür im Auge behielt. »Ich mag das bei meinen Gästen.«

Was auf eine freundliche Art heißen sollte, dass sie beide die Tage zählten, bis Maddy mit ihrem Computer und dem Hauptbuch sicher im Cuppa verstaut war.

»Ich habe Olivia versprochen, am Nachmittag vorbeizukommen und mir den Papierkram anzusehen.« Sie nahm den Deckel von der Zuckerdose und spähte in die Salz- und Pfefferstreuer. »Ich dachte, ich gehe nach dem Mittagessen rüber, wenn es dir recht ist.«

»Ich hatte gehofft, du wärst nachher hier. Lucy bringt einige Stoffmuster vorbei. Ich dachte, wir könnten …« Sie hielt inne. »Du machst, was du für nötig hältst, Schatz. Später ist auch noch genug Zeit, sich um das Kleid zu kümmern.«

»Nein, nein. Ich kann auch zu Olivia fahren, wenn ich Hannah vom Bus abgeholt habe. Ich möchte zu gern sehen, was sich Lucy ausgedacht hat.«

Die beiden Frauen sahen sich an und brachen in Gelächter aus.

»Bizarro World«, sagte Maddy kopfschüttelnd.

»Ist das einer deiner Seinfeldismen?«

»Oben ist unten, schwarz ist weiß, ich bekomme eine große Hochzeit.« Sie grinste. »Das ist Bizarro World.«

»Ich war sehr überrascht, Kelly gestern Abend hier zu sehen«, sagte Rose, während sie die Spülmaschine ausräumte. »Hat sie etwas über den Vorfall gesagt, den Hannah erwähnte?«

»Wir haben einen kleinen Tanz um den heißen Brei aufgeführt«, erwiderte Maddy, »aber ich glaube, es hat nichts gebracht. Ich kann mich noch erinnern, wie man sich vor der Abschlussprüfung fühlt. Man hat keine Zeit zum Atmen und noch weniger zum Essen. Und Kelly ist zehnmal ehrgeiziger, als ich es je war.«

Oder sein würde, aber das war eine ganz andere Geschichte. Es gab Frauen, die hatten große Träume. Es gab Frauen, die machten ihre großen Träume wahr. Maddy wusste, zu welcher Kategorie sie gehörte, und das war, zu ihrer Mutter ewigem Verdruss, die gemütlichere.

»Wahrscheinlich handelt es sich nur um eine Frühlingsmagenverstimmung oder um schlechte Nerven wegen der Abschlussprüfung.«

»Wäre möglich«, stimmte Rose zu. »Du hast natürlich mit Aidan darüber gesprochen?«

Wie kam es, dass sie sich bei den Fragen ihrer Mutter immer so unzulänglich vorkam? Jahrelang hatte sie Rose vorgeworfen, die falschen Worte zu verwenden, oder den falschen Ton, oder überhaupt den falschen Moment für die Frage zu wählen, doch in letzter Zeit war ihr aufgefallen, dass ein guter Teil davon auf ihrer eigenen psychologischen Türschwelle begann und endete.

Erfolgsmenschen zogen oft Faulpelze auf, und wenn Maddy sich auch nicht gerade als Bummelant bezeichnen wollte, so beabsichtigte sie auch nicht, die Welt zu erobern. Manchmal betrachtete sie Hannah und fragte sich, ob es ihr beschieden sei zu erleben, dass ihr kleines Mädchen ein Wall-Street-Hai würde oder Vorstand einer der fünfhundert umsatzstärksten Firmen der Welt mit einem siebenstelligen Einkommen.

»Bitte sag, dass du mit ihm über das, was Hannah gesagt hat, gesprochen hast, Maddy. Kelly wird in ein paar Monaten deine Tochter sein.«

»Und sie wird fort auf dem College sein, Ma, und danach wird sie wahrscheinlich Seth heiraten und Senatorin des großen Staates New Jersey werden. Die Tage, die sie noch eine Mutter vor Ort braucht, sind gezählt.«

Rose sah sie an und lachte. »Das sag mir noch mal, wenn Hannah siebzehn ist und bereit, ihr Zuhause zu verlassen. Schatz, die Tage, die man eine Mutter braucht, sind nie vorbei. Ich brauchte Fay auch bis zum Schluss und ...« Sie deutete auf Maddy, die anständigerweise puterrot wurde, da sie sich ertappt fühlte. »Sogar die verlorene Tochter kommt früher oder später nach Hause zurück.

»Das ist etwas anderes«, beharrte Maddy. »Kelly und ich sind allenfalls Freundinnen. Wir haben keine Eltern-Kind-Verbindung. Wenn sie überhaupt in jemandem so etwas wie ihre Mutter sieht, dann in Claire.«

»Ich denke, du irrst dich.«

Maddy spürte, wie sich ihr Rücken verspannte. »Ich weiß, dass ich recht habe.«

»Ich sehe doch, wie das Mädchen dich ansieht, Schatz. Das hat sich in den letzten Monaten verändert. Sie scheint dich sehr zu schätzen.«

»Ich wünschte, du würdest so etwas nicht sagen.« Sie fühlte sich unbehaglich bei dem Gedanken, Aidans Tochter könnte sie als mögliches Vorbild betrachten, da sie das Gefühl hatte, große Teile ihres Lebens in verschiedenen Stadien von Chaos und Verwirrung zugebracht zu haben. »Wenn überhaupt, dann ist sie mein Vorbild.«

»Wenn du dich nicht darum bemühen willst, dass Kelly sich dir öffnet, dann sorge wenigstens dafür, dass Aidan über alles informiert ist. Er ist der Mann, mit dem du dir ein Leben aufbauen willst, Schatz. Kelly ist sein einziges Kind. Dir und auch ihr zuliebe, hab keine Geheimnisse vor ihm.«

»Da wir gerade darüber reden, sie wurde beinahe ohnmächtig, als wir ein Tablett für Lassiter und Konsorten herrichteten.«

Rose wirbelte herum und sah sie an. »Hat sie sich verletzt?«

Maddy schüttelte den Kopf. »Gott sei Dank war ich schnell genug und konnte sie auffangen, ehe ihre Knie ganz nachgaben.«

»War sie bewusstlos?«

»Nein, aber ich habe noch nie zuvor in meinem Leben einen Menschen so weiß werden gesehen.«

»Hast du Aidan angerufen?«

»Nein.«

»Maddy ...«

»Ma ...«

»Wie würdest du empfinden, wenn es Hannah wäre, über die wir sprechen, und es gäbe jemanden, der etwas Wichtiges bezüglich ihrer Gesundheit und ihres Wohlergehens wüsste, das du eigentlich erfahren solltest?«

Sie warf ein Paar Quirle mit etwas zu viel Schwung in eine Schublade, doch sie sprangen wieder heraus und hüpften wie eine hyperaktive Sprungfeder über den Boden. »Danke für den Rat. Aber ich glaube, ich habe alles gesagt, was ich sagen wollte. Er kennt Kelly viel besser als ich. Er lebt in einem Haus mit ihr zusammen. Wenn etwas nicht stimmt, wette ich, dass er der Erste ist, der es mitbekommt.«

Aidan sah von dem Bottich auf, in dem er den Dip für die Chickenwings der Mittagsmeute mischte, als Claire die Küchentür hinter sich schloss.

»Du siehst scheiße aus«, stellte er fest, als sie ihre Schultertasche an den Haken neben der Vorratskammer hängte. »Schlimme Nacht?«

»Danke, Kumpel.« Sie bedachte ihn mit einem Blick aus dunkel geränderten Augen. »Als sähst du selbst wie Pierce Brosnan aus.«

»Ich hab nicht geschlafen.« Er warf sicherheitshalber noch

mehr Blauschimmelkäse in den Bottich. »Und was ist deine Entschuldigung?«

»Mehr Schimmelkäse«, erwiderte sie und begutachtete den Dip. »Sei nicht knausrig. Das ist schlecht fürs Geschäft.«

Er warf noch mehr zerbröselten Käse hinein und rührte alles mit einem Löffel aus Edelstahl um, der länger als sein Arm war. »Um elf Uhr dreißig kommt eine Büromannschaft. Abrechnungsabteilung von Mo's Sportbekleidung.«

»Das ist heute?« Claire runzelte die Stirn. »Ich dachte, Winnie hat das für nächste Woche ausgemacht.«

»Sieht so aus, als hättest du da etwas durcheinandergebracht. Sie werden in einer Stunde hier sein, und wir müssen noch ...«

Sie winkte ab. »Immer das Gleiche. Ich weiß, was wir müssen.«

Ihre Worte hatten einen scharfen Klang, schärfer noch als sonst.

»Schaffst du es, Tommy beim Tischdecken zu helfen?«

Sie gab einen Laut von sich, der vielleicht in einer anderen Galaxie als Lachen durchgegangen wäre. »Tische decken kann ich im Schlaf, Aidan.«

Sie würde gehen. Er wusste es noch vor ihrem nächsten Atemzug. Es lag in ihren Augen, ihrer Haltung, in jeder verdammten Einzelheit, und da war es wahrscheinlich auch schon monatelang gewesen. Jahre vielleicht. Und er hatte es bis jetzt nicht kommen sehen.

Zorn fraß sich durch sein Inneres, begleitet von bitterer Enttäuschung. Und, ja, Verbitterung auch. Man ließ die Familie nicht im Stich.

»Gib mir die scharfe Soße, bitte«, bat er sie. Er würde es ihr nicht leicht machen, durch diese Tür hinauszugehen.

Sie drehte sich um, nahm die Flasche und stellte sie neben den Berg Hühnerflügel, der darauf wartete, in die Fritteuse gesenkt zu werden.

»Du machst wirklich die besten Chickenwings im ganzen Staat.«.

»Schmeichelei«, entgegnete er. »Kein gutes Zeichen.« Sie lehnte sich an den Arbeitstisch und verschränkte die Arme vor der Brust, was er als ihre »Einen Schritt näher und du bist tot«-Haltung kannte.

»Du weißt es, nicht?«

Er schob den Bottich mit dem Dip zur Seite und begann, die Hühnerflügel nacheinander in die Fritteuse zu legen. »Ich weiß es jetzt.«

Sie wirkte direkt nervös, als sie ihm die Zahlen und Fakten des verdammten Teeladens herunterleierte, ihre Aufgaben, ihre Arbeitszeit beschrieb und wirklich jede kleine Einzelheit, die ihr Olivia und Rose dargelegt hatten, zu seiner Billigung wiederkäute.

»Wirtin und Bäckerin?« Ihre Augen trafen sich über der Fritteuse. »Klingt nach einem guten Geschäft für sie. Kein Wunder, dass sie es dir schmackhaft gemacht haben.«

»Und was zum Teufel soll das nun heißen?«

»Du wirst dort doppelt so viel arbeiten wie hier, und wofür? Für einen Gehaltsscheck statt einer Teilhaberschaft.«

»Aber ich mache es, weil ich es will, und nicht, weil ich ...« Sie hielt inne, und eine tiefe Röte stieg ihr ins Gesicht. »Entschuldige. Das hast du nicht verdient.«

»Da kann ich dir nicht widersprechen.«

»Ich lasse dich nicht im Stich, wenn es das ist, worüber du dir Sorgen machst. Ich habe mit Peggy Randall gesprochen. Sie sagte, sie würde gerne meine Stunden hier übernehmen, und auch noch mehr.«

»Hast du auch vor, deine Hälfte des O'Malley's an Peggy zu verkaufen?«

»Möchtest du das?« Ihre Stimme bebte vor Erregung.

»Nein«, erwiderte er und weigerte sich, sich von ihrer Seelenqual rühren zu lassen, »aber seit wann gilt meine Meinung denn bei dieser Diskussion schon irgendwas.«

»Ich verlasse die Familie nicht, Aidan. Wir bleiben Partner. Ich muss einfach etwas Neues versuchen.«

»Tut mir leid, aber ich sehe da nicht viel Unterschied zwischen Bier zapfen und Tee ausgießen.«

»Ich schon«, erklärte sie. »Zum einen, ich werde nicht jedes Mal, wenn ich durch diese Tür trete, Billy sehen.«

»Nein, aber du wirst ihn noch immer jedes Mal sehen, wenn du durch deine eigene Eingangstür gehst.«

Ihr Lächeln schwand. »Würde es dir sehr schwerfallen, mir das Ganze etwas leichter zu machen?«

»Ja, verflucht noch mal.« Er schmiss wieder ein paar Hühnerflügel in das heiße Öl und konnte gerade noch einem Spritzer ausweichen. »Ich denke, das wird der beste Sommer des O'Malley's seit je. Es würde dich nicht umbringen, ihn noch mitzumachen.«

»Ach ja?«, sagte sie, seinen Ton nachahmend. »Würde es eben schon, verflucht noch mal.«

»Lassen sie dir diese Art zu reden in einem Teeladen durchgehen?«

»Ich werd's dich wissen lassen, wenn ich dort angefangen habe.«

Er hob den Korb mit den frittierten Hühnerflügeln aus der Fritteuse und stellte ihn zum Abtropfen hin. »Gibt es etwas, was ich sagen könnte, um dich davon abzubringen?«

»Ich muss hier aufhören, Aidan. Ich muss …« Sie hielt inne und schüttelte den Kopf. »Manchmal habe ich das Gefühl, hier zu ertrinken.« Ihr versagte die Stimme beim letzten Wort. »Vielleicht falle ich auch auf die Schnauze, komme nächsten Monat zurückgekrochen und bettle dich an, wieder zapfen zu dürfen, aber zumindest weiß ich dann, dass ich es versucht habe.« Sie blinzelte Tränen weg. »Ich muss wissen, dass ich es versucht habe.

»Du kämpfst unfair«, entgegnete er und gab einen neuen Schwung Flügel in die Fritteuse, doch er hatte gelogen. Sie kämpfte nicht unfair. Sie kämpfte so, wie sie alles andere auch anpackte: mit einer offenen, gegen sich selbst rücksichtslosen Leidenschaft, die er mehr bewunderte, als er ihr je würde eingestehen können. Im Moment allerdings warf diese Leidenschaft sein Leben über den Haufen.

»Es ist meine einzige Begabung.« Sie schob sich den Wust roter Locken aus dem Gesicht. »Ich bleibe mit allem hier verbunden. Wir sind doch noch immer Partner.«

Tja, sie waren Partner, doch ein guter Partner ging nicht einfach zur Tür hinaus und ließ den anderen Partner die ganze Arbeit allein schultern. Seine Gefühle durchliefen das ganze Spektrum von »stinksauer« zu »verletzt« bis «voller Verständnis« und, hol's der Teufel, »verständnisvoll« gewann die Oberhand.

Er war da schon gewesen, wo sie jetzt war. Er wusste, was es ihr abverlangte, jeden Tag durch diese Tür zu gehen und in Billys altes Reich einzutauchen. Welche Fehler Billy auch hatte, Claire war an seiner Seite gewesen, auf Schritt und Tritt. Aidan war seit Billys Tod tagtäglich mit ihr durch diese Tür gegangen, hatte die gleichen Geister gesehen, war den gleichen Erinnerungen ausgewichen. Er konnte sich die Bar nicht ohne Claires Lachen vorstellen, nicht ohne ihre ständigen Kommentare, ihre häufigen Wutanfälle, und er fürchtete, ihre vielen Stammkunden könnten es auch nicht.

In den letzten siebzehn Jahren war sie die einzige Person auf der Welt gewesen, auf die er sich hatte verlassen können. Sie hatte ihr Herz und ihr Heim Kelly und ihm, als sie sie brauchten, ohne Vorbehalt geöffnet und hatte nie eine Gegenleistung dafür verlangt.

Bis jetzt.

»Gib mir Peggys Nummer. Ich ruf sie an und hör mir an, was sie sagt.« Nicht gerade sehr freundlich, doch es war das Beste, was er zustande brachte.

Sie kam hinter den Arbeitstisch und küsste Aidan auf die Wange. »Danke«, sagte sie. »Ist schon klar, dass ich komme, wenn du abends mal einen Engpass hast.«

»Was stehst du hier denn noch rum?«, fragte er unwirsch. »Hast du nicht einen neuen Job, zu dem du musst?«

Sie griff sich eine frisch gewaschene Schürze von dem Stapel neben der Spüle. »O'Malleys gehen nicht, ohne vorher gekündigt zu haben. Du wirst mich schon noch ein paar Wochen ertragen müssen.«

Hin- und hergerissen von den widersprüchlichsten Gefühlen, wandte er sich ab und heuchelte größtes Interesse an einem Sack Zwiebeln auf dem Arbeitstisch. »Stell den Blauschimmelkäsedip in den Kühlschrank und fang an, die Tische einzudecken. Tommy meint, eine kleine Serviette und eine Schale Nüsse reichen, das war's.«

»Sieh dich vor, O'Malley. Ich war schon hier, lange bevor du angefangen hast, Bier zu zapfen. Ich bin noch immer ein gleichberechtigter Partner. Wenn du meinst, aggressiv werden zu müssen, dann werd ich's umso mehr.«

»Und wenn wir gleichberechtigt sind, warum fällt mir die immer gleiche Arbeit zu? Lass uns loslegen. Wir müssen eine Meute hungriger Sportartikelbuchhalter füttern.«

Sie verfielen wieder in ihr übliches »Bruder-Schwester«-Geplänkel, doch zwischen ihnen war nichts mehr so wie zuvor, und sie beide wussten es. In dem Moment, als sie ihre Entscheidung getroffen hatte, hatte sich alles verändert. Sie war das Bindeglied zwischen der Bar und Billy und den alten Zeiten, mehr als Aidan es war. Aidan war durch seine Arbeit erst ein paar Jahre mit dem O'Malley's verbunden, Claire schon fast zwanzig Jahre.

Sie war es, die die alten Stammgäste namentlich begrüßte, wenn sie zur Tür hereinkamen, die Blumen schickte und eine Messe lesen ließ, wenn jemand gestorben war, die Krankenbesuche machte und sich merkte, ob jemand seinen Burger lieber englisch mochte und wessen Leben gerade besonders schlecht lief, und sie tat das alles mit einem »Was soll's«-Lächeln, einem verschmitzten Zwinkern, in dem Selbstverständnis, dass sie alle im gleichen Boot säßen, immer schon, und es auch immer so bleiben würde.

Man konnte die Bar renovieren, Tische im Freien aufstellen, die Speisekarte aufmotzen, bis man meinen konnte, Emeril oder Wolfgang wären hier am Zaubern, doch eine Seele konnte man nicht aus dem Boden stampfen. Ein Lokal hatte entweder eine, oder es hatte keine, und das merkte man sofort, wenn man zur Tür hereinkam.

Claire war die Seele vom O'Malley's und sobald sie ginge, um in ihrem neuen Job anzufangen, würde sie das Herz eines jeden Stammgastes mitnehmen. Aidans eingeschlossen. Sie war die Schwester, die er nie hatte. Die Familie O'Malley, die er sich immer gewünscht hatte. Sie hatten nicht die gleiche DNS, aber Claire war dennoch mit ihm verwandt.

Damit hätte er sie schlagen können. Einen langen Moment hatte er überlegt, einen Anwalt einzuschalten, den er sich zwar nicht leisten konnte, und zu versuchen, sie daran zu hindern, auszusteigen, doch als es dann darauf ankam, konnte er es doch nicht. Er wollte es ihr nicht antun. Er schuf sich gerade selbst ein neues Leben, und Claire stand diese Chance ebenfalls zu, auch wenn das bedeutete, dass die Zukunft des O'Malley's in der Schwebe hing. Claire hatte es verdient.

Sie war temperamentvoll, rechthaberisch, hatte Ecken und Kanten, war nicht immer diplomatisch, eine Überlebende eben wie alle, die je durch diese Tür gekommen waren, und sie hatte einen verdammt schweren Stand.

14

Seth blickte vom Bildschirm des Computers auf, als Kelly am späten Vormittag den Raum betrat. Sie hatten sich beide Freistunden verdient, eine der vielen Vergünstigungen dank des Stipendiums, um an Schulprojekten zu arbeiten, und sie waren im Büro der Schülerzeitung allein mit einigen Aktenschränken, einem Computer und ihren wachsenden Ängsten. »War etwas?«

Sie schüttelte den Kopf. »Nichts.«

»Wie fühlst du dich?«, fragte er, als sie sich neben ihn an den Arbeitstisch setzte.

»Ganz gut.«

»Wirklich?«

»Ja, wirklich. Eindeutig besser als die letzten paar Tage.«

»Vielleicht ist das ja ein gutes Zeichen.«

Sie war sich nicht sicher, ob es nicht nur ein Zeichen von Wunschdenken war, doch sie behielt ihre Gedanken für sich. Wenigstens einer von ihnen sollte noch hoffen können. »Ich glaube, ich kaufe mir am Wochenende einen dieser Schwangerschaftstests für zu Hause. Mein Dad und Maddy fahren am Samstag nach Spring Lake. Ich fahre wohl am besten zu der Mall in der Nähe von Bay Bridge, wo mich keiner kennt, und hol mir dort einen, nach dem Interview mit der Abschlussklasse.«

Er ergriff ihre Hand und hielt sie fest. »Ich melde mich krank und komme mit dir mit.«

»Du hast Mrs DiFalco versprochen, dieses Wochenende den Stellplatz für den Wagen fertig zu machen.«

»Dann mach ich ihn eben am Sonntag fertig.«

»Ich brauche hin und zurück nur eine halbe Stunde. Übrigens, ich werde am Samstag auch im Candlelight arbeiten.«

Sie hakte ihre Finger in die seinen und ließ sich von seiner Wärme trösten. Zu schweigen fiel ihnen leicht. Immer schon. Zwischen Gesprächen und Schweigen zu wechseln war für sie so natürlich wie zu atmen. Sie versuchte, sich vorzustellen, wie es mit einem Jungen wäre, der sich nicht so um sie sorgte, sie nicht so liebte wie Seth, und der Gedanke machte sie ganz traurig.

»Wusstest du, dass Maddy das Gleiche passiert ist?«

Er sah sie an. »Ich dachte, sie sei mit dem grauhaarigen Mann verheiratet gewesen, und sie hätten sich getrennt.«

»Sie hatten nie geheiratet. Sie wurde schwanger, und er wollte keine neue Familie, nachdem er schon Enkelkinder hatte, also trennten sie sich.«

»Mistkerl.«

So einfach lag die Sache aber nicht. Sie hatte erlebt, wie Maddy über ihn sprach, freundschaftlich und herzlich. »Erinnerst du dich noch, wie er Hannah im Krankenhaus besuchte? Er wollte sie zwar nicht, aber er liebt sie.«

»Dann hätte er bei ihnen bleiben sollen. Man lässt sein Kind nicht im Stich.«

»Vielleicht ist eine Trennung manchmal das Einzige, was einem übrig bleibt.« Die Menschen hatten unterschiedliche Erwartungen an das Leben, und zu verschiedenen Zeiten. Man konnte jemanden von Herzen lieben und die Liebesgeschichte brauchte dennoch kein Happy End zu haben.

»Dein Vater hat dich nicht im Stich gelassen.«

Diese Äußerung ließ sie aufhorchen. »Das war etwas anderes. Meine Mutter starb.«

»Manche Männer wären vielleicht trotzdem gegangen.«

Ein Schauder lief ihr über den Rücken. »Du würdest das nicht tun.« *Oder?*

»Nein«, sagte er, »und du auch nicht.«

Sie nickte, aber sie war sich nicht so sicher. In letzter Zeit hatte sie festgestellt, dass sie sich wünschte, einfach verschwinden zu können. Sie hätte sich gerne ans Lenkrad ihres Autos gesetzt und wäre gefahren, bis sie kein Geld oder Benzin oder keine Straße mehr gehabt hätte, irgendwohin, wo man sie nicht als das brave Mädchen kannte, als die perfekte Tochter, die vorbildliche Schülerin, die nie einen Fehler machte, nie das Falsche sagte, nie jemanden enttäuschte, nicht einmal sich selbst.

Alles kam so schnell und geballt auf sie zu, dass es ihr schwerfiel, ihre Gedanken einigermaßen zu ordnen. Immer hatte sie genau gewusst, wo ihr Leben hinführte, als wäre sie mit einem Plan geboren worden, der in ihr Gehirn eingebrannt war und sie Zeit und Spur einhalten ließ. Nur noch ein paar Monate, und sie und Seth würden sich auf den Weg zum Studium machen, nach New York an die Columbia-Universität, und in eine riesige weite Welt voller Erfahrungen, die sie in Paradise Point nie machen könnten. Manchmal, wenn sie ihre alten Freundinnen ansah, oder Tante Claire oder ihren Vater, dann hatte sie das Gefühl, sie über eine Kluft hinweg anzusehen, die täglich breiter wurde.

Sie waren glücklich mit ihrem Leben. Es gefiel ihnen hier in der Stadt, in der sie geboren worden waren, eine Bar betrieben, Familien gegründet hatten, sich die Haare im Upsweep machen ließen, Briefpapier im Le Papier kauften oder die Touristen beobachteten, die sie wiederum von der Veranda des Candlelight aus beobachteten. Nur Maddy hatte andere Vorstellungen gehabt. Sie hatte sich von alledem gelöst, als sie in Kellys Alter war, und war nach Seattle gegangen, wo sie sich ein eigenes Leben aufbaute. Ein Leben, das sie vielleicht noch führen würde, wäre Hannah nicht auf den Plan getreten.

Bei diesem Gedanken wurde ihr unbehaglich zumute. Hannah war ein bezauberndes kleines Mädchen, lustig und intelligent, mit einer beängstigenden Auffassungsgabe, und in ein paar Monaten würde sie Kellys Schwester sein. Jemand, der zu ihr aufsah, Rat und Freundschaft suchend. Es war schon seltsam, wenn man bedachte, dass die kleine Hannah der Auslöser für derart große Veränderungen im Leben ihrer Mutter gewesen war, die wiederum auch Kellys und Aidans Leben betrafen.

Aber das war nun mal der Lauf der Dinge, nicht wahr? Kinder veränderten alles. Pflanze eines in den Schoss einer Familie, und die Auswirkungen machen sich jahrelang bemerkbar.

So schrecklich alles nach dem Unfall im Lagerhaus auch gewesen war, so schön war es jetzt. Ihr Vater war glücklich, wirklich glücklich, zum ersten Mal in ihrem Leben erlebte Kelly ihn glücklich. Auf eine Art glücklich, dass die Leute lächelten, wenn er einen Raum betrat. Auf die Art glücklich, die es Kelly ermöglichte, sich im September in ihr neues Leben zu stürzen, ohne schlechtes Gewissen, ohne hin- und hergerissen zu sein zwischen ihrem Zuhause und ihrer Zukunft.

Es war, als wären alle Sterne übereingekommen, sie auf den Weg zu schicken, auf den sie ihr ganzes Leben hingearbeitet hatte. Alles war zum Greifen nahe, fast konnte sie die Sterne packen und in ihrer Hand halten.

Falls sie nicht schwanger war.

Claire versuchte, den größten Teil des Tages nicht daran zu denken, dass sie eines Morgens aufwachen und feststellen würde, dass Corin Flynn in der Stadt war. Er hatte sich nicht festgelegt in seinem Brief an Olivia. Er hatte nur geschrieben, er sei unterwegs. Sie redete sich ein, dass es nicht von Bedeutung war, dass er aus reiner Höflichkeit seine Schwester gebeten hatte, die Information weiterzugeben, eine private Vorwarnung, wenn man so wollte, doch das war eine Lüge, und Claire war sich dessen bewusst. Ihre Beziehung war keine flüchtige gewesen. Von Anfang an war beiden die Bedeutung dessen klar, was sich zwischen ihnen entwickelte, und auch, wohin es führen könnte.

Himmel, sie wollte nicht an ihn denken. Sie hatte sich dazu erzogen, nicht an ihn zu denken, diese Erinnerungen einem dunklen Winkel ihres Herzen anzuvertrauen, einem Ort, an dem alte Träume begraben lagen.

Als es um entweder-oder ging, hatte sie ihren mit Fehlern

behafteten Ehemann gewählt. Ihre nicht gerade vollkommene Ehe. Ihre angeschlagene Familie und das Heim, das sie zusammen aufgebaut hatten. Sie hatte genau gewusst, was sie tat und warum, und wenn sie es je bereute, so würde sie dieses Wissen mit in ihr Grab nehmen.

Sie wischte gerade die Theke nach dem Mittagstrubel ab, als Peter Lassiter und seine Mannschaft hereinkamen. Eine Sekunde danach kam Gina Barone hereingesegelt, strahlend über das ganze Gesicht, und gesellte sich zu ihnen. Was zum Teufel hatte das nun zu bedeuten?

»Ich erledige den Gang zur Bank für dich«, bot Claire Aidan an, der gerade die Belege zählte.

»Schon gut«, sagte er, ohne vom Zählen aufzublicken. »Ich mach das nachher, wenn ich den Bauantrag ins Rathaus bringe.«

»Ich mache das«, wiederholte sie, als Lassiter ihren Blick mit einem freundlichen Nicken des Kopfes quittierte. Er wandte sich wieder Gina zu und sagte etwas, das sie veranlasste, sich zu ihm zu beugen und ihr Haar nach hinten zu werfen. »Gib mir den Beutel, bitte.«

»Um Himmels willen, Claire!« Er schob den Stapel von sich weg und griff nach einer Flasche mit Wasser. »Du hast mich rausgebracht. Jetzt kann ich wieder von vorne anfangen.«

»Ich mach es.«

»Was zum Kuckuck ist eigentlich mit dir los? Du hasst es doch sonst, dich um Geldangelegenheiten zu kümmern.«

»Ich muss hier raus«, sagte sie und war sich des hysterischen Untertons in ihrer Stimme bewusst.

»Dann geh. Keiner hält dich auf.«

Sonst ging sie zwar einem ordentlichen Streit nie aus dem Weg, doch jetzt schon. Sie wollte nur noch flüchten.

»Du hast was gut bei mir«, sagte sie, als sie ihre Tasche packte. »Ich komme wieder, wenn ich Billy abgeholt habe.«

»Meinetwegen.« Er winkte geistesabwesend und fing wieder an, die Belege des Vormittagsgeschäftes zu zählen.

Sie entschwand in die Küche und durch die Hintertür, wobei sie fast mit dem armen Tommy zusammenstieß, der auf der obersten Stufe der Außentreppe saß.

»Tut mir leid«, sagte sie und rieb die Stelle an seiner Schulter, wo sie ihn mit der Tür getroffen hatte. »Ich hätte vorher schauen sollen.«

»Verdammt gefährlich hier draußen«, brummte Tommy. »Da sitzt man in einer verräucherten Bar sicherer.«

Normalerweise hätte sie eine witzige Bemerkung losgelassen, einen coolen Spruch, halb entschuldigend, halb abwiegelnd gedacht, doch sie hatte nur den einen Gedanken, so viel Abstand wie möglich zwischen sich und das O'Malley's zu bringen. Hätte sie einen weiteren Beweis dafür gebraucht, dass es Zeit sei, etwas Neues in Angriff zu nehmen, das wäre er gewesen. Ihr ganzer Körper fieberte nach einer Veränderung, nach neuen Möglichkeiten, neuen Herausforderungen und nicht nach diesem Blick in die Vergangenheit, nach der dieser Lassiter und sein Haufen suchten.

Und was hatte Gina mit diesen Leuten zu tun, fragte sie sich, als sie sich hinter das Steuer ihres Wagens setzte und den Motor anließ. Die Frau wirkte so vertraut mit Lassiter, der doch überhaupt nicht ihr Typ war. Gina stand mehr auf echt virile Männer, Kerle mit Muskeln und ...

Das war allerdings etwas, worüber sie bestimmt nicht nachdenken wollte. Gina und ihr Männergeschmack ließ sich mit einem Wort beschreiben: Billy.

Nein, daran wollte sie überhaupt nicht denken. Sie hatte damit im Lauf der Jahre schon viel zu viel Zeit zugebracht, und dieses ganze Nachdenken hatte ihr kein bisschen geholfen, das Leben, das sie mit Billy geführt hatte, auch nur irgendwie besser zu verstehen.

Sie fuhr zum See hinaus und parkte neben dem kleinen Holzpavillon. Eine Gruppe grauhaariger Männer hatte sich am Ufer versammelt, und ihre ferngesteuerten Modellschoner und Kajütboote glitten leise über das ruhige Wasser. Das Lachen, das durch das offene Fenster drang, säuselte, und sie kämpfte mit den Tränen. Sie hatte gewitzelt, ihr Vater hätte ein besseres Privatleben als sie, doch das war gar nicht witzig. Ihre Familie war all die Jahre ihre einzige Welt gewesen, das O'Malley's ihr einziges gesellschaftliches Betätigungsfeld. Selbstgewählt wie auch gezwungenermaßen hatte sie sich von ihrer Arbeit so vereinnahmen lassen, dass diese sowohl Wärter als auch Beschützer wurde.

Das O'Malley's zu verlassen war die richtige Entscheidung.

Wie auch die, die Einladung von David Fenelli anzunehmen.

Sie musste sich selbst und jedem, der sich vielleicht dafür interessierte, wie auch jedem, der sie schon länger nicht mehr gesehen hatte, beweisen, dass statt der alten Claire Meehan-O'Malley jetzt ...

Okay. Sie hatte vielleicht noch nicht alle Probleme durchdacht, aber der Anfang war immerhin gemacht.

Außer für ihr Pech mit Männern waren die DiFalco-Frauen für ihre unerschöpfliche Energie bekannt, die sich, in den meisten Fällen jedenfalls, in einem unaufhörlichen Redeschwall manifestierte. Gina war ein hervorragendes Beispiel dafür. Maddy und ihre Cousine waren an diesem Nachmittag die Ersten an der Bushaltestelle. Gina war ausgerechnet mit den Leuten von PBS zu einem späten Mittagessen im O'Malley's gewesen und hatte bis jetzt bei ihrem Bericht nicht einmal Atem geholt.

»... Lassiter ist ja so nett, und diese Crystal! ... ein Brüller! Wir gehen Samstagabend miteinander aus. Ich hab ihr versprochen, ihr einige der besten Läden hier an der Küste zu zeigen.«

»Du und Crystal?«, staunte Maddy.

»Klar«, erklärte Gina achselzuckend. »Wieso nicht? Sie ist jung, aber ich glaube, sie kann mit mir mithalten.«

»Weiß sie, dass du Barry Manilow magst?«

Gina grinste und versetzte Maddy einen sanften Stoß gegen die Schulter. »Ich fahre mit ihr zu dem Karaokeschuppen in der

Nähe von Wildwood. Ihre Tattoos und Piercings passen da wunderbar hin.«

»Und du?«

»Ich passe überall hin«, gab Gina zurück. »Kommt nur darauf an, wie man sich gibt.«

Gina erzählte, und Maddy versank in Gedanken. Das praktizierten sie seit Jahren, und es funktionierte noch immer.

»Das glaub ich nicht.« Gina stupste Maddy an und deutete mit dem Kopf in Richtung Postamt. »Wie lange geht das denn schon?«

Maddy drehte den Kopf, um auch zu schauen.

Und dann musste sie nochmals hinschauen.

Claire und David Fenelli standen in eine Unterhaltung vertieft vor der Reihe von Briefkästen. David erglühte direkt vor Freude, als etwas, das er sagte, mit einem unbefangenen Lachen von Claire aufgenommen wurde.

»Ich habe sie noch nie so lachen gehört«, stellte Maddy fest. »Du etwa?«

Das war die perfekte Vorlage, ein Ball, den Gina normalerweise noch über den Park hinausgeschlagen hätte. »Nein«, erwiderte sie zu Maddys Überraschung. »Schon sehr lange nicht mehr.«

»Ist David nicht der, dessen Frau …«

»Yep«, pflichtete Gina ihr bei. »Sie hat ihn mit drei Kindern sitzen lassen.«

Maddy pfiff leise. »Glaubst du, sie gehen miteinander?«

»Du bist diejenige, die bald eine O'Malley ist. Ich wollte das dich fragen.«

»Ich wäre die Letzte, der sie sich anvertraut.«

Sie gaben sich die größte Mühe, nicht neugierig zu sein, was darauf hinauslief, dass sie keinen Blick von dem Paar wenden konnten. Maddy hatte vorgehabt, Claire zu fragen, ob sie sich mit ihr das Cuppa ansehen wollte, nachdem der Schulbus da war, doch sie traute sich nicht, zu Claire und David hinüberzugehen und sich in ihre Unterhaltung einzumischen. Vor nicht allzu vielen Monaten waren es Aidan und sie gewesen, die lachend zusammen an der Ecke gestanden hatten, und alle hatten sie beobachtet und sich gewundert.

Denise wäre beinahe über ihren Kinderwagen gestolpert, als sie an Claire und David vorbeiging. »Was hat das denn zu bedeuten?«, fragte sie und zeigte auf die beiden – Maddy wagte nicht, sie ein Paar zu nennen –, die sich noch immer so benahmen, als hätten sie das Lachen erfunden.

»Fünf Dollar, wenn du hinübergehst und sie fragst«, sagte Gina augenzwinkernd.

Pat wusste auch nichts. Auch Fran nicht. Oder irgendeine andere Mutter, die sich zu ihnen gesellte.

»Sie hat es uns verheimlicht«, stellte Fran fest.

»Fenelli?« Pat klang skeptisch. »Ich dachte, er schmachtet noch immer seiner Ex hinterher.«

»Du lebst ja hinter dem Mond«, erklärte Vivi. »Er hat Deby Bartok letzten Monat zweimal zum Essen ausgeführt.«

Gina blieb der Mund offen stehen. »Er trifft sich mit Deby Bartok?«

»Nicht mehr«, verkündete Vivi mit einem selbstgefälligen Lächeln. »Sie hat ihm gesagt, sie hätte immer noch einige Probleme, und sie könnten ja vielleicht Freunde bleiben.«

Gina verdrehte die Augen. »Tja, und all ihre Probleme haben mit Schokoladenkuchen zu tun.«

»Wozu bist du eigentlich nütze?«, sagte Denise an Maddy gewandt. »Sie ist schließlich bald deine Schwägerin. Das Mindeste, was du tun könntest, ist, uns einen Exklusivbericht zu verschaffen.«

»Ihr seid alle ein Haufen Feiglinge.« Gina bildete mit ihren Händen einen Trichter. »Hey! Seid ihr euch zu schade für uns?«

Claire sagte etwas zu David, woraufhin dieser nickte und sie sich zu den andern an der Ecke gesellten.

»Na, was gab es denn so Interessantes, dass wir euch nicht stören durften?«, fragte Denise in so scherzhaftem Ton, dass Maddy innerlich zusammenzuckte.

David verzog keine Miene. »Wir haben vor, den Bildungsausschuss zu stürzen und ihn durch die Besetzung von *Friends* zu ersetzen.«

»Sie sind jetzt ja arbeitslos«, erläuterte Claire mit ernstem Gesicht. »Wir könnten uns vorstellen, dass ihnen die Arbeit gefallen würde.«

Die Darsteller von *Friends* hätten ihren Text nicht besser sprechen, keine bessere Show abliefern können. Maddy brach in Lachen aus, und mit leichter Verzögerung fielen auch die anderen Mütter ein, die es aber höchstwahrscheinlich nicht halb so lustig fanden wie sie.

Claires Blick begegnete für eine Sekunde dem ihren, doch sie war sich nicht sicher, ob der Ausdruck *Danke* hieß oder *Scher dich zum Teufel*. In vier Monaten würden sie eine Familie sein. Sie würde den Zweifel zugunsten von Claire werten und Ersteres annehmen.

»Was hat Sie heute an unsere Ecke verschlagen, David?«, beschloss Maddy, ihn zu fragen, ehe Gina Gelegenheit hatte, eine noch peinlichere Frage zu stellen. »Sie sind doch sonst an der Ecke Maple und Ocean.«

»Sie kennen sich aber gut mit den Ecken aus.« Davids Lächeln mit dem kleinen Spalt zwischen den Schneidezähnen war überraschend einnehmend.

»Ecken sind hier sehr wichtig«, erklärte sie und lächelte zurück. »Sind ein Teil des Sozialgefüges.«

»Ich muss eigentlich wieder da rüber«, erwiderte er. »Claire und ich haben uns unterhalten, und ich habe die Zeit vergessen.«

Sie hatten sich schon auf Claire gestürzt, noch ehe der arme Junge um die Ecke war, bombardierten sie mit Fragen und frechen Bemerkungen, die jeden Zensor hätten erröten lassen.

»Ganz klar, ihr gehört alle in psychiatrische Behandlung«, stellte Claire kopfschüttelnd fest. »Beruhigt euch, meine Damen. Wir sprachen über das Fußballtraining dieser Woche.«

»Wer's glaubt, wird selig«, sagte Denise und zuckte mit den

Augenbrauen. »Für mich sah das nicht nach einem Fußballgespräch aus.«

»Nur weil er eine Brille trägt, heißt das noch lange nicht, dass er kein heißer Typ ist«, steuerte Pat zu dem Chaos bei. »Er hat einen tollen Hintern.«

»Mir gefallen seine Hände«, klinkte sich Fran ein. »Mir war nie aufgefallen, wie groß sie sind.«

»Große Hände, wie?« Gina hatte einen gefährlichen Ausdruck in den Augen. »Du weißt schon, was man über große Hände sagt.«

Maddy war noch nie in ihrem Leben so froh darüber gewesen, einen Schulbus voll lärmender Kinder zu sehen. Claires Miene war undurchdringlich, doch das war sie ja immer. Sie konnte doch nicht etwas von Gina und Billy wissen und hier Tag für Tag stehen, Witze reißen und Konversation machen. Und sie konnte keinen Verdacht wegen Joey haben. Keine Frau war in der Lage, so viel zu verzeihen. Das war einfach nicht möglich.

Vielleicht wusste Claire ja auch nicht, wie ernst es zwischen Billy und Gina gewesen war. Vielleicht schaffte sie es deshalb, so gut damit umzugehen. Gina war eben nur eine von vielen, nicht wichtiger als die Verkäuferin im Supermarkt oder die Bankangestellte in der übernächsten Stadt. Die Ehe schien aus den gleichen Teilen Liebe und Zugeständnissen zu bestehen, und niemand, der sie als Außenstehender betrachtete, konnte verstehen, wie dieses Gleichgewicht funktionierte.

Bevor Gina ihr von dieser Affäre erzählt hatte, hatten Maddy die unterschwelligen Anspielungen, das ungezwungene, leichtfertige Geplänkel an der Ecke gefallen. Doch seit sie die Wahrheit kannte, wäre ihr lieber gewesen, Gina würde einen Gang zurückschalten, oder drei, und wenn schon nicht Claire zuliebe, dann sich selbst. Es war einfach nicht mehr lustig. Sie und Claire hatten ihre Schwierigkeiten, doch die Frau hatte wesentlich Besseres verdient, als sie von Gina bekam. Claire war Billys Witwe. Gina nicht. Das bedeutete schließlich etwas, und je eher ihre Cousine dies in ihren Kopf hineinbrachte, desto besser wäre es für sie alle.

Die Kinder stürmten unter Gekreisch und ausgelassenem Gelächter aus dem Bus. Wenn nächsten Monat das Schuljahr endete, würden sie Betäubungsgewehre mitbringen müssen. Etwas übertrieben, aber nicht sehr, das Energieniveau war nachgerade beängstigend. Ginas Energiebündel waren die Ersten, die ausstiegen. Kein Wunder. Dann die Kinder von Fran, von Denise, dann Pats Brut, Vivis, und Billy jr. gefolgt von Hannah, die ihm die Ohren vollquasselte.

Hannah hatte eine glühende Begeisterung für Claires Jüngsten entwickelt, trottete hinter Billy her und beglückte ihn mit Geschichten von einem Drachen, der hinter Großpapas Haus in Oregon lebte.

»Billy hat eine Engelsgeduld«, sagte Maddy zu Claire, während Hannah weiterplapperte. »Sogar ihre Großmutter bittet gelegentlich um eine Verschnaufpause.«

»Hannah scheint die einzige Ausnahme von seinem Credo ›Mädchen sind scheiße‹ zu sein.«

Maddy musste laut lachen. »Das ist das Alter, nicht wahr? Ich hatte es schon vergessen.«

»Glaub mir, das sind noch die einfacheren Jahre. Warte ab, bis Hannah findet, du bist zu dumm zum Leben. Dann fängt der Spaß erst richtig an.«

»Und das hast du schon viermal durchgemacht?« Mit einem fünften Mal am Horizont.

»Kannst mich ruhig für verrückt erklären«, seufzte Claire. »Ich bin die reinste Masochistin.«

Natürlich war sie das genaue Gegenteil. Claire mochte zwar bisweilen recht kratzbürstig sein, doch niemand würde je bestreiten, dass sie ihr Leben für ihre Kinder gäbe.

»Manchmal bin ich mir nicht einmal sicher, dass ich überhaupt das nötige Rüstzeug dafür habe, mit einem Kind zurande zu kommen«, erwiderte Maddy. »Ich habe das Gefühl, ich agiere nur aus dem Stegreif.«

»Das machen alle so«, tröstete sie Claire. »Wir alle handeln aus dem Stegreif und hoffen das Beste.«

So viel hatte Claire noch nie mit ihr gesprochen, seit Maddy und Aidan verlobt waren. Maddy beschloss, die Gunst der Stunde zu nutzen. »Ich hatte vor, zum Cuppa hinüberzugehen und mir das Ganze anzusehen. Magst du nicht mitkommen?«

»In der Bar warten sie auf mich. Tommy möchte früh gehen.«

»Fünf Minuten«, bat Maddy sie. »Ich finde, wir sollten anschauen, worauf wir uns einlassen.«

»So betrachtet …« Claire drehte sich zu Billy um, der von Hannah noch immer in Grund und Boden geredet wurde. »Wir gehen da hinüber und sehen uns Olivias neuen Laden an, Billy. Nimm Hannah an die Hand, wenn wir über die Straße gehen, okay?«

»Da hast du ihr eine Riesenfreude gemacht«, stellte Maddy fest, als sie den anderen zum Abschied winkten und die Straße hinuntergingen. »Sie wird wie auf Wolken schweben.«

Sie plauderten über das Wetter, darüber, dass neue Schulbusse notwendig wären, und über die Kosten für Autoversicherungen im Garden State. Nebensächlichkeiten. Nichts Bedeutsames. Aber wenigstens redeten sie. Claire schien zwar etwas geistesabwesend, doch das war besser als die kaum verschleierte Abneigung, die sie in den letzten Wochen bekundet hatte.

»Sieht ja nach Hochbetrieb aus«, stellte Caire fest, als sie bei dem alten McClanahan-Haus ankamen. »Liv muss jeden verfügbaren Handwerker der Stadt angeheuert haben.«

»Und auch ein paar von außerhalb«, sagte Maddy und nickte mit dem Kopf in die Richtung zweier Trucks, die bekannten Bauunternehmern aus Cape May gehörten.

»Muss schön sein, die Besten beauftragen zu können, ohne jeden Cent zweimal umdrehen zu müssen.«

»Denk daran, wenn wir über unser Gehalt verhandeln.«

Claire riss die Augen auf. »Du bist gut«, sagte sie. »Daran hätte ich nie gedacht.«

»Ich war neun Jahre lang Buchhalterin«, erinnerte Maddy sie. »Ich habe gesehen, wie eine Menge Leute eine Menge Fehler gemacht haben. Ich denke, ich habe allerhand gelernt in der Zeit.«

»Habt ihr schon über Geld gesprochen?«

Maddy fing zu lachen an. »Jetzt wird's peinlich: Ich war so begeistert wegen des Jobs, dass ich an Geld überhaupt nicht gedacht habe.«

»Kein Wunder, dass sie sich an uns gewandt haben«, stellte Claire trocken fest. »Wir sind das Preiswerteste, was in der Stadt zu kriegen war.«

Maddy wollte schon sagen, dass eine Frau, die sich die teuersten Maler und Dekorateure zwischen Paradise Point und Philadelphia leisten konnte, es sich auch leisten konnte, den beiden Frauen, die das Geschäft leiten würden, einen angemessenen Lohn zu zahlen. Glücklicherweise setzte ihr Verstand ein, kurz bevor sie den Mund öffnete. Claire war eng befreundet mit Liv. Rose war Maddys Mutter. Alles, was sie zu Claire sagte, würde wahrscheinlich blitzschnell Olivia erzählt und, wenn sie ehrlich war, war sie sich auch nicht zu schade, mit ihrer Mutter über ihre zukünftige Schwägerin zu tratschen.

Hannah zupfte an Maddys Hand. »Mir gefällt es hier nicht«, flüsterte sie. »Ich will nach Hause.«

»Wir gehen gleich heim«, erwiderte Maddy. »Claire und ich werden im Sommer hier arbeiten, Hannah. Wir müssen uns ein bisschen umsehen.«

»Es gefällt mir nicht«, wiederholte Hannah und erhöhte die Lautstärke etwas, während Billy sie mit großen Augen ansah. »Es sieht aus wie das Haus von der Hexe.«

»Hänsel und Gretel«, sagte Maddy zu Claire, die nickte. »Es sieht wirklich ein bisschen wie im Märchen aus, nicht?«

»Hannah ist ein Baby«, ließ sich Billy vernehmen. »Ein riesengroßes Baby.«

Hannah holte mit dem Schulranzen aus. »Bin ich nicht.«

»Bist du schon. Du bist ein riesengroßer Angsthase.«

»Nimm das zurück!« Sie holte erneut aus und traf ihn mit dem Ranzen an der Schulter.

»Angsthase! Angsthase! Angst...«

Hannah holte ein drittes Mal aus und traf ihn im Rücken, worauf sie in lautes Weinen ausbrach. Sie hielt Maddy um die Taille gepackt und heulte, als bräche ihr das Herz.

Claire schnappte sich mit rotem Kopf ihren Sohn. »Entschuldige dich sofort bei Hannah, junger Mann.«

Billy sah auf seine Turnschuhe hinunter, während Hannah laut an Maddys Hüfte schluchzte. Maddy ließ sich allerdings nicht täuschen durch diese Verwandlung vom Straßenkämpfer in ein verwundetes Rehlein.

»Hannah, sag Billy, dass es dir leidtut, dass du ihn gehauen hast.«

»Mag nicht.« Sie sah mitten im Schluchzen auf, und Maddy bemerkte, dass die Augen ihrer lieben Tochter staubtrocken waren.

»Hannah.«

Claire schubste Billy vorwärts. »William.«

Die beiden Kinder murmelten nicht ehrlich gemeinte Entschuldigungen. Hannah funkelte ihr ehemaliges Idol böse an, und Billy tat so, als wäre sie gar nicht da.

Zwei Arbeiter, die vier Kanthölzer schleppten, schoben sich mit einem kurzen »Vorsicht« an ihnen vorbei.

»Vielleicht war das doch keine so gute Idee«, stellte Maddy fest und deutete zuerst auf die Arbeiter, dann auf die Kinder. »Wir sind hier fehl am Platz.«

»Ich verstehe«, antwortete Claire. »Machen wir es morgen früh, wenn der Bus weggefahren ist.«

»Klingt gut«, erwiderte Maddy. »Wir schauen uns um, setzen uns dann bei Julie's rein und reden darüber.«

»Abgemacht.« Claire schenkte ihr ein kurzes, halb aufgetautes Lächeln. »Tut mir leid wegen Billys frecher Klappe.«

»Mir tut leid, dass Hannah ihn mit dem Ranzen geschlagen hat.« Zumindest die Mütter versuchten, nett zueinander zu sein. »Schau jetzt nicht hin, Claire, aber ich glaube, Billy landet gleich in dem Container.«

Claire drehte sich gerade noch rechtzeitig um, um zu sehen, wie ihr Sohn auf den dunkelblauen Bauschuttcontainer kletterte. »William Michael O'Malley, wenn du nicht innerhalb der nächsten vier Sekunden hier unten bist, wirst du, so wahr ich hier stehe, demnächst glauben, das Fernsehen sei nur eine Großstadtlegende.«

Hannah vergaß ihre Krokodilstränen und sah gebannt zu, wie Billy sein Glück herausforderte. Er balancierte auf dem Rand des Containers, ein schalkhaftes Grinsen im Gesicht, und es sah aus, als würde er im nächsten Moment in den Überresten der Küchenschränke des alten McClanahan landen. Doch Claire machte zwei Riesenschritte auf Billy zu, worauf er eilends herunterkletterte, einen sowohl triumphierenden als auch verlegenen Ausdruck im Gesicht, wie ihn nur achtjährige Jungen zustande bringen.

Maddy nahm Hannah bei der Hand und wandte sich zum Gehen.

»Übrigens«, setzte Claire an, »falls du dich fragst, da ist nichts zwischen Fenelli und mir.«

»Ich hätte dich nie darauf angesprochen«, erwiderte Maddy. *Aber gefragt hab ich mich schon.*

»Wir gehen am Freitag mit den Kindern Pizza essen, um das Ende der Fußballsaison zu feiern.«

»Okay«, sagte Maddy und kam sich vor wie Alice im Kaninchenbau. Erstaunlich, was man doch durch Nichtfragen herausfinden konnte.

»Jetzt weißt du also Bescheid.«

Junge, und wie.

Wer hätte gedacht, das da tatsächlich etwas war zwischen Claire O'Malley und David Fenelli?

15

Tut mir leid, dass ich so spät dran bin.« Maddy stürmte ins Zimmer, mit fliegenden Haaren, geröteten Wangen, strahlend vor Jugend, Wohlbefinden und Glück. Wie oft hatte sich Rose während der langen Jahre der Trennung gewünscht, ihre Tochter so durch eine Tür stürmen zu sehen, in bester Laune, freudestrahlend. »Ihr werdet nicht glauben, was mit Claire O'Malley los ist! Sie ist …« Ihr Blick fiel auf ein Meer von Spitze und Satin auf dem Bett. »Oh!«

Das Herz von Rose schlug schneller, als sich ihre Tochter tief über den elfenbeinfarbenen Stoff beugte und ihre Wange auf das schimmernde Gewebe drückte.

»Es ist so – oh nein!« Maddy blinzelte heftig. »Ich hoffe, Satin ist wasserfest.«

»Keine Angst.« Lucy musste eigene Tränen wegblinzeln. »Ein paar Tränen, ein paar Steinchen. Nur wir kennen den Unterschied.«

Rose war zu gerührt, um sprechen zu können. Es gab so vieles, was sie ihrer Tochter sagen wollte, so viele Hoffnungen und Träume, die sie mit ihr teilen wollte. So viele Fehler einzugestehen. So viel verlorene Zeit wiedergutzumachen.

»Lucia hat ein paar Entwürfe mitgebracht«, sagte sie stattdessen und deutete auf den Zeichenblock, der umgedreht auf ihrem Frisiertisch lag. »Sieh sie dir an.«

Maddy fuhr sich mit dem rechten Arm über die Augen und lächelte dann verschämt. Einen kurzen Moment, einen Augenblick lang bloß, sah Rose ihre Tochter als kleines Mädchen, nur Arme und Beine und Bewegungsdrang, und sie sah sie als Teenager mit wallenden Haaren, lieblichen Rundungen und Plänen für eine Zukunft, die nichts mit Paradise Point und ihrer Mutter zu tun hatte. Die Zeit verging so schnell. Schaute man einen Herzschlag lang nicht hin, verpasste man so viel ...

Hannah und Priscilla kamen ins Zimmer gerannt, eine Spur von Sand und Chocolate-Chips-Bröseln hinter sich verbreitend. Lucy nahm Priscilla auf den Arm, bevor das Hündchen aufs Bett springen und Pfotenspuren auf dem herrlichen Stoff hinterlassen konnte.

»Ooh!« Hannah streckte die Hand aus, um den glatten, glänzenden Satin zu berühren. »Ein Hochzeitskleid für Barbie!«

»Das ist eine hervorragende Idee, Hannah«, sagte Lucy. »Ich werde Barbie das gleiche Brautkleid machen wie deiner Mutter. Was hältst du davon?«

Hannah strahlte ihre Großtante an. »Schuhe braucht sie auch.«

Maddy zupfte ihre Tochter am Pferdeschwanz. »Schätzchen, zuerst bedankst du dich bei Tante Lucy, und dann pumpst du sie um Manolo Blahniks an.«

»Sie ist eindeutig eine DiFalco.« Rose zwinkerte, als sie das sagte. »Die Schuhe sind ein erstes Zeichen.«

Die drei Frauen brachen in Lachen aus, während Hannah, noch etwas zu klein für Manolos, aufs Bett sprang und einen Purzelbaum über elfenbeinfarbenem Satin schlug, der wahrscheinlich so viel kostete, dass man damit ihr erstes Semester auf einem anständigem College hätte finanzieren können.

Nicht einer zuckte mit der Wimper.

»Welcher Entwurf gefällt dir nun am besten, Maddy?« Lucy setzte sich auf die Kante des Bettes, Maddy und Hannah gegenüber. »Mir gefällt der im griechischen Stil, mit der Drapierung im Rücken, besonders gut. Mit deiner Größe und den schönen Schultern, können wir ...«

Alles, was Rose sich erhofft hatte, als sie diesen fürchterlichen Ausflug in die Brautmodenabteilung von Saks inszeniert hatte, verwirklichte sich plötzlich hier in ihrem Schlafzimmer. Maddy, die groß und wunderschön in Sonnenlicht getaucht dastand, während Lucy Satin und Spitze um sie drapierte. Hannah, die mit Priscilla oben am Kopfende an den Kissen lehnte und alles mit vor Begeisterung aufgerissenen Augen beobachtete. Und ihre geliebte Schwester Lucy, deren Augen vor Glück glänzten, während sie, nur mit Stecknadeln und Liebe, ein Kleid entwarf, das einer Prinzessin würdig gewesen wäre.

Nur eines stimmte nicht an diesem schönen Bild. Peter Lassiter und seine tätowierte Assistentin Crystal standen in der Tür des Schlafzimmers.

»Brauchen Sie irgendetwas?«, fragte Rose, vielleicht eine Spur weniger freundlich, als es sonst ihre Art den Hausgästen gegenüber war. »Das hier sind meine Privaträume.« Hatten ihre Mütter ihnen nicht beigebracht anzuklopfen?

Crystal schwebte wie in Trance ins Zimmer. »Ooooh«, hauchte sie und strich mit der Hand an einer Bahn Satin entlang, die über den niedrigen Stuhl in der Ecke drapiert war. »Das ist ja etwas wie aus einem Märchen.«

Maddy, die vor Glück zu leuchten schien, lächelte sie strahlend an. »Wenn Sie das schon so schön finden, dann kommen Sie doch hierher und sehen sich die Spitze an, die Lucy mitgebracht hat.«

Auf einmal wirkte Crystal genauso jung und unschuldig wie Hannah. Ihr Gesicht verlor den Ausdruck großstädtischer Überheblichkeit und wurde das einer ganz normalen jungen Frau, die noch immer an Happy Ends glaubte. Sogar Peter vergaß seine kühle, professionelle Haltung und erzählte eine reizende Anekdote von seiner eigenen Hochzeit, die die Frauen im Raum laut seufzen ließ.

Es gesellte sich auch noch der Tontechniker und einer der Kameramänner zu ihnen, und ehe Rose sich's versah, wurde ihre heimelige Familienversammlung für die Nachwelt, wie auch für das gesamte Publikum von NJTV, auf Tonfilm gebannt. Maddy, ihre reizend schüchterne Tochter, schien bei der ganzen Aufmerksamkeit aufzublühen. Sie posierte für eine überraschend anspruchsvolle Lucy, der es gelang, eindimensionalen Stoff mit so viel Eleganz und Geschick zu drapieren, dass es sogar Hannah leichtfiel, sich das fertige Produkt vorzustellen.

»Woran erinnert dich das, Rosie?«, fragte Lucy mit Stecknadeln im Mund.

»An die Nacht vor meiner Hochzeit«, erwiderte Rose. »Uns waren die kleinen Perlmuttknöpfe ausgegangen, und du hast uns Knöpfe, die wir von drei Pyjamas abschnitten, mit Seide überziehen lassen.«

»Sie haben Knöpfe überzogen?«, fragte Crystal von der Mitte des Bettes her, wo sie im Schneidersitz neben Hannah und Priscilla saß. Ihr unvermeidliches Notizbuch lag aufgeschlagen auf ihrem Schoss.

»Vierzig davon«, stöhnte Rose.

»Behaupte bloß nicht, Toni und Connie hätten dabei geholfen«, sagte Maddy, während sie mit der rechten Hand einen breiten Streifen elfenbeinfarbener Spitze an ihre Brust drückte und Lucy die Länge ihres linken Armes maß. »Ich kann mir einfach nicht vorstellen, dass sie irgendetwas gemacht hätten, das ihre manikürten Nägel ruiniert hätte.«

»Oh, damals waren sie noch nicht so auf ihr Äußeres bedacht«, sagte Lucy lachend. »Das kam erst einige Jahre später.«

Crystal machte eifrigst Notizen. »Wie ging das denn, mit dem Überziehen der Pyjamaknöpfe?«

Lucy erklärte den Vorgang, und Rose fühlte sich um Dekaden zurückversetzt. Sie hatte sehr lange gewartet mit dem Heiraten. Bis Bill Bainbridge in ihr Leben trat, war ihr kein Mann der Umstellung wert erschienen, die eine Ehe für ihre Welt bedeutet hätte. Sie würden für immer und ewig glücklich sein. Sie würden ihre beiden sehr verschiedenen und anstrengenden Lebensweisen vereinen, und es würde funktionieren. Kein Opfer wäre zu groß. Jedem Bedürfnis würde Rechnung getragen. Wie zwei blauäugige Teenager hatten sie geglaubt, die Liebe würde jedes Hindernis überwinden, das ihnen das Leben … und die unterschiedlichen Lebensauffassungen – in den Weg legen würden.

Sie blickte auf ihre Hände hinunter, Hände einer viel älteren und weiseren Frau, und wartete, dass der Schmerz des Bedauerns abebbte. Sie hatten sich so sehr bemüht, es zu schaffen, um ihrer selbst, wie auch um Maddys willen, doch die Unterschiede zwischen ihnen waren so groß, dass nicht einmal die Liebe sie überwinden konnte. Sie hatten fünfundzwanzig Jahre gebraucht, um zueinander zurückzufinden, und sie konnte nur hoffen und beten, dass das Leben mit Maddy und Aidan gnädiger verfahren würde. Man sollte nicht so lange auf sein Glück warten müssen.

»Okay«, sagte ihre Tante Lucy, als sie eine letzte Stecknadel an das Mieder steckte. »Jetzt steig auf den Schemel – vorsichtig! ... vorsichtig! ... und langsam ... laaangsam ... dreh dich um, damit ich sehen kann, was ...«

»Aidan!«, quiekste Maddy und hielt sich den nadelstarrenden Satin vor die Brust. »Wie lange bist du denn schon hier?«

Er stand unter der Tür, die Arme vor der Brust verschränkt, und grinste wie ein Honigkuchenpferd. »Lange genug«, erwiderte er. »Ich bin dem Gelächter gefolgt.«

»Wieso hast du denn nichts gesagt?«

Das Grinsen wurde noch breiter. »Ich habe den Anblick genossen.«

Sie hatte das Gefühl, von ihren Fußsohlen bis zum Scheitel zu erröten. Die Aufregung hatte sie so gefangen genommen, dass sie ganz vergessen hatte, dass sie halb nackt, in Stoffbahnen gehüllt wie eine Modellpuppe, vor Gott und PBS herumstand.

»Bedeutet das denn nicht Unglück?«, fragte Crystal. »Ich dachte, man darf die Braut nicht vor dem Tag der Hochzeit in ihrem Brautkleid sehen, oder?«

»Das ist nicht mein Kleid«, beeilte sich Maddy auf dem Weg zur Tür zu sagen. »Das ist nur der Vorschlag für ein Kleid.«

»Ich weiß ja nicht.« Crystal klang nicht überzeugt. »Es wird aber ziemlich bald Ihr Kleid sein, oder nicht?«

»Ach, wir glauben nicht an so einen Unsinn«, erklärte Maddy, während Aidan ihr die Hand entgegenstreckte. »Das ist doch reiner Aberglaube.«

»Crystal hat recht«, stellte Lucy zu Maddys Überraschung fest. »Vielleicht ist es ein dummer Aberglaube, aber es kann ja nicht schaden, oder?« Sie bedeutete Aidan zu gehen.

»Ach, mach dich doch nicht lächerlich, Lucia.« Rose klang leicht gereizt und doch belustigt. »Jede von uns hat diesen lächerlichen Aberglauben respektiert, und seht doch, was es gebracht hat. Wir leben in einer neuen Welt. Schaffen wir uns auch neue Traditionen.«

»Wow!« Crystal suchte in den Bettdecken nach ihrem Stift und begann, wieder in ihr Notizbuch zu kritzeln. »Das ist stark.«

Maddy schmiegte sich in einer stacheligen Umarmung an Aidan. »Also, was hat dich am helllichten Nachmittag hierhergetrieben?« Er roch nach Seife und Shampoo und Linimentum, so wie immer nach einem Termin mit Nina und den Foltergeräten der physikalischen Therapie.

»Ich wollte das hier vorbeibringen«, sagte Aidan, zog einen Prospekt aus der Gesäßtasche seiner Jeans und gab ihn Maddy. »Dort werden wir in Spring Lake wohnen. Ich habe die Suite markiert.«

»Eine Suite?« Maddy bekam große Augen. »Ist das nicht ein bisschen kostspielig?«

»Dritter Stock, Turm, mit Balkon und offenem Kamin.«

»Und Nachbarn?«

»Keine.«

Maddy senkte die Stimme. »Ich wünschte, es wäre schon Samstag.«

Er streifte ihre Schläfe mit einem zarten Kuss und flüsterte: »Ich auch.«

»Keiner hat mir davon erzählt, dass ihr nach Spring Lake fahren wollt!« Lucy seufzte. »Das ist immerhin eine meiner Lieblingsstädte.«

»Sie machen am Samstag einen romantischen Wochenendausflug«, erklärte Crystal. »Aidan hat alles alleine organisiert.«

Maddy blieb vor Überraschung der Mund offen stehen. War heutzutage keinem mehr etwas heilig?

»Ihr Leute seid ganz schön unheimlich.« Aidan heftete den Blick auf Crystal. »Woher wissen Sie, was ich arrangiert habe?«

»Wir wissen alles«, erklärte Crystal freudestrahlend. »Das ist unsere Aufgabe.«

Maddy sah Aidan an und zwinkerte ihm zu. »Und unsere Aufgabe ist es, dafür zu sorgen, dass ihr nicht alles erfahrt.«

> AN: JerseyGirl@njsshore.net
> VON: ClaireOM@njshore.net
> UHRZEIT: 9:15 p.m.
> BETREFF: Morgen
>
> Maddy:
>
> Ich habe mit Olivia gesprochen. Sie sagt, die Handwerker fangen morgen erst mittags an, deshalb brauchen wir den Schlüssel. Sie klebt ihn hinter den linken Laden des vorderen Fensters von Le Papier. Die Erste an der Bushaltestelle holt ihn.
>
> Liebe Grüße,
> Claire

> AN: Olivia@lepapier.com
> VON: JerseyGirl@njshore.net
> UHRZEIT: 10:01 p.m.
> BETREFF: Interview Freitag a.m.
>
> Olivia, würdest Du meine Interviewpartnerin sein wollen, Freitag um 8 Uhr im O'Malley's? Groß-

artige Publicity für Le Papier und Cuppa, und ich verspreche, es wird dich nicht mehr als eine Stunde Zeit kosten.

Ich spendiere auch Kaffee und Claires hervorragende Cranberry-Orangen-Muffins, wenn du zusagst.

Danke,
Maddy

AN: ClaireOM@njshore.net
VON: Olivia@lepapier.com
UHRZEIT: 10:42 p.m.
BETREFF: FW: Interview Freitag a.m.

Hört Ihr Leute denn nie zu telefonieren auf? Ich versuche dauernd, Dich zu erreichen, bekomme aber nur Deinen entsetzlichen Anrufbeantworter an die Stippe. (Du solltest wirklich die Ansage streichen – alles, was ich höre, ist das Gebell von Bruno.)

Sieh Dir im Anhang die Nachricht von Maddy an. Ich denke, das ist Dir doch wie auf den Leib geschneidert. Wie wär's?

(Und zwing mich nicht, meine Autorität spielen zu lassen, denn das werde ich. Dass das Geschäft noch nicht eröffnet hat, bedeutet nicht, dass wir nicht schon Reklame dafür machen könnten. Zeit, dass Du Dich an die Arbeit machst.)

Gott hat mich nicht zum Tippen geschaffen.

Ruf mich an! Maddy braucht eine Antwort, schnellstens. (Ich glaube, der Krimischreiber mit den hässlichen Haaren ist abgesprungen.)

Liv

AN: Olivia@lepapier.com
VON: ClaireOM@njshore.net
UHRZEIT: 11:03 p.m.
BETREFF: Re: FW: Interview Freitag a.m.

Wer bildet sie sich denn ein zu sein, spaziert ins O'Malley's, als gehörte ihr der Laden? Niemand verteilt meine Muffins, ohne mich zu fragen.

Nein, übrigens, ich höre nicht zu telefonieren auf, damit Du mich dazu bringen kannst zu tun, was Du willst. Ich chatte mit David Fenelli wegen des Mittagessens des Fußball-Teams nächsten Monat, und das ist wichtiger als ihre Radiosendung. Außerdem, wenn sie mich hätte interviewen wollen, hätte sie mich gefragt. Dir gehört der Laden. Du machst das Interview.

Claire

AN: JerseyGirl@njshore.net
VON: Olivia@lepapier.com
UHRZEIT: 11:22 p.m.
BETREFF: Re: FW: Interview Freitag a.m.

Ich hoffe, Du reagierst jetzt nicht zu sehr wie eine DiFalco, Maddy, aber ich habe Claire gefragt, ob sie statt meiner am Freitag das Interview mit Dir macht. Ich möchte das Cuppa und Le Papier auseinanderhalten – was wäre passender als unsere Managerin, die unsere backende Wirtin interviewt?

Sie stellt sich natürlich wieder ein bisschen an, aber keine Sorge. Bis Freitagmorgen habe ich sie bestimmt überredet.

Liv

AN: ClaireOM@njshore.net
VON: Olivia@lepapier.com
UHRZEIT: 11:42 p.m.
BETREFF: Offene Bestechung

Ich passe an vier aufeinanderfolgenden Freitagabenden auf Billy jr. auf, wenn Du das Interview machst.

Liv

AN: Olivia@lepapier.com
VON: ClaireOM@njshore.net
UHRZEIT: 11:50 p.m.
BETREFF: Re: Offene Bestechung

Zu dumm, dass ich freitagabends nicht ausgehe.

Versuchs noch mal, Liv

Claire

AN: ClaireOM@jnshore.net
VON: Olivia@lepapier.com
UHRZEIT: 11:54 p.m.
BETREFF: Re: Offene Bestechung

Siehe Anhang

AN: Olivia@lepapier.com
VON: ClaireOM@njshore.net
UHRZEIT: 11:58 p.m.
BETREFF: Re: Offene Bestechung

<<Du kannst meinen Jaguar ein Wochenende lang fahren>>

Nein. Kann kein Schaltgetriebe fahren.

<<ein Wellnesstag in Short Hills>>

Lieber ließe ich mich nackt über einem Ameisenhaufen anbinden.

<<sechs Monate freie Ausleihe bei Blockbuster>>

Zahlst Du auch die Säumnisgebühr?

Tut mir leid, Liv. Da musst Du Dich schon mehr anstrengen.

Claire, die zu kaufen ist, wenn der Preis stimmt

AN: ClaireOM@njshore.net
VON: Olivia@lepapier.com

UHRZEIT: 11:58 p.m.
BETREFF: Offene Bestechung: letztes Angebot

Kein heißblütiges Jersey-Girl kann dieses Angebot ausschlagen:

Zwei Plätze in der ersten Reihe für Tom Jones im Caesar's in Atlantic City nächsten Monat, wenn du das Interview machst.

TOM JONES!

Liv

AN: Olivia@lepapier.com
VON: ClaireOM@njshore.net
UHRZEIT: 11:59 p.m.
BETREFF: Re: Offene Bestechung

Siehst du? Ich bin käuflich.

Abgemacht

Claire

AN: JerseyGirl@njshore.net
CC: ClaireOM@njshore.net
VON: Olivia@lepapier.com
UHRZEIT: 12:02 a.m
BETREFF: Radiosendung

Maddy, Claire sagte, sie würde liebend gerne das besagte Interview mit Dir am Freitagmorgen machen. Ihr solltet die Einzelheiten unbedingt vorher zusammen besprechen. Es wird für Euch beide außerdem eine hervorragende Übung in Bezug auf Eure Zusammenarbeit sein, ehe das Cuppa im Juli eröffnet wird.

Toi, toi, toi, meine Damen!

Liv

16

»Julie führt Selbstgespräche«, sagte Maddy hinter ihrer Kaffeetasse.

Claire drehte sich um, um Julie sehen zu können. »Ich kann nichts erkennen.«

»Schau doch. Ihre Lippen bewegen sich, aber sie ist allein an der Kasse.«

»Ist doch nichts Besonderes.« Claire drehte sich wieder zu Maddy um. »Ich rede dauernd mit mir selbst. Ehe mein Vater bei mir eingezogen ist, war das tagsüber meine einzige Unterhaltung mit einem Erwachsenen.«

Maddy lachte schallend. »So weit bin ich zwar noch nicht, doch es gibt Tage, da stehe ich kurz davor.«

»Warte nur ab, bis du zwei oder drei gleichzeitig zu Hause hast. Das ist Berufsrisiko. Entweder du fängst an, mit dir selbst zu reden, oder du fängst an, von Bibo und einem heißen Bad zu fantasieren.«

Auf dem Tisch lagen bekritzelte Notizzettel, Maddys Tagesplaner und ein dicker, blauer Plastikhefter voller Rezepte. Rechts neben Maddys Pfannkuchen lag ein Stapel Listen, und Claire hatte inzwischen ein halbes Dutzend Papierservietten mit Notizen, Diagrammen und eigenen Listen verziert.

Alles in allem war es besser gelaufen, als Maddy erwartet hatte, und das hatten sie Olivias Dekorateur zu verdanken. Ihr unangenehmes Gespräch über das bevorstehende Interview im Radio war in dem Moment vergessen, als sie die Tür des alten McClanahan-Hauses aufsperrten. Maddy hatte erwartet, einen Raum voller Kanthölzer, Rigipsplatten und leerer Farbeimer vorzufinden, und nicht den prächtigen Nachbau eines gemütlichen Wohnzimmers eines englischen Landhauses mit chintzbezogenen Postersesseln, einem Sammelsurium an Beistelltischen, zwei funktionierenden offenen Kaminen und an die zwanzig Lampen, die Louis Comfort Tiffany zur Ehre gereicht hätten.

»Ich werde eine völlig neue Garderobe brauchen«, stöhnte Claire schon in der Tür.

»Und ich eine völlig neue Persönlichkeit«, hatte Maddy geantwortet, erneut froh darüber, dass sie hauptsächlich hinter der Bühne arbeiten würde.

Es war kein rauchgeschwängertes O'Malley's, und auch nicht die Apfelkuchen-Kaffee-Atmosphäre von Julie's Coffee Shop. Das hier war vornehm, exklusiv, teuer – und genau genommen, ziemlich ähnlich dem Le Papier und dem Candlelight. Und alles trug das Etikett *Erfolg*. Die Ideen sprudelten nur so aus Claire und Maddy heraus, während sie durch den kleinen Raum wanderten, die im Bau befindliche Küche inspizierten und sich schon den Eröffnungstag in zwei Monaten ausmalten. Maddy gestand es sich zwar nur ungern ein, aber die meisten Ideen stammten von Claire. Gute obendrein. Sie hatte in Claire nie etwas anderes als die Frau hinter der Theke und Billys Mutter gesehen. Diese Seite von ihr war für Maddy neu.

Als sie sich in Richtung Julie's auf den Weg machten, waren sie mit ihren Ideen noch lange nicht am Ende. Und nun, zwei Stunden später, lagen die Früchte ihrer Arbeit vor ihnen verstreut auf Zettel, Servietten, in Notizbücher und auf Sets gekritzelt.

»Wir haben uns also auf eine sehr knappe Speisekarte geeinigt«, stellte Maddy mit einem Blick auf ihre Notizen fest.

»Genau«, sagte Claire und ließ den Blick wohl zum hundertsten Mal durch den Raum wandern, seit sie hier waren. Jedes Mal wenn sich die Eingangstür quietschend öffnete, schien sie zu vergessen, dass Maddy auch noch da war und konzentrierte sich auf den Neuankömmling, bis Maddy versucht war, eine Leuchtrakete zu zünden, um Claire an ihre Anwesenheit zu erinnern. »Klassische britische Teestuben-Küche: Scones, jede

Menge Clotted Cream, ausgefallene kleine Sandwiches und Gebäck. Ich habe zwei Bücher über die klassische englische Teestunde. Ich nehme sie als Anregung.«

»Wie wär's mit Suppen? Wir könnten Suppen machen.«

»Keine Suppen. Wir sind keine Imbissstube.«

»Wir haben aber zur Mittagessenszeit geöffnet.«

»Man kann in einem Ohrensessel nicht anmutig Suppe essen.«

»Ich kann sogar in einem fahrenden Auto Suppe essen.«

»Keine Suppe«, wiederholte Claire. »Was wir wollen, ist eine einfache klare kulinarische Linie.«

Tut mir leid, Claire, damit beeindruckst du mich nicht. Auch ich sehe mir den Kochkanal an. »Das macht die Aufstellung einer Speisekarte und den Einkauf der Zutaten zu einem Kinderspiel, aber wie schaffen wir Abwechslung?«

»Mit diesen kleinen Sandwiches lässt sich alles Mögliche zaubern«, erwiderte Claire, »ganz zu schweigen vom Gebäck.«

»Ich kann ganz gut backen«, sagte Maddy zum Zeichen ihrer Solidarität. »Ich kann beim Backen helfen.«

»Und ich kann zählen«, gab Claire zurück, »wenn du Hilfe beim Rechnen brauchst.«

»Hey«, sagte Maddy und hob beschwichtigend die Hände. »Ich wollte nur helfen.«

»Ich brauche keine Hilfe, danke.«

Vielleicht könnten wir doch Suppe machen, wenn du ein bisschen von mir annehmen würdest. Aber sie sagte es nicht, auch wenn es in ihr brodelte.

»Hey, Mädels.« Julies Timing rettete sie wahrscheinlich vor einer dem Denver Clan würdigen Szene. »Ich habe gerade ein Blech mit frischen Blaubeermuffins aus dem Ofen geholt. Wie wär's, wenn ich euren Kaffee mit ein paar davon abrunden würde?«

»Du bist ja wahnsinnig nett heute, Jules.« Maddy grinste zu der älteren Frau hinauf. »Der Konkurrenz Honig ums Maul schmieren?«

»Konkurrenz?« Julie drehte ihren Stift zwischen den Fingern. »Euer Schickimicki-Teeladen ist doch für mich keine Konkurrenz.«

»Vielen Dank.« Claire war tatsächlich entrüstet. »Ich glaube, wir werden ...«

»Claire, das war ein Witz«, unterbrach Maddy sie, bevor ihre zukünftige Schwägerin zu weit ging. »Stimmt's, Julie?«

»Ja«, sagte Julie etwas verständnislos. »Was hätte es sonst sein sollen? Zu euch kommen die, die Sandwiches mit Brunnenkresse essen wollen, und zu mir die, die Schinken/Salat/Tomate auf weißem Toast habe wollen. Keine allzu große Überschneidung, wenn ihr mich fragt.«

»Du hättest dich nicht für mich entschuldigen müssen«, fauchte Claire, als Julie gegangen war, um die Muffins zu holen.

»Hab ich nicht«, entgegnete Maddy und bemühte sich, ihren aufkeimenden Zorn zu zügeln. »Ich wollte nur verhindern, dass es zu weit ging.«

»Hör mal.« Claire beugte sich vor, und von ihr schien nur nervöse Energie auszugehen. »Übrigens, ich brauche dich wirklich nicht zum Vermitteln zwischen mir und Julie oder irgendjemand anders.«

»Keine Sorge«, entgegnete Maddy. »Wird nicht wieder vorkommen.«

Julie stellte einen Teller mit heißen Blaubeermuffins auf den Tisch.

»Danke, Jules.« Maddy griff nach einem Muffin.

»Die Muffins sehen super aus«, sagte Claire mit einem verkrampften Lächeln. »Danke.«

Julie sah sie kurz an und ging dann wortlos.

Maddy war sich zwar im Klaren darüber, dass ein durchaus angebrachtes »Hab ich's nicht gesagt« ihren familiären Beziehungen nicht sehr förderlich wäre, doch die Versuchung war fast unwiderstehlich.

Claire zuckte überrascht zusammen, als ein dunkelhaariger Mann das Café betrat und sich an die Theke setzte.

»Ist alles in Ordnung mit dir?«, fragte Maddy. »Du schrickst jedes Mal zusammen, wenn jemand zur Tür hereinkommt.«

»Der fünfte heute schon.« Claire hob als Erklärung ihre Kaffeetasse.

»Du solltest dir das mit dem koffeinfreien überlegen«, riet Maddy ihr. »Du bist ja ein richtiges Nervenbündel.«

Die Eingangstür quietschte erneut – Julie hatte heute Morgen wirklich gut zu tun –, und Kelly kam herein. Die Arme bepackt mit Büchern, steuerte sie auf eine Nische im hinteren Teil zu.

»Kelly!«, rief Claire. »Hier sind wir, Schatz.«

Kelly sah sich um. Ihr Blick fiel zuerst auf Claire, dann auf Maddy, und dann lächelte sie. Es war zwar nicht das Tausend-Megawatt-Lächeln, das Maddy kannte und liebte, doch wer wollte es ihr verübeln. Sie hatte bestimmt nicht damit gerechnet, ihre Tante und ihre zukünftige Stiefmutter auf der Lauer liegen zu sehen. Das Mädchen war siebzehn. In diesem Alter tat man lieber so, als sei man von Wölfen großgezogen worden, als irgendwelche Verwandtschaftsverhältnisse einzugestehen.

Doch Aidan hatte seinen Job gut gemacht. Das Lächeln wich nicht aus ihrem Gesicht, während sie auf ihren Tisch zukam. »Hi«, sagte sie, die Bücher an sich gedrückt. »Was macht ihr denn hier?«

Maddy öffnete schon den Mund, um zu antworten, doch Claire war schneller als sie. »Du zuerst, Kelly Ann. Solltest du nicht in der Schule sein?«

»Freistunde«, erklärte Kelly mit einem Blick auf Maddy. Wahrscheinlich suchte sie nach einer verwandten Seele.

Oder nach dem nächstgelegenen Ausgang.

Ich auch, Kel, ich auch.

Maddy schaute demonstrativ auf ihre Uhr. »Rosie wird mir den Kopf abreißen«, sagte sie und schob ihren Papierkram zu einem unordentlichen Haufen zusammen. »Ich habe heute Nachmittag Latrinendienst.« Die PBS-Mannschaft zog aus, und eine Gruppe Senioren von Long Island zog ein, was bedeutete, dass ein größerer Hausputz auf dem Programm stand. Und Lucy erwartete sie am Nachmittag zu einer Anprobe, doch das konnte knapp werden.

»Bist du schon aufgeregt wegen Samstag?«, fragte Kelly. »Mein Vater hat mir im Internet einen Prospekt gezeigt – wow!«

Claire sah sie mit einem dieser grüblerischen, grenzwertig paranoiden Blicke an, die für sie typisch schienen. »Was ist am Samstag, und wieso steht das in einem Prospekt?«

»Mein Vater und Maddy fahren über Nacht nach Spring Lake hinauf. Er hat eine tolle Turmsuite entdeckt, mit einem echten Kamin und einem Balkon und Blick auf den Ozean.«

»So wohnst du im Candlelight doch auch«, bemerkte Claire. »Klingt wie Ferien zu Hause für mich.«

»Nur, dass ich dort keine Toiletten putzen muss«, entgegnete Maddy, so freundlich sie konnte. Sie lächelte Kelly an, die sowohl die offenen als auch die unterschwelligen Anspielungen in der Unterhaltung zwischen ihrer Tante und ihrer zukünftigen Stiefmutter mitbekam. »Ich habe Hannah erzählt, du kommst am Samstag herüber. Sie ist schon ganz aufgeregt.«

»Ich dachte, du kommst am Samstag zu mir zum Abendessen«, sagte Claire zu ihrer Nichte.

»Ich habe gesagt, vielleicht, Tante Claire. Ich habe nicht gesagt, sicher.«

»Du hättest mich wissen lassen können, dass du dich anders entschieden hast.«

»Ich habe mich nicht anders entschieden. Ich hatte ja gar nicht zugesagt.«

»Mir gefällt nicht, wie du dich in letzter Zeit benimmst, Fräulein.« Claire hatte ganz auf Muttermodus geschaltet. »Wir müssen uns zusammensetzen und uns ernsthaft unterhalten.«

Zu Maddys Entsetzen schwammen Kellys blaue Augen in Tränen. »Ich mache es, so gut ich kann«, blaffte sie ihre Tante an. »Ich weiß nicht, was du noch alles von mir erwartest.«

Die Tür war kaum fünf Meter weit entfernt von Maddys Platz

aus, Maddy festgenagelt zwischen Claires Zorn und Kellys Schmerz. Würden sie sie hassen, wenn sie aufsprang, ihre Unterlagen packte und abhaute? Beide starrten sie an, als erwarteten sie von ihr einen Beitrag zu dem Durcheinander, doch was in aller Welt konnte sie schon Sinnvolles sagen? Sie gehörte nicht zur Familie, zumindest noch nicht, und sie war sich nicht sicher, ob ihre natürliche Neigung, Kellys Partei zu ergreifen, das Richtige oder das Falsche war.

Claire war diejenige, die Erfahrung hatte. Sie wusste, was bei Kindern wirkte und was nicht. Besser, es einer Frau zu überlassen, die wusste, was sie tat, als einer, die keine Ahnung hatte.

Sie rutschte aus der Nische heraus und nahm ihre Papiere und den Tagesplaner an sich. »Claire, versuch doch am Freitag möglichst um zehn nach acht da zu sein. Wir gehen live auf Sendung um acht Uhr zweiunddreißig. Du bist unser letzter Beitrag während des morgendlichen Berufsverkehrs.« Sie lächelte in Richtung Kelly. »Nimm einen von den Blaubeermuffins, solange sie noch warm sind, Kel. Jules hat sich selbst übertroffen.«

Noch nie war ihr die Aussicht, die Toiletten im Candlelight putzen zu müssen, derart angenehm erschienen.

Die Tür hatte sich kaum hinter Maddy geschlossen, als Claire eine ihrer höhnischen Bemerkungen losließ.

»Daran werden du und dein Vater sich gewöhnen müssen«, schimpfte sie, als Maddy, zum Abschied winkend, am Fenster vorbeieilte. »Sich drücken, das scheint sie am besten zu können.«

»Wie kannst du nur so etwas Gemeines sagen. Du hast doch gehört, sie muss zurück an die Arbeit.«

»Lass dir gesagt sein«, beharrte ihre Tante, »diese Maddy kann unangenehmen Fragen besser ausweichen als das Weiße Haus. Das liegt in der Familie.«

Es machte Kelly richtig Angst, dass ihre Tante immer ihre Gedanken teilte. Maddy war lustig und warmherzig und sehr verständnisvoll, doch jedes Mal, wenn Kelly ihrer zukünftigen

Stiefmutter ihre Probleme anvertrauen wollte, gelang es Maddy irgendwie, eine unsichtbare Barriere zu errichten, die sie nicht näher kommen ließ. Was auch ganz in Ordnung war. Kelly war ja schließlich nicht im Alter von Hannah und brauchte nicht wirklich eine Mutter zum Reden.

Und außerdem, kamen denn die anderen nicht immer zu ihr, wenn sie Hilfe brauchten? Ihr Vater. Ihre Tante. Ihre Freunde. Sie alle wussten, dass sie immer auf Kelly bauen konnten.

Ihre Tante gönnte sich keine Atempause. Nach ihrer Beschwerde über Maddy nahm sie Kelly in die Mangel: Wieso sie nicht in der Schule war, wieso sie mitten am Vormittag hier im Coffeeshop war, wieso ihr keiner etwas von dem Wochenendausflug ihres Dads mit Maddy nach Spring Lake erzählt hatte.

»Ich dachte, du wüsstest es«, erwiderte Kelly in der Hoffnung, ihre Tante würde nicht merken, dass sie keine der anderen Fragen beantwortete. »Es ist ja nur eine Nacht. Wo ist das Problem?«

»Das Problem ist, dass da eine Bar zu betreiben ist. Ich hatte nicht vor, Samstagabend zu arbeiten, und jetzt muss ich es.«

»Dann arbeite eben nicht. Du bist doch sowieso nicht mehr allzu lange da, oder?«

»Ich mag diesen Ton nicht, Kel.«

Und ich mag vielleicht nicht behandelt werden wie eine Vierjährige. »Wenn du ein Problem mit Maddy hast, warum sprichst du dann nicht mit ihr darüber? Ich sehe nicht ein, wieso ich da mit hineingezogen werden soll.«

»Niemand zieht dich irgendwo hinein. Ich wollte nur ...«

»Nur weil du unglücklich bist, heißt das noch lange nicht, dass alle anderen es auch sein müssen.« Die Worte waren heraus, ehe Kelly sie aufhalten konnte. Sie hatte sie nicht aussprechen wollen, doch jetzt, wo sie gesagt waren, konnte sie sie nicht wieder zurückholen. »Warum kannst du den Dingen nicht ihren Lauf lassen, ohne jedem deswegen ein schlechtes Gewissen zu machen?«

Sie hatte ihre Tante schon wütend gesehen, und sie hatte sie verletzt gesehen. Aber geschlagen hatte sie sie noch nie gesehen. Sie sah aus, als würde ihre Welt zusammenstürzen, als sie ihr Notizbuch und die losen Zettel packte und dann die Nische verließ.

»Tante Claire, bleib doch! Es tut mir leid. Ich wollte doch nicht ...« Sie streckte die Hand aus, doch es war zu spät. Maddy war nicht die Einzige mit einem Talent für Abgänge.

»Was ist denn nur los mit ihr heute Morgen?«, fragte Julie, als sie Kellys heißen Tee und trockenen Toast vor sie hinstellte. »Jedes Mal, wenn die Tür aufging, ist sie zusammengefahren.«

»Ich habe keine Ahnung«, erwiderte sie. »Sie hat einen ziemlich nervösen Eindruck gemacht, nicht?« Was noch gelinde ausgedrückt war. Und wieso interessierte sich ihre Tante dafür, wer im Coffeeshop ein und aus ging?

»So kann man es auch nennen. Sie ist gegangen, ohne zu bezahlen.«

Kelly griff nach ihrer Umhängetasche. »Das mach ich.«

»Behalte du nur dein Geld, Süße. Ich schreib's an. Das ist eine Frau, gegen die ich ganz gerne etwas in der Hand habe.«

Dies schien ja nicht einer der schöneren Vormittage zu werden. Nachdem sie sich während der Turnstunde auf der Toilette die Seele aus dem Leib gekotzt hatte, wollte sie eigentlich nur so viel Abstand wie möglich zwischen sich und die neugierigen Blicke bringen. Das Letzte, womit sie gerechnet hätte, war, im Julie's auf Claire und Maddy zu treffen, die gerade versuchten, sich mit Blicken zu töten. Tante Claires Radar hatte böse Vorzeichen am Horizont ausgemacht, und es würde nicht mehr lange dauern, bis sie Kelly ihren Verdacht auf den Kopf zusagen würde.

Ihr Vater spürte auch, dass etwas nicht stimmte. Ständig bot er ihr Gelegenheiten, ihm ihre Probleme in den Schoß zu legen, so wie sie es als kleines Mädchen getan hatte. Er liebte sie. Er wollte ihr helfen. Wie sollte sie ihm sagen, dass sie sich von ihm entfernt hatte?

Ich bin schwanger.

Diese Worte lärmten in ihrem Gehirn wie Kieselsteine in einer Blechbüchse, wie völlig beliebige Worte – Diesel, Päonie – die ganz zufällig aufeinandertrafen.

Ich bin schwanger.

Sie konnte nicht mehr davor davonlaufen, konnte nicht so tun, als wäre nichts geschehen, sich nicht einreden, es sei nur die kalte Eiscreme auf einen leeren Magen gewesen oder eine kleine Grippe, die in ein paar Tagen wieder verschwinden würde.

Ich bin schwanger.

Sie war fast drei Wochen über die Zeit.

Sie musste sich beinahe jeden Tag übergeben.

Ihre Brüste schmerzten so, dass ihr der BH wehtat.

Letzte Nacht war sie bis fast vier Uhr auf gewesen und hatte das Internet nach allem durchstöbert, was über Schwangerschaft, Symptome und Alternativen zu finden war. Die Menge an Informationen war überwältigend, und egal, wie sie es drehte und wendete, sie konnte der Wahrheit nicht entkommen.

Okay, einen Schwangerschaftstest für zu Hause hatte sie noch nicht gemacht, doch der würde auch nur bestätigen, was sie in ihrem Innersten wusste.

Ich bin schwanger.

Sie wartete auf den Sturm von Gefühlen, von dem sie immer gedacht hatte, dass er auf diese Erkenntnis folgen würde, doch nichts geschah. Müsste sie denn nicht irgendetwas fühlen? Letzte Woche hatte die Vorstellung, sie könnte ein Baby in sich tragen, in ihr noch fast einen Nervenzusammenbruch ausgelöst, doch jetzt fühlte sie nichts. Keinen Schrecken. Keine Freude.

Nichts als eine riesige, gähnende Leere, dort, wo normalerweise ihre Zukunft war.

Sie schlug in ihrem Notizbuch eine leere Seite auf und nahm die Kappe von ihrem Stift ab. Eine Liste zu schreiben half ihr immer dabei, ihre Gedanken zu ordnen. Das Problem schwarz auf weiß dargestellt zu sehen, die Teile ordentlich nummeriert und der Reihe nach, ließ alles machbar erscheinen. Urgroßmutter Irene hatte ihr den Wert von Listen beigebracht, als Kelly in die Schule gekommen war. Man musste nur das Problem erfassen, und die Lösung würde folgen.

Vielleicht wachte ja Urgroßmutter Irene über sie, zeigte ihr die Richtung, in die ihr Weg führen sollte. Das war eine schöne Vorstellung, auch wenn sie nicht wirklich daran glaubte.

Sie war auf sich allein gestellt.

Sie zog einen senkrechten Strich in der Mitte der Seite. Das schien ihr ein vernünftiger Beginn. Links würde sie die Gründe auflisten, aus denen sie das Baby behalten sollte. Auf die rechte Seite kämen die, die dagegen sprachen.

Die rechte Seite füllte sich schnell.

Sie war zu jung.

Sie hatte kein Geld, und Seth hatte noch weniger.

Jeder von ihnen hatte ein Vollstipendium an der Columbia und eine Welt vor sich, die absolut nicht mit einem Baby in Einklang zu bringen war.

Sie und Seth hatten ihr gemeinsames Leben schon seit Jahren geplant. Sie hatten die gleichen Ziele, die gleichen Ambitionen, die gleichen Träume. Erst die Schule, und dann das Vergnügen zu sehen, wie all das Lernen, all die harte Arbeit in die Herausforderung mündete, eine Karriere zu starten. Sie würden Großes erreichen. Ihre Träume waren hochfliegend, und sie wussten, wie man sie wahr werden ließ. Zusammen würden sie in der Welt etwas ausrichten.

Irgendwann, in nebliger, weit entfernter Zukunft, würden sie auch Babys haben, aber nicht jetzt. Noch lange nicht. Sie wollte nicht werden wie ihre Tante Claire, verbittert und eingesperrt und auf alle so eifersüchtig, dass sie kaum richtig sehen konnte.

Wieder mal hatte Urgroßmama Irene recht. Sie musste nur die Liste durchlesen, und der Weg war klar.

Elf Gründe, wieso dies nicht der richtige Zeitpunkt war, ein Baby zu bekommen.

Nicht ein einziger Grund, der dafür sprach. Sie starrte auf die weiße Fläche und die blassblauen Zeilen auf der linken Seite und wartete, dass sich etwas ergab, irgendetwas, doch es tat sich nichts.

Es gab nur eine einzige vernüftige Entscheidung, egal, wie man die Fakten betrachtete. Samstagmorgen würde sie zur Apotheke im Einkaufszentrum fahren und einen Schwangerschaftstest für zu Hause kaufen, nur um sicherzugehen, und dann würde sie tun, was getan werden musste, ehe noch mehr Zeit verstrich.

Sie musste mit Seth reden. Er hatte ein Recht zu erfahren, was sie dachte und fühlte. Natürlich würde er sie auf jedem Schritt ihres Weges begleiten, und sie glaubte an ihn. Sie hatte immer schon an ihn geglaubt. Er würde es verstehen und für sie da sein, wie er es versprochen hatte.

»Möchtest du noch Tee?« Julie stand mit der Kanne neben ihrem Tisch.

»Danke.«

»Iss doch den Toast«, drängte Julie sie. »Ich will ihn nicht schon wieder an die Möwen verfüttern müssen. Diese gierigen Bettler schnorren schon mehr als genug bei mir.«

Kelly nickte und tat so, als würde sie in den Toast beißen, doch kaum ging Julie weiter, legte sie ihn wieder auf den Teller. Ihr Magen hatte sich endlich beruhigt. Man sollte sein Glück nicht überstrapazieren.

Das hatte sie bereits weidlich getan.

»Hey, passen Sie auf, wo Sie mit dem Ding hinfahren, Claire!« Frankie, der Filialleiter, sprang zur Seite, als Claires Einkaufswagen knapp seine linke Hüfte verfehlte.

»Tut mir leid, Frankie.« Sie pfefferte ein Bündel Sellerie in ihren Wagen. Es geht doch nichts darüber, seine Aggressionen an unschuldigem Gemüse auszulassen. »Ich habe Sie nicht da stehen gesehen.«

Frankie blickte an seiner massigen Gestalt, die von einer Kittelschürze verhüllt war, hinunter. »Mich nicht gesehen? Ich wiege einen Zentner achtundzwanzig. Mich sieht man sogar vom Mars aus.«

»Lauter Witzbolde«, sagte sie kopfschüttelnd. »Haben Sie keine Strauchbohnen mehr?«

»Wir haben gar nichts mehr. Die Gemüselieferung hat sich verspätet. Kommen Sie doch um vier noch mal.«

»Als hätte ich nichts anderes zu tun, als noch mal hierherzufahren.«

»Was erwarten Sie denn von mir, Claire? Wir haben keine Strauchbohnen mehr. Wenn Sie welche wollen, dann kommen Sie wieder. Wir sind nicht Ray's Pizza. Wir liefern nicht.«

Bis sie zu Hause in ihre Einfahrt einbog, hatte sie es geschafft, den Kassierer, den Apotheker und jeden Autofahrer, der das Pech hatte, mit ihr zusammen auf der Straße zu sein, gegen sich aufzubringen. Dieser Schlagabtausch mit Maddy hatte ihr mehr zugesetzt, als sie gedacht hatte. Der Anblick dieses kleinen Diamanten, der an Maddys linkem Ringfinger glitzerte, schien jede unschöne Regung, die Claire ein Leben lang unterdrückt hatte, hochkommen zu lassen.

Sie wollte ja nicht, dass Aidan alleine blieb, ganz bestimmt nicht. Er hatte Glück verdient. Sie weiß Gott auch, doch das Glück kam, wo und wann es wollte, und diesmal war Aidan dran. Aber sie war nicht davon überzeugt, dass Maddy Bainbridge auf immer bei ihm blieb. Maddy hatte etwas an sich, eine Unbeständigkeit, die Claire verärgerte, als wüsste diese Frau immer, wie weit es von ihr bis zum nächsten Ausgang war.

Wenn man sich nur ansieht, wie sie sich in dem Coffeeshop benommen hat. Sie konnte gar nicht schnell genug wegkommen, als Claire und Kelly aneinandergerieten. Das war nicht die Art von Frau, die Aidan brauchte, und ganz und gar nicht die Art Stiefmutter, die Kelly durch das Studium begleiten konnte. Beim ersten Anzeichen von Schwierigkeiten, richtigen Schwierigkeiten, würde sie um ihr Leben laufen.

Das ging sie natürlich alles nichts an. Aidan konnte heiraten, wen immer er wollte. Es gab nichts, was sie dagegen tun konnte. Sie war da, um ihm zu raten, falls er einen Rat wollte. Sie war da, um Kelly zu helfen, falls sie Hilfe wollte. Wenn sie sie nicht brauchten – tja, dann war das ihr Fehler. Sie würde noch immer da sein, wenn sie endlich zur Vernunft gekommen waren.

Ihr Vater saß am Küchentisch und aß ein Thunfischsandwich, als sie, mit drei Tüten Lebensmittel bepackt, durch die rückwärtige Tür kam.

»Du siehst aus wie ein Sherpa«, stellte er fest, als er von seinem Spenser-Krimi aufsah.

»Wie ein alter Sherpa«, sagte sie, als sie die Tüten auf der Arbeitsfläche neben der Spüle abstellte. »Ich könnte etwas Hilfe beim Ausladen des Kofferraums gebrauchen.«

»Warum glaubst du wohl, hatten deine Mutter und ich so viele Kinder«, sagte er und knickte die Ecke der Buchseite um. »Keinen Kofferraum mehr ausladen, keinen Rasen mehr mähen und keinen Gehsteig mehr freischaufeln.«

Sie musste lachen. »Hat aber bei mir auch nicht geklappt, Pop. Iss ruhig zuerst dein Sandwich. Die Katzenstreu kann warten.«

»Rate mal, wer übers Wochenende nach Hause gekommen ist?«

Sie überschlug schnell alle Möglichkeiten. »Kathleen kann es nicht sein. Ich habe ihren Wagen nicht gesehen.«

Sie ist bei einer Freundin mitgefahren.«

»Wo ist sie?«

»Sie ist ins Bett, in ihrem alten Zimmer.« Ihr Vater trank einen Schluck Pepsi.

»Ist alles in Ordnung mit ihr? Wieso kommt sie fürs Wochenende herunter? Sie ist doch nicht …«

»Es ist alles bestens«, erwiderte er. »Sie hat einen ruhigen Ort gebraucht, um eine Arbeit für die Schule fertig zu schreiben.«

Claire bekam vor Erleichterung weiche Knie und ließ sich auf einen Stuhl ihrem Vater gegenüber sinken.

»Du solltest dir nicht so viele Sorgen machen«, sagte er, als er ihre zitternden Hände sah. »Sie macht sich doch jetzt großartig.«

»Ich weiß, aber ...«

»Sie ist erwachsen, Claire. Du hast alles getan, was in deiner Macht stand. Nun liegt es an ihr.«

»Du warst nicht hier, als sie in Schwierigkeiten war, Pop. Du kannst dir nicht vorstellen, wie es war.«

»Ich bin zwar alt, aber nicht dumm. Meinst du, ich wüsste nicht, was Sucht bedeutet?«

Wenn man nicht mit in der Notaufnahme dabei war, nicht die Beinahekatastrophen, die hässlichen Auseinandersetzungen, den Schrecken, seine Erstgeborenen zu verlieren, miterlebt hatte, hatte man nicht die blasseste Ahnung. Doch es hatte keinen Sinn, davon zu reden. Er liebte Kathleen, und sein Glaube an sie war unerschütterlich gewesen, sogar damals, als Claire und Billy das Schlimmste befürchteten. Was waren schon Fakten und Zahlen verglichen mit dieser Art von vorbehaltlosem Rückhalt?

»Du hast recht«, erwiderte sie und tätschelte seinen Arm. »Ich mache mir zu viele Sorgen.«

»Also, was gibt es sonst Neues?« Er schob ihr die Hälfte seines Sandwiches hin. »Ich will noch Platz lassen für die Brownies, die du gestern Abend gemacht hast.«

Sie griff nach dem Sandwich und aß einen Bissen. »Ich dachte, du wolltest für eine Weile auf den Nachtisch verzichten.«

»Nächste Woche.« Er trank seine Pepsi aus. »Und wie lief's heute Morgen bei Olivia?«

»Frag nicht.«

»Du und Rosies Tochter, ihr hattet Schwierigkeiten?«

»Kannst du dir vorstellen, dass sie versucht hat, meine Position im Cuppa zu unterwandern, indem sie einen Teil des Backens übernehmen wollte?«

»Sie ist eine miserable Köchin?«

»Das weiß ich nicht«, antwortete sie. »Und darum geht es auch nicht.«

»Und worum geht es dann? Willst du dir einen krummen Rücken holen, indem du zwei Jobs für nur ein Gehalt machst?«

»Das ist doch nur vorübergehend. Wir werden jemanden einstellen, der beim Backen hilft, sobald der Laden läuft.« Olivia wollte die Hochsaison auch schon nutzen, was einen beschleunigten und wahrscheinlich holprigen Start bedeutete. Das hatte Claire gewusst, als sie sich bereit erklärt hatte mitzumachen. »Seit wann hat irgendeines deiner Kinder Angst davor, hart zu arbeiten?«

»Geschickt arbeiten«, erwiderte er, »nicht hart. Du musst doch nicht alles alleine machen, Claire. Mach, was alle hohen Tiere machen: Lerne zu delegieren. Das ist es.«

»Du solltest wirklich nicht so viele Realityshows ansehen, Pop. Wir reden hier von Tee und Gebäck, nicht von mehrere Millionen Dollar schweren Konzernbildungen.«

»Glaube deinem Alten Herrn. Du musst ein bisschen geben, um viel zu bekommen, Kindchen. Das ist das wirkliche Geheimnis, um in der Welt voranzukommen.«

»Eine Katastrophe?«, fragte Rose, während sie die Toilette putzte. »Wie das?«

Maddy hob den Kopf aus der Wanne, die sie gerade schrubbte. »Ich bin aus dem Julie's hinausgerannt, als hätte ich eine Rakete in meiner Tasche. Du siehst hier den Goldmedaillengewinner im Entwischen vor dir.«

»So schlimm war es doch sicher nicht.«

»Es war schlimmer. Von dem Moment an, als sie zu streiten begannen, konnte ich an nichts anderes mehr denken, als schnellstmöglich rauszukommen.« Sie trocknete die Seifenschale ab und legte ein verpacktes, duftendes Stück französischer Seife hinein. »Ich bin ein Feigling.«

»Du hast getan, was jede vernünftige Frau in einer ähnlichen

Situation gemacht hätte. Du hast dich aus einem familiären Streit zurückgezogen.«

»Auf Kosten von Kelly.«

»Siehst du das so?« Rose wischte den Deckel mit einem Desinfektionsmittel ab.

»Jedes Mal, wenn sie sich Rat suchend an mich wendet, suche ich nach Möglichkeiten, das Thema zu wechseln. Was stimmt denn nicht mit mir?«

Sie legte Minifläschen mit Shampoo und Conditioner in ein Körbchen und packte es voll mit kleinen, mit Schleifen versehenen Portionen von süß duftendem Kräuterbadesalz. »Ich bin dreiunddreißig Jahre alt. Ich bin Mutter. Wieso will ich jedes Mal davonlaufen, wenn Kelly Anstalten macht, sich mir anvertrauen zu wollen?« Was noch schlimmer war, würde sie sich genauso verhalten, wenn Hannah siebzehn und in Schwierigkeiten wäre?

»Du bist mir darin unheimlich ähnlich.«

»Sehr witzig.«

»Ich meine es ernst.« Sie bedeutete Maddy, noch ein Päckchen Badesalz dazuzulegen. »Ich weiß gar nicht, wie oft ich so war, als du herangewachsen bist.«

»Vielleicht in einem Paralleluniversum«, sagte Maddy lachend. »Die Rose DiFalco, bei der ich aufgewachsen bin, wusste auf alles eine Antwort, einschließlich des Verbleibs von Jimmy Hoffa.«

»Diesen Anschein zu erwecken, hab ich ziemlich gut hinbekommen, nicht wahr? Die Hälfte der Zeit hatte ich das Gefühl, dir nur einen halben Schritt voraus zu sein und sehr schnell an Boden zu verlieren.«

Maddy polierte den Spiegel mit langen, von oben nach unten geführten Bewegungen. »Da ist nichts Weiches in Claire. Sie verlangt, dass Kelly sich an irgendwelche unbegründeten Regeln hält, die vor langer Zeit aufgestellt wurden. Ihre Worte schossen über den Kopf des Mädchens hinweg, und sie hat es nicht einmal gemerkt.«

»Loszulassen ist schwierig, egal, wie oft man es schon gemacht hat.«

»Und warum fühle ich mich schuldig? Nichts von alledem hat irgendetwas mit mir zu tun. Was macht es mir aus, ob Claire und Kelly sich zanken?«

Rose hockte sich auf ihre Fersen zurück und schob sich eine Locke aus der Stirn. »Wenn du tatsächlich so empfindest, wäre es vielleicht an der Zeit, deine Zukunft mit Aidan zu überdenken.«

»Das ist ziemlich starker Tobak.«

»Du heiratest nicht nur einen Mann, Schatz, du heiratest eine Familie, so wie Aidan auch. Er hat jedes Recht, von dir genauso viel Engagement für seine Tochter zu erwarten, wie du von ihm für deine erwartest.«

»Ich mag Kelly sehr gerne.«

»Freunde hat sie genug. Sie braucht eine Mutter.«

»Das hatten wir alles schon, Ma. Sie hat Claire.«

»Claire ist nicht ihre Mutter.«

»Ich aber auch nicht.«

»Du kannst sie nicht ewig abweisen, Madelyn. Gott gebe, dass ihr, du und Aidan, ein langes Leben vor euch habt, und Kelly wird ein Teil davon sein. Die Entscheidungen, die du jetzt triffst, werden die Zukunft auf eine Weise beeinflussen, die du dir überhaupt nicht vorstellen kannst.«

»Oh weh, Ma, wir klingen ja schon so wie ein *Lifetime*-Film. Jetzt fehlt nur noch, dass dein lange verloren geglaubtes, geheim gehaltenes Kind in der Tür auftaucht.«

»Entschuldigung.« Crystal klopfte am Türrahmen, und beide Frauen brachen in hemmungsloses Lachen aus. »Hab ich etwas Falsches gesagt?«

Was natürlich zu noch mehr Gelächter führte.

»Ihr Timing war perfekt«, erklärte Maddy, als sie sich wieder etwas gefangen hatte. »Wir haben nur gerade das lange verloren geglaubte, geheim gehaltene Kind meiner Mutter heraufbeschworen.«

Das arme Mädchen sah jetzt völlig verwirrt aus. »Wie auch immer. Ich wollte Ihnen nur sagen, dass wir jetzt abreisen.«

»Ich dachte, Sie wollten die Ankunft der Gäste filmen.« Als einzige Frau, die Maddy je gesehen hatte, wirkte Rose sogar dann noch elegant, wenn sie ein Badezimmer auf Sauberkeit kontrollierte.

»Wir kommen wieder. Piepsen Sie Peters Handy an, wenn der Bus vorfährt, und wird sind sofort da.«

»Wir werden aber nichts unternehmen, um das Einchecken hinauszuzögern«, schärfte Rose ihr ein. »Wenn Sie hier sind, sind Sie hier. Ich werde meinen Gästen keinerlei Unannehmlichkeiten zumuten, um niemandes willen.«

»Verstanden, Mrs D. Sie machen alles so, wie Sie es für richtig halten. Und wir arbeiten um Sie herum.« Plötzlich wurde sie sich der Szene, die sie vor sich hatte, erst so richtig bewusst: Wurzelbürsten, Eimer mit Seifenwasser, Toilettenbürste und gewerbliche, doch umweltfreundliche Reinigungsmittel, in den Händen von zwei Frauen auf den Knien. »Wow! Soll das heißen, dass Sie Ihre Bäder selbst putzen?«

»Was hat sie denn gedacht, wer das Ganze hier putzt?«, fragte Rose, nachdem Crystal verschwunden war. »Die Heinzelmännchen?«

»Seien wir mal ehrlich, Ma: So richtig wie eine Putzfrau siehst du eigentlich nicht aus.« Sie zeigte auf ihre eigenen dreckigen Jeans und das ausgeblichene T-Shirt von einem Rolling-Stones-Konzert vor lange Zeit im Meadowlands. »Wohingegen deine Tochter ...«

»Sag bloß nicht, das ist noch das gleiche T-Shirt, das du schon auf der Highschool trugst.«

»Ich werd's dir nicht sagen.«

»Du hingst schon immer sehr an deinen Sachen.«

»Erinnerst du dich an meine Lieblingsjeans von Jordache?«

»Die, von der du unbedingt wolltest, dass sie gereinigt und nicht gewaschen wurde.«

»Mit dreizehn fand ich das richtig.«

»Erinnere dich daran, wenn Hannah dreizehn wird, und du ihr ihre Lieblingsjeans nicht entreißen kannst.«

Sie verfielen in kameradschaftliches Schweigen, das durch das Geräusch des Putzlappens auf den Fliesen und der frischen, flauschigen Handtücher, als sie auf ihren Platz in dem Einbauschränkchen geschoben wurden, betont wurde.

»Wir geben ein großartiges Team ab«, stellte Rose fest, während sie die Putzutensilien hinunter in den Hauswirtschaftsraum schleppten.

»Ja, nicht wahr?« Diese Erkenntnis überraschte Maddy. »Wann hat sich das denn ergeben?«

»Zwei Jahrzehnte später, als ich gehofft hatte«, erwiderte Rose mit ihrer gewohnten Offenheit.

»Claire und ich sollten im Cuppa dazu besser nicht so lange brauchen. Wie die Dinge liegen, werden unsere schauspielerischen Fähigkeiten morgen sowieso auf die Zerreißprobe gestellt werden.« Maddys optimistische Einstellung bezüglich ihrer geschäftlichen Zusammenarbeit schwand zusehends. »Zwistigkeiten sind zumindest für die Einschaltquote gut.«

»Zwistigkeiten mögen ja gut für Einschaltquoten sein, doch im täglichen Leben machen sie sich nicht so gut.«

»Davon kann ich ein Lied singen.« Die etwa dreißig ersten Jahre von Maddys Leben als Tochter waren ein schlagender Beweis dafür.

»Lucy hat angerufen, während du weg warst«, sagte Rose, als sie sich in die Küche zu einem Krug Eistee niederließen. »Sie lässt fragen, ob ihr die Anprobe auf nächste Woche verschieben könnt. Ihre Arthritis spielt wieder verrückt, und ihre Hände wollen nicht funktionieren.«

»Kein Problem«, erwiderte Maddy. »Ich ruf sie an, und wir machen einen neuen Termin aus.«

»Und du solltest deine Nachrichten abhören. Fred vom Rundfunksender hat versucht, dich zu erreichen. Er sagte, er hätte auf deinem Handy angerufen, aber keine Antwort bekommen.«

Maddy seufzte resigniert und beschämt. »Wahrscheinlich habe ich wieder vergessen, es aufzuladen.«

»Madelyn, was in aller Welt hat es für einen Sinn, ein Handy zu haben, wenn man den Akku nicht auflädt?«

»Mir gefällt, wie es da an meiner Gürtelschlaufe baumelt.«

»Hör deinen Anrufbeantworter ab.«

»Später.«

»Der Anruf ist schon ein paar Stunden her.«

»Ma, es ist gut. Ich höre ihn ja gleich ab, okay?«

»Du bist verantwortungslos.«

»Wieso? Weil ich nicht der Meinung bin, dass ein Handy eine elektronische Leine sein sollte?« Der Einfachheit halber zog sie es vor, all die Male zu übersehen, bei denen ihr die elektronische Leine das Leben doch sehr erleichtert hatte, indem sie an jemand anderem zerrte.

»Du bist genau wie dein Vater. Gott bewahre, dass er seine Nachrichten abhört, wenn er wie ein Teenager mit einem brandneuen Führerschein draußen durch die Gegend rast. Ihr beide gleicht euch wie ein Ei dem anderen.«

Maddy küsste ihre Mutter auf die Wange. »Danke«, sagte sie. »Das ist eine der nettesten Sachen, die du je zu mir gesagt hast.«

Rose versuchte, eine ernste Miene aufzusetzen, doch das Augenzwinkern – ein Zwinkern, das sich vielleicht schon oft gezeigt hatte, wenn Maddy nur zu beschäftigt oder zu wütend gewesen war, es zu bemerken – verriet sie.

»Das finde ich auch«, erwiderte sie. »Jetzt hör deine Nachrichten ab, und dann machen wir uns wieder an die Arbeit.«

17

Corin Flynn war in Sarajewo Heckenschützen gegenübergestanden, hatte die wilden Berge von Afghanistan überlebt wie auch die lebensgefährlichen Straßen von Bagdad, ohne mit der Wimper zu zucken. Er kannte die Angst, kannte sie nur allzu gut, und er wusste diese Angst zu nutzen, um sich selbst weiter in Situationen hineinzutreiben, vor denen ein vernünftiger Mensch fliehen würde. Angst war etwas Gutes, ein Motivator. Angst lehrte einen, seinem Bauchgefühl zu folgen, auch wenn der Verstand in die entgegengesetzte Richtung zog.

Doch nichts von dem, was er empfunden hatte, als er in den Lauf der Kalaschnikow eines verängstigten sechzehnjährigen Jungen blickte, der nichts mehr zu verlieren hatte, entsprach auch nur annähernd den Gefühlen, die ihn übermannten, als er in die Joyce-Kilmer-Raststätte am New Jersey Highway einbog.

Acht Meilen nach dem Newark Liberty Airport, wo das Land allmählich sein städtisch-geschäftiges Erscheinungsbild verlor und in grünere Vorstädte überging, war ihm der kalte Schweiß ausgebrochen.

Das Zucken unter seinem linken Auge stellte sich südlich von The Oranges ein.

Als er dann vom Fahrersitz seines gemieteten Ford stieg und auf das niedrige Backsteingebäude zuging, in dem sich die öffentlichen Toiletten, zwei Fast-Food-Restaurants und ein Informationszentrum befanden, war sein Adrenalinspiegel so hoch wie morgens in Kabul, wo das Geräusch von Maschinengewehrfeuer und Raketenexplosionen die Schlummerfunktion des Weckers ersetzte.

Kein Mensch konnte ewig wütend sein. Das wusste er. Dieser tief in seinem Inneren brennende Zorn, den er bei ihrer letzten Begegnung empfunden hatte, war durch eine Leere ersetzt worden, die durch nichts zu füllen war. Er war durch die Welt gereist auf der Suche nach etwas, das ihn sie vergessen ließ, hatte die Gefahr als Ersatz für Liebe gesucht, doch die Leere war geblieben. In den letzten acht Jahren hatte er sich einen Ruf als risikobereiter Bursche erworben, der mit der Kamera dorthin ging, wo vernünftige Menschen keinen Fuß hinsetzten. Nebenbei hatte er Karriere gemacht, eine große Karriere, und sich einen Namen geschaffen, doch die innere Leere wurde nur immer noch größer.

Er kaufte sich bei Mickey D's einen großen Kaffee – ja, viel Koffein, das war genau das, was er braucht – und ging wieder ins Freie, um das Duftgemisch sprießender Bäume und schalen Petroleums einzuatmen, und fühlte sich zurückversetzt an den Tag, an dem er feststellte, dass es Möglichkeiten gab, einen Mann zu töten, die nichts mit Kugeln zu tun hatten.

Er trank seinen Kaffee aus, träumte sich eine Zigarette dazu, und warf dann den leeren Becher in den nächsten Abfalleimer. Die Sonne ging langsam über einer schwankenden Kieferngruppe jenseits des Highways auf. Mit etwas Glück würde er Paradise Point zur Frühstückszeit erreichen.

Er hatte Olivia gebeten, Claire zu sagen, dass er käme und auch warum. Sie war diese letzten Jahre durch die Hölle gegangen, und er wollte nichts tun, was ihr Leben noch schwieriger machte. Er wollte sie nur noch ein letztes Mal sehen, den Klang ihrer Stimme hören. Er wollte sich vergewissern, dass ihre Entscheidung für sie die richtige gewesen war. Er würde tun, wofür er bezahlt wurde – Bilder einer Stadt und ihrer Bewohner machen –, und dann würde er vergessen, dass Claire O'Malley je existiert hatte.

Und eines Tages würde er vielleicht sogar aufhören, sie zu lieben.

Maddy und ihre Mannschaft waren schon im O'Malleys, als Claire ankam. Sie hatte den Wecker auf fünf Uhr dreißig gestellt, damit sie Zeit hatte, zu duschen, ihr Haar zu waschen, es mit Gewalt zu bändigen und sich zwanghaft mit einer Ausrede zu beschäftigen, dafür, dass sie nichts Anständiges zum Anziehen hatte.

»Es handelt sich um eine Radiosendung«, hatte ihr Vater sie erinnert, als sie dankbar den angebotenen Kaffee trank, ehe sie zur Tür hinauswirbelte. »Du siehst gut aus.«

Diese Äußerung konnte man auf zweierlei Art betrachten: *Du siehst gut aus ... für eine Rundfunksendung,* oder *Du siehst gut aus, und ja, ich weiß, es werden dich tatsächlich andere Leute sehen.* Sie hatte das vernichtende Gefühl, dass Ersteres eher der Wahrheit entsprach, doch für eine grundlegende Veränderung fehlte ihr die Zeit. Zwei Striche mit dem Lippenstift, eine Handvoll Tic Tacs und eine schnelles »Gegrüßet seist du Maria«, und sie war zur Tür hinaus.

»Hey, Claire!« Maddy winkte ihr über die Bar zu. »Nimm dir Kaffee. Ich bin sofort bei dir.«

Nimm dir Kaffee? Als wäre Claire nicht diejenige, die an 356 Tagen im Jahr den Kaffee im O'Malley's machte.

»Sie hat es nicht so gemeint.« Es war Aidan, der sie aus ihren trüben Gedanken riss. »Du hast sie doch hier schon Interviews machen sehen. Das sagt sie zu allen Gästen.«

Das war so, doch Claire wollte sich nicht beschwichtigen lassen.

»Bammel?«

Sie schüttelte den Kopf. »Warum sollte ich? Ist doch nur der Lokalsender.«

Er bedachte sie mit einem Blick, den sie lieber nicht ergründen wollte, und ging dann wieder zu den Leuten an der Bar zurück, wovon eine die strahlende, putzmuntere Olivia war.

»Hat ja lange genug gedauert«, beschwerte sich Claire, als sich Olivia endlich zu ihr gesellte, in ihrem Exil zwischen den Leuten an der Bar und Maddys Meute am Fenster. »Ich fing schon an zu glauben, da sei etwas zwischen dir und Mel Perry.«

»Und wenn dem so wäre, würdest du es als Erste erfahren,

das verspreche ich dir.« Sie senkte die Stimme. »Noch immer nichts von Corin, aber Peter sagt, er hätte morgen früh einen Fototermin auf der Werft, also ...«

»Das interessiert mich überhaupt nicht, Liv. Unsere Stunde kam und ging vor langer Zeit.«

»Wirklich?« Olivia zog eine Augenbraue hoch. »Ich habe gehört, du seist jedes Mal zusammengefahren, als hier die Tür aufging.«

Wie aufs Stichwort öffnete sich die Tür, doch Claire hielt ihren Blick eisern auf ihre Freundin gerichtet.

Olivia winkte mit den Fingern über Claires linke Schulter. »Guten Morgen, Mr Fenelli. Was sehen Sie gut aus an diesem schönen Tag!«

Schon seltsam, wie ähnlich sich Erleichterung und Enttäuschung anfühlen konnten. Claire drehte sich um und lächelte, als David zu ihnen trat.

»Musst du denn nie arbeiten?«, zog sie ihn auf.

»Eine der Wohltaten, wenn man selbstständig ist«, erwiderte er. »Man kann sich einen Morgen freinehmen, um einer Freundin zuzujubeln.«

Er hatte recht. Sie waren mittlerweile Freunde geworden. Sie fragte sich nur, wann das geschehen war.

»Danke«, sagte sie, sich Olivias neugierigem Blick bewusst. »Ich kann gar nicht genug Unterstützung bekommen.«

»Du wirst sie alle umhauen.« Er lächelte sie mit einem dieser liebenswerten Goofy-Lächeln an. »Wie wär's, wenn ich dich nachher auf ein Frühstück einladen würde?«

Olivia hüstelte gekünstelt, wie es Sitcom-Schauspielerinnen gern machen, und Frauen, die nicht gern übersehen werden.

»Sie natürlich auch, Olivia«, sagte David. »Ich würde mich freuen, wenn Sie mitkämen.«

»Sicher würden Sie das«, brummte Olivia vor sich hin, während sie ihm den Arm tätschelte, »doch ich muss leider ablehnen. Ich muss mich ums Geschäft kümmern und meine Angestellten piesacken.«

David war zu höflich, um erleichtert zu wirken, als er Claires Blick suchte. »Nun, wie wär's?«

Es gab eine Million Gründe, es nicht zu tun, doch ein gepflegtes Frühstück mit einem normalen, alltäglichen, durchschnittlichen netten Kerl schien genau das zu sein, was sie brauchte. »Klingt wunderbar«, erwiderte sie, »vorausgesetzt wir gehen nicht zu Julie's.«

»Paula's Pancake Palace«, schlug er vor. »Das ist in …«

»Bayport«, vervollständigte sie. »Die Blaubeer-Pekan-Silberdollar dort sind göttlich.«

»Interessant«, stellte Olivia fest, als er gegangen war, um sich an der Bar Kaffee zu holen. »Seit wann seid ihr beide Frühstückskumpel?«

»Seit gerade eben.«

»Den hat's erwischt.«

»Willst du wohl leise sein?«

»Die Anzeichen sind alle da.« Olivia ließ nicht locker. »Goofy-Lächeln. Feuchte Hände. Ein Funkeln in den …«

»Tut mir leid, Sie stören zu müssen.« Es war Angie, Maddys Assistentin. »Ich muss einen Soundcheck machen.« Sie lächelte Claire an. »Tut nicht weh. Versprochen.«

Leicht gesagt, für sie. Sie stand ja auf der anderen Seite des Mikrofons.

»Du bist etwas grün um die Nase«, bemerkte Olivia, als Angie wieder ging.

»Ich glaube nicht, dass ich das schaffe. Du solltest das Interview geben, nicht ich.«

»Natürlich schaffst du das.« Olivia legte die Hände auf Claires Schultern und drehte sie von der Tür weg. »Maddy hat dir doch eine Liste mit den Fragen, die sie dir wahrscheinlich stellen wird, gegeben. Du musst nur konzentriert bleiben und daran denken, bei jeder möglichen Gelegenheit, das Cuppa zu erwähnen. Wo liegt das Problem?«

Claire zog den Bauch ein und betrachtete sich in der Spiegelwand hinter der Bar. »Ich hätte die schwarze Hose und den

Seidenblazer anziehen sollen. Ich sehe aus wie ein Fettsack in diesem Rock.«

Olivia verzog das Gesicht. »Du meinst die entsetzliche Hose mit dem Gummibund? Nur über meine Leiche.«

»In diesem Pulli sehe ich aus wie im sechsten Monat schwanger. Ich hätte nie mit dem Rauchen aufhören sollen.«

»Du siehst umwerfend aus. Meine Handgelenke sind breiter als deine Schenkel. Wehe du kommst einer Zigarette zu nahe, dann bekommst du es aber mit mir zu tun. Außerdem ist das ein Rundfunkinterview. Du könntest auch splitterfasernackt sein, und keiner würde es sehen.«

Claire konnte nicht anders, sie musste lachen. »Glaub mir, wenn du meine Schwangerschaftsstreifen sehen würdest ...«

»Keine Ausflüchte«, fiel Olivia ihr ins Wort. »Wir sitzen alle im gleichen Boot. Ich habe vor zwei Wochen ein Interview mit Madddy gemacht. Nächsten Monat ist Rosie dran. Und jetzt bist es du. Ich hatte dir ja prophezeit, dass mit der Eröffnung des Teeladens eine Menge Öffentlichkeitsarbeit verbunden sein würde.«

»Ich dachte, das hieße, Kekse für Reporter zu backen. Wenn du mir gesagt hättest, dass es Strumpfhosen und Lippenstift bedeutet, hätte ich es mir vielleicht noch einmal überlegt.«

Wenn Olivia lachte, fielen die Männer auf die Knie und dankten ihrem Schöpfer. So wie jetzt eben. Die gleichen alten Ziegenböcke, die vor zehn Minuten Claire kaum zugemeckert hatten, blickten beim Klang von Olivias Lachen wie ein Mann von ihren Pferderennsportmagazinen auf. Sie alle richteten sich etwas mehr auf, strichen den Anschein von Haaren glatt und lächelten mit künstlichen Gebissen, auf die jede Dentistenseite im Internet stolz gewesen wäre.

»Wie machst du das?«, fragte Claire, als Olivia mit ihren beringten Fingern in Richtung ihres hingerissenen, betagten Fanclubs wedelte. »Wenn ich lache, drehen sie die Lautstärke vom Fernseher hoch.«

»Klar tun sie das. Du gehörst doch zur Familie.« Olivias

Lächeln wurde noch um ein paar Watt strahlender. »Ich dagegen bin noch immer die geheimnisvolle Fremde.«

Claire hätte beinahe die Augen verdreht. »Du bist seit über zwei Jahren hier.«

»Das spielt keine Rolle. Ich bin nicht hier aufgewachsen. Sie haben mich nie mit einer Zahnspange oder einem Sport-BH ...«

»Du hast einen Sport-BH getragen?« Sie schlug sich die Hände über die Ohren. »Bitte! Nimm mir meine Illusionen nicht.«

»Siehst du, was ich meine? Ein Hauch von Geheimnis steht einer Frau gut. Du solltest es ausprobieren.«

»Ich bin fast vierzig. Wenn ich geheimnisvoll hätte sein wollen, hätte ich eher damit anfangen müssen.« Claire blickte demonstrativ in die Richtung von Olivias aufsehenerregendem Busen. »Vielleicht kaufe ich mir lieber einen Wonderbra.«

»Du brauchst keinen Wonderbra. Du musst nur anfangen, mehr auszugehen.«

»Ich gehe sehr viel aus«, entgegnete Claire. »Ich gehe in den Supermarkt. Ich gehe zur Bushaltestelle, um Billy jr. abzuholen. Ich gehe zum Zahnarzt und in die Kirche und ...«

»Du weißt, wovon ich rede.«

»Über das Gleiche, worüber du immer redest, und ich bin noch immer nicht daran interessiert.«

»Und ob du daran interessiert bist. Du bringst es nur nicht fertig, es dir einzugestehen.«

Das musste sie Olivia lassen. Noch vor fünf Minuten hätte sie es nicht für möglich gehalten, dass es jemandem gelingen würde, sie von ihrem Lampenfieber abzulenken. Nichts hilft einer Frau so, auf andere Gedanken zu kommen, wie ein alter Disput.

»Ich gehe mit David frühstücken. Das sollte doch ...«

»Dreißig Sekunden«, rief Angie. »Los! Wir brauchen noch einen Mikrofoncheck.«

»Hals und Beinbruch, Claire.« Olivia gab ihr einen kleinen

Schubs, und Claire bewegte sich entweder auf ihren sicheren Tod oder eine öffentliche Blamage zu. Im Moment war ihr nicht klar, welche Aussicht schlimmer war.

Maddy, ihre zukünftige Schwägerin, schenkte ihr ein aufmunterndes Lächeln, während Angie, die noch nicht einmal alt genug aussah, um ohne Mutter aus dem Haus zu dürfen, ihr einen Stuhl unter den Po schob.

»Zähl noch einmal bis zehn«, forderte Maddy Claire auf, »damit sie sich vergewissern können, dass dein Mikro richtig angeschlossen ist.«

»Eins ... zwei ... drei ... vier ...«

»Wir haben's.« Angie sah auf die Uhr. »Zurück in drei Sekunden.«

»Ich glaub, mir wird schlecht«, sagte Claire und griff nach Maddys Händen. »Vielleicht solltest du ...«

Zu spät.

Angie deutete auf Maddy.

Maddy lächelte, und neigte sich dann zum Mikrofon.

»Hier ist Maddy Bainbridge. Wir befinden uns live im O'Malley's, im historischen Paradise Point, an der schönen Küste von Jersey, zusammen mit der Miteigentümerin Claire O'Malley, die demnächst im Verein mit Olivia Westmore, Rose DiFalco und meiner Wenigkeit ...«

Olivia, mit wogendem Busen, strahlte aufmunternd aus den Kulissen, während sie eine Latte aus der neuen Espressomaschine trank, die angeschafft worden war, um ein etwas gehobeneres Publikum anzuziehen. Bis jetzt hatte noch keiner der Stammkunden etwas anderes als 'ne Halbe oder 'nen Kaffee bestellt, aber ...

Oh Gott. Hör auf mit den Tagträumen! Maddy spulte die Einleitung herunter und würde jeden Moment von Claire erwarten, etwas halbwegs Unterhaltsames von sich zu geben, doch ihr Gehirn war wie leer gefegt. *Du bist eine Mutter von fünfen ... du hast schon auf dem Rücksitz eines VW Windeln gewechselt ... du schaffst es innerhalb von drei Minuten, während du auf den Schulbus wartest, ein Kostüm für Halloween zu zaubern – ein mickriges Rundfunkinterview sollte doch ein Klacks ...*

Klacks Sahne! War es das? Sie sollte über Sahne und all die Kuchen und Petit Fours und die butterzarten, teuren Kekse voller Schokolade sprechen, die sie täglich im Cuppa backen und servieren würde, und darüber, dass ihre guten Feen, in Gestalt von Olivia Westmore und Rose DiFalco, ihnen die Chance ihres Lebens geboten hätten. Wer hätte gedacht, dass die Jahre des Chocolate-Chips-Backens für das Schulfest ihr Weg aus diesem sicheren und gemütlichen Versteck heraus sein würden.

Sie nahm einen tiefen Zug Sauerstoff, straffte die Schultern, riss sich im Interesse aller überarbeiteten und übernächtigten Mütter zusammen und legte los.

Sie war locker. Sie war witzig. Und, bei Gott, sie war sogar ehrlich. Sie wollte, dass das Cuppa ein Erfolg würde, und sie wollte dafür einer der auschlaggebenden Gründe sein. Sie war nie besonders ehrgeizig gewesen. Ihr Hauptaugenmerk hatte in den letzten zwanzig Jahren ihren Kindern und der Familie gegolten, und das O'Malley's hatte bekommen, was von ihr noch übrig war. Das hier war etwas anderes. Sie wusste genau, wie das Cuppa werden sollte, wusste, was Frauen von einer Teestube erwarteten und wie man diese Erwartungen erfüllt, und diese aus dem Bauch kommende Intensität verlieh ihrem Interview eine derartige Zugkraft, dass Maddy, wie Claire feststellen konnte, nach einigen Minuten leicht verstört dreinschaute.

Doch allen anderen schien die Show gefallen zu haben. Aidan grinste sie von seinem Platz hinter der Theke an. Die betagteren Jungs hatten es geschafft, nicht einzuschlafen. Und David Fenelli, alias Ryans Vater, strahlte ihr ein »Bravo« zu.

»Du warst großartig«, sagte Maddy nach dem Interview während einer Werbepause. »Mein Produzent sagte, die Telefonleitungen im Sender liefen heiß. Ich glaube, jedem gefällt die Vorstellung, dass eine Frau, die allein fünf Kinder großzuziehen hat, sich so vielen Herausforderungen stellt und sie alle meistert.«

»Du solltest lieber nicht von mir verlangen, mich einem Test mit dem Lügendetektor zu unterziehen.« Claire griff nach einem Glas Wasser. »Ich kann mich an nichts von dem, was ich sagte, erinnern.«

»Die meisten meiner Interviewgäste sagen das auch. Es scheint an einer Art selbst inszeniertem Gedächtnisschwund zu liegen, dass ...« Maddy schaute über Claires linke Schulter und stieß einen leisen Pfiff aus. »Kann mir einer verraten, wie Olivia das macht? Vor einer Sekunde noch gab es hier keinen Mann unter sechzig, und jetzt hängt ein toller Typ an ihrem Hals wie ein Pashminaschal.«

»Ich glaube, sie züchtet sie bei sich im Keller«, sagte Claire, während sie sich umdrehte, um zu sehen von wem Maddy sprach. »Ein bisschen Torfmoos, etwas Budweiser light, ein paar Wiederholungen von ›Die drei Stooges‹ und ...«

Er lächelte sie an. Vielleicht war es aber auch nur die Erinnerung an sein Lächeln, die sie sah. Ihr erster Gedanke war, dass Gott ihr einen seiner kleinen Streiche spielte, wie den mit der Cellulitis und den Sommersprossen und der Unfähigkeit, nicht genau das zu sagen, was sie dachte.

Ihr zweiter Gedanke war, dass die Zeit an keinem von ihnen beiden spurlos vorübergegangen war. Er wirkte irgendwie hagerer, härter. Sein dichtes dunkles Haar war komplett silbergrau. Seine tiefliegenden braunen Augen verschwanden fast in einem Gewirr aus Linien und Falten. Sein Leben lag in seinen Augen. Die Wut, die Fehler, die verlorene Zeit ...

»... Gott bewahre, dass er sich vorher meldet«, sagte Olivia gerade, und ihre Worte versuchten, sich in diesem Ansturm von Erinnerungen in Claires Kopf Gehör zu verschaffen. Sie konnte die Hitze seines Körpers den Stoff seines Hemdes wärmen fühlen ... den reinen, salzigen Hauch seiner Haut ...

»Maddy, ich möchte dir meinen kleinen Bruder vorstellen, Corin Flynn.«

Maddy streckte die Hand aus. »Corin Flynn, der Fotograf?«

»Ertappt.«

»Corin ist bekannt dafür, nicht ans Telefon zu gehen«, erklärte Olivia und klang wie eine zu nachsichtige große Schwester. »Eher würde er um die halbe Welt fliegen, um Hallo zu sagen, als einen Telefonhörer in die Hand nehmen.«

Er hat mich wochenlang jede Nacht angerufen, Livvy ... der Klang seiner Stimme war mein Schlaflied ...

»Du solltest ihm Unterricht geben, Claire«, schlug Maddy vor. »Keiner kann so gut organisieren wie du.«

Du hast mich gebeten, mit dir zu gehen in jener letzten Nacht ... du hast gesagt, sie brauchen mich nicht so, wie du mich brauchst, doch du hast dich geirrt. Das hier ist mein Zuhause. Du gehörst hier nicht her.

»Schön, dich wiederzusehen, Claire.«

»Ich freu mich auch.« *Geh weg. Bitte, falls du je etwas für mich empfunden hast, dann reist du ab.*

»Ihr beide kennt euch?«, fragte Maddy.

»Fünfzehn Sekunden«, rief Angie.

»Die Meehans und die Flynns waren Nachbarn unten in Boca Raton«, erklärte Olivia am Arm ihres kleinen Bruders. »Wir sind alte Bekannte.«

Dafür hast du was gut bei mir, Liv.

»Zehn Sekunden, Maddy!« Die arme Angie klang verzweifelt.

»Muss weg«, entschuldigte sich Maddy. »Ich treff euch später.« Corin bedachte sie mit einem Extralächeln. »Ich würde Sie gern über Ihre Zeit in Afghanistan interviewen ...«

»Maddy!«, erscholl Angies Stimme.

Sekunden später saß Maddy wieder hinter dem Mikrofon und sprach mit Peter Lassiter und seiner Assistentin Crystal über die Dokumentation über Paradise Point. Claire hörte ein paar Sekunden zu, doch dann gewann ihre tiefe Abneigung Lassiter und seinen Leuten gegenüber die Oberhand, und sie ging zu den Stammgästen an die Theke zurück, wo Corin und Olivia sich gleich zu ihr gesellten.

»Sie ist gut«, sagte Corin über Maddy. »Sehr locker und natürlich.«

»Nicht wahr?«, pflichtete ihm Olivia bei. »Eines Tages kommt jemand, der eine ihrer Sendungen gehört hat, und schnappt sie uns weg.«

Sie schienen darauf zu warten, dass Claire mit in ihr Lob einstimmte, doch ein hässlicher, eifersüchtiger Dämon hatte die Kontrolle über ihre Zunge ergriffen. »Und da dachte ich, das Cuppa wäre ihre heilige Berufung.«

»Miau«, sagte Olivia. »Braut sich da etwas zusammen?«

»War nur ein dummer Spruch«, entgegnete Claire, sich schmerzlich Corins Nähe bewusst ... und der genauen Beobachtung, der er sie unterzog »Du kennst doch mein Credo: keine Gelegenheit ungenutzt lassen.«

Sie winkte David Fenelli zu, der dies als Ermutigung auffasste und dann durch den Raum auf sie zukam. Er sagte Hallo zu Olivia, die ihn Corin vorstellte. Die beiden Männer begrüßten sich mit ziviler Freundlichkeit und einem Händedruck.

»Du warst großartig«, sagte David, als er sich Claire zuwandte. »Du hast sie umgehauen.«

Sie zeigte ihren Stolz etwas mehr, als sie es ohne Publikum getan hätte. »Meinst du wirklich?«

»Oh, Claire!« Olivia drückte liebevoll ihren Arm. »Vor lauter Aufregung, Corin wiederzusehen, hab ich ganz vergessen, dir zu sagen: Du warst fantastisch! Du und Maddy, ihr klangt wie ein eingespieltes Komikerduo.«

»Toll«, erwiderte Claire. »Damit werden wir eine Menge Tee verkaufen.«

»Du solltest nicht die Macht des Humors unterschätzen«, erklärte David. »Wer hat denn behauptet, Tee und Humor würden nicht zusammenpassen?«

Corin sagte nichts. Er beobachtete sie, das zwischen ihr, Claire, und David und ihr, Claire, und Olivia Unausgesprochene, und ihr war klar, dass er versuchte, die Beziehungen auszuloten, versuchte, sie auf den Kamerasucher in seinem Kopf zu bekommen.

David sah auf die Uhr. »Es ist noch immer genug Zeit, um

zu den Blaubeer-Pekannuss-Pfannkuchen zu fahren, wenn du willst.«

»Ich sag nur schnell Aidan, dass ich gehe, dann können wir.«

Sie sprach kurz mit Aidan, der so auf Maddy konzentriert war, dass er kaum zuhörte, und lief dann zur Toilette, fuhr sich mit den Fingern durch den Wust roter Locken und versuchte, über die Falten auf ihrer Stirn und die Schatten unter ihren Augen hinwegzusehen.

»Beruhige dich«, riet sie ihrem Spiegelbild. Das Schlimmste war vorbei. Sie hatten die erste linkische Begrüßung überstanden und den anfänglichen Schock, feststellen zu müssen, dass die Zeit an keinem von ihnen spurlos vorübergegangen war. Die Erde hatte nicht aufgehört, sich um ihre Achse zu drehen. Es hatte keine Herzen und Blumen geregnet. Kein Liebeslied war erklungen. Als ihre Blicke sich begegneten, hatte sie darin nichts als höfliches Interesse erkannt, was sie entsprechend erwiderte.

Sie waren nur eine Frau mittleren Alters und ein Mann mittleren Alters, die sich vor langer Zeit gekannt und die Sache überlebt hatten.

Olivia legte ihre Hand auf Corins Arm, als Claire und David Fenelli zur Tür gingen. »Lass sie ziehen«, sagte sie leise. »Am Schluss blüht dir nur ein gebrochenes Herz.«

»Ich hatte keinerlei Absichten«, log er, als Claire lachend am Fenster vorbeiging.

Olivia hängte sich bei Corin ein und zog ihn in Richtung der Stammgäste am anderen Ende des Raums. »Ich möchte dich meinen Freunden vorstellen«, erklärte sie. »Sie haben jede Menge Ideen, wen und was du fotografieren sollst.«

Das war nicht seine gewohnte Arbeitsweise. Seine Aufnahmen waren spontan, aus dem Augenblick geboren, das kurze Aufblitzen eines Moments, eingefangen, ehe er Vergangenheit wurde und verschwand. Nur einem alten Freund wie Dean zuliebe konnte man ihn in eine Küstenstadt von New Jersey locken und Postkartenfotos von renovierten Dinern und der Kirche an der Ecke machen lassen.

Nur um Claire wiederzusehen.

Die Sorgen waren ihr deutlich vom Gesicht abzulesen. In der Art, wie sie sich gab. In ihrem Blick, als sie ihn wiedersah. Schon immer war unter ihrem scharfkantigen, tüchtigen Äußeren etwas Zerbrechliches gewesen. Eine zarte Verletzlichkeit, die vor der Welt zu verbergen sie sich die größte Mühe gab.

»Komm her, kleiner Bruder.« Olivia zog ihn am Arm. »Wenn du Barneys Tattoo nicht fotografieren willst, dann fress ich meine Jimmy Choos.«

Barney war ein stämmiger Feuerwehrmann Ende fünfzig, der auch an dem Tag Dienst gehabt hatte, als Billy O'Malley starb. Die Tätowierung war eine komplizierte Darstellung von einem Strandstück voller Flammen und der Jahreszahl 2001. Jeder Mann, der an diesem Tag dabei gewesen war, trug diese unauslöschliche Ehrenmedaille.

»Liv hat recht«, sagte er zu Barney. »Würde es Ihnen passen, wenn ich heute im Lauf des Tages ein paar Fotos machen würde?«

»Kommen Sie nach vier zur Feuerwache«, erwiderte Barney Kurkowski. »Ich führ Sie herum.

Er war Olivias Bruder, und das schien ihnen Grund genug, ihn einen Blick in ihr Leben werfen zu lassen.

Olivias neue Freunde waren ein bunter Haufen. Lebensmittelverkäufer. Bankangestellte. Ärzte. Rechtsanwälte. Pensionierte Polizisten und Feuerwehrmänner. Lehrer. Versicherungsagenten. Arbeitslose Werftarbeiter, vom Pech verfolgte Fischer und zur Abrundung ein paar Unternehmer mit sechsstelligem Einkommen. Keine Kastenordnung hier an der Küste von Jersey. Seine Schwester liebte zwar schicke Autos, gute Weine und große Diamanten, doch sie war kein Snob. Paradise Point passte gut für sie. Sie brachte die alten Jungs durcheinander und bezauberte die jüngeren und war mit allen gut Freund. Was noch besser war, diese Freundschaft basierte auf absoluter

Gegenseitigkeit. Er war froh zu sehen, dass sie endlich einen Ort gefunden hatte, den sie als Zuhause betrachtete. Eines der Flynn-Kinder musste es doch früher oder später schaffen, und er freute sich, dass es Olivia war.

Eine junge Frau kam zum Eingang herein und wurde stürmisch begrüßt. Groß, schlank, mit Sommersprossen und kupferroten Locken kam sie ihm irgendwie bekannt vor. Der Besitzer der Bar, Claires Schwager Aidan, ging auf sie zu, so schnell es ihm sein starkes Hinken ermöglichte, und umarmte das Mädchen herzlich.

»... für den Abschluss lernen ...«, hörte er Aidan sagen.

Sie hatte ein helles, süßes Lachen, das einen zum Lächeln animierte. Eines dieser glücklichen Mädchen, die die Götter lieben. »Es ist zu laut im Schlafsaal«, sagte sie und winkte ein paar von den Alten zu, die in Corins Nähe standen. »Ich dachte mir, ich komm nach Hause, verkriech mich in mein altes Zimmer und fress mich bei Ma voll ...« Der klare Blick ihrer Augen streifte ihn, zögerte und kam zurück. Ihre Brauen senkten sich, entspannten sich aber sofort wieder und nahmen ihre normale Position ein. »... Macadamiakekse«, fuhr sie ruhig fort.

»Du könntest ein paar Pfund vertragen«, erwiderte Aidan. »Du bist so dürr wie deine Mutter.«

»Nicht, wenn du sie reden hörst. Seit sie das Rauchen aufgegeben hat ...«

Die Worte verschwammen alle ineinander, bis sie nur noch leeres Rauschen in seinem Kopf waren. Kathleen. Sie musste es sein. Die einzige von Claires Töchtern, die in jener märchenhaften Zeit auf Distanz zu ihm gegangen war und den Verlauf ihrer Romanze mit Augen betrachtet hatte, die schon viel zu viel gesehen hatten.

»Gib mir deine Schlüssel«, bat er Olivia, die einem Mann zuzwinkerte, der alt genug war, ihr Großvater zu sein. »Ich muss pennen.«

Sie zog ein ledernes Schlüsseletui aus ihrer riesigen Handtasche. »Hier«, sagte sie und drückte es ihm in die Hand. »Ich hab ein Zimmer für dich hergerichtet, und im Kühlschrank ist jede Menge zu essen. Bedien dich.«

Er umarmte sie kurz.

»Es wird einfacher werden«, flüsterte sie ihm ins Ohr. »Das verspreche ich.«

Sicher würde es das. Doch mit etwas Glück war er dann schon lange weg.

»Du isst ja deine Pfannkuchen nicht.« Claire deutete mit der Gabel auf Davids Teller. »Komm schon, David. Sie werden ja kalt.«

Er unternahm einen halbherzigen Versuch, ein paar Bissen hinunterzuzwingen, schob aber dann seinen Teller von sich. »Spiele liegen mir nicht, Claire.«

Sie goss noch etwas Pekan-Butter-Sirup über ihre kleine Portion. »Wie schade«, erwiderte sie und brachte ein Lächeln zustande. »Zufällig bin ich einer der weltbesten Glücksradspieler in einem Lehnstuhl von Paradise Point.«

Er lächelte nicht zurück. »Davon spreche ich aber nicht.«

»Dann solltest du mir vielleicht sagen, wovon du sprichst.« Billy jr. und Ryan hatten sich nicht verkracht, zumindest wusste sie nichts davon. »Ich weiß, dass ich in den letzten Tagen nicht meinen Teil zur Organisation beigetragen habe. Ich verspreche, ich faxe dir eine Kopie der Bestellung für das Fußballessen …«

»War es etwas Ernstes?«

Noch nie in ihrem Leben war sie sich derart ahnungslos vorgekommen. »Ich weiß nicht. Vielleicht solltest du mir erst sagen, was du mit ›es‹ meinst, ehe ich antworte.«

»Olivias Bruder.«

Sie brachte keinen Ton heraus. Sie wollte nicht lügen, aber die Wahrheit sagen konnte sie auch nicht.

»Okay«, sagte er nach einem langen unbehaglichen Schweigen. »Es geht mich nichts an. Das weiß ich.«

»Warum hast du mich dann gefragt?«

»Ich kann dich leiden, Claire. Verdammt gut sogar. Doch wenn da noch jemand anders auf der Bildfläche ist, dann möchte ich das wissen.«

»David, ich ...«

»Ich verlange sehr viel. Das weiß ich. Aber ich habe sehr lange an zweiter Stelle gestanden, ohne zu wissen, dass es einen Mann an erster Stelle gab, und das ist etwas, was ich nie wieder erleben will.«

Ihre Kehle schnürte sich zu. Sie kannte sich aus mit der zweiten Stelle. »Du bist ein netter Mann, David.«

»Aber ...?«

»Aber wir kennen uns doch gar nicht.«

»Wir kennen uns seit Jahren.«

»Als Eltern, aber nicht als Menschen.«

»Das lässt sich leicht ändern. Lass uns morgen Abend essen gehen. Ich werde keine Kinder erwähnen, wenn du es nicht tust.«

»Mit mir ist im Moment nicht allzu viel anzufangen, David. Da sind die Kinder, mein Vater, die Bar und jetzt werde ich auch noch für Olivia und Rose im Cuppa arbeiten, ich ...«

»Das ist Unsinn.«

»Was?«

»Du hast mich schon verstanden. Wir haben beide viel zu tun. Das ist schon klar. Ich finde Zeit für Tennis. Du findest Zeit fürs Pokern.«

»Das ist etwas anderes.«

»Wenn da etwas ist zwischen dir und dem Kerl, dann sag es mir, und wir sind wieder die alten Freunde aus dem Elternbeirat. Ich mag dich, Claire. Ich sitze gerne hier mit dir. Ich würde gerne herausfinden, wohin es führen könnte, aber ich möchte die Regeln kennen.«

»Da ist nichts zwischen Corin und mir.« *Nicht mehr. Nicht, seit ich diesen Ausdruck in seinen Augen gesehen habe.*

Er versuchte gar nicht, seine Erleichterung zu verbergen.

»Dann riskiere es, Claire Meehan-O'Malley. Versuch es doch diesmal mit einem netten Kerl. Vergiss die Pizza mit den Kindern und lass mich dich morgen Abend ins Chadwick's einladen zum Hummeressen. Was hältst du davon?«

Billy war nun schon fast drei Jahre tot, und Corin war nie mehr als ein herrlicher Traum gewesen. Sie hätte heute Morgen egal wer sein können, Maddy oder Barney Kurkowski oder Aidan, so viel schien sie ihn zu interessieren. Da war kein Funken von gar nichts gewesen, außer höflichem Wiedererkennen, als er sie begrüßt hatte.

Du wolltest es doch so, nicht wahr? Du wolltest doch auf keinen Fall von ihm in die Arme gerissen und zum Stadtgespräch werden.

Ihre Eingeweide hatten sich im Laufe der letzten Tage zu einer Reihe von Seemannsknoten verkrampft vor lauter Sorge, was für eine Szene er machen würde, wenn er schließlich da war. Sie war in der Vergangenheit reichlich grob mit ihm umgegangen, war dem Schmerz gegenüber, den ihr Handeln ihm zufügte, völlig blind gewesen. Sie hatte, auf ihre Weise, ebenso viel Unheil angerichtet wie Billy.

Corin kannte ihre Geheimnisse. Er kannte ihre Familiengeheimnisse. Er war schrecklich wütend gewesen, als sie sich vor acht Jahren auf dem Ufersteg getrennt hatten. Er hätte seine Informationen ohne Weiteres verwenden können, um sie zu verletzen, so wie sie ihn verletzt hatte. Konnte er auch jetzt noch. Dem Schaden, den er anrichten konnte, waren keine Grenzen gesetzt, doch sie bezweifelte inzwischen, dass er sich überhaupt erinnerte. Sie sollte dankbar sein, dass in seinen Augen nicht die leiseste Spur von Wärme gelegen hatte, als er ihr heute in der Früh begegnete, kein Hinweis auf das, was sie verbunden hatte.

Gott sei Dank waren beide ihren Weg weitergegangen. Corin verdiente es, glücklich zu werden, auch wenn sie bezweifelte, dass er lange genug innehalten würde, um dem Glück die Möglichkeit zu geben, ihn zu finden. Er war ruhelos von Natur aus, mit einer fragenden Seele, die ihn an Orte führte, die man für die Landkarte erst noch entdecken musste. Die Vorstellung, dass er bis zum Ende seiner Tage mit ihr in Paradise Point leben würde, war genauso abwegig wie der Gedanke, dass sie mit ihm losziehen würde, das Abenteuer zu suchen.

Manche Dinge sollten eben einfach nicht sein.

Sie kam damit zurecht. Mehr als das.

Gegenüber am Tisch wartete David Fenelli auf eine Antwort. Es war kein Heiratsantrag. Nur eine Einladung zum Abendessen von einem Mann, den sie schon ewig kannte. Sie konnte den Rest ihres Lebens gefangen in der Vergangenheit verbringen, oder sie konnte allmählich die Tatsache akzeptieren, dass die Zukunft nie eintreten würde. Alles, was sie tatsächlich hatte, war das Jetzt.

David war klug und witzig und durch und durch nett. Sie könnte es verdammt viel schlechter treffen und wahrscheinlich nicht sehr viel besser. Jeder mochte ihn, angefangen bei ihrem Vater, bis hin zu Olivia und ihren Kindern. Sie würde ihn niemandem vorstellen, niemandem erklären oder sich für ihn entschuldigen müssen. David würde in ihr Leben passen, als hätte er schon immer dazugehört.

Und Corin hatte sie schon zusammen gesehen. Das würde nur ein weiterer Beweis, als ob er einen bräuchte oder wollte, dafür sein, dass ihr Leben erfüllt und glücklich war. Soll er doch denken, sie sei jeden Abend der Woche beschäftigt, zu beschäftigt, um darüber nachzudenken, was hätte gewesen sein können.

Soll er sie doch, wo immer er hinschaute, zusammen mit David sehen. Im Chadwick's, oder wenn sie auf der Main Street auf den Schulbus wartete, oder wenn sie zusammen im O'Malley's lachten. Soll er doch wissen, dass sie ihre Wahl getroffen hatte, die einzige Wahl, und es nicht bereute.

»Abendessen klingt hervorragend«, sagte sie schließlich und versuchte, den Ausdruck von Erleichterung und Vorfreude in seinen Augen nicht zur Kenntnis zu nehmen. »Ich liebe Hummer.«

Er würde sie um sieben zu Hause abholen. Vielleicht würden sie sich später noch einen Film ansehen. Vielleicht auch nicht. Sie beschlossen, dem Abend seinen Lauf zu lassen.

David würde ihr nie wehtun oder mehr verlangen, als sie zu geben bereit war. Er war ein guter Mann mit einem guten Herzen, und er hatte Besseres verdient, als bei irgendeiner Frau an zweiter Stelle zu stehen.

Das mochte vielleicht nicht das romantisch Schmeichelhafteste sein, was sie je von einem Mann gedacht hatte, aber wahrscheinlich war es das Ehrlichste. Das war doch auch schon etwas.

18

Das Interview mit den Klassensprechern der fünfundsiebzigsten Abschlussklasse der Paradise Point Highschool begann um acht Uhr morgens und sollte nicht länger als bis zehn dauern, doch um zehn Uhr dreißig beschlich Kelly die Befürchtung, sie würden noch in der Bibliothek sitzen, wenn schon die hundertste Abschlussklasse ihre Diplome bekam, falls Andrea Portnow nicht bald aufhörte, über vergangene Abschlussbälle zu plappern.

Peter Lassiter hatte mit dem Interview begonnen, obwohl seine Assistentin Crystal noch nicht zur Arbeit erschienen war. Ein verpennter Kameramann und ein Tontechniker nahmen die Gespräche für die Nachwelt auf, falls sie nicht gerade ein Nickerchen machten, wenn der Boss nicht hinsah. Sie hatte sich schon zweimal für einen Gang zur Toilette entschuldigen müssen, was von ihren versammelten Klassenkameraden nicht unbemerkt geblieben war.

Seth erhaschte ihren Blick von der anderen Seite des Tisches, und es fühlte sich fast wie eine Umarmung an. Er würde sofort zum Candlelight fahren, um zu arbeiten, sobald die Veranstaltung zu Ende war, und sie wollte schnell nach Bay Bridge in das Einkaufszentrum, um einen Schwangerschaftstest für zu Hause zu kaufen. Morgen um diese Zeit würden sie wissen, was die Zukunft für sie bereithielt.

Die wirkliche Zukunft, nicht das Fantasiegebilde, das sie sich zusammengezimmert hatten, seit sie sieben Jahre alt waren, nicht die ordentliche wohldurchdachte Zukunft, die sie Lassiter und seinem Tonbandgerät vorflunkerten. Sondern die, mit der sie es Tag für Tag für den Rest ihres Lebens zu tun haben würden.

»Kelly, aufwachen! Ich habe dich etwas gefragt.« Andrea Portnows grelles Lachen riss Kelly aus ihren Gedanken.

»Entschuldigung.« Kelly lächelte wie ein Roboter. »Ich dachte gerade über ...«

»Wir brauchen die Mappe mit den Fotos.« Andrea, die Klassenhistorikerin, bestand nur aus Ecken und Augen, eine Disneyfigur, die man zum Leben erweckt hatte.

»Fotos?«

Andrea stöhnte laut. »Die von unserem letzten Treffen. Du hast sie mit nach Hause genommen, um sie einzuscannen, erinnerst du dich nicht?«

Nein, sie erinnerte sich nicht. Nicht einmal dunkel.

Andrea kreischte auf und tat so, als fiele sie ohnmächtig in ihren Stuhl zurück. »Willst du damit sagen, die *perfekte* Kelly O'Malley hat tatsächlich etwas *vergessen?*«

Alle rings um den Tisch brachen in Gelächter aus. Das heißt, alle außer Kelly und Seth.

»Ich habe die Mappe zu Hause gelassen«, erklärte sie mit gepresster Stimme. »Wenn Sie wollen, hole ich sie.«

Peter Lassiter lächelte sie beruhigend an. »Wir brauchen sie nicht unbedingt heute«, erwiderte er. »Du kannst die Fotos morgen vorbeibringen.«

»Sie wissen ja nicht, wie vollkommen *abartig* das ist«, fuhr Andrea fort. »Ich meine, Kelly ist die, die *nie* einen Fehler macht.«

»Lass es, Andrea.« Seth hatte offensichtlich Mühe, seinen Zorn im Zaum zu halten. »Jeder macht Fehler.«

»Kelly doch nicht«, sagte Tino DeSantis. »Wir anderen verbocken dauernd etwas und verlassen uns darauf, dass Kelly es in Ordnung bringt.«

»Es gibt für alles ein erstes Mal«, stellte Brian Gomez, ein begabter Musiker, der auf die Juilliard gehen würde, kopfschüttelnd fest. »Mein Idol liegt zerschmettert vor meinen Füßen.«

Bei anderer Gelegenheit hätte Kelly das vielleicht lustig gefunden, wenn auch reichlich ironisch, doch heute traf sie es wie ein Messerstich.

»Entschuldigung.« Sie stand auf, ihre Hände zitterten. »Ich bin sofort wieder zurück.«

»Oje, Kel!« Andrea verdrehte die Augen. »Vielleicht solltest du nicht so viel Wasser in dich hineinschütten, dann würdest du nicht so oft rennen müssen.«

»Du bist uns keine Erklärung schuldig, Kelly.« Peter Lassiter lächelte sie wohlwollend an. »Wir werden noch hier sein, wenn du zurückkommst.«

Kelly wäre vor Erleichterung fast in Tränen ausgebrochen, als Crystal genau in diesem Moment zur Tür hereinrauschte, mit dunkelblauen und silberfarbenen Fingerspitzen wedelte und rief: »Will jemand den Uranus sehen?«

Kelly nutzte das darauf folgend Gelächter und den Tumult, um wieder einmal zur Toilette zu rennen, da ihr Magen einen erneuten Angriff startete.

Danach wusch sie ihr Gesicht am Waschbecken und spülte sich den Mund aus. Sie musste hier raus. Sie konnte sich nicht auf das Interview konzentrieren, so sehr sie sich auch bemühte. Zuerst hatten sie einen Überblick über die Schule und deren Platz in der Geschichte der Stadt gegeben. Dann hatten sie bestimmt dreißig Minuten damit zugebracht, darüber zu diskutieren, wann die Schulfarben von Cranberryrot und Marineblau zu Marineblau und Weiß geändert wurden. Danach konnte sie endlich ihren Bericht über frühere Abschlussredner und die stolze Geschichte der Stipendien und Leistungen der Absolventen vortragen. Seth und Brian Gomez würden dann ihr Verzeichnis der Erfolge der Sportmannschaften im Lauf der Jahre genauer erläutern, und danach würden sich Andrea und Tino in einen glühenden Bericht über die Theaterabteilung stürzen, und dann wäre es zu spät.

Sie musste hier raus. Einen Augenblick lang war sie, dank Andreas Hänseleien, den Tränen nah gewesen. Ihre Nerven lagen bloß, und es fehlte nicht viel, und sie würde überschnappen. Ganz abgesehen von der Tatsache, dass man sich nicht unendlich oft entschuldigen konnte, um auf die Toilette zu rennen, ehe jemand einen Arzt holte. Andrea hatte schon seit mindestens einer Stunde fragende Blicke in ihre Richtung geschickt, und sie wollte auf keinen Fall länger als nötig auf ihrem Radarschirm erscheinen.

Außerdem war es beinahe schon elf Uhr, und sie musste noch zum Drugstore im Einkaufszentrum von Bay Bridge fahren, um den Schwangerschaftstest zu kaufen, ohne dass jeder in Paradise Point mitbekam, dass sie über die Zeit war. Mrs DiFalco erwartete sie um drei im Candlelight, und ihr lief allmählich die Zeit davon.

Sie zog ihr Telefon heraus und drückte Kathleens Handynummer.

»Wach auf und ruf mich in fünf Minuten auf dem Handy zurück«, flüsterte sie ihrer überraschten und verschlafenen Cousine zu.

»Warum?«

»Wenn ich hier nicht rauskomme, dreh ich durch.«

»Wo bist du?«

»Erinnerst du dich an Andrea Portnow?«

»Tim Portnows schnöselige kleine Schwester?«

»Ich sitze hier in der Schule mit ihr fest, und wenn du mir nicht hilfst, hier rauszukommen, werde ich ihr die Haarverlängerungen mit bloßen Händen herausreißen. Ruf mich an, sag dein Auto streikt und ich soll dich abholen.«

»Ist alles in Ordnung mit dir, Kel? Das passt so gar nicht zu dir.«

Die heilige Kelly. Der Welt einzig lebender perfekter Teenager. Die nie log, nie Fehler beging, nie schlecht drauf war ... der es nie passieren würde, sich ein paar Wochen vor der Abschlussprüfung schwängern zu lassen.

»Hilfst du mir, oder nicht?«

»Leg auf. Ich zähle bis zweihundert und ruf dich zurück.«

Der O'Malley-Hilfstrupp. Fünf Minuten später klingelte ihr Handy, und zehn Sekunden danach war sie unterwegs zum Einkaufszentrum.

Lügen war gar nicht so schwer, wenn man es einmal heraushatte.

An diesem Morgen schien sich ganz Südjersey im Einkaufszentrum von Bay Bridge eingefunden zu haben. Die Parkplätze waren überfüllt, und Maddy musste die Reihen auf und ab fahren, wie ein Hai auf Beutezug, um sich auf den ersten wehrlosen freien Platz zu stürzen, der sich auftat. Es gelang ihr, vor einem Lexus den Bloomingdale's am nächsten gelegenen Parkplatz zu ergattern, und sie rannte ins Einkaufszentrum in Richtung Lorelei's, dem Wäschegeschäft, das Gina ihr empfohlen hatte.

Sie war noch keine zwei Minuten im Laden, als sie erkannte, dass Gina nicht gelogen hatte. Wenn man das Richtige vor sich hatte, erkannte man es. Junge, und wie. Als Maddys Blick auf die eisblaue Seiden- und Spitzenkreation fiel, wurde ihr vor Aufregung ganz schwindlig. Ihre Cousine war eindeutig ein erotisches Genie. Die französischen Shorts und das Hemdchen waren sexy, ohne alles offenzulegen. Sie richteten keinen Scheinwerfer auf die körperlichen Vorzüge; stattdessen luden sie einen Mann ein, näher zu kommen und diese Vorzüge selbst zu entdecken.

Und sie verdeckten sogar Schwangerschaftsstreifen und Cellulitis.

Was konnte eine Frau mehr verlangen?

Sie nahm die Shorts, das Hemdchen, verspielte Pantoletten im gleichen eisblauen Ton und einen farblich passenden Morgenmantel, der in der Taille gebunden wurde und bis zum halben Schenkel reichte.

»Da steht jemandem ein tolles Wochenende bevor«, sagte die Verkäuferin mit einem eindeutigen Zwinkern. »Glückliches Mädchen!«

»Bin ich tatsächlich«, stimmte Maddy zu, als sie ihr die Kreditkarte gab. Nach all den Monaten der widrigen Umstände und verpassten Gelegenheiten würden sie endlich …

Reizvolle, pikante Bilder stiegen vor ihrem geistigen Auge auf und jagten ihr wohlige Schauer der Vorfreude über den Rücken. In nur wenigen Stunden würden sie allein in dieser wunderschönen Turmsuite in Spring Lakes sein, nur ihre Träume und eine Flasche Champagner zur Gesellschaft.

Sie schwebte aus Lorelei's heraus und war schon auf halbem Weg zu ihrem Wagen, als ihr noch etwas sehr Wichtiges einfiel und sie zum Drugstore zurückrannte. Sie hatte aufgehört, die Pille zu nehmen, als sie feststellte, mit Hannah schwanger zu sein, und es hatte keinen Grund gegeben, sie wieder zu nehmen, da sich totale Enthaltsamkeit als eine höchst effektive Form der Empfängnisverhütung erwiesen hatte. Aidan schien ihr zwar der Mann, der dafür sorgen würde, dass sie beide geschützt waren, doch sie war schließlich eine moderne Frau und – nun, doppelt genäht hält besser.

Die Kondome befanden sich im rückwärtigen Teil des Geschäfts, neben der Apotheke, zusammen mit empfängnisverhütendem Schaum, mit Gelen, Cremes und den Zigaretten für danach. Diese Anordnung kam ihr zwar seltsam vor, doch nicht halb so seltsam wie die unzähligen Spielarten der angebotenen Kondome. Groß. Extra Groß. (Kein Wort von klein oder mittel, mit Rücksicht auf das empfindsame männliche Ego.) Geriffelt. Glatt. Natur. Alle Farben des Regenbogens. Mit Reservoir. Befeuchtet. Mit Geschmack. Was ist denn bloß aus den einfachen alten Kondomen geworden, denen, die sich selbst genug waren, aber ihren Sinn erfüllten? Sie nahm eine Packung mit dem wenigsten Drum und Dran und wollte damit gerade zur Kasse gehen, als sie eine ihr vertraute weibliche Stimme hörte.

»... und der ist am zuverlässigsten?«

»Wie ich schon gesagt habe.« Der Apotheker hatte diese Frage offensichtlich schon sehr oft beantwortet.

Maddy betete, dass es sich bei diesem Einkauf um eine Packung Kondome handelte und nicht um einen Schwangerschaftsfrühtest.

»Das nehme ich.«

»Das macht dann zwölf fünfundsiebzig.«

Für eine Entscheidung blieben ihr nur Sekunden. Wahrte sie Kellys Privatsphäre und duckte sich hinter dem Regal, bis das Mädchen das Geschäft verlassen hatte, oder ...

»Kann ich Ihnen helfen, Madam?«, fragte ein eifriger Verkäufer.

Sie kippte beinahe aus den Pantinen. »Nein, nein danke. Alles bestens.«

»Falls Sie nach etwas Bestimmten suchen, kann ich ...«

»Wirklich, ich komme zurecht. Ich will nur ...«

»Maddy!« Kelly tauchte hinter dem dienstbeflissenen Verkäufer auf. »Was machst du denn hier?« Ihr Blick fiel auf die Packung Kondome, und sie errötete. »Oh!«

Es hätte noch schlimmer sein können. Sie hätte in den French Knickers und dem Hemdchen dastehen können, doch es war dennoch reichlich peinlich für sie beide. »Ich wusste gar nicht, dass du in diesem Einkaufszentrum einkaufst.«

»Ich – äh, tu ich auch normalerweise nicht, aber ...«

Kelly hielt eine Papiertüte gepackt, als wäre sie das Einzige, was zwischen ihr und dem Verhängnis stand. Jede mütterliche Regung, die Maddy besaß, schrie danach, diese Tüte zu packen und nachzusehen, was das Mädchen gekauft hatte.

Vielleicht gab es einen Grund, warum sich ihre Wege immer wieder kreuzten. Niemand sonst in Kellys Familie schien die Zeichen zu erkennen, Maddy aber schon, und deren Summe ließ nur einen Schluss zu.

Es geht dich nichts an. Sie ist fast achtzehn. Falls sie mit dir reden will, wird sie es tun. Du hältst sie ja nicht davon ab.

Kelly steckte die Papiertüte in ihren Segeltuchrucksack. »Ich sollte jetzt gehen. Ich muss noch in der Bibliothek arbeiten, bevor ich ins Candlelight gehe.«

Das ist deine Chance, Maddy. Du stehst hier mit einer Packung Kondome in der Hand. Einen besseren Aufhänger bekommst du nie. Sag etwas ... bring sie zum Reden ... vielleicht ist ja wirklich nichts dahinter ... du wirst es nicht erfahren, wenn du nicht versuchst, sie zu erreichen.

Aber musste es denn unbedingt heute sein? Heute war sie keine Mutter. Sie war auch keine fast Stiefmutter. Heute war sie eine Frau, die sehnlichst darauf wartete, mit dem Mann, den sie liebte, zum ersten Mal zusammen zu sein. Vierundzwanzig Stunden. Das war alles, was sie wollte. Kelly war fast achtzehn Jahre lang auch ohne sie gut zurechtgekommen. Ein Tag mehr war doch sicher nicht zu viel verlangt.

Maddy warf einen Blick auf ihre Uhr. »Ich muss mich auch beeilen. Aidan holt mich in siebenundneunzig Minuten ab.«

Sie hatten beide in der Nähe von Bloomie's geparkt, daher gingen sie gemeinsam zum Ausgang des Geschäfts.

»Miss!« Der eifrige Verkäufer versperrte Maddy den Weg. »Ich glaube, Sie haben etwas vergessen.«

Zehn Schritte weiter, und man hätte sie möglicherweise wegen Ladendiebstahls verhaftet. Das hätte dem romantischen Wochenende doch eine nette Wendung gegeben, oder?

»Du brauchst nicht zu warten«, sagte sie zu Kelly, die viel zu höflich war, auf den Gedanken zu kommen, Maddy allein stehen zu lassen. »Du hast noch genug zu tun heute.«

»Wirklich?«

»Bestimmt.« Sie legte dem Mädchen die Hand auf die Schulter und gab ihr einen sanften Schubs in Richtung Türe. »Geh ruhig!«

»Das war knapp«, sagte der Drogist lachend, als er ihren Einkauf eintippte. »Der Alarm wäre jeden Moment losgegangen.«

»Knapper, als Sie glauben«, erwiderte Maddy.

Seth wartete auf Kelly am anderen Ende des Sees, dort, wo sie sich immer trafen, wenn sie allein sein wollten. Er hatte auf der Stoßstange des Wagens seines Bruders gesessen und sprang sofort herunter, als Kelly auf den Parkplatz fuhr.

»Hast du ihn?«, fragte er, als sie sich in seine Arme stürzte.

»Etwas viel Besseres«, sagte sie, als er sie umarmte. Sie machte einen tiefen, beruhigenden Atemzug. »Ich hab den Test gemacht. Ich bin nicht schwanger.«

Er schien bei ihren Worten zu erstarren. Sein ganzer Körper erstarrte, und einen Moment lang dachte sie, Seth hätte aufgehört zu atmen.

»Seth, hast du verstanden? Ich bin nicht schwanger.«

Ihr Herz krampfte sich zusammen, spiegelten sich doch Erleichterung und eine Spur Enttäuschung in seinem Gesicht.

»Es ist normal, ein bisschen traurig zu sein«, sagte sie und berührte seinen Mund mit dem ihren. »Ich bin es auch.«

»Ich dachte, ich wäre froh«, erwiderte er, »und das bin ich auch, aber ...«

»Wir sind jung und gesund. Es wird noch andere Gelegenheiten geben.«

Er sah ihr in die Augen. »Wir hätten es schon geschafft, Kel. Ich hätte dich nicht im Stich gelassen. Ich hätte für dich und das Baby gesorgt.«

»Das weiß ich«, sagte sie, »aber ich bin froh, dass du es nicht musst.«

Und wenn sie ganz ehrlich war, war sie es ihretwegen auch. Ja – ihretwegen!

Seth musste um ein Uhr wieder zur Arbeit. Sie winkte ihm mit einem strahlenden Lächeln zum Abschied und hielt es durch, bis der Honda seines Bruders das südliche Ende des Sees umrundet hatte und verschwand.

Nie zuvor hatte sie Seth angelogen. Noch nie. Sie waren stolz darauf, sich immer die Wahrheit zu sagen, egal, wie schwierig dies auch war, doch diesmal brachte sie es nicht über sich.

Der Unterschied zwischen glauben, dass sie schwanger war, und tatsächlich wissen, dass sie schwanger war, stellte sich als weit größer heraus, als sie angenommen hatte. Sie war sich ziemlich sicher gewesen, dass das Ergebnis des Schwangerschaftstests positiv ausfallen würde, doch sie hätte sich nicht träumen lassen, was sie empfinden würde, wenn das schwarze Pluszeichen ihr entgegenstarrte.

»Okay«, flüsterte sie, als sie hinter das Steuer ihres Wagens rutschte. »Jetzt kannst du nicht mehr zurück.«

Sie hatte die Sache ins Rollen gebracht, und jetzt musste sie sie durchziehen.

Die Entscheidungen, die sie in den nächsten Tagen treffen würde, würden Konsequenzen für den Rest ihres Lebens haben, doch hatte sie denn eine Wahl? Sie schloss die Augen und sah ihre Familie vor sich als eine Reihe von Dominosteinen, die einer nach dem anderen umfallen würden, gäbe sie ihnen nur den kleinsten Stoß. Sie hatten so lange so viel durchgemacht und begannen erst jetzt – endlich! ... die Sorgen abzustreifen und zu lernen, glücklich zu sein. Ihr Vater hatte Maddy gefunden, und in ein paar Monaten würden die beiden heiraten und wahrscheinlich eine eigene Familie gründen. Alle ihre Cousinen machten sich gut, inklusive Kathleen, deren Probleme vor wenigen Jahren noch unüberwindbar schienen. Kathleen schrieb lauter Einsen auf Rutgers. Und Tante Claire? Sie würde nicht nur das O'Malley's verlassen, sondern ging sogar mit Jason Fenellis Dad aus.

Wie leicht konnten all ihre Pläne zerstört werden. Sie alle erwarteten so viel von ihr, und es war so einfach gewesen, sie glücklich zu machen. Es gefiel ihr, das Richtige zu tun. Es gefiel ihr, die zu sein, auf die man sich verlassen konnte. Es gefiel ihr zu wissen, dass das, was sie tat, die Ziele, die sie erreichte, sie auf sie stolz sein ließen, und in gewisser Weise auch auf sich selbst.

Und, oh Gott, da war noch Seth. Sie liebte ihn mehr als das Leben. Er war ihre Vergangenheit, ihre Gegenwart und ihre Zukunft. Sie teilten die gleichen Erinnerungen. Sie erwarteten die gleichen Dinge vom Leben. Sie träumten nachts sogar das Gleiche. Er war freundlich und klug und lustig und mit dem großmütigsten Herzen gesegnet, das sie kannte. Er würde Großes bewerkstelligen in seinem Leben, wundervolle Dinge, die das Leben von Kindern, die Hilfe brauchten, zum Besseren wenden würden. Er wusste, welches Ziel er erreichen wollte – das wusste er schon immer –, und dafür brauchte er eine Ausbildung.

Sie lehnte ihre Stirn ans Lenkrad und fragte sich, was wohl geschehen würde, wenn sie für immer in ihrem Wagen sitzen bliebe. Sie war zu Tode erschöpft, erschöpft in einer Weise, die sie noch nie erlebt hatte. Ein einziger Fehler im ganzen Leben, und plötzlich war die Zukunft derer, die sie am meisten liebte, infrage gestellt.

Warum sollte sie jemand von ihnen einweihen, wenn heute in einer Woche nichts als eine Erinnerung mehr übrig war? Sie wusste, was sie zu tun hatte, und sie würde es tun. Sie konnte ihren Zorn und ihre Tränen nicht gebrauchen und vor allem nicht ihre Enttäuschung. Ihre eigene Enttäuschung reichte für die ganze Einwohnerschaft von Paradise Point. Doch es gab einen Ausweg aus diesem Schlamassel, einen Weg, der nicht die, die sie liebte, mit in den Abgrund riss. Sie musste nur noch ein bisschen länger stark sein, und dann würde es sein, als wäre all dies nie geschehen.

19

Vielleicht war es nur seine Stimmung, doch die Stille die im Wagen herrschte, als sie die Küste hinauf nach Spring Lake fuhren, bedrückte Aidan. Maddy wirkte fern, nahezu abwesend, tief in Gedanken, von denen er den Eindruck hatte, dass sie ihn nicht einschlössen.

»Du bist so still heute«, sagte er, als sie an einer Mautstelle abbremsten.

»Du aber auch«, erwiderte sie, neigte sich zu ihm und streifte seine rechte Schulter mit einem Kuss. »Ich dachte, wir genießen die Landschaft.«

»Das ist etwas, was man nicht jeden Tag in New Jersey hört.«

Sie gab dieses warme, echte Lachen von sich, das er so liebte. »Gut«, sagte sie. »Das heißt, wir werden es vor dem Rest des Landes verschweigen.«

Er kannte ihre Gesichtszüge so gut wie die seinen, was erstaunlich war, wenn man darüber nachdachte. Er hatte fast vierzig Jahre Zeit gehabt, seine kennenzulernen, und weniger als sechs Monate, die ihren zu lieben, und dennoch waren die Linien von Kiefer und Wangenknochen ihres schönen Gesichts in sein Bewusstsein eingebrannt. Die senkrechte Falte zwischen ihren Brauen, die anzeigte, dass sie beunruhigt war. Das sachte Zucken ihres Unterlids, wenn sie nervös war. Das Beinahe-Lächeln, wenn sie wider besseren Wissens etwas lustig fand. Das feurige Blitzen in ihren Augen, wenn sie bereit war zu streiten – meist mit ihrer Familie. All das war inzwischen Teil seines emotionalen Wörterbuchs.

Im Moment war es die senkrechte Falte, die seine Aufmerksamkeit erregt hatte.

»Ist alles in Ordnung?«

»Wieso nicht?«

»Das ist keine Antwort.« Sie drehte sich zu ihm und sah ihn an. »Du meinst es ernst.«

Jetzt fühlte er sich nicht nur unbehaglich, sondern auch noch paranoid. »Ich habe dich damit ohne Vorwarnung überfahren. Vielleicht hätte ich …«

»Ich liebe dich«, erwiderte sie. »Ich finde es wunderschön, dass dir das eingefallen ist, dass du alles alleine organisiert hast und ich nur sexy Unterwäsche kaufen und in den Wagen steigen musste.«

Was verlangst du denn noch von ihr, O'Malley? Eine Erklärung, geschrieben mit Blut? Sie hat sexy Unterwäsche gekauft. Sei jetzt schon glücklich.

Sie behauptete, sie liebe ihn, und er hatte keinen Grund, ihr nicht zu glauben. Als es ganz dick kam, Anfang des Jahres, hatte sie keinen Rückzieher gemacht. Nicht einmal andeutungsweise. Und als er sie gebeten hatte, sie zu heiraten, hatte sie ja gesagt, ohne zu zögern, ohne auch nur eine Sekunde zu überlegen, auf was sie sich da einließ. Sie war bereit, sich mit ihm ein Leben aufzubauen, die nächsten vierzig oder fünfzig Jahre mit ihm zu verbringen, und es reichte dennoch nicht aus, das Gefühl auszulöschen, dass etwas nicht stimmte.

Es lag eine Unruhe in ihr, eine gewisse Unbeständigkeit, die ihn beunruhigte. Sie war wie Quecksilber, bereit, sich jedem Zugriff zu entziehen. Wie seltsam, dass die Eigenschaften, die man an einer Person anziehend fand, auch die waren, die einen am meisten schreckten. Er hatte keine Ahnung, woran sie dachte. Bei allem, was er wusste, konnte sie ihre Hochzeit planen oder einen Weg, um die Regierung zu stürzen. Das stand in den Sternen. Jedenfalls hatte er den Eindruck, dass sich in den Wochen seit ihrer Verlobung die Dinge zwischen ihnen verändert hatten. Es schien ihm, sie sei kühler, abwesender, als könne sie morgen aufwachen und feststellen, das Ganze sei ein Fehler gewesen, und – tut mir leid, O'Malley – vielleicht sollten wir die Sache beenden, ehe es zu spät ist.

Sie sah ihn noch immer an, wartete darauf, dass er etwas sagte. *Ich will dich nicht enttäuschen, Maddy. Ich will nicht, dass du morgen aufwachst und nach einem Ausweg aus deinem Versprechen suchst.*

Er wollte, sie hätte ihn so gekannt, wie er vor dem Unfall im Lagerhaus gewesen war. Er wünschte, er hätte das Glück gehabt, sie zu lieben, als er sich noch auf seinen Körper verlassen konnte. Zu schade, dass es diesen Mann schon lange nicht mehr gab. Sein Körper war nicht mehr das kraftvolle Instrument von einst. Der Glaube in ihn war so zerschmettert wie seine Knochen. Was vor wenigen Jahren für ihn noch ganz natürlich und selbstverständlich gewesen war, bedurfte nun einer Willensanstrengung und einer gehörigen Portion Glück. Das wusste sie nicht, aber er, und das war das Problem.

Maddy hatte sich geschworen, alle Gedanken an Arbeit oder Familie für die nächsten vierundzwanzig Stunden in Paradise Point zurückzulassen, doch das stellte sich als schwieriger heraus, als sie angenommen hatte. Zu ihrer Überraschung war es weder Hannah noch Rose oder das schwierige Verhältnis, das zu Claire entstanden war, was sie nicht in Ruhe ließ.

Es war Kelly.

Sie konnte die Erinnerung an ihr peinliches Zusammentreffen im Einkaufszentrum ebenso wenig abschütteln, wie die felsenfeste Überzeugung, dass Aidans Tochter schwanger war. Der hilflose Ausdruck in Kellys Augen hatte alles gesagt, und sie fragte sich, wieso sie die Einzige war, die dies klar zu erkennen schien. Vielleicht, weil sie selbst vor nicht allzu langer Zeit an dem Punkt gewesen war, wo Kelly jetzt war. Okay, sie war älter gewesen und, wie ihr schien, in einer festen Beziehung, doch dieses Gefühl, in einem führerlosen Zug zu sitzen, war ihr heute noch so gegenwärtig, wie damals, als sie das mit Hannah merkte.

Die Erinnerung daran, wie sehr sie sich während ihrer Schwangerschaft nach ihrer Mutter gesehnt hatte, schmerzte noch immer, und wie nahe ihr das Alleingelassenwerden ging, als die Monate verstrichen und Rose nicht ein einziges Mal die Reise quer durchs Land unternommen hatte, um das Wunder zu erleben, das ihrem einzigen Kind widerfuhr. Jetzt kannte sie natürlich die wahren Gründe, doch damals hatte Maddy nur gedacht, Rose hätte einfach kein Interesse.

Kelly stand nicht einmal dieser Zorn zur Verfügung. Ihre Mutter war gestorben, als Kelly ein Baby war, und hatte ihr nichts als Fotos und die Erinnerungen anderer Leute hinterlassen, an die sie sich klammern konnte. Wie sehr musste sie sich wünschen, ein weibliches Wesen zu haben, mit dem sie reden konnte, jemanden, der sie bedingungslos liebte.

Da gab es natürlich Aidan, doch Maddy begriff allmählich, was er damit meinte, wenn er sagte, dass Kelly sich in gewisser Weise selbst erzogen hatte. Auf brave Kinder wurde selten genauso viel Zeit und Mühe verwandt, wie sie ihre aufmüpfigen Altersgenossen verlangten. Sie schienen von einer Art innerem Kompass geleitet zu sein, der sie auf dem richtigen Weg hielt, egal, was das Leben ihnen bescherte. Wer konnte es Eltern verübeln, nach sechzehn oder siebzehn Jahren hervorragenden Verhaltens in ihrer Wachsamkeit nachzulassen?

Dies hier war etwas, worüber Kelly sich nicht mit ihrem Vater austauschen konnte, wie eng auch immer ihre Verbundenheit war. Aidan mochte Seth, doch er war immer noch Kellys Vater, und das Ausmaß ihrer Beziehung störte ihn, was wiederum Kelly abwehrend und zurückhaltend reagieren ließ.

Maddy wusste, dass Kelly und Seth seit ihrer Kindheit zusammen waren und dass jeder in der Stadt erwartete, dass sie den Rest ihres Lebens auch miteinander verbringen würden, doch nicht immer entwickelte sich alles so wie geplant. Babys veränderten alles, wie Maddy aus erster Hand wusste. Kelly brauchte Unterstützung. Sie brauchte jemanden, mit dem sie reden konnte, einen Menschen, der sie verstand. Und, bei Gott, sie brauchte eine Orientierungshilfe. Falls Maddy richtig lag und ein Baby unterwegs war, stand Kelly jetzt vor einer schweren Entscheidung, einer Entscheidung, die die glänzende

Zukunft betreffen würde, auf die sie so lange hingearbeitet hatte.

Maddy tat schon der Kopf weh, so sehr überlegte sie, was sie tun sollte. Was ihre Mutter sagen würde, das wusste sie: »Erzähl es Aidan. Hab keine Geheimnisse vor dem Mann, den du heiraten wirst.« Und es gab eine Menge, was für Roses Sichtweise sprach. Aidan war Kellys Vater. Kelly war noch minderjährig. Nach dem Gesetz, nicht moralisch, durfte sich Maddy nicht einmal einmischen. Sie sollte sich sofort an ihn wenden und erzählen, was sie wusste, ihre Sorgen und Befürchtungen erläutern und ihn entscheiden lassen, was geschehen sollte.

Das würde jedenfalls ihre Mutter tun. Das würde Claire tun. Jede vernünftige Frau würde so handeln. Aber war es auch das Richtige für Kelly?

Wenn sie doch nur die Antwort kennen würde.

Kurz nach fünf hatten sie Spring Lake erreicht. Die Stadt war genauso entzückend, wie sie sie in Erinnerung hatte, und sie zuckte zusammen, als sie an der Stelle vorbeifuhren, an der Aidan in jener unglückseligen Winternacht gestürzt war.

Das Hotel, das Aidan ausgesucht hatte, nannte sich Sea Breeze und stammte aus der viktorianischen Zeit, ein Bauwerk, so lang und breit wie der Sandstrand, der sich einladend jenseits des Uferwegs erstreckte. Im Gegensatz zu Paradise Point, das kleiner und heimeliger wirkte, war Spring Lake weitläufiger. Die Frühstückspensionen ihrer Heimatstadt waren renovierte viktorianische Wohnhäuser, nicht renovierte Hotels wie hier. In der Lobby vom Sea Breeze hätte das ganze Erdgeschoss des Candlelight Platz gehabt.

»Ihr Zimmer ist bereit«, sagte die Besitzerin des Hotels, als sie ihnen zwei Schlüssel aushändigte und nach jemandem fürs Gepäck läutete. »Das Abendessen wird um acht Uhr serviert, so wie Sie es wünschen.«

Weder Maddy noch Aidan sprachen, während sie dem jungen Mann die geschwungene Treppe hinauf zu ihrer Suite im dritten Stock folgten. Er sperrte mit dem Hauptschlüssel auf, schob die Tür zurück und ließ sie eintreten. Ihre Taschen stellte er am Fußende das Bettes ab, zeigte ihnen dann, wie der Jacuzzi und der offene Kamin funktionierten, und zog sich sofort wieder zurück.

»Jetzt weiß ich auch, wie Dorothy sich gefühlt hatte, als sie in Oz aufwachte«, hauchte Maddy.

Anders als im Candlelight, wo sanfte, romantische Eleganz herrschte, bordete dieser Raum vor Sinnlichkeit nur so über. Das Bett schien in der Mitte des Raumes zu schweben und stand etwas schräg, damit man die Wellen ans Ufer schlagen sehen konnte, während man sich in den Armen lag. Der Jacuzzi schmiegte sich in eine Krümmung der Wand zwischen Wohnraum und Schlafzimmer und gestattete den Blick sowohl auf den Kamin als auch auf den Mond über dem Ozean, je nach Vorliebe. Kerzen, dicke, kurze, lange, dünne und kleine Votivkerzen in burgunderroten kristallenen Haltern, waren im Raum verteilt. Sie säumten den Rand der Wanne, standen um das Bett herum und schimmerten aus in die Wand eingelassenen verspiegelten Regalen.

Auch die Luft schien auf diesen unglaublichen Sturmangriff auf ihre arglosen Sinne abgestimmt zu sein. Der süße Duft von Freesien vermischte sich mit dem unverwechselbaren Geruch des Meeres und wurde vom Hauch einer Gewürznote überlagert.

Der Effekt war berauschend und äußerst verführerisch, so wie es ja auch beabsichtigt war.

In Maddys Vorstellung lagen sie sich bereits nackt in den Armen, noch ehe der Page die Tür hinter sich geschlossen hatte. In Wirklichkeit aber stellten sie sich peinlich linkisch an, machten höfliche Konversation über die Raumtemperatur, die Aussicht und ob das Trinkgeld inklusiv war, oder nicht. Sie ließ sich betont viel Zeit beim Auspacken, was an einem normalen Tag nicht länger als fünfundvierzig Sekunden gedauert hätte. Und Aidan beschäftigte sich unerhört lange damit, den Thermostat einzustellen und den Abfluss des Jacuzzi zu kontrollieren.

Für zwei Menschen, die in gut vier Monaten heiraten würden, fühlten sie sich so unbehaglich, als wären sie Fremde. Zu Hause in Paradise Point, wo sie keine Zeit hatten, allein zu sein, und so gut wie keine Privatsphäre, da konnten sie ihre Hände nicht voneinander lassen. Hitze durchwogte sie, als sie an all ihre Wünsche und Versprechen dachte.

Nun sollte endlich dieser Moment gekommen sein, und dennoch standen sie wie angewurzelt an den gegenüberliegenden Enden eines Raums, der für Liebende geschaffen war.

Sie hätte gerne etwas gesagt, doch die Worte kamen nicht. Ihre Kehle war wie zugeschnürt. Er stand neben der Tür, die auf den Balkon führte, die Arme vor der Brust verschränkt, und sah hinaus aufs Meer. Sein Stock lehnte am Lampentisch in der Ecke. Sie hatte das Gefühl, nie in ihrem Leben einen schöneren – oder einsameren – Mann gesehen zu haben. Er war in so vieler Hinsicht so stark, so souverän in Situationen, die einen anderen Mann zum Straucheln gebracht hätten, und trotzdem, hier in diesem Zimmer mit ihr, schien er auf einmal verletzlich.

Die Liebe bewirkte das. Sie entblößte einen auf eine Weise, die nichts mit dem Körper zu tun hatte. Sie setzte einen Witterungen aus, vor denen jeder vernünftige Mensch Schutz gesucht hätte. Man musste schon wahnsinnig oder wahnsinnig verliebt sein, nackt in einem Orkan zu stehen und nach mehr zu verlangen.

Er musste sie gespürt haben, denn er wandte sich vom Fenster ab. Ihre Blicke trafen und verschränkten sich, schwebten auf halber Strecke zwischen ihnen.

»Der Tag ist so schön«, sagte sie, nachdem sie endlich ihre Sprache wiedergefunden hatte. »Wir könnten vor dem Abendessen einen Spaziergang am Strand machen.«

»Komm her«, sagte er, und ihr Herz hörte beinahe auf zu schlagen.

»Lass mich noch schnell die schöne Wäsche anziehen, die ich

gekauft habe«, schlug sie vor. Sie würde sich in der Spitzenunterwäsche kaum weniger entblößt fühlen als jetzt, voll bekleidet. »Sie ist einfach zu teuer, um nur in meinem Koffer zu liegen.«

»Komm her«, wiederholte er, sanfter diesmal.

Sie seufzte, als sich seine Arme um sie schlossen. Seine Brust war breit, hart vor Muskeln und fühlte sich warm an unter ihrer Wange. Alles an ihm war groß und kräftig, eine Bilderbuchdefinition von Männlichkeit. Aber seine Hände – oh Gott, seine Hände. Große, sanfte Hände, die es verstanden, eine Frau zu berühren, so wie eine Frau berührt werden wollte. Sie brauchte ihn nur zu spüren, den Geruch seiner Haut zu riechen, und die durcheinandergewürfelten Einzelteile ihrer Welt fügten sich wieder zu einem Ganzen.

Alles, was sie geglaubt hatte, über die Liebe zu wissen, über das, was körperliches Vergnügen ausmachte – nichts von alledem, ähnelte auch nur im Entferntesten dem, was sie empfand, als er begann, ihre Jacke aufzuknöpfen. Eine banale Handlung, das, was sich zu Highschoolzeiten samstagnachts auf Rücksitzen abgespielt hatte, und dennoch fing sie zu zittern an, als er den ersten Perlmuttknopf löste. Hitze sammelte sich tief in ihrem Bauch, als er den zweiten Knopf mit sicheren Fingern öffnete. Drei Knöpfe, vier, fünf. *Hör nicht auf ... bitte hör nicht auf.*

Er tat es nicht. Sie hätte es sich denken können. Er schien ihren Körper zu lesen, als hätte sie ihm eine erotische Landkarte gezeichnet. Eine wunderbare dunkle Zauberkraft leitete seine Hände und seinen Mund im richtigen Moment zu all den richtigen Stellen. Seine Hände strichen über die Wölbung ihrer Brüste, ihren Brustkorb, ihren Bauch. Sie hielt den Atem an, als seine Hand unter den Bund ihrer Jeans glitt, als alles, was an ihr nicht so ganz perfekt war, drohte diese herrliche Flamme erlöschen zu lassen. Sie war kein junges Mädchen mehr, war nicht mehr einundzwanzig und vollkommen. Sie war eine Frau. Sie hatte ein Kind geboren. Ihr Körper, mit all seinen perfekten und weniger perfekten Teilen, war dazu gemacht, Vergnügen zu bereiten und bereitet zu bekommen, und oh Gott, er konnte das so gut ...

Ihre Finger kämpften mit seinen Hemdknöpfen, mühten sich ab, sie durch die Knopflöcher zu schieben, und scheiterten, doch dann zog sie, und sie prasselten zu Boden. Der Laut, den er von sich gab – freudige Überraschung –, klang in ihren Ohren wie Musik. Seine Brust lag bloß, herrlich bloß, und sie legte den Mund auf ihre Mitte und saugte seine Hitze und seinen Duft ein, schwelgte in den weichen Locken, der Wärme seines Körpers, dem heftigen Trommeln seines Herzens unter ihren Lippen.

Er umfasste ihren Po mit den Händen, seine Finger glitten zwischen ihre Schenkel, berührten sie auf eine Weise, die sie fast zerfließen ließ.

»Das Bett«, flüsterte sie, und Sekunden später sanken sie zusammen auf diesen Berg von Satin und Daunen.

Zauberei ... mehr als Zauberei ... so wie er sie berührte ... die Hitze seines Mundes, als er mit der Zunge über ihre Brüste strich, ihre Brustwarzen, hinunter über ihren zarten Bauch, tiefer und noch tiefer, und sie schrie seinen Namen, als er sie dort küsste, tief und vertraut, und sie glauben machte, sie sei schön, und dass es für immer und ewig so weitergehen würde ... mit ihnen beiden ... in diesem herrlichen Bett ... mit aller Zeit der Welt, um alles zu entdecken, was zu entdecken war ... jeden verborgenen Zentimeter ...

»Jetzt veranstaltet doch nicht so einen Wirbel deswegen«, sagte Claire zu ihrer Familie, während sie im Schrank nach Schuhen kramte, die eine erwachsene Frau tatsächlich auch zum Ausgehen anziehen konnte. »Wir gehen zum Essen, wir brennen nicht nach Vegas durch.«

Ihr Vater, ihre Tochter und ihr Sohn tauschten Blicke aus.

»Das habe ich gesehen«, sagte sie, als sie ein Sonderangebot vom Discounter unter einem Stapel in Vergessenheit geratener

Winterstiefel und kaputter Regenschirme hervorzog. »Es handelt sich um David Fenelli, von dem wir reden, Leute. Nicht Armand Assante.«

»Armand Assante?« Kathleen verzog das Gesicht. »Wer ist das denn?«

»Da bin ich überfragt«, erklärte Mike. Er sah zu seinem Enkel hinunter. »Hast du eine Ahnung?«

»Er ist keiner von den Mets«, antwortete Billy, was Armand so gut wie in die Wertstofftonne beförderte.

»Wir kommen schon klar«, sagte Kathleen, als Claire sich auf die unterste Treppenstufe setzte und versuchte, ihre Füße in die sehr hohen High Heels zu stecken. »Ich werde Tofu in Szechuan-Soße machen. Auf dem Markt habe ich Chinakohl und Kaiserschoten gefunden. Vielleicht frage ich Kelly, ob sie zum Essen herüberkommen will.«

»Sie arbeitet heute Abend im Candlelight«, antwortete Claire ganz automatisch.

»Ich will Fleisch«, verkündete Mike. »Es ist Abendessenszeit. Abends isst man Fleisch.«

»Ich dachte, es gibt Pizza«, ließ Billy sich vernehmen. »Kelly könnte bei Ray's eine holen und mitbringen.«

Das häusliche Geschnatter schwirrte um ihren Kopf wie ein Schwarm Fliegen. Das Gerede von Pizza. Ihr Vater beschwerte sich über Fritzie, die Katze. Das übliche Pandämonium, das ein fester Bestandteil des täglichen Lebens des Meehan-O'Malley-Clans zu sein schien. Für Claire war es nur ein Hintergrundrauschen.

»Das können nicht meine Schuhe sein.« Sie sah auf ihre Füße hinunter. »Ich schaffe es nicht mal, meine Zehen hineinzustecken.«

»Natürlich schaffst du es.« Kathleen hockte sich vor sie hin. »Es wird nicht so hübsch aussehen, aber du schaffst es.« Sie nahm Claires Fuß in die linke Hand und den unmöglichen Schuh in die rechte und versuchte, sie zu vereinen.

»Dann sind das wohl nicht meine Füße.«

»Du wirst älter, Mom«, stellte Kathleen mit all der nervtötenden Weisheit der Jugend fest. »Deine Füße werden breiter.«

»Ich habe noch immer die gleiche Schuhgröße, die ich in deinem Alter hatte.«

»Das ... glaube ich ... nicht«, keuchte Kathleen, während sie versuchte, Claires Zehen so weit vorzuschieben, dass der Rest des Fußes auch noch Platz fand, doch es war, als wollte man einen Sattelzug in einer Garage für einen Minivan parken.

»Kath, es reicht. Es geht nicht. Meine Tage mit Absätzen sind vorbei.«

»Nein, gib doch nicht auf. Diese Schuhe sind so verrückt! Vielleicht, wenn wir deine Füße ein paar Minuten auf Eis legen, dann schrumpfen sie und ...«

Sie sahen sich an und begannen zu lachen. Richtig laute Salven brüllenden Gelächters, das Männer und Menagerie, um ihre Sicherheit fürchtend, aus dem Raum jagte. Claire lehnte sich hilflos vor Lachen ans Geländer, während Kathleen, die auf dem Boden saß, den Kopf auf den Knien ihrer Mutter, Tränen lachte.

Es war schön zu lachen, aber noch schöner war es, das Lachen ihrer Tochter den Raum erfüllen zu hören. Sie konnte sich nicht erinnern, wann dies das letzte Mal geschehen war. Vielleicht überhaupt nie. Die vergangenen zehn Jahre waren so voller Schmerz, voller Sorgen gewesen, dass Lachen immer Mangelware gewesen war. Sie hatte ihre Kinder immer geliebt, sie umhegt, versucht, sie zu leiten, doch sie hatte nie mit ihnen gelacht, und das erschien ihr jetzt entsetzlich schade.

Immer hatte sie Aidan um sein unbeschwertes Verhältnis zu Kelly beneidet und sich gefragt, wieso ihr das mit ihren eigenen Kindern so schwerfiel. Allerdings machte ihre Nichte es einem auch leicht. Sie hatte eine problemlos Kindheit und frühe Jugend durchlebt, und hatte dann ohne jedes Aufheben das Teenageralter überstanden. Aidan hatte nicht die geringste Ahnung, was Elternschaft wirklich bedeutete. Er hatte nie sein Kind zu einer Entziehungskur einliefern müssen oder schlaflose

Nächte verbracht, betend, dass seine Tochter gefunden würde, nachdem sie davongelaufen war.

Sie legte die Hand auf den Wust kupfrig leuchtender Locken. Sie fühlten sich kühl und seidig und herrlich an, so anders, ganz anders als in jenen verlorenen Jahren, in denen Kathleen sogar grundlegende Hygienestandards vernachlässigt hatte, um sich mehr von dem Zeug beschaffen zu können, das sie möglichst lange möglichst high sein ließ. Gott steh ihr bei, aber sie hatte nicht immer daran geglaubt, dass Kathleen den Kampf gewinnen würde, doch irgendwie hatte Billy – ihr Herz krampfte sich bei der Erinnerung an ihn zusammen, so heiter, so lebensfroh – immer daran geglaubt, sie würde zu ihnen zurückfinden. Er hatte ihr Hoffnung gegeben, als ihre schon lange versiegt war.

»Pass auf dich auf, Mom«, sagte Kathleen, als ihr Lachen abebbte. »Ich will nicht, dass dir etwas geschieht.«

Claire runzelte die Stirn und blickte auf die spitzen Schuhe hinunter, die sie aus dem Schrank gefischt hatte. »Ich weiß, ich habe seit Jahren keine hohen Absätze mehr getragen, doch ich glaube, das mit der Balance schaffe ich noch.«

»Davon rede ich doch nicht.«

Claire begann wieder zu lachen. »Oh, Schätzchen, falls du dir wegen David Fenelli Gedanken machst, das brauchst du nicht. Mein Herz ist in keinerlei Gefahr.«

»Ich habe ihn heute Morgen in der Bar gesehen, Mom. Ich weiß, dass er hier in der Stadt ist.«

Kathleen, so spricht man nicht mit Corin. Entschuldige dich sofort für diesen Ton!

Ich weiß nicht, was in sie gefahren ist, Corin. Sie ist sonst nie so. Es tut mir sehr leid.

Ihre Älteste. Ihre Schwierigste. Das Kind, das am meisten mitbekommen hatte und am wenigsten sagte. Der Blitzableiter für Schmerz und Sorgen.

Die Einzige, die gewusst hatte, dass Corin für ihre Mutter viel mehr war als nur der jüngere Bruder einer neuen Freundin.

Sie ergriff die Hand ihrer Tochter und drückte sie. »Du brauchst dir meinetwegen keine Sorgen zu machen«, erklärte sie. »Er ist einem Freund zuliebe hier. Ende nächster Woche wird er wieder fort sein.«

»Ich will nicht, dass er dir wieder wehtut.«

»Er hat mir nie wehgetan, Schatz.«

»Ich war dabei, Mom. Ich weiß noch, was passiert ist.«

»Er hat nie etwas getan, um mich zu verletzen, Kathleen. Ich war diejenige, die ihn verletzt hat.«

»Das glaube ich dir nicht. Ich habe manchmal vor deiner Tür gestanden, als wir zurück in New Jersey waren, und habe gehört, wie du dich in den Schlaf geweint hast.«

»Das tut mir leid«, erwiderte sie, die Hand ihrer Tochter noch immer in der ihren. »Ich wollte nie, dass du dir Sorgen machst.«

»Behandle mich nicht wie ein Kind. Ich bin fast einundzwanzig. Ich denke, ich kann die Wahrheit verkraften. Ich werde ja nicht hingehen und ihn zum Duell auffordern.« Kathleen begegnete ihrem Blick mit einer Intensität, die Claire nur allzu vertraut war. »Ich weiß Bescheid über Dad. Wir alle wissen es. Ich weiß, wie schwer es für dich gewesen sein muss.«

Man wartet und sorgt und fragt sich, wie man seine Kinder durch die Jugendjahre bringt, dann hält man den Atem an, während sie ihre Teenagerzeit durchtoben, und genau dann, wenn man so weit ist, das Handtuch zu werfen und die Niederlage einzugestehen, überraschen sie dich damit, dass sie zu etwas ganz Besonderem herangewachsen sind.

Aber wieso man das ausgerechnet fünf Minuten, bevor ein netter Kerl namens David Fenelli an die Tür klopft, herausfinden muss, das wissen die Götter.

»Wir setzen uns morgen zusammen, Kath, und ich erzähl dir die ganze Geschichte, doch die Kurzversion ist, dass ich ihm sehr wehgetan habe. Ich wollte das nicht. Ich hatte deinen Vater verlassen in dem Glauben, es sei für immer, doch als er an jenem Tag kam und ich sah, wie sehr er sich wünschte, dass wir nach Hause kämen, stellte ich fest, dass ich es nicht fertigbrachte.«

»Weil du Dad mehr liebtest als Olivias Bruder?«

»Weil ich unsere Familie liebte.«

»Danach habe ich nicht gefragt.«

»Du stellst eine Schwarz-Weiß-Frage, Kathleen. Die Ehe besteht aus Grautönen.«

»Du hast Dad geliebt. Du wärst nicht mit ihm zurückgegangen, wenn es nicht so gewesen wäre.«

Die Menschen bleiben aus den verschiedensten Gründen zusammen, Kathleen, aus Gründen, die zu verstehen du noch zu jung bist.

»Dein Vater hat unsere Familie genauso sehr geliebt wie ich. Wir hatten eine Verpflichtung euch fünfen gegenüber.«

»Was heißt, dass ihr euch geliebt haben müsst.«

»Was soll die Frage, Kath. Wieso stellst du sie?«

»Weil ich ein Recht habe, es zu erfahren.« Beim letzten Wort versagte ihr die Stimme. »Weil ich es wissen *muss*.«

»Oh Gott, sag jetzt bloß nicht, du hast mit Lassiter und seiner Mannschaft gesprochen.« Plötzlich fühlte sich jeder in der Stadt bemüßigt, alles auszuplaudern, ohne Rücksicht auf die Konsequenzen.

»Und selbst wenn. Wieso sollte ich nicht mit ihnen reden?«

»Du weißt, wie ich über Leute denke, die in anderer Leute Angelegenheiten herumstochern.«

»Du hast Angst davor, dass jemand von Dad und seinen ...« Sie beendete den Satz nicht, was wahrscheinlich auch gut so war.

»Das ging niemanden etwas an außer deinen Vater und mich.«

»Und uns«, entgegnete Kathleen leise. »Ach, schau mich nicht so an, Mom. Das war doch kein Geheimnis.«

»Ich weiß, dass es kein Geheimnis war«, erwiderte Claire, »aber ...«

»Aber was? Ich soll weiterhin so tun, als hätte er nicht ständig mit anderen Frauen geschlafen, weil das viel schöner klänge?«

»Das sind Familienangelegenheiten, und sie sollten in der Familie bleiben.«

Kathleen lachte laut auf. »Damit bist du, glaube ich, zwanzig Jahre zu spät dran, Mom. Du glaubst doch nicht im Ernst, dass keiner diese Freizeitaktivitäten zur Sprache bringen wird, oder?«

Sie hatte genau das gehofft. »Ich wüsste nicht, wieso sich jemand dafür interessieren sollte.«

»Ich auch nicht«, stimmte Kathleen zu, »aber es ist eine kleine Stadt. Kleinstädte lieben den Tratsch, und das Fernsehen ernährt sich davon.«

»Sogar PBS«, stellte Claire bedauernd fest.

»Tut es dir noch immer weh?«

Claire versuchte gar nicht, so zu tun, als hätte sie die Frage nicht verstanden. »Manchmal«, antwortete sie ehrlich, »aber viel weniger als früher.«

»Ich hätte ihn schon beim ersten Mal verlassen«, erklärte Kathleen mit der Überzeugung der Jugend. »Einmal, wenn er sich etwas zuschulden hätte kommen lassen, wäre er schon Geschichte gewesen.«

Ihr schönes junges streitbares Kind hatte ja keine Ahnung. »Ich hoffe, du wirst nie vor diese Entscheidung gestellt.«

»Ich verstehe das alles nicht. Ich denke, wenn man sich liebt, dann sollte man auch glücklich sein. Ich kann mich nicht daran erinnern, dass du und Dad sehr oft einen glücklichen Eindruck gemacht habt.«

»Das stimmt«, räumte Claire ein. »Wir scheinen nicht so glücklich gewirkt zu haben wie andere Familien, nicht wahr?«

»Wünschst du dir jemals, du wärst unten in Florida geblieben, mit dem Mann?«

»Ich habe meine Wahl getroffen und nicht mehr zurückgeblickt«, sagte sie, und es war beinahe die Wahrheit. Sie blickte nicht zurück, weil sie es nicht konnte. Es hätte zu wehgetan. »Außerdem, wie hätte ich eine Entscheidung bereuen können, der wir Billy jr. verdanken?«

Sie waren glücklich gewesen, wirklich glücklich, für eine Weile, und die Erinnerung an diese Monate hatte ihr über einige sehr schwere Zeiten hinweggeholfen.

Kathleen sah sie unverwandt an. Sie wollte hören, dass sie sich trotz alledem geliebt hatten, aber Claire fiel es schwer, die richtigen Worte zu finden, um ihrer Tochter begreiflich zu machen, was sie selbst nicht so richtig verstand. Es war Liebe gewesen. Vielleicht nicht von der Art, die sie oder Billy sich erträumt hatten, nicht diese Verzauberung, die man nur einmal im Leben erlebt, aber Liebe hatte es zwischen ihnen gegeben, und das würde auch so bleiben.

»Habt ihr euch geliebt?«, fragte Kathleen erneut, mit einer Eindringlichkeit in der Stimme, die vorher noch nicht da gewesen war.

Er hatte ihnen ein Heim gegeben und sie ihm eine Familie, und letzten Endes hatten sie sich dazu entschieden, das zu bewahren, was sie sich zusammen aufgebaut hatten. Wenn das nicht Liebe war, was dann?

»Natürlich haben wir das«, erwiderte sie und drückte ihre Tochter an sich. »Wir waren vielleicht nicht Ozzie und Harriet, aber wir haben uns geliebt.«

»Wirklich?«

»Wirklich.«

»Ich wusste es.« Kathleens Lächeln war ein kleines bisschen selbstgefällig. »Ich wollte nur sichergehen, dass du es auch weißt.«

Die Erleichterung ihrer Tochter brach ihr fast das Herz.

»Miststück!«, brüllte Mike Meehan irgendwo aus dem Flur her. »Diese verdammte Katze bringt noch mal jemanden um.«

»Ist mit Fritzie alles in Ordnung?«, rief Claire. »Sie ist alt. Wir müssen auf sie aufpassen.«

»Ich bin auch alt«, schrie ihr Vater zurück. »Ich kann nicht feststellen, dass sich jemand um mich Sorgen macht.«

Claire und Kathleen sahen sich an und gaben sich große Mühe, nicht in Gelächter auszubrechen.

»Wie lange willst du den armen Kerl denn noch warten lassen?«

Gott behüte, dass ihr Vater den Flur hinunterging, um ihr etwas mitzuteilen.

»Bis du deine Schuhe anhast, bekommt er schon Seniorenrabatt.«

»Du hättest mir sagen sollen, dass David schon da ist«, schrie Claire zurück. »Ich bin gleich da.«

»Oh, oh«, sagte Kathleen und deutete auf die bloßen Füße ihrer Mutter. »Da wir von Schuhen reden ...«

Claire blickte hinunter auf ihre großen Füße und die kleinen Schuhe.

»Hol lieber doch Eis«, sagte sie.

Und dann, genau wie vorher, als hätten sie das schon ihr ganzes Leben so gemacht, fingen sie wieder zu lachen an.

Die zwölf Senioren aus Long Island waren ein lebhafter Haufen, der sich nicht damit begnügte, nach dem Abendessen ein Nickerchen vor dem Kamin zu machen. Stattdessen stiegen sie in ihren Van, um zu den hellen Lichtern von Atlantic City zu fahren.

»Und wo sind diese PBS-Kameras, wenn man sie wirklich braucht«, murmelte Rose, als sie und Kelly der Gruppe nachwinkten, die nach Norden aufbrach, ins Automatenmekka an der Küste von New Jersey. »Das letzte Mal, als ich so viele Komplimente für mein Essen bekam, habe ich Selbstgespräche geführt.«

Kelly hielt sich die Hand vor den Mund und gähnte. »Verzeihung«, sagte sie mit einem verlegenen Grinsen. »Sie sollten sie bitten, etwas davon aufzuschreiben, Mrs DiFalco. Das wäre eine gute Werbung.«

Rose bedachte Kelly mit einem Blick, der Kellys Knie hatte zittern lassen, als sie noch nicht wusste, dass Maddys Mutter in Wirklichkeit ein gutmütiger Mensch war. »Wir werden bald eine Familie sein«, sagte sie und legte eine perfekt manikürte

Hand auf Kellys Unterarm. »Ich glaube, wir können auf die Höflichkeitsfloskeln verzichten, du nicht auch?« Ihr Lächeln war warm und echt. »Ich nehme an, keiner von uns beiden würde sich mit ›Großmama‹ wohlfühlen, aber ich glaube, wir kämen damit zurecht, wenn du Rose zu mir sagen würdest, oder?«

Kelly nickte. »Danke, das würde ich gerne.«

Rose legte kameradschaftlich den Arm um ihre Schultern, als sie zurück ins Haus gingen. »Das Problem mit Mr Benedetto und seiner fehlenden Medizin hast du sehr gut gelöst.«

»Halb so wild«, erwiderte Kelly. »Ich brauchte ja nur ein paar Anrufe zu machen.«

»Und in die Apotheke zu fahren.«

»Hannah hat der kleine Ausflug gefallen. Sie fand, alles sei viel aufregender bei Dunkelheit.« Kelly war über jede Beschäftigung froh. So blieb ihr weniger Zeit zum Nachdenken.

Rose verdrehte die Augen. »Worte, die das Herz einer Großmutter in Schrecken versetzen. Maddy war in ihrem Alter genauso, ein geborenes Nachtlicht.«

»Bin ich nicht«, sagte Kelly.

»Ich auch nicht«, erwiderte Rose. »Ich kann zwar bis spät in die Nacht hinein arbeiten, aber ich bin durch und durch ein Frühaufsteher.«

Sie sahen in der Küche nach, ob es noch etwas zu tun gab, aber alles war so sauber und ordentlich wie auf einem Foto in einer Zeitschrift.

»Großmama!« Hannah, mit Priscilla im Schlepptau, erschien in der Küchentür. »Ich hab gedacht, wir schauen Bilder an.«

»Machen wir auch.« Die Stimme von Rose bekam immer einen sanften Klang, wenn sie mit ihrer Enkelin sprach. »Kelly und ich haben nur nachgesehen, ob die Küche auch picobello ist.«

Hannah zog am Ärmel von Roses weicher blauer Jacke. »Jetzt, Omi! Ich will die Bilder von Mommy sehen, wo sie noch klein ist.«

»Du kannst sie gerne mit anschauen«, bot Rose Kelly an und zauste Hannahs Pony liebevoll. »Ich habe auf dem Speicher Schachteln mit alten Fotografien gefunden, als ich nach Sachen suchte, die für Peter Lassiter von Interesse sein könnten. Ich habe einige wunderschöne Aufnahmen von Irene und Michael und den Eltern deines Vaters beiseitegelegt.«

Der Familienwohnraum im hinteren Teil des Hauses war Kellys Lieblingszimmer. Die Wände waren vom Boden bis zur Decke mit Büchern über jedes erdenkliche Thema bedeckt, von Architektur bis Zoologie, und über alles, was es dazwischen gab. Die unteren Fächer standen voller Bilderbücher für Hannah, Aufklappbüchern, Büchern mit Geräuschen und alten Kinderklassikern, die Kelly kannte und geliebt hatte, als sie in Hannahs Alter war. Ein riesiger Flachbildfernseher war in einer großen antiken Eichenvitrine versteckt, die zu einem Multimediazentrum umfunktioniert war. Die großen weichen Ledercouchen waren mit Dutzenden gestickter Kissen und handgestrickter Kaschmir- und Mohairplaids in den schönsten Farben übersät, dass es ihr den Atem verschlug.

Doch am besten gefiel ihr der riesige Bibliothekstisch neben dem Erkerfenster, von dem aus man in den Garten sah. Er war aus Palisanderholz, verkratzt durch jahrzehntelange Benutzung, doch diese Jahre hatten dem Holz eine Patina verliehen, sodass Kelly zu gerne ihren Kopf darauf gelegt hätte, um seinen Geheimnissen zu lauschen. Rose nannte ihn ihre »Werkbank«, und er war normalerweise die Heimstatt unzähliger handwerklicher Tätigkeiten. Meist waren dort Hannahs Fingerfarben und Barbies neben Maddys Strickzeug und Roses Puzzles oder Aquarellfarben zu finden.

Heute Abend allerdings waren die Barbies und die Stricknadeln weggeräumt worden, um Platz zu schaffen für mindestens zwei Dutzend Schachteln mit Fotos, einem meterhohen Stapel von Alben und genügend buntem Papier, Scheren, Spezialklebern, Aufklebern, Foto-Archivpapier und Stiften, um damit ein Geschäft für Bürobedarf auszustatten.

»Wow!«, sagte sie und wandte sich Rose zu. »Und du willst jedes einzelne Foto in ein Album kleben?«

»Nicht einmal ich habe dazu den Ehrgeiz«, entgegnete Rose lachend. »Da würden wir ja einen ganzen Raum in der Kongressbibliothek brauchen, um unsere Familiengeschichte unterzubringen.«

Sie erklärte, als erster Schritt sei gedacht, die Schachteln durchzusehen und doppelte, unterbelichtete und richtig schlechte Fotos auszusortieren. Danach würde sie das Material noch genauer sichten im Hinblick auf ein zusammenhängendes Thema oder eine Chronologie für jedes Album.

Hannah kletterte auf einen der Stühle und holte sich einen Stoß Papier und eine Handvoll leuchtend bunter Marker. Sie zog die Kappe eines kirschroten Stiftes ab und war bald in ihrer eigenen Welt versunken. Rose bedeutete Kelly, sich zu setzen, und holte dann einen braunen Umschlag aus der obersten Schublade des Sekretärs in der Ecke.

»Hier sind einige wunderbare Aufnahmen deiner Großeltern«, erklärte Rose, als sie ihr den Umschlag gab, »und ein paar von deinem Vater und Onkel Billy als Kinder.«

»Das ist ja so cool!«, sagte Kelly, als sie die Mischung aus Schwarz-Weiß- und Farbabzügen vor sich auf dem Tisch ausbreitete. Vertraute, geliebte Gesichter aus all den Jahren lächelten sie an. Sie lachte über den Anblick ihres Vaters und ihres Onkels Billy in Cowboykostümen an einem längst vergangenen Halloween und blinzelte Tränen fort, als sie ein Foto von Irene sah, die vor dem O'Malley's die neugeborene Kelly in den Armen hielt. Kelly konnte sich nicht erinnern, ihre Urgroßmutter je so glücklich gesehen zu haben.

»Oh Gott!«, hauchte Kelly. »Ist das meine Mom, die neben Irene steht?«

»Das ist ein schönes Bild«, sagte Rose und sah über Kellys Schulter. »Ich glaube, das war an dem Tag, als deine Eltern dich zur Taufe nach Paradise Point brachten.« Sie neigte sich vor. »Dreh es um, Kelly. Vielleicht steht ein Datum drauf.«

Mit Bleistift waren die Worte »*Kellys Taufe – 5. Juli, 1986*« und die Namen »*Irene O'Malley/Sandy O'Malley/Kelly Ann O'Malley (Aidans und Sandys Erstgeborene)*« in Roses unverwechselbarer Handschrift auf die Rückseite geschrieben.

Ihre Kehle war wie zugeschnürt, als sie vor sich ein anderes Neugeborenes und eine andere Taufe ...

Sie durfte daran nicht denken. Sie *wollte* daran nicht denken. Eines Tages wäre dafür der richtige Zeitpunkt. Ganz bestimmt jetzt nicht.

»Du ähnelst deiner Mutter sehr«, sagte Rose in sachlichem Ton. »Sie war ein sehr schönes Mädchen.«

Kelly versuchte, danke zu sagen, doch es wollte ihr nicht gelingen, die Worte auszusprechen, so sehr sie sich auch bemühte. Sie schien überhaupt nichts tun zu können, ganz zu schweigen davon, ihr eigenes Leben zu verstehen. Ihre Mutter war für sie nicht real. Sie existierte nur in platten, eindimensionalen Fotografien und einer Handvoll alter Glückwunschkarten, die ihr Vater in einer Schublade aufbewahrte. Das, was sie zu Sandy O'Malley gemacht hatte, war mit ihr gestorben, und kein Schnappschuss konnte es je zurückbringen.

Es gab nicht viel, was Rose entging, doch sie verlor kein Wort über die Tränen, die Kelly über die Wangen rollten. Stattdessen nahm sie die oberste Schachtel von dem Stapel an der Ecke und schob sie Kelly hin.

»Ich habe erst einen Teil dieser Schachtel durchgesehen. Ich dachte mir, vielleicht willst du dir den Rest ansehen. Meine Mutter liebte es, Fotos zu machen«, sagte sie leise lächelnd. »Ich glaube, sie hat fast jede Familie der Stadt aufgenommen.«

Kelly deutete auf die linke untere Ecke der Schachtel. »Jemand hat ›O'Malley‹ dorthin geschrieben.«

Rose drückte liebevoll ihre Schulter. »Vielleicht hatte sie das Gefühl, diese Bilder könnten eines Tages von Bedeutung sein.«

Hannah sah von ihrem Kunstwerk auf. »Warum weinst du?«, fragte sie Kelly. »Bist du traurig?«

»Kelly hat gerade ein Foto von ihrer Mutter und ihrer Urgroßmutter Irene angesehen«, erklärte Rose äußerst taktvoll. »Sie vermisst ihre Urgroßmama sehr.«

Hannah überlegte einen Augenblick. »Kelly kann sich ab und zu dich ausborgen, Großmama. Es macht mir nichts aus.«

»Jederzeit«, stimmte Rose mit einem Zwinkern für Kelly zu. »Sie gehört zur Familie, nicht?«

Kellys linke Hand glitt über ihren Bauch in einer Bewegung, die so alt war wie die Zeit. Sie fing sich sofort und tat, als zöge sie den Saum des Pullis zurecht, doch sie hatte Roses fragenden Blick bemerkt.

»Sieh dir das an«, sagte sie und zeigte auf einen nahezu unsichtbaren Riss in dem Gestrickten. »Da bin ich heute Morgen an der Autotür hängen geblieben.« Ihre Augen füllten sich schon wieder mit Tränen, und sie verzog das Gesicht. »Es ist mein Lieblingspulli.« *Lahm, Kelly, ausgesprochen lahm. Wer weint schon wegen eines eingerissenen Pullovers?*

Rose sah Kelly über ihre Lesebrille hinweg in die Augen. Die Neugier war noch da, doch sie war auch mit Traurigkeit durchsetzt, und Kelly wandte schnell den Blick ab.

»Maddy ist unheimlich gut im Reparieren von Sachen«, bemerkte Rose behutsam. »Ich bin sicher, sie könnte dir helfen.«

»Es ist ja nur ein Pulli«, entgegnete Kelly und griff nach einem Packen Fotos in der Schachtel. »Ist nicht so wichtig.«

»Manchmal müssen sogar die Besten von uns jemanden um Hilfe bitten.«

Kelly sagte nichts, sondern sah nur auf den Stapel Fotos hinunter.

»Frag sie doch«, riet ihr Rose und drückte einen Kuss auf ihren Scheitel. »Vertrau mir. Sie wird sich freuen, wenn du es tust.«

20

Nichts, was sich Aidan je vorgestellt, erträumt oder gewünscht hatte, kam auch nur annähernd der Realität von Maddy nah, die warm und befriedigt in seinen Armen schlief.

Der Raum erstrahlte im Sternenlicht. Die einzigen Geräusche waren ihr ruhiges Atmen und das Schlagen ihrer Herzen. Nichts, was die Welt ihm sonst zeigen konnte, würde sich je mit dem vergleichen lassen, was sie in diesem Bett miteinander geteilt hatten, in jeder Hinsicht nackt und bloß, wie eine Frau und ein Mann es nur sein konnten.

Keine Geheimnisse mehr. Sie kannte ihn nun so, wie er wirklich war. Sie kannte seine Narben, wusste, was ihn beeinträchtigte, frustrierte, wusste von seinen Schmerzen, und sie war nicht zur Tür gerannt. Der Ring war noch immer an ihrem Finger. Sie war hier im Bett neben ihm. Er hatte alles, was er je begehrte, in Armeslänge, und dennoch umschlich ihn das Gefühl, sie zu verlieren.

Es gab nichts, worauf er den Finger hätte legen können, kein besonderes Vorkommnis oder Gespräch, das ihn auf den Gedanken gebracht hätte, dass sie sich ihm entziehen könnte, aber das Gefühl des drohenden Verlustes war dennoch da, und er wusste nicht, wieso.

Sie seufzte leise und sah zu ihm hoch. »Ich bin eingeschlafen.« Sie lachte entschuldigend. »Tut mir leid.«

»Das braucht es nicht.« Er zog sie an sich. »Du hast es dir verdient.«

Er fasste sie um die Taille und rollte sie auf sich.

»Ganz schön kräftiger Oberkörper, den du da hast, Junge.«

Der Anblick gefiel ihm. Sie hatte einen wunderschönen sinnlichen Körper. Einen Frauenkörper. Volle Brüste, schmale

Taille, Hüften, die einen Mann umfangen konnten und ihn daran erinnerten, warum er geboren worden war.

»Du wirst es müde werden, die ganze Arbeit allein machen zu müssen«, sagte er.

»Probier es aus.«

Sie drückte sich gegen ihn, und er wurde sofort hart.

»Ich bin beeindruckt«, bemerkte sie und griff nach einem Kondom. Sie riss die Packung auf, und er wurde noch härter.

»Ich will dich zufriedenzustellen«, erwiderte er, während sie das Kondom an seinem Schaft entlang hinunterrollte.

Sie küsste ihn leidenschaftlich. »Das sehe ich.«

Er glitt mit den Händen von ihrer Taille zu ihren Hüften und hielt sie über sich. Sie passte sich seinem Rhythmus an, nahm ihn auf und senkte sich langsam, quälend langsam auf ihn, bis er in ihrer Glut versunken war. Sie gab ihm das Gefühl, jung zu sein. Sie gab ihm das Gefühl, stark zu sein. Sie ließ ihn daran glauben, dass die schönen Dinge möglich waren, dass das Glück mit Händen zu greifen war. Und vor allem gab sie ihm das Gefühl, geliebt zu werden. Und für eine kleine Weile trat der bedrückende Gedanke, dass dieser Vorgeschmack des Himmels nicht ewig währen würde, wie ein böser Traum, der im Morgenlicht schon vergessen ist, in den Hintergrund.

Sie schrie auf, als sie kam, tief und kehlig aus fast unerträglicher Lust, was ihn sofort mit ihr zusammen den Höhepunkt erreichen ließ.

Statt sich an ihn zu kuscheln und einzuschlafen, schien sie diesmal energiegeladen. Als ihr Herz wieder annähernd ruhig schlug, beugte sie sich über ihn, streichelte mit ihren Brüsten seine Brust, und ein wohliger Schauer rieselte durch ihren müden, aber trotzdem erregten Körper.

»Es ist fast acht«, stellte sie fest, als sie auf die kleine Uhr auf dem Nachttisch neben dem Bett sah. »Kein Wunder, dass ich am Verhungern bin.«

»Mir würden dafür noch ein paar andere Gründe einfallen«, sagte er, und sie lachte.

»Sie werden jede Minute unser Essen bringen. Wir sollten wirklich ...«

»Sie können sich wahrscheinlich schon denken, was hier vor sich geht.«

Sie lächelt ihn herrlich verrucht an. »Na, wir müssen ihre Vermutungen ja nicht unbedingt bestätigen, oder? Zieh doch einen der wunderschönen seidenen Morgenmäntel an, die im Schrank hängen.«

»Ich ziehe keinen seidenen Morgenrock an.«

»Nur um die Tür zu öffnen.«

»Vor allen Dingen nicht, um die Tür zu öffnen.«

»Dann ziehe ich einen an und geh an die Tür.«

»Nein.«

Ihr Lächeln wurde zu einem Grinsen. »Aidan, einer wird in den nächsten zwei Minuten etwas anziehen müssen oder ...«

Zwei kurzen Klopfzeichen an der Tür folgte ein fröhliches »Ihr Abendessen ist serviert!«

Maddy sauste ins Bad und überließ es Aidan, mit der Situation fertig zu werden. Einen roten Seidenmorgenrock würde er niemals anziehen. Er konnte seine Hose nicht finden, und sich nackt zu präsentieren war ausgeschlossen. Also packte er das Leintuch und hoffte das Beste.

Der Zimmerkellner war sympathisch und offenbar gewohnt, von Gästen in den verschiedensten Stadien der Entkleidung begrüßt zu werden. Er stellte in der Nähe der offenen Balkontür einen kleinen Tisch auf und verwandelte ihn im Nu in ein Kunstwerk mit kompliziert gefalteten Servietten, Kerzen, frischen Blumen und ausreichend Porzellan und Silberbesteck, um eine zwölfköpfige Familie zu bewirten.

»Das machen Sie gut«, stellte Aidan fest, als der Kellner eine Flasche Veuve Clicquot in den Sektkübel stellte.

»Ich bemühe mich.«

Aidan gab ihm ein fürstliches Trinkgeld und versprach, sich zu melden, falls sie noch etwas bräuchten, dann sperrte er die Tür hinter ihm ab.

»Die Luft ist rein«, rief er Maddy zu. Sie kam aus dem Badezimmer in einem kurzen, blassblauen Morgenmantel, der sich an ihre Rundungen schmiegte, auf halbem Schenkel endete und ihre langen Beine nackt und einladend zur Geltung brachte. Sie sah aus wie jeden Mannes Vorstellung von einer Göttin. Wer auch immer dieses Ensemble entworfen hatte, war sich seiner ewigen Dankbarkeit sicher.

Sie sah ihn an und brach in Lachen aus. »Du siehst aus, als gingst du zu einer Toga-Party!«

»Für Cäsar war es gut genug.«

Sie betrachtete ihn von oben bis unten und stieß dann einen lautstarken bewundernden Piff aus. »Wenn Cäsar Beine wie du gehabt hätte, O'Malley, würden wir noch immer Lateinisch sprechen.«

»Flirtest du etwa mit mir, Bainbridge?«

»Und ob ich das tue«, erwiderte sie. »Was muss ein Mädchen hier eigentlich tun, um etwas zu essen zu bekommen?«

Er machte einige Vorschläge, und Maddy fand, sie sollten eine der pikanteren Speisen zwischen Hummer und Crème brulée ausprobieren.

»Zimmerservice«, sagte er kopfschüttelnd. »Ist das nun toll, oder nicht?«

Claire verschlang genüsslich ihren letzten Bissen Hummer und sank als glückliche und zufriedene Frau auf ihrem Stuhl zurück. »Sag ehrlich, David: Sieht so das Leben der richtigen Erwachsenen aus?«

»Da bin ich überfragt«, erklärte er und putzte seinen Rest Prime Rib weg. »Ich habe gesprächsweise davon gehört, aber Genaueres weiß ich nicht.«

»Sieh dich mal um«, sagte Claire und deutete in die Runde. »Keiner hier im Raum hat am Montagmorgen Schule.«

»Sara Ogilvie da drüben hat jeden Montagmorgen Schule.«

Claire schnitt eine Grimasse. »Sie unterrichtet Mathematik. Ihr Techniktypen nehmt alles zu wörtlich.«

»Das ist ein Manko«, räumte er ein, »aber wir schaffen es wenigstens, mit dem Haushaltsgeld auszukommen.«

»Erzähl mir bloß nicht, du verwendest Coupons.«

»Ich hab nichts gesagt.«

Schau dich mal an, Claire Meehan-O'Malley: Du hast nicht nur eine Verabredung, es macht dir sogar Spaß.

David Fenelli war ein wunderbarer Begleiter. Er hörte gern zu, er erzählte gern, und man musste ihm nicht das Essen klein schneiden. Was mehr konnte eine Frau verlangen?

Wie wär's mit Corin für den Anfang?

Also, das war ein ganz dummer Gedanke. Wohl auf der Suche nach einem Rezept zum Unglücklichwerden? Dann begehre jemanden, der schon vor langer, langer Zeit aufgehört hat, dich zu begehren. Nein, dieses besondere Stück schlechter Wegstrecke würde sie nie wieder in Kauf nehmen. Für niemanden.

War ja nicht so wichtig, dass sie jedes Mal zusammenfuhr, wenn sich die Eingangstür öffnete. Das war nur eine seltsame Reaktion auf biochemische Reize, eine Reflexhandlung infolge der widersprüchlichen Botschaften, die ihre armen, überstrapazierten Synapsen bombardierten. Schon komisch, dass man etwas wollen und gleichzeitig auch nicht wollen konnte, und das mit derselben Intensität. Das Letzte auf der Welt, was sie wollte, war Corin, der zum Hummeressen ins Chadwick's kam … und verflucht wollte sie sein, wenn sie nicht jedes Mal enttäuscht war, wenn sich die Tür öffnete und nicht er hereinkam.

David beobachtete sie. »Wenn du dir Sorgen machst, ruf sie an.«

Er dachte, sie machte sich Gedanken über ihre Familie. Der Junge war zu nett, um wahr zu sein. Sie brachte sich wieder in die Gegenwart zurück und verdrehte die Augen. »Wenn sie es nicht schaffen, alle zwanzig Jahre einmal an einem Samstagabend ohne mich zurechtzukommen, dann besteht keinerlei Hoffnung mehr für sie.«

Sein ernster Ausdruck schmolz zu einem freundlichen Lächeln, was zu einem Lächeln ihrerseits führte. »Wenn du also nicht allzu besorgt bist, wie wär's, wenn wir ins Kino gingen?«

»Kino?« Claire heuchelte Verwirrung. »Du meinst das, wo man in einem großen Raum mit vielen anderen Leuten sitzt und auf einer riesigen Leinwand bewegte Bilder anschaut?«

»Genau«, erwiderte David trocken. »Und einen Ton gibt es dort auch.«

»Bekommt man auch eine Fernbedienung, damit man die langweiligen Stellen schnell weiterlaufen lassen kann?«

»Nein, aber das ranzige Popcorn macht alles wett.«

Ihre Bedienung erschien mit der Dessertkarte, und sie bestellten Cappuccinos und ein großes Stück Schokoladenmoussetorte zum Teilen.

»Ich würde Ihnen ja einen Brandy empfehlen, doch Sie beide scheinen auch ohne genug Spaß zu haben.«

»Damit hat sie recht«, stellte David fest, als die Kellnerin mit ihrer Bestellung zur Küche zurückging. »Ich bin froh, dass du zugesagt hast.«

Das war sie auch.

Das Kino fing erst in einer Stunde und fünfundzwanzig Minuten an, und so machten sie sich über ihren Schokoladenmoussekuchen her und ließen sich Zeit mit ihrem Kaffee, und als er dann der Bedienung wegen der Rechnung winkte, hatte Claire alle Gedanken an Zuhause, die Familie und Corin Flynn aus ihrem Kopf verbannt und genoss den Augenblick. Eigentlich lag ihr das gar nicht. Normalerweise quälte sie sich lieber mit allen möglichen Sorgen und überlegte, welches Unglück hinter der nächsten Ecke lauerte und nur darauf wartete, über sie hereinzubrechen. Das konnte sie ziemlich gut.

Deswegen sah sie es auch nicht kommen, als es schließlich so weit war.

Sie waren auf halbem Weg zu Davids Wagen, als ihr Handy klingelte.

»Flipp jetzt nicht aus«, sagte Kathleen, »aber Großpapa ist in der Notaufnahme.«

»Jesus, Maria und Josef!« Claire blieb wie angewurzelt stehen und hielt eine Hand über ihr Ohr. »Sag das noch mal.« Besser noch, sag es nicht noch mal und lass das alles einen erbärmlich schlechten Witz sein.

»Großpapa ist über Fritzie gestolpert, hinten im Flur«, berichtete Kathleen. »Ich glaube, er hat sich den Knöchel gebrochen.«

»Wo bist du?«

»Im Wartezimmer. Er hat mich rausgeworfen.«

»Ich meine, welches Krankenhaus?«

»Good Sam.«

»Billy hast du dabei, ja?«

»Ich hab ihn zum Coffeeshop geschickt, Sandwiches holen.« Kurze Pause. »Der Szechuan-Tofu war kein so großer Erfolg.«

Wer hätte das gedacht. »Ich bin sofort da.«

»Ist etwas mit deinem Vater passiert?«, fragte David, als er ihr die Wagentür öffnete.

»Er ist im Good Sam.«

»Sein Herz?«

»Nein«, sagte sie. »Die Katze.«

Er starrt sie verständnislos an, und sie erklärte es ihm. »Ich hab ihm bestimmt tausendmal gesagt, er soll aufpassen, dass er nicht über Fritzie stolpert, aber meinst du, er hört zu?« Ihre Hände zitterten, und sie hielt krampfhaft ihre Tasche fest, um die Hände unter Kontrolle zu bringen. Ihren Ehemann hatte sie auch zum letzten Mal in der Notaufnahme des Good Sam gesehen. Es war kein Ort, an den sie gern zurückkehrte. »Warum habe ich bloß kein Licht im hinteren Flur anbringen lassen?«

»Ich habe letztes Jahr für meinen Vater eines installiert, aber lieber flucht und stolpert er im Finstern herum, als die Birne auszuwechseln.«

David plauderte ruhig und ungezwungen weiter, während sie zum Krankenhaus fuhren, und ihr anfänglicher Anflug von Panik begann sich zu verflüchtigen. Ein gebrochener Knöchel war zwar sehr lästig, aber nicht lebensbedrohlich. Sie würde ihren Dad nicht verlieren.

David ließ sie am Eingang der Notaufnahme aussteigen und fuhr weiter, um den Wagen zu parken. Claire rannte durch die automatische Tür und stieß mit Kathleen zusammen, die auf sie gewartet hatte.

»Er ist da hinten«, erklärte Kathleen und zeigte auf den Bereich hinter der Information. »Kabine drei.«

Claires Hände begannen wieder zu zittern, und sie vergrub sie in den Taschen ihres Jacketts. »Habt ihr etwas gegessen?«

Kathleen nickte. »Thunfisch-Sandwiches.« Sie grinste ihre Mutter an. »War Billys Wunsch. Der Tofu war grottenschlecht.«

Claire sah sich um. »Wo ist Billy?«

»Donna Leitz besucht oben ihren Großvater. Sie hat ihre jüngste Tochter dabei. Billy zeigt ihr gerade die Cafeteria.«

»David parkt den Wagen. Leiste ihm doch bitte Gesellschaft, während ich nachsehe, wie es Großpapa geht.«

Kathleen umarmte sie. »Du hast es erfasst.«

Vor einigen Jahren hatte ihnen eine der Beraterinnen, die sie aufgesucht hatten in dem Bemühen ihrer Familie, Kathleen zu retten, gesagt, wenn sie daran arbeiten und es schaffen würden, ihr Ziel nie aus den Augen zu verlieren, würden sie dafür belohnt. Sie hatte recht gehabt. Diese wunderbare, fürsorgliche junge Frau vor ihr war der lebende Beweis.

Sie drückte die Flügeltür auf und marschierte direkt auf Kabine drei zu, die Augen krampfhaft abgewendet von der Stelle, wo sie sich von ihrem Mann verabschiedet hatte. Mike Meehans dröhnende Stimme ließ den Vorhang zittern.

»Hol mir meine Kleider«, verlangte er, sobald er sie sah. »Ich bleibe nicht hier in diesem Saftladen und warte darauf, dass sie ...«

»Sei ruhig, Dad!« Sie trat an den Behandlungstisch und schob das Treppchen aus seiner Reichweite. »Du gehst nirgendwohin.«

»Den Teufel werde ich nicht. Hilf mir von dem verdammten

Tisch herunter. Die halten mich nicht hier fest, während sie Kaffeepause machen.«

»Ich helfe dir nicht, irgendwohin zu gehen, ehe sie nicht deinen Knöchel untersucht haben.«

Er verzog sein Gesicht zu einer Maske zorniger Falten. »Ich hatte schon eingewachsene Nägel, die mehr wehgetan haben als das hier. Gib mir ein paar Aspirin, und der Fall hat sich.«

Sie erkannte eine Testosteronvergiftung, wenn sie sie vor sich hatte. Ein Mann war in der Lage, mit einem gebrochenen Fuß zehn Meilen durch einen Schneesturm zu laufen, aber eine einfache Erkältung fesselte ihn jammernd für eine Woche ans Bett.

»Ich habe Lilly angerufen«, erklärte er. »Sie wird mich hier rausholen.«

»Du hast Lilly angerufen?«

»Hab ihr eine Nachricht auf dem Handy hinterlassen. Wenn du mich nicht rausholst, sie wird es.«

»Nur über meine Leiche holt sie dich hier raus.« Diese Frau würde auch noch seine Falten bügeln und seinen Ballaststoffgehalt verdreifachen, ehe er sich's versah.

Eine junge Schwester mit frischem Gesicht kam in die Kabine. »Und wie geht es uns hier drinnen?«

»Er will hier weg«, erklärte Claire und verdrehte die Augen.

»Ich weiß«, erwiderte die Schwester. »Jeder im Krankenhaus weiß das.«

»Eine Röntgenaufnahme«, polterte ihr Vater. »Wie lange zum Teufel dauert es denn, eine Röntgenaufnahme zu machen?«

»Sie sind nicht der einzige Patient, der eine Röntgenaufnahme braucht, Mr Meehan«, erklärte die Schwester mit mehr Geduld, als Claire aufzubringen in der Lage war. »Wir haben Sie nicht vergessen. Sie kommen so schnell wie möglich dran. Bestimmt.«

»Ich bin alt«, beschwerte sich Mike Meehan. »Wahrscheinlich bin ich schon tot, bevor ich an die Reihe komme.«

»Dad!« Claire hätte sich am liebsten vor eine außer Kontrolle geratene Rolltrage geworfen.

»Lassen Sie mich sehen, was ich machen kann«, erbot sich die Schwester – eindeutig eine Frau mit einem Herz aus Gold und der Geduld eines Engels. »Bin gleich wieder da.«

»Du bist schlimmer als Billy«, schimpfte Claire, als die Schwester die Kabine verlassen hatte, »und der ist erst acht.«

»Viel Lärm um nichts«, erwiderte ihr Vater. »Schießt ein Bild, macht einen Verband und schickt mich nach Hause. Sie tun ja so, als ob es sich um Gehirnchirurgie handeln würde. Sollen sich lieber um Barney Kurkowski kümmern.«

»Barney? Was macht der denn hier?«

»Rauchvergiftung. Er hat gewunken, als sie ihn hier durchschoben.«

»Rühr dich ja nicht«, warnte sie ihn. »Ich bin sofort wieder da.« Das einzig Gute an diesem gebrochenen Knöchel war, dass es die Chancen eines Ausbruchs verringerte.

»Bring meine Kleider mit«, rief er ihr nach, »oder ich geh hier in Unterwäsche raus.«

Kathleen und David unterhielten sich im Warteraum, während eine Wiederholung von Larry Kings Talkshow aus dem über ihnen hängenden Fernseher schallte. Sie schraken beide auf, als sie sie sahen.

»Wie geht es ihm?«, fragte David.

»Besser, als er es verdient«, erwiderte Claire, und Kathleen lachte.

»Schön«, sagte ihre Tochter. »Das heißt, Großpapa wird schon wieder.«

»Die Schwester sieht nach, ob sie ihn an den Anfang der Schlange schieben kann«, sagte sie zu Kathleen. »Könntest du einen Moment auf ihn aufpassen?«

Kathleen tat, als rüstete sie sich zur Schlacht, und marschierte dann den Gang hinunter.

»Prima Mädchen, deine Tochter«, stellte David fest.

Claire bekreuzigte sich. »Dein Wort in Gottes Ohr.« Sie

blickte sich im Warteraum um. »Hast du Billy irgendwo gesehen?«

»Du hast ihn gerade verpasst. Er kam hier durchgerannt mit einem von Donna Leitz Kindern.«

»Fahr nach Hause, David Fenelli«, sagte sie. »Das wird eine lange Nacht. Erspare dir zumindest den Anblick meines Vaters, wenn er in seiner Unterwäsche aus dem Krankenhaus ausbricht.«

»Ich bin nicht so leicht zu erschrecken.«

Er vielleicht nicht, aber sie. Sie brauchte eine größere Pufferzone zwischen Familie und Freunden. Das war eine Lektion, die sie in ihrer Ehe gelernt hatte.

»Ich hätte gern einen Gutschein für das Kino«, sagte sie und hoffte, er verstand den Wink.

»Das höre ich gerne.«

»Das Essen war köstlich. Chadwick's ist noch besser, als ich in Erinnerung hatte.«

»Das war die Gesellschaft auch.«

»Danke für die Einladung.«

Er sah sie mit einem Blick an, den sie nicht deuten konnte, einer Mischung aus Zuneigung, Neugier und vielleicht einer Spur Verärgerung. Sie kannte ihn nicht gut genug, um das beurteilen zu können. »Wie kommst du nach Hause?«

»Kathleen ist mit meinem Wagen da.«

»Okay, dann.« Er zögerte, und diesmal wusste sie genau, woran er dachte, und machte einen Schritt zurück.

»Fahr vorsichtig«, sagte sie.

So war es eben mit den netten Jungs. Sie hielten sich an die Regeln. »Ich ruf dich an«, sagte er, und sie bezweifelte nicht, dass er es so meinte.

Sie winkte ihm nach und rannte dann durch die Flügeltür wie eine Jungfrau, die wild entschlossen war, ihre Unschuld zu bewahren, was angesichts der Schwangerschaftsstreifen reichlich komisch war.

Kathleen flirtete mit einem gut gebauten jungen Internisten

vor dem Schwesternzimmer. Kabine drei war leer, bis auf die *Sports Illustrated* und *Racing Form* ihres Vaters. Das schien ihr ein passender Zeitpunkt, nach ihrem Jüngsten zu fahnden, ehe er hier alles auf den Kopf stellte. Ihr Vater war schon Plage genug für die netten Männer und Frauen des Good Sam.

»Wir dürfen Sie hier nicht hereinlassen«, erklärte der diensthabende Arzt Corin, als er sich auf die Intensivstation schmuggeln wollte.

»Ich bin sicher, Kurkowski hätte nichts dagegen.«

»Wahrscheinlich haben Sie recht«, erwiderte der Arzt, »aber die anderen Patienten und deren Familien vielleicht schon.«

»In Ordnung.« Es gab Grenzen, die man respektieren musste. »Haben Sie gesehen, wohin der Rest der Filmcrew gegangen ist?«

»Warteraum der Chirurgie. Sie verfolgen die Morantz-Nierentransplantation.«

»Die Schwestern?«

»Tolle Geschichte«, sagte der Arzt. »Erinnert einen daran, dass die Welt doch nicht nur aus Arschlöchern und Scheißkerlen besteht.«

»Hey, Doc, Vorsicht, ja?« Er deutete auf das Kind, das ihm nun schon fast eine Stunde Gang auf Gang ab gefolgt war.

»Ihres?«

»Nein, ich hatte gehofft, Sie wüssten, wo er hingehört.«

»Bringen Sie ihn hinunter zur Information. Die werden seine Eltern schon ausfindig machen.«

Der Piepser des Arztes ging an, und er verschwand im Flur.

»Wo geht er hin?«, fragte das Kind und beendete seine Untersuchung der Innereien eines leeren Wasserspenders.

»Sein Piepser ging an.«

»Gab es einen Notfall?«

»Er war nicht lange genug da, um es mir zu erzählen.«

»Wow! Wetten, dass es einen Riesenunfall auf dem Highway gegeben hat und dass sie all die Leichen hierhergebracht haben?«

»Was für ein netter Gedanke.« Blut und verkeilte Metallteile. Der Stoff, aus dem die Träume vieler kleiner Jungen sind, in einer Gegend, wo so etwas nicht häufig vorkam.

»Wo gehst du jetzt hin?«

»Hinauf zum Warteraum der Chirurgie.«

»Dort lassen sie Kinder nicht hin.«

»Dann schütteln wir uns jetzt die Hände und sagen goodbye.«

Das Kind hatte eines der Gesichter, die einen faszinierten.

»Aber ich weiß nicht, wo meine Mom ist.«

Hervorragend. Jetzt fuhr der Knabe die großen Geschütze auf. Als Nächstes würde er ein Hündchen und einen Baseballhandschuh hervorzaubern.

»Wo hast du sie zuletzt gesehen?«

»Zuhause. Sie ist mit einem Mann ausgegangen und hat mich da gelassen.«

Mist.

»Und wie bist du dann hierhergekommen?« Dass mit dem Kind körperlich alles in Ordnung war, war offensichtlich. Keine gebrochenen Knochen. Kein Blut.

»Mein Großpapa hat sich den Knöchel gebrochen.«

»Und warum bist du dann nicht bei ihm?«

»Ich weiß nicht, wo er ist.«

»Ich könnte dich zur Information bringen, und sie werden uns sagen, wo dein Großpapa ist.«

»Ich habe Hunger. Können wir vorher noch zur Cafeteria?«

Er hatte das Gefühl, einem Meister der Manipulation in die Hände gefallen zu sein.

»Bist du sicher, dass niemand auf dich wartet?«

»Nein.«

»Ich könnte mir denken, dass du vielleicht ein klein geratener Arzt bist.«

»Ich bin nicht alt genug.«

»Ich habe diese Internisten gesehen«, sagte Corin. »Sie sind nicht viel älter als du.«

»Ich bin acht. Man kann kein Arzt sein, wenn man erst acht ist.«

»Ich habe nur Spaß gemacht, Junge«, erwiderte er und hielt dem kleinen Hosenscheißer die Tür auf. »Ich weiß, dass man mindestens dreizehn sein muss.«

Eine erschöpfte Schwester sah von ihrem Strickzeug auf, als sie den Raum betraten, und funkelte seine Kameras an.

»Ein Bild von mir, und Sie brauchen lebensrettende Maßnahmen.«

»Schon verstanden, Florence Nightingale.«

Sie hatte ein herrlich derbes Lachen und grinste, als er seine Ausrüstung auf einen Tisch legte und sich einen Stuhl heranzog. Der Junge setzte sich ihm gegenüber.

Corin zog zwei Münzen aus seiner Gesäßtasche und schob sie dem Kind zu. »Magst du uns etwas aus dem Automaten holen?«

»Was holen?«

»Ich lass mich überraschen.«

»Cool!« Er war weg wie der geölte Blitz.

Das Kind war hartnäckiger als die Seepocken, die er die Fischer heute Morgen vom Rumpf ihrer Boote hatte kratzen sehen. Es erinnerte Corin daran, wie er in diesem Alter gewesen war, glühend vor Neugier, ein trockener Schwamm, bereit, alles aufzusaugen, was die Welt ihm zu bieten hatte, auch wenn er dabei eine Phalanx von Erwachsenen aufrieb.

Der Junge rannte vom Sandwichautomaten in der Ecke zu dem für Süßigkeiten bei der Tür und wieder zurück. Er hatte eines dieser herrlichen, durch und durch amerikanischen Gesichter: Sommersprossen auf der Nase, große tiefblaue Augen, eine gerade Nase und das, was man als schelmisches Grinsen bezeichnete.

Er hätte zu gern ein paar Fotos von ihm geschossen, doch man fotografierte keine Kinder, ohne die ausdrückliche – und vorzugsweise schriftliche – Genehmigung von Eltern oder Vormund. Mit einem Gesicht wie diesem auf der Titelseite würde es das Begleitbuch zur Paradise-Point-Dokumentation gleich in der ersten Woche nach der Auslieferung auf die Bestsellerliste der *Times* schaffen.

Sein Blick wanderte von dem Jungen zum Kühlautomaten, zu der strickenden Schwester, und er ließ seine Gedanken mit ihm umherschweifen. Man hatte ihn gebeten, sein Augenmerk auf das zu richten, was in der Gemeinde mit Feuerwehr und Fischerei zu tun hatte. Er hatte den Tag im Hafen verbracht, einige Familien fotografiert, die sich ihren Lebensunterhalt auf dem Meer verdienten, und war dann zu einem frühen Abendessen zur Feuerwache gegangen, das allerdings von drei Brandeinsätzen unterbrochen wurde, die aber schnell unter Kontrolle gebracht werden konnten.

Der vierte jedoch war eine ernste Angelegenheit. Ein Fettbrand in einem der hiesigen Fast-Food-Drive-Ins hatte sich rasend schnell ausgebreitet, und Corin hatte durch seinen Sucher zugesehen, wie eine gut geschulte Mannschaft in die Feuerhölle marschierte und sie unter Kontrolle brachte. Er hatte schon viele Frauen und Männer in Situationen erlebt, die Mut und Tapferkeit erforderten, doch diese stand ziemlich weit oben auf seiner Achtungsliste.

Das war auch Billy O'Malleys Job gewesen, bei dem er starb. Er hatte schon einiges über Claires verstorbenen Ehemann gehört, und es gab nicht viel, was er an dem Mann bewundernswert fand, doch das war etwas, das ihm keiner streitig machen konnte. Es passte ihm nicht so recht, an O'Malley etwas Gutes zu finden, doch jemand, der durch ein Feuer ging, um einen anderen zu retten – verdammt, das war mehr, als er, Corin, in seinem Leben getan hatte.

Das Kind kam mit zwei Packungen Oreos und einer Tüte Goldfische zurück.

»Wir brauchen Milch«, erklärte der Junge, »aber ein Karton kostet einen Dollar.«

»Du bist ein Gauner«, sagte Corin. »Ein Zwergengauner.«

»Man sagt nicht Zwerg«, klärte ihn der Junge in ernstem Ton

auf. »Meine Mom sagt, sie wollen Kleinwüchsige genannt werden, und das sollten wir auch tun.«

Also wurde an der Küste von Jersey auf eine vorurteilslose Einstellung geachtet. Er fragte sich nur, wie sich diese politische Korrektheit mit den eher konservativen Werten von Mom und Apfelkuchen vertrugen, auf die er im Hafen und auf der Feuerwache gestoßen war.

»Die Milch«, drängte ihn der Junge. »Wir brauchen Milch, sonst können wir die Kekse nicht essen.«

Corin schob dem blauäugigen Banditen noch zwei Dollar hin. »Das war's aber«, warnte er ihn. »Die Bank ist geschlossen.«

Bewegten sich alle Kinder so schnell, oder hatte dieses einen Turbolader? Warte ab, bis er erst noch die Kekse aufgegessen hat und die Wirkung des Zuckers einsetzt. Er wird Räder an der Decke schlagen. Er sah dem Jungen zu, wie er die Münze in den Automaten steckte, einen Knopf drückte und auf das Geräusch wartete, das der Milchkarton beim Aufschlagen im Ausgabefach machte. Er steckte die zweite Münze hinein, drückte einen Knopf, nahm den zweiten Milchkarton und brachte beide zum Tisch.

»Jeder von uns bekommt eine Packung Oreos«, erklärte der Junge. »Um die Goldfische können wir eine Münze werfen.«

Das Kind war wirklich ein kleiner Gauner. Er würde es noch weit im Leben bringen.

»Ich habe eine bessere Idee. Wir teilen uns die Goldfische.«

Beide machten sich über ihre Packung Oreos her und stopften sich die Kekse wie zwei Vierjährige in den Mund. Was für den Jungen nicht so abwegig war, Corin aber lieber nicht für die Nachwelt auf Film gebannt erhalten haben wollte.

Er war gerade dabei, die Tüte Goldfischchen aufzureißen und auszuteilen, als der Junge an ihm vorbei sah.

»Oh ... oh«, sagte er. »Das ist meine Mom.«

»Wenn sie auch Oreos möchte, dann ist sie auf sich selbst angewiesen«, sagte er. »Du hast meinen letzten Dollar bekommen.«

Er hörte Schritte hinter sich und dann eine vertraute Stimme. »Danke, dass du auf ihn aufgepasst hast, Corin.«

Sie klang müde, etwas verwundert und eindeutig argwöhnisch. In dem Moment, als er ihre Stimme hörte, wurde ihm alles klar, und er fragte sich, wie zum Kuckuck ihm das nicht aufgefallen sein konnte. Der Junge war das Ebenbild seines Vaters. Er hatte heute Nachmittag auf der Feuerwache genug Zeit damit verbracht, die Fotos von Billy O'Malley anzusehen, das Gesicht des toten Mannes zu studieren, der Claires Ehemann gewesen war. Die dunklen Haare. Die gerade Nase. Die tiefblauen Augen. Das schiefe Grinsen. Hier saß er, genau vor seiner Nase, Billy sen., in klein.

Er musste blind gewesen sein.

»Gibst du diesem Kind denn nichts zu essen?«, fragte er, als er sich umdrehte, um sie anzusehen in der Hoffnung, der kleine Scherz würde ihnen über diesen Augenblick hinweghelfen. Er stand auf in dem instinktiven Bewusstsein, jeden Vorteil, der sich ihm bot, nützen zu müssen.

Dummerweise hatte sie seine Bemerkung nicht als scherzhaft erkannt. »Ich gebe es dir wieder. Wie viel hat er dir abgeknöpft?«

»Ich habe nur Spaß gemacht.«

Sie steckte ihre Hand tief in ihre Tasche, zog eine Handvoll Münzen heraus und legte sie vor ihn hin. »Bitte, das sollte genügen.«

»Ich will dein Geld nicht.«

»Bitte«, sagte sie. »Du musst nicht die Naschorgie meines Sohnes bezahlen.«

»Claire ...«

Billy sprang in einer Wolke von Keksbröseln auf. »Ich geh Großpapa besuchen.«

»Er bekommt gerade den Knöchel geröntgt.«

»Dann warte ich auf ihn.«

»Du weißt nicht, wo sie ihn hingebracht haben.«

»Doch, weiß ich. Die Schwester hat es mir gezeigt.«

»Nimm Kathleen mit«, sagte Claire. »Sie wartet vor Großpapas Kabine.«

Billy wollte schon das Weite suchen, doch Claire hielt ihn, dank eines unsichtbaren mütterlichen Kraftfeldes auf. »Bedanke dich bei Corin für die Kekse.«

»Danke«, sagte der Junge und raste mit Warpgeschwindigkeit aus der Cafeteria.

»Er ist acht«, sagte sie, und auf ihren Wangen und ihrem Hals erschienen rote Flecken. »Sie sind in dem Alter nicht für gutes Benehmen berühmt.«

»Er benimmt sich besser als die Kameraleute, die oben filmen.«

Sie versuchte zu lächeln, doch das Ergebnis war nicht überwältigend. »Ich hoffe, er war nicht allzu lästig.«

»Er stellt viele Fragen.«

»Wie ich schon sagte, er ist acht. Sie essen und stellen Fragen.«

»Ist dein Vater hier?«

Sie schnitt eine Grimasse und strich sich mit der Hand übers Gesicht mit einer Geste, an die er sich gut erinnerte. »Gebrochener Knöchel«, sagte sie. »Er ist zu Hause über eine unserer Katzen gestolpert und gestürzt.«

»Wie geht es ihm?«

»Er ist stinksauer, also wird es wohl nicht so schlimm sein.«

»Ich wollte mir gerade eine Tüte Goldfische mit deinem Sprössling teilen. Möchtest du welche?«

»Nein, danke. Ich sollte wieder nach oben gehen und nachsehen, was sich tut.«

»Claire, ich …«

»Nicht.« Sie hob abwehrend die Hand. »Es hat keinen Sinn. Ich weiß, wie dir zumute ist. Ich verstehe es sogar. Lassen wir es doch einfach dabei.«

»Er ist ein großartiger Junge.« *Du hast die richtige Wahl getroffen, Claire. Es gab nichts, was ich dir zu bieten hatte, was einen Sohn wie diesen aufgewogen hätte.*

»Ich weiß.« Sie wirkte etwas weniger abweisend. »Er ist der, mit dem ich …«

»… schwanger war, als wir uns das letzte Mal sahen.« Er hatte noch nie in seinem Leben eine Frau müder oder reizvoller gefunden. Er hatte acht Jahre damit zugebracht, das Vorhandensein eines Kindes zu hassen, das er noch nie gesehen hatte, nur um dann alles ins Gegenteil verkehrt zu sehen bei Oreos und Goldfischen. »Er sieht seinem Vater sehr ähnlich.«

Sie war sofort wieder auf der Hut. »Woher weißt du das?«

Er erzählte ihr von seinem Nachmittag im Feuerwehrhaus.

»Da hast du wahrscheinlich jede Menge Geschichten gehört, während du dort warst.«

»Nichts, was du mir nicht schon erzählt hättest.«

»Das bezweifle ich.« Ihr Blick war unergründlich. »Es ist schon lange her, und inzwischen ist viel passiert«,

Er wollte etwas Tiefschürfendes sagen, etwas so Weises und Tröstliches, dass es die Fehler, die Sehnsucht, die Jahre, die sie getrennt hatten, auslöschen würde, doch alles, was er zustande brachte, war, ihre Hand zu ergreifen. Sie hatte lange kräftige Finger. Ihre Nägel waren kurz und nicht lackiert. Das kalte Metall ihres Eherings schnitt in seine Hand.

Von ihr kam nichts. Keine Ermunterung. Keine Kritik. Mit Wut hätte er ja umgehen können. Tränen hätte er verstanden. Aber Gleichgültigkeit – es gab nichts, was ein Mann tun konnte, wenn er einer Frau völlig egal war.

Sie standen nur einige Zentimeter voneinander entfernt, und er roch den zarten Duft von Parfum auf ihrer Haut, spürte die Glut ihres Zorns.

»Du hast eine Entschuldigung verdient. Ich habe mich letztes Mal, als ich dich sah, wie ein Mistkerl benommen.«

»Ich hätte dir sagen sollen, dass ich schwanger bin. Ich hatte Angst, wenn ich …«

»Nichts hätte mich ferngehalten, Claire.«

»Das schon.«

Er gab sich geschlagen. Sie hatte recht. Ihr Anblick, schwanger mit Billy O'Malleys Kind, hatte seinen Träumen von einer gemeinsamen Zukunft ein Ende gesetzt. Sie trug die Zukunft in ihrem Leib, und diese gehörte nicht ihm.

Er nickte, und sie schloss für einen Moment die Augen.

»Siehst du?« Ihr Blick schweifte zum Eingang der Cafeteria und über die strickende Schwester. »Ich hatte mir diese letzten paar Stunden mit dir so sehr gewünscht, dass mir egal war, was es für dich bedeutete.«

Die alte Claire hätte vor Zerknirschung geweint oder Feuer gespuckt. Die, die vor ihm stand, hielt ihre Gefühle unter Schloss und Riegel. »Ich möchte nur, dass du weißt, dass es mir leidtut.

»Es lief nicht so, wie wir uns das vorgestellt hatten.«

Wunschvorstellungen, oder war da ein Aufblitzen von etwas wie Feuer, das hinter der kühlen Fassade funkelte?

»Was hast du erwartet?«, fragte sie ihn. »So weit waren wir nie gekommen.«

Nicht einmal annähernd. Vor acht Jahren, auf dem sonnenüberfluteten Uferweg in Atlantic City, hatte er auf ihren Anblick mit einem Ausbruch von Empörung und Verraten-worden-Sein reagiert, dessen Heftigkeit ihn noch immer entsetzte. Er hatte kein Recht auf derartige Gefühle, doch das hatte ihn nicht davon abgehalten, seine Wut wie Benzin in ein Feuer zu gießen, das keiner von beiden hatte bändigen können.

Eine Gruppe von Ärzten betrat die Cafeteria und blickte kurz in ihre Richtung. Claire entzog ihm ihre Hand.

»Ich muss jetzt gehen«, erklärte sie. »Ich will auch noch bei Barney vorbei und sehen, wie es ihm geht.«

»Ich begleite dich.«

»Keine so gute Idee. Du stehst nicht gerade auf der Favoritenliste meines Vater«, bemerkte sie. »Und auf der von meiner Tochter auch nicht.«

»Ich habe sie gestern im O'Malley's gesehen«, sagte er. »Sie sieht genau wie du aus.«

Ihr Gesicht nahm einen weichen Ausdruck an und ihm gelang erneut ein Blick über die Mauer, die sie zu ihrem Schutz um sich errichtet hatte, auf die Frau, an die er sich erinnerte.

»Sie hat mich vor dir gewarnt.«

»Sie kann sich an mich erinnern? Sie war doch noch ein Kind.«

»Kinder erinnern sich an mehr, als wir annehmen.«

»Was sagte sie?«

»Sie fürchtet, du könntest mich wieder verletzen.« Sie hielt den Blickkontakt mit ihm. »Ich habe ihr gesagt, dass es umgekehrt war.«

»Sie hat dir nicht geglaubt.«

»Nein, hat sie nicht. Sie hatte schon zu viel Erfahrung mit der Kehrseite dieser Medaille.«

Ein Trio nicht strickender Schwestern setzte sich zu der mit dem lauten Lachen, dicht gefolgt von zwei Ärzten, die ihnen zunickten.

»Das ist der Onkologe meines Vaters«, sagte sie und deutete auf den jüngeren von beiden.

»Ich habe einen ganzen Film verschossen, als ich den anderen bei seinen Vorbereitungen für den Kreißsaal begleitete«, sagte er.

»Ich sollte jetzt wirklich gehen«, wiederholte sie. »Ich muss meine Schwestern anrufen und versuchen, meinen Bruder aufzustöbern ...«

»Ich bin Montagnachmittag so um drei Uhr am Leuchtturm. Die Küstenwache gestattet mir, ihn eine Stunde lang von innen zu fotografieren. Ich wünsche mir, dass du auch hinkommst.«

Sie öffnete den Mund, um ihm all die Gründe zu erklären, wieso sie nicht käme, doch er unterbrach sie, noch ehe sie zu sprechen begonnen hatte.

»Sag nichts. Es ist deine Entscheidung. Ich bin um drei dort.«

Sie schaute ihn einen langen Moment an, und wieder sah er durch die Mauerschichten, durch den Schmerz, durch die Jahre, die sie getrennt hatten, und einen Augenblick lang sah er die Frau, in die er sich verliebt hatte. Sie konnte sagen, was sie wollte, aber diese Frau gab es noch.

Und falls nicht, dann würde er vielleicht die Frau kennenlernen, die es gab.

»Du nicht, Omi«, sagte Hannah, als Rose erklärte, es sei Zeit für das abendliche Bad. »Ich will Kelly.«

Rose wandte sich ihr zu. »Das ist ein harter Job«, sagte sie zwinkernd. »Meinst du, du schaffst es?«

Kelly stand vom Tisch auf und streckte sich. »Nur wenn es auch Seifenblasen gibt.«

»Darf Barbie mit baden?«, fragte Hannah.

»Nur wenn du ihr den Raumanzug auszieht, bevor sie in die Wanne kommt«, ermahnte Rose ihre Enkelin. »Letztes Mal, als Barbie badete, fand der Klempner einen Florentinerhut und einen Wintermantel, die den Abfluss verstopften.«

»Wir werden aufpassen«, versprach Kelly.

Rose stand auf und nahm die Brille ab. »Die arme Priscilla. Sie ist wahrscheinlich schon am Platzen. Ich denke, ich sollte eine Pause mit den Alben einlegen, während ihr beiden oben seid, und unser Mädchen spazieren führen.«

Rose machte sich auf die Suche nach Maddys und Hannahs Spielzeug-Pudelhündchen, während Hannah und Kelly um die Wette zu einem der luxuriösen Familienbadezimmer rannten, die auch eine noch so eingefleischte Landratte zu einer Meerjungfrau machten.

Hannah plapperte munter, während Kelly das Wasser aufdrehte, die Temperatur einstellte, dann das kindgerechte Schaumbad dazugoss und abwartete, bis ein duftender weißer Berg entstanden war. Dann, als das kleine Mädchen, Barbie und eine abgenutzte Puppe aus Disneys Aladinfilm in der Wanne versammelt waren, zog sich Kelly den Frisierstuhl heran und übernahm die Aufsicht.

Der Raum dampfte und duftete nach dem Gardenia-Badeschaum, und die Mischung aus Wärme und den sanften Tönen von Hannahs fröhlichem Geplapper ließen Kelly bald in Gedanken versinken. Der duftige Schaum passte seltsamerweise zu ihrer Stimmung, denn sie fühlte sich schon den ganzen Abend wie in Watte gepackt, sicher und geborgen. Das machte einen Teil des Charmes des Candlelight aus. Jeder Polstersessel, jeder knisternde Kamin, jedes Stück Schokoladentorte bedeutete Wärme und Geborgenheit. In dem Moment, als sie heute Nachmittag die Türschwelle überschritt, war alles andere von ihr abgefallen, und sie hatte sich nicht mehr so allein gefühlt, so verängstigt durch das, was ihr bevorstand. Nichts außerhalb des Candlelight schien Wirklichkeit zu sein. Da gab es keine irrwitzige Einkaufstour. Kein dickes, fettes Pluszeichen, das ihre Befürchtungen bestätigte. Keine Unehrlichkeit gegenüber Seth, keine Behauptung, alles sei in Ordnung, es gäbe kein Problem, kein Baby und kein Ende ihrer Träume.

Es war ganz leicht, sich einfach treiben zu lassen, so zu tun, als sei man noch dasselbe Mädchen wie heute vor einem Monat, oder den Monat davor, und dass die Zukunft noch immer golden war.

Und sie würde auch wieder golden sein. Kelly würde tun, was sie tun musste, und dann genau da weitermachen, wo sie vor diesem Umweg aufgehört hatte.

Sie liebte ihren Vater, und sie liebte Tante Claire, aber Teil dieser Familie von Frauen zu sein, die sie bereits in ihrer Mitte aufgenommen hatten, war etwas ganz Besonderes. Rose ließ sie nicht mehr vor Angst verstummen. Als sie an diesem wunderschönen Tisch gesessen hatten, auf dem sich ihre gemeinsamen Erinnerungen stapelten, hatte Kelly ein nie gekanntes Gefühl von Zugehörigkeit empfunden. Lucy, Roses Schwester, behandelte sie wie eine ihrer eigenen Nichten. Hannah war umwerfend nett zu ihr. Und sogar der bunte Haufen von Cousinen kam ihr wie eine erweiterte Familie vor.

Nur Maddy schien unerreichbar. Oh, sie war warmherzig und freundlich und lustig, doch das war es auch schon zwischen ihnen. Manchmal hatte Kelly das Gefühl, sie beide stünden an gegenüberliegenden Seiten eines sehr breiten Flusses und warteten darauf, dass jemand käme und eine Brücke zwischen ihnen baute. Sie hatte heute Morgen die Luft angehalten, als Maddy sie beim Kauf des Tests ertappte, davon überzeugt, dass Maddy sie darauf ansprechen würde, wie es Tante Claire oder die Mutter einer ihrer Freundinnen getan hätte. Maddy aber nicht. Sie hatte mit ihr geplaudert, so wie Hannah in der Badewanne, als wäre nichts Ungewöhnliches vorgefallen.

Was in Ordnung war. Wirklich. Kelly machte ihr keinen Vorwurf. Maddy war nicht ihre Mutter. Sie war nicht einmal ihre Stiefmutter, noch nicht. Sie war einfach nur eine sehr nette Frau, die sich nicht die Probleme eines Mädchens aufhalsen wollte, das sie kaum kannte. Sie hatte selbst eine Tochter, um die sie sich kümmern musste, eine eigene Mutter, eine Hochzeit, die zu planen war und ihre Radiosendung, das Cuppa und eine Million anderer Dinge, ganz abgesehen von Kelly und deren Problemen. Wenn sie sich nicht engagieren wollte, so musste sie das auch nicht.

Eine Mutter musste sich die Probleme ihrer Tochter anhören. Eine Mutter musste für ihre Kinder da sein, wenn sie sie brauchten. Eine Mutter ...

Sieh einer doch an, wie sentimental und rührselig sie geworden war, nur weil sie den Abend damit zugebracht hatte, vergilbte Fotos von Leuten anzusehen, die tot und begraben waren.

Du siehst deiner Mutter so ähnlich ... sie war ein schönes Mädchen.

»Weinst du?« Hannahs Stimme unterbrach ihre Gedanken.

»Nein, ich weine nicht. Ich habe nur meine Augen ausgeruht.« Sagten das nicht immer die älteren Leute, um alles, von Tränen bis Nickerchen, wegzuerklären?

»Du sollst doch auf mich aufpassen.«

»Ich passe auf dich auf.«

»Du kannst mich mit geschlossenen Augen aber nicht sehen.«

»Du hast recht, Hannah«, sagte sie und zwang ihre Lider, offen zu bleiben. »Tut mir leid, Hannah.«

»Meine Mommy würde die Augen nicht zumachen.«

Damit hatte sie wahrscheinlich auch recht. Es schien da

draußen im Weltall eine Liste von alledem zu geben, was Mommys taten oder nicht taten, und jedes kleine Mädchen kannte sie auswendig.

»Dann verspreche ich dir, jetzt die Augen nicht mehr von dir abzuwenden, Hannah.« Sie verzog ihr Gesicht zu einer ulkigen Fratze mit weit aufgerissenen Augen, was bei dem kleinen Mädchen einen Anfall von seifenblasenbefeuertem Gekicher auslöste, doch die Erleichterung, die sich zuvor in ihrem Gesicht gespiegelt hatte, war ihr nicht entgangen.

»Okay«, sagte Hannah, nachdem sie wieder ihre rechtmäßige Stellung als Herrscherin über alles um sie herum erlangt hatte. »So würde es meine Mommy auch machen.«

Ein Kloß bildete sich in Kellys Hals, hart und schmerzend. Mit ihren kaum fünf Jahren wusste Hannah schon mehr über die geheime Welt von Müttern und Töchtern, als Kelly je wissen würde.

21

Das Liebeswerben war natürlich der einfache Teil. Sowohl Maddy als auch Aidan war klar, dass sich der Zauber, der sie die vergangenen vierundzwanzig Stunden in diesem Raum mit Blick auf den Ozean umfangen hatte, angesichts des wirklichen Lebens verflüchtigen würde. Das war eine unumstößliche Tatsache. Doch sie wünschten sich, trotzdem das Unvermeidliche noch ein bisschen hinauszögern zu können.

Das Zimmer musste mittags geräumt werden. Maddy war davon überzeugt, die verstreichenden Minuten ticken zu hören, während sie und Aidan sich nach einem letzten Bad in dem herrlichen Jacuzzi abtrockneten.

»Wir sollten uns wirklich auch so einen zulegen«, sagte Maddy, als sie ihre Jeans anzog und den Reißverschluss zuzog.

»Du kennst meine Wohnung. Das Badezimmer ist so groß wie ein Schrank.«

»Dann ziehen wir um.«

»Ich dachte, wir hätten beschlossen, in meinem Haus zu wohnen.«

»Wir haben auch beschlossen, dass wir zehn Kinder wollen und sie alle nach Princeton auf die Uni schicken werden.« Sie schlang die Arme um ihn und drückte einen Kuss auf seinen Rücken. »Das nennt man Träumerei, O'Malley. Spiel mit.«

»Ich brauch nicht mehr zu träumen«, erwiderte er. »Nicht, seitdem ich dich gefunden habe.«

Nette Sprüche kamen dem Mann, den sie heiraten würde, nicht leicht über die Lippen. Diese zwölf Worte waren so viel wie alle Liebessonnette Shakespeares zusammengenommen.

»Ich fühle mich schon jetzt mit dir verheiratet«, flüsterte sie an seinem Rücken. »Für mich war die letzte Nacht unsere

Hochzeitsnacht.« Die Bindung an ihn, an ihre gemeinsame Zukunft, war derart stark.

Er drehte sich um und nahm sie in die Arme, und sie hatte das Gefühl, genau da zu sein, wo sie hingehörte, an dem einzigen sicheren Ort in einer Welt, die sich unter ihren Füßen bewegte und wandelte. Nun kannte sie seine Geheimnisse. Sie wusste jetzt, welche Anstrengung ihn bestimmte Handgriffe oder die Bewältigung des ganz normalen Alltags kostete. Alles, was sie über das Ausmaß an Schmerzen zu wissen geglaubt hatte, mit dem er täglich zurechtkommen musste, wurde der Wirklichkeit auch nicht annähernd gerecht. Er hatte befürchtet, sie würde ihn für weniger männlich halten, wenn sie ihn so sah, wie er war, doch tatsächlich wirkte er auf sie noch viel männlicher, als sie es sich erträumt hatte.

Sie sah ihn vor sich mit Hannah, wie er ihre Kindheit begleitete, ihnen allen helfen würde, durch die stürmischen Wasser des Teenageraltes zu navigieren, und sie dankte Gott, dass sie einen Mann gefunden hatte, der die gleichen Vorlieben wie sie hatte, einen Mann, dessen Herz sich jedem öffnen und jeden einschließen würde, den sie liebte. Das war nicht die Art von Liebe, wie sie sie sich mit zwanzig vorgestellt hatte. Als sie Hannahs Vater Tom kennenlernte, war die Liebe ein Abenteuer gewesen. Man beobachtete den Sonnenuntergang vom Balkon von Toms Penthaus aus. Man fuhr übers Wochenende nach Vancouver. Die Zukunft war ungewiss und hatte eher den Charakter von »Familie-Spielen«, als davon, sich ein wirkliches gemeinsames Leben aufzubauen.

Was sie bei Aidan gefunden hatte, war so viel mehr als das, was sie von Tom kannte, beinahe, als wären es die Erfahrungen zweier verschiedener Frauen.

Vielleicht war es tatsächlich so. Sie hatte sich verändert, seit sie heimgekehrt war nach New Jersey und zu ihrer Familie. Der Drang zu fliehen, wenn es schwierig wurde, wurde allmählich durch das Bedürfnis ersetzt zu bleiben, wo sie war, davon, ihre Wurzeln tiefer zu schlagen, zuzugeben, dass es etwas Wunderbares war, Teil einer Familie zu sein, auch wenn die fragliche Familie einen manchmal in den Wahnsinn trieb.

Sie hatte sich auch endlich zu einem Entschluss wegen Kelly durchgerungen, und das verdankte sie Rose. Ihre Mutter hatte recht. Sie tat niemandem damit einen Gefallen, ihren Verdacht und ihre Befürchtungen für sich zu behalten. Morgen Abend würde sie sich mit Aidan zusammensetzen und ihm erzählen, was sie wusste, die simplen Fakten, ohne Beschönigung, und beten, dass sie sich umsonst gesorgt hatte.

Sie räumten ihre Suite knapp zwei Minuten vor Mittag. Beide verließen sie ihr Versteck nur ungern, doch sie spürten den Sog von Heim und Kindern.

»Mach schon«, sagte er, als sie sich auf den Parkway in Richtung Süden einfädelten. »Du willst es doch.«

»Du willst es genauso sehr wie ich.«

»Tja, aber ich kann nicht. Ich fahre.«

»Ich weiß, es ist lächerlich. Rosie hätte angerufen, wenn es etwas mitzuteilen gegeben hätte, aber ich kann nicht anders.«

»Wenn du es nicht machen würdest, würde ich anrufen«, erwiderte er, und sie musste lachen.

Sie griff in ihre Umhängetasche, zog ihr Handy heraus und drückte die Nummer ihrer Mutter. Sie brauchte nur Hallo zu sagen. Rose übernahm den Rest.

»Unseren Kindern geht es gut«, sagte sie zu Aidan, nachdem sie aufgelegt hatte, »aber Mike Meehan ist im Krankenhaus.«

Sie berichtete von Fritzie, dem gebrochenen Knöchel und dem kleinen operativen Eingriff.

»Klingt, als wäre Mike nicht gerade der Musterpatient. Rosie sagt, Claire hätte Schwierigkeiten mit ihm, weil er nicht im Krankenhaus bleiben will. Sie hat zwei ihrer Schwestern angerufen, doch beide wissen noch nicht, ob sie sich freimachen können, um ihr zu helfen.«

»Ihre Schwestern kommen nur, wenn es um eine Testamentseröffnung geht«, sagte Aidan. Dann: »Verdammt. Das heißt, sie wird wahrscheinlich heute Nachmittag nicht arbeiten können.«

»Und Barney Kurkowski wurde auch eingeliefert. Rauchvergiftung.«

Aidan zuckte zusammen. Wenn ein Feuerwehrmann kurz vor der Pensionierung stand, war er nervös, bis zu dem Tag, an dem er seine Ausrüstung an den Nagel hängte und sich verabschiedete.

Dies alles führte zu einer Flut von Telefonaten mit dem O'Malley's, die darin gipfelten, dass Aidan Claires Vier-Uhr-Dienst übernahm.

»Ich hab ganz vergessen, dir die pikante Geschichte zu erzählen, die Rose heute früh in der Messe gehört hat. Gina ist mit Crystal in diese Karaokebar in der Nähe von Wildwood gefahren, was dazu führte, dass sie sich tätowieren ließ.«

»Was hat sie sich denn machen lassen und wohin?«

»Ein keltisches Kreuz, und angeblich an einer Stelle, über die keiner je ein Sterbenswörtchen verlieren würde, falls er es zu Gesicht bekäme.«

»Klingt, als hätte sie ein paar Margaritas zu viel gehabt. Wie zum Teufel sind sie denn nach Hause gekommen?«

»Crystal geriet in Panik, als Gee auf dem Rückweg zur Bar ohnmächtig wurde. Sie rief Peter Lassiter an, und er fuhr sie abholen.«

»Das wird sich gut machen auf Band.«

»Genau das habe ich mir auch gedacht. Sie hat es in letzter Zeit nicht leicht gehabt, mit Joeys Krankheit und all dem Ärger mit ihrem Ex. Sie hat nur ein bisschen Dampf abgelassen. Ich hoffe wirklich, sie verwenden es nicht in der Dokumentation.« Ihre Familie hatte sie weiß Gott schon mit genug Material versorgt, um davon für die nächsten zehn Jahre eine wöchentliche Folge drehen zu können. »Crystal hat zwar geschworen, dieser Ausgehabend sei absolut inoffiziell, aber ...«

»Gina ist doch kein Kind mehr, Maddy. Sie hat gewusst, worauf sie sich einlässt, wenn sie mit Crystal ausgeht.«

»Ich weiß ja, dass du recht hast, aber ...« Sie hielt mitten im Satz inne und schüttelte den Kopf. Über Ginas Probleme musste man nicht unbedingt jetzt reden. »Lassen wir doch die wirkliche Welt außen vor, bis wir das Willkommensschild von Paradise Point auftauchen sehen. Was meinst du?«

»Ich würde sagen, deine Art zu denken gefällt mir.« Sie spürte die Glut seines Blicks in jedem noch so verborgenen Teil ihres Körpers. »Fast so gut, wie mir gefallen hat, wie du ...«

Bei dieser Art von Unterhaltung flogen die Meilen nur so an ihnen vorbei.

Alles begann, ihr nun wirklicher zu erscheinen als noch vor diesem Wochenende. Bis jetzt war es hauptsächlich um die Hochzeit gegangen – was man anzog, wen man einlud, wo sie stattfinden sollte – und kaum um die Ehe, doch das hatte sich über Nacht geändert. Plötzlich sah sie sie beide nicht nur als ausgelassenes Brautpaar aus Zuckerguss auf einer Hochzeitstorte, sondern als Ehemann und Ehefrau, mit Kindern, die beschützt werden, und einer Zukunft, die sie sich aufbauen mussten, und das war ebenso beglückend wie beängstigend.

»Was glaubst du, wird Rosie sagen, wenn du es ihr erzählst?«

»Schhh«, sagte Maddy und legte den Zeigefinger auf die Lippen. »Daran will ich gar nicht denken.«

»Sie wird nicht allzu begeistert sein.«

»Nein, wird sie nicht. Sie fand ja schon den Hochzeitstermin im September zu knapp. Bei Ende Juli wird sie durchdrehen.«

»Wie gut, dass wir heute Morgen nicht durchgebrannt sind.«

Sie waren nahe daran gewesen, und nur die Tatsache, dass ihre Töchter einen unkomplizierteren Anfang für das Leben als Mischfamilie verdient hatten, hatte sie davon abgehalten. Bis September zu warten war ihnen plötzlich unsinnig erschienen. Sie liebten sich. Sie waren längst volljährig. Sie waren sich absolut bewusst, worauf sie sich einließen, und wollten es dennoch. Sie wussten beide, dass es im Leben keine Garantien gab, und dass es manchmal das Gescheiteste war, seinem Herzen zu folgen.

Sie hatten bis spät in die Nacht über alles geredet, und jetzt, während sie auf dem Parkway dahinbrausten, nahmen sie die

Gedankenfäden wieder auf und verknüpften sie zu etwas Wirklichem. Wichtige Fragen wie die, wo sie leben wollten (in Aidans Haus), und wie viele Kinder sie zusammen haben wollten (sie verringerten die Zahl schließlich auf zwei), und ob sie als praktizierende Katholiken erzogen würden (musste noch beschlossen werden), wurden mühelos und einvernehmlich geklärt.

Sie sprachen über das O'Malley's. Über das Candlelight. Sie redeten über ihre Rundfunksendung. Er erzählte ihr von seinem Vorhaben, zurück aufs College zu gehen und den Abschluss nachzuholen, den er vor Jahren versäumt hatte. Sie beichtete ihm, dass sie nicht sicher sei, ob das mit dem Cuppa und ihr funktionieren würde, da bedauerlicherweise klar war, dass sie und die Witwe seines Bruders die Welt nicht mit den gleichen Augen sahen.

»Man muss sich nicht unbedingt mögen, um zusammenzuarbeiten«, entgegnete er. »Du brauchst nur da zu sein und dafür zu sorgen, dass der Laden läuft.«

»Das klingt bei dir, als wäre ich mein Leben lang vor allem davongelaufen.« Sie stieß einen lauten, theatralischen Seufzer aus. »Da läuft ein Mädchen zehn oder fünfzehn Jahre lang davon, und – bum! – schon hat sie diesen Ruf weg.«

Sein Schweigen dauerte einen Tick zu lange.

»Lachen«, forderte sie ihn auf. »Du hättest lachen sollen.«

»Bleib, egal, was kommt«, erwiderte er. »Du kannst vor jedem anderen davonlaufen, aber lauf mir nicht weg.«

Ein seltsamer kleiner Schauder lief ihr bei seinen Worten über den Rücken.

»Als ob das je geschehen könnte«, antwortete sie, doch sie musste dabei an Kelly denken.

Aidan fragte, ob sie mit ihm ins Krankenhaus fahren wollte, um nach Mike Meehan zu sehen, doch Maddy lehnte ab. Sie kannte Claires Vater kaum und wollte nach Hause zu Hannah.

»Ich komme morgen vorbei«, sagte sie. »Ich bin sicher, er vermisst mich nicht.«

Mike Meehan war einer der Männer, die Freunde sammeln wie Eichhörnchen Nüsse im Herbst. Sein Zimmer war wahrscheinlich so mit Besuchern vollgestopft, dass bei einem Brand kein Fluchtweg mehr frei war.

Aidan fuhr in die Einfahrt hinter Maddys Haus und lud ihre Tasche aus. Sie lachten, als sie Priscillas aufgeregtes Gekläff hörten, während sie an der Hintertür hartnäckig mit ihren kleinen Krallen kratzte.

»Rosies Wagen ist nicht da«, bemerkte Maddy, als er ihre Tasche ins Haus trug. Eine unermüdlich wachsame Priscilla begrüßte sie schwanzwedelnd und galoppierte dann in den Garten, um ihr Geschäft zu erledigen. »Wahrscheinlich ist sie mit Hannah ins Krankenhaus gefahren, um Mike zu besuchen.«

»Da liegt ein Zettel auf dem Tisch«, sagte Aidan, als er ihre Tasche neben der Tür abstellte. Er hob ihn auf. »Zuerst das Krankenhaus, dann Gina. Sie wird gegen sechs zurück sein.«

Sie schlang die Arme um ihn. »Soll das heißen, wir haben tatsächlich das Haus für uns allein?«

Er tat, als wolle er unter dem Küchentisch nachsehen. »Es sein denn, Lassiter und sein Haufen haben den Laden verwanzt.«

Sie erschauderte. »So etwas darfst du nicht einmal sagen! Die wissen sowieso schon genug über uns alle.«

Er hob ihr Kinn für einen Kuss an. »Dann wirst du es Rosie heute Abend sagen?«

»Ja«, sagte sie, und ihre Lippen bewegten sich auf den seinen. »Hat keinen Sinn, das Unvermeidliche hinauszuzögern.«

»Einundzwanzigster Juli.« Ganze acht Wochen früher als geplant.

»Du wirst ihren Entsetzensschrei bis ins O'Malley's hören.«
»Bist du sicher?«
»Absolut.«

Er flüsterte ihr etwas ins Ohr, das sie sich an ihn schmiegen und wünschen ließ, ihn nie mehr loszulassen. Gerade wollte sie etwas Verbotenes und höchst Erotisches vorschlagen, als Priscilla ins Haus zurückgerannt kam mit etwas im Fell, was aussah wie ein kleiner Brombeerstrauch.

»Feigling«, sagte sie, als Aidan zur Tür ging.

Sie konnte ihn noch lachen hören, als er wegfuhr. So viel zu ihrer gelungenen Wiederkehr in das alltägliche Leben.

Priscilla sah mit ihren großen braunen Augen zu ihr auf, und Maddy seufzte. »Ich weiß, ich weiß«, sagte sie. »Meine Haare sind auch lockig. Es ist entsetzlich, nicht wahr?«

Sie suchte die Bürste und die kleine stumpfe Schere und setzte sich auf die rückwärtige Veranda, um das arme Hündchen von dem Gestrüpp aus Ranken und Dornen zu befreien, das sich in seinem Fell verheddert hatte.

Eine stete Brise wehte vom Wasser herauf und ließ den späten Nachmittag merklich abkühlen. Priscilla hielt nicht allzu viel davon, ruhig stehen zu bleiben, während Maddy sich durch das Gewirr arbeitete, und so musste Maddy das Hündchen in den linken Arm nehmen, um mit der rechten Hand die Schere betätigen zu können.

»Du siehst aus, als könntest du Hilfe gebrauchen.«

Maddy zuckte zusammen und hätte das Hündchen beinahe fallen lassen, als sie Kellys Stimme hörte. »Wo kommst du denn her?«

»Tut mir leid, dass ich dich erschreckt habe«, sagte Kelly. »Ich habe an der Vordertür geläutet. Als niemand geöffnet hat, dachte ich mir, ich gehe nach hinten und sperre mit dem Schlüssel der Hintertür auf.« Sie lachte, als sich Priscilla frei strampelte und die Stufen zu ihr hinuntersprang, das Schwänzchen aufgestellt. »Wann seid ihr denn zurückgekommen?«

Die Worte klangen eigentlich ganz harmlos, doch Maddy spürte, wie sie sofort auf höchste Alarmstufe schaltete.

»Vor ungefähr einer Viertelstunde. Dein Vater ist ins Krankenhaus gefahren, um Mike Meehan zu besuchen.«

»Er wird wohl heute Abend arbeiten.«

Maddy nickte und hob Priscilla wieder auf ihren Schoß, um weiterzumachen.

»Und weswegen bist du hergekommen?«, fragte Maddy, während sie vorsichtig den Drahtkamm durch die hässlichen Knoten im Fell des Hundes zog.

»Ich habe heute früh einen Umschlag mit Fotos auf dem Esstisch liegen gelassen.«

»Klingt ganz, als hätte Rosie dir und Hannah gestern Abend die Fotoalben gezeigt.«

»Das hat Spaß gemacht«, sagte Kelly in ihrer üblichen unbeschwerten Art. »Deine Großmutter Faye und meine Großmama Irene müssen zusammen über jeden alles gewusst haben, was es zu wissen gab.«

»Hat sie dir die Schachtel mit der Aufschrift ›O'Malley‹ gezeigt?«

»Ja, und ich war sehr überrascht. Ich wusste nicht, dass sich unsere Familien vor langer Zeit so nahe waren.«

Vor langer Zeit hieß wohl die Zeit von Maddys Geburt.

»Türen öffnen sich«, erwiderte sie. »Wenn man es will.«

Kelly zögerte eine Sekunde, lief dann die drei Stufen hinauf und ging zur Küchentür hinein.

Einen Augenblick später kam sie zurück. Sie hatte einen dicken braunen Umschlag unter den Arm geklemmt.

»Hast du gefunden, was du gesucht hast?«

»War kein Problem. Mrs D hat mir die Fotos auf das Sideboard gelegt.«

Eine Unterhaltung zwischen Freunden und Familie folgte einem natürlichen Rhythmus, und Maddy wartete auf ein *Auf Wiedersehen* und *bis bald*, doch Kelly sagte keinen Ton. Sie ging nicht. Sie sagte nichts. Sie stand nur da und sah hinunter auf ihre Laufschuhe.

»Kelly?« Maddy schob Priscilla von ihrem Schoß und stand auf. »Ich wollte mir gerade etwas von Lucys Schwarzwälder Kirschtorte und eine Kanne Tee genehmigen. Willst du mir nicht dabei Gesellschaft leisten?«

»Ich sollte besser nicht. Ich hab so viel zu tun. Ich gehe lieber.«

»Ein Stück nur«, drängte Maddy sie, wie einer jener Leute, deren Hauptziel im Leben ist, dafür zu sorgen, dass man seine Hüften nicht mehr in seine Jeans zwängen kann.

»Nächstes Mal, okay? Ich muss meine Cousine Kathleen zum Bahnhof fahren und ...«

Maddy konnte die Frage nicht mehr zurückhalten. Sie hatte die ganze Woche schon zwischen ihnen gestanden, und sie wollte nicht verschwinden.

»Hast du den Test gemacht, Kelly?« Oh Gott, was tat sie da? Es klang so hart, so nüchtern. Und es ging sie nichts an.

»Test?« Das Mädchen versuchte, verständnislos zu wirken, doch der Ausdruck in ihren schönen Augen verriet sie.

»Den Schwangerschaftstest für zu Hause, den du gestern im Einkaufszentrum gekauft hast.«

Kellys Gesicht wurde leichenblass, und Maddy hielt die Luft an. Ihre Muskeln spannten sich an, und sie verspürte den beinahe unwiderstehlichen Drang, die Stufen hinunterzurennen, dann in ihren Wagen zu springen und so weit weg von alledem zu fahren, wie ihr verbeulter alter Mustang es zuließ.

Aidan hatte recht. Sie alle hatten recht. Sie wollte davonlaufen. Ihre Mutter und ihre Tanten und Cousinen, sogar Claire. Sie alle. Das hier brauchte sie nun wirklich nicht. Sie wollte weiß Gott nichts damit zu tun haben.

Es wäre so leicht, vor Kellys Problemen die Augen zu verschließen, sie wie Sand durch die Finger gleiten zu lassen. Doch sie wusste nur zu gut, was Kelly durchmachte, empfand zu viel und zu tief für die junge Frau, um es sich so leicht zu machen. Nicht dieses Mal.

Sie legte den Arm sanft um Kellys Schulter und führte sie zurück in die Küche. All ihre Lebensfreude, all ihr Selbstvertrauen war aus Kelly gewichen. Das Mädchen sank auf einen Stuhl, die Schultern hängend, ihr hübsches Gesicht eine Maske der Trauer.

»Wie weit drüber bist du schon?«, fragte Maddy, als sie sich neben das Mädchen kniete.

Kelly zuckte mit dem ganzen Körper bei dieser Frage zurück. »Vielleicht fünf oder sechs Wochen.« Ihre Worte waren kaum mehr als ein Flüstern, und Maddy musste sich näher zu ihr neigen, um sie überhaupt verstehen zu können.

»Bist du sicher?«, hakte Maddy nach. »Du hast den Test gemacht, und er war positiv.«

»Absolut positiv«, erwiderte sie mit einem kleinen, hohlen Lachen. »Ich hab ihn zweimal gemacht.«

»So habe ich es auch gemacht, als ich feststellte, dass Hannah unterwegs war.«

»Ich dachte schon, ich würde mich übertrieben anstellen.«

»Dachte ich auch.«

Etwas, das Maddy an ihrer zukünftigen Stieftochter schon immer befremdlich gefunden hatte, war, wie erwachsen sie wirkte. Aidan nannte sie eine alte Seele, und je mehr Maddy von ihr mitbekam, desto mehr war sie zu der Überzeugung gekommen, dass das stimmte. Sie besaß so viel mehr innere Ruhe und Reife als Maddy in diesem Alter – oder übrigens noch jetzt –, dass Maddy immer eine gewisse Scheu vor Kelly hatte und sich mit ihr mehr als ein bisschen unbehaglich fühlte.

Doch auf einmal war sie nur noch ein siebzehnjähriges Mädchen, ein Mädchen in großen Schwierigkeiten, und Maddys mütterlicher Instinkt setzte mit aller Macht ein. Sie sah sich selbst in Kelly und sah Hannah in wenigen Jahren, und bei dem Gedanken, dass ihr kleines Mädchen vor einer derart lebensverändernden Situation stehen könnte, wünschte sie, sie könnte die Zeit anhalten. Sie öffnete die Arme, und Kelly klammerte sich wie ein verängstigtes Kind an sie. Sie flüsterte, dass es gut würde, dass alles gut würde, dass sie nicht allein sei, dass sie ihrer Zukunft nicht allein gegenüberstand, dass alle sie liebten und sich um sie kümmern würden ... großartige Beschwörungsformeln angesichts einer erschreckenden und ungewissen Zukunft.

Kelly zitterte in Maddys Armen. Sie fühlte sich so schrecklich zerbrechlich an, als könnte sie ein böses Wort, ein schiefer Blick mitten entzweibrechen. So sehr Maddy sich auch bemühte, sie schaffte es nicht, die Hände des Mädchens zu wärmen.

»Du bist ja eiskalt. Ich mach dir etwas Tee.«

Kelly schüttelte den Kopf. »Nein, danke. Ich kann heute nichts bei mir behalten.«

Wie gut sie sich daran erinnerte. »Ich verspreche dir, wenn das erste Drittel überstanden ist, ist es vergessen wie ein böser Traum.« Sie wollte gerade von den wunderbaren Veränderungen erzählen, die fast am Tag nach Vollendung der zwölften Woche einsetzten, als Kelly zu weinen begann.

Nicht sanfte Tränen, die ihr über die Wangen liefen, sondern hässliche Schluchzer, die aus den Tiefen einer Verzweiflung kamen, von der Maddy betete, Hannah würde sie nie erleben.

»Ich weiß, das ist alles ziemlich viel auf einmal, Kelly, aber du bist nicht allein. Deine ganze Familie steht hinter dir. Wir helfen dir alle. Und Seth ist auch da.« Oh Gott, wie würde Seth damit umgehen? Kelly und Seth standen sich sehr nahe – Rose bezeichnete sie manchmal scherzhaft als altes Ehepaar –, doch Maddy wusste nur zu gut, was eine nicht geplante Schwangerschaft in einer Beziehung anrichten konnte. Wenn schon zwei relativ vernünftige Erwachsene es nicht schafften, welche Hoffnung gab es da für ein Paar im Teenageralter? »Hast du es Seth erzählt?«, fragte sie sacht.

»Er wusste, dass ich über die Zeit war«, würgte Kelly zwischen Schluchzern hervor, »aber ...« Sie schüttelte den Kopf und vergrub ihr Gesicht in den Händen. »Ich hab ihm gesagt, es sei falscher Alarm gewesen.«

Maddy streichelte Kellys Haar und versuchte krampfhaft, aus dieser Bemerkung schlau zu werden. »Nun, Schatz, die Wahrheit wird aber ziemlich bald ans Licht kommen. In zwei oder drei Monaten wird er es selbst sehen können.«

»Nein, wird er nicht.« Kelly sah zu ihr auf, das Gesicht tränenüberströmt, Verzweiflung nur allzu deutlich in ihrem Blick. »Ab morgen wird es kein Baby mehr geben.«

Maddy hatte das Gefühl, ein Bulldozer hätte sie plattgewalzt. So war es also, wenn die eigenen Ansichten plötzlich mit der Realität konfrontiert wurden. Es war gut und schön, die Meinung zu vertreten, eine Frau hätte das Recht, selbst zu wählen, doch wenn sie Aidans Tochter ansah, machte es ihr das tiefe, schmerzliche Gefühl von Verlust, das plötzlich ihr Herz bei dem Gedanken erfüllte, welche Wahl sie getroffen hatte, unmöglich zu sprechen.

»Sieh mich nicht so an«, bat Kelly sie. »Ich habe mir alles genau überlegt, und es gibt keine andere Lösung.«

»Ich sehe dich gar nicht irgendwie an, Schatz. Ich bin nur ... überrascht über deinen Entschluss. Du solltest mit Seth sprechen, ehe ...«

»Nein! Es ist besser so. Du kennst Seth. Du weißt, wie er ist. Er wird sein Stipendium hinschmeißen und sagen, dass wir heiraten sollen, und was soll dann sein? Seine ganze Zukunft ...« Sie schüttelte den Kopf. »Verstehst du, wieso ich es ihm nicht sagen kann? Mein Weg ist der bessere. Morgen Abend ist alles vorbei, und alles ist wieder wie vorher.«

»Nicht für dich.«

»Doch, bestimmt«, Kelly versuchte zu lächeln. »Ich hatte ja gar keine Zeit, mich an den Gedanken zu gewöhnen. Es ist für mich noch nicht einmal wirklich. Ich kann damit umgehen, aber ich würde es nicht ertragen, wenn alle ...« Sie brach erneut zusammen, und diese schrecklichen quälenden Schluchzer zerrissen Maddy das Herz. »Alles fängt gerade an, gut zu werden, nicht? Seth hat das Stipendium ... Daddy hat dich ... Tante Claire hat einen neuen Job, und Mr Fenelli scheint sich für sie zu interessieren, und ...« Sie hielt inne und holte laut und angestrengt Luft. »Wenn ich beschließen würde, das Baby zu behalten, würde sich all das ändern. Ich weiß es genau. All eure Träume würden platzen, und – ich meine, das erwartet man nicht von mir, oder? Ich bin diejenige, auf die man sich verlassen kann. Ich gerate nicht in Schwierigkeiten. Ich mache meinen Job. Alle sind es gewöhnt, stolz auf mich zu sein.« Sie legte die Hände auf ihren flachen Bauch, zog sie aber gleich wieder weg. »Niemand käme jemals auf die Idee, dass ich mich zwei Wochen vor dem Abschluss schwängern lasse.«

»Du musst mit Seth reden, Schatz. Er ist dafür auch verantwortlich.« Sie wischte mit einer von Roses blassgelben Leinenservietten ein paar Tränen ab. »Und du musst mit deinem Vater sprechen. Er ist ein guter Mann. Er wird zu dir stehen.« Aidan würde seine Tochter auf jede ihm mögliche Weise unterstützen – daran zweifelte sie nicht eine Sekunde –, doch sie wusste auch, dass diese Neuigkeit ihm das Herz brechen würde. Das war nicht die Zukunft, die er sich für seine Tochter gewünscht hatte. *Ich brauchte Kelly nur den richtigen Weg zu zeigen, den Rest hat sie allein getan.* Wie oft hatte sie ihn diesen Satz sagen gehört, um das Lob für seine erzieherischen Fähigkeiten abzublocken, wenn seine Tochter eine Auszeichnung nach der anderen erhielt und immer noch mehr Erfolge auf der Liste ihrer Triumphe zu verzeichnen hatte.

»Es ist zu spät. Ich habe morgen um fünf einen Termin. Jemand hat abgesagt, und ich hatte Glück, ihn zu bekommen.«

»Du musst das nicht machen, Schatz. Es gibt andere Möglichkeiten.«

Sie sah Maddy in die Augen. »Nachdem du Hannah im Arm hattest, hättest du sie zur Adoption freigeben können?«

»Nein«, erwiderte sie und wünschte sich dies eine Mal eine schnelle, verzeihliche Lüge. »Nein, hätte ich nicht.«

»Du darfst es niemandem sagen«, bat Kelly sie. »Ich weiß nicht einmal, wieso ich es dir erzählt habe.«

»Du hast mir nichts erzählt, Schatz«, erinnerte sie das Mädchen. »Es war nicht schwer zu erraten.«

»Oh Gott.« Die Farbe wich aus Kellys Gesicht. »Du denkst doch nicht, jemand anders hat es auch erraten, oder?«

»Ich weiß es nicht«, sagte sie bedächtig. »Manchmal sehen wir Dinge, die wir sehen wollen, und blenden alles andere aus.« Das hatte sie weiß Gott oft genug in ihrem Leben getan und würde es wahrscheinlich auch wieder tun. »Dein Vater hat sich Sorgen wegen dir gemacht. So viel kann ich dir sagen.«

»Siehst du!«, trumpfte Kelly auf. »Und genau das will ich nicht. Wenn er davon etwas wüsste, es würde ihn umbringen.«

»Kelly, dein Vater ist ein sehr starker Mann. Ja, er wird bestürzt sein, sehr bestürzt, wenn er erfährt, dass du schwanger bist, aber es wird ihn nicht umbringen. Er wird da sein, um dir zu helfen, so wie er es immer getan hat.«

»Ich habe alles genau überlegt«, erklärte Kelly, »und mein Entschluss steht fest. Es ist das Richtige für mich. Ich weiß es.«

»Du bist noch minderjährig. Du kannst dich keinem chirurgischen Eingriff unterziehen ohne elterliche Erlaubnis.«

»Doch, kann ich. Ich habe mich im Internet schlaugemacht. In New Jersey ist weder eine elterliche Erlaubnis noch eine Benachrichtigung vorgeschrieben.«

»Bist du sicher? Gesetze können sich ändern, ohne dass man es mitbekommt.«

»Ich bin sicher.«

»Du klingst, als hättest du dich recht gut informiert.«

»Habe ich.« Ihr Lächeln war grimmig. »Du solltest die Listen sehen, die ich gemacht habe.«

»Manche Entscheidungen widersetzen sich der Logik.«

Kelly schüttelte den Kopf. »Ich kann es mir nicht leisten, so zu denken. Das ist für alle Beteiligten die beste Lösung.«

»Bitte sag es deinem Vater«, bat Maddy sie erneut. »Ich weiß, dass man es nur einen geringfügigen Eingriff nennt, aber mir wäre es lieber, wenn er wüsste, wo du bist.« Ein chirurgischer Eingriff war nur dann geringfügig, wenn er bei jemandem vorgenommen wurde, der einem nicht so ans Herz gewachsen war.

»Du weißt doch, wo ich bin. Genügt das nicht?«

»Ich weiß, wohin du gehst, doch ich weiß nicht, wo du tatsächlich bist.«

»Bitte tu so etwas nicht«, flüsterte Kelly. »Du wirst mich nicht dazu bringen, meine Meinung zu ändern, also warum lässt du mich nicht einfach machen, was ich machen muss?«

»Würde es denn schaden, wenn du dir noch eine Woche Zeit ließest, um richtig darüber nachzudenken? Du hast ja noch Zeit.«

Kelly sprang auf und erschreckte Priscilla, die unter dem Tisch geschlafen hatte. »Ich habe seit Wochen *nichts anderes* getan, als darüber nachzudenken. Wenn ich noch weiter nachdenke, werde ich wahnsinnig.«

Sie sah erschöpft aus, verstört, verängstigt und schrecklich jung.

»Du verlangst dir da eine Menge ab, Schatz. Du glaubst, es wäre einfach, ein solches Geheimnis zu bewahren, aber das ist es nicht. Es wird deine Sicht der Welt und dich selbst verändern.«

»Ich kann damit umgehen.«

»Du glaubst, du kannst, aber ...«

»Jetzt verstehe ich. Du wirst es ihm sagen, nicht wahr?« Kelly hob anklagend die Stimme. »Darum geht es. Sobald ich draußen bin, wirst du meinen Vater anrufen und es ihm erzählen.«

Sie wies den Vorwurf nicht zurück. Natürlich musste sie es Aidan sagen. Sie liebte ihn. Er war der Vater des Mädchens. Er musste es erfahren. »Ich befinde mich in einer entsetzlichen Lage, Kelly. Dein Vater und ich werden heiraten. Er verdient meine Loyalität.« Und das bedeutete, ihm alles zu erzählen.

»Und ich werde deine Tochter sein. Verdiene ich deine Loyalität nicht?«

»Deinetwegen werde ich es ihm erzählen«, erklärte Maddy. »Um dein Wohlergehen geht es mir. Ich kann dich nicht Gott weiß wohin gehen lassen, ohne deinem Vater zu sagen, was los ist. Ihr beide habt Besseres als das von mir verdient.«

»Er wird versuchen, es mir auszureden.«

»Du weißt nicht, was er tun wird, Schatz. Und ich auch nicht. Zum Schluss wird es dennoch deine Entscheidung sein. Dessen bin ich mir sicher.«

Kelly wurde ganz still, und Maddy stimmte in ihr Schweigen ein. Wenn sie durch diese Tür gehen würde, gab es nichts, was

Maddy tun konnte, um sie aufzuhalten. Sie beide wussten, dass Kelly die Karten in der Hand hielt. Welche sie davon ausspielen würde, stand in den Sternen.

Kelly sprach als Erste wieder. »Und wenn ich dir genau sage, wo ich hingehe? Ich gebe dir den Namen der Klinik, die Adresse, und wann ich dort sein soll. Wenn ich das mache, versprichst du, mich nicht zu verraten?«

Maddy war, als stürze sie im freien Fall aus einem brennenden Flugzeug in einen Waldbrand. Egal, was sie unternahm, sie würde aufprallen und verbrennen.

»Und wenn ich nein sage?«

»Dann fahre ich noch heute Nacht nach New York hinauf. Ich kenne zwei Kliniken, die mir helfen würden.«

Kelly zitterte derart, dass sie sich an der Lehne des Küchenstuhls festhalten musste. Bitte, lieber Gott, falls Hannah jemals das Gleiche passiert, lass mich die richtigen Worte finden. Offensichtlich hatte sie bei Kelly nicht die richtigen gefunden, um sie zu erreichen. Ihr Entschluss stand fest, und Maddy war klar, dass nichts, was sie sagen oder tun könnte, auch nur das Geringste ausrichten würde. Sie war nicht ihre Mutter. Es verband sie keine gemeinsame Geschichte, kein Erfahrungsschatz gegenseitiger Gefühle, aus dem eine Mutter schöpfen konnte, um ihre Tochter in ihre Richtung beeinflussen zu können. In Wahrheit kannten sie sich kaum, und egal, wie sehr Kellys Problem das von Maddy widerspiegelte, das Band zwischen ihnen war dünn, bestenfalls.

Das Mädchen stand vor einer Entscheidung, die ihr Leben verändern würde, einer, mit der sie den Rest ihres Lebens würde leben müssen. Es gab keine Antworten in Situationen wie diesen. Maddy wusste das aus eigener Erfahrung. Egal, wozu Kelly sich entschließen würde, sie müsste den Preis dafür zahlen. Doch sie sollte ihn nicht allein zahlen müssen.

»Ich werde dich nicht verraten«, sagte Maddy schließlich. »Ich bin zwar noch immer der Meinung, Seth und dein Vater sollten von deiner Entscheidung erfahren, doch ich bin bereit, dein Geheimnis zu wahren, wenn ich morgen mit dir mitkommen kann.«

»Du willst mit mir in die Klinik fahren?«

»Ja.«

Sie starrte Maddy an, als hätte sie sie noch nie gesehen. »Wieso?«

»Weil du mich dort brauchen wirst.«

»Ich habe dir doch gesagt, ich ...«

»Du brauchst mich dort bei dir«, fuhr Maddy fort, »doch nicht halb so sehr, wie ich es brauche, bei dir zu sein.«

Erleichterung und Misstrauen hielten sich die Waage in Kellys Gesicht. »Du begleitest mich, und du sprichst mit niemand darüber?«

»Wenn das die einzige Möglichkeit ist sicherzugehen, dass du nicht allein bist, dann ja, das werde ich.«

Kelly schrieb den Namen und die Adresse der Klinik auf und gab sie Maddy. »Ich muss um fünf da sein.«

»Ich fahre dich.«

Kelly öffnete den Mund, um zu protestieren, doch nun hatte Maddy das Sagen und entkräftete schnell jedes Gegenargument.

Sie vereinbarten, sich um zwei Uhr auf dem Parkplatz der Highschool neben dem Footballfeld zu treffen. Die Praxisklinik war in der übernächsten Stadt, in einem kleinen Bürogebäude eine halbe Meile vor der Abzweigung zum Leuchtturm.

Maddy begleitete Kelly nach vorn zu ihrem Auto.

»Bitte denk darüber nach, was ich gesagt habe«, bat sie Kelly, als sie sich umarmten. »Es steht dir zu, deine Meinung zu ändern.

»Das werde ich nicht«, entgegnete Kelly. »Ich weiß, was ich tun muss.«

Das wusste Maddy auch, und ihr blieben weniger als vierundzwanzig Stunden, es zu bewerkstelligen.

22

Es war kurz nach sechs, als das Fischerboot wieder in Paradise Point anlegte. Der Kapitän, ein gepflegter junger Mann, der eher wie ein Buchhalter aussah als wie ein Seemann, manövrierte das Schiff auf seinen Liegeplatz, und Minuten später waren Corin und die PBS-Mannschaft wieder auf dem Trockenen.

»Das war keine gute Idee«, stellte Peter Lassiters gepiercte und tätowierte Assistentin Crystal fest, als sie zum Parkplatz hinter dem O'Malley's gingen. »Mir ist schlecht.«

»Ich geb dir einen kleinen Rat, Mädchen«, sagte Harry, der Tontechniker, grinsend. »Trink keinen Krug Margaritas an dem Abend, bevor du aufs Meer hinausfährst. Es sei denn, du kennst dich damit aus.«

Crystal war draußen auf der rollenden See nicht gerade glücklich und zufrieden gewesen. Die ersten zwei Stunden ihrer Fahrt hatte sie mit dem Kopf über der Reling verbracht und Gott angefleht, allem ein Ende zu bereiten, ehe sie es selbst tat. Ihre Kollegen waren gnadenlos gewesen, hatten sie aufgezogen, weil sie wenig vertrug, und Corin gedrängt, von ihr unbemerkt Fotos zu machen. Tolle Idee.

Der Tag war vergeudet gewesen. Corin verdiente seinen Lebensunterhalt damit, die Schönheit im Alltäglichen zu entdecken, und heute war er leer ausgegangen. Die Bilder, die er gemacht hatte, waren Nullachtfünfzehn-Postkartenmotive, die weder faszinierten noch erhellten. Das Glitzern der Sonne auf dem Ozean war stumpf und trübe. Der Widerspruch eines jungen Fischerbootkapitäns, der seiner ergrauten Mannschaft Befehle zubellte, wirkte gestellt und falsch in seinem Sucher.

Corin sehnte sich nach der verwitterten Schönheit von Claires Gesicht, den feinen Linien, die sich an ihren Augenwinkeln auffächerten, der schmalen Nase mit den vereinzelten Sommersprossen, den eleganten Wangenknochen à la Katherine Hepburn. Ihr Mund. Er könnte sein Leben damit zubringen, ihren Mund zu fotografieren. Das große, breite Lächeln. Der schmale Spalt zwischen ihren Schneidezähnen. Ihre Unterlippe, die so überraschend voll war, wenn er sie zwischen die Zähne nahm und ...

»Hey!« Crystal stupste ihn an der Schulter. »Wir fahren zu Antonio's, Muscheln essen. Sie kommen doch, oder?«

»Klar«, sagte er, als sie bei ihrem Wagen ankamen. »Solange einer von euch weiß, wo Antonio's überhaupt ist.«

Lassiter, der ein OnStar-Navigationsgerät hatte, stieg in seinen Lexus und zog los wie ein Hightech-Magellan, gefolgt von der Ton- und Filmcrew in dem gemieteten Van. Crystal, noch immer etwas neben der Spur und mehr als genervt von den ständigen Hänseleien, schloss sich Corin an.

»Glauben Sie, Sie vertragen schon Knoblauch und Wein?«, fragte Corin, als sie sich hinter dem Van einreihten. »Ihnen würde eine Schale Müsli und frühe Bettruhe besser bekommen.«

Sie sah mit großen, dunkel geränderten Augen zu ihm auf. »Ist das ein Angebot?«

Er musste laut lachen. »Nein, ein Rat. Sie waren heute Nachmittag da draußen in ziemlich schlechter Verfassung.«

Sie stöhnte und lehnte ihren Kopf ans geschlossene Fenster. »Wissen Sie, was mich wirklich ärgert, ist, dass laut meinem Horoskop dieser Tag hervorragend für Reisen geeignet sein sollte.«

»Stand in Ihrem Horoskop auch etwas davon, am Abend vorher ein paar Liter Margaritas vernichtet zu haben?«

Sie rang sich ein Lachen ab. »Den Teil muss ich überlesen haben.«

»Ich hoffe, es war es wert.« Seinem Katzenjammer waren meist wenig denkwürdige Nächte vorausgegangen.

»Oh ja. Es war ein toller Schuppen.« Sie grinste ihn verschmitzt an. »Wenn Sie glauben, ich war schlimm, dann hätten Sie Gina DiFalco sehen sollen. Sie hat sich tätowieren lassen und ist auf dem Gehsteig ohnmächtig geworden.«

Auf der Suche nach einem Beweis, dass man älter wird? Hier war er. Crystal hätte genauso gut mit ihm über das Leben auf dem Mars sprechen können.

»Hat sie sich verletzt?«

»Sie war zu betrunken, um irgendetwas zu spüren. Wenn man so alt ist, sollte man wirklich nicht so viel trinken, nicht? Peter hat uns abgeholt.« Sie schnitt eine Grimasse. »Er war nicht allzu begeistert von mir, aber ich denke, ich werde wieder seine Gnade finden, wenn er das Band abhört.«

»Sie haben Leute, die singen, in der Karaokebar aufgenommen?«

»So hat es angefangen, doch am Schluss habe ich den Jackpot gewonnen.«

»Sie haben das nächste amerikanische Idol in Wildwood, New Jersey entdeckt?«

»Besser noch.« Sie senkte ihre Stimme zu einem verschwörerischen Flüstern, obwohl sie die beiden Einzigen im Wagen waren. »Ich habe den Aufhänger für den Beitrag über Paradise Point gefunden.«

»Ich dachte, Sie hätten schon einen Aufhänger.« Die O'Malleys und DiFalcos. Zehn Dekaden. Zwei Familien. Eine riesengroße Jersey-Hochzeit.

»N...ein«, entgegnete sie. »Ich werde es Ihnen nicht verraten. Sie müssen warten, wie alle anderen auch.«

Schön, dachte er sich. *Meinetwegen.* Er dachte lieber über Claire nach.

Es stand wahrscheinlich sechzig zu vierzig, dass sie morgen nicht zum Leuchtturm kam. Dass er die Erinnerungen nicht hatte abschütteln können, hieß nicht, dass Claire noch immer die Gleiche war. Sie war diejenige, die Schluss gemacht hatte. Sie hatte einen Ehemann, der eines Tages wie ein Romanheld aufgetaucht war und sie ans Ufer zurückgetragen hatte. Sie war plötzlich schwanger gewesen von dem Mann, den sie geheiratet hatte, dem gleichen Mann, der ihr Vertrauen missbraucht hatte und …

Genau der Kerl, den sie auf der Feuerwache verehrten. Der gleiche Kerl, der in dieses Feuer ging, um seinen Bruder zu retten. Der Kerl, der einiges verdammt richtig gemacht haben musste, um ihr Herz zu gewinnen und es all die Jahre zu behalten.

Zum Märtyrer war sie nicht geboren. Seine Claire war eine Kämpfernatur. Jemand, der überlebt. Sie hätte nicht stillgehalten und sich von dem Kerl niedertrampeln lassen. Nicht die Frau, die er kannte und liebte. Da musste noch etwas mehr an der Geschichte sein, ein Band, das für den Rest der Welt nicht erkennbar war – oder zumindest für ihn –, das sie all die Jahre miteinander verbunden hatte, doch er wollte verdammt sein, wenn er wusste, was es war.

Er war kein Trottel. Ihm war absolut klar, wenn er dem Geheimnis nachgehen wollte, würde es kein glückliches Ende à la Hollywood geben. Claire würde weder ihr Heim noch ihre Familie verlassen und mit ihm nach Malaysia fliegen, egal, wie sehr er sich das wünschte. Solche Sachen passierten im Kino, wo sich keiner Gedanken darüber machen musste, wo die Kinder zu Schule gingen, oder wer sich um den alternden Vater kümmern würde.

Als er sie gestern Morgen im O'Malley's gesehen hatte, war ihm aufgefallen, dass sie genau da war, wo sie hingehörte. Das hatte er eigentlich nicht sehen wollen, doch nur ein Blinder konnte die Anzeichen übersehen. Ihre Nachbarn waren in Scharen gekommen, um sie bei diesem Interview anzuspornen. Danach hatten sie sich um sie versammelt, um zu gratulieren … und zu kritisieren. Sie hatte mit einigen von ihnen gelacht, andere getadelt und einige wenige Glückliche umarmt, alles während sie Glückwünsche entgegennahm, weil sie zum Team seiner Schwester im Teeladen gehörte.

Die konfuse, unsichere, scharfzüngige Frau, in die er sich in Florida verliebt hatte, hatte sich in eine selbstsichere, entschlossene, scharfzüngige Frau verwandelt, in die er sich ohne Weiteres erneut verlieben konnte.

Falls sie ihn ließe.

Wieder einmal war Claire für ihre große, laute, chaotische Familie dankbar. Sie machten es ihr unmöglich, die Minuten mit Corin gestern im Krankenhaus mehr als dreißig Sekunden am Stück erneut zu durchleben. Jedes Mal, wenn sie die Unterhaltung rekonstruieren oder das Gefühl ihrer Hand in seiner heraufbeschwören wollte, rief ihr Vater nach einer Bettpfanne, oder eine ihrer Schwestern rief an, um ihr eine neue Ausrede aufzutischen, wieso sie nicht nach Paradise Point kommen könne, um sie zu entlasten.

Freitagmorgen im O'Malley's hatte Corin nur wie ein netter Fremder gewirkt, Olivias jüngerer Bruder, ein begabter Fotograf, den sie vor langer Zeit einmal kennengelernt hatte. Sein Lächeln war höflich und nichtssagend gewesen. Der Ausdruck seiner Augen hatte nichts erkennen lassen. Sie war erleichtert gewesen, verletzt, wütend und die ganze Palette dazwischen. Die offenkundige Bewunderung von David Fenelli war Balsam für ihr geschundenes Ego, und sie hatte sich gierig in seiner Aufmerksamkeit gesonnt.

Ihre Beweggründe, seine Einladung zum Abendessen anzunehmen, mochten zwar nicht sehr lauter gewesen sein, doch das Leben ist immer für eine Überraschung gut. David war witzig, aufmerksam und sehr ansprechend gewesen, auf seine kumpelhafte, Netter-Kerl-Art, und als das Essen zu Ende war, war sie entspannt und fing an, den Abend zu genießen.

Er passte in ihr Leben, so wie sie in seines. Ihre Kinder mochten sich. Er war ein Mann, den jede Frau gern zum Freund gehabt hätte und vielleicht, nur vielleicht, auch zu mehr. Vernünftig. Zuverlässig. Freundlich. Je länger sie sich beim Essen unterhielten, desto mehr mochte sie ihn, und umso mehr schämte sie sich, in ihm zuerst nur die zweite Wahl gesehen zu haben. Er war für niemanden zweite Wahl. Wenn er nicht im Geheimen ein verkappter Jekyll/Hyde war, dann würde ihn jede Frau liebend gern an die erste Stelle stellen.

Es war wunderbar gelaufen. Das Gespräch erlahmte nie. Sie verstanden die Witze des jeweils anderen. Als er vorschlug, sie sollten den Abend noch um einen Kinobesuch verlängern, war sie ehrlich erfreut gewesen. Ihr gefiel seine leicht exzentrische Einstellung, was Popkultur anbetraf, und sie hatte sich darauf gefreut, hinterher mit ihm den Film zu zerpflücken, als – peng! – ihr Vater stürzte und sich den Knöchel brach und sie mitten in der Nacht in einer Krankenhauscafeteria landete, die Hand des Mannes hielt, von dem sie beinahe jede Nacht seit acht langen Jahren geträumt hatte, und ihr war, als würden sie wieder von vorne anfangen, und die Stücke von etwas zusammenfügen, was keiner von ihnen je in den Griff bekommen noch verstanden hatte.

Was jetzt tun? Sie hatte nicht den blassesten Schimmer. Was fingen zwei Erwachsene mittleren Alters mit diesen Gefühlen an, nachdem sich keiner von beiden in Sachen Liebe so richtig auskannte?

Das Lachen ihres Vaters dröhnte durch die offene Tür seines Zimmers.

»Klingt nach einer Party da drinnen«, stellte eine der Schwestern, die vorbeiging, belustigt fest.

»Der Mann weiß, wie man es sich gut gehen lässt«, sagte Claire, und das stimmte. Er hatte sein ganzes Leben schwer gearbeitet, hatte den langsamen und schmerzvollen Tod seiner Frau mit durchlebt, hatte mit Herzproblemen und Krebs zu kämpfen, hatte jetzt einen gebrochen Knöchel und war dennoch nicht kleinzukriegen. Klar, er konnte manchmal schrullig und reizbar sein, aber er gab nie auf. Er erwartete Gutes vom Leben, und als Belohnung, eher öfter als selten, tat ihm das Leben auch den Gefallen.

Es musste eine Lehre darin verborgen sein, und vielleicht hatte sie eines Tages Zeit, sie herauszufinden.

Aus dem Zimmer ihres Vaters schallte wieder lautes Gelächter. Sie war hinausgegangen, damit die Schwesternhelferin ihm bei ein paar persönlichen Bedürfnissen ungestört helfen konnte, doch kein Mensch konnte so viel Spaß haben, wenn er in einem Krankenhausbett lag und mit dem Schwamm gewaschen wurde.

Sie klopfte an den Türrahmen. »Kann ich reinkommen, Pop?«

»Kommen Sie nur, meine Liebe.« Lilly Fairstein saß auf der Kante von Mikes Bett und lächelte ihr zu. »Wir haben gerade einen Teller Suppe gegessen.«

»Hol dir einen Stuhl«, sagte ihr Vater. »Lilly hat jede Menge gemacht.«

»Sie haben die Suppe gemacht?«, fragte Claire. »Aus dem Nichts?«

»Ich habe einen Telefonanruf gemacht«, erwiderte Lilly augenzwinkernd. »Der Caterer hat den Rest erledigt.« Sie zeigte auf die Verpackungen auf dem Fensterbrett. »Bedienen Sie sich. Ich habe Hühnernudelsuppe, Minestrone und eine wirklich fantastische Manhattan-Muschelsuppe mitgebracht. Sie verwenden frischen Thymian. Sie ist zum Niederknien gut.«

»Sie haben recht«, pflichtete Claire ihr einige Minuten später bei, als der Raum sich mit Mikes Freunden füllte. Ihr Instinkt trog sie nie, wenn es um kostenloses Essen ging »Die Muschelsuppe ist wirklich wunderbar.«

»Was du nicht sagst.« Mel Perry leckte sich die Lippen. »Diese Minestrone ist besser als die, die Mama früher gemacht hat.«

»Du bist nicht italienischer Abstammung«, widersprach Tommy Kennedy. »Deine Mutter hat Cornedbeef und Kohl gekocht, genau wie meine.«

»Meine Urgroßmutter war aus der Alten Welt.«

»Sie war aus Newark«, ließ sich Mike vernehmen. »Ich erinnere mich an sie.«

Sie waren in ihrem Element. Die alten Kameraden ihres Vaters waren ein lachender, gemütlicher Haufen, und es fiel ihnen nicht schwer, in einem Krankenhauszimmer eine Party zu veranstalten. Sie alle hatten schon genügend Zeit in Zimmern wie diesem verbracht und waren gezwungen gewesen zu lernen, wie man das Beste aus allem machte.

Eine Lektion, die sie noch lernen musste.

»Hast du etwas von deinen Schwestern gehört?«, fragte Mike sie in die Unterhaltung hinein.

»Frankie ist in ihrem dritten Trimester, sie fährt also nirgends hin. Die anderen haben gesagt, sie rufen mich morgen wieder an.«

»Dein Bruder?«

»Ich habe ihm auf den Anrufbeantworter gesprochen, Pop. Du kennst Tim doch. Er ist nicht der Größte, wenn es um das Zurückrufen geht. Doch alle lassen dich grüßen.«

»Wie in allen anderen Familien auch«, stellte Lilly fest, die im Zimmer etwas aufräumte. »Es spielt keine Rolle, wie viele Kinder man hat, es gibt meist nur eines davon, auf das man zählen kann.«

»Claire ist diejenige«, erklärte ihr Vater. »Schon als kleines Mädchen war sie die, auf die sich ihre Mutter und ich verlassen konnten.«

»Siehst du?« Lilly warf die leeren Verpackungen in den Abfalleimer. »Eine so große Familie wie deine, und doch ist es nur ein Kind, das dir zu Hilfe kommt.«

»Hätte ich das nur schon als Teenager gewusst«, sagte Claire und verdrehte die Augen. »Ich hätte eine Taschengelderhöhung verlangt.«

Der ganze Haufen brach in Gelächter aus.

»Okay«, sagte sie. »Ich verstehe eine Schlusszeile, wenn ich sie höre.« Sie sammelte ihre Sachen zusammen und küsste ihren Vater auf den Scheitel. »Ich fahre nach Hause und sehe nach, was wir noch brauchen. Der Pflegedienst hat mir eine Aufgabenliste geschrieben, um die ich mich noch kümmern muss, ehe sie dich entlassen.«

»Bier und eine Satellitenschüssel reichen mir eigentlich.«

»Ja, nun, ich habe mehr an Vorrichtungen im Bad gedacht, und daran, alle Hindernisse auf den Fluren zu beseitigen ...«

»Und eine Lampe über die verdammte Katze zu hängen«, ergänzte Mike unter weiterem Gelächter.

»Ich werde sehen, was sich da machen lässt.« Sie verabschiedete sich von allen und blickte sich dann um. »Weiß jemand, wohin mein Sohn verschwunden ist?«

Mel Perry sah von seinem Pferderennsportmagazin auf. »Ich habe ihn unten auf der Schwesternstation gesehen. Sie haben ihm ein Puzzle oder so etwas gegeben.«

»Etwas, das keine Batterien braucht? Das muss ich mir anschauen.«

»Claire?« Lilly kam zu ihr an die Tür. »Kann ich Sie einen Moment sprechen?«

»Sicher.« Die beiden Frauen gingen auf den Gang hinaus. »Was gibt es?« Claire hatte heute Nachmittag einen gänzlich neuen Eindruck von der so perfekten Lilly gewonnen, und ihr gefiel, was sie sah. Sie hätte auch blind sein müssen, um die Zuneigung zwischen Lilly und Mike zu übersehen.

»Sie haben eine Menge um die Ohren«, stellte Lilly fest. »Die Bar, Ihr neuer Job in Olivias Teeladen, Ihre Kinder.« Sie schwieg einen Moment und drehte ihre Perlenkette in einer makellos manikürten Hand. »Wäre es Ihnen recht, wenn ich Ihren Vater fragte, ob er ein paar Wochen bei mir verbringen möchte, während er sich von seinem Sturz erholt?«

»Sie möchten, dass mein Vater zu Ihnen zieht?« Ihr Lehnstuhl-und-Fernbedienungs-Vater, bei einer Frau leben, die ihre Zeitungen bügelt? Das konnte sie sich beim besten Willen nicht vorstellen.

Lilly wirkte reizend nervös, und Claire wurde unerwarteterweise weich ums Herz. »Wie Sie wissen, lebe ich in einer Seniorenwohnanlage. Meine Wohnung wurde mit gewissen Gegebenheiten im Blick gebaut.« In ihrem Bad befanden sich schon die nötigen Sicherheitsgriffe, ein beweglicher Badestuhl und rutschsichere Kacheln. »Die Flure sind breit genug für

Rollstühle, und es gibt keine Treppen.« Sie lächelte Claire verlegen an. »Und keine Katzen, die Mike ins Gehege kommen könnten.«

Wie gut, dass sie schon in einem Krankenhaus war. Noch ein paar solcher Überraschungen und sie bräuchte einen Defibrillator. »Haben Sie schon mit ihm über diese Idee gesprochen?«

»Nein, ich dachte, ich sollte zuerst mit Ihnen sprechen.«

Ihre eigene Familie machte sich keine solchen Gedanken um ihre Gefühle. Sie bekam auf der Stelle ein schlechtes Gewissen wegen all der schrecklichen Sachen, die sie in der Vergangenheit über Lilly Fairstein gedacht hatte. »Ich weiß gar nicht, was ich sagen soll. Das ist ein unglaubliches Angebot, aber ...«

»Es handelt sich nicht nur um reine Nächstenliebe, Claire. Meine Wohnung ist sehr groß und sehr leer. Ich würde mich freuen, ein paar Wochen lang einen Mann da zu haben, den ich bemuttern kann, aber das Letzte, was ich will, ist, Ihnen in irgendeiner Form auf die Füße zu treten. Über die Familie geht nichts.«

Claire war überrascht, welche widersprüchlichen Gefühle Lillys Angebot in ihr auslöste.

»Ich überlasse das vollkommen meinem Vater«, sagte Claire schließlich und wurde mit dem größten Lächeln belohnt, das sie seit ihrem fünften Geburtstag gesehen hatte.

»Also würde es Ihnen nichts ausmachen, wenn ich das Thema heute Abend anschneide?«

»Ganz und gar nicht, Lilly. Mir ist recht, was auch immer er beschließt.«

Die Frau schlang ihre schlanken Arme um Claire und umarmte sie herzlich. »Ich bin begeistert!«, erklärte sie, und ihre Armreifen bimmelten fröhlich. »Absolut begeistert!«

Und ich bin verblüfft, dachte Claire, als sie Billy heimfuhr. Vollkommen verblüfft.

»Da ist Kathleen!« Billy zeigte, als sie um die Ecke ihres Blocks bogen, auf eine Gestalt, die einen Rucksack hinter sich herzerrte.

Claire hupte und fuhr an den Randstein. Kathleens Miene hellte sich auf, als sie Claire sah, kam zum Wagen gerannt und sprang auf den Rücksitz.

»Ich dachte, du wolltest den Zug um sechs Uhr zweiundzwanzig zurück nach Manhattan erwischen«, sagte Claire, während ihre Tochter den Sicherheitsgurt anlegte.

»Kelly hat mir gestern Abend versprochen, mich zum Bahnhof zu fahren. Sie sollte mich um Viertel nach fünf abholen, aber sie ist nicht gekommen.«

»Du hast sie angerufen?«

»Ich hab's versucht. Zu Hause war der Anrufbeantworter dran, und an ihr Handy ist sie nicht gegangen.«

»Du hättest mich anrufen sollen. Dann wäre ich gleich zurückgekommen.«

»Hab ich ja«, erwiderte Kathleen. »Dein Handy war aus.«

»Ich hatte es im Krankenhaus ausgeschaltet und vergessen, es wieder anzumachen.«

Sie legte den Gang ein und wendete schnell. »Wir haben noch vierzehn Minuten, Leute. Schaffen wir das?«

»Jaa!« Billy trommelte in der Luft. »Gib Gas, Ma!«

»Ich bin wirklich sauer«, brummte Kathleen, während sie die Main Street hinunterrasten, zum Bahnhof in der übernächsten Stadt. »Ich kann es nicht glauben, dass sie mich derart im Stich lässt.«

»Könnte es sein, dass du etwas überreagierst?«, fragte Claire über die Schulter nach hinten.

»Es ist nur, weil es Kelly ist, verstehst du? Man erwartet von anderen Leuten, dass sie etwas vermasseln, aber nicht von ihr.«

Irgendetwas an dieser Feststellung ließ Claire aufhorchen, doch es war schon wieder weg, ehe sie darüber nachdenken konnte. Sie lächelte ihrer Tochter im Rückspiegel zu.

»Zieh deinen Sicherheitsgurt fester an, Schatz, denn ich muss dir etwas erzählen, du wirst es nicht glauben.«

***

»Mike wird also mit Mrs Fairstein zusammenziehen?« Aidan wirkte angemessen schockiert, als Claire und Billy vorbeikamen, um etwas Chili fürs Abendessen mitzunehmen und die neusten Nachrichten an den Mann zu bringen. »Wann zum Teufel ist das denn passiert?«

Claire sah auf ihre Uhr. »Vor etwa zwei Stunden. Lilly hat angerufen, um mir zu sagen, dass er ja gesagt hat.« Sie lachte. »Tatsächlich hat er ›Ja, verdammt‹ gesagt.«

»Hier verändert sich ja eine ganze Menge«, stellte Aidan fest, während er Maischips für Billy in eine Schachtel füllte. »Da braucht man ja eine Protokollliste, um immer auf dem Laufenden zu sein.«

»Ist das ein Seitenhieb? Denn wenn du das Cuppa meinst, dann kannst du ...«

»Ruhig, Rotschopf«, erwiderte er. »Ich habe von mir gesprochen. Maddy und ich haben beschlossen, den Hochzeitstermin vorzuverlegen.«

Sie bekam es gut hin, Begeisterung zu spielen. Das musste er ihr lassen. »Und wann wird jetzt der neue große Tag sein?«

»Einundzwanzigster Juli. Sie wird es heute Abend Rose mitteilen.«

»Das gibt mindestens eine Fünf auf der Richterskala«, sagte Claire.

»Was ist die Richterskala?«, wollte Billy wissen und sah von Aidans Computer auf, wo er etwas spielte, das mit Straßenkampf und Dinosauriern zu tun hatte.

»Damit misst man Erdbeben«, erklärte ihm Aidan und musste lachen, als dem Kind fast die Augen aus dem Kopf fielen.

»Es wird ein Erdbeben geben?«, fragte Billy. »Cool!«

Claire ließ eine Erklärung voller Sarkasmus, Ironie und Metaphern vom Stapel, die, wie Aidan feststellen konnte, über den Kopf seines Neffen hinwegsegelte wie eine Flotte von Papierflugzeugen.

»Deine Mutter will damit sagen, wenn Rose das hört, wird sie so laut schreien, dass die Stadt bebt.«

»Das machst du gut«, bemerkte Claire trocken. »Schon mal versucht, selbst Kinder zu erziehen?«

»Na, das ist die Schwägerin, die ich kenne und liebe: lässt sich keine Gelegenheit zum Austeilen entgehen.«

»Ich kann mir nicht vorstellen, dass Olivia allzu begeistert sein wird, das zu hören. Das heißt, Maddy wird im ersten Monat des Cuppa nicht zur Verfügung stehen.«

»Es soll schon Frauen gegeben haben, die arbeiten und eine Hochzeit planen können«, entgegnete er.

»Ihr beide geht auf Hochzeitsreise, nicht wahr?«

Er nickte.

»Tja, falls ihr nicht in der wunderschönen Innenstadt von Paradise Point bleibt, heißt das, ich werde den Teebeutel halten müssen, bis sie zurückkommt.«

»Du meinst also, Juli ist keine so gute Idee?«

»Ich meine gar nichts. Ich mache dich nur auf ein paar Punkte aufmerksam, die ihr vielleicht übersehen habt.«

»Gib Maddy nicht die Schuld dafür. Es war meine Idee.«

»Ich gebe niemandem die Schuld, Aidan. Es ist nur eben typisch für ...« Sie presste ihre Lippen zu einem schmalen Strich zusammen.

»Typisch wofür?« Als würde er nicht wissen, was sie hatte wirklich sagen wollen. Die unbeständige, unberechenbare Maddy Bainbridge ...

Sie schüttelte den Kopf und wechselte das Thema. »Da wir uns gerade über Kindererziehung unterhalten, was ist eigentlich mit Kelly los? Sie hatte fest versprochen, Kathleen zum Bahnhof zu bringen, aber sie ist nicht gekommen, sie war auch telefonisch nicht zu erreichen gewesen, einfach weg.«

»Ich habe sie nicht gesehen, seit wir zurück sind. Sie hat im Candlelight übernachtet. Ich nehme an, sie ist noch dort.«

Claire bedachte ihn mit hochgezogener Augenbraue. »Hast du nicht versucht, sie anzurufen?«

»Ich bin zu Hause vorbeigefahren und habe ihr eine Nachricht hinterlassen. Sie weiß, wo ich zu finden bin.«

Claire klopfte mit dem Zeigefinger an ihre Schneidezähne. »So ein Ausrutscher passt so gar nicht zu ihr.«

»Ein Ausrutscher? Sie hat eine Fahrt zum Bahnhof vermasselt. Was ist daran so schlimm?«

»Ich weiß nicht, ob es schlimm ist«, sagte sie. »Ich weiß nur, dass es nicht ihre Art ist, und das beunruhigt mich.«

Ihn beunruhigte es auch. Das dumpfe Gefühl, dass etwas nicht stimmte, verfolgte ihn nun schon seit Wochen. »Sie war in letzter Zeit ein bisschen nervös. Diese Woche habe ich versucht, mit ihr zu reden.«

»Erfolg gehabt?«

»Sie ist in Tränen ausgebrochen und aus dem Zimmer gerannt.«

»Das hat Kelly gemacht?« Claire klang entsetzt.

»Sie hat geweint, als ginge die Welt unter.«

»Vielleicht haben sie und Seth Probleme.«

»Nein. So leid es mir tut, sie sind ein Herz und eine Seele wie eh und je.«

»Schule?«

»Bekommt immer noch Einsen.« Er runzelte die Stirn. »Sie hat sich nicht allzu gut gefühlt. Irgendein Magenproblem. Das wird es sein.«

»Vielleicht ist sie schwanger.«

Claires Worte trafen ihn wie Artillerieraketen. »Was zum Teufel willst du damit andeuten?«

»Ich deute gar nichts an. Ich habe es gesagt. Ich mache mir auch Sorgen um sie, Aidan. Irgendetwas stimmt nicht, und die Zeichen sind eindeutig.«

»Bockmist.«

»Sprich leiser. Das Kind hört zu.«

»Als hättest du nicht selbst schon Schlimmeres gesagt.«

»Ich habe mich gebessert.« Sie besaß den Anstand, betreten dreinzuschauen. »Zumindest zu Hause.«

»Wie kommst du auf die Idee sie könnte …« Es fiel ihm schwer, das Wort auszusprechen.

»Bauchgefühl. Mütterliche Intuition.« Sie zuckte mit den Schultern. »Die Tatsache, dass sie sich letzten Montagnachmittag im Einkaufszentrum die Seele aus dem Leib gekotzt hat.«

»Was?«

»Ich dachte, ich hätte es dir am Abend erzählt.«

»Du hast mir gesagt, sie fühle sich nicht wohl.«

»Es war mehr als das. Hannah war bei ihr. Offensichtlich hatte sie ein längeres Rendezvous mit der Toilettenschüssel.«

»Oh, mein Gott.« Das war schlimmer als Raketenartilleriefeuer. Er wollte nicht an seine Tochter und Seth denken. Sie war doch erst fünf Jahre alt, oder nicht? Das süße kleine Baby, das ihn für einen Helden hielt. »Kelly ist dafür zu klug.«

»Ich war auch zu klug dafür«, erinnerte sie ihn. »Und Maddy auch. Auch kluge Menschen machen Fehler.«

»Das kauf ich dir nicht ab. Sie ist ein Kind, das Listen über Listen macht. Sie bringt die Bücher einen Tag eher als nötig in die Bücherei zurück. Sie spult die Bänder zurück, bevor sie sie in den Videoladen zurückbringt. Das ist kein Kind, das schwanger wird.«

Sie sah ihn mit einem Blick an, der für seinen Geschmack zu sehr nach Mitleid aussah, und er hatte zum ersten Mal Angst.

»Ich sperr schon zu«, sagte Aidan zu Owen, als sie Stunden später den letzten Stammgästen zum Abschied gewinkt hatten.

»Es macht mir aber nichts aus.«

»Geh nur heim und schlaf dich aus. Du hast das ganze Wochenende Doppelschicht gearbeitet. Du hast es verdient.«

Owen versuchte nicht einmal, das Gähnen zu unterdrücken. »Macht Tommy morgen früh auf?«

»War das Letzte, was ich gehört hab. Wenn er es nicht macht, dann bekommt er es mit mir zu tun. Wir brauchen dich nicht vor vier.«

Owen bedankte sich, ging und ließ Aidan mit seinen immer düsterer werdenden Gedanken allein.

Um Maddy anzurufen, war es zu spät, aber er musste sich

mit ihr in Verbindung setzen, sich vergewissern, dass die letzte Nacht nicht nur ein Traum war, dass er sich alles nicht nur eingebildet hatte, dass ihre Versprechen noch galten. Er schickte ihr eine nicht jugendfreie E-Mail, kurz darauf ein schmalziges, sentimentales Gedicht, um sie zum Lachen zu bringen. Noch hatte sie nicht geantwortet, doch das lag gewiss daran, dass es im Candlelight etwas chaotisch zuging, vor allem heute, wenn Rose sich mit dem neuen Hochzeitstermin konfrontiert sah.

Er hatte um zehn Uhr kurz mit Kelly gesprochen. Sie war zu Hause und saß über irgendwelchen Hausaufgaben. Ein ganz normaler Sonntagabend. Er hatte sie wegen Kathleen und der Bahnhofsgeschichte gefragt, und sie hatte gesagt, sie sei im Candlelight derart beschäftigt gewesen, dass sie es vollkommen vergessen hätte.

Letzte Woche hätte er keinen Gedanken an das Versäumnis verschwendet, doch heute Abend trug es zu dem immer stärker werdenden Gefühl bei, dass etwas im Argen lag.

Kurz vor Mitternacht schloss er das Lokal ab und fuhr nach Hause. Als er in die Einfahrt einbog, bemerkte er, dass die Birne der Verandaleuchte ersetzt werden musste, und fügte dies seiner geistigen Erledigungsliste hinzu. Kellys Zimmer war dunkel, aber die kleine Tischlampe auf dem Schreibtisch im Wohnzimmer brannte, und dort fand er auch seine Tochter, schlafend über einem Stoß Fotografien.

Sie wirkte unheimlich jung wie sie so dasaß, den Kopf auf den Armen und den darum ausgebreiteten rotblonden Locken. Sie trug diesen von Motten zerfressenen, alten schwarzen Pulli, den mit dem Loch am rechten Ellbogen, und Trainingshosen. Ihre Füße waren nackt und standen auf einem Stapel Bücher. Eine Sekunde lang war er wieder der junge und verängstigte Vater, allein mit einem schreienden, hilfsbedürftigen Kind, dessen Füße so klein waren, dass beide in seine Hand passten und immer noch Platz übrig war. Wo waren die Jahre geblieben? In wenigen Monaten würde sie für immer sein Haus verlassen. Hatte er sie alles gelehrt, was sie für ihren Weg in dieser Welt brauchte? Hatte er sie überhaupt etwas gelehrt, oder war sie ihm schon immer weit voraus in allem, was wirklich zählte?

Sein Blick fiel auf die Fotos, die auf dem Tisch verstreut lagen, und sein Herz schien einen Moment stillzustehen, als die Geister der Familie den Raum erfüllten. Großmama Irene und Großpapa Michael, die ihm von der Eingangstür des alten O'Malley's her zulächelten, ehe der Orkan von neunzehn zweiundfünfzig es zerstörte. Seine Eltern im Sonntagsstaat bei seiner Erstkommunion. Billy jr. – doch halt, das war nicht sein Neffe, der ihn in Schwarz-Weiß angrinste, das war sein Bruder Billy an seinem neunten Geburtstag, voller Sommersprossen und mit narbigen Knien und so viel Energie, dass sie für fast ganz New Jersey gereicht hätte.

Sie alle waren da. Tanten und Onkel, an die er sich kaum noch erinnerte. Lieblingshunde. Die Katze, die Billy aus dem Bach hinter der Kirche gerettet hatte.

Und Sandy.

Da war sie, seine erste Liebe, in den Armen hielt sie ihre neugeborene kleine Tochter. Sie war selbst noch ein Kind damals, jung, mit großen Augen und verliebt. So wie er auch. Eine Halsüber-Kopf-, Auf-immer-und-ewig-Liebe, um die die Menschen beten, sie aber selten fanden. Jeder hatte gesagt, dass es nicht gut gehen könne, doch eine Weile lang hatten sie ihnen das Gegenteil bewiesen. Natürlich waren sie zu jung und zu arm und zu wenig vorbereitet auf das, was es bedeutete, Eltern zu sein, nachdem sie ja selbst noch Kinder waren, aber irgendwie hätten sie es geschafft. Oder sie würden es geschafft haben, wenn das Schicksal nicht so grausam zu ihnen gewesen wäre und …

»Dad?« Kellys Stimme war sanft, beinahe, als wolle sie sich entschuldigen. »Du siehst dir Moms Foto an?«

»Hey, Schlafmütze, wo hast du die denn gefunden? Ich glaube nicht, dass ich sie je gesehen habe.«

Kelly gähnte und rieb sich den Schlaf aus den Augen. »Mrs DiFalco gab mir eine Schachtel mit Fotos von ihrem Speicher. Du glaubst ja nicht, wie überrascht ich war.«

Er nahm das Bild mit Sandy in die Hand und betrachtete es im Lampenschein. »Das hier wurde vor deiner Taufe aufgenommen. Es hatte den ganzen Tag über immer mal wieder geregnet, und deine Mutter war ganz aufgeregt, sie machte sich Sorgen, dass du dich erkälten könntest, obwohl es draußen einundzwanzig Grad hatte.«

»Ich wünschte ...« Sie brach ab und senkte den Kopf. »Du weißt schon.«

»Ja, ich weiß.« Er hatte es sich auch gewünscht, jahrelang. »Aber ich habe trotzdem Glück. Ich sehe deine Mutter jedes Mal, wenn du lachst.«

Sie sah ihn mit diesen Augen einer alten Seele an. Scherzhaft hatte er immer gesagt, als sie geboren wurde, wusste sie schon alles, was sie wissen musste und würde seitdem ihn unterrichten. »Macht dich das nicht traurig?«

»Zu wissen, dass deine Mutter in dir weiterlebt? Nein, das macht mich nicht traurig, Kel. Es macht mich ...« Er bemühte sich, das richtige Wort zu finden, um eine Vorstellung vermitteln zu können, die so im Innersten ergreifend war, dass sie ihn demütig machte. »Dankbar«, sagte er schließlich. »Es macht mich dankbar.«

Sie schnaubte leise und wandte den Blick ab.

»Fang nicht an zu weinen, Kel. Das sind wunderbare Erinnerungen.«

Sie hatte die Arme fest über der Brust verschränkt, in der klassischen Abwehrhaltung.

»Kel, du warst nicht du selbst, die ganze Woche. Claire ...«

Sie drehte sich wieder um, mit dem Lächeln ihrer Mutter, und führte seinen Gedankengang ad absurdum. »Wow, das hab ich ja ganz vergessen! Hattet du und Maddy es schön?«

»So schön, dass wir die Hochzeit auf Juli vorverlegen.«

»Juli? Wow!«

»Bist du damit einverstanden?« – »Klar. Wieso sollte ich nicht? Ich hab Maddy wirklich gern, und Hannah ist ein süßes Kind.«

Er musste lachen.

»Was ist so komisch?«

»Du enttäuschst mich nie, Kel. Ich muss in einem anderen Leben etwas verdammt richtig gemacht haben, um eine Tochter wie dich zu verdienen.«

»Es wäre mir lieber, du würdest so etwas nicht sagen.«

»Du hast es aber verdient. Ein Mann könnte sich keine bessere Tochter wünschen.«

Sie schüttelte den Kopf. »Du irrst dich. Ich habe eine Menge Fehler gemacht, wirklich schlimme Fehler.«

Sein Inneres verschlang sich zu einem Seemannsknoten.

»Ich hör dir zu«, sagte er. »Du weißt, du kannst mir alles sagen.« *Gott, wenn du zuhörst, wenn du dich an meinen Namen erinnerst, hilf mir, die richtigen Worte zu finden.*

Der Ausdruck in ihren Augen war sehr alt und sehr traurig. »Ich bin kein kleines Mädchen mehr«, erwiderte sie. »Ich kann nicht mit jedem Problem zu Daddy rennen.«

»Hast du ein Problem?«

»Das hab ich nicht gesagt.«

»Claire macht sich Sorgen deinetwegen, Liebling. Sie sagte, dir wäre letzte Woche in Short Hills übel gewesen.« *Sie ist ein großartiges Kind, Gott. Sie verdient alles Glück, das du ihr bescheren kannst.*

»Super«, explodierte sie. »Ich nehme an, sie hat dir erzählt, ich sei bulimisch oder so etwas.«

»Bist du es?«

»Nein!« Sie zog eine Schnute. »Igitt!«

»Was war es dann?«

Noch nie hatte Stille so laut geklungen, als er auf ihre Antwort wartete.

»Mir wird manchmal schlecht, wenn meine Periode beginnt. Das ist alles.«

Er sah ihr fest in die Augen. *Du hast mich noch nie angelogen, Kelly. Sag mir die Wahrheit, und ich schwöre, alles kommt in Ordnung.* »Du sagst mir doch die Wahrheit?«

»Ja«, erwiderte sie und schickte einen vor Empörung blitzenden Blick in seine Richtung. »Nicht, dass es dich irgendetwas angehen würde.« Sie begann, die Fotos zurück in die Schachtel mit der Aufschrift »O'Malley« zu werfen. »Und Tante Claire kannst du das auch sagen.«

Vor Erleichterung bekam er beinahe weiche Knie. »Ich sag es ihr.«

»Gut.« Sie stürmte aus dem Zimmer. Sekunden später knallte ihre Schlafzimmertür hinter ihr zu.

Sie war stinksauer, aber sie war nicht schwanger. Anscheinend hatte Gott seinen Namen doch nicht ganz vergessen.

23

Ein Keltenkreuz?«, entsetzte sich Gina am Montagmorgen, als sie die Mütter rings um sie einen schnellen Blick auf den oberen Teil ihrer linken Hüfte werfen ließ, sehr zum Vergnügen ihres kleinen Joey. »Ich bin italienischer Abstammung! Was zum Teufel hab ich mir bloß dabei gedacht?«

»Wie viele Margaritas hattest du überhaupt?« Ginas Schwester Denise bekam ihren Jüngsten gerade noch am Kragen zu fassen, ehe er ihr entwischen konnte. »Du fällst doch schon beim Anblick einer Nähnadel in Ohnmacht.«

Alle lachten, nur Maddy nicht. Sie hielt sich am Rand der Gruppe auf, ahmte ihre Reaktionen nach, während ihre Gedanken bei Kelly waren. Mit Hannah und ihrer Mutter war alles seinen gewohnten Gang gegangen, der übliche morgendliche Ablauf, doch sie war eigentlich nicht anwesend gewesen. Sie konnte nur an Aidans Tochter denken, was sie tat, wie es ihr ging und was die Zukunft ihnen allen bescheren würde.

Zwischen jetzt und Spätnachmittag, wenn sie sich auf dem Parkplatz treffen wollten, konnte so viel passieren. Sie könnte zu dem Schluss kommen, Maddy vertraut zu haben, sei ein Fehler, und die Sache wieder selbst in die Hand nehmen. Die ganze Angelegenheit konnte bereits erledigt sein, noch bevor Maddy überhaupt Gelegenheit hatte, etwas auszurichten. Sie wollte dem Mädchen nicht ihren Willen aufzwingen. Es waren Kellys Leben und Zukunft, nicht ihre. Sie sah das ein. Sie begriff auch, dass sie ihre eigene Mutter nie mehr gebraucht hatte als an dem Tag, an dem sie merkte, dass Hannah unterwegs war.

Sie hatte ihre Mutter herbeigesehnt, eine Rose, die sie gar nicht kannte, in diesen ersten Wochen, und hatte die gefühlsmäßige Kluft zwischen ihnen nie stärker empfunden. Ihr Vater Bill war ungeheuer hilfsbereit und verständnisvoll gewesen, doch es war ihre geliebte Stiefmutter Irma, die ihr die mütterliche Wärme und vorbehaltlose Liebe entgegengebracht hatte, die sie so dringend brauchte.

All das und mehr, vielleicht viel zu viel, sah sie in Kellys Augen, und sie konnte sich dem nicht verschließen.

Möglicherweise war es verrückt, dieses Risiko für Kelly einzugehen. Sie saß auf einem äußerst brüchigen Ast, einem, der beim leisesten Windhauch ihre Zukunft mit Aidan mit in den Abgrund reißen konnte, aber das Mädchen hatte sonst niemanden, an den es sich wenden konnte. Kelly war der Inbegriff des Musterkindes, des braven Mädchens, das eher noch die Probleme ihrer Familie löste, als selbst welche zu verursachen. Da war kein Raum für Fehler innerhalb dieser Auffassung, zumindest keiner, den Kelly erkennen konnte. Sie musste perfekt sein, oder ihre ganze Familie ging zugrunde.

Es war einfach nicht fair. Nicht Seth gegenüber oder Aidan. Nicht gegenüber Claire. Ganz bestimmt nicht Kelly gegenüber. Familien hielten in schwierigen Zeiten zusammen. Zumindest sollten sie das, und weder Seth noch die O'Malleys bekämen dazu die Chance, wenn Kelly ihren Plan in die Tat umsetzte.

Seit wann tun Familien das, was sie tun sollten? Du kannst nicht sicher sein, dass es so funktioniert, wie du es dir vorstellst. Kelly kennt sie besser als du.

Kelly sollte es darauf ankommen lassen, egal, wie ihre endgültige Entscheidung ausfallen würde. Maddy hätte Kelly nur gern ein Zeitfenster geöffnet, damit sie ihre Alternativen, ihre Möglichkeiten überdenken konnte, ehe sie eine wirklich unwiderrufliche Entscheidung traf.

Sie sagt, sie hat sich entschlossen. Sie wird es morgen durchziehen. Was dann, Bainbridge? Wirst du in der Lage sein, dieses Geheimnis vor dem Mann, den du liebst, zu hüten?

Kelly war nicht die Einzige, die in Schwierigkeiten steckte. Aidan würde ihr möglicherweise nie verzeihen, was sie tat, doch sie sah keinen anderen Weg. Sie glaubte Kelly, wenn sie sagte, sie würde in eine Abtreibungsklinik in New York fahren, falls Maddy ihr Versprechen brach und ihm alles erzählte. Ihr war klar, dass alles dagegen sprach, aber wenn Kelly irgendetwas passierte, und sie hätte nicht wenigstens versucht ...

»... wirklich gedacht, wir würden dich so leicht davonkommen lassen, hast du das, Maddy?«

Das große Tattoo-Entschleiern war vorbei, und die Aufmerksamkeit der Mütter galt nun Maddy und ihrem romantischen Wochenende.

»War es toll?«, fragte Denise und seufzte tief und theatralisch.

»Verdammt noch mal«, sagte Gina. »War *er* toll?«

Alle lachten, sogar Claire, die bis dahin ausgesehen hatte, als unterzöge sie sich gerade einer Wurzelbehandlung.

»So toll, dass sie sogar den Hochzeitstermin vorverlegt haben«, sagte sie, noch ehe Maddy den Mund aufbrachte.

»Ist nicht *wahr!*« Gina gab Maddy einen Rempler, der sie beinahe zu Fall brachte. »Ich muss noch immer zweieinhalb Kilo abnehmen, bevor Lucy bei mir Maß für das Brautjungfernkleid nimmt.«

»Einundzwanzigster Juli«, verkündete Claire. »Du solltest dich beeilen.«

»Du bist ja gut informiert«, sagte Maddy zu ihrer zukünftigen Schwägerin. Aidan musste es ihr gestern Abend in der Bar erzählt haben.

»Hast du es Olivia schon gesagt? Es könnte interessant sein zu wissen, wie sie es aufnimmt.«

Gina ließ ein lautes *Miau* ertönen, über das alle, außer Claire und Maddy, wieder lachen mussten.

»Wieso sollte sich Olivia dafür interessieren, wann ich heirate?«, fragte Maddy, bereits ziemlich genervt. »Sie weiß, dass Aidan und ich – oh.« Sie hatte überhaupt nicht mehr an das Cuppa gedacht. »Oh Gott. Das kann ein Problem werden, nicht?«

Claires Blick sagte alles.

»Das lief ja prima«, sagte Maddy zu Gina, nachdem der Schulbus abgefahren und die anderen Mütter gegangen waren. »Ich glaube, es ist mir gelungen, alles Schlechte, was sie über mich denkt, zu bestätigen.« Unbeständig. Unzuverlässig. Eine unmögliche Kandidatin für eine Ehefrau und Mutter.

»Vergiss es«, sagte Gina. »Ich hab echte Probleme.«

»Bitte, sag nicht, du hast etwas noch Dümmeres gemacht, als dich tätowieren zu lassen.«

Gina konnte unschuldige Entrüstung besser als sonst jemand spielen. »Dieser Fotograf kommt nachher ins Upsweep, um mich für das Buch zu fotografieren, und ich sehe aus wie das Paradebeispiel für ›Vorher‹.«

»Morgen kommt er, glaube ich, ins Candlelight.«

»Hey«, erwiderte Gina, »hier geht es um mich, schon vergessen? Ich sehe miserabel aus. Ich darf aber nicht miserabel aussehen. Ich habe einen Frisiersalon. Das wird fürchterlich für das Geschäft.«

»Ich glaube nicht, dass es irgendjemand als Werbung für Upsweep auffasst, Gee.«

Gina bückte sich und hob den Plüschsaurier auf, für Joey, der im Kinderwagen saß. »Weißt du was, Cousinchen? Ich hab dich verdammt viel lieber gehabt, als du noch nicht verlobt warst.«

»Und was soll das jetzt heißen?«

»Ach, denk dir nichts«, sagte Gina, als sie sich wieder aufrichtete. »Ich hab nur eine miserable Laune.«

»Kater noch nicht vorbei?«

»Hast du manchmal das Gefühl, dass etwas Schreckliches geschehen wird, doch du weißt nicht, was, und du weißt nicht, wie du es aufhalten sollst?«

»Mir wäre lieber, du würdest so etwas nicht sagen.« Eine ungute Vorahnung überkam sie.

»Ich weiß, ich weiß. Ich klinge wie meine Mutter, nicht? Als Nächstes erzähle ich dir noch, jemand hat mich mit dem bösen Blick belegt.«

Maddy bekreuzigte sich. »Jetzt hast du es geschafft, dass ich mich wie *meine* Mutter verhalte. Sag doch solche Sachen nicht, Gee. Denk sie nicht einmal.«

»Ich wäre beinahe heute früh mit Lucy zur Messe gegangen«, erklärte Gina. »So deutlich ist dieses Gefühl.«

Maddy, die am Morgen tatsächlich mit Lucy zur Messe gegangen war, sagte darauf nichts.

Corin begleitete Olivia kurz nach acht ins Cuppa, um in diesem unglaublich kitschigen Häuschen, das sie in eine englische Teestube verwandeln wollte, einen Film zu verknipsen. Das war zwar gar nicht sein Fall, doch er zweifelte nicht daran, dass Olivia mit ihrem Gespür für Geld richtig lag und wieder einmal großen Erfolg haben würde. Sie führte ihn herum, wies ihn auf architektonische Details hin, die er wahrscheinlich nicht bemerkt hätte, und er machte pflichtschuldigst einige Aufnahmen von der Vertäfelung. Oder was immer das war.

Es gelang ihm sogar, unbemerkt einige Bilder von Olivia zu schießen, während sie die neue Tapete und die Arbeiten an den Fenstern begutachtete.

»Es reicht«, sagte sie lachend, als er sie wie ein Paparazzo umkreiste. »Das ist meine unfotogene Seite.«

»Du hast keine unfotogene Seite, Livy. Hattest noch nie eine, wirst auch nie eine haben.«

»Gute Gene, mein Bruder. Wir sind beide Glückspilze.«

Sie sahen sich an, und beide wurden sich gleichzeitig der Ironie dieser Behauptung bewusst. Wunderbare Eltern. Wunderbare Kindheit. Wunderbare Gene. Doch da standen sie, furchtlos in die mittleren Jahre kommend, ohne Kinder, ohne Ehegespons, mit nicht einmal einer Katze, die sich einen Pfifferling darum geschert hätte, ob sie früh, spät oder überhaupt nicht nach Hause kämen.

Irgendwann im Lauf des Lebens hatten sie aufgehört, Glück zu haben, und er wollte verdammt sein, wenn er wüsste, wann oder wieso.

Die Ankunft von Lassiter und seiner Mannschaft bewahrte ihn vor einem unerfreulichen Ausflug in die Gefilde der Lebensangst.

»Ich bin hier fertig«, sagte er und nahm seine Kameratasche. »Ich bin gleich aus dem Weg.«

»Unseretwegen müssen Sie nicht gehen«, sagte Lassiter nach einer freundlichen Begrüßung. »Ein paar Standbilder während der Aufnahmen könnten durchaus nützlich sein.«

Corin sah auf die Uhr. Er sollte in einer halben Stunde im Upsweep sein, doch das war nur zwei Block entfernt. *Was soll's,* dachte er sich und nahm die Kappe von der Linse wieder ab.

»Benehmt euch ganz natürlich«, verlangte er zum allseitigem Gelächter. Das hatten sie den Einwohnern von Paradise Point während des letzten Monats auch dauernd geraten, mit mehr oder weniger Erfolg.

Crystal brachte ihr Aufnahmegerät auf einem der riesigen Arbeitstische in Stellung, dort, wo in ein oder zwei Tagen die Küche sein sollte. Ihm gefiel, wie die Morgensonne das Quintett ihrer Augenbrauenpiercings zum Glitzern brachte. Er hockte sich in kurzer Entfernung von ihr hin und begann zu fotografieren, während sie mit Einstellskalen hantierte, das Mikro überprüfte und so tat, als würde sie nicht fotografiert.

»Vergessen Sie, dass ich da bin«, riet er ihr, als er die Kamera auf ihre Nase richtete. »Ich bin nur Teil der Kulisse.«

»Ich hasse es, fotografiert zu werden«, stellte sie fest. »Ich sehe dann immer wie eine Baked Potatoe aus.«

»Baked Potatoes sind gut«, entgegnete er in der Absicht, sie etwas aufzulockern. »Aber Sie sind keine einfache gewöhnliche Baked Potatoe ... nein, nicht mich anschauen ... machen Sie einfach weiter ... Sie sind eine Baked Potatoe mit Cheddar und Baconstückchen und Frühlingszwiebeln und vielleicht auch einer richtig scharfen Soße ...«

Sie begann zu lachen, und die Sonne fiel auf den Stift in ihrer Zunge.

»Sie müssen die Metalldetektoren am Flughafen ganz schön

verrückt machen«, stellte er fest, als er pausierte, um den Film zu wechseln.

»Ich bin eine Repräsentantin des gesellschaftlichen Wandels«, erklärte sie, und der Stift klappte an ihre unteren Zähne. »Der Tag wird kommen, an dem Piercings so verbreitet sein werden wie Make-up und Haare Färben.«

Er beschloss, sich eines Kommentars zu enthalten. »Was haben nun die PBS-Leute von Ihrem Aufhänger für die Dokumentation gehalten?«

»Psst!« Sie legte den Zeigefinger auf die Lippen. »Ich hatte noch keine Gelegenheit, die Aufnahme zu transkribieren, aber es wird sie vom Hocker reißen!«

»Die Jungs von *60 Minuten* sind nicht mehr die Jüngsten. Sie sollten mit Ihrem Können in die zweiundfünfzigste Straße gehen und zusehen, dass Sie dort einen Fuß in die Tür bekommen.«

»Ja, ich sehe mich schon neben Mike Wallace sitzen.« Crystal holte ihren Notizblock aus dem Rucksack und zog mit den Zähnen die Kappe von ihrem Stift ab. »Das wäre etwas für die Emmy-Rolle.«

»Hören Sie, Mädchen, wenn Sie es fertiggebracht haben, eine Story in einer Karaokebar in Jersey aufzutun, könnten Sie die anderen vom Bildschirm pusten.«

»Heute Abend noch werde ich versuchen, das Band zu transkribieren. Ich habe das Gerät schon stehen und kann anfangen, sobald ich zurück bin.« Sie zwinkerte ihm zu. »Machen Sie ein schönes Foto von Gina Barone. Es könnte von großem Nutzen sein.«

»Miss O'Malley, wären Sie so freundlich, sich wieder dem Rest von uns zu widmen und die Frage zu beantworten?«

Kelly mühte sich, den Kopf wieder auf Empfang zu stellen. »T...tut mir leid, Mr Alfredi. Könnten Sie die Frage wiederholen?«

Er entband sie mit einem Blick und wandte sich an Carol

Mortensen. »Miss Mortensen, bitte erleuchten Sie uns mit einer Antwort.«

»Jalta, Mr Alfredi.«

»Danke, Miss Mortensen. Vielleicht ist Miss O'Malley derart geübt in *Risiko,* dass sie die ursprüngliche Frage anhand der Antwort rekonstruieren kann.«

Die Klasse lachte. Sie konnte es ihr nicht verdenken. Sie hätte vielleicht auch gelacht, wenn es umgekehrt gewesen wäre. Sie hoffte aber, sie hätte es nicht getan, doch in letzter Zeit schien ihr fast alles möglich.

Seth wartete im Gang auf sie, und ihr Herz krampfte sich zusammen beim Anblick seines vertrauten, geliebten Gesichtes. Sie wünschte, sie müsste dieses Gesicht nicht anlächeln und anlügen, doch nun war sie schon so weit, dass es kein Zurück mehr gab.

»Worum ging's denn da?«, fragte er, als sie auf dem Weg zum Mittagessen in der Cafeteria waren.

»Ich bin eingeschlafen«, sagte sie mit einem selbstironischen Lachen. »Ich war bis vier Uhr auf und habe an dem Referat gearbeitet, und als er anfing, über Stalin und Roosevelt zu dozieren, sind meine Gedanken abgeschweift.«

Was auch wieder absolut gelogen war. Sie war übernächtigt, weil sie die ganze Nacht wach gewesen war, die sechs Fotos angestarrt hatte, die Rose DiFalco ihr gegeben hatte. Sandy O'Malley hatte neunzehn Jahre lang gelebt, und eine Handvoll Fotos, die Erinnerungen ihres Mannes und eine Tochter namens Kelly waren alles an Beweis dafür, dass sie überhaupt gelebt hatte.

Seth senkte seine Stimme zu einem Flüstern. »Vielleicht solltest du den Test noch mal machen.«

»Oh, sei still!«, fuhr sie ihn an und entriss ihm ihre Hand. »Ich hab dir das Ergebnis am Samstag gesagt. Was willst du denn noch?«

Sie hoffte, er würde wütend werden, würde vielleicht sagen, sie solle sich zum Teufel scheren, würde sie ein Miststück nennen und sie hier allein im Eingang zur Cafeteria stehen lassen. Das hätte sie dafür verdient, ihn anzulügen.

Doch er tat nichts von alledem, und deshalb liebte sie ihn ja so sehr. Stattdessen sah er sie, wie ihr schien, eine Ewigkeit lang an und ging mir ihr in die Cafeteria, als wäre es das Normalste der Welt.

Gina Barone liebte die Kamera, und wenn Corin nicht alles täuschte, liebte die Kamera auch sie. Sie herrschte im Upsweep über Angestellte und Kunden wie ein wohlwollender Despot in Leder. Sie flirtete, sie schmeichelte, sie lachte, und wenn sie glaubte, keiner sähe es, sah sie so traurig aus, dass es einem Mann das Herz brechen konnte.

Am meisten jedoch liebte Gina Barone es zu reden. Nachdem er gut eine Stunde in ihrem Laden war, kannte er die soziale und sexuelle Lebensgeschichte von nahezu jedem Bewohner dieser Stadt.

»Bin froh, dass ich nicht hier lebe«, bemerkte er, als er Gina fotografierte, wie sie ihre Kunden mit Espresso versorgte. »Ein Mann muss ein paar Geheimnisse haben.«

»Ach, Schätzchen«, sagte Gina mit einem gefährlich sexy Lachen, »Geheimnisse werden vollkommen überbewertet.«

Dieser Satz hallte in ihm nach. Gina war entwaffnend ehrlich gewesen in Bezug auf ihre verschiedenen Liebesabenteuer, und diese Abenteuer schienen ein Teil dessen zu sein, was die Frauen von Paradise Point in ihr Geschäft lockte. Gina war ihre eigene Realityshow, und es bestand keine Gefahr, dass sie in nächster Zeit von der Insel heruntergewählt würde. Jedenfalls nicht, wenn es nach den Frauen ginge, die in der Lounge darauf warteten, ihre Haare gemacht zu bekommen oder eine Massage oder eine Maniküre. Sie hatten ihre Erzählung von dem Besuch in dem Tattoostudio weiter unten an der Küste nach einer Kanne Margaritas in vollen Zügen genossen.

Crystals Version von dem Ausflug hatte er ja schon gehört, und sie deckte sich so ziemlich mit der von Gina, bis auf das mysteriöse Tonband, das Crystal erwähnt hatte. Es war nicht schwer, sich vorzustellen, dass Gina zuerst redete und dann erst dachte – ein oder zwei Jahre später nachdachte.

Gina sprang von einem Gesprächsthema zum nächsten. Sie schaltete von einem zum anderen mit der Leichtigkeit eines Ferrarigetriebes, kam, ohne zu zögern von Manolo-Blahnik-Stilettos über Pilateskurse auf Sonderangebote von Braten im Supermarkt. Sie hielt ihre Kunden während bizarrer Schönheitsprozeduren, die den tapfersten Krieger in die Flucht geschlagen hätten, am Kichern. Sie mit Farbtuben hantieren, Strähnen ahnungslosen Haares in Alufolie packen, ihre Scheren mit der Kunstfertigkeit eines da Vinci führen zu sehen, das beeindruckte Corin zutiefst, und er ließ sie es wissen.

»Dann lassen Sie Ihrer Haut auch angedeihen, wovon Sie reden«, sagte sie augenzwinkernd. »Sie sehen aus, als könnten Ihnen eine Gesichtsbehandlung und etwas Feuchtigkeitscreme nicht schaden.«

Er musste laut lachen. »Und ein paar Glanzlichter?«

»Eher Dimmer«, korrigierte sie ihn. »Obwohl ich mir nicht so sicher bin, dass ich bei Ihrem herrlichen Grau etwas ändern würde.«

»Seht mal, wer wach ist und zu seiner Mommy will.« Amber, eine der Maniküren, stand in der Tür. An der Hand ein Kleinkind mit dichten dunklen Haaren und tiefblauen Augen. Irgendetwas irritierte Corin, ein Gefühl der Vertrautheit, das kam und im gleichen Atemzug wieder verschwunden war.

»Mr Joey!« Gina breitete die Arme aus, und der kleine Kerl flog durch den Raum und in ihre Umarmung. »Junge, haben wir dich vermisst!« Sie sah Corin über den seidigen Schopf des Kindes an. »Ausgeschlafen? Mittagsschlaf beendet. Der kleine Mann hier liebt seine Auftritte.«

Alles an ihr veränderte sich mit dem Erscheinen des Jungen in der Tür. Sie leuchtete, so wie Frauen auf dem Gemälde eines Impressionisten leuchten, in diesem goldenen Licht, das nur in der Vorstellung von Männern oder Verrückten existiert. Dieser kleine Junge hielt eindeutig den Schlüssel zu ihrem Herzen in seinen prallen Händchen.

»Joey, das ist Corin. Gib ihm doch die Hand, und vielleicht macht er ein Foto von dir.«

Corin beugte sich zu ihm herab und streckte die rechte Hand aus. »Schön, dich kennenzulernen, Joey.«

Joey musterte ihn einen Moment lang und gab ihm dann einen überraschend festen Händedruck für jemanden, der nur etwa fünfzehn Kilo wog. Die Hasselblad, die um Corins Hals hing, erregte seine Aufmerksamkeit, und blitzschnell griff er nach der Kamera.

»Ich hätte Sie warnen sollen«, sagte Gina, als sie das Kind auf den Arm nahm. »Mein Junge hat die schnellsten Hände in Südjersey.«

Joey war der Liebling aller, und er verstand damit umzugehen. Es gab keine Frau im Salon, die nicht verrückt nach ihm war, und wenn Corin noch länger bliebe, würde das Kind auch ihn noch um den Finger wickeln.

»... er hatte ein paar schwierige Monate«, erklärte Gina, als sie sich wieder in die Unterhaltung einklinkte, »aber ich glaube, wir sind endlich über den Berg.« Sie klopfte an ihren Kopf wie auf Holz, worüber der kleine Kerl lachen musste.

»Man käme nicht auf den Gedanken, dass er Probleme hatte«, bemerkte Corin.

Sie drückte seinen Arm. »Ihr Wort in Gottes Ohr.«

Joey hatte auch dieses typisch amerikanische Aussehen, das er schon bei Claires Jüngstem festgestellt hatte, die Art von Gesicht, die man in den Fünfzigern auf der Reklame für Erdnussbutter oder Frühstücksflocken gesehen hatte, inklusive der Sommersprossen, mit denen sein Nasenrücken übersät war.

»Wie wär's, wenn ich ein Foto von euch beiden machen würde?«, fragte Corin und nahm wieder die Kappe von der Linse ab. »Ich finde das Licht gut, so wie es durch dieses Fenster fällt.«

Gina machte einen Witz über Tage, an denen die Haare nicht sitzen, doch es schien ihr zu gefallen, und so setzte er die beiden ans Fenster und machte eine schnelle Serie von Bildern, die ihm gut erschienen. Besser als gut. Der Sucher hatte etwas in Gina entdeckt, eine tiefe Traurigkeit, ein Maß an Güte, die leicht zu übersehen waren im Feuer und Überschwang ihrer Persönlichkeit.

Okay, vielleicht fuhr er ja auf Mutter-und-Kind-Bilder ab. Sie konnten verdammt kitschig sein, so sentimental, dass dem Betrachter schlecht werden konnte, aber wenn sie gelangen, dann konnten sie das Eis um jedermanns Herz brechen.

Möglicherweise hatte er das Titelfoto für das Buch.

»Ich wünschte, du hättest mir früher gesagt, dass du heute Nachmittag nicht hier sein wirst, Madelyn.« Rose sprach mit ihrer Ich-bin-Königin-Stimme, wie Maddy sie nannte.

Und diesmal nahm Maddy ihrer Mutter es auch nicht übel. »Ich habe es vergessen, okay?«, sagte sie mit gespielter töchterlicher Verärgerung. »Ich habe Kelly versprochen, mit ihr ein Abschlussballkleid kaufen zu gehen. Wir fahren nach Bay Bridge, und wenn wir dort kein Glück haben, vielleicht noch nach Short Hills.« *Viel zu viel Information.* Jeder gute Lügner wusste, dass man seine Geschichte so einfach wie möglich halten musste.

»Wir erwarten heute Abend drei Paare aus Virginia. Ich hatte mit dir gerechnet.«

»Vielleicht könnte Tante Lucy herüberkommen und dir helfen.«

»Deine Tante ist beinahe achtzig.« Rose, der ihre Verstimmung anzusehen war, lächelte jetzt schief. »Außerdem glaube ich, hat sie heute Abend eine Verabredung.«

»Ma, ich wünschte, ich könnte dir helfen, aber ich habe es Kelly versprochen.«

»Und es muss unbedingt heute sein. Das ist der einzige freie Termin in euer beider Kalender.«

»Es tut mir leid«, erwiderte sie. »Es muss heute sein.«

Sie konnte die Rädchen rattern sehen, während ihre Mutter

die Situation überdachte. Rose war nicht auf den Kopf gefallen. »Es geht gar nicht um ein Kleid für den Abschlussball, oder, Schatz?«

Tränen stiegen Maddy in die Augen, doch sie ignorierte sie. »Nein, geht es nicht.«

Rose berührte ihren Arm. »Falls du reden willst …«

Sie schüttelte den Kopf. »Wir schaffen das schon.« Sie umarmte ihre Mutter. »Aber danke, dass du für mich da bist.«

»Immer«, sagte Rose und umarmte sie ihrerseits. »Das ist etwas, worauf du zählen kannst.«

24

Ich bin dann weg.« Claire band ihre Schürze ab und hängte sie an den Haken hinter der Tür. »Ich muss ins Krankenhaus, um festzustellen, ob der Pflegedienst schon bei Dad war.«

Aidan hob den Blick nicht von den Karotten, die er für die auf dem Herd stehende Suppe schnippelte. »Du kommst wieder, nachdem du Billy abgeholt hast, oder?«

Ihr rutschte das Herz in ihre Hose. »Jesus, Maria und Josef«, entfuhr es ihr. »Billy habe ich vollkommen vergessen. Er hat heute einen Termin beim Zahnarzt, um vier Uhr dreißig.« Oder war es fünf? Ihr Gehirn war völlig leer.

Jetzt wurde Aidan doch aufmerksam. »Und wo ist das Problem? Fahr zum Krankenhaus. Komm zurück und hol das Kind ab. Du machst das doch nicht zum ersten Mal.«

Absolut richtig, nur hatte sie geplant, direkt zum Leuchtturm zu fahren, sobald sie im Krankenhaus fertig war.

»Kannst du ihn für mich abholen?«

Er deutete mit dem Messer in Richtung Bar. »Tommy geht um halb drei heim. Ich bin dann allein hier.«

»Nein, bist du nicht. Owen übernimmt den Rest meiner Schicht.«

»Hast ja an alles gedacht, nicht, Rotschopf?«

»Das versuche ich.« Allmählich fragte sie sich, wie er ohne sie zurechtkommen würde. »Arbeitet Kelly heute Abend im Candlelight oder in der Bücherei?«

»Sie arbeitet gar nicht. Maddy geht mit ihr ein Kleid für den Abschlussball kaufen.«

Plötzlich durchfuhr sie Eifersucht. »Wieso hat sie nicht mich gefragt? Ich habe Kleider für vier Töchter ausgesucht. Hannah ist noch kaum aus den Windeln.«

Sein Pokerface war nicht besser als ihres. »Du, es tut mir leid. Wahrscheinlich weiß sie, wie viel du am Hals hast, mit der Arbeit und Billy und deinem Vater und ...«

»Spar's dir«, fauchte sie, als sie zur Tür ging. »Ich bin doch nicht von gestern, Aidan. Ich weiß, dass die Dinge sich ändern. Nur tu mir nächstes Mal den Gefallen und erzähl mir keinen Scheiß. Ich kann alles vertragen, nur so was nicht.«

Kelly wartete wie verabredet auf dem Schulparkplatz auf Maddy.

»Hast du alles dabei?«, fragte Maddy das Mädchen, als es seinen Sicherheitsgurt anlegte.

Kelly nickte. »Ausweis, Geld, zusätzliche Binden.«

»Okay«, sagte Maddy. »Dann machen wir uns auf den Weg.«

Maddy erzählte ihr von Hannahs letztem Streich, während sie auf der Hauptstraße links abbogen und in Richtung Route 582 fuhren. Sie fügte noch ein paar zusätzliche Details ein, über Priscillas Rolle bei dem Drama in der Hoffnung, dem Mädchen wenigstens ein verhaltenes Lächeln abzuringen, doch nichts tat sich. Kelly saß da, schaute durch die Windschutzscheibe, die Hände verkrampft im Schoß gefaltet, das Gesicht bleich und angespannt. Sogar im Profil konnte Maddy die tiefen Schatten unter ihren Augen sehen.

»Wir werden früher da sein als nötig«, sagte Maddy, als sie an einer Ampel anhielten. »Möchtest du einen Spaziergang um den See machen oder etwas anderes?«

»Vielleicht können sie uns eher drannehmen«, erwiderte Kelly.

Was Maddy wirklich wollte, war, an die Seite fahren, die Türen verriegeln und Kelly bitten, Seth und Aidan von ihrer Schwangerschaft zu erzählen, bevor sie diesen endgültigen und nicht rückgängig zu machenden Schritt tat. Der Nachmittag schien eine Eigendynamik zu entwickeln, die sie immer tiefer in ein Lügengeflecht zog, mit dem keiner von ihnen umgehen konnte.

Ihre Fahrt hatte sich hinter einem Trupp von Straßenbauarbeitern zu einem Kriechen verlangsamt, als Kelly sich plötzlich zu ihr drehte und fragte: »Kanntest du meine Mom?«

»Natürlich«, erwiderte Maddy. »Aber nicht gut. Sandy war sechs oder sieben Jahre älter als ich, daher waren wir nicht befreundet oder so, aber ich kannte sie.«

»Mochtest du sie?«

Maddy lächelte. »Jeder mochte sie. In einem Sommer jobbte sie Teilzeit in der Eisdiele, und sie hat mir immer eine Extraportion Schokostreusel auf meine Eistüte gegeben.«

»Wie hat sie denn geklungen?«

»Oh, Kelly, das weiß ich nicht mehr so genau. Das ist schon so lange her und ...« Eine Erinnerung, unausgegoren, aber vibrierend, tauchte auf. »Melodisch! So klang sie: melodisch. Einmal hat sie beim Weihnachtsbaumanzünden ›The Night before Christmas‹ vorgelesen, und ich erinnere mich, dass jeder sagte, sie habe eine so wohlklingende Stimme.« Der Ausdruck von Dankbarkeit in Kellys Gesicht rührte sie fast zu Tränen. Sie und Rose hatten in all diesen Jahren jede Menge Schwierigkeiten gehabt, doch sie erschienen gering im Vergleich dazu, diese Jahre gar nicht gehabt zu haben. Sie versuchte, sich eine Welt vorzustellen, ohne je die Stimme ihrer Mutter oder ihre Berührung oder den Duft ihres Parfums gekannt zu haben, doch dieser Gedanke war zu trostlos, zu schrecklich, um ihm länger nachzuhängen.

»Ich habe die ganze Nacht die Bilder angesehen, die Mrs DiFalco mir gegeben hat.«

Maddy fiel plötzlich auf, dass Kellys Hände sich um einen kleinen Stoß Fotos krampften. »Sandy war sehr hübsch«, sagte sie behutsam. »Du siehst ihr sehr ähnlich.«

»Mrs D sagte letzten Abend das Gleiche, und mein Vater auch. Ich würde es auch gerne sehen, doch wenn ich in den Spiegel schaue, sehe ich nur mich zurückblicken.«

Maddy streckte den Arm aus und zog die Sonnenblende auf der Beifahrerseite herunter. »Deine Nase, zum Beispiel«, sagte sie. »Und dein Lächeln ... und deine Augen, wenn sie lächeln, haben etwas, das mich an deine Mom erinnert.«

»Es ist irgendwie unheimlich, weißt du?« Sie beugte sich vor und suchte ihr Spiegelbild nach Spuren von Sandy O'Malley ab, die ewig neunzehn bleiben würde. »Sie war ein Einzelkind wie ich, und jetzt, nachdem meine beiden Großeltern, ihre Eltern, tot sind, bin ich alles, was von ihr noch übrig ist.« Die Tränen liefen ihr das Gesicht schneller hinunter, als sie sie wegwischen konnte. »Wenn ich in dieser Sekunde verschwinden würde, wäre es, als hätte es meine Mom nie gegeben.«

»Aber in den Herzen vieler Leute existiert sie noch immer«, sagte Maddy sanft. »Man hat sie nicht vergessen, und man liebt sie immer noch.«

Doch das war es nicht, wovon Kelly sprach, und das wussten beide. Sie sprach von der Blutsverwandschaft, die die Generationen verband. So hatte Maddy sich gefühlt, als Hannah auf die Welt kam, als gesegnet, dass etwas von ihr und Rose und Bill und ihrer Großmama Fay und all den anderen vor ihr in künftigen Generationen weiterleben würde. Man konnte es mit Worten nicht vermitteln, dafür lag es zu tief. Es kam aus dem Bauch heraus, war ursprünglich in seiner Intensität – das Leben tat, was es am besten konnte: sich aus sich selbst heraus erneuern.

»Schatz, vielleicht sollten wir an einem Diner halten und eine Tasse Tee trinken.« *Du brauchst Zeit, Kelly. Du musst tief durchatmen und dir von den Menschen, die dich am meisten lieben, helfen lassen.*

»Nein.« Kelly klappte den Spiegel wieder hoch und riss sich zusammen. »Ich will nur, dass alles vorbei ist. Wenn es einmal erledigt ist, geht es mir wieder gut.«

Einen Versuch würde sie, Maddy, noch unternehmen, ehe sie sich geschlagen gab. »Du hast dir sehr viele Gedanken darüber gemacht, was wohl das Beste für Seth und deinen Vater und alle anderen ist, doch ich habe nicht ein einziges Mal gehört, was du glaubst, das für dich am besten ist. Es ist dein Körper und deine Entscheidung, Kelly, doch vor allem ist es dein Leben, wovon wir sprechen. Du wirst mit dem, wofür du dich entscheidest, jeden Tag deines weiteren Lebens leben müssen. Vergewissere dich, dass es das ist, was du willst, und nicht das, was du meinst, wollen zu müssen.«

Kelly nickte, und Maddy hatte den Eindruck, sie hätte genauso gut mit Priscilla reden können.

»Er gehört Ihnen«, sagte Claire, als Lilly die Tür ihres Lincoln Town Car öffnete, damit Mike auf den Beifahrersitz rutschen konnte. »Und möge Ihnen Gott Geduld und Seelenstärke verleihen.«

Lilly lachte laut. »Ach, er ist einfach ein alter Teddybär«, sagte sie. »Wenn ich ihn erst mit der Fernbedienung vor dem Kabelprogramm eingerichtet habe, wird es keinerlei Probleme geben.«

»Wollt ihr zwei den ganzen Nachmittag hier stehen und quatschen, oder können wir endlich abhauen? *Judge Judy* fängt in zwanzig Minuten an.«

Die beiden Frauen sahen sich an und verdrehten gemeinsam die Augen.

»Sie haben seinen Terminplan für die Chemo?«, fragte Claire. »Der Turnus war Dienstag und Donnerstag, aber ...«

»Ich habe alles dabei.« Lilly klopfte auf ihre große Umhängetasche. »Zusammen mit seinen Medikamenten, seinen Rezepten und seiner Zahncreme für die Dritten.«

»Herrgott noch mal, kann ein Mann denn überhaupt keine Privatsphäre mehr haben in dieser Welt?«, blaffte Mike vom Beifahrersitz her.

»Dad, deine Zähne lagen die letzten beiden Tage in einem Glas auf dem Nachttisch. Ich denke, Lilly ist das nicht entgangen.«

Der Lieferwagen eines Blumengeschäftes hupte und bedeutete ihnen wegzufahren. Claire beugte sich schnell herab und küsste ihren Vater, dann umarmte sie Lilly.

»Passen Sie gut auf ihn auf«, sagte sie. »Er ist ein Ekel, aber ich liebe ihn.«

Das versprach Lilly, und Claire stand schniefend wie ein Baby auf dem Gehsteig, als sie losfuhren. *Es ist ja nur für ein paar Wochen,* sagte sie zu sich selbst. *Und es ist am besten so.* Mike würde sich viel lieber von Lilly bemuttern lassen und sich wahrscheinlich schneller erholen. Ganz abgesehen davon, was der Versuch, einen guten Eindruck zu machen, bewirken konnte. Außerdem hatte Olivia letzte Nacht sowohl Claire als auch Maddy in einer E-Mail mitgeteilt, dass die Handwerker Donnerstag oder Freitag fertig sein würden, und es dann Ernst würde. Speisekarten mussten entworfen, Rezepte ausprobiert, Lieferanten gefunden und Werbung gemacht werden; die Liste war endlos. Maddy sah nicht allzu begeistert aus, als sie an der Bushaltestelle darauf zu sprechen kamen, doch Claire konnte kaum erwarten anzufangen.

Vielleicht würde sie doch nicht zum Leuchtturm fahren. Bei hellem, unerbittlichen Tageslicht besehen, schien es ihr keine so gute Idee mehr. Sie hatte ihre Meinung dazu schon mindestens zwei Dutzend Mal geändert, seit sie heute Morgen aufgewacht war, was fast so oft war, wie sie sich umgezogen hatte.

Sie war keine törichte Frau. Ihr war klar, dass es ihm um ein abschließendes Gespräch, nicht um eine Erneuerung der Beziehung ging. Sie hatten einander zutiefst verletzt an jenem längst vergangenen Nachmittag in Atlantic City. Das stand außer Frage. Sie hatte nur an sich selbst gedacht, als sie ihm sagte, sie würde kommen. Sie hätte ihm am Telefon sagen können, dass die Anrufe und Briefe ein Ende haben müssten, dass sie glaubte, ihr Mann habe sich tatsächlich geändert, und dass die Möglichkeit bestand, dass ihre Ehe jetzt funktionieren würde, doch das hatte sie nicht. Sie hatte ihn ein letztes Mal sehen, die gleiche Luft atmen, seine dunklen Augen aufleuchten sehen wollen, wenn er sie erblickte.

Warum sonst hätte sie es geflissentlich übersehen, ihm zu sagen, dass sie im achten Monat schwanger war, mit dem Kind ihres Ehemannes? Es waren Worte gefallen – hässliche Worte, mit einer größeren Halbwertszeit als Uran –, die man möglicherweise verzeihen konnte, sie zu vergessen aber war sehr viel schwerer.

Sich auszusprechen war vielleicht nicht so schlecht. Mit Billy war ihr dies nicht gelungen, und sie würde es bis zu ihrem Tod bedauern, dass sie ihm nicht gesagt hatte, was ihr die letzten paar Jahre ihres gemeinsamen Lebens bedeutet hatten. Doch das Leben händigte einem keinen Stundenplan aus, der einen darauf aufmerksam machte, dass nicht mehr viel Zeit blieb. Man legte sich abends ins Bett und wachte am Morgen mit dem Selbstverständnis auf, dass man das Gleiche morgen und morgen und morgen wieder tun würde, und dass die Menschen, die man liebte, immer da sein würden.

Sie setzte sich hinter das Steuer ihres Wagens und fuhr wie ferngesteuert am Seniorenzentrum und dem Bauplatz für die neue Kirche vorbei, durch Paradise Point hindurch, am See vorbei, die Hauptstraßen von Port Pleasant und Breezy Beach entlang, um die Baumschule herum, am Zentrum für Geburtenkontrolle vorbei ...

Was hatte Maddys Wagen auf dem Parkplatz dieser Praxisklinik zu suchen? Sie wusste genau, dass Maddy und sie zur gleichen Frauenärztin in Paradise Point gingen. Wieso sollte sie hierhin gehen, wenn sie doch schon eine hervorragende Ärztin hatte? Und es konnte nur Maddys Auto sein. So viele Mustangs dieses Jahrgangs gab es in diesem Staat nicht, und schon gar nicht in diesen drei Städten. Übrigens, sollte sie nicht mit Kelly beim Kleiderkaufen für den Abschlussball sein? Das zumindest hatte Aidan ihr erzählt.

Idiot! Die Wahrheit traf sie direkt zwischen den Augen. Kelly musste Maddy gebeten haben, mit ihr in das Zentrum für Geburtenkontrolle zu fahren, und Maddy hatte keinen Weg gefunden, sich davor zu drücken. Sie wusste, dass Aidan von Anfang an ganz offen mit seiner Tochter über die Dinge des Lebens gesprochen hatte – und sie hatte versucht, mit Kelly genauso sachlich umzugehen wie mit ihren eigenen Mädchen –, doch es kommt die Zeit, da hören die Kinder auf, sich dir anzuvertrauen, und suchen außerhalb des gewohnten Familienkreises Rat und Unterstützung.

Maddy war die perfekte Wahl. Sie war noch neu und fremdartig für Kelly, ein Mädchen aus dem Ort, das lange genug weg war, um den Duft ferner Gegenden mit sich zu tragen, auch wenn sie, wie in Maddys Fall, nur bis Seattle gekommen war. Fast Familie, doch nicht verhaftet in alten Grabenkämpfen und hohen Erwartungen.

Außerdem war Maddy noch nicht lange genug Mutter, um das hochsensible Gespür zu haben, das Teil der Elternschaft war. Sie würde nicht automatisch jedes Mal das Schlimmste annehmen, wenn Kelly sagte, sie hätte ein Problem.

Es war verständlich, und dennoch schmerzte es Claire. Wie Aidan auch, war sie die letzten Jahre seit dem Lagerhausbrand etwas abgelenkt gewesen, doch sie hatte sich sehr bemüht, für Kelly da zu sein, dafür zu sorgen, dass sie nicht aus der Spur lief. Auch brave Kinder konnten in große Schwierigkeiten geraten. Wenn sie vielleicht auch sonst nichts aus Kathleens Problemen gelernt hatte, aber das hatte sie gelernt. Sie wünschte, ihre Nichte hätte genug Zutrauen zu ihr gehabt, um sie um Rat zu fragen, doch mehr noch wünschte sie, Aidan hätte sie nicht angelogen. Das schmerzte sie mehr als alles andere. Sie waren eine Familie. Ihr Leben war seit über zwanzig Jahren miteinander verwoben. Sie hatte etwas Besseres als eine glatte Lüge verdient. Sie ertrug es absolut nicht, verarscht zu werden, und schon gar nicht von den O'Malley-Männern, und sie würde ihm die Leviten lesen, sobald sie zurück war.

Das Zentrum für Geburtenkontrolle war in einem eingeschossigen Bau untergebracht, eine halbe Meile von der Hauptstraße entfernt. Der Parkplatz war klein, und Maddy wusste nicht so recht, ob sie erleichtert oder enttäuscht sein sollte, als sie den letzten freien Platz gefunden hatten.

»Wir müssen nicht hineingehen, wenn du nicht willst«, sagte sie, als sie den Motor abstellte. »Du kannst deine Meinung auch ändern.« Ihr war klar, dass sie allmählich wie eine Endlosschleife klang, doch sie war bereit, sich lächerlich zu machen, wenn es darum ging sicherzugehen, dass Kelly sie verstand.

»Ich bin okay.« Sie lächelte Maddy unsicher an. »Ich will es nur hinter mich bringen.«

»Du kannst dir noch einen oder zwei Tage Zeit lassen«, fuhr Maddy fort. »Eine Woche auch. Du hast noch genug Zeit, es noch mal zu überdenken.

Kelly schüttelte den Kopf. »Ich gehe jetzt hinein«, erklärte sie. »Wenn du nicht mitkommen willst, das verstehe ich.«

Kelly hatte keine Ahnung, wie wenig Maddy mitkommen wollte, doch das kam nicht infrage. Jemand musste dort bei ihr sein, und ob sie es wollte oder nicht, dieser jemand war Maddy.

Der Parkplatz war nicht gepflastert, und die Muschelschalen und Steine knirschten unter ihren Füßen, als sie zum Seiteneingang gingen. Kelly atmete tief durch, als sie die Tür erreichten, und hielt sie dann für Maddy auf. Eine dezente Glocke ertönte in dem Empfangsraum, wo drei Mädchen im Teenageralter und vier Frauen so um Maddys Alter in Magazinen blätterten oder ins Leere starrten. Leise Klänge von Enya durchzogen den Raum und verliehen ihm eine sanfte, beruhigende Atmosphäre. Stapel von Zeitschriften türmten sich auf einem Refektoriumstisch an der Wand.

Maddy folgte Kelly zum Empfangsschalter, wo sie eine Frau mittleren Alters mit schlohweißem Haar anlächelte.

»Was kann ich für Sie tun?«

»Ich – mein Name ist Kelly O'Malley. Ich habe einen Termin.«

Die Augen der Frau richteten sich auf den Monitor zu ihrer Linken. »Sie sind früh dran«, stellte sie fest. »Das mögen wir gerne.« Sie schob Kelly ein Bündel Papiere zu. »Ich weiß, dass Sie ein operationsvorbereitendes Gespräch bereits am Telefon geführt haben, doch wir brauchen noch ein paar Informationen mehr und einige Unterschriften.« Sie sah zu Maddy hinauf. »Sind Sie die Mutter?«

Maddy schüttelte den Kopf. »Stiefmutter.«

»Ich bin froh, dass Sie mitgekommen sind. Wir waren etwas besorgt, weil Kelly allein kommen wollte.« Das Telefon läutete, und die Frau zuckte entschuldigend mit den Schultern. »Füllen Sie alles aus, Kelly, und bringen es mir, wenn Sie damit fertig sind.«

Das Schiebefenster schloss sich mit einem Klicken.

Sie fanden zwei Stühle in der Nähe des Refektoriumstisches. Kelly legte die Formulare auf eine Ausgabe der *Time* und begann, die nötigen Informationen einzutragen. Maddy war sich nie in ihrem Leben nutzloser vorgekommen. Sie saß keinen halben Meter von Aidans Tochter entfernt, doch sie hätte genauso gut auf dem Mond sein können. Sie konnte ihr nicht versprechen, dass das Leben eitel Sonnenschein wäre, wenn sie das Kind behielte. Sie konnte ihr nicht versprechen, dass Seth vortreten und seinen Teil der Verantwortung schultern würde. Sie hoffte und glaubte, dass Aidan seinen Schock und die Enttäuschung überwinden würde und für Kelly da wäre, wie er es immer gewesen war, doch sie konnte auch das nicht versprechen.

Kelly war mit dem Ausfüllen der verschiedenen Formulare fertig, unterschrieb, was zu unterschreiben war, und brachte die Papiere zu der weißhaarigen Frau am Schalter zurück. Man händigte ihr einen Plastikbecher aus und bat sie, eine Urinprobe in der Patiententoilette am Ende des Gangs zu hinterlassen. Sie würden den Schwangerschaftstest wiederholen und dann, falls er positiv ausfiel, Kelly für den achtminütigen Eingriff vorbereiten, wenn sie an der Reihe war. Danach wäre sie etwas angeschlagen und würde sich in einem der Ruheräume ein paar Stunden erholen, bis man sie mit Maddy nach Hause entließ.

Und danach bräuchten sie nur noch einen Weg zu finden, mit den Konsequenzen ihrer Entscheidungen leben zu können.

***

Corin hatte den Besitzer des Fotoladens auf der Main Street gebeten, ihm für eine halbe Stunde die Dunkelkammer zu überlassen. Der Besitzer, einer der zahlreichen DiFalco-Cousins, stellte harte Forderungen, und als Corin die Tür hinter sich schloss und mit dem Entwickeln des Films begann, den er am Morgen im Upsweep verschossen hatte, war er um fünfzig Dollar ärmer.

Etwas hatte an ihm genagt, seit er Ginas Salon verlassen hatte, doch er kam nicht darauf, was es war. Er hatte das Gefühl, auf ein Puzzle zu blicken, bei dem ein Stück fehlte, doch er hatte keine Ahnung, was für eine Art Puzzle es war oder wie das fragliche Teil aussehen konnte.

Seine Agentur hatte ihn heute Morgen erwischt, um ihm mitzuteilen, dass er vierundzwanzig Stunden früher als geplant vor Ort in Malaysia sein müsste, um sich mit den drei dort bereits befindlichen Journalisten zu treffen, die er weiter in das Land hinein begleiten wollte. Er hatte gute Lust, seinem Agenten zu sagen, er könne sich den Auftrag an den Hut stecken, doch er hatte den Vertrag unterschrieben und das Ganze schon bezahlt.

Lassiter, Crystal und der Rest der Mannschaft waren für den Tag nach Surf City auf Long Beach Island gefahren. Bei ihrer Art von Arbeit bestand eines der Probleme darin, dass sie sich nach den Leuten richten mussten, deren Leben sie dokumentierten. Der Chef des historischen Archivs von LBI hatte ihnen eine Fundgrube an Erinnerungsstücken in Aussicht gestellt, die auf einem Speicher in Surf City gefunden worden waren, und sie waren auf dem Weg dorthin, um die Geschichte für die Dokumentation zu filmen.

»Wenn Sie mit den Kirchen und dem Krankenhaus fertig wären, bevor Sie abreisen, würde alles passen«, hatte Lassiter heute Morgen beim Kaffee gesagt.

Corin stimmte zu. »Falls Dean sich entschließt, den Sommer auf seine Genesung zu verwenden, könnte ich im August oder September zurückkommen und den Rest erledigen.«

»Wir wollten ja Hochzeitsfotos, doch sie verlegen dauernd den Termin.«

Die ständig wechselnden Hochzeitspläne von Maddy Bainbridge und Aidan O'Malley waren bei der Filmcrew zum Dauerscherz geworden. Große Hochzeit. Kleine Hochzeit. Ein Empfang im Hotel. Ein Muschelessen am Strand.

Sie waren alle in einer zweitklassigen Frühstückspension auf der anderen Seite der Stadt untergebracht, einem Haus, dem gegenüber ein billiger Motel-Discounter noch gehoben erschienen wäre. Die Mannschaft sprach sehnsüchtig über das erstklassige Quartier, das sie im Candlelight so genossen hatten, mit besonderer Würdigung des großartigen Kaffees. Crystal hatte ihren Laptop und das Aufnahmegerät auf einem Klapptisch im Lesezimmer aufgestellt, doch sie hatte nicht mehr als die Einleitung bis zu ihrem Aufbruch nach Long Beach Island geschafft.

»Wir fahren jetzt«, rief Lassiter von der Halle her. »Komm schon, Crystal, wir gehen!«

»Verdammt.« Sie drückte eine Reihe von Tasten und schlug dann mit dem Handballen seitlich gegen den Laptop.

»Das ist ein erstklassiges elektronisches Gerät«, bemerkte Corin. »Man haut darauf nicht herum wie auf einem Automaten.«

Sie drückte noch einige Tasten und ließ dann ihre Hand auf den Tisch fallen. »Verdammt, verdammt, verdammt. Ich muss das Ding neu booten.«

»Crystal, wir sind jetzt weg, mit dir oder ohne dich.«

»Könnten Sie das übernehmen?«, bat sie Corin. »Wenn ich nicht mache, dass ich hier rauskomme, wird er tatsächlich ohne mich fahren.«

»Gehen Sie nur.« Er war zwar kein ausgesprochener Computerexperte, doch einen Reboot bekam er immer noch hin. »Ich kümmere mich darum.«

»Aber nicht herumstöbern«, verlangte sie. »Das sind geschützte Informationen. Ich werde es merken, wenn Sie herumschnüffeln. Das ist Stoff für einen Knüller. Stellen Sie nichts damit an, okay?«

Er konnte nicht anders.
Er schnüffelte herum.

> GINA BARONE, Aufzeichnung 8. Mai
> Nicht autorisiert – Signatur TK
> (Peter Lassiter, Urheber NJTV)
> (Transkribiert von Crystal W.)
>
> GINA BARONE: [zu hören: Musik; verschiedene Umgebungsgeräusche]… gesagt, dass das ein toller Schuppen ist, oder, Crystal … warte! Was ist das? Trinkst du einen Cosmo … ganz Sex and the City, Mädchen … nein, nein … geben Sie mir eine Margarita … große Margarita, okay? … ja, ein Pitcher klingt gut … danke ….
>
> Das ist so toll hier … es wird dir gefallen … der einzige Laden für den es sich lohnt einen Babysitter zu bezahlen … ich war nirgends mehr seit Joey – verdammt, nein! Nicht heute Abend! Keine traurigen Geschichten heute Nacht … auf keinen Fall …

Schien ja nicht viel drauf zu sein. Zu seiner Überraschung hatte er Erleichterung verspürt darüber, dass es keinen Grund für das mulmige Gefühl gab, das ihn jedes Mal beschlich, wenn er den triumphierenden Ausdruck in Crystals Augen sah, sobald sie »Das Gina-Band« erwähnte. Er hatte die Transkription des offiziellen Vorgesprächs und des Interviews gelesen, bevor er ins Upsweep ging, um die Fotos zu machen, und er war überrascht, wie gut Gina ihm gefiel. Sie war dreist und unverblümt und schien keine Angst zu haben, wenn man auf die Wahrheit zu sprechen kam, doch irgendetwas nagte noch immer an ihm, und er brachte einfach nicht heraus, was es war.

Vielleicht würde es ihm weiterhelfen, wenn er den Kontrastbogen sah. Er war ein optischer Mensch. Wie das Gesicht eines Menschen das Licht reflektierte, sagte ihm mehr, als ihre Worte je konnten, und er war sicher, dass die Bilder von Gina einen bodenlosen Quell von Kummer enthüllen würden, der der Art, wie sie sich der Welt präsentierte, zuwiderlief.

Die Dunkelkammer war auf höchste Bedürfnisse ausgerichtet, und so war er schnell fertig. Die Bilder waren gut, aber nicht großartig, und er war enttäuscht. Er hatte erwartet, durch die Linse der Kamera mehr in Ginas Gesicht zu sehen, doch stattdessen sah er weniger. Das konnte vorkommen. Im Lauf der Zeit bekam man ein Gefühl dafür, wen die Kamera lieben und wer unter ihrem einäugigen Blick verschwinden würde, und meistens lag man richtig. Doch hin und wieder, so wie jetzt eben, irrte man sich gewaltig.

Er markierte gerade die Aufnahmen, die er vergrößern wollte, als er auf die Bilder von ihr mit ihrem Sohn Joey stieß, und innerhalb einer Sekunde änderte sich alles.

»Jesus«, flüsterte er. All das, was er sich erhofft hatte, war auf diesen Bildern zu sehen. Er hatte also doch recht gehabt. Das war Material für Titelseiten. Die Art von atmosphärischem Porträt, die bei jedem eine emotionale Reaktion hervorrief. Sorge entströmte diesem planen Foto und saugte ihm die Luft aus den Lungen. Diese wunderbare Aufnahme einer Mutter mit Kind floss davon über. Er wusste aus den Transkriptionen, den autorisierten, dass Joey diesen Winter mehrmals im Krankenhaus gelegen hatte, doch nicht einmal das erklärte den gequälten Ausdruck in Ginas Augen oder Corins Gefühl, dass die Antworten direkt vor ihm lagen, wenn er nur verstünde, sie zu sehen.

Denk nach, sagte er sich. *Konzentrier dich.* Die Teile waren alle vorhanden, doch was ergaben sie?

Gina. Der Ausdruck ihrer Augen. Die Tonbandaufnahme, die Crystal gemacht hatte. Joey mit der geraden Nase und den Sommersprossen, den tiefblauen Augen mit den dichten dunklen Wimpern, das Kinn mit dem Grübchen ...

Das war es. Es war ihm aufgefallen, als er Joey das erste Mal sah, doch er hatte dem keinerlei Bedeutung beigemessen. Eine zufällige Übereinstimmung in einer Welt voller Zufälle. Doch das war verdammt viel mehr als ein Zufall. Ginas Kind glich dem Sohn von Claire aufs Haar ... und Claires Sohn glich seinem Vater aufs Haar, Billy O'Malley.

Scheiße.

Der Wärter am Leuchtturm schüttelte den Kopf. »Nein, er war nicht da. Er sollte um zwei Uhr kommen, aber ...«, er sah auf seine Uhr »... es ist jetzt zwei Uhr fünfundvierzig – und keine Spur von ihm.«

Claire hatte sich, seit sie Maddys Wagen vor dem Zentrum für Geburtenkontrolle geparkt gesehen hatte, schon in eine ziemliche Wut hineingesteigert, und das hier brachte sie vollends auf hundertachtzig.

»Er hat nicht angerufen, um abzusagen?«

»Das tun sie alle nicht«, erklärte der Mann. »Sie denken sich, was hätten wir hier sonst schon zu tun?« Er lächelte sie freundlich an. »Ich habe noch fünfzehn Minuten Zeit, bis ich zusperre. Falls Sie die *Readers-Digest*-Führung möchten, ich würde mich freuen.«

Sie brauchte die Führung ungefähr so dringend wie eine erneute Wurzelbehandlung, doch der Mann war sehr nett und sie wahrscheinlich viel wütend, um sich ans Steuer eines Wagens setzen zu sollen. Sie musste sich beruhigen, körperlich und seelisch, bevor sie sich auf den Heimweg machte, oder sie würde vielleicht einen nichtsahnenden Fahrer in den Graben befördern, wenn er auch nur einen Blick in seinen Rückspiegel tat.

Der Mann führte sie um das alte Leuchtturmwärterhäuschen herum, einen einfachen, schindelgedeckten, eingeschossigen Bau mit zweiteiligen Fenstern und Läden, die eher praktisch als schön waren.

»Die Leuchtturmwärter müssen kleine Familien haben«, stellte sie fest, als sie in das winzige Haus hineinsah. »Kein Platz für eine Brut wie meine.«

Sie bewunderte den kleinen Garten hinter dem Haus und den gepflasterten Weg, der zum Strand hinunterführte, und folgte dem Wärter dann über die Wiese zum Leuchtturm selbst.

»Das ist nicht mehr der ursprüngliche Turm«, erklärte er. »Der alte wurde 1834 errichtet, doch ein Sturm riss ihn zehn Jahre später weg. Das Geld für einen neuen kam erst nach dem Bürgerkrieg zusammen. Dieser Leuchtturm war ab 1871 ständig besetzt, bis 1946 das Leuchtfeuer endgültig erlosch und ...«

Wie viel überflüssige Informationen wollte er noch verkünden? Warum hielt er nicht den Mund, ehe sie etwas ganz Fürchterliches tat und seine Leiche dann unter den Azaleenbüschen vergrub? *Du drehst durch. Der Mann macht eine Führung mir dir. Wo zum Teufel ist dein Problem?* Der arme Mann tat ja nichts Verkehrtes. Sein Pech war nur, dass er zur falschen Zeit am falschen Ort war, und die Person, die sie tatsächlich unter den Azaleenbüschen verbuddeln wollte, der Mistkerl war, der einfach nicht gekommen war.

Vielleicht was das von vornherein seine Absicht gewesen. Vielleicht hatte er acht Jahre auf die Gelegenheit gewartet, ihr zu zeigen, wie er sich auf dem Uferweg in Atlantic City gefühlt hatte. Mit Rache und Vergeltung kannte sie sich aus. Im Lauf der Jahre hatte sie jede Menge grausiger Pläne ausgeheckt, die meist mit ihrem Ehemann und der Hälfte der weiblichen Bevölkerung von Paradise Point zu tun hatten. Wer weiß, vielleicht parkte Corin irgendwo oben an der Straße und lachte sich scheckig, während sie sich eine Führung rings um einen geschlossenen Leuchtturm angedeihen ließ, mit einem Wärter, der keine Ahnung hatte, dass sie nicht ein Wort von dem gehört hatte, was er gesagte hatte.

Oh verdammt. Gleich würde sie zu weinen anfangen. Und das vor einem völlig Fremden, der sie schon als die Niete erkannt hatte, die sie war. Sie hasste Frauen, die wegen Männern weinten. Wut war besser. Wut schmeckte nicht nach Martyrium, und es reichte ihr für ein ganzes Leben, als die arme heilige Claire angesehen zu werden, die Schutzpatronin betrogener Ehefrauen.

Die Tour ging zu Ende. Der Wärter hatte für Corins Führung eine lange Mittagspause gemacht und musste jetzt zurück in sein Büro, um zu tun, was immer er tat, um seinen Lebensunterhalt zu verdienen. Er schlug ihr vor, auf dem Gelände oder am Strand spazieren zu gehen, und verabschiedete sich dann.

Sie schüttelten sich die Hand, und es gelang ihr nur mit Mühe, das wilde Verlangen zu unterdrücken, alles, was ihr in den Weg kam, dem Erdboden gleichzumachen. Den Leuchtturm. Das Wärterhäuschen. Jeden Baum, jede Pflanze, jeden Strauch. Könnte sie den Ozean mit ihren bloßen Händen packen und auswringen, sie würde es tun. Sie hatte schon zu viel Zeit damit verbracht, auf einen Ehemann zu warten, der nicht nach Hause kam, wann er sollte, um jemals wieder auf einen anderen Mann zu warten, solange sie lebte. Er hatte ihr eine Falle gestellt, und sie war, erbärmlicher Trottel, der sie schon immer war, prompt hineingetappt.

Sie saß in ihrem Wagen und wollte gerade den Zündschlüssel im Schloss umdrehen, als sie Corin in die Zufahrt einbiegen sah. Er hupte zweimal und bedeutete ihr zu warten, doch sie ließ den Wagen an und legte den Rückwärtsgang ein.

»Hol dich der Teufel«, sagte sie laut, als sie rückwärts aus ihrem Parkplatz fuhr. Sie würde sich von keinem Mann mehr für dumm verkaufen lassen, der über das schulpflichtige Alter hinaus war. Nie wieder.

Sie bremste scharf, als er seinen Mietwagen quer hinter sie stellte, um ihr den Weg zu versperren. Das Spiel konnte auch von zweien gespielt werden. Sie drückte die Hupe, lange, laut und wütend, und hoffte, dass man es noch in Philadelphia hörte, doch er weigerte sich, Platz zu machen.

Ihr Wagen war alt und verbeult. Eine weitere Delle würde da

nicht auffallen. Sie legte erneut den Rückwärtsgang ein und stieß gegen seine Beifahrertür, fest genug, dass er es merkte.

»Du solltest das Ding wegfahren«, brüllte sie aus ihrem Fenster, »ich fahre es einfach über den Haufen, wenn nötig – und dich dazu.«

Er rührte sich nicht vom Fleck. Was machte es ihm schon aus? Es war ein Mietwagen.

Ihr Wagen rammte gegen seinen.

Er bewegte sich noch immer nicht.

Er wollte einen Schlussstrich, den konnte er haben. Sie sprang aus ihrem Auto und schlug mit der Faust auf die Haube seines Mietwagens.

»Verschwinde!«, schrie sie mit der Stimme einer Verrückten. »Ich schwöre bei Gott, wenn du nicht in den nächsten zehn Sekunden da weg bist, schiebe ich dich und dein Auto in den Ozean.«

Offensichtlich hatte sie den Verstand verloren. Sie hatte keine Ahnung, wie man einen Wagen in den Atlantik schiebt, doch sie war durchaus bereit, es herauszufinden. Es war ihr egal, wie sie aussah, wie sie klang, was er von ihr dachte. Sie wollte nur, dass er diesen Schrotthaufen wegfuhr, damit sie flüchten konnte.

»Verschwinde!«, brüllte sie erneut. Das letzte Mal, als sie etwas dieser blinden Wut Ähnliches empfunden hatte, war auf den Stufen der Kirche gewesen, am Tag von Billys Beerdigung, als sie auf seine Großmutter Irene losgegangen war, als hätte diese den Brand gelegt, der ihren Mann das Leben gekostet hatte.

»Claire.« Sie hatte ihn gar nicht aussteigen sehen. Der Mann hatte Mut, das musste sie ihm lassen. Ein vernünftiger Mensch hätte den Abstand einer Postleitzahl zwischen ihnen gewahrt. »Lass es mich erklären.«

»Deine Erklärungen sind mir scheißegal. Fahr einfach dein Auto weg, damit ich hier rauskann.«

»Es tut mir leid.« Er wich nicht zurück. Er kam näher. Der

Mann musste unzurechnungsfähig sein. »Ich bin aufgehalten worden. Ich habe Liv wegen deiner Handynummer angerufen. Du bist nicht drangegangen, also habe ich auf deine Mailbox gesprochen ...«

»Ich habe fünf Kinder. Ich gehe immer dran.«

Was war los mit ihm? Sie hatte ihn bei einer glatten Lüge erwischt, und er gab noch immer nicht nach. »Schau deine Nachrichten an. Ich wusste nicht einmal, ob du hier bist, aber ich habe trotzdem angerufen.«

»Wenn du schon ein so guter Samariter bist, wieso hast du dann nicht den armen Jungen angerufen, der von seiner Arbeit wegmusste, um mich herumzuführen?«

»Das habe ich versucht, doch ich hatte die Wahl, ewig herumzustehen und zu telefonieren oder so schnell wie möglich hierherzukommen.«

»Halt den Mund. Ich will deine Ausreden nicht hören. Geh mir aus dem Weg, damit ich nach Hause kann und meinen Sohn abholen.«

»Schau dir deine Nachrichten an, Claire. Ich lüge dich nicht an.«

Er wollte also diese Farce fortsetzen? Okay, warum nicht? Ihm den Gefallen tun würde sie nicht umbringen. Vielleicht wäre es auch ganz lustig. Sie stürmte zu ihren Wagen zurück, wühlte in ihrer Tasche und zog das Handy heraus.

»Es ist ausgeschaltet«, stellte sie erstaunt fest. »Es ist nie ausgeschaltet.«

Er sagte nicht, *hab ich doch gesagt,* hätte er aber genauso gut tun können. Sie hörte seine Worte sowieso.

»Ich würde dir das nicht antun, Claire.« Er stand so nahe vor ihr, dass sie Spuren von Seife auf seiner Haut riechen konnte. »Das hast du nicht verdient.«

So etwas hatte sie nicht verdient. Das wusste sie. Ihre Wut fiel in sich zusammen wie ein angestochener Luftballon.

»Es tut mir leid«, stammelte sie und umkrampfte das Handy mit zitternden Fingern. »Es ist nur, weil ...«

»Ich weiß.« Seine Stimme war sanft, so zärtlich, die Stimme, die sie in ihren Träumen gehört hatte. »Ich weiß ….«

Er wusste es tatsächlich. Das war das Verblüffende. Hatte es immer gewusst. Von Anfang an hatte er sie so gesehen, wie sie wirklich war, ohne die Bezeichnungen *Tochter* und *Mutter* und *Ehefrau*. Niemand sonst hatte sie je so gesehen, sie so gut gekannt, und niemand würde es auch in Zukunft. Sie war inzwischen viel zu gut darin, sich zu tarnen.

»Ich muss träumen«, hauchte sie, als sie sich umarmten. »Du bist nicht wirklich.«

»Ich bin wirklich.« Seine Lippen streiften leicht die ihren, und sie erschrak vor der vergessenen Macht eines Kusses. »Du bist sehr wirklich.« Seine Lippen fanden schnell und zärtlich zu ihren zurück, und all der Schmerz, all die Traurigkeit, all die Wut, die sie vor Sekunden noch durchströmt hatten, waren fortgewischt, wie Worte im Sand.

Er zog sie fester an sich, und ihr Körper schien mit seinem zu verschmelzen. *Sei auf der Hut,* warnte eine kleine Stimme. *Du bist einsam, und es ist schon so lange her. Lies in die Berührung eines Mannes nicht zu viel hinein, bloß weil du seinen Körper auf deinem spüren willst, den vertrauten Geruch seiner Haut riechen und den süßen, nie vergessenen Geschmack seines Mundes schmecken willst.*

Alles stürmte wieder auf sie ein, all die Erinnerungen, von denen sie sich eingeredet hatte, es seien Ausgeburten der Fantasie einer einsamen Frau, möglich nur zu einer bestimmten Zeit, an einem bestimmten Ort, und das Ergebnis einer Leere, die so umfassend war, dass sie gefürchtet hatte, daran zugrunde zu gehen.

»Nichts hat sich geändert«, sagte er, als sie voneinander zurückwichen, um Atem zu holen.

»Alles hat sich geändert.«

»Nicht das, was ich für dich empfinde.«

»Du kennst mich nicht«, erwiderte sie. »Nicht mehr. Ich bin nicht mehr die Frau, die du in Florida kennengelernt hast.«

Er schob ihr das Haar von den Augen zurück. »Ich bin Corin«, sagte er. »Wer sind Sie?« Eine albern witzelnde Frage, die tiefer ging, als beide erwartet hatten.

»Ich weiß es nicht«, antwortete sie leise. »Ich war mir sonst immer über alles so sicher gewesen, aber jetzt ...« Ihre Worte verloren sich in der sanften Nachmittagsbrise.

»Geh nicht weg.« Er lief zum Wagen zurück, beugte sich durch das offene Fenster der Fahrerseite und zog einen Arm voll gelber Rosen heraus.

»Gelbe Rosen!« Sie vergrub ihr Gesicht in dem duftenden Strauß. »Ich kann nicht glauben, dass du dich daran erinnert hast.«

»Gelbe Rosen, keine roten, Mokka, Eiscremesoda, Champagnercocktails, Hamburger medium rare mit Essiggurken und Zwiebeln, *Frasier*, aber nicht *Friends*, ja zu Rock und nein zu Rap, alles, nur nicht Basketball, und ein Happy End, wann immer möglich.«

Ihre eigene Familie hätte so eine Liste nicht hingekriegt.

»Wie viel Zeit haben wir?«, fragte er, als sie die Blumen behutsam auf den Vordersitz ihres Wagens legte.

Sie sah auf ihre Uhr. »Sechzig Minuten, und dann wird aus Aschenputtel wieder eine Fußball-Mom.«

Er ergriff ihre Hand, und sie liefen den Weg zum Strand hinunter. Sie hatte das überraschende Gefühl, dass sie da weitermachten, wo sie aufgehört hatten, dass sie eine Unterhaltung fortsetzten, die sie vor beinahe neun Jahren an einem anderen Strand unterbrochen hatten.

»Ich habe mein ganzes Leben lang am Ozean gelebt«, sagte sie, als sie am Wellensaum entlangwanderten, »aber es wird mir irgendwie nie über.«

»So geht es mir mit den Bergen«, erklärte er und blieb stehen, um einen Wasserläufer zu fotografieren, der knöcheltief in der Gischt stand.

»Du hast einmal gesagt, du wolltest ein Buch über Gebirgszüge machen. Kein Text. Nur Fotos.«

»Ich habe eine Menge Ideen, bin aber noch nicht dazugekommen, allzu viele davon zu realisieren.«

»Du hast mehr als die meisten Leute getan.«

»Man verwechselt nur allzu leicht Betriebsamkeit mit Leistung.«

»Was wurde aus dem ungestümen jungen Mann, den ich in Florida kennengelernt habe?«

»Er wurde vierzig. Ein Album mit hübschen Bildern ist nicht allzu viel, um für das Leben eines Mannes zu stehen.«

»Kommt auf den Mann an und wonach er sucht.«

»Wonach ich gesucht habe, habe ich vor langer Zeit gefunden, Claire.«

Sie schüttelte den Kopf. »Du glaubst vielleicht, dass du das hast, aber ...«

»Ich bin kein Kind. Was ich für dich empfand, war echt, Claire.« Er hielt inne. »*Ist* echt.«

»Ich hatte dich nie verletzen wollen.«

»Das ist das Verteufelte daran, nicht wahr.« Er lehnte sich gegen einen Felsvorsprung und zog sie an sich. »Du wolltest mich nie verletzen, und ich wollte mich nie verlieben.«

»Wir waren eine Familie«, erwiderte sie. »Das hatte uns viel mehr bedeutet, was sowohl Billy als auch mir klar war.«

»Du hast die richtige Wahl getroffen.«

Sie sah ihm in die Augen. »Glaubst du das?«

Für einen Mann war es nicht leicht, die Verbindung zwischen dem Babybauch einer Frau und dem wirklich existenten Kind herzustellen, das laufen und sprechen konnte und Chaos verbreitete, wo es sich aufhielt. Sie konnte beinahe sehen, wie er die Fäden zusammenknüpfte.

»Er ist ein wunderbares Kind, Claire. Ich hoffe, sein Vater wusste, was für ein Glück er hatte.«

»Wir hatten beide Glück«, sagte sie. »Ich weiß nicht, ob er eine Vorahnung hatte, wie wenig Zeit ihm noch blieb, doch alles war anders, als wir aus Florida zurückkehrten.« Sie lachte leise über den Ausdruck in seinem Gesicht. »Ich habe nicht perfekt gesagt. Ich sagte anders. Zumindest weiß ich, dass ich ihn zum Schluss mit niemandem teilen musste. Ich glaube nicht, dass ich das verkraftet hätte.«

Er sagte nichts. Sein Gesichtsausdruck veränderte sich nicht. Doch sie hatte das Gefühl, er glaubte ihr nicht so ganz.

»Ich hätte es gemerkt«, beharrte sie, eine Löwin, die ihre Erinnerungen vor Schaden bewahren will. »Ich habe es immer gemerkt.«

»Das freut mich für dich«, sagte er einen Augenblick später. »Wenn ich dich schon an ihn verlieren musste, dann bin ich froh, dass er schließlich doch erkannt hat, was er an dir hatte.«

Er erzählte ihr von seiner kurzen Ehe und wie sehr er bedauerte, einen unbeteiligten Zuschauer durch seine in die Brüche gegangenen Träume eines Lebens mit ihr, Claire, verletzt zu haben. »Ich habe sie in Paris geheiratet, nicht lange, nachdem ich dich auf dem Uferweg gesehen hatte.«

»Wie lange hat es gehalten?«

»Weniger als ein Jahr. Sie hatte ein großes Manko: Sie war nicht du.«

»Vielleicht hättest du dir mehr Mühe geben sollen. Mein Vater sagt immer, die ersten zehn Jahre einer Ehe sind wie eine Testfahrt. Man kann keine Probleme lösen, ehe man nicht weiß, wo sie stecken.«

»Wir haben das Richtige getan. Sie ist wieder verheiratet und hat drei Kinder. Sie schickt mir jedes Weihnachten zum Dank eine Karte.«

Claire schaute auf ihre Uhr. »Verflixt. Ich muss in zehn Minuten fahren. Billy hat einen Zahnarzttermin, und ich muss in der Bar vorbei und ihn abholen.«

»Wie ist es, jetzt nur noch ein Kind zu Hause zu haben?«

»Seltsam«, gestand sie. Er hatte sie als Mutter von vier Kindern unter zwölf gekannt. »Das Haus wirkt reichlich leer.«

»Zeig mir doch deinen Nachwuchs«, bat er sie, als sie zu ihren Autos zurückgingen. »Sie müssen schon ziemlich erwachsen sein.«

»Die Kleinen würdest du nicht mehr erkennen. Die Zwillinge sind beide ein Meter fünfundsiebzig«, sagte sie, »und Maire wird sie bald einholen.«

»Du hast doch sicher Fotos von ihnen dabei, oder?«

»Du machst wohl Witze?« Ihre Brieftasche quoll davon nur so über. Sie lehnten sich an ihren Wagen, während sie ihm eine Auswahl davon zeigte, zusammen mit den entsprechenden Erklärungen. »Das ist Maire ... sie ist jetzt in Irland ... sie kommt in ein paar Wochen nach Hause ... Courtney und Willow sind beim Militär ... das Foto wurde an dem Tag aufgenommen, an dem sie zur Grundausbildung abreisten ... Kathleen hast du gesehen ... das ist eines von ihr, letztes Jahr am Strand ... sie hatte es nicht leicht, aber sieh, wie hübsch sie ist ... und Billy jr. kennst du ja.«

Er nahm das Foto und betrachtete es genau. »Das Kind hat ein fantastisches Gesicht.«

Sie strahlte voller Stolz. »Nicht wahr?«

»Das Grübchen im Kinn«, bemerkte Corin. »Das sieht man nicht oft.«

»Ich habe ihm gesagt, er hätte ein Kinn wie Kirk Douglas, und er sah mich an und fragte: ›Wer ist Kirk Douglas?‹ Da kommt man sich direkt vorsintflutlich vor.« Sie schob die Fotos zusammen und steckte sie wieder in die Brieftasche. »Ich wünschte, ich müsste nicht gehen.«

»Dann tu's nicht. Wir könnten uns etwas zum Essen holen und ein Picknick am Strand veranstalten.«

»Ich muss. Er hat einen Zahnarzttermin.«

Die Zeit vergeht so schnell, Corin. Bis er halbwegs selbstständig ist, muss er bei mir an erster Stelle stehen.

Vor eine Wahl gestellt, stünde die Familie immer im Vordergrund. Sie war eben so und nichts, nicht einmal die Gefühle, die Corin in ihr auslöste, konnten das ändern. Doch das tat ihren Empfindungen ihm gegenüber keinerlei Abbruch. *Sag ihm, was du denkst. Lass ihn nicht gehen, ohne dass er es dich sagen hört.*

Sie berührte seine Hand mit einer zaghaften, unsicheren

Geste. »Ich habe dich vermisst.« Seine Anrufe. Seine Briefe. Den Klang seiner Stimme. »Deine Freundschaft hat mir so viel bedeutet.«

»Vergangenheit?« Er machte ein betrübtes Gesicht.

»Du weißt, was ich sagen will.« Dass die Chemie zwischen ihnen stimmte, war unbestreitbar, doch es war das unerwartete Geschenk der Freundschaft, das ihr Herz erobert hatte. »Seelenfreunde kehren nicht jeden Tag in dein Leben zurück. Wir haben noch einiges nachzuholen.«

Seine Art, sie anzusehen, gab ihr das Gefühl, geliebt zu werden, geborgen zu sein auf eine Art, die eine Frau brauchte, um blühen und gedeihen zu können.

Er nahm ihre Hand und führte sie an seine Lippen. »Ich werde dich nicht fragen, ob du fest mit mir gehen willst, ehe ich nicht aus Malaysia zurück bin.«

Sie fing an zu lachen, auf eine Weise, die sie vor langer Zeit verloren hatte. »Soll ich deinen Klassenring tragen?«

»Kommt darauf an, was dein Freund dazu sagt.«

»Ich habe keinen Freund.«

»Und was ist mit dem Mann, mit dem ich dich Freitagmorgen gesehen habe?«

»Das war unsere erste Verabredung.«

»Wird es eine zweite geben?«

»Er hat mich Samstagabend zum Essen ausgeführt.«

»Du magst ihn.«

»Er ist leicht zu mögen.«

»Irgendwelche Pläne für ein drittes Mal?«

»Ich weiß nicht«, erwiderte sie. »Das hängt zum Teil von ihm ab, nicht?«

»Ich scheue die Konkurrenz nicht.« Er drehte ihre Hand um, küsste die Innenfläche, und sie erbebte. »Das ist erst der Anfang, Claire«, sagte er. »Bist du bereit, dir anzusehen, wohin uns der Weg führt?«

***

Claire fuhr in einem Zustand von Hochgefühl, Verwirrung und fast schwindlig machender Erregung in die Stadt zurück.

Er hatte sie gefragt, ob sie bereit sei, sich anzusehen, wohin die Straße sie führte. Es gab keine Garantien. Sie beide wussten, dass es im Leben keine gab. Er lebte aus dem Rucksack. Ihre Wurzeln lagen tief in einer verschlafenen Küstenstadt in Jersey. Familienleben war für ihn ein Rätsel. Ohne den Rückhalt ihres eigenen Fleisches und Blutes zu leben, war für sie ein noch größeres Rätsel.

Es war ihr egal. Veränderung lag in der Luft, und sie wollte sie annehmen, wo immer sie ihr begegnete. Der Entschluss, den sicheren Kokon, das O'Malley's, für die Unwägbarkeiten des Cuppa zu verlassen, war der erste Schritt von vielen auf eine weite, unvorhersehbare Zukunft zu, die möglicherweise katastrophal oder herrlich oder irgendetwas dazwischen sein konnte.

Sie machten keine Versprechungen. Sie erzählten keine Lügen. Sie hatten zu viel gesehen, waren zu oft verletzt worden. Hoffnungsfrohe Romantiker, das waren sie. Alt genug, es besser zu wissen, doch jung genug, noch immer zu glauben, dass das Glück möglich war.

Sie hatte sich sogar optisch verändert. Ab und zu richtete sie einen verstohlenen Blick in den Rückspiegel. Sie sah glücklich aus, wie eine Frau mit einem köstlichen Geheimnis, das sie mit der Welt noch nicht teilen wollte. Corin reiste heute Abend nach Malaysia ab, doch nicht einmal das konnte ihren Optimismus und ihre Hoffnung dämpfen. Wenn das, was sie zusammen hatten, echt war, wäre es Ende des Sommers, wenn er zurückkam, noch immer da. Egal, wie es ausging, egal, wo die Straße, von der er gesprochen hatte, sie hinführte, niemand konnte ihr das Geschenk dieser einen unerwarteten, gemeinsam verbrachten Stunde am Strand der Jerseyküste nehmen.

Sie rauschte kurz vor halb sechs auf den Parkplatz hinter dem O'Malley's. Der Laden war für einen Montagnachmittag gerammelt voll, und sie war froh darüber. Sie wünschte der

Bar, dass sie zündete wie eine Rakete am vierten Juli. Es war höchste Zeit, dass sich für die O'Malleys das Blatt zum Guten wendete.

Aidan und Billy jr. waren hinten. Billy spülte gerade einen Teller Brownies mit Milch aus seinem Lieblingsbierkrug hinunter, und Aidan hackte Zwiebeln für den unvermeidlichen Bottich Chili.

»Hey, Jungs«, sagte sie und wandte sich dann ihrem Sohn zu. »Du solltest Zähneputzen gehen, Billy. Dr. Danzig wird nicht allzu begeistert sein über all die Schokolade.«

»Geht nicht«, erklärte ihr Sprössling. »Ich habe keine Zahnbürste.«

Sie griff in ihre Umhängetasche und zog eine Zahnbürste und eine Tube Colgate heraus. »Netter Versuch«, sagte sie und gab sie ihm. »Jetzt aber marsch. Dein Termin ist in zwanzig Minuten.«

»Du bist besserer Laune als vorhin«, stellte Aidan fest, als Billy brummelnd zum Waschraum hinüberging. »Ist Mike jetzt gut untergebracht bei Lilly?«

Sie starrte ihn eine Sekunde lang an, während sie krampfhaft überlegte, wovon er sprach. »Ja«, sagte sie schließlich, »aber er war ernsthaft sauer, als Lilly die Reinigungscreme für seine Dritten erwähnte. Er dachte tatsächlich, sie wüsste das nicht.«

»Seine Zähne waren in einem Glas auf dem Nachttisch«, sagte Aidan lachend. »Wie zum Kuckuck hatte er gedacht, das zu erklären?«

»Liebe ist blind.« Sie nahm ein Stück grüne Paprika aus der Schüssel auf der Arbeitsplatte.

»Wirf mir doch bitte noch eine Zwiebel aus dem Korb rüber.«

»Groß oder klein?«

»Groß.«

Sie nahm eine von der Größe eines Softballs und warf sie ihm zu. »Apropos stinksauer, du hättest mich verdammt noch mal nicht wegen Kelly anlügen sollen.«

»Ich dachte, das hatten wir schon durch. Sie hat Maddy gebeten, mit ihr nach einem Kleid suchen zu gehen. Interpretier da doch nicht mehr hinein, als es ist, Rotschopf.«

»Lass den Scheiß, Aidan. Ich weiß, wo sie hin sind. Ich habe Maddys Wagen gesehen.«

Er verengte die Augen, so wie es sein Bruder getan hatte, wenn er befürchtete, ihm würde nicht gefallen, was er zu hören bekäme. »Wo hast du ihren Wagen gesehen?«

»Beim Zentrum für Geburtenkontrolle, über der Brücke. Hast du gedacht, ich flippe aus, weil sie sich um Verhütung kümmert? Okay, vielleicht bin ich ein bisschen beleidigt, dass sie sich an Maddy gewandt hat, aber ich bin nicht doof. Mir ist klar, sie ist eigentlich erwachsen. Ich weiß, sie und Seth ...« Beim Anblick seines Gesichts hielt sie inne. »Du hast tatsächlich geglaubt, dass sie ein Kleid kaufen sind, nicht wahr?«

Seine Miene sagte alles.

Oh Gott, dachte sie, als Billy jr. zurück in den Gastraum gerannt kam. *Was in aller Welt habe ich angerichtet?*

25

Möchte noch jemand Tee?« Die Kellnerin bemühte sich, nicht in Kellys Richtung zu schauen, was nicht so leicht war, denn sie weinte so laut, dass man sie noch in Philly hören konnte.

»Nur die Hühnersuppe mit Reis, bitte«, sagte Maddy, »sobald sie fertig ist.«

Die Bedienung nickte und eilte in die Küche.

»Ich will die Suppe nicht«, brachte Kelly unter Schluchzern hervor. »Ich hasse Hühnersuppe mit Reis.«

»Das ist Medizin«, erklärte Maddy. »Und ein Nein als Antwort akzeptiere ich nicht.«

Maddy klang so, wie Kelly sich vorstellte, dass ihre eigene Mutter klingen würde, bestimmt, aber liebevoll, die Stimme heilender, als irgendeine Suppe das je sein könnte.

Was natürlich dazu führte, dass sie noch mehr weinte.

»Trink ein bisschen Wasser«, riet Maddy ihr. »Du trocknest ja sonst aus.«

Kelly tat brav wie geheißen. Sie nahm zwei große Schlucke Eiswasser und stellte dann das Glas zurück auf das Papierset.

»Ich kann es nicht glauben«, sagte sie. »Ich kann es einfach nicht glauben.«

Maddy griff über den Tisch nach ihrer Hand. »Sei nicht so hart zu dir selbst. Du hast getan, was du für richtig hieltest.«

»Aber wenn ich nicht recht habe? Was wenn ...«

»Hier, meine Damen.« Die Kellnerin stellte zwei dampfende Schalen Hühnersuppe mit Reis vor sie. »Falls Sie mich brauchen, rufen Sie nach mir.«

»Ich hasse Hühnersuppe mit Reis«, sagte Kelly erneut und starrte hinunter auf ihre Schale.

»Ich auch«, pflichtete Maddy ihr bei, »aber ich bin die Tochter meiner Mutter. Der medizinische Wert von Hühnersuppe war so groß, dass ich mich ihm nicht widersetzen konnte.«

Kelly versuchte ein klägliches Lachen, was sich aber schnell wieder in Tränen auflöste. Sie hatte angefangen zu weinen, kaum dass sie vor über einer Stunde das Zentrum für Geburtenkontrolle verlassen hatten, und war bis jetzt nicht in der Lage gewesen, den Fluss zu stoppen.

»Komm«, drängte Maddy sie. »Iss die Suppe. Du brauchst deine Kräfte.«

»Diese kleinen Reisstücke sind eklig.«

»Du klingst wie Hannah.«

Sie aß einen Löffel und schob dann die Schale von sich. »Wirst du es meinem Vater erzählen?«

Maddy blickte auf, die Augen vor Überraschung aufgerissen. »Ich habe dir versprochen, nichts zu sagen, und das meinte ich auch so, Schatz. Es ist deine Entscheidung, nicht meine.«

Sie schüttelte den Kopf. »Du verstehst mich nicht. Ich *möchte,* dass du es Daddy erzählst.«

Eine Sekunde lang befürchtete sie, Maddy würde aufstehen und zur Tür gehen, und sie hielt die Luft an. *Bitte geh nicht ... bitte lass mich nicht hier.*

»Kelly, hältst du das wirklich für das Richtige?«

»Bitte! Du musst mir helfen. Er wird so verletzt sein, Maddy!« Sie weinte so sehr, dass sie beinahe die Worte nicht herausbrachte. »Er war immer so stolz auf mich, und jetzt habe ich alles kaputt gemacht.« Sie bemühte sich verzweifelt, ihre Gefühle in den Griff zu bekommen. »Du brauchst es ihm nur zu sagen, alles andere mache ich. Nur sag du es ihm, und ich schwöre, ich werde dich nie wieder um etwas bitten.«

Lassiter und seine Mannschaft waren noch immer in Surf City, als Corin in die Frühstückspension zurückkam. Er ging geradewegs zu dem Tonbandgerät, das Crystal benutzte, und drückte auf Play.

Ginas Stimme war sofort herauszuhören aus dem heiseren Gelächter und der lauten Musik der Karaokebar, doch ihre Worte waren schwer zu verstehen. Er stellte den Ton lauter und beugte sich näher. Crystal war eine umsichtige Frau, sie sparte Band, indem sie aus- und anschaltete, wenn Gina den Tisch verließ, um eine neue Margarita zu holen. Keine von beiden war eine große Sängerin. Er verzog das Gesicht bei Ginas kehliger Altstimme, mit der sie versuchte, Whitney Houstons Höhen zu erreichen, in einer peinlichen Interpretation von »I Will Always Love You.«

Es musste mehr auf dem Band sein als dies. Seine Gedanken wanderten zu Claire, als Ginas Stimme ihn zurückholte. Mist. Er spulte zurück, drückte wieder auf Play und lauschte aufmerksam. Ihre Worte waren verzerrt, doch er konnte sie gut verstehen. Er hatte recht gehabt mit seinem Verdacht. Die Ähnlichkeit zwischen Claires Sohn und dem Jungen von Gina war nicht zufällig.

Gina und Billy O'Malley waren einander ein paar Jahre lang ferngeblieben, als sie den Fehler begingen, eines Nachmittags miteinander zu schlafen. Er wusste nicht, ob es aus Lust oder Langeweile geschah, doch diesmal verließ sie ihr Glück, und Gina wurde schwanger.

»An diesem letzten Morgen bat ich ihn, zu mir zu kommen. Ich hatte gerade herausgefunden, dass ich schwanger war, und ich wusste, dass es von ihm war, weil – das kannst du dir selbst zusammenreimen, okay? Jedenfalls, ich hab es ihm gesagt, und er war ... er ist ausgerastet ... alles, wovon er geredet hat, war Claire und seine Kinder ... was das ihnen antun würde ... und ich sagte: Das hat dich früher auch einen Scheiß interessiert ... wieso kümmert es dich jetzt auf einmal, was sie empfinden ... ich war wütend und verletzt ... wir waren fast über zwanzig Jahre immer wieder zusammen gewesen, und das war unser Kind, das ich bekam ... jedenfalls hatten wir einen Krach ... den schlimmsten, den wir je hatten, und ich wusste ... und ich war noch immer am Streiten, als der Feueralarm losging ... er musste weg ... ich hatte Angst, er war kopflos vor Zorn ... pass auf dich auf, hab ich zu ihm gesagt, gleich nachdem ich gesagt hatte, er soll sich zum Teufel scheren ... fahr nicht wie ein Irrer ... weißt du, er hat tatsächlich meinen Briefkasten angefahren, als er aus der Einfahrt ist ... manchmal denke ich, deshalb ... du weißt schon ... deshalb kam er aus dem Lagerhaus nicht mehr heraus ... er hat nicht überlegt ... konnte sich nicht konzentrieren ... ich wünschte ... Mist ... ich wünschte ...«

Ihr Schmerz war unverkennbar, und er empfand ein plötzliches und überraschendes Mitleid mit all den Menschen, deren Leben durch Billys fatale Schwäche unwiderruflich beeinträchtigt worden waren.

Claires Worte am Nachmittag am Strand fielen ihm wieder ein.

Wenigstens weiß ich, dass ich ihn am Schluss nicht mit irgendjemandem geteilt habe. Ich glaube nicht, dass ich damit fertig geworden wäre ... ich hätte es gemerkt ... ich habe es jedes Mal gemerkt.

Wusste sie es? Er konnte sich kaum vorstellen, dass sie Ginas Sohn Joey anschauen konnte, ohne ihren eigenen Sohn in ihm zu sehen, ihren toten Ehemann, der ihr aus beiden entgegenblickte. Er war nicht mehr als vierundzwanzig Stunden in der Stadt gewesen, als ihm die Ähnlichkeit auffiel und er sich darüber Gedanken machte. Wahrscheinlich dachte sich die halbe Stadt inzwischen das Gleiche und flüsterte hinter vorgehaltener Hand, wenn Claire oder Gina vorbeiging.

Er konnte es nicht ändern. Er konnte nicht in die Vergangenheit zurückreichen und dem Schuft Vernunft einbläuen, ihm begreiflich machen, was er seiner Frau, seiner Familie antat, genauso wenig konnte er Claires Bestreben verstehen, das Andenken ihrer Ehe zu schützen. Früher oder später würde die Wahrheit ans Licht kommen. Die Stadt war klein. Geheimnisse blieben nicht für immer geheim. Eines Tages würde Gina wieder eine Margarita zu viel intus haben und sich erneut verplappern, oder Claire würde schließlich der Sache ein für alle Mal auf den Grund gehen wollen.

Doch der Teufel sollte ihn holen, wenn sie es in einer Fernsehdokumentation zusammen mit allen anderen erfahren würde.

»Tut mir leid, Crystal«, sagte er, als er das Gina-Band gegen ein unbespieltes aus der Schachtel auf dem Tisch austauschte.

Dies war eine der Gelegenheiten, bei der er sich ziemlich sicher war, dass Gott ein Auge zudrückte und vielleicht, nur vielleicht, lächelte.

Maddy wartete auf dem Parkplatz der Highschool, während Kelly ihr Auto anließ. Der Plan war simpel. Sie würden zurück zum O'Malley's fahren, wo Maddy die Neuigkeit Aidan beibrachte, während Kelly Mut sammelte, um ihrem Vater gegenüberzutreten.

Es war kein besonders guter Plan, doch es war alles an Plan, was sie hatten. Die Nerven des Mädchens hingen nur noch an einem seidenen Faden. Es blieb nicht genug Zeit, Aidan schonend auf die Wahrheit vorzubereiten. Seine Tochter brauchte ihn, und sie brauchte ihn jetzt. Ihre Tränen waren endlich versiegt, doch Maddy ließ sich nicht täuschen. Die junge Frau war von der enormen Tragweite ihrer Entscheidung überfordert, und sie brauchte unbedingt die Unterstützung ihrer Familie, um das Ganze durchzustehen.

Und Maddy fragte sich nur, welchen Stellenwert sie noch einnehmen würde, wenn Aidan erst wusste, welche Rolle sie bei Kellys Entscheidung gespielt hatte.

Doch nun war es für solche Überlegungen zu spät. Sie bog rechts auf den Parkplatz hinter dem O'Malley's ein und stellte sich auf einen für die Angestellten reservierten Platz. Kelly hielt direkt hinter ihr.

Maddy stellte den Motor ab und starrte in die beginnende Dämmerung. Es gab keine Möglichkeit, der hässlichen Wahrheit ein hübsches Gesicht zu verpassen. Sie hatte Aidans Vertrauen missbraucht. Sie war überzeugt, wenn der Sturm sich gelegt hätte, würde er für seine Tochter da sein, doch ob er fähig war, Maddy zu verzeihen, das stand in den Sternen.

Sie blieb bei Kellys Wagen stehen, bevor sie hineinging. »Lass uns eine Viertelstunde Zeit«, sagte sie. *Und bete.*

Kelly sah zu Maddy auf. Ihre Augen waren vom Weinen geschwollen, hatten rote Ränder und schimmerten noch immer tränenfeucht. *Ich liebe dich, Kel,* dachte sie sich. Sie wusste nicht genau, wann es geschehen war, wann die Liebe den Respekt und die Zurückhaltung verdrängt hatte, doch es bestand kein Zweifel an diesem echten Gefühl, das ihr Herz erfüllte. Sie war noch nicht so weit, es auszusprechen, nicht jetzt, wo die Zukunft so in der Schwebe hing, aber es war da, trotz allem.

»Er wird dir nicht die Schuld geben«, sagte Kelly. »Ich werde es nicht zulassen.«

Sie streckte die Hand durchs Fenster und drückte kurz die Schulter des Mädchens. »Versuch, dich zu entspannen, Schatz. Er liebt dich mehr als alles auf der Welt. Es wird alles gut.«

Die Küche der Bar war hell erleuchtet. Lachsalven drangen aus dem Gebäude, vermischt mit Klängen eines alten Springsteen-Liedes. Der würzige Duft von Chili und Cheeseburgern wehte ihr entgegen. Er kochte hervorragendes Chili. Das hatte sie schon immer gesagt. Kein Chiligewürz, das im Laden gekauft wurde, kam ihm unter, er mischte es sich selbst zusammen aus ...

Seine Stimme schien aus dem Nichts zu kommen. »Ich hab mich schon gefragt, wann du endlich auftauchst.«

Ihr Herz tat einen Satz in ihrem Brustkorb, als er aus dem Schatten neben der Küchentür trat.

»Du hast mich erschreckt!« Sie hörte ihr Blut in ihren Ohren pulsieren. »Ich hab dich gar nicht gesehen.«

Sein Blick wanderte zum Parkplatz. »Warum sitzt Kelly noch in ihrem Wagen?« Sie zuckte mit den Schultern. »Ich brauche eine Tasse Kaffee«, sagte sie, ohne auch nur halbwegs den unbeschwerten Ton zu treffen, den sie hatte anschlagen wollen. »Lass uns hineingehen.«

Er rührte sich nicht von der Stelle. »Wieso sitzt Kelly noch im Auto?«

Als Antwort sträubten sich ihr die Haare. Sie wusste nicht genau, was er wusste und woher er es wusste, aber der Klang seiner Stimme und die Spannung zwischen ihnen waren unmissverständlich.

In Auseinandersetzungen war sie noch nie gut gewesen. Auch während der Jahre der endlosen Debatten mit ihrer Mutter hatte sie die lauten Worte und die zugeknallten Türen gehasst, dieses Gefühl von Belagerungszustand, das ihre Beziehung vergiftete. Weglaufen, das konnte sie am besten. Ihre fünfzehn Jahre in Seattle waren der Beweis dafür. Diesmal jedoch gab es nichts, wohin sie hätte flüchten können. Sie war da, wo sie hingehörte, an dem Ort, nach dem sie sich ihr ganzes Leben gesehnt hatte.

»Bitte«, sagte sie, als sie nach dem Riegel an der hinteren Türe griff. »Wir müssen reden.«

Er war größer und schwerer als sie, somit kam eine körperliche Einschüchterung nicht in Betracht. Wenn er beschloss, über den Hof zu stürmen und seine Tochter zur Rede zu stellen, gab es nichts, was sie hätte tun können, um ihn aufzuhalten. Sie hielt den Atem an und betete, als sie in die Küche ging. Gott sei Dank, er folgte ihr nach drinnen.

Die Küche sah aus wie immer: nicht aufgeräumt, chaotisch, doch erstaunlich effektiv. Aidan hatte ein System, das noch nicht einmal Claire begriffen hatte. Chili blubberte auf dem Herd neben einem Topf Pasta e Fagioli. Der Grill zeugte von Jahren von Hamburgern und Philly, Cheese, Steaks. Sein Laptop stand oben auf dem Kühlschrank.

»Okay«, sagte er und lehnte seinen Stock seitlich an den Arbeitstisch, »jetzt sag schon, warum zum Teufel hast du nicht schon vorher mit mir geredet?«

Sie hätte es wissen müssen. Sie konnten sich nicht anlügen. Von Anfang an waren sie offen und ehrlich miteinander umgegangen, und sie hatte alles zerstört. Ihre Absichten waren die besten gewesen, ihre Beweggründe lauter, doch das zählte nicht angesichts des Schadens, den sie angerichtet hatte.

»Es ging alles so schnell«, sagte sie, sich dessen bewusst, wie lahm diese Entschuldigung klang. »Ich hatte einen gewissen Verdacht, aber ich habe einfach weggeschaut. Sie hat versucht, mit mir zu reden. Ich wusste, sie wollte mir etwas sagen, aber ich hatte Angst vor dem, was sie sagen würde, und ich habe sie immer wieder abgeblockt.« Sie hielt inne, um zittrig Atem zu holen.

»Warum hast du mir nichts gesagt?«, wiederholte er.

Wenn sie nur diesen Ausdruck in seinen Augen wegwischen könnte, diese Mischung aus Zorn und Schmerz, und nur sie allein war daran schuld. »Aidan, ich wollte dir nicht wehtun. Nichts hätte ich lieber getan, als es dir zu erzählen. Ich habe versucht, Kelly zu überreden, es dir zu sagen, doch sie hat gedroht, allein nach New York hinaufzufahren, wenn ich es täte. Wenn ihr irgendetwas passiert wäre, ich ...«

»Wozu zum Teufel hätte sie nach New York fahren sollen?«

Ihr war, als hätte jemand einen zwei Tonnen schweren Eisblock auf ihre Brust gelegt, als ihr klar wurde, dass sie aneinander vorbeigeredet hatten. *Lieber Gott, falls du überhaupt zuhörst, hilf mir das Richtige zu sagen.* »Es tut mir leid«, sagte sie, »aber ich kann dir nicht folgen.«

»Claire hat deinen Wagen vor dem Zentrum für Geburtenkontrolle bei der Brücke gesehen. Sie konnte sich denken, worum es ging, und hat mich zur Schnecke gemacht, weil ich es ihr nicht gesagt habe.«

Die wahre Geschichte? Oh, Gott. Es war beinahe zum Lachen. Er und Claire dachten, sie seien wegen Empfängnisverhütung in die Klinik gefahren. Abtreibung wäre ihnen nie in den Sinn gekommen.

»Setz dich hin«, sagte sie. »Ich muss dir etwas erklären.«

»Wie wär's, wenn du mir erklären würdest, wieso du gelogen hast. Sie ist meine Tochter. Du wirst meine Frau sein. Ich dachte, wir gehörten alle zum gleichen Team. Ich verstehe es nicht.

Sie hat noch nie etwas vor mir verborgen. Wieso, verdammt noch mal, sollte sie jetzt damit anfangen?«

Maddy holte tief Luft und sprang kopfüber am tiefen Ende in den Pool. »Weil sie noch nie zuvor schwanger gewesen ist, Aidan.«

Mit diesen neun Worten schien für Aidan alles stillzustehen. Seine Welt fiel in sich zusammen, Licht und Klang verschwanden, bis in seinem Herzen nichts mehr übrig blieb als eine finstere Leere, dort, wo ein Leben lang seine Träume gewohnt hatten.

Genauso gut hätte sie eine Handgranate ins Zimmer werfen können. Nicht einmal eine Bombe hätte so zerstörerisch gewirkt wie diese Worte.

»Es tut mir leid«, flüsterte sie. »Ich weiß, dass es schrecklich für dich ist.«

Wie konnte sie das? Selbst er konnte kaum die Tragweite von alledem erfassen. »Seit wann weißt du es?« Er klang alt, so als hätte er innerhalb von Sekunden zwei Leben durchlebt.

»Seit gestern«, erwiderte sie, und betrachtete ihn mit schmerzerfüllten Augen.

»Und du hast es mir nicht gesagt.«

Sie schüttelte den Kopf. »Ich konnte nicht. Ich wollte es, das musst du mir glauben, doch sie hatte die Möglichkeit, Aidan, die legale Möglichkeit. Sie allein hatte die Wahl. Wir trafen ein Abkommen, und ich musste meinen Teil davon erfüllen.«

»Das ist Schwachsinn.«

»Das ist die Wahrheit. Sie wollte nicht, dass es einer von euch weiß. Sie wollte eine Abtreibung vornehmen lassen, und alles wäre vorüber und vorbei gewesen. Sie hat sogar Seth angelogen und ihm gesagt, sie hätte ihre Periode bekommen.«

»Das würde sie nie tun. Kelly hat in ihrem Leben noch nie jemanden angelogen.

Eine Andeutung von Mitleid huschte über ihr Gesicht. »Verstehst du denn nicht, Aidan? Sie hatte so fürchterliche Angst, euch alle zu enttäuschen, die Erwartungen nicht zu erfüllen, unsere Hochzeitspläne zu durchkreuzen, dass sie sich davonstehlen wollte, um eine Abtreibung machen zu lassen und dann mit diesem Geheimnis zu leben. Du kannst dir nicht vorstellen, wie sehr ...« Sie brach plötzlich ab, als eine Bewegung an der Hintertür ihre Aufmerksamkeit erregte.

Er drehte sich um, und die Zeit stand still. Sein kleines Mädchen, seine geliebte Tochter, seine eine große Errungenschaft stand dort in der Tür mit ihrem hübschen Gesicht – so ähnlich dem ihrer Mutter –, in Tränen gebadet. Das war Kelly O'Malley, ein schönes junges Mädchen mit einer Zukunft vor sich, wie sie sich alle Eltern für ihr Kind erträumt hätten.

Er wollte die Hand ausstrecken und machen, dass alles wieder gut würde, doch der Schmerz hatte ihn fest im Griff. Sie besaß alles, den Verstand und das Talent und den Willen, alles zu tun, was sie wollte, alles zu werden, was sie werden wollte, und jetzt, innerhalb eines Augenblicks, war alles vorbei. Ein Moment, ein Fehler, und ihr Leben, ihre Zukunft würden eine andere sein.

»Aidan.« Er hörte Maddys Stimme aus großer Entfernung. »Sie braucht dich. Bitte sperr sie nicht aus.«

Sie aussperren war das Letzte, was er wollte, doch ihn überfiel ein entsetzliches Gefühl von Verlust, das ihn der Bewegung und der Sprache beraubte.

»Daddy?«

Da ... da ...

Daddy, kann ich eine neue Barbie zum Geburtstag haben?

War meine Mommy hübsch, Daddy?

Alle dürfen bis elf aufbleiben, Daddy. Wieso ich nicht?

Ich hab es! Ein Stipendium an der Columbia-Universität.

Sie war ein Liebesflüstern in den Augen ihrer Mutter. Ein Baby, in seine Arme geschmiegt. Ein kleines Mädchen mit rotblonden Locken und einem Lachen, das ihn vor Freude weinen ließ. Ein Teenager, dem die Zukunft in jeder erdenklichen Richtung offenstand. Eine junge Frau mit einem Baby, das in ihrem Bauch wuchs.

Er wusste nicht, wie es geschah. Vielleicht machte er einen Schritt auf Kelly zu oder sie einen auf ihn. Es war egal. Plötzlich war sein geliebtes Kind in seinen Armen, ihre Tränen durchnässten seine Hemdbrust, während er damit kämpfte, einen Satz Träume zu Grabe zu tragen und die Geburt eines anderen zu akzeptieren.

»Es tut mir leid«, sagte sie unter Schluchzern. »Es tut mir so leid.«

»Schh.« Er streichelte ihr Haar, wie er es getan hatte, als sie noch ein kleines Mädchen war und ihre größte Sorge darin bestand, was es zum Nachtisch gab. »Es wird schon gut. Alles wird gut werden.«

Er sagte es, weil es das war, was sie hören musste, doch in diesem Moment, seine schwangere Teenagertochter weinend an seiner Schulter, konnte er sich beim besten Willen nicht vorstellen, wie das möglich sein sollte.

Claire tippte Tommy Kennedy auf die Schulter. »Gib mir eine Zigarette.«

»Den Teufel werd ich«, entgegnete Tommy, während er für Mel Perry ein Bier zapfte. »Ich dachte, du hättest mit dem Rauchen aufgehört.«

»Vielleicht fange ich wieder an. Nur eine, Tommy. Ich schnappe sonst über.«

Er ließ den Krug die Theke hinunterschlittern und wurde mit einer Runde matten Applauses von den Stammgästen belohnt. »Was ist los?«

»Aidan und ich sind vor ein paar Stunden aneinandergeraten.« Sie trommelte mit den Fingernägeln gegen die Seitenwand der Registrierkasse. »Ich glaube, es ist ganz gut, dass ich hier aufhöre, TK. Ein Wechsel wird uns beiden guttun.«

»Ich gebe dir keine Zigarette. Geh raus und mach einen Spaziergang über den Parkplatz. Das macht deinen Kopf klarer als eine Camel.«

»Wer weiß, ob ich zurückkomme.«

»Klar kommst du wieder. Du hast das Stück Schokoladenkuchen nicht aufgegessen.«

»Dich werde ich vermissen«, sagte sie und küsste Tommy auf die Wange. »Auf Aidan, auf den kann ich verzichten.«

Sie schlängelte sich durch die Grüppchen von Freunden und Nachbarn und schlüpfte zur vorderen Tür hinaus. Die Leute machten Witze über New Jersey – und mit manchem hatten sie auch recht –, doch es gab nichts Schöneres als den süßen Duft einer Frühlingsnacht an der Küste. Eine berauschende Mischung aus Meeresluft und Fliederduft, die sie hoffnungsfroh in die Zukunft blicken ließ.

Sie legte den Kopf zurück und blickte hinauf in den immer dunkler werdenden Himmel. Corin war wahrscheinlich inzwischen auf halbem Weg nach Newark Liberty, und dort begann dann die lange Reise nach Malaysia und allem, was dahinter lag.

Sie berührte die gelbe Rose, die sie an die Brusttasche ihrer Bluse geheftet hatte. Er hatte gesagt, er käme wieder, und sie glaubte ihm. Alles war möglich auf dieser Welt, sogar das Glück, so sagte man jedenfalls.

Sie ging langsam die vorderen Stufen hinunter und den gepflasterten Weg entlang, der zum Parkplatz hinter dem Haus führte. Sie hatte Aidan schon tausendmal gesagt, sie müssten etwas mit dem unbeleuchteten Hof machen, bevor sie jemand wegen eines Sturzes verklagen würde, doch nie schien genug Geld da zu sein für alles, was getan werden müsste. Irgendwann vielleicht, dachte sie sich. Vielleicht war das das Jahr, in dem sich ihrer aller Glück zum Besseren wendete.

Corin war vor einer Stunde im O'Malley's vorbeigekommen, um sich zu verabschieden. Das Herz war ihr beinahe aus der Brust gesprungen, als sie aufsah und ihn auf sich zukommen sah. Die Stammgäste hatten ihn in ihrer Mitte aufgenommen, weil er Olivias Bruder war, doch bald war klar gewesen, dass sie ihn um seiner selbst Willen mochten. Sie wusste nicht genau, wieso sie sich so darüber freute, aber es freute sie.

»Schaut ihn euch an«, hatte Tommy lachend gesagt, als Corin eine McDonald's-Tüte in den Abfalleimer hinter der Theke warf. »Der Kerl kommt vorbei, um seinen Mietwagen auszumisten.«

»Hey, ich bin zehn Minuten herumgefahren auf der Suche nach einem Mülleimer. Haltet ihr hier nichts von Müllentsorgung?« Corin reagierte auf ihre Neckereien mit der gleichen Art von ungezwungenem Charme, mit dem auch seine Schwester die Zuneigung aller in der Stadt gewonnen hatte.

»Lass was von dir hören«, hatte Mel Perry gedröhnt, als Corin sich auf den Weg nach Newark Liberty machte. »Denk dran, du hast hier eine Familie.«

Nachdem er abgereist war, fand sie eine letzte gelbe Rose neben der alten Registrierkasse.

Sie konnte sich nicht erinnern, den Frühling mit einem solchen Gefühl der Erneuerung – war es denn möglich? – der Leidenschaft verbunden zu haben, aber auf einmal durchströmte sie Hoffnung. Besseres als Hoffnung. Es durchströmte sie die Gewissheit, dass es das Leben endlich gut mit ihr meinen würde.

Eigentlich hatte sie ja keine Angst vor der Dunkelheit, doch der Parkplatz bei Nacht war nicht einer ihrer Lieblingsaufenthaltsorte. Sie wollte sich gerade umdrehen und nach vorne zurückgehen, als eine Stimme aus der Dunkelheit zu ihr drang.

»Hi, Claire.«

Sie spähte ins Dunkel und sah Maddy auf dem Kofferraum von Kellys Wagen sitzen. »Was machst denn du hier draußen?«

»Kelly hat mich eingeparkt. Ich warte darauf, dass sie herauskommt und wegfährt, damit ich heimfahren kann.«

»Ist sie mit Seth unterwegs?«

»Sie ist in der Küche und spricht mit Aidan.«

»Dann geh rein und sag ihr, sie soll wegfahren.«

Sie schüttelte den Kopf. »Keine so gute Idee im Augenblick.«

Schweigen breitete sich zwischen ihnen aus, und Claire fröstelte. »Gibt es ein Problem?«

Die Launenhaftigkeit ... der Vorfall auf der Toilette des Einkaufszentrums ... oh Gott ... das konnte nicht sein ... bitte ...

»Ja.« Maddy streckte die Hand aus und berührte Claire am Unterarm. »Kelly ist schwanger.«

Ihr Kopf war wie leer gefegt. Sie konnte tatsächlich den Wind durch ihr Gehirn fegen hören, Gedankenfetzen, Worte und Bilder wurden durcheinandergewürfelt zu einem einzigen großen Haufen von Eindrücken.

Ich wünsche, deine Cousinen wären wie du, Kelly ... du bist diejenige, um die wir uns keine Sorgen zu machen brauchen ... das ist Kelly, die O'Malley, die es wirklich weit bringen wird ... du weißt, was dein Vater immer sagt: Er musste dir nur die richtige Richtung zeigen, den Rest hast du selbst erledigt. Das alles war mit Liebe und Bewunderung gesagt worden und mit mehr als nur einer Spur von Ehrfurcht, doch es war so viel – zu viel – für eine junge Frau, um dem Anspruch gerecht zu werden.

Sie versuchte, sich zu konzentrieren, als Maddy ihr die Geschichte erzählte, die mit einer zufälligen Begegnung in einem Einkaufszentrums und der Fahrt in eine Klinik endete.

»Wieso hast du es nicht Aidan erzählt?«, fragte Claire in dem Versuch, das Ganze zu begreifen. »Er ist ihr Vater.«

»Sie sagte, sie würde in eine Abtreibungsklinik in Manhattan fahren, wenn ich es täte. Ich musste dauernd an Hannah denken und wie schrecklich verängstigt sie wäre, allein in der Stadt. Wenn Kelly etwas geschehen würde ...« Sie schüttelte den Kopf. »Also schloss ich eine Abmachung mit ihr. Ich würde ihre Entscheidung respektieren, wenn sie mich mit sich fahren ließe.«

Claire fühlt Bewunderung in sich aufkeimen.

»Und was hat Kelly dazu gebracht, ihre Meinung zu ändern?«

»Ein Schnappschuss, den Rose im Speicher gefunden hatte.« Maddy lächelte wehmütig. »Ein kleines Foto von Sandy und Kelly am Tag ihrer Taufe.«

»Ich erinnere mich an diesen Tag. Sie kamen mit dem Baby

aus Pennsylvania, und so wie Irene um sie herumgetanzt ist, hätte man meinen können, das Kind sei der neue Messias.« Waren sie je so jung gewesen, so glücklich? Sie wollte glauben, dass nicht alles nur Schall und Rauch gewesen war.

Sandy war selbst kaum mehr als ein Baby gewesen, eine zierliche Blonde mit großen blauen Augen und einem Lächeln, das die Welt zum Leuchten bringen konnte. Sie war so stolz auf ihr schönes Baby gewesen, so voller Freude, dass allein schon mit ihr in einem Raum zu sein einem gute Laune für den Rest der Woche bescherte.

Maddys Augen wurden bei ihren eigenen Erinnerungen ganz sanft. »Du weißt ja, wie es ist, wenn man zum ersten Mal sein Babytöchterchen in den Armen hält und in diesem kleinen Gesicht seine Mutter und Großmutter, seine Tanten und Schwestern erblickt, und dann blinzelt man einmal, und es hält eine eigene kleine Tochter im Arm.«

Claire nickte, unfähig zu sprechen.

»Und genau so ist es passiert«, fuhr Maddy fort. »Sie erkannte, dass dieses Baby nicht nur ein Teil von Seth und ihr ist, sondern auch ein Teil ihrer Mutter, und plötzlich gab es für sie nur noch einen Weg.«

Sie sahen sich an, und auf einmal waren ihre Meinungsverschiedenheiten wie weggeblasen. Kelly war alles, was zählte. Sie war nun eine von ihnen, Teil ihres Stammes, und das Kind, das sie erwartete, würde ihre Träume weiter in die nächste Generation tragen.

Claire deutete auf die hell erleuchtete Küche. »Du solltest dort drinnen sein, bei den beiden, und alles besprechen.«

Noch vor einer Woche hätte Claire mit aller Macht darum gekämpft, mitten im Geschehen zu sein, begierig auf die Zukunft, aber zu ängstlich, um die Vergangenheit loszulassen und die Hand auszustrecken, um nach ihr zu greifen. Sie hätte diese Jahre mit Kelly und Aidan um nichts in der Welt missen wollen, doch jetzt war Maddy an der Reihe. Sie hatte sich dieses Recht verdient, als sie ihre Zukunft mit Aidan aufs Spiel setzte, um seine Tochter vor Schaden zu bewahren.

Maddy rutschte vom Wagen herunter und klopfte sich die Rückseite ihrer Jeans ab. »Kann ich mir deine Schlüssel leihen? Ich muss nach Hause.«

»Du kannst jetzt nicht gehen.«

»Doch«, sagte sie. »Ich kann. Ich muss nach Hannah sehen.«

»Geh hinein und rede mit ihm.«

»Das wird nichts ändern. Er hat recht. Ich hätte zu ihm gehen sollen, sobald ich erfuhr, dass Kelly schwanger ist.«

»Wir haben nicht 1953«, gab Claire zurück. »Ich kenne meine Nichte. Wenn sie gesagt hat, sie würde in eine Klinik in New York gehen, falls du es Aidan sagst, dann hätte sie auch genau das getan.« Bei dem Gedanken an Kelly allein, in irgendeiner unpersönlichen Klinik, in Gott weiß welcher Umgebung, wurde ihr fast schlecht. »Du hast das Richtige getan. Ich hoffe, ich hätte den Mut gehabt, das Gleiche zu tun.«

»Danke«, sagte Maddy, »doch das nützt auch nichts. Ich komme morgen früh wieder und hole mein Auto.«

»Geh nicht«, bat Claire sie. »Er kann zwar manchmal ein Trottel sein, doch das heißt nicht, dass er dich nicht liebt.«

Aidans Stimme durchschnitt die sanfte Frühlingsluft. »Sie hat recht.«

Wenn je der Moment kommen sollte, um Gott um einen Gefallen zu bitten, dann war es dieser.

Claire verabschiedete sich schnell und verschwand in die Küche, Maddy blieb allein auf dem Parkplatz zurück. Sie war bis in jede Faser ihres Körpers erschöpft. Die einfache Handlung, aufrecht zu stehen, ging schon fast über ihre Kräfte.

»Es war ein langer Tag«, sagte sie, während Aidan über den zerfurchten Boden langsam auf sie zuging. »Ich fahre nach Hause.«

»Das hier kann nicht warten.«

»Wird es aber müssen«, entgegnete sie. »Ich will nach Hause und zu meiner Tochter.«

Er benutzte seinen Stock nicht, und sie hielt den Atem an,

während er sich seinen Weg um die Löcher und Zweige herum suchte, von denen der Boden wie von Landminen übersät war.

»Wo ist dein Stock?«, fragte sie. »Du solltest nicht ohne Stock hier draußen sein.«

»Zum Teufel mit dem Stock«, sagte er. »Das hier ist wichtiger.«

»Ich komme morgen meinen Wagen holen«, sagte sie über die Schulter, als sie sich umdrehte, um zu gehen. »Sag Kelly, dass ich sie anrufe.«

»Sie ist am Küchentisch eingeschlafen. Wenn du ein paar Minuten wartest, kannst du es ihr selbst sagen.«

»Netter Versuch, aber ich sagte dir schon, dass ich gehe.« Zwei Schritte, drei, fünf, der Abstand zwischen ihnen vergrößerte sich, doch er ging noch immer auf sie zu.

Seine Stimme drang durch die Klänge von Musik und Lachen, die aus dem O'Malley's kamen. »Kelly hat mir alles erzählt.«

»Das habe ich auch, aber du hast nicht zugehört.«

»Ich habe in jenem Moment überhaupt nichts gehört, Maddy. Ich hatte gerade erfahren, dass meine Tochter schwanger ist.«

Er hatte recht. Natürlich hatte er recht. Aber sie war zu erschöpft und zornig und verschreckt, um es zuzugeben. »Ich habe dein Vertrauen missbraucht, Aidan. Ich habe dabei überhaupt nicht an dich gedacht.« Sie schleuderte ihm die Worte wie eine Herausforderung entgegen. »Ich dachte nur daran, wie ich Kelly beschützen konnte.«

»Ich weiß«, erwiderte er. »Du dachtest wie ihre Mutter.«

Die Wahrheit in diesen Worten traf sie wie ein Schlag, und ihr schnürte sich die Kehle zusammen. »Macht der Gewohnheit, nehme ich an.«

»Doch es ist mehr als das, nicht wahr?« Er klang hoffnungsfroh, furchtsam und alles dazwischen.

»Ich liebe sie«, war ihre einfache Antwort. »Ich weiß zwar nicht, wie oder wann es dazu kam, aber ich liebe sie so wie

Hannah. Alles, woran ich dachte, war, dafür zu sorgen, dass sie nicht allein ist.«

»Danke«, sagte er, und in diesem Wort hörte sie siebzehn Jahre Liebe und Sorge und bittersüßen Triumph.

Sie senkte den Kopf und fing zu weinen an – leise. Sie war sich nicht sicher, ob sie glücklich, traurig, erschöpft oder erleichtert war oder sie eine sie überwältigende Mischung all dieser Gefühle bewegt – es spielte keine Rolle. Die Tränen liefen ihr übers Gesicht und hinterließen, so oder so, nasse Flecken auf ihrem Baumwollpulli.

»Ich wollte dich nicht zum Weinen bringen.«

»Ich weiß«, erwiderte sie, aber sie musste weinen, während er langsam aber stetig den Abstand zwischen ihnen verringerte – näher kam. Sie hatte schon immer eine Schwäche für große Männer mit breiter Brust und breiten Schultern, kräftigen Armen und muskulösen Schenkeln gehabt ... für sture, unvollkommene Männer mit unvollkommenen Herzen, die lieben konnten. Sie hatte seine Gutherzigkeit im Moment des Kennenlernens erkannt, hatte ihre Zukunft in seinen Augen gesehen, auch wenn diese Zukunft sich nicht ganz als das erwies, was sie sich vorgestellt hatte.

»Ich hätte dir sofort die Wahrheit sagen sollen«, sagte sie, »aber ich hatte schreckliche Angst, dass wir Kelly verlieren könnten, falls ich es täte. Sie wäre nach New York gefahren, Aidan, ich weiß, das wäre sie, und wenn irgendetwas ...«

Der Gedanke war mehr, als jeder von ihnen ertragen konnte.

Er zog sie an sich, und sie schmiegte sich in seine vertraut erregende Umarmung. Sein Geruch, seine Wärme, seine Liebe. »Ich weiß nicht, wie alles laufen wird«, sagte er mit warmen Lippen an ihrem Hals. »Wir werden keine normalen Allerwelts-Frischverheirateten sein.«

»Dafür hätte Hannah schon gesorgt.«

»Ich möchte, dass du weißt, worauf du dich einlässt. Alles ist möglich. Es könnte dazu kommen, dass wir Kellys Baby aufziehen.«

Sie ließ ihn ohne jeglichen Vorbehalt in ihre Seele blicken. »Ich weiß, worauf ich mich einlasse«, erwiderte sie, so als könnte irgendjemand wissen, was die Zukunft für sie bereithielt. »Wenn Kelly uns braucht, werden wir für sie da sein.«

»Das ist aber verdammt viel mehr als das, womit du gerechnet hast, als du sagtest, du würdest mich heiraten.«

»Du hast recht, das ist es.«

»Falls du die Hochzeit verschieben willst, bis wir wissen …«

Sie stellte sich auf die Zehenspitzen und küsste ihn. »Nein.«

»Was war das?«

Sie küsste ihn nochmals. »Das war ein Nein.«

»Letzte Chance, deine Meinung zu ändern.

»Jetzt nicht«, sagte sie. »Und niemals.«

»Das ist sehr viel von dir verlangt«, sagte er. »Wir wollten eigentlich über unsere eigenen Babys reden, nicht über Enkel.«

»Gibt es ein Gesetz, das einem verbietet, beides zu tun?«

Der Blick in seinen Augen ließ ihr Herz höher schlagen.

»Das werden wir schon bald herausfinden«, erwiderte er, dann küsste er sie und besiegelte damit ihrer beider Schicksal.

Egal, was geschah, sie trugen es gemeinsam.

Sie waren eine Familie.

Epilog

Ende September – Paradise Point

Das ist eine sehr verantwortungsvolle Aufgabe«, sagte Kelly, während sie ein kleines Häkchen an Hannahs Kleid schloss. »Das Mädchen, das die Blumen streut, ist für den Zauber der Hochzeit zuständig.«

Hannah betrachtete sich in dem Standspiegel. »Ich weiß«, sagte sie und hob den Rock an, damit sie ihren Rüschenpetticoat bewundern konnte. »Mommy hat es mir gesagt.«

Sie sah wie ein Engel aus in ihrem bonbonrosa Baumwollkleidchen, und Kelly blinzelte Tränen der Rührung weg, als das kleine Mädchen im Zimmer herumwirbelte, Priscilla kläffend an ihren Fersen. Ihr schien, sie weinte dauernd in der letzten Zeit. Tränen des Glücks, Tränen der Rührung, Tränen wegen gar nichts. Die morgendliche Übelkeit war von einem Überschwang an Gefühlen abgelöst worden, der sie in einen Dauerzustand hormonell bedingter Weinerlichkeit versetzt hatte.

Es hatte eine Hochzeit im Juli stattgefunden, doch nicht die von ihrem Dad und Maddy. Sie und Seth hatten zwar irgendwann heiraten wollen, doch Mutter Natur hatte ihre eigenen Vorstellungen gehabt, und sie beide waren altmodisch genug, verheiratet sein zu wollen, wenn das Baby geboren würde. Alle hatten gemeint, sie seien zu jung und könnten noch etwas warten, zusehen, was das Leben mit ihnen vorhatte, doch sie hielten an ihrem Vorhaben fest und überzeugten schließlich auch ihre Familien. Das Leben gab keine Garantien. Ihm war es egal, ob man siebzehn oder fünfundvierzig war. Manchmal musste man einfach seinem Herzen folgen und darauf vertrauen, dass Gott einem eine zusätzliche Gnade erwies, oder zwei.

Sie hatte die richtige Entscheidung getroffen, die einzig mögliche für sie und Seth, und sie wusste, sie würden einen Weg finden. Sie glaubte an sie beide. Sie hatte an sie beide geglaubt vom ersten Moment an, als sie sich damals in der ersten Klasse begegnet waren. Wenn man die Liebe auf seiner Seite hatte, hatte man den halben Weg schon geschafft.

Tante Claire hatte Olivia gefragt, ob sie und Maddy den Hochzeitsempfang im Cuppa geben dürften, und Olivia hatte ihr nicht nur geholfen bei Familie und Freunden offene Türen zu finden, sie hatte auch noch eine kleine Wohnung in der Nähe der Columbia-Universität für sie besorgt, ein winziges Studio, das zum Mittelpunkt ihrer Welt wurde. Seth arbeitete nachts in einer Bäckerei in Harlem und ging tagsüber auf die Uni, während Kelly zwischen den Vorlesungen Nachhilfeunterricht gab und tippte, um zusätzlich Geld zu verdienen. Ihre Studienberaterin war eine verständnisvolle Frau, die ihr versprach, einen Weg zu finden, um ihre Noten und ihr Stipendium zu gewährleisten, nachdem das Baby da war, und Kelly hoffte, sie würde recht behalten.

Falls nicht, würde sie eben eine andere Möglichkeit finden müssen, um ihre Träume wahr zu machen.

Ihr Leben sah nicht im Mindesten so aus, wie sie es sich vorgestellt hatte. Es war umfassender, angsteinflößender, wunderbarer und kostbarer, als sie sich je hätte träumen lassen.

Tante Claire klopfte an den Türpfosten und streckte den Kopf herein. »Wie geht es euch, Mädchen?«

Kelly grinste ihre Tante an, als Hannah eine schiefe Pirouette drehte und kichernd auf das Bett plumpste. »Ich glaube, Hannah wird ein atemberaubendes Blumenmädchen sein.«

»Das glaube ich auch«, sagte ihre Tante, und Hannah kicherte nur noch lauter. »Ich glaube, sie wird das beste Blumenmädchen aller Zeiten sein.«

»Kann ich jetzt Mommy sehen?«, fragte Hannah. »Ich möchte ihr meine neuen Schuhe zeigen.«

Tante Claire bewunderte die Satinballerinas des kleinen

Mädchens ausgiebig. »Deshalb bin ich hier, Miss Lawler. Es ist Zeit, uns mit der Braut fotografieren zu lassen.«

»Von mir keine Fotos«, sagte Kelly, als sie den Flur zu Maddys Zimmer entlanggingen. »Ich sehe aus wie ein Fettsack.«

Die Augen ihrer Tante verschleierten sich, als sie auf Kellys kaum sichtbaren Bauch blickte. »Du siehst wunderschön aus.«

»Die arme Lucy musste die Nähte dreimal herauslassen.«

»Erinnerst du dich daran, wie ich mit Billy schwanger war? Ich sah aus, als wäre ich mit einem Elefanten schwanger.«

»Bring mich nicht zum Lachen«, warnte Kelly sie. »Ich muss sowieso schon alle fünf Minuten Pipi machen.«

Hannah sauste an ihnen vorbei und in Maddys Zimmer. »Mommy, schau!«, rief sie. »Ich bin eine Prinzessin aus dem Märchen!«

»Das Kleid!«, schrie Lucy auf, als Hannah sich in Maddys Arme stürzte.

»Sorg dich nicht um das Kleid«, sagte Rose und tupfte sich mit einem hellblauen Taschentuch die Augen ab. »Das Kleid können wir wieder richten.«

»Du vielleicht«, sagte Lucy und blickte von einer kleinen Reparatur an Ginas Brautjungfernkleid auf. »Diese alten Finger sind reif für den Ruhestand.«

Corin Flynn wanderte leise von einer Ecke zur anderen, während er Fotos machte. Kelly konnte nicht umhin festzustellen, dass er besonders viele von ihrer Tante Claire machte. Er war seit einer Woche in der Stadt, und jedem war aufgefallen, dass er die meiste Zeit im Cuppa verbrachte. Gewiss, der Teeladen war ein voller Erfolg, doch Corin konnte keinen hinters Licht führen, wenn er behauptete, er wolle nur die Entstehung eines neuen Unternehmens dokumentieren. Ihr war noch nicht ganz klar, was da vor sich ging, doch es gab ganz eindeutig eine gewisse Anziehung zwischen den beiden. Ihre Tante strahlte jedes Mal, wenn sie ihn ansah, etwas, das auch nicht der Aufmerksamkeit von Mr Fenelli entgangen war. Tante Claire behauptete, sie und Ryans Vater seien nur gute Freunde, aber

Mr Fenelli schien da andere Vorstellungen zu haben, und es würde bestimmt lustig zuzusehen, was das Schicksal ihnen allen bescheren würde.

Ihre Tante wirkte jünger und glücklicher, als Kelly sie je gesehen hatte, und viel davon machte die erfolgreiche Eröffnung der Teestube aus. Claire und Maddy hatten sich als hervorragendes Team erwiesen, und sie sprachen schon mit Olivia Westmore und Rose darüber, einen kleinen umzäunten Patio an das Häuschen anzubauen. Ihre Tante war schnell zur treibenden Kraft im Teeladen geworden, und es würde nicht mehr lange dauern, bevor sie Rose und dem Candlelight einen harten Wettkampf liefern würde.

Es bestand kein Zweifel. Das Schicksal der O'Malleys hatte sich endlich zum Besseren gewendet.

Crystal war unten und nahm Interviews mit den nicht in der Stadt lebenden Verwandten auf Tonband auf. Sie hatte vor einigen Monaten den Job hingeschmissen, weil jemand, wie sie behauptete, ein Knüller-Interview sabotiert hatte, aber Peter Lassiter hatte sie bald wieder in die Herde zurückgelockt. In der Tat war die ganze PBS-Mannschaft da und nahm alles, was sehenswert war an dieser großen Hochzeit, für die Dokumentation auf. Lassiter verhandelte mit Maddy darüber, die Sprecherin der Serie zu werden, und alle hofften, dass nach den Flitterwochen die Verträge unterschrieben, besiegelt und angekommen wären.

»Oh Maddy«, hauchte Kelly, als sie die Frau ansah, die sie bereits als ihre Mutter betrachtete. »Du siehst so schön aus.«

»Ich hoffe, dein Vater findet das auch«, erwiderte Maddy, und alle lachten. Es war kein Geheimnis, dass Kellys Vater dachte, Maddy Bainbridge sei die schönste Frau auf dem Planeten. Sie könnte auch in verwaschenen Jeans und einem T-Shirt zum Altar schreiten, und er wäre fasziniert.

Wartet nur, bis er Maddy in diesem Kleid sieht! Lucy DiFalco hatte all ihre Liebe und ihr Talent darauf verwendet, ein Kunstwerk zu schaffen. Meter um Meter elfenbeinfarbenen Satins, die Farbe von Kerzenlicht, reich bestickt mit glitzernden Steinchen und feinen Goldfäden, die das Licht einfingen und reflektierten wie Diamanten. Ein Schleier, der bis zum Ellbogen reichte, aus spinnwebzarter Spitze. Über und über glitzernde Schuhe, mit Absätzen so hoch, dass Kelly vom bloßen Hinschauen schon schwindlig wurde.

»Du hast eine Taille«, sagte Kelly, neidvoll stöhnend. »Ich hatte mal eine Taille.«

»Und du wirst im Januar wieder eine haben«, erklärte Maddy. »Das verspreche ich dir.«

»Stan vom Limousinenservice hat gerade angerufen«, rief Denise die Treppe herauf. »Zehn Minuten noch, meine Damen!«

Rose wandte sich an Corin Flynn. »Wäre es eine schreckliche Zumutung, ein Foto nur für mich zu machen?«

Er lächelte sie auf eine Weise an, die Kelly sofort an seine Schwester Olivia denken ließ. »Ich mache so viele Sie wollen, Rosie. Sagen Sie mir nur, was Sie haben möchten.«

»Ich möchte ein Foto mit meinen Mädchen«, sagte sie und tupfte ihre Augen mit dem Saum ihres Taschentuchs ab. »Alle drei Generationen.«

Er platzierte Rose auf den kleinen Stuhl am Fenster und setzte Hannah auf ihren Schoß. Maddy stand rechts hinter Rose, von hinten durch die Sonne angestrahlt, die durch das Fenster fiel. Corin Flynn richtete die Kamera auf sie und knipste, während Kelly zusah. Eines Tages, viele Jahre später, würde Hannah das Bild auf dem Speicher ihrer Großmutter finden, und der ganze Tag würde in ihrer Erinnerung wiederaufleben, und sie würde sich daran erinnern, wie es ist, geliebt zu werden. Vielleicht wäre auch Hannahs Tochter da, ein neugieriges kleines Mädchen mit großen blauen Augen, das gerne den Geschichten über all die Frauen lauschte, die vor ihr waren.

Kelly blickte auf und sah, dass Maddy sie beobachtete.

»Du bist auch ein Teil der Familie«, sagte Maddy und streckte die Hand aus.

Kelly zögerte, doch nur eine Sekunde. Sie stellte sich neben Maddy und lächelte, als Rose Claire bedeutete, sich auch zu ihnen zu stellen. Sie spürte, wie der Kreis sich erweiterte, um sie alle in seine Umarmung zu schließen. Sie war da, wo sie hingehörte, im Herzen einer Familie starker liebevoller Frauen, die ihr auf jedem Schritt ihres Lebens zur Seite stehen würden.

Sie legte die Hände auf ihren kleinen Bauch und spürte die ersten Lebensregungen unter ihren Fingerspitzen. Schwach, flatternd, unverkennbar.

Eine *Tochter,* dachte sie sich, als Corin Flynn anfing, Fotos von ihrem Stamm zu machen.

Es musste einfach so sein.